A MURALHA DE WINNIPEG E EU

MARIANA ZAPATA

AUTORA BESTSELLER DO NEW YORK TIMES E USA TODAY

Copyright © 2016. The Wall of Winnipeg and Me by Mariana Zapata.
Direitos autorais de tradução© 2021 Editora Charme.

Todos os direitos reservados.

Nenhuma parte desta publicação pode ser reproduzida, distribuída ou transmitida sob qualquer forma ou por qualquer meio, incluindo fotocópias, gravação ou outros métodos mecânicos ou eletrônicos, sem a permissão prévia por escrito da editora, exceto no caso de breves citações consubstanciadas em resenhas críticas e outros usos não comerciais permitido pela lei de direitos autorais.

Este livro é um trabalho de ficção.

Este livro é uma obra de ficção. Embora referências sejam feitas a eventos históricos reais ou a locais existentes, nomes, personagens, lugares e incidentes são produtos da imaginação da autora ou foram usados de forma fictícia, e quaisquer semelhanças com pessoas reais, vivas ou mortas, estabelecimentos comerciais, acontecimentos ou localidades é mera coincidência.

1ª Impressão 2021

Produção Editorial - Editora Charme
Capa - Letitia Hasser with RBA Designs
Adaptação da capa e Produção Gráfica - Verônica Góes
Tradução - Wélida Muniz
Revisão - Equipe Charme

Esta obra foi negociada por Agência Literária Riff Ltda, em nome de
DYSTEL, GODERICH & BOURRET LLC.

FICHA CATALOGRÁFICA ELABORADA POR
Bibliotecária: Priscila Gomes Cruz CRB-8/8207

Z35m   Zapata, Mariana

A muralha de Winnipeg e eu / Mariana Zapata;
Tradução: Wélida Muniz; Revisão: Equipe Charme;
Adaptação da capa e produção gráfica: Verônica Góes
Campinas, SP: Editora Charme, 2021.
536 p. il.

Título original: The Wall of Winnipeg and Me.

ISBN: 978-65-5933-033-1

1. Ficção norte-americana | 2. Romance Estrangeiro -
I. Zapata, Mariana. II. Muniz, Wélida. III. Equipe Charme.
IV. Góes, Verônica. VII. Título.

CDD - 813

www.editoracharme.com.br

Editora
Charme

A MURALHA DE
WINNIPEG
E EU

Tradução - Wélida Muniz

MARIANA ZAPATA
AUTORA BESTSELLER DO NEW YORK TIMES E USA TODAY

Em memória de Alan

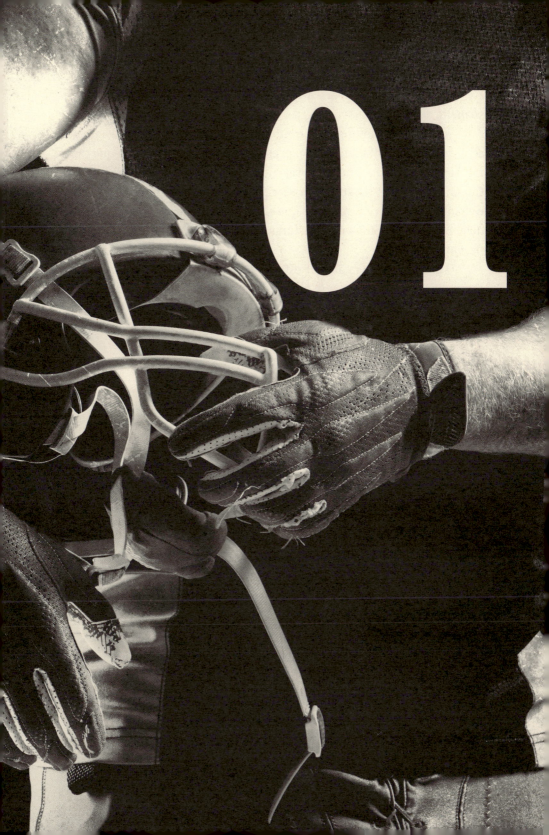

Eu vou matar esse filho da mãe. Um dia.

Um dia, muito depois de eu pedir demissão, para que ninguém suspeite de mim.

— Aiden — resmunguei, mesmo sabendo que não deveria. Resmungos só me rendiam o olhar; aquela expressão infame e complacente que tinha metido Aiden em mais de uma briga no passado. Ou foi o que me disseram. Quando os cantos da sua boca se curvaram, ficaram tensos e os olhos castanhos semicerraram, tudo o que eu quis fazer foi enfiar o dedo no nariz dele. Era o que a minha mãe costumava fazer quando éramos pequenos e ficávamos de bico.

O homem em questão, que estava prestes a ter uma morte imaginária sangrenta ou uma muito bem planejada envolvendo detergente, a comida dele e um longo período de tempo, fez um barulho por trás da tigela de salada de quinoa que era grande o suficiente para alimentar uma família de quatro pessoas.

— Você me ouviu. Cancele — repetiu ele, como se eu tivesse ficado surda na primeira vez que ele deu a ordem.

Ah, mas eu o ouvi. Em alto e bom som. E é por isso que eu queria matá-lo.

Aquilo só mostrava o quanto a mente humana era incrível. Como você podia cuidar de alguém, mas ao mesmo tempo querer cortar a garganta da pessoa? Era como ter uma irmã em quem você queria dar um soco nos ovários. Você ainda a amava, mas só queria atingi-la bem ali no fazedor de bebês para que ela aprendesse uma lição — não que eu soubesse por experiência própria nem nada do tipo.

O fato de eu não ter respondido imediatamente deve ter incitado Aiden a adicionar, com a mesma expressão focada em mim:

— Eu não me importo com o que você vai ter que dizer a eles. Só cancele.

Empurrando os óculos para o alto do nariz com o dedo indicador, abaixei a mão direita para que o armário escondesse o dedo do meio que eu estendi direto para ele. Se só a expressão não fosse ruim o bastante, o tom que ele usou me irritou mais ainda. Era a voz que Aiden usava para me avisar que discutir seria inútil; ele não ia mudar de ideia nem agora nem nunca, e eu teria que lidar com o problema.

Eu *sempre* tinha que lidar com o problema.

Quando comecei a trabalhar para o eleito três vezes Jogador de Defesa do Ano do *National Football Organization's — NFO*, só havia umas poucas coisas que eu não gostava muito de fazer: barganhar com as pessoas, dizer não a elas e enfiar a mão no triturador de lixo, porque eu era tanto a cozinheira quanto a faxineira da casa.

Mas se havia algo que eu detestava fazer, e eu quero dizer que detestava *muito* mesmo, era cancelar com as pessoas no último minuto. Isso me dava nos nervos e ia contra o meu código moral. Vamos lá, uma promessa era uma promessa, não era? Mas, bem, não era eu quem estava decepcionando os fãs, tecnicamente. Era o Aiden.

O maldito Aiden, que estava ocupado aspirando sua segunda refeição do dia sem se preocupar com nada no mundo, alheio às frustrações que ia me fazer encarar quando eu ligasse para o agente dele. Depois de toda a dor de cabeça que foi para marcar, eu teria que dar a notícia de que Aiden *não* autografaria nada na loja de artigos esportivos em San Antonio. Ebaaa!

Suspirei, com a culpa incomodando a minha barriga e a minha consciência, e estendi a mão que não estava ocupada expressando as minhas frustrações para coçar o meu joelho rígido.

— Você já prometeu...

— Eu não ligo, Vanessa. — Ele me lançou aquele olhar novamente. Meu dedo do meio se contraiu. — Fale para o Rob cancelar — insistiu, ao erguer o braço para enfiar o que parecia ser meio quilo de comida na boca de uma só vez. O garfo pairou por um momento enquanto ele fazia aquele olhar escuro e teimoso encontrar o meu. — Algum problema?

Vanessa-isso. Vanessa-aquilo.

Cancele. Mande o Rob cancelar.

Faça-me o favor.

Como se eu amasse ligar para aquele agente babaca, para início de conversa, ainda mais quando era para ele cancelar uma aparição dois dias antes do evento. O cara ia dar um chilique, e então direcionar as frustrações para mim, como se eu tivesse alguma influência sobre Aiden "A Muralha de Winnipeg" Graves. Verdade seja dita, o mais perto que já cheguei de ajudá-lo a tomar qualquer decisão foi quando recomendei a câmera que ele deveria comprar, e isso foi porque ele "tinha coisas melhores a fazer do que pesquisar sobre câmeras" e porque "eu te pago para isso".

Ele tinha certa razão, é claro. Entre o que ele me pagava e o que Zac contribuía de vez em quando, eu conseguia colocar um sorriso no rosto, mesmo forçado, e fazia o que me pediam. De vez em quando, eu até mesmo fazia uma leve reverência, que Aiden fingia não notar.

Eu não achava que ele fosse grato pelo tanto de paciência que eu tinha invocado lidando com ele nesses últimos dois anos. Outra pessoa já o teria esfaqueado enquanto ele dormia, sem dúvida. Pelo menos, quando eu bolava a execução do plano, geralmente era algo indolor.

Geralmente.

Desde que ele rompeu o tendão de Aquiles, quase um mês depois que a temporada tinha começado no ano passado, ele se transformou. Eu tentava não culpá-lo, sério. Perder quase três meses da temporada regular e ser culpado pelo time não ter conseguido chegar à pós-temporada ou aos *playoffs* era algo difícil de lidar. Para coroar, algumas pessoas pensaram que ele não retornaria com tudo depois de levar seis meses na recuperação e na fisioterapia. O tipo de lesão que ele sofreu não era brincadeira.

Mas aquele era o Aiden. Alguns atletas levavam ainda mais tempo para se reerguer — isso quando conseguiam. Com ele não foi assim. Mas lidar com o cara de muletas, levar e buscar na fisioterapia e nas consultas foi uma provação para a minha paciência, em mais de uma ocasião.

Há um limite de birra enjoada que dá para suportar em um dia, mesmo havendo motivo para ela. Aiden amava o que fazia, e eu tinha que supor que ele estava com medo de que não fosse ser capaz de voltar a jogar, ou que voltaria e não conseguiria jogar no mesmo nível com o qual estava acostumado, não que o homem fosse dar voz a qualquer um desses medos. Era tudo compreensível para mim. Eu não podia imaginar como seria se algo acontecesse com as minhas mãos e houvesse uma chance de eu não voltar a desenhar.

De qualquer modo, a rabugice dele atingiu um nível jamais documentado na história do universo. Isso já significava muito, considerando que eu cresci com três irmãs mais velhas, e todas menstruavam juntas. Por causa delas, a maioria das coisas, a maioria das pessoas, não me incomodavam. Eu sabia o que era ser intimidada, e Aiden nunca cruzou a linha da maldade gratuita. Ele só era babaca às vezes.

O cara tinha sorte por eu ter uma quedinha pequenininha de nada por ele; de outra forma, eu o teria mandado pastar há anos. Mas, bem, praticamente qualquer um com olhos e que por acaso também gostasse de homens teria uma quedinha por Aiden Graves.

Quando ele ergueu as sobrancelhas e me olhou por baixo daqueles cílios pretos e curvados, cintilando para mim os olhos de um rico tom de castanho que compunham um rosto que eu só vi sorrir na presença de cães, engoli em seco e balancei a cabeça devagar, enquanto rilhava os dentes e o avaliava. Por ser do tamanho de um prédio pequeno, ele deveria ter esses traços grandes e desajeitados que o fariam parecer um homem das cavernas, mas, claro, não era o caso. Ao que parecia, ele desafiava cada estereótipo em que se encaixaria na vida. O homem era inteligente, rápido, tinha boa coordenação motora e, até onde eu sabia, jamais havia visto um jogo de hóquei. Ele só tinha dito "*eh*" na minha frente umas duas vezes, e jamais consumia proteína animal. Não comia bacon. Ele seria a última pessoa que eu pensaria ser educada e o cara jamais pedia desculpas. Nunca.

Resumindo, ele era uma anomalia: um jogador de futebol americano canadense, vegetariano — ele não gostava de se referir a si mesmo como vegano —, estranhamente proporcional em todos os lugares e tão lindo que eu talvez tenha agradecido a Deus por ter me dado olhos em uma ocasião ou outra.

— Como quiser, grandalhão — falei com um sorriso forçado e um tremular de cílios, mesmo que eu ainda estivesse dando o dedo para ele.

— Eles vão superar — disse Aiden, indiferente, ao ignorar o apelido e rolar os dois imensos ombros musculosos. Juro que eles eram largos o bastante para uma pessoa pequena se acomodar com conforto. — Não é nada de mais.

Não era nada de mais? Os patrocinadores não pensariam assim, muito menos o agente dele, mas, bem, Aiden estava acostumado a conseguir o que queria. Ninguém dizia não a ele. Diziam não a mim, e aí eu tinha que resolver as coisas.

A despeito do que as pessoas pensavam, o ponta defensivo do time profissional do Dallas Three Hundreds não era um idiota e nem alguém com quem fosse difícil de trabalhar. Apesar das caretas e resmungos, ele nunca xingava e quase nunca perdia a paciência sem uma boa razão. Ele era exigente, sabia muito bem o que queria e como gostava de cada mínimo aspecto da sua vida. Era uma qualidade admirável de verdade, eu achava, mas era a minha obrigação fazer aqueles pedidos se realizarem, não importa se eu concordasse ou não com as decisões dele.

Só mais um tempinho, lembrei a mim mesma. Eu estava muito perto de pedir demissão, podia sentir. O pensamento fez a minha alma se alegrar um pouco.

Dois meses atrás, minha conta tinha, enfim, atingindo uma quantia confortável por pura força de vontade, pão-durice e trabalhar até tarde quando eu não estava sendo assistente/governanta/cozinheira de Aiden. Tinha atingido o meu objetivo: economizar o equivalente a um ano de salário. E eu consegui. Enfim. Aleluia, caramba. Eu praticamente podia sentir o cheiro da liberdade no ar.

Mas a palavra-chave aqui era "praticamente".

Eu só ainda não tive a oportunidade de dizer a Aiden que ia pedir demissão.

— Por que você está fazendo essa cara? — perguntou ele, do nada.

Pisquei para ele, pega desprevenida. Ergui as sobrancelhas, tentando bancar a idiota.

— Que cara?

Não funcionou.

Com o garfo pairando do lado de fora da boca, ele estreitou os olhos escuros só um pouquinho.

— Essa. — Ele apontou para mim com o queixo.

Dei de ombros com uma expressão de "não faço ideia do que você está falando".

— Há algo que queira dizer?

Havia uma centena de coisas que eu queria dizer a ele com frequência, mas eu o conhecia bem demais. Ele não se importava de verdade se havia algo que eu quisesse ou não dizer. Ele não ligava se a minha opinião era diferente da dele nem se eu pensava que ele deveria fazer algo diferente. Ele só estava me lembrando de quem mandava ali.

Também conhecido como não era eu. Babaca.

— Eu? — Pisquei. — Não.

Ele me lançou um olhar preguiçoso antes de focar na mão que eu tinha escondido do outro lado da ilha da cozinha.

— Então pare de me dar o dedo. Não vou mudar de ideia quanto aos autógrafos — disse ele, em uma voz enganosamente desinteressada.

Comprimi os lábios ao abaixar a mão. Ele era um maldito bruxo. Juro pela minha vida, ele era um mago, caramba. Um feiticeiro. Um oráculo. Uma pessoa com o terceiro olho. Toda vez que eu dava o dedo para ele, ele sabia. Eu não achava que eu fosse tão óbvia assim.

Não que eu desse o dedo do meio para as pessoas só por diversão, mas eu fiquei irritada de verdade por ele estar cancelando uma aparição sem uma razão legítima. Dar para trás porque ele mudou de ideia e não queria perder uma tarde de treino não parecia uma. Mas o que eu sabia?

— Tudo bem — murmurei.

Aiden, que eu tinha plena certeza de que não fazia ideia de quantos anos eu fiz esse ano, muito menos de quando era o meu aniversário, fez careta por um milésimo de segundo. Aquelas sobrancelhas escuras e grossas franziram e os lábios carnudos se contraíram nos cantos. Então ele deu de ombros, como se, de repente, tivesse parado de se importar com o que eu estive fazendo.

O engraçado era que se, cinco anos atrás, alguém tivesse me dito que eu estaria fazendo o trabalho sujo de alguém, eu teria rido. Não podia me lembrar de uma época em que não tive objetivos ou algum tipo de plano para o futuro. Sempre quis ter algo pelo que ansiar, e ser minha própria chefe era uma das coisas pelas quais eu me esforçava.

Soube, desde os meus dezesseis anos, no meu primeiro emprego de férias, ao levar bronca por não ter posto gelo suficiente em um copo médio no cinema em que trabalhava, que um dia eu trabalharia para mim mesma. Eu não gostava que me dissessem o que fazer. Nunca gostei. Eu era teimosa e cabeça-dura, ao menos eram essas palavras que o meu pai adotivo dizia ser as minhas melhores e piores características.

Eu não estava mirando longe ou pretendendo ficar milionária. Não queria ser uma celebridade nem nada perto disso. Eu só queria ter o meu pequeno negócio de design gráfico, que pagaria as minhas contas, me manteria alimentada e ainda ter um dinheiro extra para fazer algumas coisas. Não queria ter que contar com a caridade ou com os caprichos de outra pessoa. Tive que fazer isso desde que podia me lembrar, esperando que a minha mãe voltasse para casa sóbria, esperando que as minhas irmãs fizessem comida quando ela não estava por perto, e então esperando que a moça do serviço social pudesse pelo menos manter a mim e ao meu irmão mais novo juntos... Por que eu estava pensando nisso?

Na maior parte das vezes, sempre soube o que queria fazer da vida, então fui ingênua ao pensar que metade da batalha estava ganha. Fazer dar certo deveria ter sido fácil.

O que ninguém diz é que a estrada para os nossos objetivos não é uma reta; parece mais um labirinto de milho. Você para, prossegue, volta e pega uns caminhos errados ao longo do percurso, mas o importante é se lembrar de que há uma saída. Em algum lugar.

Não havia como desistir de procurar, mesmo quando a gente queria muito.

E, principalmente, não quando era mais fácil e menos assustador seguir o fluxo do que seguir por conta própria e traçar seu caminho.

Empurrando para trás o banco em que estava sentado, Aiden ficou de pé com o copo vazio na mão. O porte de Hulk parecia fazer a cozinha não exatamente pequena ficar menor a cada vez que ele estava lá... o que era sempre. Grande surpresa. Ele consumia pelo menos sete mil calorias por dia. Durante a temporada regular de futebol americano, ele aumentava para mais de dez mil. É claro, ele passava o dia na cozinha. Assim como eu... fazendo as suas refeições.

— Você comprou pera? — perguntou ele, já deixando de lado a nossa conversa e o incidente com o dedo do meio enquanto enchia o copo com a água do filtro da geladeira.

Não me senti nem um pouco culpada por ter sido flagrada dando o dedo para ele. Da primeira vez que aconteceu, pensei que eu fosse morrer de vergonha e depois ser demitida, mas agora eu conhecia o Aiden. Ele não se importava se eu fazia aquilo, ou ao menos era a minha impressão, já que ainda estava empregada. Eu tinha visto pessoas virem até ele, tentando fazê-lo perder a calma, chamando-o de tudo quanto é nome e dizendo insultos que *me* fizeram titubear. Mas a reação dele quando as pessoas faziam esse tipo de coisa? Ele nem mesmo estremecia; só fingia que não ouvia.

Para ser sincera, era um pouco impressionante ter esse tipo de atitude. Eu não conseguia nem me controlar quando alguém buzinava para mim enquanto eu dirigia.

Mas tão impressionante quanto Aiden fosse, tanto quanto a sua bunda perfeita deixava as mulheres impressionadas, e por mais burra que a maioria das pessoas pensasse que eu era por estar desistindo de um emprego com um homem que estrelava comerciais de uma empresa de roupas esportivas, eu ainda queria me demitir. O desejo ficava mais e mais forte a cada dia.

Dei tudo de mim. Ninguém tinha feito o trabalho no meu lugar. Era aquilo o que eu queria, o que eu sempre quis. Mantive o foco por anos, esperando a oportunidade de ser a minha própria chefe. Ter que ligar para idiotas que faziam parecer que eu era um inconveniente ou dobrar as cuecas, que se agarravam à bunda mais espetacular do país, não era.

Diga a ele, diga a ele, diga a ele agora que você está querendo pedir demissão, meu cérebro instigou quase que desesperadamente.

Mas a vozinha irritante da indecisão e da dúvida em relação a mim mesma, que gostava de ficar no espaço onde a minha força deveria estar, me lembrou: *para que a pressa?*

Da primeira vez que me encontrei com A Muralha de Winnipeg, a segunda coisa que ele disse para mim foi: "você sabe cozinhar?".

Ele não apertou a minha mão, não me pediu para sentar nem nada disso. Parando para pensar, aquilo deveria ter sido um aviso sobre como seriam as coisas entre nós.

Aiden tinha perguntado o meu nome quando me deixou entrar e me conduziu direto até a bela cozinha de conceito aberto que parecia algo saído de um programa de reforma de casas. Então ele foi logo perguntando sobre as minhas habilidades culinárias.

Antes daquele dia, o empresário dele já tinha me entrevistado duas vezes. O emprego estava dentro da faixa de renda que eu queria, e era tudo o que importava para mim na época. A agência de empregos com a qual eu tinha contrato já havia me pedido para ir ao escritório deles em três ocasiões diferentes para se certificar de que eu me encaixaria bem com a "celebridade", como o chamavam.

Um bacharelado, a ampla gama de empregos que tive, que variavam de ser secretária de um advogado especializado em divórcio por três anos enquanto estava na faculdade, verões passados tirando fotos de qualquer um que me contratasse, um negócio paralelo bem-sucedido vendendo maquiagem e outros itens de catálogo e referências excelentes me garantiram uma segunda entrevista.

No entanto, eu tinha certeza de que não foi isso que me fez conseguir o emprego; foi a minha ignorância quando se tratava de futebol americano. Se o jogo estivesse sendo televisionado, a chance de eu não estar nem prestando atenção era bem alta. Eu jamais tinha visto Aiden Graves antes do meu primeiro dia. Eu não saía por aí falando para as pessoas que os únicos jogos a que já assisti foram aqueles em que estive durante o ensino médio.

Então, quando o empresário mencionou o nome do meu empregador em potencial, olhei para ele sem esboçar qualquer reação. É bem capaz de eu nunca chegar a saber se foi a minha falta de animação que me garantiu a vaga, mas tinha a sensação de que foi.

Mesmo depois de o empresário de Aiden me oferecer o emprego, não me dei ao trabalho de pesquisar sobre ele. Qual seria a razão? Não era como se qualquer coisa que a internet dissesse fosse me fazer mudar de ideia quanto a me tornar assistente dele. Sério, nada teria conseguido. Não tinha vergonha de dizer que, mesmo se ele fosse um assassino em série, eu teria aceitado o emprego se pagasse bem.

No fim, porém, pensei que foi bom eu não ter pesquisado. Como mais tarde eu saberia, quando estava ocupada enviando fotos promocionais dele para os fãs, as fotografias não lhe faziam justiça.

Com 1,96m, a apenas um tímido suspiro dos 1,98m, pesando mais de cento e vinte quilos no meio da pré-temporada, e com uma presença que o fazia parecer mais um herói mitológico do que um mortal comum, Aiden era uma besta até mesmo estando completamente vestido. Ele não tinha músculos de enfeite. O cara era enorme. Em toda parte. Não ficaria surpresa se uma radiografia dissesse que os ossos dele eram mais densos do que o normal. Seus músculos tinham sido aprimorados e talhados com o objetivo específico de ser os mais eficientes possíveis bloqueando passes e derrubando o *quarterback* adversário.

A camiseta extra-extragrande que ele usava na manhã do dia em que nos conhecemos não escondeu a massa volumosa dos seus trapézios, peitorais, deltoides, muito menos os bíceps e os tríceps. O cara era *rasgado*.

As coxas repuxavam as costuras da calça de moletom. Eu me lembro de ter notado que os punhos dele pareciam tijolos e que os pulsos que os prendiam ao resto do corpo eram os maiores que eu já tinha visto.

E aí havia o rosto para o qual eu estaria olhando por boa parte da minha vida. As feições poderiam ter sido desajeitadas como a de muitos caras grandes, mas Aiden era bonito de um jeito que não era esteticamente lindo. As bochechas eram magras; os ossos acima delas, altos; e a mandíbula era esculpida com o queixo marcado. Os olhos profundos destacavam as sobrancelhas grossas e pretas. A barba curta e aparada, que sempre parecia estar por fazer, mesmo depois que ele se barbeava, cobria a parte inferior do seu rosto.

Uma cicatriz desbotada ao longo do couro cabeludo, que ia da têmpora até abaixo da orelha, era a única coisa que os cabelos curtos não conseguiam esconder. E havia a boca, que teria parecido um biquinho em qualquer outro homem que fosse menor e que não fizesse tanta careta quanto ele. O cabelo era castanho e a pele, bronzeada. Um pedacinho de uma correntinha fina de ouro tinha espiado acima da gola da camiseta, mas eu estava tão distraída por todo o resto que era Aiden Graves que só meses depois descobri que era uma medalhinha de São Lucas sem a qual ele não ia a lugar nenhum.

Só o tamanho dele tinha sido intimidador para mim, de início. Os olhos castanhos e penetrantes só adicionaram à enorme quantidade de intimidação que parecia transbordar dos seus poros.

Apesar de tudo, no entanto, meu primeiro pensamento tinha sido: Puta merda. Então deixei para lá, porque eu não podia pensar coisas como aquela do meu chefe novinho em folha.

No dia em que nos conhecemos, tudo o que consegui fazer foi assentir para ele. Fui para lá convencida de que faria o que fosse necessário para ficar com o emprego. O empresário tinha deixado claro, durante as entrevistas, que saber cozinhar era um dos requisitos do emprego, o que não era grande coisa. Quando criança, aprendi da forma mais difícil que, se quisesse comer, teria que dar um jeito, pois minhas irmãs mais velhas não se dariam ao trabalho, e eu nunca sabia em que humor a minha mãe apareceria. Durante a faculdade, dominei a arte de cozinhar em um fogareiro elétrico que foi contrabandeado para o meu quarto no dormitório.

Aiden tinha se limitado a me encarar em resposta, antes de lançar a bomba para a qual ninguém havia me preparado.

— Eu não como produtos de origem animal. Será um problema?

Eu sabia fazer alguma coisa sem ovos, carne ou queijo? Nada em que pudesse pensar. Ninguém sequer tinha mencionado esse pormenor de antemão, e, por ignorância, não era como se ele parecesse como grande parte dos veganos que já conheci na vida, mas de jeito nenhum eu voltaria a trabalhar em três empregos sem que fosse a minha última opção. Então, eu menti.

— Não, senhor.

Ele ficou parado lá na cozinha, olhando para mim em minha calça cáqui, a blusa branca de manga japonesa com ilhós e sapatos de salto marrons. Eu tinha ficado tão nervosa que estava até com as mãos entrelaçadas na frente do corpo. A agência tinha sugerido traje casual de negócios para o emprego, e foi o que eu usei.

— Você tem certeza? — insistiu.

Fiz que sim, já planejando pesquisar receitas no celular.

Seus olhos se estreitaram um pouco, mas ele não me contradisse no que era obviamente mentira, e aquilo foi mais do que eu poderia ter esperado.

— Eu não gosto de cozinhar nem de sair para comer. Normalmente, como quatro vezes por dia e tomo duas vitaminas bem grandes. Você estará a cargo das refeições, e vou me virar com o que comer entre elas — disse ele, ao cruzar os braços sobre o peito, que parecia ter uns noventa centímetros de largura. — O computador lá em cima tem todas as minhas senhas salvas. Leia e responda a todos os meus e-mails. Minha caixa postal nos correios precisa ser verificada a cada poucas semanas, e você estará a cargo disso também. A chave está na gaveta perto da geladeira. Mais tarde, vou anotar o endereço do correio em que ela está e o número. Quando eu voltar, você pode ir fazer uma cópia da chave da casa. Minhas redes sociais precisam ser atualizadas diariamente; não me importo com o conteúdo, desde que você use o bom senso.

Ele com certeza se certificou de olhar nos meus olhos ao dizer isso, mas não levei para o lado pessoal.

— Lavar roupas, agenda... — ele continuou a incluir mais tarefas, que arquivei no meu cofre mental. — Mora outra pessoa aqui. Já discutimos o assunto, e se você estiver disposta, ele pode querer que você cozinhe, às vezes. Ele vai te pagar por fora, caso você aceite.

Dinheiro extra? Eu jamais dizia não para dinheiro extra. A menos que fosse necessário pagar um boquete.

— Você tem alguma dúvida? — perguntou o meu novo chefe.

Tudo o que consegui fazer foi balançar a cabeça. Tudo o que ele dizia era o habitual para a posição que eu estava assumindo, e eu devia ter estado muito ocupada olhando boquiaberta para ele para dizer muito mais. Nunca tinha visto um jogador de futebol americano profissional em pessoa, embora, na época da faculdade, tenha sido amiga de um que jogava no time de lá. Na época, eu não pensava que as pessoas poderiam ser construídas em uma escala tão imensa, e devia estar tentando descobrir o quanto Aiden teria que comer para suprir as calorias de que precisava em sua dieta.

O olhar castanho varreu o meu rosto e ombros antes de voltar para os meus olhos. O rosto sério e implacável mirou direto em mim.

— Você não é de falar muito, né?

Sorri para ele, um sorriso discreto, e ergui o ombro. Eu não era muito de falar, mas ninguém diria que eu era tímida ou quieta. Além do mais, não queria estragar tudo até descobrir o que ele queria e precisava de mim como assistente.

Olhando em retrospecto, eu não tinha certeza se aquela foi a melhor das primeiras impressões, mas, caramba, não era como se eu pudesse voltar no tempo e fazer tudo de novo.

Tudo o que Aiden, meu novo chefe na época, fez foi baixar o queixo no que mais tarde eu viria a saber que era a sua forma de assentir.

— Que bom.

Não muito havia mudado no decorrer dos últimos dois anos.

Nosso relacionamento profissional tinha progredido de eu chamando Aiden de "senhor" e usando mais do que duas palavras por vez quando falava com ele.

Eu sabia tudo o que precisava saber sobre ele, considerando que arrancar informação pessoal do homem era tipo arrancar um dente. Eu podia dizer quantos anos ele tinha, quanto havia na sua conta, que temperos o faziam estremecer e de que marca de cueca ele gostava. Sabia quais eram as suas refeições preferidas, quanto ele calçava, que cores se recusava a vestir e até mesmo o tipo de pornô a que ele assistia. Eu sabia que a primeira coisa que ele queria quando tivesse mais tempo livre era um cachorro, não uma família. Ele queria um cachorro.

Mas isso era tudo o que um *stalker* poderia ficar sabendo, ou alguém muito observador. Ele segurava os detalhes da própria vida com as mãos do tamanho de pratos de jantar. Tinha a sensação de que a quantidade de coisas de que eu não sabia sobre ele poderia me manter ocupada pelo resto da vida, se me dispusesse a tentar arrancá-las dele.

Tentei ser amigável quando percebi que ele não agiria como o *Incrível Hulk* comigo quando eu fizesse perguntas, mas tinha sido em vão. Durante os últimos dois anos, meus sorrisos não foram correspondidos, cada um dos "tudo bem?" continuava sem resposta e, além daquele olhar infame que fazia meus pelos imaginários eriçarem, havia aquele tom, aquele tom quase presunçoso, que ele às vezes usava e que só pedia por uma surra... de alguém muito maior do que eu.

Nosso papel de patrão e empregada ficava mais e mais definido a cada dia. Eu me importava com ele tanto quanto podia me importar com alguém que eu via pelo menos cinco dias na semana, de quem eu basicamente cuidava para me sustentar, mas que me tratava como a amiga da irmãzinha chata que ele preferia não ter. Por dois anos, tinha sido bom cumprir tarefas das quais eu não gostava muito, mas cozinhar, tratar dos e-mails e de todas as coisas relativas aos fãs eram do que eu mais gostava como assistente dele.

E eram a metade das razões para eu continuar me convencendo a não dar o aviso-prévio. Porque eu ia olhar o Facebook dele ou o Twitter e veria algo que um dos fãs postou e que me faria rir. Eu vim a conhecer alguns deles ao longo dos anos através das interações on-line, e era fácil lembrar que trabalhar para Aiden não era tão ruim.

Não era o pior trabalho do mundo, não chegava nem perto. Meu pagamento era mais do que justo, o horário era muito bom... e, de acordo com as palavras de cada mulher que já descobriu para quem eu trabalhava, eu tinha "o chefe mais gato do mundo todo". Então era isso. Se eu estava presa tendo que olhar para alguém, poderia muito bem ser alguém com um corpo e um rosto que fariam os modelos que eu ponho na capa dos livros de outras pessoas sentirem vergonha.

Mas havia coisas na vida que você não podia fazer a menos que saísse da sua zona de conforto e assumisse o risco, e trabalhar para mim mesma era uma dessas.

E era essa a razão para eu não ter ido em frente e dito ao Aiden "*Sayonara, grandalhão*" nas oitenta ocasiões diferentes em que meu cérebro me mandou dizer.

Eu estava nervosa. Largar um trabalho bem pago, um estável, pelo menos enquanto Aiden tivesse uma carreira, era assustador. Mas a desculpa estava ficando mais e mais batida.

Aiden e eu não éramos melhores amigos, muito menos confidentes. Mas, bem, por que seríamos? Esse era um homem que não tinha mais do que talvez três pessoas com quem passava tempo quando conseguia se arrancar dos treinos e dos jogos. Férias? Ele não tirava. Eu não achava que ele sabia o que era isso.

Ele não tinha fotos da família ou de amigos em qualquer lugar da casa. Toda a sua vida orbitava em volta do futebol americano. O esporte era o centro do seu universo.

No grande esquema da vida de Aiden Graves, eu realmente não era ninguém. Nós apenas meio que tolerávamos um ao outro. É claro. Ele precisava de uma assistente, e eu, de um emprego. Ele me dizia o que queria que fosse feito, e eu fazia, concordando ou não.

De vez em quando, eu tentava, em vão, fazê-lo mudar de ideia, mas lá no fundo eu jamais me esquecia do quanto a minha opinião era inútil para ele.

Havia um limite de vezes para tentar ser amigo de alguém, e vendo aquela pessoa te dispensando com indiferença, você acabava desistindo. Aquele era um trabalho, nada mais, nada menos. Foi por isso que trabalhei tanto para chegar ao ponto de poder ser a minha própria chefe, assim poderia lidar com pessoas que valorizavam o meu trabalho duro.

Ainda assim, aqui estava eu, fazendo coisas que me deixavam louca e adiando os meus sonhos por mais um dia, e outro, e outro...

Que droga eu estava fazendo?

— A única pessoa que você está prejudicando é a si mesma — Diana me dissera da última vez que nos falamos. Ela me perguntou se eu finalmente havia dito a Aiden que não ia mais trabalhar para ele, e eu tinha dito a verdade a ela: não.

A culpa martelou a minha barriga por causa do comentário dela. A única pessoa que eu estava prejudicando *era* a mim mesma. Eu sabia que precisava dizer a Aiden. Ninguém faria isso por mim; eu estava bem ciente do fato. Mas...

Tudo bem, não havia "mas". E se eu me desse mal quando ficasse por conta própria?

Planejei tudo e solidifiquei o meu negócio para que isso não acontecesse, lembrei a mim mesma enquanto estava sentada lá observando Aiden comer. Eu sabia o que estava fazendo, tinha dinheiro guardado, era boa no que fazia, e amava o que eu fazia.

Eu ficaria bem.

Eu ficaria bem.

Pelo que eu estava esperando? Toda vez que pensei em contar a Aiden antes, o momento não tinha parecido ser o perfeito. Ele tinha acabado de ser liberado para voltar a treinar depois da lesão, e não me pareceu certo dar a notícia. Eu me sentia como se o estivesse abandonando quando ele mal tinha acabado de se levantar.

Então, partimos imediatamente para o Colorado para que ele treinasse na paz e no silêncio. Em outra ocasião, não era sexta-feira. Ou ele tinha tido um dia ruim. Ou... dane-se. Sempre havia alguma coisa. Sempre.

Eu não estava ficando porque estava apaixonada por ele nem nada disso. Talvez, em algum momento, logo que comecei a trabalhar para ele, eu possa ter tido uma quedinha gigantesca pelo cara, mas a atitude indiferente nunca deixou o meu coração enlouquecer com aquilo. Não que eu tivesse qualquer expectativa de que Aiden de repente me olharia e pensaria que eu era a pessoa mais incrível da vida dele. Eu não tinha tempo para essa baboseira irreal. Se qualquer coisa, meu objetivo sempre tinha sido fazer o que eu precisava por ele, e talvez fazer o homem que nunca sorria, sorrir. Só obtive sucesso em uma dessas coisas.

Ao longo dos anos, minha atração por ele tinha diminuído tanto que a única coisa que eu realmente desejava — correção, *admirava* de uma forma saudável e normal — era a ética de trabalho dele.

E o rosto.

E o corpo.

Mas havia muitos caras com corpo e rosto incríveis espalhados pelo mundo. Eu devia saber. Eu olhava modelos a maior parte do dia.

E nenhum desses traços físicos me ajudou de alguma forma. Caras gostosos não fariam os meus sonhos se realizarem.

Engoli em seco e cerrei os dedos.

Anda, meu cérebro incitou.

Qual era a pior coisa que poderia acontecer? Eu teria que encontrar outro emprego se a minha carteira de clientes esvaziasse? Que horrível. Eu não saberia o que aconteceria até tentar.

A vida era um risco. Isso era o que eu sempre quis.

Então, respirei fundo, observando com cuidado o homem que tinha sido o meu chefe por dois anos, e soltei:

— Aiden, há algo que preciso conversar com você.

Porque, sério, o que ele faria? Dizer que eu não poderia me demitir?

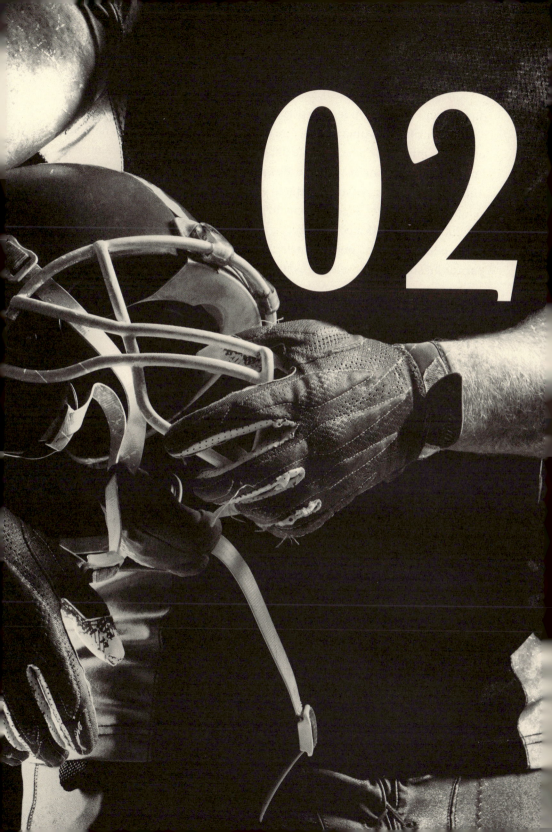

— Você não pode.

— Mas eu vou — insisti, calma, enquanto observava o homem na tela do meu notebook. — Aiden me disse para avisar a você.

Trevor me deu uma olhada que dizia que ele não acreditava nem um pouco em mim, e me descobri não dando a mínima para o que ele pensava. Embora custasse muito para eu desgostar de alguém, o empresário de Aiden era uma das pessoas de quem eu fugia como o diabo foge da cruz sempre que possível. Algo nele me fazia querer abortar a missão cada vez que interagíamos. Houve uma época em que tentei com afinco descobrir o que o homem tinha que me fazia não gostar dele, e eu sempre voltava para as mesmas razões: ele era esnobe, mas principalmente era porque ele emitia umas vibrações gigantes de pau-no-cuzice.

Inclinando-se para a frente, Trevor plantou os cotovelos no que presumi ser a mesa dele. Ele juntou as mãos e escondeu a boca por trás delas. Exalou. Depois inalou.

Talvez, só talvez, ele estivesse pensando nas vezes que foi um babaca comigo e estava se arrependendo delas; tipo todas as vezes que me deu esporro ou gritou comigo porque o Aiden queria que algo fosse feito, e que deixava o bonito frustrado. O que acontecia basicamente toda semana desde que fui contratada.

Mas, conhecendo-o, esse não era o caso. Arrepender-se de algo significa que você se importava com aquilo, para início de conversa, e Trevor... a única coisa com que ele se importava era com o pagamento. A linguagem corporal e a forma como ele falava comigo, até mesmo quando me entrevistou pela primeira vez, deixaram superclaro que eu não estava no topo da lista de prioridades dele.

A minha demissão faria a vida dele ficar ligeiramente mais difícil por um tempo, e *disso* ele não era muito fã.

Ao que parecia, o cara estava muito mais aborrecido do que Aiden tinha ficado na noite anterior, quando tomei coragem e contei a ele o segredo sombrio e profundo que eu estava guardando.

— Quero te agradecer por tudo o que fez por mim. — Em retrospecto, foi muita bajulação minha dizer isso, já que, na verdade, ele não fez nada além de me pagar, mas, bem... — Mas eu gostaria que você encontrasse alguém para me substituir.

Embora eu sempre tenha sabido e aceitado que não éramos amigos, acho que uma pequena parte de mim tinha sido boba o bastante para pensar que eu significava algo pequeninho, minúsculo, microscópico para ele. Fiz muito por Aiden durante o tempo em que trabalhamos juntos. Eu sabia que era mais do que provável que eu sentiria pelo menos um pouco de falta da familiaridade de trabalhar para ele. Será que ele sentiria o mesmo?

A resposta tinha sido um grandessíssimo *não*.

Aiden nem sequer tinha se dado ao trabalho de olhar para mim depois da minha confissão. Em vez disso, a atenção ficou fixa na tigela quando ele respondeu sem fazer rodeio:

— Avise ao Trevor.

E foi isso.

Dois anos. Dei a ele dois anos da minha vida. Horas e horas. Meses longe dos meus entes queridos. Cuidei dele nas raras vezes que ficou doente. Fui eu quem ficou com ele no hospital quando ele sofreu a lesão. Fui eu a pessoa que o buscou depois da cirurgia, e que leu tudo sobre inflamações e que alimentos o ajudariam a sarar mais rápido.

Quando ele perdia um jogo, eu sempre tentava fazer o seu café da manhã favorito no dia seguinte. Comprei para ele um presente de aniversário que eu posso ou não ter deixado sobre a cama dele, porque eu não queria deixar as coisas estranhas. Não dava para se lembrar do aniversário de alguém e não comprar um presente para a pessoa, mesmo se ela jamais te agradecesse.

O que ele me deu? O meu último aniversário foi passado debaixo de chuva em um parque no Colorado porque ele estava gravando um comercial e queria que eu fosse junto. Jantei sozinha no meu quarto no hotel. O que eu esperava dele agora?

Não houve nenhum pedido para que eu ficasse, não que eu fosse ficar, de qualquer forma, ou até mesmo um "poxa, que pena", que foi o que ouvi quando saí de outros trabalhos antes desse.

Nada. Ele não me deu nada. Nem um mísero dar de ombros.

Doeu mais do que deveria. Muito mais. Por outro lado, reconheci que não éramos almas gêmeas, mas o fato ficou ainda mais aparente depois disso.

Foi com esse pensamento, o ligeiro amargor na minha garganta por ser tão dispensável, que eu engoli em seco e me concentrei na chamada de vídeo.

— Vanessa, pense bem no que você está fazendo — o empresário argumentou através da câmera.

— Já pensei. Olha, eu não vou nem dar o aviso-prévio de duas semanas. Só encontre logo alguém. Vou treinar a pessoa, e depois vou embora.

Trevor ergueu o queixo, só olhando para a frente e, através da câmera do computador, o brilho forte do produto de cabelo que ele usava refletia a luz que entrava em seu escritório.

— É uma pegadinha de primeiro de abril?

— Estamos em junho — respondi com cuidado. Idiota. — Não quero mais trabalhar aqui.

A testa dele franziu ao mesmo tempo em que os ombros ficaram tensos, como se o que eu disse estivesse finalmente sendo absorvido. Um olho me espiou por sobre os dedos.

— Você quer mais dinheiro? — Ele teve a coragem de perguntar.

É claro que eu queria mais dinheiro. Quem não queria? Eu só não queria que ele viesse de Aiden.

— Não.

— Me diz o que você quer.

— Nada.

— Estou tentando resolver o assunto com você.

— Não há nada a resolver. Não há nada que você possa me oferecer que vá me fazer ficar. — Esse era o tanto que eu estava resolvida a não ser arrastada de volta para o mundo da Muralha de Winnipeg. Trevor era pago para fazer as coisas acontecerem, e eu sabia que se eu desse a mão, ele ia querer o braço. Devia ser mais fácil para ele me convencer a ficar em vez de procurar outra pessoa. Mas eu conhecia os seus truques, e não ia cair naquela merda.

Pegando o copo de água que estava perto do meu tablet sobre o balcão da cozinha, tomei um gole e analisei Trevor por sobre a borda. Eu podia fazer isso, droga. Eu faria. Eu não ia ficar no trabalho só porque ele estava me olhando com o mais próximo de uma cara de cachorrinho perdido que o puro mal era capaz de fazer.

— O que posso fazer para que você fique? — Trevor por fim perguntou, ao afastar as mãos do rosto.

— Nada. — Se o mínimo de lealdade e preocupação genuína que eu sentia por Aiden tinha me feito ficar desde que percebi que poderia me dar ao luxo de pedir demissão, a noite anterior havia cimentado a minha decisão.

Eu não queria desperdiçar mais tempo do que já tinha desperdiçado.

Outra expressão dolorosa tomou as feições de Trevor. Quando nos conhecemos dois anos atrás, ele só tinha uns poucos fios brancos espalhados pela cabeça. Agora, havia mais do que uns poucos, e de repente fez muito sentido. Se eu me considerava uma fada madrinha, Trevor devia ser visto como um deus; um deus que precisava fazer milagres acontecerem nos lugares mais improváveis.

E eu não estava ajudando ao deixar de trabalhar para quem eu tinha certeza de que era um dos seus clientes mais difíceis.

— Ele disse alguma coisa? — indagou, de repente. — Fez alguma coisa?

Balancei a cabeça sem me deixar enganar por aquela encenação. Ele não se importava. Antes que eu pedisse para ele me ligar, e ele tinha insistido em uma chamada de vídeo, perguntei a mim mesma se devia ou não contar o motivo do meu pedido de demissão. Não levei nem um segundo para decidir. Não, ele não precisava saber.

— Quero ir atrás de outras coisas. Só isso.

— Você sabe que ele está estressado com a volta depois da cirurgia. Se ele estiver um pouco irritado, é normal. Basta ignorar — adicionou Trevor.

Normal? Havia diferentes padrões para considerar o que era "normal" ao lidar com atletas profissionais, especialmente atletas como Aiden, que respiravam e viviam para o esporte. Ele levava tudo para o lado pessoal. O homem não era nenhum caso de *burnout* esportivo que jogava porque não tinha mais nada para fazer e queria ganhar dinheiro.

Talvez eu compreendesse o fato melhor do que o Trevor.

Além do mais, se algum de nós teve mais experiências em primeira mão com a forma como Aiden tinha ficado desde a ruptura do tendão de Aquiles, fui eu. Testemunhei tudo de perto e em pessoa; eu também sabia como ele costumava ficar pouco antes de a temporada de treinos começar, e ela já estava chegando, só somando às coisas com as quais ele se preocupava. Trevor trabalhava para ele há mais tempo, mas o cara morava em Nova York e só aparecia umas poucas vezes por ano. Aiden só falava diretamente com ele ao telefone uma vez por mês, quando muito, já que eu era o seu bode expiatório.

— Tenho certeza de que há pelo menos mil outras pessoas que amariam trabalhar para o Aiden. Eu não acho mesmo que você terá problemas para encontrar um substituto para mim. Vai dar tudo certo — disse a ele com tranquilidade.

Havia pelo menos mil outras pessoas no mundo que amariam trabalhar para Aiden Graves? Sim. No mínimo.

Trevor teria dificuldade em encontrar um novo assistente para o Aiden? Não.

O problema seria encontrar alguém que pudesse lidar com as longas horas de trabalho e a personalidade irritadiça dele.

— *Não vai ser fácil.* — Trevor tinha dito para mim depois que a agência de empregos me enviou. — *Atletas exigem muito. É basicamente parte do requisito de trabalho. Você será capaz de lidar com isso?*

Na época, eu estava trabalhando em três lugares diferentes, dividindo uma casa minúscula com a Diana e o Rodrigo e era incapaz de dormir algumas noites porque tudo com que eu podia sonhar era com a imensa dívida do empréstimo estudantil na qual eu estava nadando. Eu teria feito quase qualquer coisa para sair daquela situação, mesmo se significasse lidar com alguém que poderia ou não ser um psicopata pela forma como os outros o pintavam.

Mesmo que Trevor não tenha mentido, Aiden não era *tão* ruim assim depois que você descobria o que o tirava do sério; ao menos ele deu um aviso sobre o que eu estaria enfrentando.

Um chefe exigente, ranzinza, perfeccionista, viciado em trabalho, arrogante, indiferente e maníaco por limpeza.

Nada de mais.

Aiden Graves precisava de uma assistente, e tive a sorte de conseguir o trabalho.

Àquela altura, eu tinha um plano que me preocupava até a morte, e empréstimos estudantis que estavam me dando uma úlcera. Pensei um milhão de vezes e concluí que trabalhar para ele enquanto mantinha o meu próprio negócio à parte, e tentando fazê-lo crescer ao mesmo tempo, era a melhor forma de seguir em frente na vida, ao menos por um tempo.

O resto era história.

Economizar e trabalhar setenta horas por semana finalmente tinha compensado. Poupei o suficiente para me manter, no caso de os negócios desacelerarem, e eu tinha os meus objetivos para me guiar. Quando as coisas estiveram difíceis, foram as minhas aspirações e esperanças que seguraram a barra, que me fizeram ir adiante.

Então, mesmo nos dias em que Aiden me fazia ficar atrás dele, eu me via apunhalando-o pelas costas porque ele queria que eu fizesse algo ridículo — tipo lavar de novo os lençóis porque eu os deixei tempo demais na máquina de lavar —, e eu sempre fazia o que ele precisava. Tudo o que eu tinha que fazer era me lembrar dos meus empréstimos estudantis e dos meus planos, e eu perseverava.

Até agora.

— Você está acabando comigo, Vanessa. Você está acabando comigo, porra — Trevor gemeu, literalmente.

Gemeu. Ele normalmente só reclamava e se queixava.

— Vai ficar tudo bem. Ele não se importa por eu estar indo embora. É capaz de ele nem notar — falei, tentando ser tão compreensiva quanto podia, e ao mesmo tempo não dando a mínima por ele estar suando frio.

A cara de sofrimento sumiu rapidamente, um fingimento total, e foi substituída por um olhar furioso, fazendo-o parecer mais com o empresário que fui forçada a conhecer do que com o que estava tentando voltar atrás e ser legal depois de tanto tempo. Ele disparou:

— Duvido muito.

Entendi a razão para me encaixar bem com Aiden. Eu era muito paciente, e não guardava mágoa do jeito exigente e ríspido dele. Eu sabia como lidar com loucura em todas as suas formas, graças à minha família, mas talvez eu só tenha estado esperando algo muito pior dele, e ele nunca tinha ido direto à zona de controle da raiva. Ele era comedido demais para isso.

Porém, sendo realista, ainda mais depois de ontem, eu não ia esperar sentada. Talvez fosse me sentir pior com a demissão se Aiden fosse meu amigo ou se Trevor tivesse mesmo sido legal comigo, mas nenhum dos dois se lembraria de mim daqui a dois meses. Eu sabia quem se importava comigo e quem significava algo para mim, e nenhum daqueles dois estava na lista... e, claro, isso fez com que eu me sentisse um pouco mal. Mas sobrevivência do mais apto e toda essa merda, né?

Tanto Aiden quanto Trevor me largariam como uma batata quente se o nosso papel estivesse invertido. Deixei meu equivocado senso de lealdade, paranoia e dúvida de mim mesma me acorrentar à minha cela não-tão-ruim-assim.

Tudo do que Aiden precisava era alguém que pudesse fazer o que ele queria. Cozinhar, limpar, lavar, dobrar, responder e-mails, ligar para Trevor ou para Rob quando as coisas estivessem fora da minha jurisdição e criar posts no Facebook, Twitter e Instagram. E havia as coisas que eu tinha que fazer quando ele viajava. Não era nada fora do comum.

Qualquer um com o mínimo de paciência poderia cumprir as tarefas.

Mas, pelo olhar com o qual Trevor me perfurou, ele não pensava do mesmo jeito. Em grande parte, eu achava que ele só estava com preguiça. O cara suspirou e começou a massagear as têmporas quando a conversa ficou abafada e a imagem dele borrou por um instante.

— Você tem certeza de que quer fazer isso? Posso falar com ele para reduzir a jornada... — A voz se propagou pelo alto-falante mesmo quando a tela congelou.

Eu mal consegui não dizer a ele para me deixar pensar no assunto.

— Não. — Eu não podia. Não ia perder a oportunidade de seguir sozinha. E não queria dar espaço para o fracasso por ter hesitado.

— Vanessa... — ele gemeu. — Você quer mesmo fazer isso?

Isso era exatamente pelo que estive trabalhando desde o momento que terminei a faculdade de design gráfico. Me formar tinha sido uma batalha árdua que às vezes parecia tortura pura, e eu fiz coisas terríveis, horrorosas, para continuar os estudos. Era por isso que eu trabalhava em vários empregos por vez, por isso que agora eu, tecnicamente, tinha dois, e por isso que eu vinha dormindo quatro horas por noite nos últimos quatro anos e vivendo do mínimo. Aceitei quase todo e qualquer trabalho que recebia por e-mail e os que não vinham por lá também: capas de livro, banner para sites, pôsteres, marcadores de livro, cartões de visita, postais, logotipos, design de camisetas, peças sob encomenda e desenhos de tatuagem. Tudo.

— Tenho certeza. — Tive que lutar contra a vontade de sorrir com o quanto eu soei confiante e determinada, mesmo não me sentindo desse jeito.

Voltando a massagear as têmporas, Trevor suspirou.

— Se você vai agir assim, vou começar a procurar alguém para te substituir.

Fiz que sim e permiti que uma sensação de vitória hesitante coçasse a minha garganta. Eu não ia deixar que aquele comentário espertinho começasse a me incomodar. Eu agiria exatamente daquele jeito.

Ele acenou em frente à tela.

— Vou te avisar assim que achar alguém.

Sem mais nem um comentário, ele deslogou do chat como um babaca sem educação, que me fez lembrar de outra pessoa que eu conhecia. Se não fosse por Zac e algum dos outros dos Three Hundreds que ele me apresentou ao longo dos anos, eu pensaria que todo mundo na área deles era egocêntrico. Mas não, eram só algumas pessoas, especialmente as que estavam ao meu redor. Vai saber.

Não seria mais problema meu, não é?

— Vanessa! — uma voz familiar berrou de algum lugar lá em cima.

— Oi? — gritei de volta, saindo do aplicativo no meu tablet e imaginando se ele tinha ouvido ou não a minha conversa com Trevor. Quer dizer, foi ele que me disse para ligar para o cara para início de conversa, não foi?

— Você lavou os lençóis? — Aiden gritou de onde eu só podia presumir ser o seu quarto.

Eu lavava os lençóis dele às segundas, quartas e sextas, e fiz isso todas as semanas desde que fui contratada. Para alguém que malhou quase todos os dias da vida e para quem o suor se tornara tão natural quanto respirar, ele era religioso quanto a ter lençóis ultralimpos. Eu soube desde o início o quanto era importante para ele que os malditos lençóis estivessem limpos, então eu nunca deixava de lavá-los. Jamais.

— Lavei.

— Hoje?

33 A MURALHA DE WINNIPEG *E EU*

— Foi. — Por que diabos ele estava perguntando? Eu sempre... ah. Eu sempre deixava um chocolatinho com menta sobre o travesseiro dele, porque me fazia rir, e eu não tinha posto um lá naquela tarde. Estava em falta na loja. Acho que eu não poderia culpá-lo pela dúvida, mas podia culpar a mim por mimá-lo. Ele nunca reconheceu o meu presentinho, ou me disse para parar de deixá-los, então eu não pensei que ele se importasse. Agora eu sabia.

Aiden não respondeu na mesma hora, e eu já podia imaginá-lo resmungando consigo mesmo, incerto, antes de cheirar os lençóis para se certificar de que eu estava dizendo a verdade. Quando não houve resposta, cheguei à conclusão de que ele confirmou que eu não estava mentindo. Mas, então, ele voltou a gritar:

— Você pegou as minhas roupas na lavagem a seco?

— Peguei. Já estão no armário. — Eu não vacilei, nem revirei os olhos, nem falei com a voz irritada. Às vezes, eu tinha o autocontrole de um samurai. Um samurai que queria virar *ronin*.

Eu mal consegui guardar o tablet na bolsa quando ele voltou a gritar:

— Onde estão os meus *runners* laranja?

Dessa vez, não pude deixar de revirar os olhos. Lidar com ele me lembrava de ser uma criancinha pedindo para a minha mãe me ajudar a encontrar algo depois de eu ter olhado pelo total de cinco segundos. O calçado estava onde ele o deixara.

— No seu banheiro.

Eu podia ouvir movimento lá em cima. Zac ainda não tinha voltado de Dallas, então só poderia ser o grandalhão procurando pelo tênis, ou quando o canadensismo falava mais alto: *runners.* Eu raramente tocava nos calçados dele se não fosse necessário. Não que ele tivesse chulé, o que, por incrível que pareça, ele não tinha, mas seus pés suavam, e eu quero dizer que eles suavam de verdade. Ele vinha treinando com tanto afinco nos últimos dois meses que o suor tinha atingido a escala máxima. Meus dedos tentavam nem chegar perto deles se pudesse evitar.

Estava folheando um livro de receitas, tentando decidir o que fazer para o jantar, quando começou a trovoada que seguia um homem de cento e vinte quilos descendo as escadas correndo. Sério, cada vez que ele descia as escadas mais rápido do que com um impulsozinho lento, as paredes tremiam. Eu não sabia como elas aguentavam.

Qualquer que fosse o material que o construtor usou nelas era do bom.

Não precisei me virar para saber que ele tinha vindo para a cozinha. A porta da geladeira abriu e fechou, e logo se seguiu o som dele mastigando alguma coisa.

— Compre protetor solar para mim, já está quase acabando — disse, com a voz distraída.

Eu já tinha encomendado o produto há uns dias, e não vi razão para contar a ele que era mais fácil encomendar do que ir até a loja comprar.

— Pode deixar, grandalhão. Estou levando dois shorts seus para a costureira. Notei quando os lavei que tinham descosturado na bainha. — Levando em consideração que metade das roupas dele eram feitas sob medida porque o seu "tamanho colossal" não era muito comum de ser fabricado, não fiquei muito impressionada por aqueles shorts já estarem precisando de conserto.

Fazendo malabarismo com a pera que estava comendo e duas maçãs em sua outra mão, ele ergueu o queixo.

— Vou correr hoje à noite. Algo que eu precise saber antes de sair?

Mexendo na perna dos meus óculos, tentei pensar no que eu tinha planejado dizer a ele.

— Há alguns envelopes que deixei na sua mesa hoje de manhã. Não sei se os viu ou não, mas parecem importantes.

Aquele enorme rosto bonito ficou pensativo por um segundo antes de ele assentir.

— O Rob cancelou a sessão de autógrafos?

Quase estremeci ao pensar na conversa que tive com o agente dele, outro idiota de quem eu não gostava. Para ser sincera, não ficaria surpresa se a própria mãe também não gostasse dele. Rob era otário a esse ponto.

— Eu disse a ele para cancelar, mas ele não ligou de volta para dar uma resposta. Vou tentar descobrir.

Ele voltou a assentir, agachando aquela imensa estrutura de 1,96m para pegar a bolsa.

— Certifique-se disso. — Ele fez uma pausa. — O aniversário do Leslie é esse mês. Mande um cartão e um cartão-presente para ele, sim?

— Seu desejo é uma ordem. — Durante todo o tempo em que trabalhei para ele, Leslie era a única pessoa que ganhava um presente dele. Eu não poderia nem de longe sentir ciúme por não ganhar ao menos um "feliz aniversário" verbal no meu. Nem mesmo Zac recebia, e eu sei, porque, se fosse o caso, seria eu quem compraria o presente. — Ah, fiz aquelas barrinhas de cereal que você gosta no caso de querer levar algumas — adicionei ao apontar para o pote de plástico perto da geladeira.

Ele foi até o lugar que indiquei, abriu o pote e tirou duas barrinhas embrulhadas em papel encerado antes de enfiar os lanchinhos na bolsa de ginástica.

— Vá à academia amanhã com a câmera e o meu café da manhã. Eu vou para lá cedo e ficarei até a hora do almoço.

— Claro. — Eu tive que fazer uma nota mental para ajustar o alarme para meia hora antes do normal. Na maioria dos dias, quando ele estava em Dallas durante a pré-temporada, Aiden fazia o cardio em casa, tomava café e então saía para fazer seu levantamento de peso e outros tipos de treino com qualquer personal que ele quisesse honrar com a sua presença. Alguns dias, ele acordava mais cedo e ia direto para a academia.

O lugar ficava do outro lado da cidade, então ou eu teria que preparar o café dele na minha casa e ir direto de lá, ou acordar ainda mais cedo para passar na casa dele, que ficava fora de mão, e depois ir para lá. Não, obrigada. Eu mal sobrevivia com as minhas quatro ou cinco horas de sono na maioria das noites, e não estava prestes a perder o pouco que tinha.

Eu me afastei do balcão e peguei a garrafa de água que enchi mais cedo, oferecendo-a para ele, fixando o olhar no pescoço grosso antes de me forçar a olhá-lo nos olhos.

— Aliás, conversei com Trevor sobre a minha demissão, e ele disse que vai começar a procurar outra pessoa.

Aquelas órbitas escuras encontraram as minhas por um segundo, somente por uma fração de segundo, frias e distantes como sempre, antes de desviar o olhar.

— Tudo bem. — Ele pegou a garrafa comigo enquanto jogava a bolsa sobre o ombro.

Assim que chegou à porta que ligava a garagem à cozinha, gritei:

— Tchau.

Ele não disse nada enquanto fechava a porta, mas acho que talvez tenha agitado um ou dois dedos. Eu devia estar imaginando coisas.

A quem eu estava enganando? É claro que estava imaginando coisas. Eu só estava sendo uma idiota por sempre pensar que havia uma possibilidade de ele agir diferente. Mesmo eu não sendo a pessoa mais efusiva do mundo, Aiden ganhava de mim de lavada.

Com um suspiro resignado, balancei a cabeça para mim mesma, e comecei a percorrer a cozinha quando o meu celular pessoal tocou. Dando uma espiada rápida na tela, apertei o botão de atender.

— Olaaar — falei, deslizando o aparelho entre a orelha e o ombro.

— Vanny, não estou com tempo para conversar. Tenho um cliente daqui a um minuto. — A voz animada do outro lado da linha se apressou a explicar. — Eu só quero te dizer que o Rodrigo viu a Susie.

O silêncio se estendeu entre mim e Diana. Dois segundos, três segundos, quatro segundos. Pesado e antinatural. Mas, bem, isso era o que Susie melhor fazia: bagunçar as coisas.

Queria perguntar se ela tinha certeza de que era a Susie que o irmão dela, Rodrigo, havia visto, mas não perguntei. Se Rodrigo pensou que a viu, então ele a viu. Ela não tinha o tipo de rosto que era fácil de confundir, mesmo após tantos anos.

Pigarreei, dizendo a mim mesma que eu não precisava contar até dez, nem mesmo até cinco.

— Onde? — Minha voz saiu em um leve chiado.

— Ontem, em El Paso. Ele estava visitando os sogros esse fim de semana com a Louie e o Josh, e disse que a viu no mercado perto do bairro antigo.

Um, dois, três, quatro, cinco, seis, sete.

Não. Não era o bastante.

Teria que começar a contar de novo, até chegar ao dez na segunda vez. Milhares de pensamentos diferentes passaram pela minha cabeça à menção do nome da Susie, e todos eram terríveis. Todos e cada um deles. Não precisava ser um gênio para saber o que ela estava fazendo no bairro antigo. Só uma pessoa que ambas conhecíamos ainda morava lá. Eu ainda podia me lembrar do nosso velho reduto com muita nitidez.

Foi lá onde eu e Diana nos conhecemos. Na época em que eu morava com a minha mãe, a família de Diana era nossa vizinha. Eles tinham a casa bonita, recém-pintada de azul com o acabamento em branco e um belo quintal, o pai que brincava com os filhos do lado de fora, e a mãe que beijava dodóis. Os Casillas eram a família que eu sempre quis ter quando criança, quando as coisas tinham estado em seu pior, e a única coisa em que eu encontrava consolo era no meu caderno, não na bagunça dentro das paredes da minha casa.

Diana era a minha melhor amiga por tanto tempo quanto eu podia me lembrar. Eu não podia contar o número de vezes que comi na casa dela com o meu irmão mais novo até a minha mãe perder a nossa custódia. Diana sempre tinha feito o que a minha família não fez: cuidar de mim. Foi ela quem me encontrou... *Pare. Pare.* Não valia a minha energia pensar em coisas passadas e já superadas. Não valia mesmo.

— Hum. Não faço ideia da razão para ela voltar. — Minha voz soou tão robótica quanto na minha cabeça. — Falei com a minha mãe há uma semana e ela não falou nada. — Diana sabia que eu me referia à minha mãe de verdade, a pessoa que tinha dado à luz a mim e aos meus quatro irmãos, não minha mãe adotiva que ficou comigo quatro anos e com quem eu ainda mantinha contato.

À menção da minha mãe biológica, Diana fez um barulhinho que quase não ouvi. Eu sabia que ela não entendia por que eu me dava ao trabalho de tentar ter um relacionamento com ela.

Para ser sincera, eu me arrependia da decisão metade do tempo, mas essa era uma das raras coisas que nunca contei para a pessoa de quem eu mais era próxima no mundo. Sabia o que ela diria, e não queria ouvir.

— Imaginei que você fosse querer saber no caso de estar planejando fazer uma visita — ela enfim disse, com um tom muito parecido com um murmúrio.

Eu não ia a El Paso com frequência, mas ela estava certa. Com certeza não vou querer ir agora que sabia quem estava lá.

— Preciso mesmo ir daqui a um segundo, Vanny — minha melhor amiga adicionou rapidamente antes que eu pudesse dizer qualquer coisa. — Mas *você contou a Miranda que vai sair do emprego*?

O "Miranda" entrou em um ouvido e saiu pelo outro. Chamo o cara disso há tanto tempo, e era tão natural que eu nem registrei.

— Ontem mesmo.

— E?

Ela não podia simplesmente me deixar emburrada com a minha realidade.

— Nada. — Não havia razão para mentir ou inventar alguma coisa que me fizesse parecer mais importante para o Aiden do que eu era. Mesmo não tendo contado a ninguém muita coisa sobre ele por causa do acordo de confidencialidade que assinei quando comecei a trabalhar lá, Diana sabia o bastante para entender por que o nome dele estava salvo no meu telefone pessoal como Miranda Priestly, de *O diabo veste Prada*.

— Ah. — Foi a resposta desapontada dela.

É. Eu também pensei isso.

— Ele vai sentir a sua falta depois que você for embora. Não se preocupe.

Eu duvidava muito.

— Tudo bem, tenho que ir, meu cliente chegou. Me liga mais tarde, Van-Van. Saio do trabalho às nove.

— Ligo sim. Amo você.

— Amo você também. Ah! E pense na possibilidade de eu pintar o seu cabelo assim que você sair daí — ela adicionou antes de desligar.

O comentário de Diana me fez sorrir, e eu continuei sorrindo ao entrar no escritório de Aiden para atacar a caixa de entrada dele. Falar com a Di sempre me deixava de bom humor. A verdade era que ela era uma das pessoas mais tranquilas que eu já conheci, e também tinha acalmado a minha alma mais vezes do que eu podia me lembrar. Minha amiga nunca me passava sermão por causa do tanto que eu trabalhava, porque ela também trabalhava demais.

Mas eu disse a ela a mesma coisa que o meu pai adotivo me disse quando eu tinha dezessete anos e contei a ele que queria trabalhar com arte.

— Faça o que te faz feliz, Vané. Ninguém mais cuidará de você, além de você mesma.

Foi a mesma crença a que me segurei quando disse à minha família adotiva que queria ir estudar a milhares de quilômetros de distância, e o que disse a mim mesma quando não consegui a bolsa de estudos e a minha ajuda financeira era uma mera gota em um balde para ir à dita faculdade. Ia fazer o que tinha que fazer, mesmo se tivesse que deixar o meu irmão para trás, com a bênção dele. Disse a ele a mesma coisa quando lhe ofereceram uma bolsa de estudos em uma faculdade logo depois que me mudei para o Texas para estar mais perto dele.

Às vezes, era mais fácil dizer às pessoas o que elas deviam fazer do que realmente praticar o que você prega.

Aquela foi a verdadeira raiz dos meus problemas. Eu estava com medo. Com medo de os meus clientes desaparecerem e eu não ter mais trabalho. Com medo de que, algum dia, eu acordaria e não teria mais nenhuma inspiração quando abrisse o programa de edição de imagens. Estava com medo de que a coisa pela qual trabalhei tanto fosse ruir e virar cinzas e tudo iria para o inferno. Porque eu sabia, em primeira mão, que a vida podia estar te conduzindo a uma direção e, no momento seguinte, você seguia por outra completamente diferente.

Porque era assim que as surpresas funcionavam... elas não tinham a mania de se fixar no nosso cronograma e nos deixar saber que chegariam antes do tempo.

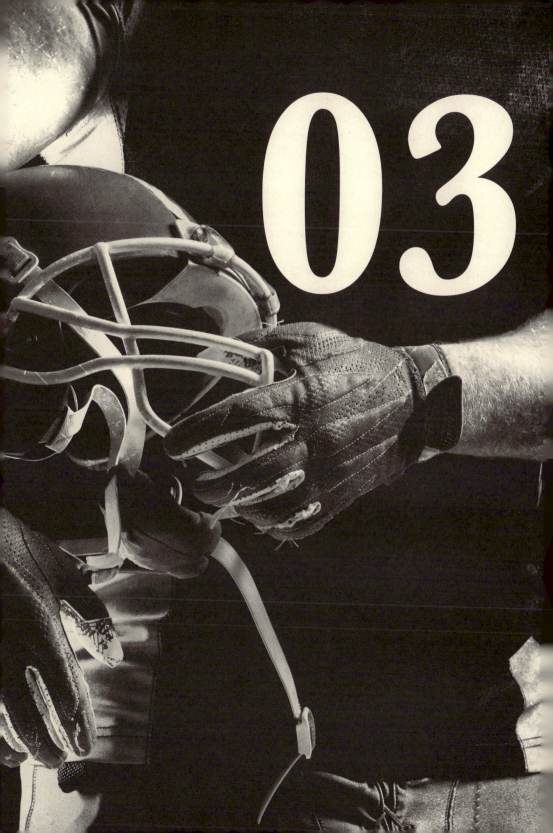

Esse lugar fede a sovaco, pensei, enquanto abria caminho passando pelo equipamento de cardio na academia onde Aiden estava malhando desde que voltamos do Colorado.

Localizada no distrito comercial no subúrbio de Dallas, a academia tinha o equipamento necessário para todos os níveis de levantamento de peso, exercícios pliométricos, calistenia, fisiculturismo e halterofilismo. O prédio em si era novo, discreto e fácil de passar batido, a menos que você soubesse o que estava procurando. Estava aberto há cerca de três anos, e o dono não poupou despesas em sequer um centímetro quadrado do estabelecimento. O lugar se gabava por treinar alguns dos melhores atletas de elite do mundo em uma ampla variedade de esportes, mas eu só prestava atenção em um deles.

O cronograma de Aiden tinha sido tão consistente quanto poderia ser nos dois anos que estive com ele, considerando tudo o que havia acontecido nos últimos dez meses. Depois que a temporada de futebol americano acabou e ele foi liberado para treinar esse ano, Aiden foi direto para uma cidadezinha do Colorado, onde alugou uma casa de um ex-astro do futebol americano por dois meses. Lá, ele treinou com o seu técnico de futebol americano do colégio. Eu nunca perguntei abertamente por que ele escolheu aquele dentre todos os lugares para passar o tempo, mas, com tudo o que sei sobre ele, cheguei à conclusão de que ele gostava de ficar longe dos holofotes. Sendo um dos melhores jogadores da liga, sempre havia alguém ao redor dele, pedindo algo, contando algo, e Aiden não era bem do tipo amigável e extrovertido.

Ele era um solitário que, por acaso, era tão bom no esporte que praticava que não havia como se esquivar dos holofotes em que foi posto desde o momento em que foi escolhido no *draft*. Ao menos, foi o que eu tinha aprendido com os inúmeros artigos que li antes de compartilhar nas mídias sociais dele e com as centenas de entrevistas às quais o acompanhei. Era só algo que ele tolerava em seu caminho para ser o melhor, porque era isso o que os fãs, e até mesmo as pessoas que não eram fãs, esperavam dele.

Com uma ética de trabalho dessas, não foi nenhuma surpresa.

Depois do seu retiro no meio do nada — eu fui com ele duas vezes porque, ao que parecia, ele não podia viver sem uma chef e uma governanta —, voamos para Dallas, e o seu técnico do ensino médio voltou para Winnipeg. Aiden, então, trabalhou em outros aspectos da sua função com outro treinador até que os Three Hundreds o chamaram para voltar aos treinos em julho.

Em algumas semanas, os treinos oficiais teriam início e a insanidade que rondava a temporada de futebol americano com um dos atletas de maior calibre da organização começaria de novo. Mas, dessa vez, eu não seria parte disso. Não teria que acordar às quatro da manhã nem teria que me deslocar por aí feito uma doida fazendo as cem coisas que pareciam brotar quando ele estava ocupado.

Neste agosto, em vez de lidar com planos de refeição em torno de dois treinos por dia e os jogos da pré-temporada, eu estaria no meu apartamento, acordando na hora que bem entendesse, e não tendo que providenciar a refeição de ninguém além da minha.

Mas essa era uma festa que eu poderia dar em um futuro próximo, quando não estivesse ocupada procurando por Aiden enquanto carregava um monte de coisa.

Após os aparelhos de cardio e das portas duplas vai e vem, ficava a parte principal da área de treinamento. Com um tamanho cavernoso de três mil metros quadrados, a decoração preta e branca nadava diante dos meus olhos. Metade do chão era de algo parecido com gramado, e a outra metade tinha o piso preto levemente acolchoado para uma seção de levantamento de peso. Espalhadas no prédio às seis da manhã, estavam apenas cerca de outras dez pessoas. Metade delas parecia com jogadores de futebol americano e a outra metade parecia ser algum outro tipo de atleta.

Eu só precisei procurar pelo maior deles, e só me levou um segundo para localizar o cabeção na área gramada perto de um dos pneus de quinhentos quilos. Isso mesmo, *pneus de quinhentos quilos*.

E eu me achava muito foda quando conseguia carregar todas as sacolas de compras até o meu apartamento em uma única viagem.

A alguns metros de distância, um homem de aparência familiar observava A Muralha de Winnipeg. Encontrando um lugar mais fora do caminho e ainda perto o bastante para conseguir tirar uma foto decente, me sentei de pernas cruzadas na beirada das esteiras perpendiculares a

Aiden e ao seu atual treinador e peguei a câmera DSLR, que, há um ano, sugeri que ele comprasse especialmente para esse propósito. Um dos meus deveres era atualizar suas redes sociais e engajar os fãs; os patrocinadores e os fãs gostavam de ver tomadas ao vivo dele se exercitando.

Ninguém prestou atenção enquanto eu me acomodava, todos ocupados demais olhando ao redor. Com o equipamento fora da bolsa, esperei pela foto perfeita.

Através das lentes, as feições de Aiden ficavam menores, e os músculos não pareciam tão definidos como eram quando você o via pessoalmente. Ele vinha cortando calorias há cerca de duas semanas, querendo perder cinco quilos antes de a temporada começar. As estrias em seus ombros estalaram enquanto ele manuseava o imenso pneu de trator, agachando-se na frente dele, fazendo os músculos dos seus tendões parecerem ainda mais impressionantes do que já eram. Eu podia até mesmo ver a fenda que se formou ao longo da parte de trás da coxa de tão bem desenvolvidos que eram os músculos femorais.

Aí havia aqueles bíceps e tríceps que algumas pessoas pareciam pensar que chegaram àquele tamanho devido aos esteroides, mas eu sabia, em primeira mão, que o corpo de Aiden era abastecido por quantidades massivas de uma dieta à base de vegetais. Ele nem mesmo gostava de tomar remédios de venda sem prescrição médica. Da última vez que ficou doente, o teimoso se recusou até mesmo a tomar os antibióticos que o médico receitou. Nem me dei ao trabalho de pedir os analgésicos que prescreveram depois da cirurgia, o que deve ter sido a razão para ele ficar tão mal-humorado por tanto tempo. Não vou nem começar a falar sobre a aversão dele por lauril éter sulfato de sódio, conservantes e parabenos.

Esteroides? Faça-me o favor.

Tirei algumas fotos, tentando conseguir uma muito boa. As fãs sempre iam à loucura com as que exibiam o poder contido naquele corpo magnífico. E quando ele usava shorts de compressão enquanto estava agachado? "AI, ENGRAVIDEI", uma das fãs escreveu na semana passada, quando postei uma foto de Aiden fazendo agachamentos. Eu quase cuspi a água que estava na minha boca.

A caixa de e-mails dele inundava depois desse tipo de postagem. O que os fãs queriam, os fãs conseguiam, e Aiden era totalmente a favor.

Para a sorte dele, entre os semestres, fiz aulas de fotografia na faculdade comunitária da cidade na esperança de descolar alguns trabalhos durante o verão fotografando casamentos.

O pneu deu início ao movimento de ser virado. O rosto de Aiden se contorceu e o suor escorria da sua testa, passando pela grossa cicatriz de cinco centímetros que cruzava verticalmente a linha do cabelo, antes de se misturar com a barba, que cresceu durante a noite. Eu tinha ouvido as pessoas falarem sobre a cicatriz quando pensavam que eu não estava ouvindo. Pensavam que ele tinha conseguido a marca durante uma noite de bebedeira na faculdade.

Mas eu sabia que não foi o caso.

Através das lentes, Aiden fez careta e o treinador o encorajou do seu lugar bem ao lado dele. Tirei mais fotos, reprimindo um bocejo sonolento.

— Oi, gata — sussurrou, por trás, uma voz um pouco perto demais da minha orelha.

Congelei. Eu não precisava me virar para saber quem era. Havia apenas uma única pessoa no grupo que circulava a vida de Aiden que fazia o meu radar de tarado disparar.

E essa será, se Deus quiser, uma das últimas vezes que você terá que ver esse cara, disse a mim mesma quando tive o impulso de me encolher.

Também havia o fato de que o meu instinto me dizia que expor o meu desgosto para ele só pioraria a situação, e não era como se eu fosse dizer a Aiden que o seu companheiro de equipe me dava calafrios. Se eu não disse para o Zac, que *era* meu amigo, que Christian me deixava desconfortável, com certeza não diria à pessoa que não era. Mas aquela era a verdade. Eu cuidava da minha própria vida quando aparecia em qualquer coisa relacionada aos Three Hundreds e tentava ser legal, ou pelo menos educada, com as pessoas que eram gentis comigo.

Trevor incutiu aquilo na minha cabeça quando me entrevistou. Eu não deveria ser vista nem ouvida. A atenção deveria estar sempre no grandalhão, e não na assistente doida, e eu estava muito bem com isso.

Colando um sorriso tenso e forçado nos lábios, mesmo que eu não estivesse de frente para ele, mantive a câmera onde estava, pronta para entrar em ação.

— Oi, Christian. Tudo bem? — cumprimentei, com a voz amigável que precisei cavar muito para encontrar, ignorando com facilidade as feições bonitas que disfarçavam um homem que tinha sido suspenso de alguns jogos na última temporada por se meter em briga em uma boate. Achei que isso falava muito sobre ele, para início de conversa, porque quem faria uma estupidez dessas? Ele ganhava milhões por ano. Só um idiota completo arriscaria algo tão bom.

— Ótimo, agora que você está aqui — disse Christian Taradão.

Eu quase grunhi. Não era como se eu soubesse que ele estava treinando no mesmo lugar que Aiden. Eu duvidava que Aiden ao menos soubesse ou se importasse.

— Tirando fotos do Graves? — perguntou, sentando-se ao meu lado no chão.

Posicionei o visor no olho, esperando que ele percebesse que eu estava ocupada demais para conversar.

— Sim. — De quem mais eu estaria tirando fotos? Tirei mais algumas quando Aiden conseguiu virar o pneu de novo e voltou à posição agachada com as pernas abertas após cada vez.

— Como você está? Quanto tempo faz desde que te vi?

— Bem. — Era cretinice ser tão vaga? Era, mas eu não podia achar em mim o desejo de ser mais do que cordial com aquele cara depois do que ele fez. E mais, ele sabia muito bem quanto tempo Aiden tinha ficado fora da temporada. Ele era a estrela da equipe. Alguém do time tinha estado constantemente em contato com ele desde a lesão. Não havia como Christian não estar a par do progresso de Aiden. Parecia que, cada vez que eu zapeava pelos canais de esporte, um ou outro âncora estava fazendo previsões sobre o futuro dele.

O calor da lateral do corpo de Christian queimou o meu ombro.

— Não há dúvida de que o Graves recuperou a forma bem rápido.

Através da lente, no entanto, vi Aiden olhando feio na minha direção, o treinador a alguns metros de distância anotando algo na prancheta.

Eu estava dividida entre acenar e levantar, mas Aiden decidiu por mim ao dizer em voz alta:

— Você já pode ir.

Você já pode...?

Largando a câmera no meu colo, eu o encarei, pressionando os óculos um pouco mais perto do meu rosto com o dedo indicador. Não entendi direito, entendi?

— O que você disse? — Fiz a pergunta devagar, para que ele pudesse me ouvir.

Ele nem piscou ao repetir:

— Você já pode ir.

Você já pode ir.

Fiquei pasma. Meu coração deu um salto violento. Minha respiração acelerou.

Um, dois, três, quatro, cinco, seis, sete, oito, nove, dez.

"Derrote o inimigo com bondade", a mãe de Diana dizia quando eu contava a ela sobre as implicâncias das minhas irmãs comigo. Eu não tinha levado muito as palavras em consideração quando estava lidando com a minha família, mas elas fizeram sentido quando tive idade o bastante para ter que aturar as merdas de outras pessoas.

Ser o tipo de pessoa que sorria para alguém que estava sendo um babaca normalmente irritava o otário muito mais do que responder com grosseria.

Em alguns casos, no entanto, as pessoas também podiam pensar que você tinha problemas mentais, mas era um risco que eu estava disposta a correr.

Só que, nesse caso, naquele momento, me forçar a não mostrar o dedo para Aiden de forma óbvia foi muito mais difícil do que costumava ser.

Uma coisa era ele me ignorar quando eu tentava brincar com ele, ou quando eu dizia "tchau" ou "bom dia", mas agir desse jeito comigo na frente de outras pessoas? Cara, ele não era bem um ursinho no melhor dos dias, mas também não era garoto-propaganda da Abominável & Fitch. Pelo menos, não quando estávamos perto de outras pessoas, o que era raro.

Um, dois, três, quatro, cinco. Pronto.

Ergui as sobrancelhas e sorri para ele como se não houvesse nada errado, mesmo que estivesse fervendo por dentro e imaginando como poderia causar uma diarreia nele.

— Qual é a dele? — murmurou Christian, enquanto eu guardava a câmera na capa e depois na minha bolsa. Não conseguia decidir entre ir embora o mais rápido possível ou ficar onde estava, porque ele tinha perdido a porra da cabeça se pensava que eu ia fazer o que ele pedia depois de falar daquele jeito comigo.

O lembrete de que eu não precisava mais me submeter à merda do Aiden me atingiu bem entre as sobrancelhas e as omoplatas. Eu podia aguentar o cara sendo frio e indiferente. Podia lidar com ele não dando a mínima para mim, mas me envergonhar na frente de outras pessoas? Havia um limite de coisas que a gente conseguia perdoar e ignorar.

Um, dois, três, quatro, cinco, seis.

— Ele é sempre assim? — A voz de Christian me afastou dos meus pensamentos.

Dei de ombros, tendo o cuidado de não falar pelos cotovelos na frente de alguém que era praticamente um estranho, mesmo quando, naquele minuto, o homem em questão não estivesse na minha lista de pessoas que eu tiraria de um prédio em chamas.

— Ele é um bom chefe — soltei o elogio brando e forçado ao ficar de pé. — Não levo para o lado pessoal.

Normalmente.

— De qualquer forma, preciso ir. A gente se vê — falei ao colocar a alça da bolsa no ombro e pegar a bolsa térmica com a comida do grandalhão.

— Tenho certeza de que vou te ver em breve — ele observou, a voz só um pouco animada demais, forçada demais.

Acenei com a cabeça antes de reparar em Aiden apoiando um joelho no gramado, encarando-me com uma expressão perfeitamente impassível no rosto. Lutando contra a sensação desconfortável que tive de ele praticamente me dizendo para sumir, parei do outro lado do pneu. Ele estava suado, a camiseta grudada nos músculos peitorais como uma segunda pele mais clara. O rosto estava tenso, quase entediado, como sempre.

Tentei controlar as minhas palavras e o meu coração. Confusão, raiva e, para ser sincera, um pouco de mágoa azedou o meu estômago enquanto eu o observava.

— Há algo errado? — perguntei devagar e com firmeza, enquanto batia ao dedos na costura da bolsa em que estavam a câmera dele e as minhas coisas.

— Não — respondeu, incisivo, como ele teria respondido se eu tivesse perguntado se ele queria algo com erva-doce no jantar.

Pigarreei e esfreguei a lateral da mão na costura da calça, com cautela, contando até três dessa vez.

— Você tem certeza?

— Por que algo estaria errado?

Porque você está sendo um grandessíssimo idiota, pensei.

Mas, antes que eu pudesse pensar em alguma coisa, ele prosseguiu:

— Eu não te pago para ficar sentada por aí e conversar.

Ah, *não*.

Ele inclinou toda a parte superior do corpo para a frente, para descansar contra o cumprimento da perna em um alongamento profundo.

— Você trouxe o meu café da manhã?

Tentei ser paciente. Tentei mesmo. Na maior parte do tempo, eu tinha paciência para dar e vender. Não havia sentido no "isso é meu" quando você tinha três irmãs mais velhas, que não respeitavam os limites de ninguém, e um irmão mais novo. Não é preciso dizer que eu não ficava magoada com facilidade, e não guardava noventa e nove por cento das coisas que os meus irmãos diziam no calor do momento.

Mas esse era o problema: Aiden não era meu irmão. Ele nem sequer era meu amigo. Eu podia aguentar muita coisa, mas não era obrigada a aceitar nada vindo dele.

Naquele momento, percebi que já estava farta daquela merda. Cheguei ao limite. *Ao limite.*

Talvez eu estivesse com um medo do caramba de ir embora, mas eu preferia apostar em mim mesma a ficar lá e ser insultada por alguém que não era nem um pouco melhor do que eu.

Calma, calma, calma, apesar da raiva zumbindo nos meus ouvidos, eu me obriguei a me concentrar na pergunta dele e respondi com a voz inflexível.

— Trouxe. — Ergui a bolsa que ele claramente teria visto quando me aproximei.

Ele resmungou.

Por mais que eu pudesse respeitar Aiden por ser tão determinado, focado e lógico, às vezes...

Eu ficava irritada com o quanto ele era cego com todo o resto. Em todo esse tempo que trabalhei para ele, o cara não pôde me agraciar com mais do que um ocasional "obrigado" ou um "bom almoço". Claro, eu sabia que não deveria esperar gratidão por fazer as coisas só porque era o educado a se fazer, mas mesmo assim. Eu podia contar nos dedos de uma mão o número de vezes que ele sorriu para mim, ou perguntou como eu estava. *Da porra de uma mão.* Eu era alguém que cumpria um papel, mas eu poderia ter sido qualquer pessoa cumprindo esse papel, e não teria importado.

Eu fazia um bom trabalho, quase nunca reclamava, e sempre fazia o que precisava mesmo quando não queria. Tentei ser legal com ele, brincar com ele, mesmo ele não se importando nem um pouco, porque o que era a vida quando a levávamos muito a sério?

Mas ele basicamente disse "xô" para mim na frente de outras pessoas.

— É só isso? — A voz rouca de Aiden me tirou dos meus pensamentos. — Tenho um treino que preciso terminar.

Uma estranha sensação de alívio perfurou o meu peito bem naquela hora. Eu me senti... como se pudesse respirar. Parada ali, eu me senti *certa*.

— É, é só isso, chefe. — Engoli em seco, forcei um sorriso e saí de lá com a cabeça erguida, pensando: *já deu. Já deu mesmo.*

Qual era o problema dele?

Fiquei perto de Aiden dezenas de vezes quando ele estava tendo um dia ruim. Dias ruins com Aiden Graves não eram nenhuma novidade nem algo a que se agarrar. Até mesmo os treinos com os Three Hundreds eram um assunto sério para ele. Cada erro que ele cometia era como um golpe na sua alma, e o cara se debruçava sobre aquilo. Foi o que disse muitas vezes em entrevistas, como se deitava na cama repassando as jogadas até ir dormir.

Ele era mal-humorado em dias de sol e era mal-humorado em dias nublados. Eu podia lidar com homens rabugentos que preferiam ficar consigo mesmos. Normalmente, ele só me olhava feio e talvez rosnava um pouco.

Nada de mais. Ele não atirava coisas nem gritava.

Mas agir feito um idiota comigo em público? Dizendo esse tipo de coisa? Aquilo era novo até mesmo para ele, e talvez fosse por isso que eu estava lidando tão mal com o acontecido. Às vezes, as piores coisas que podíamos ouvir estavam envoltas em tons doces e voz calma.

Saí da academia, distraída. Dirigi murmurando comigo mesma. Vinte minutos depois, parei na casa de Aiden e estacionei na rua como sempre. Quando abri a porta, notei que havia algo errado, já que o alarme não estava apitando.

O alarme não estava apitando.

— Zac? — gritei, levando a mão à bolsa para pegar o spray de pimenta ao mesmo tempo em que ia até a cozinha, em direção à porta que dava na garagem, para ver se havia um carro ali.

Não cheguei tão longe.

Do balcão de ônix bem ao lado da geladeira pendiam pernas longas enfiadas em botas de cowboy. Não precisei olhar para a parte superior do corpo acima delas. Eu sabia o que veria: uma camiseta puída, um rosto estreito e bonito e o cabelo castanho-claro escondido por baixo de um chapéu Stetson preto que ele possuía há anos.

Zachary James Travis estava jogado sobre o balcão com um saco de batata chips no colo. Com 1,90m de altura, Zac era o *quarterback* reserva dos Dallas Three Hundreds. Assolado por uma lesão após a outra, o um dia a estrela de Austin, Texas, havia tropeçado nos últimos seis anos de carreira. Ou era o que os analistas de esporte diziam.

Mas não foi assim que conheci Zac. Com uma vibração no sotaque, roupas que diziam que a única coisa com que ele se preocupava era que elas estivessem limpas e fossem confortáveis, e um sorriso que fazia a maioria das mulheres desmaiar, ele era meu amigo. Meu confidente no que o cara com quem morava não conseguia ser.

E eu não o via há quase três meses, desde que ele voltou para casa para passar parte das férias.

Nesse instante, porém, eu não sentia tanta saudade dele.

— Você quase levou uma borrifada na cara! Pensei que só viesse semana que vem. — Levei a mão ao peito, a outra segurando o spray de pimenta.

Quando ele apoiou no chão os pés calçados com as botas, eu enfim deixei meus olhos se erguerem para ver que ele estava de pé ali com os braços abertos e um sorriso largo. Zac estava com o rosto revigorado, mais bronzeado do que o normal e, ao reparar na barriga dele, talvez um pouco mais pesado do que o normal.

— Também senti saudade, querida.

Pondo de lado, temporariamente, o véu que o mau humor de Aiden colocou sobre a minha cabeça, não pude deixar de sorrir.

— O que você está fazendo aqui?

— Cheguei à conclusão de que eu não ia morrer se voltasse um pouco antes — ele explicou ao rodear a ilha da cozinha e parar na minha frente, elevando-se muito acima dos meus 1,70m. Antes que qualquer um de nós pudesse dizer uma palavra, seus braços estavam ao meu redor.

Retribuí o abraço.

— A única pessoa que talvez acabe morta em breve é você-sabe-quem. Eu quase o envenenei algumas vezes nos últimos meses. — Dei uma cheirada nele e quase ri com o aroma do desodorante Old Spice que ele sempre usava.

— Ele ainda está vivo? — Zac arrastou a pergunta de forma preguiçosa, mas com seriedade.

Pensar no comentário dele lá na academia me fez fazer careta na camiseta do meu amigo.

— Por pouco.

Afastando-se, o sorriso dele tinha minguado, os olhos estreitos ao estudarem as minhas feições.

— Você está péssima, docinho. Não anda dormindo? — perguntou ao olhar para o que eu tinha certeza de que eram as minhas olheiras.

Dei de ombros sob a palma das suas mãos. Por que mentir?

— Não o bastante.

Ele sabia muito bem que não deveria me passar um sermão; em vez disso, só balançou a cabeça. Por um segundo, pensei em como Aiden reagiria com as quatro ou cinco horas de sono que eu normalmente espremia na minha rotina. Ele era ainda mais religioso quanto a ter entre oito e dez horas de sono por dia. Isso também era parte do motivo de ele não ter amigos.

Pensar em Aiden me lembrou das conversas que tive recentemente e de que eu não falava com Zac há duas semanas.

— Eu, enfim, falei com Aiden — revelei.

A boca dele se abriu, os olhos azuis leitosos se arregalando.

— Falou?

Zac sabia dos meus planos. Logo depois de começarmos a nos conhecer, ele me viu trabalhando no meu tablet na hora do almoço em uma tarde qualquer, e perguntou o que eu estava fazendo. Então eu contei.

Ele se limitou a sorrir para mim e respondeu:

— Não brinca, Van. Você tem um site ou algo assim?

Desde então, refiz o logo do site pessoal dele, depois de eu insistir que seria uma ideia excelente para a marca dele, e fiz vários banners para suas redes sociais. Como resultado, ele arranjou mais trabalho para mim com outros jogadores do time.

Joguei as mãos para o alto e abri um sorriso ao mesmo tempo que mexia os dedos.

— Foi. Eu falei para ele — praticamente cantei.

— O que ele disse? — perguntou o homem mais escrachadamente enxerido que já conheci.

Lutei e perdi a luta contra a vontade de fazer careta com a memória do quanto Aiden não tinha dito.

— Nada. Ele só me disse para avisar ao Trevor.

Uma das sobrancelhas castanho-claras de Zac se contraiu.

— Ah.

Ignorei. Não importava se Zac pensava o mesmo que eu: *Que babaquice de se fazer*.

— Viva — murmurei, ainda gesticulando como quem diz "tcharam" para ele, porque até mesmo as memórias que eu tinha de Aiden não estragariam o meu bom humor por estar indo embora em breve.

Ele me lançou um olhar especulativo antes que a emoção fosse apagada, e me deu um tapa no ombro com força o bastante para me fazer soltar um *Uuf*.

— Já era hora.

Esfreguei o braço.

— Eu sei. Estou aliviada por finalmente ter conseguido pôr para fora. Mas, cá entre nós, ainda quero vomitar quando penso nisso.

Ele observou a minha mão por um segundo antes de voltar a rodear a ilha. Com as costas para mim, ele disse:

— Ownn, você vai ficar bem. Vou sentir muita falta do seu rocambole de carne quando você for embora, mas nem todos nós conseguimos fazer o que amamos para nos sustentar. Fico feliz por você enfim estar se juntando ao clube, querida.

Alguns dias, eu não entendia bem por que eu não estava completamente apaixonada por Zac. Ele era um pouco cheio de si, mas era um jogador profissional, então não era lá nenhuma surpresa. E mais, ele era alto, e eu amava caras altos. Mas, no final das contas, tudo o que eu sempre senti por ele foi amizade. O fato de eu ter saído algumas vezes para comprar pomada de hemorroida para ele ajudou a estabelecer as linhas da nossa amizade.

— Farei rocambole de carne sempre que você quiser.

— Não se esqueça. — Zac pegou uma banana da fruteira ao lado da geladeira. — Estou tão feliz por saber que você conseguiu.

Dei de ombros, feliz, mas ainda um pouco nervosa com a situação, apesar de saber que era quase irracional.

— Eu também.

Por um segundo, pensei em dizer a ele sobre como Aiden tinha agido uma hora atrás, mas para quê? Eles tinham personalidades completamente opostas, e eu sei que eles às vezes ficavam fartos um do outro. Sério, quando eu pensava no assunto, imaginava como ou por que ainda moravam juntos. Os dois não passavam muito tempo na companhia um do outro nem saíam e faziam coisas que amigos fazem.

Mas com um cara que se sentia tão incerto da sua posição no time que não queria comprar uma casa, e outro que nem sequer era cidadão americano, creio que ambos se encontravam em uma situação estranha.

— Quanto tempo você vai...? — Zac começou a perguntar bem quando o seu celular tocou. Com uma piscadinha, ele tirou o aparelho do bolso e disse: — Só um segundo. É... droga, é o Trevor.

Aff. Ele e o Aiden tinham o mesmo empresário; foi assim que terminaram morando juntos.

— Ele sabe? — perguntou ao apontar para a tela iluminada do telefone.

Franzi o nariz.

— Ele desligou na minha cara.

Isso me rendeu uma risada.

— Deixe-me ver o que ele quer. Aí você pode me contar o que ele disse.

Assenti mais uma vez e observei enquanto ele atendia à ligação e ia para a sala. Colocando a bolsa sobre o balcão, comecei a limpar a cozinha, lembrando-me no último minuto de que era dia de colocar o lixo para fora. Pegando o saco, coloquei outro lá e fui até a garagem para pegar a lixeira fornecida pela cidade.

Apertei o botão para abrir o portão da garagem. Prendi o fôlego antes de abrir a tampa da lixeira, joguei o saco lá dentro e depois arrastei a lata até chegar à calçada. Bem quando eu a colocava no lugar, uma mulher passou correndo pela rua em um ritmo constante, indo em direção ao começo de uma das trilhas de caminhada.

Uma pontada, que era o muito parecida com o máximo de inveja que pensei que poderia sentir, atingiu o meu estômago. Olhei para o meu joelho e o flexionei um pouco, sabendo que poderia correr se quisesse, mas, na maior parte do tempo, eu estava cansada demais. Anos de fisioterapia ajudaram muito e eu sabia que o meu joelho doeria menos se me exercitasse regularmente, mas eu não tinha tempo... e quando tinha, o passava fazendo outras coisas.

Que monte de desculpa esfarrapada, não?

Eu queria todas essas coisas fora da minha vida...

Eu tinha, enfim, dado o meu aviso-prévio e tudo parecia estar indo bem. Ou, ao menos, as coisas poderiam estar bem piores do que estavam. Talvez fosse hora de começar a trabalhar nas outras coisas que queria fazer. Fiquei tão concentrada em construir o meu negócio nos últimos anos que fui postergando uma centena de outras coisas que me lembrava de querer fazer quando era criança.

Dane-se.

Eu só tinha essa vida para viver, e não queria mesmo ficar sentada sem ir atrás delas.

Já era hora, caramba.

A coisa com ter um péssimo dia é que, muitas vezes, você não sabe que ele vai ser um dos ruins até ser tarde demais; não é até que você ponha as roupas, que tome o café da manhã e esteja fora de casa, e já é tarde demais para voltar e dizer que está doente... e bum! Os sinais te olham dentro dos olhos, e você sabe que o dia foi ladeira abaixo quase que instantaneamente.

Naquela manhã, acordei às cinco, um pouquinho antes do normal, porque o dia ia ser corrido, com o cheiro da máquina de café funcionando, e o despertador tocando o tom mais desagradável da programação. Tomei banho, coloquei uma tiara larga para manter o cabelo longe do rosto e vesti uma calça capri vermelha e justa, uma blusa de manga curta, sapatilha e os óculos. Meus dois celulares, o tablet e o notebook estavam juntos sobre o balcão da cozinha. Peguei as minhas coisas, servi uma caneca de viagem de café e me arrastei para fora do apartamento quando o céu ainda estava mais dormindo do que acordado.

Consegui chegar ao estacionamento quando tudo começou a dar errado. O maldito pneu estava furado. O condomínio onde eu morava era sovina demais para investir em postes, então me levou três vezes mais tempo para trocar o pneu do que levaria normalmente, e eu sujei a calça no processo. Estava ficando atrasada, então não fui me trocar.

Para a minha sorte, foi tudo bem no resto do caminho. Não havia uma única luz acesa em qualquer uma das casas ao redor da do meu chefe, então a minha vaga em frente à casa de mil e duzentos metros quadrados estava vazia. Entrei pela porta da frente, desarmei o painel de segurança e fui direto para a cozinha assim que os canos lá de cima começaram a fazer barulho.

Coloquei o avental que estava pendurado em um gancho no canto da cozinha, porque uma mancha era o bastante para alguém que estava acordada há apenas duas horas. Tirei da geladeira as frutas, a couve e as cenouras que eu tinha lavado e deixado preparadas ontem, medi uma xícara de sementes de abóbora, que tirei de um pote de vidro sobre o balcão, e joguei tudo dentro do liquidificador de quinhentos dólares que estava na bancada. Pelas manhãs, quando não saía de casa para treinar logo cedo, ele tomava uma vitamina bem grande, malhava um pouco lá mesmo e depois tomava um café da manhã "normal". Como se uma bebida de dois litros pudesse ser considerada um lanchinho.

Quando terminei de bater os ingredientes, servi a mistura em quatro copos grandes e coloquei a porção de Aiden na frente do seu lugar favorito na ilha da cozinha. Peguei duas maçãs na geladeira e as coloquei ao lado dos copos. Como um reloginho, o som de passos trovejantes me avisou que A Muralha de Winnipeg estava descendo.

Tínhamos já essa rotina planejada que não necessitava de palavras para funcionar.

O segundo sinal que eu tive de que hoje não ia ser o meu dia foi a careta que Aiden tinha no rosto, mas a minha atenção estava focada demais em lavar o liquidificador para notar.

— Bom dia — desejei sem olhar para cima.

Nada. Eu ainda não tinha sido capaz de desistir de cumprimentá-lo mesmo sabendo que ele não responderia; minha boa educação não deixava.

Então, continuei como sempre, lavando louça suja enquanto o homem sentado no banco diante de mim tomava o seu desjejum. Assim que acabou, ele enfim rompeu o silêncio com a voz baixa, rouca e sonolenta.

— Quais são os planos para hoje?

— Você tem uma entrevista para a rádio às nove.

Ele resmungou em reconhecimento.

— Hoje é o dia que o pessoal do noticiário do Canal 2 vai vir aqui. — Outro resmungo, mas esse foi particularmente desmotivado.

Eu não o culpava; ao mesmo tempo, não entendia por que seu empresário sequer arranjava esse tipo de publicidade para ele com os jornais da cidade. Uma coisa era Aiden passar por uma entrevista num quarto de hotel, na sala de convenções depois de um jogo, ou no vestiário, mas uma na casa dele? Passei o dia anterior tirando o pó da sala de estar e da cozinha para deixar tudo pronto.

— Depois você vai ter o almoço no lar de idosos para o qual doa dinheiro. Eles te convidaram. Mês passado, você me disse para confirmar com eles. — Eu o olhei depois de dizer isso, meio que esperando que ele fosse mudar de ideia e dizer que não ia.

Ele não disse. Só deu aquele seu acenozinho minúsculo que seria muito fácil ter passado despercebido.

— Quer que eu vá junto? — perguntei só para me certificar. Na maior parte das vezes, eu o acompanhava a qualquer lugar que ele fosse em Dallas, mas, se eu pudesse, escapava.

— Quero — ele resmungou a resposta sonolenta.

Droga.

— Tudo bem. É melhor sairmos às oito, só para garantir.

Ele ergueu dois dedos, indicando que tinha entendido ou concordado, o que seja. Cinco goles de vitamina depois, ele se levantou e me entregou os copos vazios.

— Vou estar na academia, me avise quando faltarem quinze minutos para irmos para que eu possa tomar banho.

— Pode deixar, chefe.

— Vanessa!

Enfiei a cabeça na sala verde em que Aiden aguardava a entrevista de rádio e apertei enviar na mensagem que eu estava escrevendo para o meu irmão mais novo antes de guardar o celular de uso pessoal no bolso de trás da calça.

— Sim, senhor? — respondi.

— Quero mais água. — O homem estava sentado na beirada do sofá, ocupado fazendo seja o que for que ele fazia no celular. Não era como se ele respondesse a qualquer e-mail de fã, a não ser que eu insistisse, e ele não pagava as próprias contas, ou fazia os próprios posts nas redes sociais. Esse era o meu trabalho. O que ele fazia exatamente estava além de mim.

E eu não me importava o bastante para bisbilhotar.

— Ok, volto já — falei, tentando me lembrar de onde tinha visto a sala de descanso.

Levei muito mais tempo do que esperava para encontrar as máquinas de venda porque, é claro, nenhum funcionário da rádio estava vagando pelos corredores no meu momento de necessidade. Mas comprei duas garrafas com o dinheiro que eu tinha, e cacei o caminho para a sala verde.

— Você foi pegar a água em Fiji? — ríspido, Aiden indagou quando entrei.

Umm.

O quê?

Franzi a testa, depois pisquei. Eu me concentrei no meu chefe e no fato de que havia duas mulheres sentadas no sofá perpendicular ao dele agora, e tive um vislumbre de seios numa blusa decotada e maquiagem em excesso. Não estava preocupada com elas. A única coisa em que eu prestava atenção era no meu chefe. Meu chefe temporário. *Meu chefe temporário*, lembrei a mim mesma.

— Há algo errado? — eu me obriguei a perguntar com cuidado, enquanto estava lá, olhando-o dentro dos olhos ao mesmo tempo em que as duas mulheres pareciam se remexer em seus assentos, como quando você é criança e os pais do seu amigo dão um esporro nele na sua frente; foi estranho a esse ponto.

Ele me encarou de volta, a resposta mais um estalido do que uma declaração.

— Não.

Não.

Por que eu me dava ao trabalho de fazer perguntas idiotas? Sério. Por um momento, pensei em manter a boca fechada, mas esse humor de merda estava enjoando bem rápido. A ranzinzice de sempre era uma coisa, mas isso era totalmente diferente. O fato de ele estar sendo um otário *de novo* em público cantarolou uma musiquinha que era fácil demais de ignorar antes de ficar remoendo porque eu não conhecia as mulheres ali na sala, e nunca mais as veria. O que ele disse na frente do Christian era outra história.

Pegando o tecido que cobria a minha tiara, fulminei aquele rosto barbado e somente aquele rosto barbado.

— Sei que não estou em posição de dizer nada, mas se há algo que você queira falar... — Minha voz foi ríspida, cada sílaba tingida pela raiva.

O foco dele estava em mim. O grandalhão se empertigou e colocou o celular sobre uma das coxas. Ele usava a bermuda larga de sempre e uma camiseta.

— Você está certa. Eu não te pago pela sua opinião.

Um, dois, três, quatro, cinco, seis, sete, oito, nove, dez.

Engoli a sensação que queimava o meu esôfago e me obriguei a ficar composta. Eu sabia como era ser atormentada. Eu sabia como era ser tratada como merda por pessoas com quem você deveria se preocupar.

Eu não ia chorar por causa do Aiden. Eu não chorava por pessoas que não mereciam as minhas lágrimas, e Aiden, especialmente a porra do Aiden, não seria a pessoa que mudaria aquilo. Nem agora, nem nunca.

Um, dois, três, quatro, cinco, seis, sete, oito, nove, dez.

Ele estava certo. Eu era a assistente, e era para isso que ele me pagava, não importa com quanta força eu rilhasse os dentes. Eu iria embora em breve. Ele não seria mais problema meu. Mordendo o interior da bochecha, me obriguei a deixar isso para lá, mesmo sabendo que mais tarde eu voltaria a isso, e perceberia que foi a coisa mais difícil que já fiz.

Com a voz calma e composta, coloquei as garrafas de água sobre a mesa, talvez respirando um pouquinho como um dragão.

— Precisa de mais alguma coisa por agora?

— Não — respondeu o filho da mãe mal-educado.

Sorri para ele, mesmo tendo a plena certeza de que eu estava soltando fogo pelas ventas, e continuei ignorando as mulheres, que tinham ficado de pé. Eu não precisava perguntar para saber que elas tinham se convidado a entrar, e agora se arrependiam da decisão. Que ótimo.

— Vou esperar aqui fora, então.

Saí de lá e apoiei as costas na parede bem ao lado da porta, meus pulsos cerrados na lateral do corpo. Um segundo depois, as duas estranhas, que tinham aparecido como em um passe de mágica, saíram da sala, as cabeças bem juntas enquanto percorriam o corredor e sumiam de vista. Não era a primeira vez que as mulheres tentavam abordar Aiden e eram cortadas na mesma hora; de qualquer forma, não era como se eu me importasse. Eu estava puta demais para dar a mínima para qualquer coisa que não fosse aquele imbecil lá na sala verde.

Qual era a porra do problema dele?

Não tinha contado sobre os múltiplos e-mails que ele havia recebido dos fãs furiosos em San Antonio por causa do cancelamento da sessão de autógrafos — ele não teria dado a mínima de qualquer forma. Trevor e Rob não estavam berrando no meu telefone ou no dele sobre qualquer coisa ultimamente. Ele também não parecia estar tendo problemas com o tendão. O que era, então? Ele tinha tudo que queria.

O que diabos poderia estar errado no mundinho praticamente perfeito dele?

Esse era o último ano do contrato, e ele estava evitando falar o que queria fazer depois que o prazo acabasse, mas o cara tinha opções. Provavelmente opções demais, se isso fosse possível. Ficar irritado por causa disso não fazia sentido, ao menos não tão cedo assim. Aiden se concentrava no agora. Eu podia vê-lo se preocupando com o futuro quando a temporada estivesse pelo menos na metade.

Então, o que mais poderia ser?

— Oi, senhorita — chamou uma voz mais abaixo no corredor com um aceno. — Já estamos prontos para o sr. Graves — avisou o funcionário da rádio.

Forcei um sorriso e assenti.

— Tudo bem. — Parei de sorrir antes de espiar a sala e dar à Miranda um olhar indiferente e inexpressivo enquanto tudo dentro de mim se enfurecia com a visão do rosto dele.

— Eles estão te esperando.

Após a entrevista, a volta para a casa de Aiden foi quieta e tensa. Assim que chegamos, ele desapareceu na academia sem dizer uma única palavra. Eu me enfureci enquanto varria e passava pano na sala e na cozinha de novo, com raiva, na expectativa da chegada da equipe de filmagem. Eu sabia que o que Aiden tinha feito não era culpa do chão, mas era a única coisa que tinha por perto em que eu podia descarregar as minhas frustrações.

Eu tinha acabado de começar no corredor que ligava a frente da casa ao lavabo e à academia quando ouvi Aiden por acaso.

— Estou enjoado e cansado de ouvir o que você pensa ser o melhor para mim. Eu sei o que é melhor para mim — bradou a voz familiar de Aiden.

Uhmm, o quê?

— Não, me ouça você. Talvez eu renove com eles, talvez não, mas não faça promessas que não tenho a intenção de cumprir — Aiden continuou com veneno em cada letra.

Ele estava pensando em ir embora de Dallas?

— Não embeleze o que você fez. Consegui o que consegui por causa do meu esforço, não o de outra pessoa — adicionou Aiden, depois de uma breve pausa.

Com quem ele estava falando? Trevor? Rob?

— Eu não ligo — rosnou um momento depois.

O silêncio que se seguiu foi pesado, quase agourento e extremamente alarmante.

— Tudo o que estou pedindo é que você faça o que for melhor para mim. É isso que se espera de você. Você trabalha para mim, não para o time.

Bem, alguém não estava sendo insuportável só comigo hoje. Isso deveria ter feito com que eu me sentisse melhor, mas não foi o caso.

— Não preciso me lembrar de nada — disse Aiden com cuidado, a voz fria e controlada. — Não abra a boca; é fácil assim. Não prometa nada a eles. Nem sequer fale com eles. Estou dizendo para que você dê ouvidos ao que eu quero. É isso que te pago para fazer, não é?

Então, sem mais nem menos, acabou.

Eu devo ter ficado completamente parada, por pelo menos uns cinco minutos, ouvindo, mas não havia mais nada a ser dito. Fiquei enraizada, respirando o mais baixo possível até que percebi que já tinha passado tempo o bastante para não fazer um barulho suspeito.

— Enrolando em serviço? — perguntou Zac, com a cabeça espiando pelo corrimão.

Congelei. E se Aiden pensasse que eu estava ouvindo a conversa dele escondido? Droga. Tossi e lancei um sorriso inocente lá para cima.

— Já acordado? — tentei bancar a indiferente.

— É a minha folga — explicou ele ao descer correndo os degraus.

— Não são todos os dias os seus dias de folga? — provoquei, sem esperar que ele respondesse. — Pergunta a hora que eu acordei hoje — falei, apoiando o queixo no cabo do espanador.

— Não quero saber, querida. — Ele deu um tapinha no meu ombro ao passar por mim e entrar na cozinha. — Eu não quero saber.

Bufei e empurrei o utensílio pelo chão de madeira, os sons de Zac mexendo na cozinha me fazendo companhia enquanto eu pensava na conversa de Aiden. Ele nunca tinha dito nada quanto a sair do time, e acho que não pensei que ele fosse. Pelo saldo da sua conta bancária, ao menos o da conta a que eu tinha acesso, a extensão do contrato dele uns anos atrás tinha sido mais do que lucrativa. E ele só melhorou desde então. O cara era o rosto dos Three Hundreds. Eles lhe dariam o que ele quisesse, mas quem diabos sabia o que seria isso? Eu com certeza não.

Aiden deveria estar cantando louvores para os Three Hundreds, todos os dias o dia inteiro, pelo que eles lhe deram em troca das suas habilidades.

— A casa está um brinco, *Cinderela*. — Bufou Zac, ao segurar uma tigela junto ao peito e passar por mim antes que eu pudesse atingi-lo com o cabo do espanador. Ele correu pelo vão que levava à sala de estar. A televisão foi ligada um segundo depois.

Antes que eu percebesse, Aiden estava no quarto se vestindo com algo diferente das roupas de ginástica pela primeira vez em meses, e o furgão da Canal 2 estacionava na calçada do outro lado da rua. Com uma rápida olhada ao redor, me certifiquei de que a casa parecia ainda mais limpa do que o normal. Quando a campainha tocou, Zac subiu as escadas correndo, com uma expressão de pânico.

— Eu não moro aqui — ele murmurou no caminho, bem quando cheguei à porta e a abri.

Um homem de terno e dois cinegrafistas estavam do outro lado.

— Oi, entrem — convidei, acenando para eles avançarem. — Aiden vai descer em um segundo. Querem beber alguma coisa?

Todos os três olharam cuidadosamente ao redor enquanto eu os levava até a sala onde um produtor e Trevor já tinham acertado que seria o melhor lugar para a gravação. Flagrei o câmera olhando para as paredes quando Aiden desceu a escada. Eu nunca passei por um terremoto, mas tinha certeza de que os passos dele poderiam ser registrados na escala Richter.

Ele preencheu a entrada da sala, os ombros e os braços parecendo espetaculares na camisa polo branca na qual ele, de alguma forma, conseguiu se espremer, e na calça cáqui que foi feita especialmente para aquelas coxas imensas. Fui me movendo pelas bordas até sair da sala, não porque queria, mas por saber que eu precisava. O fato de eu estar brava com ele não significava que pararia de cumprir a minha função.

— Precisam de algo antes de começar?

Os olhos dele estavam em toda parte, exceto em mim.

— Pegue água para eles.

Oh, homem de tão baixas expectativas.

Soltei um suspiro, rilhei os molares e assenti.

— Eu já estava indo fazer isso. Só estava esperando você descer.

Quando a campainha tocou, franzi a testa e rodeei Aiden, imaginando se algum membro da equipe tinha ficado lá fora para fumar um cigarro. Olhando pelo olho mágico, vi um rosto que já tinha visto o bastante ultimamente através de videochamada.

Trevor.

De todas as pessoas no mundo...

Destrancando a porta, eu a abri devagar, mas posicionei o corpo entre ele e o vão da porta.

— Vanessa — o quarentão me cumprimentou.

Olhei para baixo.

— Trevor.

Vestindo um terno cinza com o cabelo penteado para trás, ele parecia cada centímetro do empresário esportivo poderoso que era... e um babaca.

— Posso entrar? — Ele não fez soar como se fosse uma pergunta.

Ele podia? Podia. Eu queria que ele entrasse? Não. Mas levando em consideração que dois dos seus clientes moravam ali, eu não tinha direito a dizer nada.

— Não sabia que você estava na cidade — comentei quando ele passou por mim.

— Só por hoje — respondeu, ao caminhar casualmente e seguir para a sala.

Ele estava na cidade para falar com o time sobre Aiden? Era com ele que Aiden estava falando no telefone?

Para dar crédito a Aiden e a Trevor, ambos agiram como se não tivessem acabado de discutir. Que bando de falsos. Controlei o revirar de olhos, e fui para a cozinha pegar garrafas de água para toda a equipe, Aiden e O Diabo Branco. Coloquei as garrafas sobre a mesa de centro e fui rapidinho ao lavabo para fazer xixi.

— Van! — Zac meio que sussurrou meio que sibilou quando cheguei ao corredor.

Inclinei a cabeça para trás e o encontrei espiando pelo corrimão, e não pude deixar de sorrir.

— O que você está fazendo? — sussurrei, olhando para a sala para me certificar de que ninguém prestava atenção.

— Te implorando. Eu vou te amar para sempre, querida... — ele começou.

Isso me fez grunhir. Eu sabia que ia dizer sim ao que quer que ele estivesse prestes a me pedir só porque ele estava sendo fofo.

— Eu não quero descer, mas estou morrendo de fome. Tenho dois sanduíches lá na geladeira. Você poderia jogar os dois para mim?

Pisquei. Ele não sabia com quem estava falando? Eu? Jogando coisas?

— Só um segundo.

Ele bombeou as mãos na frente do peito antes de recuar para trás do corrimão. Que pateta.

Ao passar pelo portal da sala e entrar na cozinha, pude ver a equipe arrumando as sombrinhas brancas e as luzes perto dos sofás enquanto o homem de terno falava com Aiden e Trevor. Peguei na geladeira os dois sanduíches de trinta centímetros que ainda estavam embrulhados no papel encerado e subi as escadas com eles e um pacote de chips de batata doce. Eu o conhecia. Ele ficaria com fome em meia hora se comesse só o sanduíche.

Sem sombra de dúvida, Zac estava esperando no alto das escadas, de costas para a porta fechada do quarto de hóspedes, apenas longe o suficiente das escadas para que ninguém lá embaixo pudesse vê-lo.

Ele sorriu quando viu o meu presente. Não deixei de notar que ele ainda não tinha tirado o pijama. Eu mal podia esperar até que eu também não precisasse.

— Eu te amo, Vanny. Você sabe que eu te amo?

Entreguei a comida a ele.

— Foi o que você disse.

— Eu amo. Qualquer coisa que você precisar, sou o seu servo leal — prometeu, espiando lá embaixo ao sussurrar:

— Que tal um milhão de dólares?

Zac olhou para mim por sobre o próprio ombro.

— Bem, qualquer coisa menos isso. Eu sequer tenho um milhão de dólares para mim. Eu sou o pobre da casa.

Considerando que ele devia ganhar, pelo menos, oito vezes mais do que eu, não poderia chamá-lo de pobre. Mas comparando-o ao Riquinho de

Winnipeg lá na sala, eu entendia o que ele quis dizer.

— Você viu a Vanessa? — A voz de Aiden soou lá embaixo.

Assim que abri a boca para dizer onde eu estava, Trevor respondeu:

— Desde quando eu rastreio o seu pãozinho? — ele rebateu com uma voz que com certeza não foi um sussurro.

Aquele babaca acabou de me chamar de gorda?

Os olhos de Zac encontraram os meus como se estivesse pensando a mesma coisa. Fechei a cara e levei o dedo indicador à boca para que pudesse me concentrar em ouvir. Ao que parecia, eu era uma masoquista que gostava de fazer coisas que me causavam dor e raiva.

— Ela estava aqui há um segundo.

— Eu sei que essa não é a hora, mas vou encontrar outra pessoa para você. — Isso veio do babaca. — Ela te disse que ia embora, não disse?

O "uhum" de Aiden chegou lá em cima.

— Que bom. Vou encontrar um substituto em breve. Não se preocupe.

— Não estou preocupado — respondeu o traidor, o que foi um leve insulto à minha pessoa.

— Fiquei preocupado com a possibilidade de você não lidar bem com a situação — confessou Trevor, mas eu estava tão concentrada no que estava sendo dito que não reparei nas dicas que ele estava deixando com a escolha de palavras.

— Ela pode fazer o que quiser — A Muralha de Winnipeg respondeu naquela voz indiferente que carregava zero emoção, uma confirmação por si só de que ele estava sendo sincero.

Que babaca do cacete. Será que alguém me valorizava?

— Bem, nunca gostei muito dela, de qualquer forma — prosseguiu o advogado do diabo.

Eu também não gostava muito de Trevor, mas, caramba. Não havia coisas mais importantes no mundo sobre as quais falar do que de mim pelas minhas costas?

Aiden, por outro lado, respondeu com um resmungo, e os insultos continuaram...

— Talvez eu possa encontrar alguém um pouco mais agradável aos olhos. O que você acha? — O tom de Trevor ficou mais descontraído com a piada.

Esperei. Então esperei mais um pouco para que Aiden dissesse a ele para se calar e fazer o seu trabalho. Mas esperei em vão. Ele não disse uma palavra.

Depois de tudo o que fiz por Aiden...

Tudo...

Ele ia deixar o Trevor falar merda sobre mim? Tipo, pensei que uma pessoa decente não faria isso. Eu jamais permitiria que alguém falasse mal de Aiden, a menos que fosse Zac e eu de conversa fiada, mas acho que nós dois tínhamos passe-livre no assunto, já que ele dividia a casa com a pessoa em questão e eu era a lacaia.

Mas toda a conversa, nesse momento, pareceu a mais alta traição.

Uma coisa era ser empregada dele, mas ele não se importar nem um pouquinho por eu estar indo embora? Acima de tudo, para ele deixar esse babaca falar de mim? Da droga da minha aparência, entre todas as coisas? Eu nunca apareci para trabalhar feito um molambo. Meu cabelo castanho-avermelhado e liso costumava estar decente porque eu não fazia nada além de deixá-lo solto. Eu me maquiava e me esforçava com as roupas. Eu não era maravilhosa, mas não era feia, ao menos achava que não. E claro, eu não vestia 34, nem 38, nem mesmo 40, mas *Trevor estava de sacanagem comigo? Comigo? Um maldito pãozinho?*

Eu levava umas cantadas de vez em quando. Se eu quisesse um namorado, poderia arranjar um, e ele também não se pareceria com o Shrek, caramba.

Babaca do caralho. Quem ele achava que era? Ele não era nenhum Keanu Reeves, para início de conversa.

Consegui contar até dois antes de pensar "foda-se" e me permitir ficar brava.

O que eu estava fazendo ali? Já fazia semanas desde que pedi demissão. Aiden estava mais mandão e mais mal-humorado do que nunca. Mais frio. Àquela altura, eu também não podia creditar tudo à lesão.

E aqui estava eu, me estressando para manter a casa limpa, colocando chocolate no travesseiro e atrasando os meus sonhos porque me sentia mal por deixá-lo na mão, e ele sequer podia dizer a Trevor para não falar de mim.

Engoli em seco e pisquei uma vez. Mais uma. Encontrei os olhos de Zac e vi que sua mandíbula estava cerrada. Mordendo um lado da bochecha, pensei no que disse a mim mesma lá na calçada com a lixeira. Comecei a sair para caminhar naquele dia. Até mesmo dei uma corridinha. Recebi meu salário na semana passada.

Aquela era a minha vida, e era eu quem escolhia como passá-la, não? Eu já não tinha feito o bastante? Não aguentei o bastante? Não engoli sapos o bastante?

Se eu não tolerava certas atitudes de pessoas que deveriam ser importantes, por que diabos estava tolerando de pessoas que não eram? A vida era o que a gente fazia dela, ao menos era o que diziam aqueles livros de *Histórias para aquecer o coração* que o meu pai adotivo me deu quando eu era adolescente e que ficou gravado em mim. Quando a vida te dá limões, você tem uma escolha quanto ao que fazer com eles; não precisa ser sempre uma limonada.

Com um tapa interno na minha própria bunda, acenei com a cabeça para a única pessoal leal naquela casa.

— Estou fora.

— Van... — ele começou a dizer, balançando a cabeça. O rosto longo estava contrito. — Não dê ideia para isso. Eles não valem a pena.

Zac coçou a lateral da mandíbula antes de inclinar a cabeça na direção das escadas.

— Dê o fora daqui antes que eu tente dar uma surra naqueles dois.

Isso me fez engolir uma fungada chorosa. *Tentar dar uma surra naqueles dois.*

— Me liga ou manda mensagem às vezes, tudo bem?

— Nada me impedirá de fazer isso — ele me assegurou, mostrando o punho.

Pensando nas minhas irmãs mais velhas psicopatas, enchi as veias com cada tantinho de determinação conquistada a duras penas que havia dentro de mim, e bati o punho no dele. Olhamos um para o outro por um momento antes de nos abraçarmos, por somente um segundo, não um adeus, mas um "a gente se vê".

Lá embaixo, ignorei as paredes nuas que olharia pela última vez. O som das vozes na sala de estar quase me fez olhar para trás, mas eu não me importava o bastante para desperdiçar a energia.

Já deu.

Na cozinha, tirei da bolsa o celular de trabalho, peguei as minhas chaves e tirei a da casa de Aiden, a da caixa de correio e a da caixa postal. Colocando os quatro itens sobre a ilha da cozinha, esfreguei a sobrancelha com as costas da mão, ajustei os óculos de armação roxa e tentei me certificar de que não estava deixando nada por lá. Mas, bem, se eu esquecesse alguma coisa, Zac pegaria para mim.

Esfreguei a palma das mãos na calça e coloquei a bolsa no ombro, expectativa nervosa inundando o meu estômago. Eu estava fazendo isso. *Eu estava fazendo isso, porra.*

— Você poderia sair e pegar alguma coisa para eu comer? — Trevor perguntou, aparecendo do nada na cozinha quando me virei para ir embora.

Embora eu soubesse que deveria tratar até mesmo os mais imbecis como se eu fosse a bondade em pessoa, não consegui encontrar forças suficientes dentro de mim para agir como uma adulta. Aquela era a última vez que eu deveria tolerar aquela merda; eu nunca mais teria que vê-lo nem teria que lidar com ele. Amém e obrigada, Jesus.

— Não — respondi com um sorrisinho. — O Pãozinho está indo embora. Por favor, certifique-se de dizer ao Aiden, quando não tiver mais ninguém por perto, que eu disse para ele ir à merda.

Trevor ficou boquiaberto.

— O quê?

Saindo em uma mini labareda de glória, agitei os dedos para ele por cima do ombro enquanto eu escapava da cozinha. Assim que cheguei à porta, me virei para olhar a sala e vi Aiden em um sofá falando com o repórter. Por um milésimo de segundo, aqueles olhos castanhos encontraram os meus através da sala, e juro pela minha vida que uma ruguinha se formou entre suas sobrancelhas.

Assim que abri a porta, e antes de poder me impedir, articulei com os lábios "mereço coisa melhor, imbecil", me certificando de que ele lia os meus lábios. Então, mostrei-lhe o dedo do meio e acenei adeus com ele.

Espero que ambos contraiam sífilis.

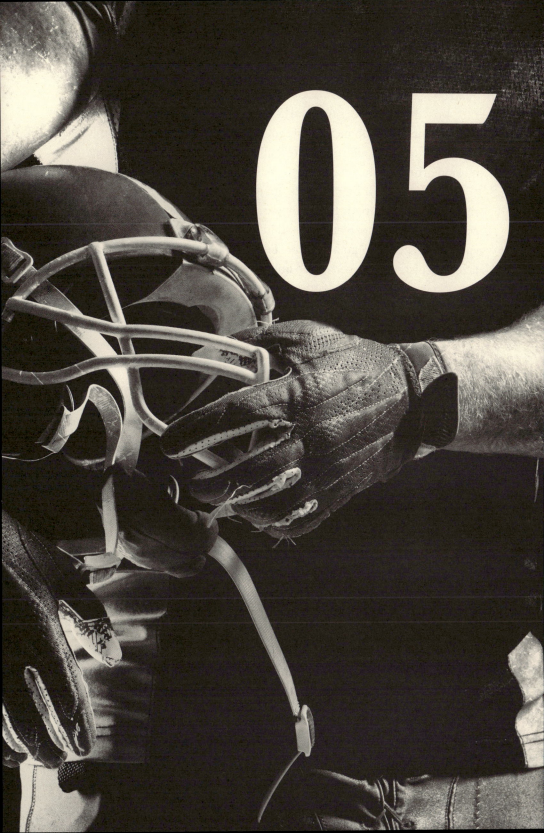

Uma semana se transformou em duas, depois em três e, enfim, em quatro.

Nos dias que se seguiram à minha saída da casa de Aiden, e a subsequente saída do meu emprego, pensei nele, muito mais do que teria esperado, quando não estava trabalhando. Na maioria das vezes, nem mesmo orbitava em torno do meu desejo de matá-lo.

Depois que saí da casa dele, meu pé não pôde apertar o acelerador rápido o bastante para me levar para casa. A primeira coisa que fiz foi começar um novo projeto, mais determinada do que nunca a ser bem-sucedida no que eu amava fazer. Estava pronta e disposta a ralar para fazer as coisas darem certo, não importava o custo.

No que me dizia respeito, as amarras tinham sido cortadas.

Aiden tinha sido um babaca do cacete, e não o acusei de ser nada além de prático e determinado. Eu podia entender, mas não conseguia me conectar com ele sendo um baita traidor. Eu não era nenhum Trevor nem nenhum Rob. Não ganhava mais de acordo com as escolhas que ele fazia; quando muito, as coisas ficavam melhores para mim quando ele estava mais feliz. Eu não tinha tentado fazer o que era melhor para ele?

Ainda assim, ele deixou aquele babaca falar de mim, mesmo eu tendo passado o último Natal em Dallas, em vez de ir ver o meu irmão, porque ele ainda não tinha muita mobilidade na época.

Infelizmente, por dias a fio depois que saí de lá, Aiden era a primeira coisa em que eu pensava pela manhã. Meu corpo não estava acostumado a dormir até as oito; até nos meus dias de folga, eu costumava estar de pé por volta das seis. Pensava nele enquanto fazia o meu café da manhã e picava a linguiça. Então, voltava a pensar nele na hora do almoço e no jantar, tão acostumada estava de fazer suas refeições e de comer parte delas.

Em cada dia daquelas duas primeiras semanas de liberdade, pensei nele com frequência. Não dava para trabalhar com alguém por cinco, seis, até mesmo sete dias por semana durante dois anos sem entrar numa rotina. Sei que não poderia apagá-lo da minha vida como se ele tivesse sido desenhado a lápis.

Muito menos apagar o momento em que percebi que tinha me agarrado a um emprego com um homem que não iria ao meu funeral, mesmo se o evento caísse no dia que se esperava que ele descansasse.

O fato de eu ter familiares que também não iriam não ajudou a aliviar a mágoa.

Depois de uns dias, a raiva arrefeceu, mas aquele sentimento de traição que parecia ter sido queimado nos meus pulmões não chegou exatamente a ir embora. Algo estava se passando com ele; isso tinha estado óbvio. Talvez, sob circunstâncias normais, ele não teria agido como um grandessíssimo cretino.

Mas Aiden tinha cruzado a linha tênue que eu tinha desenhado na areia imaginária. E fiz o que senti que era certo.

E estava feito.

Continuarei vivendo a vida como minha própria chefe, que era exatamente o que eu planejei fazer, de qualquer forma.

E não me arrependia do que tinha feito.

Uma noite, depois de uma visita à academia, eu caminhava rápido em direção ao meu apartamento, finalizando os últimos retoques de ideias que queria adicionar ao design da capa de livro que pretendia terminar antes de ir para a cama, quando avistei uma forma sentada na escada. Tocando o spray de pimenta que sempre mantinha ao alcance, ainda mais quando estava no meu condomínio, estreitei os olhos e imaginei quem diabos estaria sentado ali naquele momento.

Eram nove da noite. Só os traficantes ficavam dando bobeira lá fora depois que escurecia. Todo o resto sabia que a realidade era outra. E mais, quem gostava de se sentar lá fora com o calor do verão e os mosquitos?

Com isso em mente, apertei um pouco mais o passo, consciente de que o meu joelho doía um pouquinho depois de eu correr três quilômetros. Três quilômetros! Só me levou a metade de um mês fazendo *cooper* quatro vezes por semana para conseguir chegar a estáveis um quilômetro e meio, e então adicionei mais um e meio, indo um pouco mais rápido. Já era alguma coisa, e fiquei orgulhosa de mim mesma. O plano era aumentar mais um quilômetro e meio naquela semana.

Eu ainda segurava o spray de pimenta enquanto mantinha um olhar vigilante no... homem; com certeza era um homem sentado ali nos degraus. Semicerrei os olhos. As chaves estavam na minha mão livre, prontas para serem usadas, seja para abrir a porta seja para apunhalar alguém nos olhos, caso as coisas chegassem a esse ponto.

Eu estava prestes a tirar o spray quando uma voz de homem falou alto:

— Vanessa?

Por um milésimo de segundo, congelei ao ouvir o tom rouco e ressonante, mais do que levemente surpresa pelo fato de o estranho sentado nas escadas saber o meu nome.

Então, me dei conta. Reconheci.

Parei onde estava, bem no momento que o não-é-um-estranho se levantou, e pisquei.

— Oi. — Meu ex-chefe se esticou em toda a sua impressionante altura, confirmando que era ele. Aiden. Era Aiden. Ali.

Abaixado, ele poderia ser qualquer cara que malhava, ainda mais quando estava com os braços dobrados ao lado do corpo, escondendo a circunferência dos músculos que o tornaram famoso. A possibilidade de aquela ser a primeira vez que ele já usou a palavra com "O" comigo foi o primeiro pensamento que passou pela minha cabeça antes de eu deixar escapar:

— O que você está fazendo aqui?

Eu com certeza estava fazendo careta. Minha testa estava franzida enquanto eu o olhava, de bermuda e camiseta, pela primeira vez em um mês.

O rosto dele era a mesma máscara imóvel de sempre. Aqueles olhos castanhos que eu tinha visto centenas de vezes no passado se voltaram para mim, e seguiram para o brilhante vermelho-rubi com o qual deixei Diana pintar o meu cabelo duas semanas atrás. Ele não fez comentários.

— Você mora aqui? — A pergunta rasgou o espaço entre nós de repente. O olhar desceu para a mão em que eu segurava o spray de pimenta e o molho de chaves espalhado entre os meus dedos.

Pensei nos meus vizinhos, no prédio feio, no número de carros estacionados ali que sempre estavam meio que aos pedaços e na calçada rachada com o gramado moribundo agarrado a ela. Eu raramente convidava as pessoas para irem lá, então não era como se eu tivesse motivos para me importar com o lugar em que morava. Tudo o que eu precisava era de um teto sobre a minha cabeça. E poderia ser pior. As coisas sempre poderiam ser piores. Eu tentava nunca me esquecer disso.

Então pensei na beleza do bairro murado em que Aiden vivia, e na cozinha incrível em que cozinhei tantas vezes... e, enfim, visualizei o tapete manchado no meu apartamento e os balcões de vinil descascados com somente um leve tremor.

Eu não me envergonharia por não viver em um apartamento luxuoso. Aquele foi o primeiro lugar que já tive só para mim, e que cumpria o que eu esperava dele: me prover um lugar para dormir e trabalhar em paz.

Então, assenti devagar, surpresa... tudo bem, surpresa pra cacete... por vê-lo. Falei com Zac algumas vezes desde que pedi demissão e saí para comer com ele em duas ocasiões, mas, exceto por uma única vez, ele não falou de Aiden em nenhuma das nossas conversas. Tudo o que ele tinha me dito sobre o meu ex-chefe era que eles estavam malhando juntos. E tinha sido mais do que suficiente.

O olhar de Aiden não vacilou nem por um minuto. A expressão clara e distante também não mudou nem um pouco.

— Quero conversar com você — ele exigiu mais do que falou.

Queria saber como ele descobriu onde eu morava, mas a pergunta ficou presa na minha garganta. A palavra de uma sílaba que precisava dizer a ele foi dar uma voltinha no quarteirão... e, então, me lembrei: pãozinho.

Aquele filho da puta do Trevor me chamou de pãozinho, de todas as coisas, e esse homem não tinha dito nada.

Não pude deixar de apertar o lado folgado do meu short. Perdi cinco quilos ao longo das últimas cinco semanas, o que afetou a maioria das minhas roupas. Mas pensar no comentário de Trevor só me deixou com mais raiva e mais decidida.

— Não. — Pronto, falei. Fácil. Foi tão fácil de dizer. — Não tenho tempo. Tenho muito trabalho a fazer.

A culpa beliscou a minha mente por eu ter sido tão grossa, mas reprimi a sensação. Eu não devia uma única coisa a ele, nenhum momento do meu tempo ou um único pensamento a mais.

Aquele queixo forte e teimoso se ergueu, a boca carnuda e masculina se estreitou, e ele piscou.

— Você não tem alguns minutos para mim?

Engoli em seco e lutei com o impulso de me remexer sob o seu olhar.

— Não. Tenho muito trabalho a fazer — repeti, olhando para aquele rosto familiar sem nem pestanejar.

As linhas que surgiram em sua testa acomodaram a emoção com a qual ele esteve lutando há um segundo. Choque. Ele ficou chocado pelo que devia ser, mais do que provavelmente, a primeira vez na sua vida, e isso me deu um impulso de força e confiança para não vacilar sob o seu olhar.

— Precisamos conversar — ele descartou o meu comentário com o seu estilo típico.

Sobre que merda a gente precisava conversar? Tudo o que precisava ser dito entre nós foi dito. Ele foi um babaca, e eu fiquei farta. O que havia mais?

— Olha, estou ocupada mesmo.

Eu estava prestes a inventar alguma outra desculpa quando uma das portas do prédio em frente ao meu se fechou com uma batida alta. Não queria descobrir o que podia acontecer se alguém ali descobrisse quem estava parado na escada. Estive domingos suficientes em casa para saber que havia fãs de futebol americano por toda parte.

Com um suspiro e uma promessa para mim mesma que ele não ia conseguir o que fosse que veio caçar aqui, acenei para a porta.

— Não creio que haja algo sobre o que precisemos conversar. — Foi a única coisa que consegui responder. Eu queria ficar do lado de fora do meu apartamento? Não. Eu queria entrar? Não. Mas com certeza não queria que os meus vizinhos descobrissem um milionário semifamoso de pé do lado de fora da minha porta. — Mas você pode entrar rapidinho antes que alguém te veja — falei num tom que foi mais um murmúrio do que qualquer outra coisa, e me virei para destrancar a porta. — Eu acho — adicionei, só porque ver aquele cara me deixava muito antipática.

Você deveria ter dito a ele para cair fora, Van, meu cérebro disse. E era verdade.

Segurei a porta, observando pela visão periférica enquanto ele se espremia ao passar. Assim que a porta foi trancada, acendi as luzes quando o imenso ponta defensivo deu alguns passos hesitantes. Eu podia ver a cabeça dele se virando para um lado, depois para o outro, olhando para as peças de arte em tela esticada que eu tinha nas paredes, não que ele soubesse que eram meu trabalho, a menos que olhasse de perto as iniciais nos cantos. Ele não emitiu um comentário, e nem eu. Aiden nunca perguntou o que eu fazia quando não estava na casa dele ou com ele, e eu também nunca mencionei.

O que era engraçado, quando parava para pensar, porque havia jogadores no time dele que sabiam exatamente o que eu fazia. Jogadores que me procuravam para refazer os banners do site deles, dois caras para quem eu tinha desenhado tatuagens... e havia esse cara. Esse cara para quem eu disse duas vezes "Eu estava pensando que suas fotos promocionais poderiam ser mais simples. A fonte que eles usaram para o seu nome não está muito clara e a posição está estranha. Quer que eu mude para você?" e o que ele disse a cada vez?

Ele disse: "Não esquenta a cabeça".

Ele me descartou. Levei semanas para reunir coragem e fazer a sugestão, e eu teria feito de graça. Mas tudo bem. Era a carreira e a marca dele, não a minha.

Aiden se plantou no sofá de dois lugares da sala e eu virei a cadeira para ficar de frente para ele, olhando-o de forma tão indiferente e desinteressada quanto podia. A sala era muito pequena. Todo o apartamento foi projetado para uma pessoa. A única mobília que cabia ali era o sofá de dois lugares, a minha escrivaninha, a cadeira e uma estante de livros que eu também usava para colocar a televisão. Os nervos não me atacaram quando o vi praticamente devorar o espaço.

Já superei essa coisa com ele, e não tinha a mínima vontade de tentar ser amigável. Não estava a fim de brincar ou fazer parecer que não havia ressentimento. Muito pelo contrário, estava irritada por ele estar no meu apartamento.

Eu não tinha nada a perder, e ele não estava mais a cargo dos meus pagamentos. Nem me estressei quando percebi que não tinha sido paga pelos últimos dias que trabalhei porque nem a pau eu entraria em contato com Aiden ou com Trevor. Sair do jeito que saí, e ainda mostrando o dedo no processo, valeu cada centavo perdido.

— Por que você está aqui, Aiden? — Enfim quebrei o silêncio, quando tinham se passado um ou dois minutos desde que nos sentamos.

Ele estava com as mãos no colo, o rosto tão distante quanto ficava antes de um jogo; até mesmo os ombros estavam mais tensos do que nunca, a coluna sempre empertigada. Eu não achava, mesmo quando ele estava em casa, que já o tinha visto à vontade. O cabelo tinha sido cortado recentemente e ele parecia saudável. Como sempre. Como se um mês não tivesse se passado desde a última vez que estivemos na presença um do outro.

O olhar escuro encontrou o meu, e ele disse:

— Quero que você volte.

Eu estava sonhando. Acho que essa não era a palavra apropriada. Tendo pesadelos? Delirando, talvez?

— Desculpa? — Respirei ao reparar na parte branca dos olhos dele para me certificar de que não estavam injetados. Então dei uma leve fungada para ter certeza de que ele não cheirava a alguém bêbado feito um gambá. Não foi o caso, mas, ao que parece, tudo era possível. — Você está... você está sob o efeito de drogas?

Aiden me deu uma piscada lenta e firme. Os cílios curtos, mas incrivelmente grossos, descansaram por um breve segundo.

— Como é que é? — O tom foi moderado, cauteloso.

— Você está sob o efeito de drogas? — repeti porque não havia como ele estar aqui me perguntando isso se estivesse sóbrio.

Né?

Ele me encarou com os olhos severos e resolutos, e a boca pragmática.

— Não estou sob o efeito de drogas — respondeu, obviamente insultado.

Eu o olhei como se não acreditasse, porque não acreditava mesmo. O que diabos lhe daria a ideia de que eu voltaria a trabalhar para ele?

Drogas.

Drogas o fariam pensar que perder tempo indo até ali seria uma boa ideia. O recado de despedida que pedi a Trevor para dar a ele não tinha sido o bastante?

O que eu estava pensando deve ter ficado estampado no meu rosto, porque ele balançou a cabeça e repetiu:

— Não estou sob efeito de drogas, Vanessa.

Cresci com uma viciada, e estava bem ciente de que eles negavam que tinham um problema até mesmo quando todos os sinais estavam bem diante deles. Estreitei os olhos e observei seus traços mais uma vez, tentado encontrar um sinal de que ele tinha usado alguma coisa.

— Pare de olhar para mim assim. Eu não usei nada — ele insistiu, linhas finas cruzando a testa bronzeada... fruto do tempo que passava debaixo do sol e uma marca de que agora ele tinha trinta anos, não vinte e dois.

Olhei para os braços dele, me certificando de que não havia hematomas estranhos neles e não vi nada. Então olhei para suas mãos, tentando espiar a carne delicada entre os dedos para ver se havia marcas de agulha lá. Ainda assim, nada.

— Eu não usei nada. — Ele fez uma pausa. — Alguma vez você já me viu querendo tomar um analgésico?

Foi a minha vez de fazer uma pausa, para encontrar os olhos dele na segurança do meu apartamento, e dizer devagar:

— Nunca. — Engoli em seco. — Mas eu também não sabia que você era um idiota — respondi, antes que pudesse me conter.

Por um segundo, ele recuou. O movimento foi minúsculo, uma coisiquinha de nada, mas eu vi. Tinha estado ali. As narinas se dilataram, o gesto tão exagerado que não pude deixar de reparar.

— Vanessa...

— Não preciso que se desculpe. — Minhas mãos se mexeram no colo quando aquele pequeno indício de traição abriu caminho bem entre os meus seios, lembrando-me de que talvez eu não tivesse esquecido completamente o ocorrido. *Talvez.* Mas me obriguei a dizer: — Não preciso de nada que venha de você.

Ele abriu a boca, e eu poderia jurar pela minha vida que os músculos da sua bochecha se contraíram. Ele soltou um som baixo, o início de um balbucio, como se quisesse dizer algo importante para mim pela primeira vez desde que nos conhecemos, mas não sabia como.

Acontece que eu não estava no humor para isso.

O que fosse que ele pensava dizer estava um mês atrasado. Um ano atrasado. Dois anos atrasado.

Eu tinha mentido para os meus entes queridos sobre o motivo de eu ter me demitido de repente, adicionando outra mentira à lista de coisas que me abstive de dizer para eles ao longo dos anos porque eu não queria que se preocupassem ou que ficassem com raiva de algo idiota e insignificante.

Não importava, no entanto. Eu não trabalhava mais para ele; para ser sincera, tinha esperado nunca mais o ver. Do que adiantava ficar com raiva? Tentei dizer a mim mesma que ir embora como fui tinha sido a melhor forma de encerrar aquilo.

De outra forma, quem sabia por mais quanto tempo eu teria ficado lá esperando pelo meu substituto? Talvez eles tenham tentado se livrar de mim rápido, mas eu nunca saberia.

Estávamos tão quites quanto podíamos. Eu não sentia nada a não ser o mais leve murmúrio de reconhecimento por alguém que eu tinha visto centenas de vezes. Esse cara que eu tinha admirado, que uma vez respeitei, que havia partido levemente o meu coração e me desiludido.

Porém, eu precisava tocar a vida, pensei ao forçar as mãos a ficarem paradas.

— Eu só quero saber por que você está aqui. Eu tenho mesmo coisas a fazer — falei com a voz calma.

O homem que tinha ganhado o apelido no ensino médio, porque até mesmo naquela época ele tinha sido um filho da mãe imenso, inclinou a cabeça para o lado e passou a língua pelos dentes superiores. O grande nó do seu pomo de Adão se mexeu antes de ele, enfim, voltar a direcionar o olhar para mim, me acusando.

— Fiquei esperando você voltar depois de alguns dias, mas você não voltou.

Eu tinha sido tão molenga assim?

— Você pensou mesmo que eu voltaria? — Dei a ele o meu melhor olhar de "você está falando sério?".

Os olhos dele se afastaram por um breve momento, mas ele não admitiu nem negou coisa alguma.

— Eu quero que você volte.

Não importava o que ele fizesse, esse cara não ia me fazer sentir culpa. Eu nem sequer tive que pensar na minha resposta.

— Não.

Ele decidiu me ignorar. Que surpresa.

— Tentei fazer o Trevor te encontrar, mas ninguém sabia que você tinha outro celular nem tinha o seu endereço correto.

É claro que ninguém tinha, porque nenhum deles jamais fez um esforço para saber qualquer coisa sobre mim, mas mantive isso para mim mesma. O endereço que tinham era do lugar em que eu morava com Diana e o irmão dela, em Forth Worth, uma cidade colada em Dallas. Rodrigo havia se mudado há mais de um ano e meio, quando a namorada engravidou, e quando fui trabalhar para o Aiden, arranjei um lugar para morar, precisando estar em Dallas em vez de viajar quase uma hora todos os dias, tanto para ir, quanto para voltar. Desde então, Diana tinha se mudado para a própria casa.

Também não me escapou que Aiden não entregou Zac. Ele era o único no nosso pequeno círculo que sabia o meu número pessoal, e eu tenho certeza de que ele não o daria para ninguém.

— Volte.

Empurrei os óculos para cima e usei uma das palavras mais fortes e resilientes do nosso idioma.

— Não.

— Eu aumento o seu salário.

Tentador, mas...

— Não.

— Por que não?

Por que não? Homens. Só um maldito homem podia ser tão... tão *idiota*. Ele não havia se desculpado pelo que tinha dito. Ele nem sequer tentou ser bonzinho para me convencer a voltar... não que eu fosse. Era a mesma merda de sempre.

Volte. Por que não?

Blá, blá, blá. Por que não?

Por que diabos eu voltaria?

Eu quase disse que sentia muito por não fazer o que ele queria, mas eu não sentia. Nem mesmo um pouco. Enquanto eu reparava em Aiden, no seu tamanho descomunal engolindo o meu sofá, exigindo que eu voltasse e não entendendo por que eu não queria, percebi que ser "boazinha" não me renderia nada. Eu tinha que contar a verdade a ele, ou ao menos o que fosse o mais próximo possível da verdade. Uma parte pequena e imatura de mim queria ser malvada.

Eu queria magoá-lo do mesmo jeito que ele me magoou, mas, enquanto eu o observava, reparei no homem que tinha me proporcionado um emprego que me permitiu juntar dinheiro para realizar os meus sonhos. Era a mesma pessoa que eu tinha visto em seu pior quando ele encarou a possibilidade de que nunca mais jogaria a única coisa no mundo que amava.

Era o Aiden. Eu sabia alguns dos segredos dele. Não queria me importar com ele, mas acho que não podia evitar, mesmo que fosse uma versão subconsciente e mutilada do que tinha sido uma vez. E eu não queria ser como o Trevor, ou a Susie, ou qualquer outra pessoa que eu tinha conhecido que era má pelo prazer de ser má.

Por isso, mantive as coisas o mais simples que podia. Enfiei os dedos debaixo das coxas e falei:

— Eu te disse, eu mereço coisa melhor.

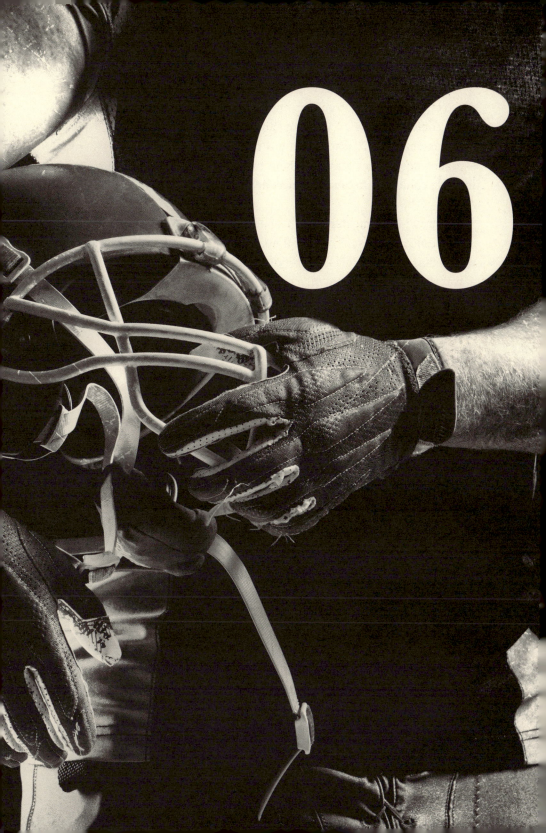

— Ah, merda.

Vi o Range Rover preto parado no estacionamento no instante em que o táxi encostou na frente da entrada de visitantes do condomínio. Não havia como eu não ver o veículo; já o levei para trocar o óleo e para lavar algumas vezes no passado. Não era necessariamente o melhor carro ali — alguns dos meus vizinhos tinham Escalades e Mercedes, e eu não fazia ideia de como eles arcavam com as despesas —, mas reconheci a placa do Aiden.

Sim, vê-lo ali me pegou com a guarda baixa.

Ele não tinha saído do meu apartamento com um sorriso no rosto alguns dias atrás. Depois de eu ter dito com todas as letras que não voltaria a trabalhar para ele, Aiden me olhou como se eu falasse uma língua diferente e perguntou "é alguma piada?".

É arrogância que você quer?

Respondi a única coisa que pude: "Não."

Ele ficou de pé, olhou para o teto por um momento, e saiu. E foi isso.

A última coisa que eu esperava era que ele voltasse. Mas, bem, talvez eu não devesse ficar surpresa. Eu tinha aprendido que essa era uma pessoa que, quando enfiava algo na cabeça, nada a impedia de atingir o objetivo. Essa era uma pessoa que só ouvia o que queria ouvir. Isso não me deixou exatamente com uma sensação gostosa. Acho que uma grande parte de mim queria e esperava cortar o contato pela raiz, ainda mais depois que ele deixou a falta de lealdade tão aparente.

O fato de que aquele cara, de alguma forma, tinha conseguido o meu endereço e se dado ao trabalho de vir ao meu apartamento, quando não tinha sido capaz de se esforçar nem para me perguntar como eu estava, me frustrou mais do que deveria. Era um pouco tarde demais. Tudo o que eu queria dele no passado era pelo menos um pouco de lealdade, senão amizade, e ele não foi capaz de me dar nem isso.

— Tudo certo, senhora?

— Tudo certo, obrigada — menti, ao agarrar a maçaneta. — Achei ter perdido a chave, mas já encontrei. Quanto eu te devo?

Paguei a tarifa, saí do táxi e atravessei o portão correndo.

Fui em direção ao meu apartamento com uma mão segurando o spray de pimenta e a outra com a chave e a bolsa de mão, ciente demais de que tinha bebido muito vinho para lidar com essa merda naquele momento.

Meu visitante estava no mesmo lugar em que o encontrei dias atrás: nas escadas.

O olhar de Aiden pousou em mim quase imediatamente, parando na bainha do vestido que coloquei para o jantar, enquanto ele se erguia sobre os pés tamanho 46. Usando a bermuda de ginástica que ia até os joelhos e uma camiseta de malha, eu tinha plena certeza de que ele havia saído do treino e vindo direto para cá. Se as minhas contas estivessem certas, o time estava no meio do treinamento de pré-temporada, mais focado nos novatos do que nos veteranos como Aiden.

— Precisamos conversar — ele declarou na mesma hora, os olhos raspando pelos meus seios e parando bem entre eles, no decote baixo do vestido de algodão.

Aff.

Eu o olhei de soslaio ao me aproximar da porta, ignorando a expressão curiosa com que ele me avaliava. Não era como se eu não tivesse usado vestidos perto dele antes, mas nenhum ficava acima dos joelhos, e cobriam completamente As Meninas. O que eu usava agora? Nem tanto. Mas tinha sido o meu vestido de "estou saindo com um homem pela primeira vez em quase dois anos" usado no encontro às cegas com alguém que conheci no site de namoro, no qual me inscrevi algumas semanas atrás. Embora tenhamos nos dado muito bem na troca de mensagens, não rolou química pessoalmente. Paranoica por me encontrar com um estranho que poderia anotar a minha placa, fui de táxi até o restaurante italiano em que jantaríamos.

— Me dê alguns minutos — ele pediu em um tom levemente menos confiante e agressivo, os olhos ainda mergulhados no meu vestido.

A tentação de dizer "Ah, então você quer conversar depois de dois anos?" estava na ponta da minha língua, mas me segurei e ergui as sobrancelhas para ele antes de deslizar a chave na fechadura.

Um músculo se contraiu na sua bochecha e ele grunhiu:

— Por favor.

O inferno estava prestes a congelar. Ele tinha dito "por favor"?

Antes que eu pudesse pensar muito no assunto, vozes vieram de um dos apartamentos acima do meu. Droga. O corpo enorme de Aiden era um chamariz, ainda mais quando ele por acaso era uma celebridade em Dallas. Poucos dias atrás, eu tinha visto um punhado de camisas dos Three

Hundreds ali no condomínio com GRAVES bordado nas costas. A última coisa que eu precisava era de alguém vendo Aiden quando, por anos, tive o cuidado de não deixar ninguém saber quem era o meu chefe.

— Entre — murmurei, acenando para ele se apressar antes que alguém o visse.

Ele não precisou ouvir duas vezes. Aiden se apertou ao passar pela porta com tempo suficiente para que eu apenas a fechasse e trancasse no momento em que três homens desceram as escadas. Eu o rodeei e fui até a cozinha com vista para a sala, frustrada comigo mesma por tê-lo convidado a entrar.

— Você parece diferente. — O comentário fez meus passos vacilarem por um instante.

— Já usei vestidos na sua presença — rebati com um pouco mais de amargura do que eu gostaria.

— Nenhum assim — veio a réplica rápida, quase impetuosa, que saiu agressiva o bastante para me fazer franzir a testa. — Eu não estava falando da sua *camisa*.

Minha *camisa*?

— *Você* está diferente.

Bufei e rodeei o balcão da cozinha.

— Meu cabelo está de outra cor e eu perdi peso. Só isso.

Acomodando-se na minha mesinha, o olhar de Aiden varreu a parte do meu corpo que ele podia ver: rosto, pescoço, peito e braços nus. Bom Deus, ele me deixou constrangida. Fazendo outra varredura em mim com aquelas orbes escuras, as sobrancelhas grossas subiram até a testa enquanto ele fazia um barulho indistinguível, tipo um "humm". Como em grande parte das coisas com Aiden, outro pensamento imediatamente esquecido. O próximo comentário que saiu da sua boca confirmou:

— Quero que você venha trabalhar para mim de novo.

Não pude conter o meu resmungo ao me virar para a geladeira.

— É sério — ele continuou, como se eu duvidasse.

Tomei meu tempo abrindo a geladeira e vasculhando lá dentro para pegar uma garrafa de água. Eu era teimosa. Aceitava o defeito com o peito aberto. Mas Aiden? Bom Deus. Ele me superava por muito; ele levava a teimosia e a obstinação a outro patamar. Era para ele ter esquecido da minha existência depois de uns poucos dias.

Mantendo o olhar para baixo ao fechar a geladeira, respirei fundo para me acalmar e soltei o fôlego. Eu o conhecia, e a forma como ele estava agindo não deveria ser nenhuma surpresa. Era como mimar uma criança a vida toda e depois tentar firmar o pé quando já era tarde demais. Eu o deixei se safar de muita coisa durante o tempo em que tínhamos nos conhecido, e precisava lidar com isso agora.

— Eu também falei sério. Não quero, e não vou voltar.

O silêncio se estendeu, segundo a segundo, dinâmico e interminável com as coisas que eu pensava que ambos poderíamos ter dito um ao outro, mas não dissemos.

A cadeira de Aiden rangeu sob o seu peso. Não olhei para ele.

— Você não me dá nos nervos — ele apontou como se eu tivesse inventado a cura do câncer.

Eu não podia olhar para ele. Eu não podia nem mesmo olhar para ele. *Você não me dá nos nervos.* Tive que colocar a garrafa sobre o balcão, e segurei a borda afiada com a mão livre. Como ele esperava que eu respondesse? O bonito queria que eu agradecesse por um elogio tão sincero?

Contei — *um, dois, três, quatro* — para não deixar escapar algo por causa da frustração. Escolhi as palavras com cuidado. Ergui a cabeça e tirei um copo do armário.

— Diga ao seu próximo funcionário que conversa não é um pré-requisito — falei ao servir água no meu copo.

— Eu nunca te disse isso — a voz baixa e rouca respondeu.

— Não precisou. — Ações falavam mais alto do que palavras, afinal de contas.

Ele deixou escapar um ruído exasperado e seguiu dizendo algo que me fez parar no meio do ato de devolver a garrafa à geladeira.

— Você é uma boa funcionária.

Um, dois, três, quatro, cinco.

De todas as coisas que ele podia ter dito...

Eu poderia ter dado um tapa na cara dele naquela hora. Sério.

— Há um monte de bons funcionários no mundo. Você paga bem o bastante para a pessoa não fazer tudo de qualquer jeito. — Coloquei a água na geladeira e fechei a porta. — Eu não sei por que você está aqui. Por que está insistindo no fato de querer que eu volte, *sendo que eu não quero mais ser sua assistente, Aiden*? Não posso ser mais clara do que isso.

Pronto, falei. E foi doloroso, mas também foi um alívio.

— Você se lembra de quando comecei a trabalhar para você? Você se lembra de como eu te desejava bom dia todos os dias e perguntava como você estava?

Ele não respondeu.

Perfeito.

— E você se lembra de quantas vezes eu perguntei se havia algo errado ou tentava brincar, só para você me ignorar? — Lambi os lábios e parei onde estava, com um ombro na geladeira, podendo vê-lo lá na mesa da cozinha. — Eu não acho que alguém possa te dar nos nervos, a menos que você permita. E, de qualquer forma, eu te disse que nada disso importa mais de forma alguma. Eu não quero trabalhar para você.

O grandalhão se inclinou para frente na cadeira, as narinas dilatadas.

— Importa, porque eu quero que você volte.

— Você nem se importava se eu estava lá, para início de conversa. — De repente, a irritação quanto a em que ele estava insistindo fez os nervos da minha coluna se incendiarem. *Você não vai bater a cabeça na geladeira. Você não vai bater a cabeça na geladeira.* — Você nem sequer me conhece...

— Eu conheço você — ele me cortou.

Exasperação como jamais conheci se agarrou ao meu peito.

— Você não me conhece. Você nunca tentou me conhecer, então não me venha com essa — retruquei, e logo me senti culpada por alguma razão idiota. — Eu te disse que estava indo embora, e você não deu a mínima. Não sei por que se importa agora, mas não estou nem aí. A relação de trabalho entre mim e você acabou, e isso é tudo o que tínhamos. Encontre outra pessoa, porque eu não vou voltar a trabalhar para você. E ponto final.

Aiden não piscou, não inspirou nem expirou; ele nem se mexeu. O olhar estava trancado em mim como se suas pupilas fossem lasers que tudo veem, capazes de fazer manipulação emocional.

Por um longo momento, não houve um único som no meu apartamento minúsculo. Então, de repente, em um tom que era todo Aiden, como se ele não tivesse acabado de ouvir uma única palavra que saiu da minha boca, ele disse:

— Eu não quero ninguém novo. Eu quero você.

Assim, do nada, eu desejei ter gravado aquela resposta para vender na internet para as centenas de garotas que enchiam o e-mail dele toda semana com convites para encontros, boquetes, companhia e sexo.

Mas eu estava ocupada demais ficando mais e mais irritada a cada segundo para fazer isso.

De onde ele tinha tirado a coragem para dizer aquilo para mim?

— Talvez, e eu só quero que considere isso para o futuro, você deveria pensar em que outros fatores são importantes para reter um funcionário. Sabe, tipo fazer as pessoas sentirem que fazem a diferença, dar a elas uma razão para se manterem leais a você. Não é só por causa do salário — respondi com o máximo de gentileza possível, mesmo sabendo muito bem que ele não merecia ser tratado com luvas de pelica. — Você vai encontrar alguém. Só não vai ser eu.

Os olhos castanhos ficaram mais aguçados, e me deixaram com uma sensação desconfortável na boca do estômago.

— Eu aumento o seu salário.

— Escuta. Não é por causa do dinheiro, pelo amor de Deus.

Uns cem pensamentos diferentes pareciam estar passando pela cabeça dele naquele instante, enquanto uma de suas bochechas se retesava no que parecia meio que uma careta.

Eu não fazia ideia de em que ele estava pensando, e suspirei. Como chegamos a esse ponto? Seis semanas atrás, eu não podia fazer com que ele me dissesse "oi". Agora, ele estava no meu apartamento, sentado à minha mesa de jantar de segunda mão, pedindo para que eu voltasse a trabalhar para ele depois de eu ter ido embora.

Parecia um episódio de *Além da imaginação*.

O queixo dele se inclinou em um gesto determinado com o qual eu estava muito familiarizada.

— Meu visto vai vencer no ano que vem — ele disse mecanicamente.

E... eu calei a boca.

Meses atrás, eu me lembro de ter aberto a correspondência dele e ter visto algo sobre o visto em alguma carta de aparência oficial. Uma carta que pensei que ele talvez tivesse recebido novamente antes de eu ir embora, quando eu disse que ele precisava dar uma olhada nas coisas que deixei em sua mesa.

Não entendi como um visto podia ser usado como desculpa para agir feito um idiota.

— Tudo bem. Você já enviou a papelada para renovar? — As palavras mal saíram da minha boca quando me perguntei que merda eu estava fazendo. Não era da minha conta. Ele fez com que não fosse da minha conta.

Mas eu não estava esperando por uma resposta quando ele respondeu:

— Não.

Não entendi.

— Por que não? — Droga! *Que merda eu estava pensando ao fazer perguntas?* Me repreendi.

— É um visto de trabalho. — As palavras foram ditas devagar, como se eu fosse mentalmente incapaz ou algo assim. Eu ainda não entendi qual era o problema.

— Ele depende de eu jogar para os Three Hundreds.

Pisquei, pensando que talvez ele tivesse levado muitos golpes na cabeça ao longo da carreira.

— Não entendo qual é o problema.

Antes que eu pudesse perguntar por que ele estava preocupado com o visto, quando qualquer time com que ele assinasse o ajudaria a conseguir um, ele pigarreou.

— Eu não quero voltar para o Canadá. Gosto daqui.

Esse era o mesmo nativo de Winnipeg que tinha voltado só uma vez para a terra natal em todo o tempo em que trabalhamos juntos. Cresci em El Paso, mas eu não ia para "casa" com frequência porque nada mais parecia ser uma casa. Eu não tinha um lugar que me fizesse sentir amada ou acolhida, ou qualquer um dos outros sentimentos que imaginei que poderiam estar associados à sensação de "casa".

Olhei para a parede ao lado da cabeça dele, esperando que a próxima revelação me ajudasse a entender o que o cara estava dizendo.

— Ainda não captei qual é o problema.

Com um suspiro profundo, ele apoiou o queixo na mão e finalmente explicou:

— Se eu não ficar no time, não posso ficar aqui.

Por que ele não jogaria? O pé estava incomodando? Eu queria perguntar, mas não o fiz.

— Tudo bem... não há outro tipo de visto que você possa solicitar?

— Eu não quero outro visto.

Suspirei e fechei a porta da geladeira, meus dedos indo na mesma hora para os óculos.

— Certo. Vá falar com um advogado de imigração. Tenho certeza de que ele poderá te ajudar a conseguir residência permanente. — Mastiguei a bochecha por um segundo antes de adicionar. — Você tem dinheiro para fazer acontecer, e isso é muito mais do que a maioria das pessoas têm. — Então, uma ideia surgiu na minha cabeça, e antes que eu pudesse pensar duas vezes sobre a sugestão, ou me convencer de que eu não deveria dizer nada, porque eu não estava me sentindo muito amigável, deixei escapar: — Ou você pode simplesmente encontrar uma cidadã americana para se casar.

O olhar dele tinha vagado para o teto em algum momento, mas, nesse instante, ele o moveu para me examinar. Aqueles traços largos estavam uniformes e suaves, nem remotamente perto de uma careta.

— Encontre alguém de quem você gosta, saia com a pessoa por um tempo ou algo assim, e então a peça em casamento. O divórcio sempre será uma opção. — Parei e pensei numa prima distante de Diana. — Há também um monte de gente por aí que faria isso se você pagar o suficiente, mas é meio arriscado porque tenho certeza de que é crime tentar regularizar a documentação se casando com alguém. É algo em que se pensar.

Pisquei, notando que sua expressão tinha ido de examinadora para contemplativa. Pensativa. Pensativa demais. Uma sensação estranha se arrastou pelo meu pescoço. Estranha, estranha, estranha, me dizendo que havia algo errado, me dizendo que eu deveria sair do seu campo de visão. Dei um passo para trás e olhei para ele.

— O que é?

Nada nesse mundo poderia ter me preparado para o que saiu da sua boca em seguida:

— Case comigo.

— *O quê*? — Isso escapou da minha boca com tanta surpresa e brusquidão quanto imaginei, eu tinha plena certeza.

Ele estava doidão. Ele estava mesmo usando drogas.

— Case comigo — ele repetiu, como se eu não tivesse ouvido da primeira vez.

Eu me recostei no balcão da cozinha, dividida entre estar fraca de choque e perplexa com o quanto aquela declaração era ridícula, e me conformei em apenas encarar, inexpressiva, na direção geral daquele rosto de granito.

— Você está drogado, não está?

— Não. — Os cantos normalmente tensos da boca de Aiden relaxaram uma fração de centímetro e a tensão em seu corpo diminuiu só um pouquinho, mas foi o suficiente para notar. — Você pode me ajudar a conseguir a residência.

Do que diabos ele estava falando? Talvez fosse dano cerebral, afinal de contas. Vi alguns dos caras que ele enfrentou — como ele poderia ter escapado ileso depois de tantos anos?

— Por que eu faria isso? — Fiquei boquiaberta. — Por que eu sequer ia *querer* fazer isso?

A mandíbula forte pareceu cerrar.

— Não quero trabalhar para você, muito menos me casar para te ajudar com a sua documentação. — Uma ideia passou pela minha cabeça, e eu quase joguei as mãos para o alto de alegria pela genialidade dela. — Case com alguém que possa cumprir todas as obrigações de uma assistente. Faz perfeito sentido.

Ele começou a assentir quando mencionei a ideia da assistente, mas a emoção em seus olhos foi um pouco perturbadora. Ele pareceu muito determinado, muito em paz com qualquer que fosse a merda que se passava naquele cabeção.

— É perfeito — concordou ele. — Você pode fazer isso.

Eu me engasguei. Por mais que quisesse muito dizer alguma coisa, argumentar com ele ou só dizer que ele tinha perdido a cabeça, nada conseguiu escapar da minha boca. Eu estava embasbacada. *Embasbacada pra caralho.*

Aiden estava sob efeito de crack.

— Você está doido? Você derrubou um haltere no pescoço lá no supino?

— Você mesma disse; é o plano perfeito.

O que foi que eu fiz?

— Não é perfeito. Nem de longe — balbuciei. — Não trabalho mais para você, e mesmo se trabalhasse, eu não faria isso. — Sério mesmo? Ele estava pensando que eu me casaria? Eu não sabia que ele era nada além de prático, e aquilo era simplesmente ultrajante.

Mas ele não estava ouvindo. Eu podia dizer. Ele estava com a cara pensativa.

— Vanessa, você tem que aceitar.

Ele não entendia que nós não éramos amigos? Que ele tinha me tratado do jeito oposto de que se tratava alguém de quem você gostava?

— Não. Não aceito e não vou. — Se eu conhecesse a pessoa certa, não me oporia a me casar algum dia no futuro. Não pensava em casamento com frequência, mas, quando pensava, eu meio que gostava da ideia. Os pais de Diana tinham sido um exemplo perfeito de um relacionamento maravilhoso; é claro que eu ia querer algo assim no futuro, se fosse possível. Sendo realista, eu sabia que também estaria bem por conta própria.

E eu não ia riscar filhos da lista de coisas que gostaria, se também tivesse a pessoa certa na minha vida. Eu sabia vagamente o que queria em um parceiro, mas, acima de tudo, eu sabia o que não queria.

E Aiden, até mesmo nos seus melhores dias, não era essa pessoa. Nem de longe. É claro que ele era bonito, qualquer um com olhos podia ver. Só aquele corpo já fazia mulheres de todas as idades se virarem em seus assentos para dar uma boa olhada porque Aiden expirava virilidade, e que mulher não gostava de um homem que parecia beber testosterona aos baldes? Ele era um bom gole de água fresca, ou foi o que me disseram. Tudo bem, ele tinha dinheiro, mas esse não era um requisito indispensável para um futuro marido ou namorado. Eu podia ganhar o meu próprio dinheiro.

Mas era isso.

Com exceção dos três primeiros meses no meu emprego, nunca cheguei a pensar que sentisse alguma coisa pela Muralha de Winnipeg. Eu era fisicamente atraída por ele, é claro. Mas para mim, e por causa de tudo o que vi minha mãe passar, pulando de um relacionamento para outro a minha vida inteira, aquilo não era o bastante. Meu último namorado não era o cara mais bonito do mundo, mas era engraçado e gente boa, e gostávamos das mesmas coisas. Nós nos dávamos bem. A única razão para termos terminado foi por ele ter recebido uma proposta para ir trabalhar em Seattle, e eu não fui convencida de que estava louca de paixão o suficiente para me mudar para o outro lado do país por causa dele, afastando-me ainda mais das poucas pessoas na minha vida que importavam. Já tinha feito isso uma vez, quando fui fazer faculdade no Tennessee.

Aiden não se encaixava em nenhuma das qualificações que o meu ex tinha. Ele não era engraçado nem gente boa, não gostávamos das mesmas coisas, e tendo como base nosso relacionamento nas duas últimas semanas de trabalho, não nos dávamos bem.

E por que diabos eu sequer estava pensando em motivos, sendo que essa era uma péssima ideia? Era categoricamente terrível. Uma que eu não ia topar. De jeito nenhum, não tinha como.

Aiden, por outro lado, não estava prestando atenção. Ele não teve que me dizer uma palavra para eu saber que estava ignorando tudo o que saía da minha boca.

— Aiden, me escuta. — *Pela segunda vez na sua vida*, adicionei na minha cabeça. — Tenho certeza de que o Trevor pode achar alguém. É só pedir para ele.

Esse comentário o fez prestar atenção na mesma hora. As sobrancelhas grossas e escuras se endireitaram.

— Não vou falar com o Trevor.

Empurrei os óculos, mesmo eles já estando no lugar.

— Você falaria? — perguntou ele.

É, isso me fez estremecer. Eu não confiaria em Trevor nem para postar algo para mim no correio.

— E o Rob?

Nenhuma resposta.

Hum. Touché.

— O Zac?

Aiden só me olhou e balançou a cabeça, negando.

— Seus amigos?

— Eu já teria dito a eles se quisesse que eles soubessem — explicou em um tom cuidadoso que fez sentido até demais.

Com esse comentário, um punhado de coisas se encaixaram de repente. É claro que ele tinha se comprometido a se recuperar da lesão. Mas, além disso, o humor extremamente terrível pelo medo de ser deportado, caso o time abrisse mão dele, adicionou à situação. E mais, lidar com o empresário e o agente, que não pareciam estar a bordo com o que for que Aiden quisesse assim que o contrato terminasse, só deixava tudo pior. Mas havia uma única coisa que não encaixava quando eu parava para pensar no assunto, e não era a razão para ele não querer voltar para o Canadá ou por ele não querer ficar em Dallas.

— Por que você está me contando isso? — perguntei, hesitante.

Aquelas íris castanhas repousaram em mim, e linhas mordazes surgiram em sua testa larga.

Antes que eu pudesse me convencer do contrário, revidei a careta.

— Você nunca chegou a conversar comigo sobre qualquer coisa. — Pisquei. — Nunca. Mas agora eu peço demissão, e de repente você está no meu apartamento, me pedindo para voltar a trabalhar para você depois de não ter dado a mínima para o fato de eu estar indo embora, e quer que eu me case com você para que consiga residência permanente. Você está me dizendo coisas que não quer dizer a mais ninguém e... é estranho, cara. Não sei que merda está esperando que eu te diga.

— Estou te contando porque... — Ele abriu a boca e a fechou com a mesma rapidez. Abriu mais uma vez antes de fechá-la novamente, os músculos nas suas bochechas se movendo, como se ele não soubesse por que estava fazendo aquilo. Inferno, eu não tinha entendido ainda. Enfim, Aiden encolheu os ombros imensos e arredondados e se certificou de me olhar nos olhos. — Gosto de você tanto quanto de qualquer outra pessoa.

Merda.

Puta merda.

Diana uma vez me disse que eu não sabia fincar o pé. Na verdade, tenho certeza de que as palavras exatas dela foram: "Você é uma otária, Van".

Gosto de você tanto quanto de qualquer outra pessoa não deveria ser um elogio. Não deveria mesmo. Eu não era idiota a esse ponto. Mas...

Uma risada áspera e inesperada escapou de mim, e então eu estava rindo com cinismo, erguendo os olhos para o teto chapiscado.

Vindo de alguém como Aiden, acho que aquele seria o maior elogio que eu poderia receber.

Gosto de você tanto quanto de qualquer outra pessoa. Juro.

— Qual é a graça? — perguntou Aiden, uma careta curvando a boca.

Cobri os olhos com a mão e me inclinei no balcão da cozinha, dando risadinhas ao esfregar a testa em resignação.

— Há uma grande diferença entre não te irritar até a morte e sermos amigos, Aiden. Você deixou isso bem claro, não acha?

A piscada que ele deu foi tão inocente, tão sincera, que eu não tinha ideia do que fazer com a reação.

— Você não me incomoda.

Você não me incomoda.

Eu comecei a gargalhar, a gargalhar de verdade, e tenho certeza de que pareceu que eu estava chorando, sendo que eu estava mesmo era rindo.

— Você é a mulher mais equilibrada que eu já conheci.

Equilibrada. Ele estava me matando.

Foi a isso que a minha vida chegou. Recebendo elogios meia-boca de um cara que só se importava com uma única coisa: ele mesmo. Um cara que eu tentei, vezes sem fim, que virasse meu amigo, sem o mínimo sucesso.

Para dar crédito a Aiden, ele esperou um pouco antes de dizer com cuidado, com calma até demais, e quase que com gentileza:

— Não é engraçado.

Eu tive que me agachar atrás dos armários da cozinha porque minha barriga estava doendo demais.

— Você está me pedindo... ai, caramba, minha barriga está doendo... para cometer um crime, e sua lógica para me convencer é porque "gosta de mim tanto quanto de qualquer outra pessoa", porque "eu não te incomodo", e porque eu sou "equilibrada". — Ergui as mãos, fazendo aspas no ar sobre o tampo do balcão. — Puta merda. Eu não achava que você tivesse senso de humor, mas você tem.

O melhor jogador de defesa não hesitou em se aproveitar da abertura que eu dei.

— Você aceita, então?

Depois disso, nem consegui achar em mim razões para ficar irritada com a persistência dele. Eu ainda estava rindo muito dos meus excelentes atributos como possível esposa de mentirinha.

— Não, mas esse foi o ponto alto de todo o tempo que te conheço. Sério. Queria que você tivesse sido assim comigo desde o início. Trabalhar com você teria sido muito mais divertido, e eu poderia até ter cogitado voltar para ficar um pouco mais.

Mas ainda não era o bastante. Trabalhar de forma permanente para ele não era parte do plano, ainda mais depois de tudo o que aconteceu, e tudo o que ele estava me pedindo agora. *Casar com ele.*

O cara tinha perdido a cabeça.

O plano depois de me tornar autônoma em design gráfico em tempo integral era pagar o montante terrível dos empréstimos estudantis que eu tinha, comprar uma casa, um carro novo, e o resto... tudo se encaixaria na hora certa. Viajar, encontrar alguém de quem eu gostasse o bastante para me relacionar, talvez ter um filho, se quisesse um, e seguir com a minha independência financeira.

E para ganhar dinheiro, eu precisava trabalhar, então me forcei a ficar de pé e dei de ombros para o meu ex-chefe.

— Olha, você vai encontrar alguém caso se esforce um pouco. Você é atraente, tem dinheiro e é um cara decente a maior parte do tempo. — Eu me certifiquei de olhar dentro dos olhos dele para enfatizar "a maior parte do tempo". — Se encontrar alguém de que goste, mesmo que só um pouco, tenho certeza de que vai fazer dar certo. Eu te daria o número de uma das minhas amigas, mas elas vão te enlouquecer em dez minutos, e não estou brava o bastante com você para recomendar uma das minhas irmãs.

Mordi a parte interna da bochecha, não sabendo o que mais dizer, totalmente ciente de que era muito provável que eu jamais entenderia o que o levou a este momento comigo.

E o que ele fez?

Os olhos vagaram pelo meu rosto quando sua testa franziu e ele balançou a cabeça.

— Preciso da sua ajuda.

— Não, você não precisa. — Dei de ombros novamente e sorri a contragosto, um sorriso gentil porque eu estava ciente de que ele não estava habituando com pessoas lhe dizendo não. — Você vai dar um jeito nisso sozinho. Não precisa de mim.

Ao virar o misto quente, dei uma risadinha sarcástica ao telefone.

— Eu não vou. E também não acho que ele goste tanto assim de mim.

— Só comecei a gostar do Jeremy no nosso terceiro encontro e olhe para nós agora. — O argumento de Diana foi o pior que ela poderia ter escolhido.

As cinco vezes que me encontrei com ele nos últimos seis meses foram cinco vezes mais do que eu queria. Eu sabia, por fontes seguras, que o irmão dela sentia a mesma coisa com relação ao cara. Tínhamos passado tempo com ele no aniversário de Diana, e em questão de minutos, trocamos o olhar de "ele é um babaca". Nenhum de nós tentou esconder o desgosto e, naquele instante, nada chegou a sair da minha boca, o que dizia mais do que o suficiente, imaginei.

Não fiquei nem um pouco surpresa quando ela captou o significado do silêncio e suspirou.

— Sério, ele é muito legal comigo.

Eu duvidava muito. Nas vezes que saímos juntos, ele tinha tentado caçar briga com alguém... sem motivo algum. Ele parecia nervosinho, temperamental e convencido demais. E mais, eu não gostava da *vibe* que ele passava, e aprendi a ouvir os meus instintos no que dizia respeito às pessoas.

Disse a ela várias vezes o que eu achava, mas Diana continuava fazendo ouvidos surdos.

— Olha, eu não tenho nada legal a dizer, então não vou falar nada — avisei.

O longo suspiro que ela deixou escapar me informou de que ela não queria mais falar sobre o Jeremy, bem ciente de que era causa perdida. Nada me faria mudar de ideia quanto a ele, a não ser que ele salvasse a minha vida ou algo assim.

— Eu ainda acho que você deveria ir a outro encontro. Ao menos você pode descolar umas bebidas.

Por que contei a ela que o cara com quem saí ontem à noite me convidou para sair de novo? Eu devia saber. Devia mesmo.

— Bebi o máximo de vinho que o meu fígado podia aguentar só para conseguir suportar aquelas duas horas. Estou de boa.

Ela soltou um "nhee".

— Não existe isso de vinho demais.

— Há algo de que eu deva saber?

— Não sei. Há?

— Não sei, viciadinha. Você me diz.

A pessoa que era tanto uma irmã quanto uma amiga para mim soltou aquela risada alta e familiar que era o mais próximo de um lar quanto possível.

— Vai se ferrar. Eu só bebo umas duas, talvez três vezes por semana.

— Se esse é o seu jeito de tentar me convencer de que não tem um problema com bebida, não está dando certo. — Ri.

Ela resfolegou.

— Tem vezes que eu nem sei por que me dou ao trabalho de falar com você.

— Porque ninguém mais gosta de você além de mim, do seu irmão e dos meninos?

Di fez um som genuinamente pensativo.

— Bem provável. — Ambas caímos na gargalhada ao mesmo tempo.

— Quando você vai estar livre? — perguntei. Eu não a via desde o dia que pintei o cabelo.

— Oh, ah, eu te retorno. Tenho planos com Jeremy.

É, eu posso ter revirado os olhos um pouquinho.

— Bem, me avisa quando não tiver. — Deixei a coisa do Jeremy entrar em um ouvido e sair pelo outro.

— Pode deixar. Quero testar outra cor em você. As raízes já estão aparecendo?

Eu estava a meio caminho de refletir sobre como ela ainda não tinha me perguntado se poderia tingir o meu cabelo de novo quando três batidas rápidas soaram na minha porta.

— Só um segundo. — Desliguei o fogão e fui até a porta. Não era nenhum dos meus vizinhos; nenhum deles batia com força o bastante para sacudir a porta nas raras ocasiões que passavam ali.

Com isso em mente, eu soube exatamente quem era antes de sequer chegar ao olho mágico.

— Bafo de pum, vou te ligar mais tarde. Eu, é, tem alguém aqui na porta — expliquei vagamente. Ainda não tinha dito a ela, nem a ninguém, sobre Aiden vir aqui me pedir para voltar a trabalhar para ele, muito menos que uma semana atrás ele tinha me pedido para me casar com ele, para conseguir a residência permanente. Tinha pensado em ligar para o Zac, mas achei melhor não.

— Tudo bem. Tchau. — Eu não tive tempo de dizer tchau antes de o tom de discagem preencher o aparelho. — Quem é? — perguntei, mas teria apostado vinte pratas que eu já sabia.

— Aiden — respondeu a voz do outro lado da porta bem no momento em que fiquei na ponta dos pés para olhar no olho mágico. É claro, a pele bronzeada com olhos cor de chocolate e a conhecida boca cerrada me cumprimentavam no outro lado do vidro.

Foi só quando abri a porta que percebi que ele estava com o capuz sobre a cabeça, escondendo o cabelo escuro. Ergui as sobrancelhas enquanto ele ficava lá, lembrando muito o seu apelido enquanto os ombros largos preenchiam toda a porta. Ele parecia mesmo a droga de uma muralha humana.

— Você voltou. — Pisquei. — De novo.

Embora eu fosse relutante em aceitar que às vezes eu não tinha a mínima atitude, também estava ciente de que, assim que você me desse um motivo para que eu parasse de gostar de você, era quase impossível voltar a cair nas minhas boas graças. Pode perguntar a Susie. Embora eu pudesse relevar Aiden sendo um cretino rabugento, a coisa com Trevor tinha atingido um território irreconciliável. Basicamente, ele tinha conseguido chegar à Terra dos Esquecidos. Na hora da verdade, ele tinha me magoado.

Meu ex-chefe me deu uma olhada que eu não soube como interpretar antes de entrar no meu apartamento, sem ser convidado, o peito roçando no meu braço no processo. Ele irradiava uma imensa quantidade de calor, e eu não precisava olhar as horas para saber que ele tinha acabado de sair do treino. O cara também cheirava a alguém que tinha dispensado o banho no vestiário.

Eu tinha acabado de fechar a porta quando Aiden parou no corredor, mãos nos quadris, me dando uma olhada firme que não entendi.

— Você mora com traficantes.

Ah.

Encolhi um ombro.

— Eles não mexem comigo. — Claro, tive que dizer a eles "não, obrigada" uma dúzia de vezes, mas não esclareci esse pormenor.

— Você *sabe* que eles traficam drogas?

Encolhi os ombros de novo, decidindo, naquele minuto, que esse babaca esnobe não ia descobrir que algumas pessoas nos prédios de cada lado do meu eram de uma gangue conhecida por pendurar bandanas azuis no bolso. Então, mudei de assunto, pensando no sanduíche que me esperava lá na panela.

— Você precisa de alguma coisa? — As palavras escapuliram da minha boca antes que eu pudesse me conter, droga.

É claro que Aiden assentiu, ainda de pé entre a porta e o resto da minha casa.

— Você.

Eu.

Em outro mundo, com outra pessoa, gostaria de pensar que eu amaria ouvir alguém dizer que precisava de mim. Mas... esse era o Aiden. O Aiden que pensava "precisar" de mim para me casar com ele; o Aiden que só tinha aparecido no meu apartamento porque pensou que precisava de algo de mim. Na minha imaginação, fiz uma arminha com a mão, a ergui até a testa e puxei o gatilho. Na realidade, só o encarei, impassiva, as pálpebras se fechando por conta própria, não achando a mínima graça.

— Não.

— Sim.

Bom Deus.

— Não.

— *Sim* — insistiu ele.

Meu estômago roncou, lembrando-me de que eu não comia desde que tomei café, horas atrás. A rabugice começou a subir nos meus ombros, me incitando a tomar uma atitude contra esse ser humano delirante. Empurrando os óculos para cima da cabeça, esfreguei os olhos com um suspiro, olhando-o com a vista embaçada.

— Estou honrada, muito. — Se eu fosse sincera comigo mesma, *não muito*. — Mas sou a última pessoa para quem você deveria estar pedindo isso.

Suas narinas dilataram, e ele ergueu o queixo, acentuando a

mandíbula. Esse homem enorme que ganhava a vida encarando outros homens enormes estava olhando feio para mim. *Para mim*.

— Você namora?

— Não...

— Então não há problema.

Esfreguei um pouco mais os olhos com a palma da mão e tentei controlar a frustração. Soltando um suspiro, voltei a colocar os óculos sobre o nariz, e encarei o gigante no meu corredor. É claro, teríamos que chegar a isso.

— Por onde você quer que eu comece?

Quando tudo o que ele fez foi olhar para mim com aquele jeito que me fazia querer enfiar o dedo no nariz dele, concluí que aquela expressão seria a resposta que eu arrancaria dele. Se ele queria ser um pé no saco, eu também poderia ser. O que eu tinha a perder? Não éramos amigos, e ele não se importou com os meus sentimentos antes, então eu não deveria me sentir culpada por ser sincera com ele.

Então, comecei.

— Tudo bem. — Girei os ombros, me preparando para a batalha, olhando para a tela com uma das minhas capas duras favoritas, buscando apoio moral. Era um coração feito de saltos agulha multicoloridos para um livro chamado *Salto de amor.* Fiquei muito orgulhosa de mim por causa daquela ali. — Um, nós não nos conhecemos.

— Nós nos conhecemos — argumentou o Delirante.

Eu queria passar para o próximo ponto, mas ao que parecia não seríamos capazes até que ele entendesse cada uma das razões mais-do-que-aparentes pelas quais eu ajudá-lo a resolver seu status na imigração seria uma ideia terrível.

— Eu te conheço muito bem, mas você não sabe uma única coisa sobre mim além do meu primeiro nome. Você ao menos sabe o meu sobrenome?

— Mazur.

Eu o *conhecia*. Eu o conhecia, caramba, então cruzei os braços sobre o peito e estreitei os olhos.

— Você foi pesquisar o meu nome, não foi?

Ele estava me olhando com aquela cara que me deixava louca de raiva. Tão presunçosa. Tinha uma foto dele muito popular, tirada durante

MARIANA ZAPATA

uma coletiva depois de um jogo, com um olhar parecido direcionado a um repórter, que tinha se atrevido a fazer uma pergunta idiota para ele. Calcinhas por todos os Estados Unidos caíram no chão naquele dia. Ainda assim, a única coisa que aquele queixo erguido, a boca cerrada e os olhos frios faziam para mim era me frustrar até a morte.

— Não vejo qual é o problema.

Um, dois, três, quatro, cinco, seis, sete, oito.

— Não sei se você só está fingindo ignorância ou se é mesmo tão cabeça-dura assim — disse entre dentes. — Trabalhei para você por dois anos, e você não sabia o meu sobrenome. Você sequer podia me dizer "oi". Aiden, você não está me pedindo para te emprestar vinte dólares ou para te levar ao aeroporto. Você não me conhece, e nem gosta de mim. E tudo bem. Não estou preocupada com isso, mas não podemos "nos casar" — falei, ao abrir aspas no ar — para que você regularize sua situação, sendo que você nem gosta de *mim*. Você não pode me ignorar por anos, não dar a mínima para eu estar indo embora, me tratar feito um monte de bosta e então esperar que eu vá em seu socorro só porque você pediu.

— Eu te disse. Gosto de você tanto...

Ai, meus sais. Eu estava lidando com uma parede de tijolos. Meus olhos quase se contraíram enquanto eu lutava contra o impulso de não fazer um trocadilho com o apelido dele.

— Quanto de qualquer outra pessoa. Foi por isso que você deixou o Trevor falar de mim? Porque você gosta de mim?

Ele ergueu a mão para coçar a lateral do pescoço, uma cor quase rosa tingindo suas bochechas.

— Eu gosto... — ele começou a argumentar. O rosa conseguiu abrir caminho até a garganta.

Caramba.

Tive que contar até seis, e minha coluna ficou rígida quando fiz isso. Minhas cordas vocais se contraíram. Não havia sentido.

— Tudo bem. *Tudo bem*, Aiden. Eu nem sei que merda isso quer dizer, mas tudo bem; não há dúvidas de que você me mostrou nos últimos dois anos. Agora você não tem uma assistente e quer se tornar um residente e está aqui. Parece muito genuíno, você não acha? Mas tudo bem, vou te dar o benefício da dúvida. Talvez você pudesse me tolerar por alguma estranha razão, e não queria que eu ficasse toda convencida, aí não deixou transparecer. — Isso soou como pura bobagem aos meus ouvidos. — Que tal isso aqui: o que você está me pedindo é um crime. Eu poderia ir para a cadeia e você poderia ser deportado. Que tal?

— Só é ilegal se você for pega.

Meu queixo caiu. Eu não sabia nem o que dizer. Era um sonho? Isso sequer era a vida real?

— Eu tenho um plano — ele concluiu com aquela voz bem baixa, que me fazia lembrar de um caminhão de nove eixos acelerando.

Tarde demais, eu tinha a sensação de que aquilo era uma causa perdida.

— O governo leva essas coisas muito a sério, sabe? Seria eu a ir para a cadeia, não você. — Tudo bem, eu não sabia se eu pegaria pena ou não, mas era uma possibilidade.

— Já pesquisei. Eu tenho um plano.

Lá vai ele com esse maldito plano de novo.

— Eu também tenho um, e parte dele é não me casar com alguém para ajudar a pessoa a ajeitar sua situação com a imigração. Sinto muito, Aiden. Sinto muito mesmo, mas você está no melhor lugar que poderia para encontrar alguém que se case com você, se for o que quer. Mas você não deveria. Talvez possa pagar uma bolada para alguém acelerar a saída da sua documentação.

— Casar é a melhor forma de conseguir isso. — Ele fez uma pausa, as mãos grandes visivelmente cerradas na lateral do corpo, e eu juro que ele parecia ainda maior naquela hora. — Eu não quero outro visto.

Meu coração reagiu um pouquinho porque a coisa era fraca e patética, e porque eu me sentia uma otária dizendo não para ele. Eu odiava não ajudar as pessoas em necessidade. Mas aquilo era ridículo. Aqui estava um homem que nunca tinha sido particularmente bom comigo e nem sequer tinha tentado ser meu amigo até eu pedir demissão. Agora parecia que ele me pedia o mundo, e eu não me sentia disposta a dá-lo a ele.

— Eu não sei o que te dizer. — Balancei a cabeça. — Você enlouqueceu. Eu não vou fazer isso, e não sei de onde você tirou os culhões para me pedir isso.

Seu olhar prendeu o meu, irreprimível e inabalável, como se eu não tivesse acabado de dizer não. Aiden ergueu o queixo enquanto os lábios desapareciam por um momento, curvando-se por trás dos dentes. Dentes que eu sabia serem brancos e perfeitos.

— Você está tão brava assim comigo?

Mirei a minha pistola imaginária na direção dele e puxei o gatilho antes de respirar fundo para me acalmar.

— Mesmo se eu tivesse ido embora de forma amigável, eu ainda não voltaria a trabalhar para você, muito menos te ajudaria com o seu visto ou a sua residência, ou o que for que você deseja fazer.

Seus olhos percorreram o meu rosto devagar, me deixando extremamente ciente do fato de que eu não estava maquiada... ou usando uma porra de um sutiã. Para a minha sorte, eu só vi Aiden olhando para algo além do meu rosto, e tinha sido naquela noite quando ele apareceu e eu estava usando um vestido curto. Mas, bem, eu nunca o tinha visto encarar o peito ou a bunda de qualquer mulher. Ele tinha dito dúzias de vezes para a imprensa que não tinha tempo para relacionamentos, e ele estava certo. Ele não tinha.

— Posso ver no seu rosto, Vanessa — declarou, me fazendo ignorar por alguns instantes a situação em que eu me encontrava.

A palavra *estúpida* ricocheteou pela minha cabeça.

— Não fiquei com raiva de você desde que saí da sua casa.

— Você está mentindo. Está fazendo aquela cara que faz quando tenta não deixar transparecer que está com raiva — ele explicou, mesmo enquanto o olhar se estendia por mim, me deixando muito constrangida.

— Não estou — praticamente grunhi.

O rosto impassivo disse o que as palavras não disseram: *Mentirosa*.

Estourei. Eu estava com fome, mal-humorada e irritada. Aquela era a mais absoluta verdade. Pela forma como a veia na minha testa pulsava, eu ainda guardava uma quantidade não-tão-insignificante de raiva dele também.

— Ótimo. Tudo bem. É, eu ainda estou meio puta com você. Você deixou o Trevor, de todas as pessoas, falar de mim pelas costas. — Pisquei. — *O Trevor.* — Àquela altura, o meu sangue já não sabia para onde correr, se para o meu rosto ou para longe dele. — O Trevor venderia o próprio filho pelo preço certo. Talvez não sejamos amigos, mas você tinha que saber que eu me importava muito mais com você do que com a porra do *Trevor*.

Só dizer o nome dele em voz alta já me deixava brava, e eu tive que dizer a mim mesma para sossegar o facho.

Um, dois, três, quatro, cinco.

Mordi a parte interna da bochecha e pisquei para ele.

— Você jamais disse um maldito "desculpa" para mim. Você entende o quanto isso é feio? Você nunca se desculpa por nada, *nada*. Depois de tudo o que fiz por você, tudo o que eu já fiz por você, coisas que iam além de ser só sua empregada, e você simplesmente... Eu nunca teria deixado ninguém falar merda de você — disse, certificando-me de que ele estava olhando para mim quando eu dissesse isso para que ele entendesse, ou ao mesmo enxergasse, que eu não estava sendo babaca só por ser babaca. — E, para coroar, você estava agindo como uma grandessíssimo cretino antes de eu ir embora — acusei, sentindo aquela conhecida queimação de decepção se acender no meu peito. — Por que eu ia querer fazer o que fosse por você? Não há lealdade entre nós. Não somos amigos. — Dei de ombros. — Você pode não saber nada sobre mim, mas eu sei quase tudo o que há para saber sobre você, e isso não significava nada agora. Estou farta. Eu te respeitei, te admirei, e você só... não se importou. Não sei como pode esperar que eu deixe tudo para lá como se fosse um monte de nada.

Para ser sincera, fiquei surpresa por ter me descontrolado, e fiquei ainda mais chocada por não estar arfando ao final daquele lenga-lenga.

A veia na minha testa pulsava. Minhas mãos estavam cerradas, e eu, com mais raiva do que no passado. Ainda assim, quando olhei de verdade para o homem encapuzado a um metro e meio de distância, de pé ali no corredor do meu apartamento, não pude deixar de fazer uma pausa.

As veias no pescoço dele estavam retesadas. O desenho duro das maçãs do rosto parecia mais acentuado do que nunca. Mas a emoção no formato da sua boca foi algo que eu nunca tinha visto antes.

— Você está certa.

Não que eu não esperasse que ele fosse tentar se desculpar... uma pequena parte de mim esperava. Mas...

O quê?

— Eu não deveria ter deixado o Trevor dizer aquilo.

— Não brinca.

Ele ignorou o meu comentário.

— Eu deveria ter te tratado melhor.

Eu deveria discordar?

Como se pressentisse o quanto suas palavras não estavam colando, os ombros de Aiden se ergueram em determinação.

— Me desculpa.

Minhas mãos se abriram e fecharam na lateral do corpo. Eu não sabia bem o que dizer, mesmo se eu tentasse acalmar a batida raivosa do meu coração.

— Você era uma assistente maravilhosa — adicionou Aiden.

Eu ainda olhava para ele. É claro que eu tinha sido boa, mas eu também fui a única assistente que ele já teve, então...

Com a mão no pescoço, seu pomo de Adão se moveu. Juro que aqueles ombros impressionantes se encolheram.

— Você sempre foi leal a mim, e eu não dei o devido valor até você ir embora.

Nenhum de nós disse uma única palavra por um bom tempo. Talvez ele esperasse que eu fosse reclamar dele mais um pouco, e talvez eu estivesse esperando que ele me pedisse para fazer algo que eu não queria fazer. Vai saber. Mas foi o bastante para Aiden, enfim, dar um pigarro.

— Vanessa, me desculpe por tudo.

Eu podia acreditar que ele estava minimamente arrependido, mas uma parte maior da minha consciência acreditava que ele não estaria se desculpando se não quisesse algo de mim. Eu não podia deixar de me sentir cética, e eu tinha certeza de que a emoção estava estampada no meu rosto.

Mas Aiden não era idiota, nem de perto, e prosseguiu.

— Eu estava com raiva de outras coisas que não tinham nada a ver com você. Não tentei ser legal, isso é verdade, mas nunca ultrapassei os limites ou fui ruim para você.

Bufei, a ceninha da academia e a da rádio piscando em neon no meu cérebro.

Ele devia ter sabido exatamente em que eu estava pensando, porque balançou a cabeça; se frustrado ou resignado, eu não sabia nem me importava.

— Desculpa por ter descontado em você. Desculpas não mudam nada, mas é sério. Eu sinto muito.

Eu queria perguntar de que outras coisas ele estava com raiva? É claro. É claro que queria. Mas eu sabia que, se pedisse para ele elaborar, pareceria um sinal de que ele estava no caminho certo para talvez, possivelmente, me convencer.

Ele não estava.

Então, mantive a boca fechada. Havia muitas coisas que eu estava disposta a perdoar, mas, quanto mais eu pensava no assunto, mais percebia que ele me decepcionou quando eu não tinha muitas expectativas sobre ele, para início de conversa. Aiden se tornou outra pessoa que não tinha correspondido às expectativas que eu tinha. Que merda era aquela? E mais, o estresse por ele ser um idiota por um tempo não explicava o resto dos meses e anos que ele nunca me deu a mínima.

Aiden continuou me observando com aqueles olhos cor de café, observando, observando, observando.

— Estive estressado demais ultimamente — disse ele, e as palavras eram uma isca.

Eu já sabia de tudo isso.

Ele lambeu o lábio superior e baixou a cabeça antes de soltar um longo e baixo suspiro.

— Posso usar o banheiro?

Apontei na direção do meu quarto e assenti.

— Fica ali.

Ele desapareceu pela porta entre a sala e a cozinha um segundo depois, e aproveitei o momento para soltar um suspiro trêmulo. Minha cabeça tinha começado a doer um pouco, em algum momento, e eu sabia que era por causa da fome e da tensão. Na cozinha, peguei o sanduíche, agora frio, e me inclinei sobre a pia ao dar umas mordidas nele.

Eu não tinha comido nem a metade quando Aiden apareceu, apoiado na porta que levava da cozinha para o meu quarto, com os braços cruzados sobre o peito. Se eu não estivesse com o humor tão ruim, teria apreciado a largura dos seus ombros ou como os braços eram perfeitamente proporcionais ao resto do tamanho massivo. Eu não precisava olhar para suas coxas para saber que aquelas coisas eram da grossura de uma sequoia.

— Eu te pago — ofereceu, enquanto eu não o secava com os olhos.

Pronta para dizer a ele mais uma vez que eu estava bem em termos de dinheiro, Aiden prosseguiu antes que eu pudesse e soltou a bomba:

— Eu pago os seus empréstimos estudantis e te compro uma casa.

Derrubei o sanduíche na pia.

Dizer que eu tinha um calcanhar de Aquiles seria pouco.

Crescendo em uma família com cinco crianças e uma mãe solo, o dinheiro sempre foi apertado. Muito, muito apertado. Escasso, na verdade. O giz de cera na escola primária era daqueles de marca genérica que não coloriam muito bem. Usei quase que exclusivamente roupas de segunda mão até ter idade suficiente para comprar coisas novas para mim mesma, e isso só aconteceu quando fui morar com minha família adotiva.

Mas se havia uma coisa que ter tão pouco por tanto tempo tinha me ensinado é o valor do dinheiro e a ser agradecida pelo que temos. Ninguém respeitava mais o dinheiro do que eu.

Então, foi para o meu total horror quando me inscrevi para a faculdade e recebi zero bolsa de estudos. Nenhuma. Nada. Nem mesmo quinhentos dólares.

Eu era inteligente, mas não uma aluna extraordinária. Eu era tímida na escola. Não levantava muito a mão em aula nem me juntava a cada atividade extracurricular disponível. Eu não praticava esportes porque não havia dinheiro sobrando para comprar os uniformes, e também não havia nenhum para nós, crianças, entrarmos no time. Eu sempre tinha gostado muito de ficar sozinha, desenhar e pintar, se eu tivesse tinta. Não me destacava em nada que fosse me garantir uma bolsa de estudos. A escola em que eu estudava não tinha um programa de artes que valesse alguma coisa; a aula mais próxima disso que consegui pegar foi carpintaria, e eu fui muito bem. Mas até onde isso me levou?

Há uma memória bem nítida da conselheira da escola me dizendo o quanto eu era mediana. Sério. Ela disse isso para mim: "Talvez você devesse ter se esforçado mais".

Fiquei chocada demais para me lembrar de contar até dez depois disso.

Todos os dez e alguns nove não tinham sido bons o bastante. Ainda assim, fiquei horrorizada e decepcionada quando fui aceita em cada faculdade decente para a qual me inscrevi, mas não recebi nenhuma ajuda financeira, a não ser uma contribuição federal para a qual eu me qualificava devido à minha situação financeira, mas que não cobria nem dez por cento do valor anual das mensalidades.

E, é claro, a faculdade para a qual eu queria ir ficava em outro estado e era muito cara. Eu a amei mais do que a qualquer outra a que fui com meus amigos no outono do meu último ano.

Então, fiz o impensável. Peguei empréstimos. Empréstimos estudantis vultosos.

Depois, fiz a segunda coisa mais impensável do mundo: não disse a ninguém.

Nem para os meus pais adotivos, nem para o meu irmão mais novo, nem mesmo para Diana. Ninguém sabia, exceto eu. Não havia nenhuma outra pessoa no mundo que carregava o fardo de quase duzentos mil dólares na consciência, exceto eu.

Nos quatro anos desde que concluí os meus bacharelados, vinha pagando o máximo que podia dos empréstimos enquanto também tentava guardar dinheiro na poupança para algum dia ser capaz de me dedicar ao meu sonho em tempo integral. Um débito tão grande quanto o que eu tinha era um poço sem fundo que você aceitava assim como a hepatite — não ia simplesmente sumir, ele só servia para me fazer trabalhar com mais dedicação. Foi por isso que não me importei em ir trabalhar para o Aiden, e fazer o trabalho de design após o expediente. Mas havia um limite para tudo, e eu tinha economizado e pagado uma parte significante para chegar ao ponto de sentir que era capaz de respirar pela primeira vez em anos... desde que eu não reparasse demais nas declarações de saldo devedor que chegavam todo mês pelo correio.

Mas...

— O que você acha? — perguntou o grandalhão, nivelando o olhar bem em mim, como se ele não tivesse acabado de revelar o maior segredo da minha vida.

O que eu achava era que ele tinha perdido a merda da cabeça. O que eu achava era que o meu coração não devia estar batendo tão rápido. O que eu também achava era que ninguém mais deveria ter sabido da quantia que eu devia.

Porém, principalmente, uma partezinha de mim pensava que havia um preço para tudo.

— Vanessa?

Pisquei para ele antes de olhar para o meu pobre sanduíche contaminado ali dentro da pia. Então, respirei fundo, fechei os olhos e os abri mais uma vez.

— Como você sabe sobre os meus empréstimos?

— Eu sempre soube.

O quê?

— Como? — Eu me senti... eu me senti meio invadida, para ser sincera.

— Trevor verificou os seus antecedentes. — Isso soou vagamente familiar, agora que ele mencionou, mesmo que fosse perturbador ouvir que eles sabiam de algo que tentei tanto manter só para mim. — Não há como você conseguir pagar tudo.

Ele estava certo.

Vômito. Vômito. Vômito.

— Qualquer que seja o valor da dívida, eu pago.

Simples assim. *Eu pago*. Como se cento e cinquenta mil dólares não fossem grande coisa.

Eu gostava de assistir àquele programa de televisão em que os chefes se disfarçavam para ir à própria empresa e aí, no final, surpreendiam os funcionários com uma bela quantia para sair de férias, ou para pagarem alguma dívida. Com muita frequência, eu ficava com os olhos marejados quando assistia à cena. Normalmente, os empregados choravam e diziam que jamais esperavam que algo assim fosse acontecer a eles, ou falavam da bênção que aquele dinheiro seria para a família. Ou como o presente que estavam recebendo mudaria a vida deles.

Contudo, aqui estava eu.

Minhas mãos tremiam. A habilidade de respirar foi roubada dos meus pulmões.

Meus empréstimos eram o meu calcanhar de Aquiles.

Eu só estava levemente envergonhada de mim mesma por não ter pensado na mesma hora que a proposta dele era absurda. Por que eu não estava chutando o cara e mandando-o ir à merda? Por que eu não estava rindo da sugestão? Ou dizendo para ele cair fora dali porque ele não poderia me comprar? Ele não tinha me tratado bem. Não merecia que eu lhe fizesse um "favor" e colocasse a minha vida na reta por causa dele.

Cerrei as mãos na lateral do corpo e me deixei inundar pela sensação de estar sobrepujada. Ele estava se oferecendo para pagar essa coisa que pesava na minha alma como um bloco de concreto em uma piscina. Quem fazia algo assim?

Melhor ainda, quem dizia não para uma oferta dessas? Eu gostava de pensar que tomava decisões acertadas, que fazia o que era melhor para mim, ou que seria melhor para mim a longo prazo. Mas cento e cinquenta mil dólares? Puta *merda*.

— Estou disposto a fazer um acordo — ofereceu Aiden, os olhos impassíveis, a voz firme, o que não ajudava nada.

Gaguejei.

Cale a boca, Van, eu disse a mim mesma. *Cale a boca, cale a boca, cale a boca e só aceite, sua idiota. Não o faça mudar de ideia. Não seja estúpida a esse ponto. Você pode passar por cima de qualquer coisa por uma quantia dessas. É a oportunidade de uma vida, mesmo se ele ferir seus sentimentos, mesmo que seja uma idiotice ilegal, e não faça o menor sentido, já que existe um milhão de outras mulheres no mundo que fariam por muito menos.*

Mas eu não podia me calar. Eu só não podia. Era aquela partezinha incômoda da minha personalidade que tive que aperfeiçoar ao longo dos anos, a que não sabia como ficar quieta às vezes.

Olhei para cima, para o homem barbado de pé no meu apartamento me oferecendo uma tábua de salvação, uma oportunidade. *Um crime*, lembrei a mim mesma. Ele estava me pedindo para fazer algo essencialmente ilegal. Esse homem que nunca deu a mínima para mim até que precisou de alguma coisa, e ele não tinha ninguém a quem pedir.

— Aiden...

O homem mais musculoso que já conheci deu um passo à frente, e deixou as mãos caírem para as laterais do corpo, me prendendo no lugar só com o olhar.

— Tem que ser você. Já pensei no assunto. Ninguém entende o meu horário igual a você. Você não me dá nos nervos, e você é... — Ele balançou a cabeça e me crucificou bem ali. — Vou fazer o que for necessário. É só me dizer o que você quer e você terá. Qualquer coisa.

De repente, a dor de cabeça de fome que pairava nas minhas têmporas ficou mais intensa.

Diga não, a parte inteligente do meu cérebro dizia. Eu poderia quitar os meus empréstimos algum dia. Ainda tinha tempo.

Mas a outra parte do meu cérebro, a parte lógica, me dizia que eu seria burra se deixasse uma oportunidade dessas passar. Tudo o que eu tinha que fazer era me casar com o cara, certo? Assinar um pedaço de papel? Economizar uma fortuna em juros?

Ah, inferno. Eu não poderia estar mudando a melodia de uma hora para a outra. Eu tinha acabado de dizer a ele que não éramos amigos e o quanto ele tinha me magoado, e como ele estava sendo burro por sequer trazer isso à tona... e agora, em questão de minutos, eu estava cogitando a proposta. Acontece que mais de cem mil dólares estavam em jogo. Não era um monte de nada.

Foi só quando minha mão começou a tremer mais do que antes que tive a minha resposta temporária, e até mesmo naquela hora, só de cogitar a hipótese eu me senti uma prostituta.

Eu podia estar pensando em mim mesma como uma prostituta, mas ao menos eu seria uma prostituta livre de dívidas, não?

O olhar dele estava totalmente fixo em mim, parada lá, na cozinha minúscula, vestindo uma calça de pijama larga dos refrigerantes Dr. Pepper e uma blusa de alça fina, sem sutiã. Aquele homem incrivelmente lindo e intimidante queria...

Havia algo errado comigo. Havia algo muito errado comigo.

Mande o cara ir se foder. Mande o cara ir se foder.

Não mandei.

— Me deixa pensar no assunto — falei, a voz falha e insegura.

Ele não cantou vitória por eu não ter dito na mesma hora para ele ir para o inferno, o que era surpreendente. Em vez disso, Aiden disse com muita calma:

— Tudo bem. — Ele hesitou por um segundo, mudando o peso de um pé para o outro. — Sinto muito por ter pisado na bola.

Um nó se formou na minha garganta com a expressão nas feições dele.

— Estou acostumado a ficar sozinho, Vanessa. Nada do que eu fiz ou disse teve a ver com você. Quero que entenda isso.

Sem dizer outra palavra, o homem conhecido como A Muralha de Winnipeg saiu. O único som sinalizando a partida foi a porta batendo às suas costas.

Eu ia pensar no assunto. Ia pensar em me casar com um cara por dinheiro depois de eu ter abandonado o meu emprego com ele um mês atrás por ele não ter me defendido para o empresário, por não manter o minúsculo vínculo que pensei que tínhamos. Que merda eu estava fazendo?

Sendo inteligente, a parte lógica do meu cérebro sussurrou.

Eu não dormi nada nas duas noites seguintes, e não foi nenhuma surpresa. Como diabos eu ia conseguir dormir quando tudo em que pensava era se eu estava mesmo considerando cometer fraude, fraude matrimonial, como era chamada, para ganhar um monte de dinheiro? Era por isso que os ladrões passavam?

Senti culpa, e eu ainda nem tinha feito nada.

Me senti um pouco mesquinha também por não dizer "nem fodendo" bem na lata, mas não me sentia *tão* mesquinha assim.

Pagar os meus empréstimos, e a possibilidade de ganhar uma casa própria, me atraiu muito mais do que a minha moral teria esperado. Por outro lado, moralidade não significava muito quando você estava dispondo, todo mês, de um valor equivalente a uma hipoteca só para pagar um empréstimo. Eu morava em um apartamento que deixaria a minha família adotiva horrorizada se eles soubessem como era o lugar. Meu carro tinha doze anos. Eu mantinha as despesas no mínimo, só gastando o absolutamente necessário.

E aí comecei a refletir... se eu aceitasse, teria que me divorciar um dia. Teria que contar ao meu futuro marido, se eu tiver um, que me casei uma vez, e nunca, jamais, seria capaz de contar o verdadeiro motivo para ter me casado. Não era como se eu pudesse mentir e fingir que aquilo nunca aconteceu, mesmo que fosse falso e valesse apenas no papel.

Era bacana? Era justo? Talvez fosse pela minha mãe nunca ter se casado quando eu era mais nova, mas sempre vi o casamento como algo especial e super sério que todo mundo tinha que experimentar. A união entre duas pessoas que decidiram que enfrentariam o mundo juntas, por isso você deveria ser exigente com quem escolhia como parceiro. Até que a morte os separe e tudo o mais; do contrário, você só estaria desperdiçando a sua vida. Certo?

Quando não estava pesando todas essas coisas, me perguntava o que diabos eu diria para as pessoas que faziam parte da minha vida. Elas saberiam que eu estava com merda até o pescoço para, de repente, ter resolvido me casar com o Aiden. Eu teria que falar dos empréstimos se fosse contar toda a verdade a eles, e eu preferia enfiar a mão numa panela de água fervendo a fazer isso.

Era muito. Era muito mesmo.

E, por isso, enfim, peguei o telefone e liguei para a única pessoa que eu não seria capaz de enganar com as minhas mentiras. Eu não podia mais conviver com a situação. Estava cansada, mais mal-humorada do que nunca, e não conseguia me concentrar por estar distraída demais. Eu tinha que tomar uma decisão.

— Diana, você se casaria com alguém por dinheiro? — perguntei do nada, uma tarde dessas, quando liguei para ela na hora do almoço.

Sem perder nem um segundo, ela fez um som de quem estava pensando.

— Depende. Quanto dinheiro?

Foi nesse segundo que percebi ter ligado para a pessoa errada. Eu deveria ter ligado para o Oscar, o meu irmão pouquíssimo mais novo, em vez de para ela. Ele era a pessoa mais sensata na minha vida, o jogador de basquete que fazia engenharia mecânica. Ele sempre foi sábio além da idade. Diana... nem tanto.

Eu só disse meia verdade a ela.

— E se alguém te comprasse uma casa?

Ela fez um "hummm" e então mais um pouco de "hummm".

— Uma casa legal?

— Não seria uma mansão, sua interesseira, mas não estou falando de uma lixeira nem nada do tipo. — Ao menos era o que eu esperava.

— Tudo o que eu teria que fazer era me casar com alguém, e a pessoa me daria uma boa casa? — Um dia, eu poderia rir de toda a situação que levou a essa conversa, e da facilidade com que Di considerou o assunto.

— É.

— Eu teria que fazer mais alguma coisa?

O que mais haveria? O casamento seria só para ele conseguir a residência permanente; não seria nada para sempre.

— Acho que não.

— Ah. — O tom dela ficou mais animado. — Claro. Por que não?

Claro. Por que não? Bom Deus. Eu bufei.

— Espera aí. Por que você está perguntando? Quem vai fazer isso? — Ela enfim concatenou a informação, ficando extremamente interessada.

Quando terminei de explicar tudo, menos o que tinha sido o ponto decisivo para a minha demissão, esperei pelo sábio, normalmente não tão sábio assim, conselho.

O que eu recebi foi um:

— Vá em frente.

— Só isso? — zombei. Eu estava pedindo a ela uma opinião sobre uma decisão que poderia mudar uma vida, e era assim que ela respondia?

— Claro. Por que não? Ele tem dinheiro, você sabe o pior que há para saber sobre ele, e o cara está disposto a te pagar. Em que você tem que pensar? — ela disse, com um tom bem prático.

Ela, com certeza, foi a pessoa errada para eu ligar pedindo conselho.

— É ilegal.

— Nesse caso, certifique-se de não ser pega.

Tudo bem, Aiden Júnior, pensei antes de prosseguir:

— As pessoas fazem isso o tempo todo. Lembra da Felipa? — Era a prima dela; como eu poderia esquecer? — Aquele salvadorenho com quem ela se casou pagou cinco mil para ela. Você pode conseguir uma casa, Vanny. Você poderia ser um pouco mais grata.

Sem sombra de dúvida, foi a pessoa errada.

— Nós não somos os maiores fãs um do outro.

Isso a exasperou.

— Você gosta de quase todo mundo. Ele não deve te odiar muito, já que fez o pedido para você e não para outra pessoa. Tenho certeza de que teria um monte de piriguetes fazendo fila por quarteirões, caso ele fizesse o mínimo de esforço.

O comentário me fez resmungar.

— Você acha mesmo que eu deveria ir adiante?

— Não há razão para não ir. Você não tem namorado, nem nada a perder.

Ela estava fazendo tudo parecer fácil demais, me fazendo sentir burra por não saltar para a oportunidade, mas algo ainda me incomodava, e foi só quando ela falou sobre as piriguetes fazendo fila que percebi o que era.

O meu orgulho. Estalei os dedos.

— Não sei o que sinto sobre ser casada e ver o meu *marido* — falei, e quase me engasguei com a palavra — com outra pessoa enquanto estivermos casados. Mesmo não sendo de verdade. Alguém descobriria que estávamos casados e eu não quero ser a pobre idiota da esposa traída pelo marido, e que todo mundo sabe.

Diana voltou a murmurar:

— Ele saiu com alguém no tempo em que você trabalhou para ele?

Ele não tinha. Nunca. Ele nem sequer tinha o número de mulheres salvo na agenda do telefone. Eu saberia. Fui eu quem foi à loja comprar um telefone novo para ele e quem transferiu todos os contatos, e eu posso ter olhado a lista. Com certeza nunca, jamais, tinha havido qualquer uma passando a noite na casa, nem nenhuma mulher vagando por lá. Não podia haver nenhuma depois dos jogos porque, segundo Zac, Aiden sempre ia direto para o hotel logo que a partida terminava.

Então, é, eu me senti meio boba.

— Não.

— Então não há nada com o que se preocupar, há?

Engoli a saliva.

— Eu também não vou poder sair com ninguém.

Isso a fez gargalhar e, de repente, me senti insultada pelo tanto que ela riu.

— Você é engraçada.

— Não é engraçado. — E daí que eu não tinha um namorado há anos? Qual era o problema, caramba?

A gargalhada histérica chegou ao ápice.

— *Eu também não vou poder sair com ninguém* — ela zombou de mim com uma voz que eu sabia que imitava a minha. — Agora você só está inventando coisa.

Era um fato bem conhecido que eu não tinha muitos encontros.

Diana soou como se estivesse cobrindo a boca com as mãos para abafar as gargalhadas.

— Ah, V. Vá em frente e pare de pensar tanto no assunto.

Ela não estava sendo de nenhuma ajuda, e eu me vi dividida.

— Vou continuar pensando.

— O que há para pensar?
Tudo.

E eu pensei. Então, continuei pensando mais um pouco.

Entrei na internet para olhar o quanto eu ainda devia do empréstimo, e quase vomitei. Ver o saldo era como ver um eclipse; algo que eu não deveria fazer. Os seis dígitos antes da vírgula que me olhavam ali da tela me fizeram sentir como se eu estivesse ficando cega.

Essa coisa com Aiden era uma loteria, e acontecia que eu era a única com a aposta; acontece também que era a aposta ganhadora. Aquele desconfortozinho ainda dançava no meu peito, mas o ignorei o quanto pude até que não suportei mais.

Eu estaria ajudando alguém cuja sinceridade eu não poderia julgar por completo.

Eu estaria abrindo mão de anos da minha vida.

Eu estaria fazendo algo ilegal.

E faria tudo isso como se fosse uma transação de negócios. Não era tão complicado porque eu entendia o que Aiden estava fazendo e a razão para ele estar fazendo isso, na maior parte.

Eu só não entendia bem a razão para ele insistir em tentar me fazer voltar para a vida dele.

Apesar de tudo, no entanto, uma parte de mim estava ressentida porque Aiden consigo-tudo-o-que-eu-quero Graves tinha cismado que eu seria quem o ajudaria. Acho que não sentia que ele merecia a minha ajuda ou a minha lealdade, pois ele nunca fez nada para merecê-la.

Mas...

Meu empréstimo estudantil não era só um salário, não era algo que seria pago em um financiamento de cinco anos, como se fosse um carro. E mais, se uma casa também seria uma forma de pagamento... Estávamos falando de muito dinheiro, um monte de dor de cabeça e muitos, muitos juros. Trinta anos de financiamento. Seria um imenso alívio.

Não seria?

Eu poderia simplesmente perdoar o Aiden e ir em frente com isso?

Eu sabia que as pessoas cometiam erros, e entendia que a gente nem sempre sabe o que tem até que não tem mais; aprendi do jeito mais difícil com as pequenas coisas que eu dava por garantido. Mas também sabia o quanto eu podia ser melindrada, como me apegava ao rancor às vezes.

Eu me vi dirigindo até a casa de Aiden, com o coração na garganta, arriscando a minha vida e a minha liberdade por causa de um maldito empréstimo estudantil que não podia esquecer nem desconsiderar.

O segurança do portão sorriu para mim quando parei no condomínio em que Aiden morava.

— Faz tempo que não te vejo, srta. Vanessa — ele me cumprimentou.

— Pedi demissão — expliquei depois de cumprimentá-lo. — Ele não deve ficar surpreso por eu estar aqui.

Ele me deu uma olhada que dizia que estava um pouco mais do que impressionado.

— Não está. Ele vem me lembrando todas as semanas para te deixar entrar caso você apareça.

Ou ele era um pouco confiante demais ou...

Bem, não havia "ou". Ele era um pouco confiante demais. De repente, tive o impulso de virar o carro e ensinar uma lição a ele, mas eu não era nem egoísta nem idiota o bastante para fazer isso. Com um aceno para o segurança, passei pelo portão e fui em direção à casa em que estive vezes demais para contar.

Eu sabia que ele estaria em casa, então não me preocupei com a ausência de carros na entrada quando estacionei na rua como fiz muitas vezes antes, e marchei até a porta me sentindo incrivelmente estranha ao apertar a campainha.

Queria dar meia-volta, ir embora e dizer a mim mesma que eu não precisava do dinheiro dele. Queria mesmo.

Mas não fui a lugar nenhum.

Levou alguns minutos para o som da fechadura sendo virada me deixar saber que ele estava ali, mas, sem delongas, a porta foi aberta e Aiden estava lá, usando o traje de sempre, o corpo imponente bloqueado a luz que vinha de dentro da casa. A expressão era séria e sincera quando ele me deixou entrar, e me levou até onde tudo tinha começado: a imensa cozinha. Não importava que o sofá fosse incrivelmente confortável; ele sempre parecia preferir se sentar à ilha na cozinha ou em uma das cadeiras para comer, ler ou montar um quebra-cabeças.

Ele se sentou em sua banqueta favorita, e eu escolhi a que ficava mais longe dele. Estava sendo mais estranho do que devia, considerando tudo o que estava em jogo.

Eu era uma pessoa, e ele não era nem mais nem menos especial do que eu, e apesar de tudo o que aconteceu, eu tinha que me lembrar disso.

Então, respirei fundo pelo nariz e fui adiante. Honestidade era a melhor estratégia e tudo o mais, não é?

— Olha, eu estou com medo — confessei em um único fôlego, reparando nos traços familiares, a forma das maçãs do rosto, a barba curta e cheia que cobria a metade inferior do rosto, e aquela cicatriz branca e irregular ao longo do couro cabeludo.

Por dois anos, vi esse rosto pelo menos cinco vezes por semana, e nenhuma vez tivemos um momento remotamente próximo a isso. Eu não poderia me esquecer disso, porque era importante para mim. Seria uma coisa ter um estranho me pedindo em casamento porque ele queria se tornar um residente permanente nos Estados Unidos, mas era totalmente diferente ter alguém que eu *conhecia*, e que nunca se importou comigo, pedindo.

Para ser sincera, era pior.

Os longos cílios de Aiden se abaixaram por um instante, e o homem que era tão ganancioso com a sua atenção e carinho quanto eu era com balinhas rosas e vermelhas ergueu um ombro imenso e arredondado.

— Do que você está com medo? — ele perguntou com autoridade.

— Não quero ir para a cadeia. — Eu não queria *mesmo* ir para a cadeia; pesquisei por fraude matrimonial na internet e *era* crime. Um crime com uma sentença de até cinco anos de prisão e uma multa que faria o meu empréstimo estudantil parecer uma merreca.

O que parecia ser a versão masculina da minha melhor amiga disse:

— Você precisa ser pega para ir para a cadeia.

— Eu sou uma péssima mentirosa — confessei, porque ele não tinha ideia do quanto eu era ruim nisso.

— Você sabia que planejava pedir demissão meses antes de pedir. Acho que vai se sair bem com isso — ele lançou de repente, com um tom ligeiramente acusatório.

Isso talvez me fizesse vacilar caso me sentisse culpada pelo que fiz, mas não me sentia. Também não passou pela minha cabeça naquele momento que ele, de alguma forma, sabia que fazia tempo que eu planejava pedir demissão. A informação meio que entrou em um ouvido e saiu direto pelo outro.

— Eu não menti para você. Só fiquei porque você tinha acabado de se recuperar, e me senti mal por te deixar logo depois. Eu não podia me convencer a ir adiante, só estava tentando ser legal. Há uma diferença.

As sobrancelhas grossas se ergueram um milímetro, mas nenhum outro músculo do rosto dele reagiu ao meu comentário.

— Você contou ao Zac — ele apontou como se fosse uma acusação.

Uma acusação a qual eu não ia me agarrar.

— É, contei ao Zac porque ele é meu amigo. — E com certeza eu não ia me desculpar por isso. — Por favor, me diga em que mundo eu poderia te contar e esperar um toca aqui. Ou você ia me dar um abraço e me parabenizar? — Eu posso ter lançado para ele um olhar de "você está de sacanagem comigo?". — Quando eu finalmente te contei, Aiden, você nem ligou. É a isso que uma boa parte dos meus motivos se resume. Eu ainda estou... *Eu estou tão brava com você*, e reconheço que não deveria. Só que eu não posso evitar. Você não é meu amigo; você nunca tentou ser meu amigo. Você nunca deu a mínima para mim até precisar de alguma coisa e, agora, por alguma estranha razão, está fazendo parecer que não pode viver sem mim. E nós dois sabemos que não é bem por aí.

Ele ficou quieto por um instante, deu uma fungada forte, e os olhos pareceram tentar furar um buraco direto pela minha cabeça.

— Já me desculpei. E fui sincero. Você sabe que eu fui sincero — ele insistiu, e pude admitir, a contragosto, que a parte lógica do meu cérebro reconhecia a declaração como verdadeira. Aiden não se desculpava, e ele podia ser muitas coisas, mas mentiroso não era uma delas. Não estava em seus genes. Ele chegar a dizer a palavra com "D"? Não era pouca coisa. — Eu não tenho tempo para ter amigos, e se tivesse, não me esforçaria para fazer alguns, de qualquer forma. Sempre fui assim. E é sério, não tenho tempo para relacionamentos. Você entende isso. Não estou preocupado em ser pego...

Então ele estava mudando de assunto.

— Porque não é você quem vai para a cadeia — eu o relembrei, baixinho, frustrada com as suas táticas.

Ele ergueu as sobrancelhas outro milímetro, mas foram as narinas dilatadas que denunciaram sua irritação.

— Eu pesquisei bastante, e me encontrei com um advogado de imigração. Nós vamos conseguir. Tudo o que você precisa fazer, a princípio, é registrar uma petição por mim.

Aiden não disse *eu acho que vamos conseguir*, ele disse que conseguiríamos — não perdi essa nuance.

— Sabe, Aiden, você faz ser tão difícil dizer sim. Eu teria feito quase qualquer coisa por você se tivesse me pedido quando trabalhava para você. Mas, agora, especialmente quando você age, ainda age, como se um simples "desculpa" compensasse por ter me desrespeitado na frente de outras pessoas e deixar alguém falar de mim, e eu fico puta. Como você tem coragem de me pedir para fazer um favor desses quando não sinto nenhuma obrigação? Nós nem estaríamos tendo essa conversa se eu não quisesse que o meu empréstimo fosse pago.

Mordi a lateral da bochecha.

— Quero te dizer para me deixar em paz, que vou pagar a minha dívida sozinha como sempre planejei fazer. Não preciso do seu dinheiro. — Olhando nos olhos dele, tive que lutar com a vontade de cair no choro. — Queria que você tivesse me respeitado o bastante para me dar valor quando teria significado alguma coisa. Eu gostava de você. Eu te admirava e, em questão de dias, você matou tudo isso.

As palavras escaparam da minha boca antes que eu pudesse detê-las.

Nós nos encaramos. E nos encaramos. Então nos encaramos um pouco mais.

Quando eu era criança, aprendi da forma mais difícil o quanto a verdade era cara. Às vezes, ela custava as pessoas na sua vida. Às vezes, ela custava coisas na sua vida. E, nessa vida, a maior parte das pessoas eram mesquinhas demais para pagar o preço por algo tão valioso quanto a sinceridade. Nesse caso, eu diria que o boleto pegou Aiden de surpresa.

Devagar, depois de respirar algumas vezes, ele baixou a cabeça e esfregou a nuca com aquela mão enorme. O fôlego ficou mais ofegante, mais áspero e ele soltou um suspiro do tamanho do Alasca.

— Me perdoe. — O tom estava mais rouco do que nunca, e a voz parecia ter sido arrastada pela areia, e depois coberta por cacos de vidro.

Mas, de alguma forma, soou quase como a coisa mais real e sincera que já saiu da boca dele, ao menos na minha frente.

Mas ainda não pareceu o suficiente.

— Eu posso te perdoar. Tenho certeza de que você se arrependeu quando eu não estava mais por perto, mas... — Puxei os óculos para o alto da cabeça e esfreguei a testa com as costas da mão antes de voltar a baixá-lo. — Olha, esse não é um bom começo para um relacionamento falso, você não acha?

— Não. — Ele moveu a cabeça de leve, só o suficiente para que eu pudesse ver as íris cor de café forte com aquele brilhante anel cor de âmbar rodeando as pupilas me espiando por debaixo da cobertura dos cílios longos. — Eu sempre aprendo com os meus erros. Já formamos um bom time uma vez. Vamos formar um bom time de novo.

Erguendo a cabeça por completo, um covinha em sua bochecha surgiu do nada, e ele ergueu as mãos para segurar as laterais da cabeça.

— Não sou bom nesse tipo de coisa. Eu preferiria te dar dinheiro a implorar, mas imploro, se for o que você quer — confessou ele, soando mais vulnerável do que nunca. — Você é a única pessoa que eu ia querer que fizesse isso comigo.

Por que isso não era tão preto no branco assim?

— Não estou pedindo para que você implore. Qual é? Tudo o que sempre quis de você foi... nem sei. Talvez eu queira pensar que você gosta pelo menos um pouquinho de mim depois de tanto tempo, o que não faz sentido. Você quer que isso seja uma transação de negócios, e eu entendo. Só que me faz me sentir interesseira, porque sei que, se o Zac me pedisse, eu provavelmente teria dito que sim desde o início porque ele é meu amigo. Você não conseguia encontrar nem um estímulo no seu coração para me desejar "bom dia".

Ele suspirou, o dedo indicador e o polegar puxando a orelha. Ao olhar para o balcão da cozinha, ele propôs:

— Eu posso ser seu amigo.

Dois anos atrasado.

— Só porque você quer alguma coisa.

Para crédito de Aiden, ele não tentou dizer o contrário.

— Posso ser seu amigo. Posso tentar — ele falou numa voz baixa e sincera. — Amigos demandam muito tempo e esforço, mas... — Aiden voltou a olhar para mim e suspirou. — Posso fazer isso. Se for o que você quer.

— Fico tão brava quando penso em tudo isso; nem sei mais se é o que quero de verdade. Talvez eu nunca tenha querido. Não sei. Só quero que você me veja como uma pessoa, em vez de como aquela pessoa a quem você nunca disse um "muito obrigado". Aí, você me dizer que pode *tentar* ser meu amigo fica forçado.

— Eu sinto muito. Eu sei. Sou um solitário. Sempre fui um solitário. Não me lembro da última vez que tive um amigo que não jogasse futebol americano, e até mesmo nessas ocasiões, a amizade nunca durava. Você sabe o quanto isso significa para mim. Você sabe o quanto levo esse esporte a sério, talvez mais até do que a maior parte dos meus colegas de time — explicou ele, como se tivesse precisado de toda a força que tinha em si para fazer aquela confissão.

Eu meio que só o olhei de soslaio.

Ele prosseguiu:

— Sei que você sabe. Eu também posso aceitar a responsabilidade de não ter sido muito legal com você, tudo bem? Já disse que não sou muito bom nesse negócio de amizade, nunca fui, e é mais fácil nem me dar ao trabalho de tentar.

Se aquele não fosse o comentário mais preguiçoso que já saiu da boca de Aiden, eu não sabia o que seria. Mas não expressei a opinião em voz alta.

— Se você me desse nos nervos, eu teria te demitido da primeira vez que você mostrou o dedo do meio para mim.

Não senti como se isso fosse uma honra.

— Você era uma boa funcionária, já te falei. Eu precisava de uma assistente, Vanessa; não queria uma amiga. Mas você é uma boa pessoa, trabalha duro, é comprometida. É mais do que posso dizer de qualquer um que conheci em muito tempo. — Aquele enorme pomo de Adão se moveu quando ele olhou direto para mim. — Eu preciso de uma amiga... eu preciso de você.

Ele estava tentando me subornar com a sua amizade incrível que só acontece uma vez na vida? Ou eu só estava sendo uma babaca cínica?

Quando encarei suas feições, tentando tomar uma decisão, percebei que eu estava sendo idiota. Aquele era o Aiden. Talvez ele tivesse tido um comportamento de merda ao não me defender, mas, se eu parasse para pensar, é muito provável que ele também não teria defendido o Zac. Ele disse várias vezes em entrevistas que queria se concentrar única e exclusivamente na carreira, enquanto tinha uma. Em cada entrevista que fizeram com um dos seus treinadores, todos respondiam a mesma coisa: ele era o jogador mais focado e esforçado que já conheceram.

Ele começou a jogar futebol americano no segundo ano do ensino médio. No *segundo ano*. A maioria dos jogadores do calibre da *NFO* estiveram nos campos desde que aprenderam a andar. Contudo, Aiden recebera um chamado, foi o que disse Leslie, o treinador dele da escola. Ele se tornou um fenômeno em tempo recorde, e foi para a universidade com uma bolsa de estudos para jogar futebol americano. E não foi numa faculdade qualquer, foi em uma das melhores. Uma com a qual ele ganhou alguns campeonatos, e até saiu de lá com um bacharelado.

Caramba.

Caramba mesmo.

Ele não estaria me pedindo para fazer isso se não achasse que precisava.

E eu estava bem consciente de que as pessoas não mudavam a menos que quisessem, e esse era um homem que fazia o que fosse que enfiasse na cabeça.

Um suspiro patético e resignado escapou dos meus pulmões. Uma resposta para o que ele me pedia se destacava no meu cérebro, estava na ponta da minha língua, encolhida na boca do estômago. Havia outra resposta possível que não me faria ser a maior idiota da face da Terra?

— Suponhamos que a gente siga adiante. Quanto tempo... quanto tempo teremos que ficar cas...? — Não pude dizer na primeira tentativa. — Casados? — eu me apressei a dizer bem baixinho.

Ele se certificou de que me olhava nos olhos quando respondeu:

— Cinco anos faria parecer menos suspeito. Eu só recebo um *green card* provisório no início. Depois de dois anos, posso conseguir um permanente.

Cinco anos? Aiden tinha trinta anos agora; ele estaria com trinta e cinco. Eu tinha vinte e seis até o final do ano. Vou estar com trinta e um quando nos divorciarmos, tecnicamente. Trinta e um não era velha demais, nem de perto. O número não pareceu tão atroz quanto deveria... se eu estivesse mesmo pensando em aceitar.

Mas, ainda assim. Cinco anos. Muita coisa poderia acontecer nesse tempo. O que eu mais sabia, no entanto, é que não havia como conseguir pagar o meu empréstimo em dez anos, muito menos em cinco, mesmo se eu vendesse o meu carro, fosse de ônibus para toda parte, parasse de usar o celular e comesse miojo no café, no almoço e no jantar.

— Cinco anos — repeti, soltando um suspiro. — Certo.

— Faz sentido?

Olhei para ele, lembrando a mim mesma de que eu não tinha dito sim. Estávamos só conversando.

— Sim, faz sentido, se eu fosse aceitar, o que não estou fazendo nesse momento, então, vai devagar com o andor. — Eu me dei um tapinha nas costas por ter sido tão firme e corajosa.

Ele me lançou um olhar calmo, imperturbável.

— Com o que mais você está preocupada?

Bufei.

— Com tudo?

Aiden piscou para mim.

— Com o quê? Vou pagar o que você deve e te comprar uma casa.

Pense, Van. Pense. Eu não podia ceder com tanta facilidade. Eu tinha um pouco de honra, e não o perdoei de tudo por ser um babaca, apesar do pedido de desculpa possivelmente manipulador e forçado. Meu orgulho também tinha um preço, e foi esse pensamento que me fez engolir em seco e olhá-lo nos olhos por tanto tempo que me forcei a desviar o olhar.

— E se a sua carreira terminar amanhã? — perguntei, apesar de saber o quanto me fez parecer interesseira. Esse era um acordo de negócios, e eu o trataria como um.

Uma das sobrancelhas dele fez um movimento meio engraçado.

— Você sabe quanto tem na minha conta.

Ele tinha razão.

— Se eu não trabalhar pelo resto da vida, ficarei bem. Você também sabe que não sou irresponsável com o dinheiro — declarou com um tom quase insultado. Com isso, ele quis dizer que ainda poderia cumprir o que me oferecia, e ficar bem no final.

— Eu também não vou voltar a ser sua assistente. — Me certifiquei de manter os olhos nele mesmo não querendo. — Eu me esforcei demais para fazer do design o meu trabalho em tempo integral, e não vou abrir mão dele.

Aquela mandíbula larga e quadrada enrijeceu, e eu podia dizer que seus dentes rilhavam, o que me rendeu uma estranha sensação de vitória.

— Vanessa...

— Estou falando sério. Não vou ser sua assistente. Nós já tentamos, e não acabou bem. E não vou me fazer passar por isso de novo. Você sabe que eu nem quero ir adiante com isso, mas é difícil dizer não para o que você está oferecendo — expliquei. — Não estou tentando tirar vantagem de você, mas não pedi por isso. Você que pediu. E se esforçou muito para que eu aceitasse; eu disse que havia um milhão de mulheres no mundo que fariam isso por você sem querer nada em troca. — Exceto, talvez, querer dormir com ele, mas guardei isso para mim. — Você não precisa de mim. Você tem o mundo na ponta dos dedos, grandalhão. Não sei se está ou não ciente disso.

Depois de dizer tudo, percebi que eu talvez fosse a pessoa mais burra de todo o universo. A *mais burra*.

Eu meio que esperava que ele fosse me mandar à merda, mas essa questão era inegociável, e eu precisava que ele entendesse. Se Aiden me dissesse que eu estava viajando, então, daqui a vinte anos, eu com certeza poderia conviver comigo mesma por ter recusado a oferta dele. Eu tinha planejado deixar de trabalhar para ele para ir atrás dos meus sonhos; não ia me prender por mais cinco anos com a mesma quantidade de trabalho com que eu vinha fazendo malabarismos. Havia muita coisa que estava disposta a sacrificar, mas não isso.

Apoiando as mãos no colo, apertei os dedos com força, concentrada, e mantive a respiração sob controle.

Ele estava frustrado. Exasperado. Mas não estava dizendo nem que sim nem que não. Eu não tinha nada a perder, e precisava que ele entendesse que sim, talvez eu estivesse sendo um pouco megera, mas não era sem motivo. Ele fez o que foi necessário pelos sonhos dele, e eu faria o que fosse preciso para o meu. Se alguém podia entender isso, era ele.

Estendi a mão e brinquei com uma das pernas dos meus óculos, forçando-me a não afastar o olhar. Lambi os lábios com nervosismo e ergui as sobrancelhas. Consegui. Disse o que tinha a dizer, e poderia passar o resto da vida com as consequências, droga.

Depois do que pareceu um mês mais tarde, A Muralha de Winnipeg suspirou.

Coloquei o cotovelo sobre o balcão e imitei a posição dele em resignação.

— Tudo bem para você eu não ser mais a sua assistente?

Aiden assentiu sério, com firmeza.

Eu não sabia se estava decepcionada ou aliviada, então não optei por nenhum dos dois. Toda negócios, eu precisava ser toda negócios.

— Não vou para a cadeia por você, então precisamos pensar em tudo. O que diremos ao Zac? — Falando em Zac, onde ele estava?, eu me perguntei.

— Mesmo se eu dissesse a ele para arranjar uma casa para morar, ele saberia que algo estava se passando. Temos que contar a ele. Precisaremos de pessoas que confirmem que estávamos em um relacionamento de verdade.

Aquela era a verdade? Assenti, pensando em Diana e no fato de eu já ter contado tudo a ela.

— É. Já contei à minha amiga. Ela saberia que algo estava acontecendo. Eu posso me safar sem dizer a mais ninguém. — Pensei no assunto, e fiquei bem certa de que poderia embelezar a história de Aiden tentando me convencer a voltar e transformar tudo em uma espécie de história de amor. Ao menos, era o que eu esperava. Não ser super próxima a ninguém, incluindo o meu irmão mais novo, que tinha a própria vida atarefada, ajudava muito na situação.

Aiden assentiu, prático e compreensivo.

Mas... eu ergui ambos os ombros.

— E quanto ao resto das pessoas? — *O resto das pessoas*. Literalmente. O resto das pessoas do mundo. Só pensar nisso já me fazia querer vomitar. Qualquer ideia ou esperança de talvez ser capaz de esconder um possível casamento desceu pelo ralo quando me lembrei de um artigo sobre Aiden que saiu há uns anos, quando ele foi visto jantando com uma mulher, uma mulher que aconteceu de ser a representante de uma empresa que queria patrociná-lo. Quem se importava?, pensei de início.

Foi quando percebi. Algumas pessoas se importavam. E pessoas demais se importavam com tudo o que envolvia Aiden Graves. Ele não podia cortar o cabelo sem que alguém postasse. Em algum momento, alguém descobriria que nos casamos. Não haveria como esconder.

E isso me deixou inquieta. Eu nem sequer gostava da atenção que recebia das pessoas quando elas descobriam que eu trabalhava para ele. Estar atrelada ao homem seria um nível totalmente diferente.

Tive que engolir a saliva na minha boca para evitar me engasgar.

— Podemos manter em segredo por um tempo... — o grandalhão começou a dizer. Dei-lhe uma olhada, que ele devolveu com uma piscada. — Mas alguém vai acabar descobrindo. Podemos nos casar sem causar alarde, e nos divorciar da mesma maneira. O que acontece no campo é para os fãs, o resto não é da conta deles. — A forma como ele fez a declaração não deixou espaço para dúvidas.

Eu viveria o resto da vida como a ex-mulher de Aiden Graves.

O pensamento quase me fez revirar os olhos com o absurdo disso. E logo depois, eu quis apoiar a cabeça entre os joelhos e hiperventilar.

Em vez disso, me obriguei a processar o que ele disse, e então assenti. A ideia fazia sentido. É óbvio, alguém no mundo acabaria descobrindo, mas Aiden era muito resguardado com as pessoas que conhecia, e mais ainda com as que não conhecia. Não pareceria estranho se mantivéssemos segredo o máximo de tempo possível.

O pensamento tinha acabado de passar pela minha cabeça quando me perguntei em que diabos eu estava me enfiando?

— Não poderemos assinar um acordo que diz que você vai ganhar uma casa e que seu empréstimo será pago, mas espero que você confie em mim o bastante para saber que eu não darei para trás. — Aqueles olhos escuros pareciam gravar uma mensagem na minha testa como um laser. — Confio em você o bastante para não assinar um pré-nupcial.

Sem acordo pré-nupcial? Ihh...

— Não vou me envolver com ninguém enquanto o casamento estiver valendo — ele continuou, do nada. — Você também não pode.

Isso me fez olhar para cima. Meu status de relacionamento não mudaria tão cedo. Não mudou em anos, e eu não previa que fosse mudar em breve, mas minha conversa com Diana parecia me assombrar. Mesmo sendo uma esposa de mentirinha com um casamento no papel, eu não queria fazer papel de trouxa.

— Você tem certeza de que pode prometer isso? Porque você pode conhecer...

— Não, eu não vou. Só amei três pessoas em toda a minha vida. Não planejo amar mais ninguém nos próximos cinco anos — ele me interrompeu. — Tenho outras coisas com que me preocupar. É por isso que estou pedindo a você para fazer isso, e não indo atrás de outra pessoa. — O que ele não disse naquele momento era que estava no auge da carreira, mas o ouvi dizer essas mesmas palavras muitas vezes no passado.

Queria taxar tudo como conversa fiada, mas guardei para mim. Eu também queria perguntar quem eram as únicas três pessoas que ele já amou, mas cheguei à conclusão de que não era a hora certa. Leslie tinha que ser uma delas, imaginei.

— Se você diz...

Pela forma como sua garganta se moveu, ele queria fazer um comentário, mas em vez disso, prosseguiu:

— Vou te ajudar com o empréstimo nos próximos três anos.

E as negociações pararam de repente. Por um instante.

Então me fiz pensar no assunto. Levar alguns anos para pagar um empréstimo pareceria bem menos dissimulado do que se a dívida fosse paga em uma ou duas parcelas vultosas. Se eu fizer uns pagamentos aqui e ali, o cenário pareceria bem melhor, não é? Como se tivéssemos esperado alguns meses depois de assinarmos a papelada e tudo o mais? Eu precisava pensar que era o caso.

— Certo. — Assenti. — Tudo bem por mim.

— O aluguel dessa casa termina em março. Nós podemos alugar outra depois ou renovar o contrato. Quando eu conseguir a minha residência permanente, vou comprar uma com a qual você poderá ficar depois.

Depois foi a segunda coisa em que prestei atenção.

A parte principal que eu não deixei passar foi o começo do seu discurso e o "nós" da sentença seguinte.

— Eu teria que vir morar aqui? — perguntei bem, bem, beeem devagar.

Aquele rosto grande e bonito se franziu um pouco quando ele estreitou os olhos.

— Eu que não vou morar com você. — Eu nem poderia encontrar razão para ficar ofendida; estava ocupada demais processando se ele tinha ou não feito uma piada. — É você quem está preocupada em fazer com que tudo pareça verossímil. Alguém vai verificar a nossa carteira de motorista.

Ele tinha razão. É claro que ele tinha razão. Mas... mas...

Respira. Empréstimo e uma casa. Empréstimo e casa.

— Certo. Tudo bem. Faz sentido. — Minhas coisas. O que eu faria com elas? Meu apartamento com tudo o que juntei ao longo dos anos...

Eu teria um ataque de pânico em algum momento.

Eu sabia que não moraria ali para sempre; ao menos é melhor que não fosse o caso. Mas isso não mudava nada. A casa não era minha e não parecia minha. Parecia que era a casa do Aiden. Tipo a casa em que trabalhei por anos. Mas eu poderia me mudar para lá se fosse necessário, especialmente se essa fosse a diferença entre fazer essa farsa desse casamento parecer legítimo ou não.

Eu precisava. Eu precisava.

— Quando você quer fazer isso? — praticamente coaxei.

Ele não me perguntou. Só disse:

— Logo.

Eu ia ter um ataque de pânico.

— Ok. — Certo. Logo poderia ser daqui a um mês. Daqui a dois meses.

— Tudo bem? — Aiden ergueu as sobrancelhas no que parecia um desafio.

Fiz que sim feito uma tonta, me vendo ficar cada vez mais em sintonia com a ideia de que íamos mesmo ir adiante com aquilo. Eu ia me casar com o homem para que ele conseguisse acertar a situação no país. Por dinheiro. Por muito dinheiro. Por segurança financeira.

Aiden me encarou por um tempo, o movimento em sua garganta o único sinal de que ele estava pensando.

— Você vai aceitar, então?

Eu seria uma idiota se não aceitasse, não seria?

Era uma pergunta besta por si só. É claro que eu seria uma idiota, uma grandessíssima, imensa idiota que devia um monte de dinheiro.

— Vou. — Engoli em seco. — Eu vou.

Pela primeira vez em dois anos, o rosto da Muralha de Winnipeg assumiu uma expressão que era o mais próximo da alegria que eu já tinha visto. Ele parecia... aliviado. Mais do que aliviado. Juro pela minha vida que os olhos dele se iluminaram. Por um milésimo de segundo, ele pareceu uma pessoa completamente diferente. Então, o homem que usava uma coquilha quase todos os dias fez o impensável.

Ele estendeu a mão e a pôs sobre a minha, me tocando pela primeira vez. Os dedos eram longos e quentes, fortes; a palma da mão, larga; e a pele calejada, grossa. Ele a apertou.

— Você não vai se arrepender.

Não liguei para Aiden, nem ele me ligou.

Não podia pôr a culpa da falta de comunicação no fato de ele não ter o meu número; passei para ele antes de ir, no dia em que aceitei fazer o que faríamos.

Uma semana se passou, e quando ele não se deu ao trabalho de entrar em contato, não pensei muito no assunto. Os Three Hundreds estavam no meio da pré-temporada, de acordo com o noticiário. Eu sabia o quanto ele ficava ocupado nessa época.

Além disso, havia a pequena possibilidade de ele talvez ter mudado de ideia. Talvez.

Bem, eu não sabia por que outra razão ele não ligaria, mas me obriguei a não pensar mais no assunto do que o necessário, o que concluí que não seria muito, e com certeza eu não me estressaria por causa disso.

A realidade de que havia uma possibilidade de ele ter encontrado algum outro jeito de conseguir dar entrada nos documentos da residência permanente não era tão incapacitante quanto eu teria imaginado, considerando que o nosso acordo envolvia mais de cem mil dólares. Eu nem chegaria a dizer que estava decepcionada, mas...

Tudo bem, talvez lá pelo quinto dia eu tivesse começado a aceitar que estava um pouquinhozinho de nada decepcionada. Quitar os meus empréstimos teria sido... bem, quanto mais pensava em ter aquela quantia sobre os ombros, mais percebia o quanto o fato me reprimia. Seria uma coisa dever tudo isso por causa de uma casa, mas em empréstimos estudantis?

Se a Vanessa de vinte e seis anos pudesse conversar com a Vanessa de dezoito, eu não tinha certeza se ainda teria ido para uma faculdade tão cara. Eu provavelmente teria feito o básico numa faculdade comunitária e depois teria me transferido para uma estadual. Meu irmão mais novo jamais me fez sentir culpa por ir embora; foi ele quem me disse para ir. Mas, de vez em quando, me arrependia da decisão. Mas eu era uma baita de uma idiota teimosa que queria o que queria, faça chuva ou faça sol, e fiz o que queria, a um custo extremamente alto.

Lá pelo sétimo dia da nossa farra de não-comunicação, eu estava mais do que a meio caminho de ficar em paz com o fato de que eu estaria endividada pelos próximos vinte anos, e disso eu já sabia desde o instante em que recebi a primeira declaração de saldo devedor pelo correio, logo que me formei.

Então por que chorar por causa disso?

Eu tinha dito a verdade a Aiden. Não precisava nem dele nem do dinheiro dele.

Mas eu o teria aceitado porque eu era uma idiota, mas não tão idiota assim.

Estava enviando para o Dropbox uma imagem de capa de Facebook que fiz para um cliente quando o celular tocou. Olhei para a mesinha de centro que ficava atrás da escrivaninha, e não pude deixar de ficar um pouco surpresa com o nome que apareceu ali na tela.

Miranda P.

Eu deveria ter trocado as informação de contato, já que, tecnicamente, ele não era mais a minha versão da Miranda.

— Alô?

— Você está em casa? — perguntou a voz profunda.

— Estou. — Eu mal tinha acabado de pronunciou o "ou" quando uma batida pesada, agora muito familiar, soou à porta. Não precisei olhar o telefone para saber que ele tinha desligado. Um instante depois, uma espiada no olho mágico confirmou quem eu pensei que fosse.

E, sim, era o Aiden.

Ele entrou em disparada assim que a tranca foi girada e bateu a porta às suas costas, trancando-a sem olhar duas vezes. Aqueles olhos escuros me atravessaram com um olhar que tanto me fez fazer careta quanto congelar.

— O que foi?

— *Que merda você estava pensando quando veio morar aqui?* — ele praticamente rosnou com um desgosto que me colocou na defensiva no mesmo instante.

Claro, eu sabia que o condomínio era meio assustador, mas ele não precisava fazer parecer que eu morava numa pocilga.

— É barato.

— Jura? — resmungou ele.

De onde esse sarcasmo tinha vindo?

— Alguns dos meus vizinhos são legais — aleguei.

Sua expressão foi bem dúbia ao dizer:

— Alguém estava levando uma surra lá no portão quando eu cheguei.

Ah. Acenei para ele terminar de entrar e mudar de assunto. Ele não precisava saber que aquilo acontecia toda semana. Chamei a polícia algumas vezes, mas, quando percebi que eles nunca apareciam, parei de me dar ao trabalho.

— Você precisa de alguma coisa?

Indo na minha frente para a sala, ele respondeu por cima do ombro:

— Estive esperando você entrar em contato para dizer quando se mudaria.

Essa tinha sido uma das primeiras coisas que parei de me perguntar quando comecei a pensar que ele talvez tivesse mudado de ideia. Então, ouvir aquilo de novo foi como tomar um banho de água fria. Quase. Não me incomodei de dizer a ele que eu tinha pensado que não iríamos mais adiante com aquilo.

— Você estava... você pensou... — Tossi. — Eu deveria me mudar logo?

Virando-se para olhar para mim, ele inclinou o queixo para baixo antes de cruzar os bíceps gigantes sobre o peito.

— A temporada está prestes a começar, precisamos ir em frente antes disso.

Eu não me lembro de ter ouvido sobre isso ser parte do plano. Tipo, pensei que seria o quanto antes, mas...

Ele pagaria os meus empréstimos estudantis se eu fosse adiante. Eu deveria ter me mudado logo que tomei a decisão, se era o que ele queria.

— Quando você acha que eu devo ir? — perguntei.

É claro que ele tinha uma data em mente.

— Sexta ou sábado.

Quase perdi um pulmão.

— Sexta ou sábado agora? — Dali a menos cinco dias. Aquela cabeça enorme inclinou para o lado.

— O tempo está apertado.

— Ah. — Engoli em seco. — Meu aluguel expira em dois meses.

Às vezes, me esquecia de que Aiden não acreditava em obstáculos.

— Pague a multa. Eu te dou o dinheiro.

Estava acontecendo. Estava acontecendo mesmo. Eu ia me mudar. Para morar com ele.

Olhei para o homem: os músculos enormes dos ombros, os pelos escuros salpicados pela mandíbula, aqueles malditos olhos que pareciam fulminar a tudo e a todos. Eu ia morar com esse cara.

Meus empréstimos. Meus empréstimos, meus empréstimos, meus empréstimos.

— Que dia é melhor para você? Sexta ou sábado? — me obriguei a perguntar.

— Sexta.

Então seria na sexta. Olhei para os meus pertences pela primeira vez, e senti uma pontada de tristeza.

Bem quando eu estava pensando nas minhas coisas, Aiden parecia estar fazendo o mesmo, olhando ao redor da sala pequena. Acho que ele pode ter erguido o pé para cutucar o meu sofá.

— Você precisa de ajuda para embalar as coisas... ou algo do tipo? — indagou com uma voz insegura, como se aquela fosse a primeira vez que perguntava se alguém precisava de ajuda.

Eu não ficaria surpresa se fosse o caso.

— Humm... — Logo que cheguei em casa depois que saí da dele, decidi o que manteria e o que doaria para a caridade e para conhecidos. Resumindo, presumi que seria a maior parte das minhas coisas.

Concluí que ficaria no quarto de hóspedes, já que era o único que não era usado. Os outros três, além do principal, eram o do Zac, o escritório e a imensa academia.

— As únicas coisas que quero manter são a estante de livros, a televisão e a escrivaninha. — Não perdi a olhada que ele deu para a pequena escrivaninha preta de sessenta dólares que estava atrás de mim. — O resto eu vou dar para os vizinhos. Não faz sentido deixar tudo em um depósito por... — quase me engasguei com as palavras — cinco anos.

Ele deu um aceno calmo ao olhar para a televisão.

— Tudo cabe em umas duas viagens.

Concordei, a tristeza beliscando a minha garganta quando pensei que estaria deixando o meu apartamento. Claro, não era luxuoso nem nada, mas consegui tudo sozinha. Por outro lado, um apartamento onde não planejava morar para sempre não seria a diferença entre viver em débito ou não.

Eu poderia chorar mais tarde na casa de Aiden, se fosse necessário... e esse pensamento quase me fez gargalhar. O que a minha vida tinha se tornado? E por que eu estava reclamando tanto? Eu me mudaria para uma casa melhor, meus empréstimos seriam pagos e eu ia ganhar uma casa, tudo por me "casar" com um homem. Assim, eu não poderia sair com ninguém caso eu quisesse. Vivaaaa. O último encontro que tive duas semanas atrás não me deixou muito animada para repetir a dose. Era uma troca justa, mais do que justa, se eu não calculasse o risco do que aconteceria se alguém descobrisse que o nosso "casamento" era uma fraude. Por outro lado, não se chegava muito longe a menos que corresse algum risco.

— Tudo bem — murmurei do nada, mais para mim mesma do que para Aiden.

Aí a gente simplesmente se encarou, deixando surgir aquele mesmo silêncio estranho que havia entre nós como chefe e empregada.

Pigarreei.

Então ele pigarreou.

— Falei com o Zac.

— Foi?

— Foi.

— E?

Aiden deu de ombros com indiferença.

— Ele disse que entendia.

Nesse caso, eu precisava ligar para ele; não queria ser uma covarde total e simplesmente me mudar sem conversar com o cara.

Aiden baixou o queixo antes de virar o corpo para a saída.

— Eu tenho que ir. Te vejo na sexta — ele falou ao ir em direção à porta.

E assim ele se foi.

Não falou para eu ligar caso precisasse de ajuda nem disse tchau. Ele só saiu.

Foi com isso que eu concordei.

Assim seriam os próximos cinco anos da minha vida. Poderia ser pior, não poderia?

Eram sete e meia da manhã e eu estava sentada à minha mesa de jantar pela última vez quando as agora já conhecidas três batidas rápidas fizeram a minha porta chacoalhar. Eu tinha saído da cama há vinte minutos e estava sentada esperando a grelha de waffle aquecer. Inferno, eu ainda estava de pijama, não tinha lavado o rosto nem escovado os dentes. Meu cabelo estava para cima em um estilo que parecia um abacaxi bebê.

— Aiden? — chamei ao arrastar os pés até a porta.

É claro, a barba escura me cumprimentou através do olho mágico antes de deixá-lo entrar. Bocejei e fiz uma leve careta.

O homem que, ao que parecia, seria o meu novo colega de casa, entre outras coisas, entrou, sem resmungar um bom-dia nem nada. Em vez disso, esperou até eu trancar a porta antes de me dar uma olhada.

— Você ainda não se vestiu?

Tive que segurar outro bocejo, cobrindo a boca com a mão.

— São sete e meia. O que você está fazendo aqui?

— Te ajudando com a mudança — disse ele, como se eu estivesse fazendo uma pergunta idiota.

— Ah. — Ele estava? Ele disse algo sobre só precisar de umas poucas viagens para levar as minhas coisas, mas presumi que seria *eu* a dar as poucas viagens. Aff. — Tudo bem. Eu ia começar a fazer waffles... você quer?

Aiden olhou para mim por um momento antes de se virar e ir até a cozinha. A cabeça dele virou para a direita e para a esquerda, no que presumi que ou fosse ele se certificando de que eu tinha mesmo empacotado as coisas ou fazendo um inventário do que eu ia levar. Eu tinha embalado as pinturas com plástico-bolha há dois dias. Minhas roupas estavam todas nas caixas que o pessoal do mercadinho foi legal o suficiente para me deixar levar. Meus livros e enfeitinhos estavam embalados. A televisão e o computador de mesa eram as únicas coisas que não tinham sido preparadas, mas quase todos os edredons e colchas que eu tinha foram levados para a sala e estavam esperando para fazerem bom uso.

— Qual receita? — Ele teve a coragem de perguntar.

— O de canela. — Antes que ele pudesse perguntar, adicionei: — Não vou colocar ovo.

Ele assentiu e se sentou à mesa, ainda não sendo muito sútil ao olhar ao redor. Todos os meus pratos, utensílios e panelas já estavam empilhados sobre os balcões, esperando que os novos donos viessem pegá-los. Eu os tinha desde a época da faculdade, e cheguei à conclusão de que eles mais do que cumpriram com o dever.

Fiz mais massa e coloquei na máquina de waffle, ficando de olho em Aiden, que estava de olho nos meus pertences.

— O que você vai fazer com o resto da mobília?

— Minha vizinha de cima vai ficar com o colchão, a mesa de jantar e os pratos. — Ela criava sozinha os cinco filhos. Vi o colchão dela nas poucas vezes que cuidei deles, e as minhas coisas com certeza seriam uma melhoria. A mesa de jantar também seria uma boa adição ao espaço vazio que ela tinha onde uma normalmente ficaria, mesmo não havendo cadeiras suficientes para ela e todas as crianças. — O vizinho do lado vai levar o sofá, a armação da cama, a cômoda e a mesinha de centro para a filha dele.

— Eles vão pegar tudo hoje?

— Vão, mas a vizinha de cima cria os filhos sozinha, e eu quero ajudá-la.

— Você já pagou os outros aluguéis?

Eu o olhei de lá do outro lado da cozinha.

— Ainda não. Eu ia à administração antes de ir embora.

— Quanto você deve?

Eu posso ter murmurado a quantia.

Houve uma pausa longa antes de Aiden perguntar:

— Por um mês?

Tossi.

— Não, é o valor de dois meses.

Ele estava respirando mais alto do que o normal?

— Eu te pagava tão pouco assim?

De novo com aquele comentário sobre onde eu morava.

— Não. — Lutei com o impulso de fechar a cara. Eu tinha outras coisas em que gastar o dinheiro, e não precisava me explicar para ele.

Ele revirou os olhos?

— Eu trouxe dinheiro suficiente.

Era para eu dizer "*não esquenta, deixa comigo*"? Ou estava tudo bem aceitar? No mundo ideal, ele estava fazendo mais do que o suficiente por mim pelos próximos cinco anos quando eu não faria muito mais do que assinar uns papéis e me certificar de que não me apaixonaria por alguém...

Certo, isso era culpa se infiltrando no meu estômago, e eu sabia o que significava.

— Não se preocupe, eu posso pagar. — Não queria me aproveitar da bondade dele, ou seja lá como aquilo possa ser chamado.

Aiden só deu de ombros.

Uns minutos depois, os waffles ficaram prontos e nos sentamos à mesa, ambos comendo com rapidez e precisão. Lavei os pratos e os sequei, deixando-os na pilha com os outros.

— Vamos tirar primeiro as coisas com as quais os seus vizinhos vão ficar, depois levamos o resto para os carros — sugeriu Aiden, com os dedos mergulhados na frente da blusa para puxar a medalhinha que pendia ao redor do pescoço. Ele a girou até ficar na parte de trás, a corrente bem apertada na garganta. Sempre me perguntei de onde ela veio, ainda mais porque, até onde eu sabia, ele não era religioso, mas essa era uma das muitas coisas que ele nunca se incomodou em contar.

— Boa ideia — falei, olhando mais uma vez para a leve insinuação dourada. Ah, bem.

Lá no piso de cima, a mãe abriu a porta na segunda batida, pegando a caixa de copos que eu tinha levado.

— Você já está indo? — ela me perguntou em espanhol.

— Estou. Quer mandar umas crianças lá para baixo para me ajudar a carregar as coisas?

A sra. Huerta fez que sim e chamou os três mais velhos para ajudar. As crianças de onze, nove e oito anos me abraçaram pelos quadris e então desceram correndo na minha frente, já muito cientes do que estariam pegando. Os três foram entrando e seguiram direto para a cozinha, só diminuindo o ritmo quando viram o homenzarrão tirando as caixas do meu quarto e colocando no corredor.

Um a um, eles pegaram copos, panelas, frigideiras ou utensílios de cozinha e saíram. Peguei duas cadeiras da mesa de jantar e fui para as escadas, lançando um sorriso contrito para Aiden quando nosso olhar se cruzou enquanto eu saía. Eu tinha acabado de deixá-las na sala da minha vizinha quando uma sombra apareceu na porta carregando as outras duas cadeiras sob o braço sem fazer qualquer esforço.

— *Dios santo. Es tu novio?* — perguntou a mulher um pouco mais velha, de onde ela estava no sofá.

Namorado? Senti meus olhos se arregalarem, mas fiz que sim, talvez meio robótica.

— *Si.*

Do que mais o chamaria? Eu já tinha bastante sorte por ela não ter tempo de assistir aos jogos de futebol americano, e não ter ideia de quem ele era.

Ela olhou na direção de Aiden mais uma vez, balançando a criança de três anos no colo, e assentiu devagar, impressionada.

— Ele é bonito — disse ela, em espanhol. — E aqueles músculos. — A sra. Huerta sorriu ao terminar o comentário que me fez dar um sorriso tímido para ela.

— *Ya se* — murmurei antes de sair feito uma bala do apartamento e ir lá para baixo. *Eu sabia?* Bem, era verdade. Eu sabia mesmo que ele tinha aqueles bíceps. E o peito. E aquela bunda. Eu podia ter me saído pior. Talvez ele não fosse muito inclinado às habilidades sociais e talvez não se importasse com ninguém além de si mesmo, mas ele poderia ser pior. Ele poderia ser um psicopata que maltratava animais, eu acho.

Encontrei Aiden no meu apartamento, com a mesa virada, desaparafusando o tampo com um canivete suíço que eu não sabia de onde ele tinha tirado. Ele olhou para cima quando me sentiu de pé lá.

— O que mais eles vão levar?

— O colchão.

Ele murmurou e assentiu.

Quarenta minutos depois, o suor escorria pelo meu rosto, mas Aiden e eu tínhamos conseguido levar o colchão lá para cima. Pelo peso, ele poderia levar a coisa sozinho sem nem cansar, mas, ao que parecia, era grande demais para carregar sozinho, e meus músculos débeis lutaram. Colocamos o colchão velho onde o inflável ficava da última vez que estive lá. Ofereci a cama também, mas entendi por que ela não a quis: os dois colchões mal caberiam no apartamento de um quarto que foi construído para *talvez* dois ocupantes, mas não seis.

Por sorte, quando acabamos, os filhos do meu vizinho do lado esperavam do lado de fora da porta para ajudar a levar o resto da mobília. Aiden e eu nos sentamos de frente um para o outro no quarto, desmontando a cama para que fosse mais fácil de levar. Eu o peguei olhando para as várias luzes noturnas que não tive tempo de embalar. Ele não perguntou sobre elas, e eu fiquei muito grata.

Notei os dois filhos do meu vizinho olhando mais do que um pouco para Aiden quando espiaram dentro do meu quarto, então os ouvi cochichar um com o outro, mas nenhum nos disse uma palavra antes de tirarem as primeiras coisas da sala de estar.

Eu tinha acabado de ir fazer xixi quando abri a porta e ouvi a conversa vindo do corredor.

— Claro. — Isso veio de Aiden.

Peguei duas das caixas que restavam no meu quarto e saí para deixá-las na sala. De pé no corredor estava Aiden, um antebraço apoiado na parede enquanto a mão esquerda estava para cima, rabiscando alguma coisa com uma das canetinhas que eu deixei pelo apartamento para que eu pudesse escrever nas caixas. Perto da Muralha de Winnipeg estavam os filhos do meu vizinho com os olhos grudados nele.

É, não precisou do meu cérebro não-tão-genial para adivinhar que eles sabiam quem ele era, e o que Aiden estava fazendo.

— Muito obrigado — um deles agradeceu quando ele entregou o papel que tinha autografado.

O grandalhão meneou a cabeça, voltando o foco para mim.

— Não foi nada. Devíamos mesmo terminar de embalar as coisas. Precisamos ir.

Os meninos meio que hesitaram.

— A gente pode ajudar.

Aiden balançou a cabeça, indiferente.

— A gente dá conta.

— Mas obrigada — falei, quando o grosseirão não disse nada.

Eles fizeram que sim e um deles disse:

— Cara, Vanessa, eu não tinha ideia de que vocês estavam juntos. Meu pai vai enlouquecer. Ele é muito fã.

Eu já sabia, o que só me fez sentir culpa. Meu vizinho tinha um capacho dos Three Hundreds na porta. Na época do Natal, ele pendurava uma guirlanda com os enfeites do time.

— É... — eu meio que deixei a voz morrer. Tipo, o que mais eu poderia dizer?

Por sorte, eles logo agradeceram ao Aiden e saíram, fechando a porta.

— Certo. — Respirei fundo. — Vamos terminar isso aqui.

Entre nós dois, carregamos a televisão até o Range Rover do Aiden enquanto os meus braços tremiam de exaustão. Meu computador de mesa foi logo depois. O fato de que ele podia ter carregado tudo sozinho não me escapou, mas eu não ia reclamar, então fiquei de boca fechada. Na mala do meu Explorer, colocamos a estante de livros, a escrivaninha e a cadeira. O resto das caixas foram divididas nos dois carros.

Aiden estava no SUV quando fechei a porta do meu apartamento pela última vez, a nostalgia batendo bem no meu peito. Sempre pensei em seguir em frente e dar o próximo passo em qual fosse a direção do meu objetivo. Tipo quando eu deixei o Aiden, uma parte de mim sentia saudade dele ou alguma estranha variação de quando você está tão acostumado a fazer as coisas de uma determinada forma por muito tempo e, de repente, não precisa mais fazer isso, mas eu sabia que eu seguiria em frente. Estava fazendo o melhor por mim, e fazendo aquilo por ele, não importa o que a minha consciência dissesse, foi uma decisão inteligente. Estranha, mas inteligente.

Era um salto imenso para o meu futuro, e eu me agarraria àquele lembrete com ambas as mãos.

Deixei um cheque para cobrir os dois meses do aluguel, assinei alguns documentos na administração e dei o fora de lá.

Levou uma hora só para chegar à casa de Aiden, graças a um engavetamento envolvendo dez carros na via expressa. Entre estar um pouco sobrecarregada com a mudança — ainda mais eu não estando me sentindo muito feliz por ir morar com outra pessoa, sendo essa pessoa o meu ex-chefe — e fazendo o meu melhor para me convencer de que eu não ia para a cadeia quando a polícia descobrisse a verdade, eu estava tentando não ficar paranoica.

Sorri para o segurança quando chegamos ao bairro murado, e ignorei a expressão curiosa em seu rosto quando ele viu o meu carro carregado. Aiden seguiu para a garagem, e eu estacionei na entrada pela primeira vez na vida.

Quando saí e o vi carregando as caixas para dentro, peguei, no meu Explorer, o máximo que pude carregar sozinha. Eu o segui, nervosa, ansiosa e um pouquinho assustada.

Tudo parecia familiar, mas desconhecido ao mesmo tempo. Eu me obriguei a marchar pelas escadas que eu tinha subido milhares de vezes e segui em frente, quando tudo o que queria era dar meia-volta e retornar ao meu apartamento.

Eu estava indo morar com Aiden e Zac, assinar alguns papéis que me uniriam ao grandalhão em matrimônio, e essa seria a minha realidade pelos próximos cinco anos. Quando pensava nisso tintim por tintim... é, não ajudava. A situação ainda parecia um imenso elefante branco que eu não conseguia ignorar.

A porta do quarto de hóspedes vazio estava aberta quando me aproximei, e pude ouvir Aiden lá dentro deixando as coisas. Estive lá muitas, muitas outras vezes para tirar pó ou trocar os lençóis. Eu estava bem familiarizada com a disposição das coisas.

Mas não estava igual à última vez que vi o cômodo.

Aiden não tinha um monte de porcaria espalhada pela casa. Cada cômodo, menos a academia, era bastante esparso e funcional. Ele não tinha quadros nem bugigangas, nem tinha se dado ao trabalho de pintar os quartos. Não havia um único troféu ou camisa de time expostos por aí. As caixas dessas coisas estavam escondidas no armário dele, algo que eu não conseguia entender muito bem. Se eu tivesse o tipo de troféus que ele tem, estariam sendo exibidos para todo mundo ver.

No quarto dele havia a cama e duas cômodas. Ele nem sequer tinha um espelho lá, muito menos uma única foto de algo ou alguém. O quarto de hóspedes era ainda mais estéril com apenas a cama e uma mesa de cabeceira em um cômodo relativamente grande — duas vezes maior do que o quarto do meu apartamento.

Mas, quando entrei no quarto que agora seria meu, não encontrei somente uma cama. Havia uma imensa cômoda com um espelho enorme de camarim sobre ela, e uma estante de livros menorzinha que também combinava com o resto da mobília contemporânea marrom-escura. Só mais tarde fui perceber que aqueles eram os mesmos móveis que eu tinha no quarto no meu apartamento... só que de melhor qualidade e combinando.

— A estante que você trouxe ficaria melhor no escritório — Aiden sugeriu, despreocupado, quando parei e fiquei de pé perto da porta, ocupada demais reparando na mobília nova.

Tentei manter a surpresa no mínimo, mas não tinha certeza se consegui; por isso, tudo o que consegui reunir como resposta foi um aceno de cabeça. Ele estava certo, no entanto — a minha estante ficaria melhor no escritório.

— Sua escrivaninha pode ficar ali. — Ele apontou mais ou menos para um espaço vazio no lado direito entre as duas janelas. — Comprei o colchão pouco antes de você vir trabalhar para mim. Só foi usado... o que você acha? Umas três vezes? Mas, se quiser um novo, peça um. Você sabe qual cartão usar.

Fechei a boca e lutei com a surpresa que tinha roubado as minhas palavras, piscando para Aiden ao mesmo tempo em que hesitava. Ele tinha feito tudo aquilo? Por mim? Quando parei de trabalhar para ele, o cara não sabia nem encomendar o próprio sabonete. Ele nem sabia usar a lava-louças. Agora havia móveis novos?

Quem era esse homem? Balancei a cabeça, a testa franzindo.

— Não, esse está ótimo. Obrigada.

Eu nem precisava me esforçar para lembrar do quanto a cama era confortável, já que tinha subido nela para esticar os lençóis ou espanar a cabeceira. Não era macia demais, nem firme demais.

— É perfeito. — Eu quase disse *não esquenta*, mas, bem, eu tinha certeza de que ele não estava esquentando; ele só estava tentando ser hospitaleiro, e considerando que eu não esperava muito, aquilo foi mais do que eu havia planejado. — É melhor do que o que eu tinha.

Respirei fundo e, devagar, coloquei as coisas que segurava no chão.

— Aliás, obrigada por me ajudar com a mudança.

Estou mesmo fazendo isso. Estou me mudando. Puta merda.

— Gostei muito — deixei escapar. Eu estava fazendo isso. *Estou mesmo fazendo isso.*

Ele inclinou a cabeça só um pouco, e esbarrou em mim ao sair, indo lá para baixo, pelo estalar das escadas. De jeito nenhum eu afrouxaria e deixaria Aiden carregar a maioria das coisas, mesmo ele estando em melhor forma do que eu, e tendo quatro vezes mais músculos.

Ok, eu não ia bancar a preguiçosa.

Lá embaixo, prossegui com o resto da mudança. Levou pouco mais de meia hora para nós dois levarmos as caixas dos carros até o quarto. Depois, carregamos a minha televisão lá para cima, enquanto os meus braços convulsionavam por estarem muito cansados e os meus dedos ficarem escorregadios por causa do suor. A maldita coisa parecia ter ganhado mais dez quilos na viagem do condomínio até essa casa.

Estava muito pesada, e eu tive a sensação de que estiraria a lombar. Consegui esmagar os dedos no batente da porta e soltei um "puta que pariu" bem baixinho.

Estávamos indo pegar mais um móvel quando Aiden disse por cima do ombro:

— Você deveria pensar em malhar a parte superior do corpo.

Fiz careta para ele. Posso até ter dado língua enquanto segurava meus pobres dedos mutilados com a mão boa.

Felizmente, levar a estante para o escritório foi muito mais fácil, e não tivemos nenhum problema. Meu novo colega de casa levou a escrivaninha sozinho lá para cima, e eu segui com a cadeira. Ao que parecia, nós dois precisávamos de uma pausa, ou Aiden reconheceu os sinais de exaustão que eu tinha certeza de que estavam estampados no meu rosto, então paramos para almoçar.

Aí a esquisitice voltou.

Eu deveria fazer o almoço ou ele faria? Ou cada um faria a própria comida? Ainda não tinha ido comprar mantimentos, é claro, mas Aiden nunca tinha sido mesquinho com a comida nem reclamado quando eu pegava alguma coisa, mas...

— Tem duas pizzas no congelador.

— Pizzas? — Estávamos na casa certa? Esse era o sr. Dieta-à-Base-de-Vegetais. O máximo de processados que ele comia era macarrão de quinoa, tofu e *tempeh*, de vez em quando.

Ele murmurou algo baixinho que pareceu ser "com queijo de soja e espinafre".

Mordi a bochecha e assenti, observando e imaginando o que diabos tinha acontecido a ele nesse um mês e meio.

— Ok.

Com isso, me virei para o fogão como tinha feito centenas de vezes. Ao contrário de todas elas, A Muralha de Winnipeg foi até a geladeira e pegou a comida sozinha e tirou as formas de pizza do armário de uma maneira que me surpreendeu um pouco. Ao menos quando eu estava por ali, ele nunca mexia com qualquer coisa da cozinha além de pratos e talheres.

Fui até a garagem para jogar fora o papelão na lixeira de reciclados e parei. Caixas e mais caixas de comida congelada para micro-ondas lotavam o lixo.

Uma culpa pequenininha de nada me apunhalou no peito quando voltei para a cozinha bem quando Aiden colocava as pizzas no forno depois de alguns minutos. Sentei no mesmo lugar em que me sentei há duas semanas quando vim falar sobre a proposta dele. Aquele silêncio estranho pareceu crescer enquanto o homem se acomodava em seu lugar favorito.

— Cadê o Zac? — perguntei, observando os músculos enormes dos seus antebraços ondularem enquanto ele girava o punho, alongando-os.

Um tendão no pescoço forte pareceu saltar, e eu sabia que era de irritação.

— Ele não voltou para casa ontem à noite. — Antes que eu pudesse dizer qualquer coisa, ele adicionou em uma voz que eu reconhecia ser de desaprovação. — Ele disse que estaria aqui.

Mas ele não estava. Zac sair não era nenhuma novidade; na verdade, ele saía com bastante frequência. Não voltar para casa não era bem um acontecimento raro. Eu tinha falado com ele rapidinho uns dias atrás, para me certificar se estava tudo bem para ele mentir para as autoridades caso lhe fizessem perguntas, e ele disse que não tinha nada contra a mudança. Ele parecia estar mais do que de acordo com os dois.

— Tudo bem — falei, sabendo muito bem que, pela forma como o tendão se contraía, aquilo estava incomodando Aiden de verdade. — Então... qual é o próximo passo na campanha do *green card*?

Aiden se concentrou no braço.

— Devemos ir em frente e resolver a papelada primeiro. — *Papelada*. Ele escolheu *papelada* para descrever o que estávamos fazendo. Eu estava nauseada ou tive uma azia repentina? — Logo.

— Logo quando? — Minha voz saiu mais perplexa do que o necessário, levando em conta que eu sabia muito bem no que estava me metendo.

Aquelas sobrancelhas grossas meio que se arquearam, e a mandíbula se contraiu um pouco.

— Antes da temporada. Não quero esperar até a *bye week* — disse ele, referindo-se à semana de folga que o time tinha durante a temporada.

Ele ainda não tinha respondido a minha pergunta.

— Certo...

— Tenho um jogo da pré-temporada na semana que vem. Vamos adiante com isso em seguida. — Eu me engasguei, e ele me ignorou, avançando com a explicação. — Não podemos preencher o pedido até a papelada estar pronta. Você deveria mudar o endereço na sua carteira de motorista assim que possível; você precisa receber correspondências aqui.

O que eu poderia dizer? *Vamos esperar*? O que ele estava dizendo fazia sentido. Ele não teria mesmo mais do que um dia de folga depois de cada jogo da pré-temporada, e pelo que eu me lembrava, a maioria deles era sempre à noite. Essa seria a melhor oportunidade que teríamos para ir em frente com isso.

Mas o fato ainda fazia a parte da minha personalidade que gostava de planejar as coisas com antecedência e me preparar mentalmente se encolher.

Semana que vem. Estaríamos "fazendo isso" daqui a uma semana.

Fácil assim. Precisávamos morar juntos numa casa, assinar uns papéis, talvez tirar umas fotos — seria mesmo necessário? —, e, então... viver os próximos cinco anos da nossa vida.

Eu quase esperava que ele fizesse mãozinhas animadas para mim e dissesse "Tá-dá".

Simples assim. Ao que parecia, era simples assim.

Reparei no homem que estava sentado diante de mim — o maior homem que eu já tinha visto, o mais contido, que era todo propósito, tecnicamente o meu noivo — e deixei a náusea e os nervos girarem pela minha barriga como filhotinhos.

— Meu advogado disse que vai levar meses, entre você preencher o pedido para mim e ter o meu status ajustado, até eu conseguir o *green card* provisório. Vamos precisar preencher muitos documentos, e eles pedirão para ver nossos dados bancários. Você vai ter que ir comigo assim que tudo for aprovado para que alguém do Serviço de Imigração nos entreviste. Tudo bem? — ele perguntou, me olhando com cautela, como se não tivesse certeza de como eu reagiria ao plano.

Engoli o meu coração. Já tinha lido tudo isso na internet nos dias entre quando ele apareceu na minha casa e quando vim até a dele para aceitar, então eu estava psicologicamente preparada. Quase.

— Sim. — Mas o sorriso no meu rosto era fraco demais.

Com o que diabos eu tinha acabado de concordar?

O fim de semana passou rápido demais e lento demais ao mesmo tempo. Acordei cada noite suando profusamente. Eu ia cometer um crime. Eu ia me casar. E de todas as pessoas que havia no mundo, era com e para Aiden que eu estaria fazendo isso.

Não importa o número de vezes que lembrava a mim mesma que o que estávamos fazendo não era de verdade, meu corpo não podia ser enganado. Todas essas novidades — a mudança, o quarto diferente, dormir em uma cama diferente — batalhavam no meu cérebro o dia inteiro, exigindo atenção e me dando insônia.

A única coisa que, por fim, me embalou até dormir foi a consciência de que eu sabia exatamente o que estava fazendo e o que ganharia com uma farsa digna de uma vida inteira. *Uma casa e me livrar das dívidas*, lembrava a mim mesma repetidas vezes.

E estávamos indo para Las Vegas resolver isso.

— Fará mais sentido se fizermos lá. Já fomos duas vezes juntos — ele me explicou, depois de eu concordar que estava tudo bem em acelerar os acontecimentos. — Senão, teríamos que ir até o fórum para dar entrada na licença para o casamento e arranjar um juiz de paz para realizar a cerimônia.

Ele estava certo. Fomos a Las Vegas duas vezes. Uma vez para dar autógrafos e a outra para um comercial que ele gravou. Além disso, eu entendi completamente onde ele queria chegar ao evitar Dallas. Alguém o reconheceria no instante em que ele saísse do carro ao chegar no fórum. Eu já podia imaginar uma multidão se tentássemos nos cas... a palavra me dava indigestão. Dar entrada na licença. Haveria uma multidão se fôssemos lá dar entrada na licença.

Na verdade, eu acho que era o "nos" que me causava gases internos.

— Todo mundo vai a Las Vegas para se casar escondido — adicionou o grandalhão, como se eu não soubesse.

Óbvio que eu sabia.

— Não haverá espera para dar entrada na habilitação para o casamento — ele concluiu ao terminar de engolir o sanduíche.

Outra verdade.

Como se argumentava contra a praticidade? Não havia razão para ter nenhum dos meus poucos entes queridos lá e, para ser sincera, não gostaria que eles estivessem presentes. Não seria um casamento duradouro tendo o amor como base. Tenho certeza de que disse mais de uma vez para Diana que eu me casaria na praia se a hora certa chegasse.

Se a hora certa chegasse, aquele tinha sido o meu plano. Talvez um dia, em um futuro distante, fosse uma possibilidade.

Por ora, *nesse caso*, Las Vegas daria certo.

Com o cartão de crédito na mão, na manhã seguinte ao dia em que me mudei, comprei duas passagens na primeira classe — porque explicar a Aiden que ir de classe econômica é mais barato seria uma discussão inútil, tentei antes e falhei miseravelmente. Também reservei uma suíte com dois quartos no hotel em que ficamos nas outras vezes. Iríamos no domingo à noite e voltaríamos na tarde de segunda-feira. Bate e volta, assinaríamos alguns papéis, talvez tiraríamos uma foto e voltaríamos.

Um dia antes da viagem, eu estava no supermercado quando vi que a cliente que estava na minha frente usava uma aliança, e foi quando me toquei.

Aiden ia precisar de uma aliança? Eu ia precisar de uma?

Ele não falou nada sobre anéis de noivado ou de casamento, e eu não sabia se era algo de que precisaríamos para fins de credibilidade. Eles verificariam isso na nossa entrevista? Eles se importavam? Eu me lembro de a prima de Diana, Felipa, ter usado uma aliança bem antes de as coisas ficarem sérias entre ela e o marido. Mas também já conheci casais que não usavam aliança.

Então...

Pesquisei na internet para ver se encontrava alguma coisa sobre os agentes verificarem esse tipo de informação, e eu sabia que *A Proposta* não era um bom exemplo de como eram realmente os problemas com a imigração. O que eu deveria fazer?

Havia chances de que ele não fosse usar uma. Mas...

Arranje uma mesmo assim, disse o meu cérebro. Eu poderia me preocupar com uma para mim quando chegasse a hora, mas levaria meses.

Aprendi a confiar nos meus instintos, então, naquela tarde, quando ele estava fazendo exercícios depois de passar horas sozinho na academia dos Three Hundreds, lutei contra a sensação incômoda no meu peito e peguei o anel do Campeonato Nacional de Futebol Americano Universitário que ele mantinha na gaveta. Segurando-o com toda a minha força, fui até uma pequena joalheria na qual eu já havia ido para consertar um dos brincos de que eu mais gostava e que acabei quebrando.

O joalheiro tinha muitas opções de anéis, mas não tantos grandes o bastante para caber no dedo de Aiden. Felizmente, ele disse que poderia aumentar algum para mim em tempo recorde, e eu escolhi uma aliança simples de ouro branco catorze quilates. Não era nada chique nem tinha dezoito quilates, mas... ninguém gostava de pessoas exigentes, e eu estava pagando do meu próprio bolso, então era melhor ele não reclamar.

Eu estava comprando uma aliança para o meu futuro marido de mentirinha que ele podia ou não usar.

Afinal de contas, nós tínhamos que fazer ser crível. Então, mesmo que ele não a usasse, ao menos ele a teria, concluí.

Isso só serviu para me fazer não querer mais comprá-la.

— Você está pronta? — Aiden chamou das escadas. Eu nunca estaria pronta. Nunca.

Eu estava acordada desde as quatro da manhã, despertei com o coração disparado e com cem milhões de pensamentos circulando na cabeça em ordem sucessiva. Estávamos indo. Estávamos indo para Las Vegas *assinar a papelada* que me possibilitaria mudar legalmente o meu sobrenome para Graves, se eu quisesse.

Aquela era outra coisa da qual não tínhamos falado, mas eu não via razão para abordar o assunto. Hoje em dia, muitas mulheres não mudavam o nome quando se casavam, certo? Se ele não me pedisse, eu com certeza não abordaria o assunto. Aquele parecia ser só um pesadelo esperando para se realizar lá no prédio do Seguro Social.

— Vanessa — ele gritou. — A gente tem que ir.

Com um suspiro nervoso que beirou um rosnado, me levantei da beirada da cama, onde estivesse sentada pelos últimos quinze minutos, enquanto esperava a náusea e os nervos irem para outro lugar, e peguei a bolsa de viagem. Ficaríamos só uma noite, mas eu não sabia o que levar ou o que vestir para... *fazer isso*... então estava levando um vestido que já tinha usado umas dez vezes, um jeans e uma blusa mais arrumadinhos, duas camisetas só para me assegurar, e também um dos meus sapatos de salto favoritos. Roupa íntima, meias, escova e pasta de dentes tamanho viagem, escova de cabelo e desodorante completaram a minha bolsa. Eu iria de tênis. Para um dia, não havia dúvida de que era mais do que eu precisaria, mas eu odiava não estar preparada, e teria que me virar com o que tinha arrumado.

Arrumado para ir me casar.

Era só uma coisa meio importante que eu estava tentando não fingir que era.

— Vanessa — Aiden gritou, não com impaciência, mas só para que eu o ouvisse. — Vamos.

— Estou indo. Sossega! — gritei lá de cima das escadas, antes de ir correndo rapidinho até o quarto do Zac. Bati na porta e pressionei a orelha nela. — Zac Attack, estamos indo!

A porta abriu alguns segundos depois. A cabeça louro-escura apareceu, um sorriso enorme já colado em seu rosto. Ele vinha me provocando quase que sem parar desde que chegou em casa, logo depois da minha mudança, pedindo desculpas por não conseguir chegar a tempo e não precisando dar a entender que tinha ficado na casa de uma mulher. Na primeira oportunidade que tive de estar sozinha com ele, voltei a perguntar se ele estava mesmo à vontade com tudo o que estava acontecendo. A resposta:

— Por que eu não estaria, querida? É você quem vai se casar com ele, não eu, e eu gosto de ter você por aqui.

E foi isso.

Com eles fora de casa o tempo todo, não era como se fôssemos uma inconveniência nem nada do tipo.

— Me dá um abraço, então, noivinha — pediu Zac, já com os braços abertos.

— Afff. — Fiz careta até mesmo quando me aproximei do seu abraço.

— Vanessa!

— Seu futuro maridinho está esperando — Zac falou, antes de eu estender a mão e apertar os seus lábios.

— Nós voltaremos amanhã.

— *Vanessa!*

Suspirei e dei um passo para trás.

— Me deseje sorte.

Zac acenou com um gesto de desdém, um sorriso rabugento tomando o rosto bronzeado.

— Com certeza, sra. Graves.

Ele era tão idiota, mas eu sabia que, se não descesse, era capaz de Aiden ir ali em cima para me arrastar lá para baixo — ele odiava se atrasar. Por isso, deixei o comentário de Zac para lá e desci as escadas correndo. Lá embaixo, Aiden estava com a cara exasperada de sempre. Ele estava de calça jeans e com uma camisa preta com decote V que se esticava sobre o peito musculoso. O moletom preferido pendia da ponta dos seus dedos.

Ele me deu uma olhada enquanto eu descia os degraus, e os nervos fizeram os meus joelhos ficarem fracos. Aiden não me esperou chegar lá embaixo, e logo seguiu para a garagem. Eu me arrastei pela cozinha, fechei a porta da garagem e levei a minha bolsa até o SUV.

— Pegou tudo? — ele perguntou, com um olhar breve, assim que ambos colocamos o cinto e ele virou a cabeça para dar ré.

Passei os dedos sobre o pequeno volume no bolso da frente da minha calça jeans e senti o nervosismo ao me lembrar de que não tinha ido a lugar nenhum. Olhei rapidamente para o rosto dele: a linha severa da boca, a saliência dura do queixo e a tensão constante vincando as sobrancelhas. A realidade me inundou. Eu me casaria com esse homem.

Ah, caramba.

— Sim — guinchei.

Correu tudo bem no trajeto até o aeroporto, com o programa esportivo da rádio nos fazendo companhia; felizmente, eles estavam só falando sobre o basebol profissional. Aiden estacionou em uma das vagas cobertas. Dali, pegamos o transporte até o terminal. Eu o olhei umas poucas vezes no caminho, minhas mãos suando mais a cada segundo. Quando o micro-ônibus se aproximou do ponto, Aiden vestiu o moletom e colocou o capuz, apesar de estar fazendo uns trinta graus em Dallas, e puxou o zíper até a garganta.

Quando o veículo parou, ele foi o primeiro a se levantar e pegou a mochila com uma mão e a minha bolsa com a outra. Se ele queria levar as minhas coisas, eu não ia dizer não.

Permiti que ele nos conduzisse até o check-in. Não demorou muito, e nos entregaram as passagens e Aiden deu autógrafos para os quatro funcionários da companhia aérea do balcão antes de seguirmos para o portão de embarque. Foi quase impossível não notar as pessoas ao nosso redor roubando olhares e ficando boquiabertas para ele. Não era como se ele não chamasse atenção com o capuz, mesmo se fosse só as mulheres dando uma conferida. Mesmo não sendo o homem mais alto do mundo, o tamanho do cara chamava atenção. Até mesmo em um moletom extra-extragrande, a largura dos seus ombros e o contorno dos bíceps eram inconfundíveis.

Juntos, fomos até o primeiro segurança, que conferiu os nossos documentos, ficou com o rosto corado por um instante, e então fez sinal para irmos adiante. Cavalheiro que era, Aiden me deixou entrar na fila primeiro. Certificando-me de que ele estava prestando atenção em outra coisa quando chegamos à verificação de bagagem, coloquei a aliança de ouro branco em uma das bandejas com o meu celular e a guardei no bolso no instante em que passei pelo detector de metais.

— Eu quero um café — falei quando Aiden me alcançou. — Você quer alguma coisa?

Ele balançou a cabeça, mas me acompanhou até o Dunkin Donuts mais próximo, seu corpo uma sombra grande e imponente da qual eu não podia deixar de estar ciente o tempo todo. Dadas todas as vezes em que viajamos juntos, jamais pensei que fôssemos estar tão próximos um do outro.

Normalmente, eu ia andando atrás dele, ou ele ia se sentar sozinho em algum lugar. Dessa vez, no entanto, ele não estava parado a quinze metros de distância, muito menos a cinco, com os fones de ouvido, sem prestar atenção em nada nem ninguém ao redor.

E isso pode ter me feito sentir um pouco melhor. Ele não estava bem me ignorando nem agindo da mesma forma de sempre, isto é, fingindo que eu não existia. Eu precisava dar algum crédito ao cara por isso, não?

Assim que entramos na fila, olhei para cima e vi que ele olhava para frente, focado no cardápio, e uma ruga se formou entre as suas sobrancelhas. O cliente na nossa frente foi para o lado, e dei um passo à frente enquanto o funcionário espiava por cima do caixa, relanceando Aiden rapidamente antes de olhar para baixo.

— Pois não?

— Eu vou...

Verificando de novo, o olhar do funcionário voltou para Aiden. As narinas dele dilataram.

Eu sabia que ele ia arfar antes que o fizesse. Os olhos do rapaz se arregalaram primeiro. A boca fechou logo em seguida. Aí ele respirou fundo.

— Porra — sussurrou o caixa, o olhar parando no gigante ao meu lado.

O gigante em questão, àquela altura, estava olhando ao redor, sem prestar a mínima atenção no sujeito pirando bem na sua frente. Então eu dei uma cotovelada nele. O foco de Aiden veio para mim tão rápido que fiquei meio alarmada. Ele estava franzindo a testa. Discreta, inclinei a cabeça para o lado, na direção do funcionário da loja de rosquinhas. Nem perto de ser idiota, aqueles olhos castanhos seguiram para onde eu indiquei.

O funcionário ainda o olhava com os olhos arregalados.

— Você é... você é... você é o Aiden... Aiden Graves. — O cara, que devia ser poucos anos mais novo que eu, abriu o berreiro.

Aiden deu um aceno tenso.

Ah, caramba. O sr. Simpático ataca novamente.

— Você é... eu sou... — O cara estava arfando. — Eu sou muito fã seu. Puta merda. — Ele respirou fundo de novo, e juro que o rosto dele empalideceu. — Você é ainda maior pessoalmente.

Ele era mesmo, sério.

Aiden deu de ombros, despreocupado, como fazia quando alguém mencionava o seu tamanho. Eu achava que as pessoas o deixavam desconfortável quando tocavam no assunto, mas sobretudo porque já o ouvi dizer a Leslie que não era como se ele tivesse feito algo para isso. Os genes lhe deram a estatura e a estrutura do corpo; tudo o que ele tinha feito foi malhar e comer bem para desenvolver o que lhe tinha sido dado. A falta de resposta não era arrogância; eu tinha plena certeza de que ele só não sabia o que dizer.

O pobre do cara continuou olhando para ele, boquiaberto, completamente alheio à minha existência, muito menos que atrás de nós havia pelo menos mais quatro pessoas imaginando por que a gente estava demorando tanto para pedir.

Aiden não ajudou muito ficando parado lá, olhando para o fã com aquela expressão ilegível beirando o tédio.

— Você poderia pegar um café para a minha garota?

A garota dele?

Foi preciso cada grama do meu autocontrole para não olhá-lo com uma expressão que dizia exatamente o que eu estava pensando: *do que diabos você acabou de me chamar*?

Por sorte, eu não reagi fisicamente. Quando o rapaz do caixa finalmente saiu do transe, olhou para mim e piscou. Eu sorri para ele, ao mesmo tempo que tirei o telefone do bolso, ignorando a estranha sensação que percorreu minha espinha com o falso termo de carinho que tinha acabado de sair da boca de Aiden.

— Ah, com certeza. Certo. Desculpa. O que você deseja? — o cara perguntou, corando.

Fiz o meu pedido, rapidamente olhando para baixo para me certificar de que estava escrevendo para a pessoa certa, e digitei uma mensagem rápida.

Sua garota? Enviei para o homem parado ao meu lado antes de entregar o meu cartão de crédito.

O cara voltou a olhar para Aiden, enquanto passava o cartão às pressas, nervoso. Agradeci quando ele o devolveu, mas o rapaz voltou a não prestar atenção e mim; ele ainda encarava Aiden e, ao reparar melhor, notei que as mãos do pobrezinho tremiam.

— Obrigada — murmurei mais uma vez ao pegar o copo e me afastei para colocar café e leite sem lactose nele. Aiden foi junto comigo, parecendo estar no seu próprio mundinho, alheio à mensagem de texto que enviei para ele, ou talvez só tendo decidido ignorar o celular que eu sabia que ele costumava manter no silencioso e que estava em seu bolso. Foi quando notei que todas as pessoas atrás de nós na fila o encaravam.

Eu não podia culpá-las. Ele não passava exatamente uma vibração de boas-vidas, parado lá, com a mochila sobre os ombros, os braços cruzados sobre o peito com a minha bolsa descansando aos seus pés enquanto me esperava. Percebi, então, que elas me olhavam também. Me medindo. Vendo quem estava com o cara por quem o funcionário estava pirando.

Apenas eu.

O nervosismo e a vontade de vomitar não foram a lugar nenhum. Fiquei nauseada todo o voo até Las Vegas. Aiden deve ter dito cinco palavras para mim antes de apoiar a cabeça na janela e cair no sono, o que não era ruim, considerando que eu estava presa no meu próprio mundo de negação e horror. Continuei dizendo a mim mesma que tudo estava bem, mas não parecia estar. Se Aiden estava lutando com o nervosismo ou a insegurança, ele não deixou transparecer quando saímos do aeroporto e pegamos um táxi até o hotel na Strip. Fizemos o check-in e fomos de elevador até a suíte.

Ele passou o cartão pela porta e me deixou entrar primeiro.

Tive que soltar um assovio quando reparei no mobiliário sóbrio e moderno. Tinha me esquecido do quanto aquele hotel era bacana e me senti um pouco culpada. Quando eu era criança, não viajávamos muito, principalmente porque minha mãe nunca tinha dinheiro, muito menos tempo ou vontade, para nos levar. Mas, nas raras ocasiões em que os pais da Diana me convidaram para ir com eles em alguma viagem, nós ficávamos em hotéis baratos de beira de estrada que pareciam algo saído de um filme de terror, e nos espremíamos dentro de um quarto, ou dois, se os pais dela pudessem arcar.

E eu sempre me divertia, mais ainda quando o hotel tinha piscina.

Porém ali estava eu, num hotel cinco estrelas, ficando com um milionário. Paguei a tarifa do quarto com o cartão dele. Eu estava bem ciente de quanto tinha custado tudo. Sabia que ninguém da minha família, com exceção do meu irmão mais novo, jamais ficaria em um lugar desses. O que me fez sentir levemente desconfortável. Culpada. Um pouco triste.

— Você está bem? — aquela voz baixa e rouca perguntou às minhas costas quando parei à porta.

Tive que pigarrear e me forçar a dar um aceno de cabeça e um sorriso para ele, que foi o mais falso que se pode imaginar.

— Claro.

É, ele leu no meu rosto com muita facilidade, os olhos de Aiden vagando pelo quarto em confusão.

— Você escolheu o hotel. — O tom foi levemente acusatório. — Não gostou?

— Não. — Balancei a cabeça, agora me sentindo meio babaca acima de todo o resto. — Quer dizer, é claro que eu gostei. Esse é o lugar mais legal em que eu já fiquei. — Isso era dizer muito, porque, quando eu viajava com Aiden, a gente sempre ficava em lugares legais. — Eu só estava pensando no quanto ele é chique, e que, quando era criança, jamais teria imaginado que poderia me hospedar em um lugar assim. Foi só isso.

O fato de eu ficar ali com Aiden, para me casar com ele, só enviou um prego direto para o meu coração. A Vanessa mais nova, a Vanessa pré-vinte-e-seis-anos, não fazia ideia do que estava reservado para ela.

Houve uma pausa, e juro que nós dois olhamos por cima do ombro um para o outro. A tensão entre nós era estranha e incerta. A Muralha de Winnipeg piscou aqueles enormes olhos castanhos.

— Você poderia ter convidado a sua família, se quisesse.

— Ah, é, não. Está tudo bem. — Pensando bem, percebi que descartei a oferta rápido demais. — Só mantenho contato com o meu irmão mais novo, e ele já voltou para a faculdade.

Por que ele estava olhando estranho para mim?

— Eu não... — Bom Deus, por que isso estava me perturbando tanto? E por que eu simplesmente não calava a boca? — Só falo com a minha mãe de vez em quando, e nunca com as minhas irmãs. E a minha melhor amiga trabalha muito. — Torci as mãos e terminei o discurso de lenga-lenga. — Não tenho mais ninguém.

Aiden me encarou por tanto tempo que eu fiz careta.

— Você está agindo estranho — ele declarou, tão despreocupado que quase ignorei as palavras que saíram da sua boca.

— Oi?

— Você está sendo estranha comigo — Aiden repetiu.

Isso me fez fechar a boca e fazer ainda mais careta.

O homem que não guardava as coisas para si mesmo continuou indo com tudo no que, aparentemente, sentia a necessidade de dizer.

— Já pedi desculpa.

Ah.

— Olha, está tudo bem... — comecei a dizer antes de ele me cortar com um balançar de cabeça.

— Não está. Você não sorri mais. Não tem me chamado de grandalhão e nem está me infernizando — declarou ele.

Espera. Eu não tinha feito isso, tinha? E ele notou? A possibilidade de ele ter notado me fez sentir estranha, quase desconfortável.

— Pensei que eu te irritava — murmurei, tentando pensar em qual seria a resposta certa e se ele estava dizendo isso por sentir falta dessas coisas ou não.

— E irrita. — E lá fomos nós. — Mas já estou acostumado agora.

Espera de novo...

— Você nunca me fez sentir estranho antes, mas está me olhando diferente agora. Como se não me conhecesse, ou se não gostasse de mim. — O fato de ele ter nivelado um olhar sereno com o meu, sem vergonha, sem embaraço, sem fazer joguinhos, me atingiu direto na boca do estômago. — Entendo se ainda estiver brava, se não me vê mais do mesmo jeito, mas eu gostava de como éramos antes — ele prosseguiu. Com o rosto receptivo e completamente sincero, ele só me fez sentir um pouquinho mal pelo quanto fui óbvia com as minhas frustrações com ele, ainda mais porque ele pareceu não apenas notar, mas também sentiu falta de como as coisas tinham sido, apesar de ter se esforçado para me ignorar por tanto tempo.

— Eu sei. — Engoli em seco e mordi o interior das bochechas. — *Eu sei.* Olha, eu só... — Dei de ombros. — Vamos voltar ao normal logo, tenho certeza. É só que foi coisa demais para lidar, e estou tentando me acostumar. Às vezes, tenho dificuldade para perdoar as pessoas. Não sei mais como me comportar perto de você, eu acho.

— Da mesma forma que você estava acostumada — ele sugeriu com calma, como se aquela fosse a resposta mais fácil do mundo.

Engoli em seco, presa entre ser teimosa e me agarrar ao temor e ao ressentimento que sentia, e incerta sobre como seguir em frente com essa versão do Aiden que eu estava tentando conhecer.

Como se sentindo que eu não tinha ideia de como responder, ele girou os ombros para trás e perguntou:

— Tirando isso, você tem certeza de que está bem?

— Tenho.

— Absoluta?

Fiz que sim, deixando escapar um suspiro que, de alguma forma, tinha ficado preso no fundo da minha barriga, inchado com insegurança e ansiedade e talvez uma dúzia de outras coisas das quais eu não sabia.

— Sim. Eu, é, mudei o endereço no banco uns dias atrás. Vou mudar o da habilitação assim que possível — expliquei e, de repente, me senti um pouco estranha. — *Você* tem certeza de que está bem com tudo isso? Tem certeza de que ainda quer ficar preso a mim pelos próximos cinco anos?

O olhar mais escuro, quase cor de caramelo, pousou em mim, calmo, intenso, determinado.

— Tenho — respondeu aquela voz curada, sem qualquer esforço. — Precisamos ir pegar a papelada para o pedido logo que assinarmos os papéis.

Assinarmos os papéis. Voltamos a isso. Engoli em seco.

— É. Tudo bem.

Algo na minha voz deve ter ficado aparente, porque ele afastou o olhar fixo, nivelando uma careta na minha direção.

— Você não vai dar para trás comigo.

Percebi que ele não estava pedindo. Ele estava dizendo. Fiquei um pouco ofendida por ele presumir que eu faria isso.

— Não vou dar para trás com você. Já estamos aqui. Eu não faria algo assim.

— Não achei que fosse, mas eu quis...

O quê? Me lembrar? Se certificar?

— Estou aqui. Não vou a lugar nenhum. Vamos fazer isso — assegurei a ele.

Levou um momento para ele assentir.

— Sei que estamos apressando as coisas, mas essa é a única oportunidade que teremos. O mês que vem será ainda mais ocupado para mim.

— *Aiden*, eu sei. Entendo. É por isso que estou aqui, não é? Está tudo bem. Tenho coisas a fazer também. — Sem pensar no que fazia, estendi a mão e toquei o antebraço dele de leve. — Não vou sumir no meio da noite. Sempre cumpro as minhas promessas, ok? O único lugar a que irei em breve será El Paso, no mês que vem, para passar um fim de semana, mas voltarei em poucos dias. Estarei por aí por dois anos, e ainda estarei por mais três depois disso. Eu não encaro as minhas palavras com leviandade.

Algo cintilou tão brevemente em sua expressão que surgiu em um piscar de olhos e sumiu no seguinte.

Um pouco tímida, tirei a mão e sorri para ele, sentindo algo se soltar dentro de mim.

— Olha, acho que ainda não superei tudo o que aconteceu, mesmo sabendo que você está arrependido. Sei o que é para alguém fazer algo imperdoável, e é injusto da minha parte descontar em você, ok? Tenho certeza de que logo, logo eu vou estar mostrando o dedo do meio para você. Não se preocupe.

Ele assentiu devagar, as feições nunca se soltando o bastante para serem consideradas relaxadas.

— Tudo vai se resolver. Eu sei que você sente muito. — Eu me obriguei a dar de ombros, e soltei um longo suspiro que me fez sentir como eu tivesse perdido alguns quilos. — Agradeço por tudo, mas preciso ir fazer xixi agora. Vem me chamar quando estiver pronto para ir.

Sorri para ele antes de ir em linha reta até o banheiro do quarto à direita, precisando de um minuto sozinha. Lá dentro, me apoiei na porta e soltei um suspiro agitado. O que eu estava fazendo?

Tudo ficaria bem, concluí ao usar o banheiro, e me dirigi para o quarto.

Eram umas cinco da tarde, graças à mudança de fuso horário, mas, conhecendo Aiden, ele ia querer assinar *a papelada* e acabar logo com isso o mais rápido possível. Então, não fiquei surpresa quando ele bateu na porta aberta que conectava o meu quarto à sala e ergueu as sobrancelhas quando me viu sentada no meio da cama, tentando controlar as oitenta emoções diferentes que lutavam contra os meus nervos.

Eu ia fazer aquilo. Eu ia mesmo fazer aquilo, porra. Eu ia me casar.

Como se o fato em si não fosse o bastante, ao que parecia, Aiden sentia falta de mim enchendo o saco dele. Quem teria pensado?

Mas, o mais importante, eu estava prestes a me casar com Aiden Graves. Eu não sabia se devia rir ou chorar. Ou ambos.

— Quer acabar logo com isso? — ele perguntou lá da porta.

Acabar com isso.

Aquilo decidia a situação. E acabava comigo.

Não pude evitar, plantei a cara na cama. Era rir ou chorar, e eu optaria pelo primeiro, para não perder o controle por causa do sr. Romance.

— Claro. Não tenho mais nada a fazer. — Bufei, abafada pelo edredom. *Eu estava prestes a cometer um crime.* A Vanessa criança não tinha ideia do que seria capaz quando virasse adulta.

— Por que você está rindo? — A pergunta me alcançou quando perdi ainda mais o controle.

Demorei um segundo para me recompor, mas, enfim, consegui me sentar e esfregar a mão pela lateral do rosto enquanto deixava escapar uma risada trêmula e nervosa. Ele, por outro lado, estava lá me olhando como se eu tivesse perdido a cabeça.

— Você faz parecer como se estivéssemos indo até o Departamento de Trânsito renovar a carteira de motorista, e você não quisesse ir. — Eu me arrastei até a beirada da cama e me levantei, alongando a mandíbula por causa do tanto que eu tinha rido. — Você sabe onde quer fazer isso?

Ele inclinou o queixo barbado para baixo.

— Há uma capela a dois quarteirões daqui. — Assenti, aquela ansiedade já conhecida vibrando no meu peito mais uma vez.

— Certo. — Reparei que ele não tinha trocado a roupa do voo. — Me deixa só trocar a blusa, pelo menos. — Ele não estava arrumado. Por que eu estaria? Ele deu uma olhada para a camiseta que eu estava vestindo e se afastou.

Troquei a que eu usava por uma blusa social um pouco mais arrumadinha que usei na presença dele um monte de vezes e fui encontrá-lo na sala. Ele ainda usava o moletom e a blusa com gola V, parecendo lindo e despojado ao mesmo tempo. Exibido. Aquela medalhinha espiando pela abertura da camisa foi o que mais chamou a minha atenção.

Fui atrás do grandalhão. Atravessamos o lobby e saímos para o escaldante sol de Las Vegas. Ele disse que a capela ficava a dois quarteirões, mas aqueles pareceram ser os quarteirões mais longos da minha vida. Estive em Las Vegas duas vezes, mas sempre tinha sido com ele e a trabalho, então não tive a oportunidade de andar por aí e olhar as coisas. A maior parte dos pontos turísticos que vi foi através da janela de qualquer carro em que estivéssemos.

Durante o dia, a cidade não era nada parecida com como era à noite. Eu podia ver Aiden a apenas um ou dois passos de distância, mas estava ocupada demais olhando para as diversas lojas e restaurantes para me esforçar para ficar de olho nele. É claro que, a exatos dois quarteirões do hotel, nós paramos diante de uma capelinha branca que eu tinha certeza de que já vi em filmes.

— Você está pronta? — perguntou A Muralha de Winnipeg, como se estivéssemos a caminho da batalha.

Não.

Eu não estava, mas, ao olhar para o rosto sério de Aiden, e pensar no quanto ele queria morar nos Estados Unidos sem precisar se preocupar com um visto, como eu poderia dizer não? Tudo bem, eu podia, mas aquela parte enorme de mim que era cem por cento prática entendia. Eu sabia como era não querer morar em algum lugar.

Tchau, próximos cinco anos da minha vida.

— Estou — respondi, enfim. — Precisamos de fotos. O agente vai pedi-las na nossa entrevista.

Os cantos da boca dele se moveram de uma forma muito próxima a um sorriso que eu jamais tinha visto nele, e talvez nunca veria. Meus nervos pareciam fios desencapados e meu estômago doía, mas parecia que eu estava fazendo a coisa certa.

— O que foi? Dei uma pesquisada. Quero estar preparada. — Para não ir para a cadeia e ter o que foi reservado para mim. E não era isso que Aiden deveria ter percebido? Eu estava confiando na palavra dele, contando que ele fosse cumprir o que me prometeu quando chegássemos ao final dessa jornada que estava por vir. Inferno, quando nos divorciarmos, eu poderia pedir a ele metade de tudo o que ele tinha. É óbvio, ele havia confiado em mim o bastante para saber que eu jamais faria algo assim.

— Vai ficar tudo bem — ele pareceu prometer depois de um momento, aquele meio sorriso ainda inclinando a parte mais cheia das suas bochechas.

— Ok. — Minhas mãos estavam suadas. — Vamos fazer isso.

Ele assentiu, e lá fomos nós.

Era óbvio que as duas pessoas trabalhando na recepção haviam feito aquilo milhares de vezes. Nem piscaram quando nos viram com nossas roupas comuns; não puxaram saco nem fizeram perguntas que me deixariam desconfortável. Pensei na aliança que carregava no bolso e... amarelei. Eu a deixei ali, prometendo a mim mesma que a pegaria mais tarde.

Preenchemos a papelada que nos entregaram, escolhemos o pacote de casamento de US$ 190,00, que incluía a cerimônia na capela, um buquê de flores artificiais, uma flor de lapela, que ganhou um olhar de desdém de Aiden, um fotógrafo e um CD com cinco fotos em alta resolução para documentar o nosso "dia importante".

O celebrante custou mais US$ 60,00.

Assim, por US$ 250,00, Aiden e eu nos posicionamos no altar da antiga capela com um homem que podia estar embriagado, e o ouvimos falar palavras que pareciam entrar em um ouvido e sair pelo outro. Ao menos para mim.

Eu estava pirando? Um pouco. Mas fiquei de olho na flor de lapela que Aiden tinha enfiado no bolso da frente do jeans, e apertei as hastes envoltas em fita do meu buquê, com os dedos úmidos, até que as palavras "Vocês vão trocar alianças?" saíram da boca do celebrante.

Aiden balançou a cabeça ao mesmo tempo em que meus dedos trêmulos tiravam a aliança de ouro branco do meu bolso e a entregavam. Eu não queria colocá-la nele; pareceu ser um gesto íntimo demais.

Aquelas íris escuras dispararam para as minhas enquanto ele tentava passar o anel pelos nós dos dedos. Não serviu. Por que era tão surpreendente? É claro que ele ficou maior nos oito anos desde que ganhou o campeonato nacional na faculdade. Ele moveu a aliança para o dedo mindinho e ela entrou com mais facilidade. Aquele olhar penetrante voltou para o meu e ficou lá, pesado e intransponível, me fazendo sentir tão vulnerável que tive que olhar para o buquê que não ia durar muito mais por causa do tanto que eu torcia as mãos. Continuei olhando para baixo até o celebrante declarar: "você pode beijar a noiva".

Quando olhei para cima, vi os olhos de Aiden em mim, e arregalei os meus. Dei um olhar enviesado, sem saber o que deveríamos fazer. Estive ocupada demais me estressando com a cerimônia para me preocupar com essa parte.

Então pensei no fotógrafo e soube o que precisávamos fazer, mesmo eu não querendo.

Mas mais do que isso, eu não queria ir para a cadeia ou vender as calças para pagar a fiança. Foda-se. Eu não tinha que dar uns amassos nele... não teria sido nenhum sacrifício se fosse o caso.

Dei um passo adiante. O olhar de Aiden foi para o lado, incerto, algo em que eu não queria me concentrar demais naquele momento porque eu tinha os meus próprios nervos com os quais me preocupar. Dei outro passo à frente, coloquei as mãos naqueles braços musculosíssimos e fiquei na ponta dos pés, sem conseguir alcançar.

Ele estava fazendo careta mesmo enquanto baixava a cabeça, nosso olhar se prendeu um no outro, e pressionei a boca na dele. Não foi nada grandioso, só um selinho, o centro dos meus lábios contra a parte mais carnuda dos dele. Eles eram macios, mais complacentes do que eu teria imaginado. Todo o contato durou uns dois segundos antes de eu cair sobre os calcanhares e dar um passo para trás. Meu peito e meu pescoço estavam quentes.

E aquele homem lindo e sério com quem eu estava *assinando a papelada* fez ainda mais careta quando coloquei um metro de distância entre nós.

— Parabéns! — comemorou o celebrante quando outro funcionário da capela jogou purpurina em nós. Fiquei feliz por estar de óculos quando Aiden esfregou os olhos com as costas da mão.

— Uma foto de vocês dois juntos — pediu a fotógrafa, já fazendo sinal para eu ficar ao lado de Aiden.

Engoli e assenti. *Verossímil*. Um rápido vacilo depois, eu estava ao lado dele. Quando ele não passou o braço ao meu redor nem fez nada remotamente parecido com o que um casal faria, deslizei o braço pelo dele, pressionei o meu quadril no seu e aguentei firme enquanto o flash nos cegava.

A fotógrafa sorriu ao dar um passo para trás e abaixar a câmera.

— Me deem dez minutos, sr. e sra. Graves, e já volto com o CD.

Sr. e sra. Graves.

A frase favorita de Diana descrevia a situação com perfeição: A merda ficou séria.

Era estranho pensar que, às oito horas de um domingo em meados de agosto, eu era uma mulher legalmente casada.

Depois de a capela nos entregar o CD com as nossas cinco fotos e a *papelada*, voltamos para o hotel meio que sonhando. Ao menos para mim parecia um sonho. Um sonho muito, muito, muito estranho que mais parecia uma *bad trip* do que a realidade. Nenhum de nós falou muito, mas eu estava ocupada pensando no que tínhamos feito, e conhecendo Aiden, ele estava pensando no próximo jogo da pré-temporada.

Seguimos para nossos respectivos quartos, só trocando um sorriso forçado da minha parte, e um leve pinçar de boca, da dele. Devo ter ficado sentada na beirada da cama por uma meia hora, só ordenando os pensamentos. As paredes pareciam estar tão próximas de mim que comecei a me sentir dispersa e inquieta.

Casada. Eu estava casada, caramba. A mulher na capela tinha me chamado de sra. Graves.

Eu me casei com o Aiden.

Não havia como eu ficar naquele quarto a noite inteira. Estava agitada demais para conseguir trabalhar ou desenhar. Desconfortável na minha própria pele, precisava de alguma coisa para manter a mente focada. Todas as coisas que eu costumava imaginar fazer em Las Vegas vieram à minha cabeça, e havia só uma naquela lista: eu queria assistir a um espetáculo.

Depois de me certificar de que estava com a identidade e o cartão de débito, me levantei, fui até a sala da suíte e a encontrei vazia. Espiando o quarto de Aiden, eu o vi dormindo, completamente vestido e desmaiado. Uma mão grande estava sendo usada como travesseiro e a outra estava enfiada entre as coxas, um sibilar bem suave e muito pouco audível saindo da sua boca.

Olhei para o relógio e hesitei por um segundo. Era capaz de ele não querer ir, não é?

Não mesmo.

Ele não parecia o tipo de pessoa que ficava ansiosa para ver palhaços e acrobatas em fantasias extravagantes; muito menos para ficar no meio de multidões. Pegando o bloquinho perto da cama king em que ele estava, deixei um bilhete:

> Aiden,
>
> Vou passear na Strip e tentar assistir a alguma apresentação, se ainda houver ingressos à venda. Volto mais tarde. Estou com o celular.
>
> V

Deixei o quarto na ponta dos pés, fechei a porta bem devagar e saí de lá.

Las Vegas não era bem o melhor lugar do mundo para uma mulher sozinha ir, mas com todas as pessoas na rua, cheguei à conclusão de que poderia ter sido bem pior. Era mais fácil de me misturar. Caminhei pela rua e aproveitei para entrar e sair de algumas lojas. Turistas de várias idades e nacionalidades preenchiam as lojas, e não me senti tão sozinha quanto pensei que me sentiria ao passear sozinha em uma cidade desconhecida no mesmo dia em que me casei com o meu ex-chefe.

Eu estava na loja de M&M quando meu celular começou a vibrar no bolso. Peguei o aparelho, e **Miranda P.** piscava na tela.

— Alô?

— Onde você está? — perguntou a voz rouca e sonolenta.

Falei o nome da loja, fazendo careta enquanto um idiota me empurrava por trás para chegar ao display que estava na minha frente.

Aiden xingou, e eu tive que afastar o telefone da orelha e me certificar de que era ele mesmo que estava ligando, e não o gêmeo malvado.

— Espere aí — ele deu a ordem.

— Por quê? — perguntei, bem quando a linha ficou muda.

Ele estava vindo? E ele tinha acabado de xingar ou eu estava imaginando coisas?

Eu não tinha certeza. Fiquei olhando as coisas na loja por um tempo e mal tinha saído de lá quando aconteceu de eu olhar na direção por onde tinha vindo. Elevando-se acima de todo mundo no quarteirão, estava o que tinha que ser a cabeçorra do Aiden. Eu não podia ver o rosto, por causa do capuz, mas sabia que era o grandalhão por causa da forma como ele erguia os ombros. Eu estava longe demais para ver os olhos, mas podia dizer que ele olhava ao redor.

A verdade é que, até mesmo com o capuz, eu podia dizer que ele estava irritado. Fiquei parada perto da porta e o observei se esquivar de turistas alheios à sua presença. No segundo que seu olhar pousou em mim, eu o senti e acenei.

Sua boca ficou meio engraçada, de um jeito que eu reconhecia bem até demais.

Por que diabos ele estava bravo?

— O que você está fazendo? — indagou em um tom seco, no instante em que se aproximou o suficiente para que eu o ouvisse.

Ergui os ombros ao mesmo tempo em que empurrava os óculos para o nariz.

— Dando uma volta.

— Você poderia ter me acordado para eu vir junto — ele praticamente disse entre dentes ao parar a um passo de mim.

Primeiro, aquela atitude estava me dando nos nervos. Segundo, eu não era fã do tom de voz que ele estava usando.

— Por que eu te acordaria?

Os poucos centímetros da mandíbula dele que eram visíveis estavam tensos.

— Para que eu viesse com você. Por que mais?

Ele estava me olhando daquele jeito.

Um, dois, três, quatro, cinco.

Estreitei os olhos.

— Eu não sabia que você ia querer vir. E pensei que ia preferir ficar no hotel e descansar. — Afinal de contas, ele estava tirando um cochilo quando fui procurá-lo.

A longa linha da sua garganta ondulou.

— Eu teria preferido ficar, mas também não quero que você acabe sequestrada e sendo usada como mula para o tráfico.

Que Deus me ajude. Olhei ao redor das milhares de pessoas indo e vindo pela Strip para me certificar de que não fossem fruto da minha imaginação.

— Você acha mesmo que alguém vai me sequestrar aqui? *Sério*?

As narinas de Aiden dilataram. Ele me encarou. Eu o encarei também.

— Você já está me dando uma dor de cabeça e só se passaram quatro horas.

— Eu estava tentando ser legal e te deixar em paz, e não querendo te dar uma dor de cabeça. Qual é? — Bufei. — Só estava dando uma volta. Já fui a lugares sem você. — Poucos. Mas não sozinha. Eu só não ia admitir o fato em voz alta, ainda mais agora que ele estava se eriçando todo, sem motivo algum.

Ele continuou olhando feio para mim, aquele olhar que me dava nos nervos preenchendo suas feições centímetro a centímetro.

— Que idiotice. Você tem o quê? 1,72m? 1,75m? Cinquenta quilos? *Você não pode dar uma volta por Las Vegas sozinha* — ele enfatizou, a voz tão tensa que recuei.

Pisquei em confusão e surpresa.

— Aiden, não é grande coisa. Estou acostumada a fazer as coisas sozinha.

As pálpebras sobre aqueles imensos olhos castanhos se abaixaram devagar, um suspiro profundo escapando dos lábios franzidos, como se fôssemos as únicas pessoas na Strip, sendo que aquilo não estava nem perto de ser verdade.

— Talvez você esteja acostumada a fazer as coisas sozinha, mas não seja idiota — ele começou com calma, totalmente controlado. — Eu não sabia onde você estava. Crimes ocorrem aqui... não me olhe assim. Sei que crimes acontecem em toda parte. Podemos não estar *fazendo isso* pela mesma razão que as outras pessoas fazem, mas eu fiz uma promessa, Van. E eu prometi a você que tentaria ser seu amigo. Amigos não deixam amigos vagarem por aí sozinhos. — Ele me prendeu com o olhar. — Você não é a única que leva as promessas a sério.

É... o que estava acontecendo?

Aqueles olhos escuros eram a coisa mais firme que eu já vi quando ele disse:

— Não posso fazer isso sem você.

Bem, merda. Depois daquela, eu não tinha certeza se ao menos sabia falar.

Nosso casamento — vômito, ânsia e diarreia — não era de verdade, mas ele tinha razão. *Tínhamos feito promessas das quais eu não conseguia me lembrar porque não estava ouvindo.* Mas acontece que fizemos promessas um ao outro até mesmo antes disso, e eu jamais quis ser o tipo de pessoa que não cumpria o que dizia.

— Não vou a lugar nenhum até você conseguir sua residência, grandalhão. Prometo.

O olhar de Aiden varreu o meu rosto pelo segundo mais longo da minha vida e, enfim, *enfim*, ele pigarreou.

— O que você quer fazer? — ele resmungou de repente, como se não tivesse acabado de dizer as palavras mais profundas que já ouvi saírem da sua boca.

Para crédito dele, o cara não reclamou depois de eu dizer o nome da produção a que queria assistir. Mas eu também estava batendo palminhas como se fosse uma criancinha implorando por alguma coisa.

— É só o que quero assistir.

Ele simplesmente olhou para cima, para as estrelas não-existentes em Nevada, e suspirou.

— Tudo bem, mas eu preciso ir comer alguma coisa depois.

Eu posso ter ficado na ponta dos pés.

— Sério?

— Sério.

— Sério-sério? — Juro que eu devia estar radiante.

Aiden me deu o aceno de cabeça mais doloroso da história do mundo.

— *Sério*. Claro. Vamos comprar as entradas.

Eu nunca na minha vida quis tanto bancar a Dorothy e bater os calcanhares, mas a ideia de não circular sozinha por Las Vegas, e com esse gigantauro que poderia ter se passado pelo meu guarda-costas, me fez sorrir para ele e bater palmas.

— Certo, vamos.

Pelo bem dele, decidi ignorar sua careta.

E lá fomos. O hotel ficava do outro lado da Strip, mas conseguimos chegar com tempo de sobra, compramos os dois melhores lugares possíveis, que eu paguei, pois me senti culpada por ele estar bancando tudo, e eram assentos na terceira fileira, então concluí que valeriam cada centavo que gotejava da minha poupança.

Quando entramos na fila da lanchonete, pude me sentir tremer pela segunda vez no mesmo dia, mas dessa vez foi de animação. O *Cirque du Lune* já tinha se apresentado em Dallas, mas sempre me convenci a não gastar dinheiro para ir vê-lo. Agora que não tinha aluguel a pagar e os negócios estavam estáveis, gastar dinheiro não me fez sentir palpitações nem me lamentar pela culpa por causa da extravagância.

Além do mais, estava tão animada que até assinei a via do cartão com um sorriso no rosto.

— Quer dividir uma pipoca? — perguntei, depois que entramos na fila super longa da lanchonete, tão extasiada que não me importei que a pipoca fosse custar um rim.

Ele começou a baixar o queixo quando notei um dedo vindo de trás para cutucá-lo do braço. Hesitante, Aiden se virou, ficando frente a frente com uma mulher de uns quarenta anos e um homem mais ou menos da mesma idade. Ambos sorriam.

— A gente pode tirar uma foto com você? — a mulher pediu em um impulso, as bochechas corando.

— Somos muito fãs — o homem adicionou, o rosto mais vermelho do que rosado.

— Seguimos a sua carreira desde Michigan — a mulher continuou, apressada.

Ao assentir, Aiden deu aquele sorrisinho minúsculo meio idiota que ele conjurava para os fãs.

— Obrigado. De verdade. — Aquela cabeçorra se virou para mim. — Tira a foto?

A mulher deu um sorriso tímido antes de se virar e me entregar o celular. Esperei a câmera firmar enquanto o casal fazia um sanduíche de Aiden. *Eles pareciam tão pequenos em comparação!* Dei um passo para trás quando vi um movimento no ínfimo espaço entre Aiden e a fã. Ele nunca passava o braço ao redor das pessoas para fotos, notei desde o início; sempre mantinha as mãos na lateral do corpo. Foi por causa disso que quase perdi o leve movimento de mão, mas notei, e quando Aiden fez careta quase que no mesmo instante, precisei juntar todas as minhas forças para não cair na gargalhada enquanto tirava a foto.

Quando devolvi o telefone, já éramos os próximos da fila, e deixei Aiden ouvindo os fãs apalpadores enquanto pedia pipoca sem manteiga, um refrigerante médio e uma garrafa de água.

— Foi um prazer imenso te conhecer! — gritou a mulher enquanto Aiden vinha na minha direção depois que saí da fila.

Eu mal tinha conseguido erguer o saco de pipoca na altura do rosto quando perdi o controle e espiei Aiden, quando não estava mais piscando para afastar as lágrimas.

O fato de as orelhas dele terem ficado vermelhas ao me assistir cair na gargalhada dizia que o grandalhão sabia pelo que eu estava morrendo.

— Nem uma palavra — ele disse entre dentes.

— Ela agarrou com a mão cheia? — eu me engasguei.

Ele me olhou com um misto de "você é uma idiota" com "vai se foder", o que só me fez rir mais ainda.

O cara foi molestado. Por uma fã. Bem na minha frente.

Aquele milésimo de segundo de surpresa que surgiu em seu rosto quando ele foi apalpado vai ficar comigo pelo resto da vida.

— Cala a boca, Vanessa.

Eu estava morrendo. Ele normalmente só me ignorava, mas isso era muito melhor.

— Eu não estou dizendo nada! — Arquejei por trás do saco de pipoca.

Aiden estreitou os olhos, esperando pacientemente.

— Já acabou? — perguntou, depois de mais alguns segundos da minha gargalhada.

Tive que secar as lágrimas com as costas da mão, balançando a cabeça.

— Eu... eu...

Ele me direcionou para as portas do teatro.

— Entre antes que fechem as portas. — O tom estava exasperado, e talvez um pouco envergonhado. Talvez. Por que ter o traseiro apertado o irritaria?

Fui me controlando aos poucos enquanto enxugava o rosto de novo, imaginando aquele olhar épico de choque uma vez mais. Caí na gargalhada de novo.

— Isso acontece com frequência?

— Não. *Dá para você parar de rir?*

Eram quase duas da manhã quando voltamos para o hotel. Eu me sentia mais feliz do que nunca. O espetáculo tinha sido incrível, e o jantar no restaurante do mesmo hotel do *Cirque du Lune* depois da apresentação foi maravilhoso. O recepcionista reconheceu Aiden e nos deu a melhor e mais reservada mesa para que ele fosse deixado em paz. Foi legal de verdade, mesmo Aiden não tendo falado muito enquanto comíamos. Eu não saía com frequência, mas decidir sair para ver as coisas em vez de ficar trabalhando naquela noite foi a melhor ideia que tive em eras.

Então, quando entramos na sala da suíte e começamos a seguir em direções opostas, cada um para um quarto, parei à porta do meu e me virei para olhar para o homem com quem assinei os papéis horas atrás. Ele estava visivelmente cansado; afinal de contas, o grandalhão costumava ir para a cama, estourando, às nove da noite, e parecia estar além de exausto.

E por que ele estaria? Ele tinha jogado uma partida da pré-temporada há doze horas e só conseguiu tirar uns cochilos desde então. Droga. Aquela sensação de afeto nada bem-vinda abriu caminho entre os meus seios.

— Muito obrigada por ter ficado acordado e ter ido comigo — falei, apertando as mãos na lateral do corpo enquanto sorria para ele. — Eu me diverti demais.

Aiden assentiu, o canto da boca se erguendo um milímetro, mas foi um milímetro que poderia ter movido uma montanha.

— Eu também.

Eu era molenga demais para ficar animada só com um cintilar de sorriso.

— Boa noite.

— Noite.

Foi só depois de tomar banho e me aconchegar sob as cobertas que finalmente me entreguei à realidade: eu era uma mulher casada.

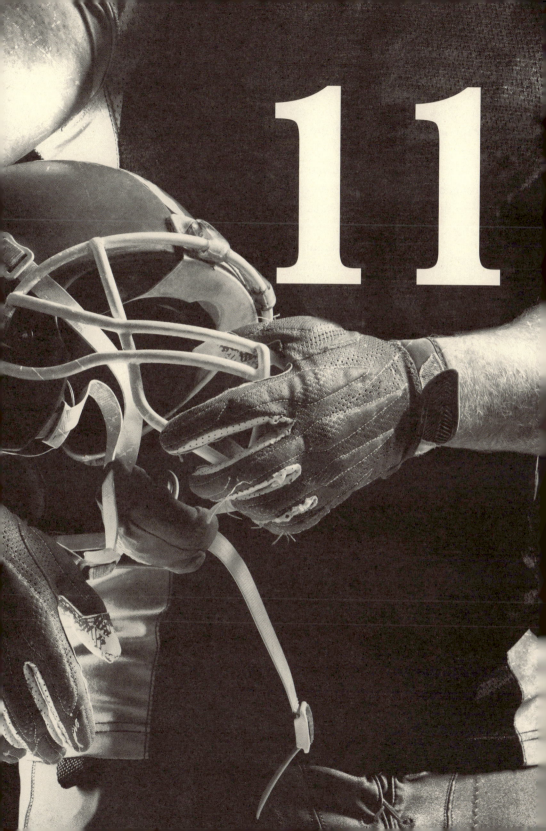

— Aonde você vai?

Com uma mão no corrimão da escada, terminei de enfiar o calcanhar no tênis e olhei para o homem parado diante de mim com um olhar cauteloso no rosto levemente barbado.

— Correr. Por quê?

O grandalhão olhou para o acessório caríssimo em seu pulso, um relógio de treino de preço elevado pelo qual eu sei que ele não pagou nada porque fui eu quem abriu a caixa quando ele o recebeu.

— São cinco horas — apontou, como se eu não soubesse ver as horas.

Eu sabia; aprendi há muito, muito tempo.

Ele chegou em casa há uma hora, enquanto eu estava lá em cima fazendo a quinta opção de capa de uma brochura para um autor com quem decidi nunca mais voltar a trabalhar. O cara estava me enlouquecendo, mudando de ideia de uma prova para outra, e se não fosse pelo meu lema — jamais deixe um cliente insatisfeito porque ele dirá a todo mundo que você é uma merda —, eu teria dito a ele para engolir o dinheiro e procurar outra pessoa.

É, eu estava tensa, e sabia que precisava sair um pouco de casa, mesmo que já tivesse passado um pouco da hora que eu gostava de sair para correr. Então, fiquei surpresa quando ouvi Aiden seguir da cozinha para a entrada, onde eu estava tentando terminar de me aprontar para sair.

Não nos vimos muito desde que voltamos de Las Vegas há pouco mais de uma semana, mas estava tudo bem. Era um pouco estranho o quanto a viagem meio que tinha me deixado mais à vontade perto dele, e parecia que o sentimento era mútuo. Aiden até tinha começado a bater na soleira da minha porta ao passar pelo meu quarto quando chegava em casa. Ele não dizia muito mais do que um "oi" alto o bastante para ser ouvido acima da música que eu gostava de ouvir enquanto trabalhava, mas já era alguma coisa, pensei.

— Estou fazendo só uns oito quilômetros — informei na mesma hora, pegando o outro tênis no chão e me equilibrando sobre um pé para calçá-lo, como eu tinha feito com o outro. Era muito mais difícil do que deveria ter sido, ainda mais porque eu estava muito ciente de que ele me observava, provavelmente me esperando cair.

— Não vai demorar a escurecer — ele disse, enquanto eu lutava para passar o calcanhar pelo tênis.

— Eu vou, droga, eu vou ficar bem. — Comecei a cair, agitando um braço para me equilibrar, e, em vez disso, uma mãozona me agarrou pelo cotovelo, me mantendo firme. Lancei um olhar tímido e permiti que um pouco do meu peso se apoiasse nele quando meu calcanhar enfim entrou.

— Obrigada. — Dei um passo para longe. — De qualquer forma, não vai levar muito mais do que uma hora. Ainda sou meio lenta, mas não ficarei muito tempo fora.

Aiden piscou aqueles formidáveis cílios escuros para mim antes de estender a mão para coçar o queixo, as bochechas magras inflaram só um pouquinho. Resignação, aquela emoção muito, muito nítida que parecia escorrer do seu couro cabeludo e seguir pelo perpétuo franzido entre as sobrancelhas e pelos cantos da boca me fez piscar.

— Me dá um minuto — ele suspirou ao dar a volta e subir as escadas correndo, dois degraus por vez, a casa toda sacudindo em resposta. Conclusão: temi pela vida das escadas.

Foi quando percebi o que ele estava fazendo.

Ele ia...?

— Não precisa ir comigo — gritei, reservando um momento para absorver aqueles glúteos perfeitos e as panturrilhas duras feito pedra que desafiavam a gravidade ao subirem os degraus. Por que ele queria ir comigo, afinal de contas? A lembrança do que ele disse em Las Vegas quando saí sozinha de repente surgiu na minha cabeça. *Você não é a única que leva as promessas a sério.*

— Não estou pedindo — ele gritou ao chegar ao patamar.

Dividida entre achar aquilo legal e ficar contrariada por ele não querer que eu saia sozinha para correr ao anoitecer, me lembrei do quanto era importante para ele, para caras grandes em sua posição no geral, manterem o cardio no mínimo. Eles não podiam se dar ao luxo de perder peso quando precisavam manter o tamanho, ainda mais alguém com uma dieta igual à do Aiden, que tinha que consumir mais comida do que alguém que comia carne para conseguir uma quantidade apropriada de calorias e não ficar com fome. Era por isso que ele malhava tanto durante o dia e se esforçava muito para descansar quando estava em casa.

Foi quando me perguntei: ele podia correr oito quilômetros?

Eu me aproximei mais das escadas.

— Não precisa, sério. Não vou demorar. Eu levo o celular.

Houve uma pausa, e se eu me concentrasse bastante, poderia ouvir a gaveta da cômoda fechar.

— Só um minuto.

Idiota teimoso.

— Não, Aiden, você vai ficar aqui!

— Trinta segundos — respondeu a mula empacada.

Por que eu estava esperando e discutindo com ele? O cara deveria mesmo ficar em casa. Ele não tinha nada que tensionar o tendão se não fosse necessário.

— Não vou demorar! — Tirei os óculos e os deixei na mesa perto da porta, esperando meus olhos se ajustarem. Eu queria comprar uma correia para impedi-los de cair quando eu corria, mas ainda não tinha resolvido qual. Sempre tive hipermetropia, mas juro que a minha vista está ficando pior a cada ano que passa. Talvez seja hora de pegar outra receita. Bem quando cheguei à porta, ouvi aquele corpo gigante, de cento e vinte quilos, andando rápido antes que a escada levasse outra surra.

— Eu te disse para esperar — ele resmungou ao descer.

Dei uma olhada para ele por cima do ombro e franzi o nariz.

— Eu te disse para ficar. Você não deveria fazer exercício aeróbico.

Ao que parecia, ele ia fingir que eu não disse nada.

— Vamos.

Dei um tapinha na pochete presa na minha cintura no caso de ele não ter visto.

— Estou levando uma lanterna e spray de pimenta. Vou ficar bem.

A expressão dele não ficou nada impressionada.

— Que legal. Vamos.

— Aiden, estou falando sério.

— Vanessa, vamos.

Ele tinha usado aquele maldito tom de voz de novo, o que só significava uma coisa: aquela era uma das vezes que era inútil discutir com ele. Só agora percebi.

Fazendo sinal para eu sair primeiro, ele ajustou o alarme, já que Zac estava no quarto dormindo, e me seguiu até o caminho de pedra que levava à casa. De frente um para o outro, dei um longo passo para trás com a perna direita e fiz a postura do corredor.

— Aiden, eu não estou de brincadeira. Fique em casa.

— Por quê? — Ele imitou o meu alongamento, fazendo o tecido da bermuda se apertar nas coxas maciças como uma segunda pele. Eu nem sabia que uma perna tinha tantos músculos perfeitos e delineados até ver Aiden usando bermuda de compressão.

Precisei me obrigar a parar de acariciar aqueles enormes presuntos com os olhos. Eu não sabia o que pernas musculosas tinham que me deixavam tão doida. Eu poderia viver sem uma barriga tanquinho, mas panturrilhas e quadríceps sarados eram a minha criptonita.

— Porque você não deveria correr. — Antes que eu pudesse pensar duas vezes sobre o que estava prestes a dizer, falei a pior coisa que poderia a uma pessoa hipercompetitiva. — E eu não sei se você pode correr oito quilômetros, grandalhão. Além do mais, o seu tendão de Aquiles...

O que foi que eu fiz?

A Muralha de Winnipeg, o homem que tinha se esforçado para se tornar o melhor jogador de defesa da categoria, nivelou o olhar com o meu pela primeira vez em todos os anos em que nos conhecemos, me deixando desconfortável. Foi perturbador. Para lá de inquietante. E eu queria ter alguma coisa atrás da qual pudesse me esconder.

— Preocupe-se em correr os seus próprios oito quilômetros, ok? — respondeu, sarcástico, com a voz baixa e rouca.

Que Deus nos acuda. Ergui as mãos, palmas na direção dele, e dei de ombros, recuando em rendição.

— Como quiser.

Meu dedo médio se contorceu, mas o mantive sob controle e pertinho dos seus irmãos. Nós nos alongamos em silêncio pelos próximos minutos, quadríceps, tendões e panturrilhas recebendo a devida atenção. Eu me aquecia por causa do meu joelho, e Aiden, porque o corpo dele valia milhões. Milhões e milhões.

O fato de ele estar quebrando as regras rígidas que impôs a si mesmo para que eu não fosse sozinha com certeza passou pela minha cabeça e pelo meu coração, minando um pouco mais da mágoa que eu vinha nutrindo desde que pedi demissão. Só esperava que ele não se arrependesse disso amanhã.

— Estou pronto — comunicou a mula empacada.

Assenti e me impedi de revirar os olhos para mim mesma.

— A trilha daqui tem cerca de três quilômetros. Eu faço um circuito.

Ele só moveu o queixo para baixo e me seguiu até o portão. Acenei para o segurança quando atravessamos o portão lateral, e logo começamos a correr.

Mesmo sendo grande, era incrível Aiden não ser pesado. Com certeza ele não era nenhum corredor de velocidade sob qualquer aspecto, mas era constante, resistente. A passada era regular, o fôlego era bom e aquelas pernas longas, que tinham que pesar quarenta quilos cada uma, de alguma forma, fizeram com que ele não ficasse um quilômetro à frente ou atrás de mim. Eu não tinha ideia da distância que ele percorria quando fazia exercício aeróbico, normalmente na bicicleta ou corrida de intervalos, mas eu sabia que ele fazia um acompanhamento religioso daquele tipo de coisa.

Ele seguiu firme, quilômetro a quilômetro, mesmo quando a respiração começou a ficar ofegante e cada passo, mais custoso. Quando fizemos a última curva, a cerca de quinhentos metros da casa, fui mais devagar. Nenhum de nós disse nada ao andarmos lado a lado. Levei a mão aos quadris enquanto recuperava o fôlego, e quando aconteceu de eu olhar para trás, as mãos dele estavam na mesma posição das minhas.

Como se sentindo que eu o verificava, Aiden ergueu aquelas barras grossas e quase pretas também conhecidas como suas sobrancelhas.

Correspondi ao erguer de sobrancelhas.

— Você está bem?

— Estou. — Ele me deu uma olhada presunçosa e levemente amarga. Caminhamos um pouco em silêncio antes de ele perguntar: — Quando você começou a correr?

Secando a testa, fiz careta para mim mesma.

— Pouco antes de eu ir embora.

Aiden lançou uma outra olhada que não pude deixar passar.

Eu me lembrei do dia em que estava do lado de fora da casa dele e vi a mulher correndo.

— Eu não tinha tempo antes. — E também não tinha motivação, mas mantive isso para mim mesma. — Quero correr uma maratona daqui a alguns meses. Só preciso chegar aos dez quilômetros sem ter um ataque do coração.

Caminhamos um pouco mais antes de ele adicionar:

— Um dos nossos treinadores de condicionamento corre maratonas. Vou perguntar se ele tem alguma dica. Você deveria seguir um guia de treinamento para não acabar machucada.

— Ah. — Hum. — Obrigada. No ritmo que estou, ainda vai levar pelo menos um mês antes de eu sequer começar. Mas todos precisamos começar de algum lugar, eu acho.

Ele fez um barulho pensativo, mas não disse nada mais ao caminharmos o resto do caminho até em casa. Eu podia dizer que ele estava pensando em alguma coisa por causa da forma como as rugas dos seus olhos se aprofundaram, mas ele não verbalizou nada do que poderia estar se passando naquele imenso coco.

Chegamos em casa bem quando as luzes da rua foram acesas. Nos posicionamos no gramado, e cada um começou a fazer os alongamentos. Sorri para ele, que meio que torceu a boca em uma resposta atrasada.

— Tudo bem com a sua pré-temporada? — perguntei.

— Tudo.

Troquei as pernas e lhe lancei um olhar pelo quanto ele foi evasivo, mas o grandalhão estava ocupado olhando o chão.

— E o tendão?

— Está bom.

— Mesmo?

Seus olhos castanhos se ergueram. O rosto sério e pacífico estava levemente irritado.

— *Mesmo*.

— Tudo bem, espertinho. Só estou me certificando. — Bufei, balançando a cabeça ao olhar para o chão.

Houve uma pausa antes de ele voltar a falar.

— Eu estou bem. Estou tomando cuidado. Sei o que acontece se eu não tomar.

Ambos sabíamos. Ele poderia perder tudo.

De repente, eu me senti um pouco babaca.

— Só queria ter certeza de que você estava bem. Só isso.

Mesmo que o rosto dele, àquela altura, estivesse de cabeça para baixo, notei a ondulação em seu trapézio me dizendo o que eu precisava saber. Ele estava bem, mas estava estressado.

— Está tudo indo melhor do que qualquer um esperava. Os treinadores estão felizes com o meu progresso. Estou fazendo tudo o que me disseram para fazer.

Não pude deixar de sorrir um pouco ao ouvir isso.

— Sabe, essa era uma das coisas de que eu mais gostava em você. Você sabe o que quer e fará qualquer coisa para conseguir. É muito... — Atraente não era a palavra certa, e com certeza não era a que eu estaria disposta a dizer em voz alta na frente dele. — Admirável.

Sendo sincera, parando para pensar na palavra que escolhi há quinze segundos, soube que eu quis dizer o que disse com a melhor das intenções, mas, quando reparei nas linhas que delimitavam a boca que beijei uma semana atrás, talvez eu não tenha conseguido passar essa mensagem.

— Não gosta mais? — ele perguntou baixinho.

Merda.

— Não, eu gosto — retifiquei, e estendi a mão para mexer nos óculos, lembrando naquele momento que os havia tirado, e voltei a mão para o lugar. — Não sei por que usei o passado. Ainda gosto. Você me inspirou a pedir demissão, sabe? Pensei que você, de todas as pessoas, entenderia por que eu pedi para sair.

Ele virou a cabeça tão devagar que, sério, foi meio bizarro. Mas a forma como ele olhou para mim? Eu não saberia como descrever. A única coisa que eu sabia com certeza era que o ato fez cócegas no espaço entre as minhas omoplatas.

O pomo de Adão se moveu quando ele engoliu em seco, aquela boca séria se contorcendo quando ele assentiu quase que com relutância.

— Entendo. — Ele pigarreou, e voltou a olhar para o chão, pegou o pé e puxou o calcanhar em direção ao traseiro. — Como está indo o trabalho?

Ah, Senhor. Acho que aquela devia ser a conversa mais longa e pessoal que já tivemos. Era meio que emocionante.

— Tem se mantido estável. Estou sendo capaz de pegar mais projetos, então não posso reclamar. — Olhei para ver se ele estava ouvindo, e estava. — Na verdade, acabei de ser convidada para ir a uma das convenções de romances mais importantes do país, o que é muito empolgante. Talvez eu consiga pegar mais trabalhos se eu for.

— Pensei que você fizesse capas de livros.

— Eu faço, mas eles deixam outras pessoas ter mesas desde que elas paguem. Se eu for, talvez seja capaz de conseguir mais trabalho. Metade dos meus clientes são autores, e o resto é um apanhado do que qualquer um me pede para fazer.

Ele trocou as pernas ao perguntar com a voz interessada:

— Tipo o quê?

Era em momentos como esse que a distância entre nós no passado ficava tão pronunciada.

— Qualquer coisa, na verdade. Recebo encomendas de cartões de visita, logotipos, pôsteres e folhetos. Fiz alguns designs para camisetas de banda. Umas tatuagens. — Apontei para a camiseta que eu estava usando. Era marfim com uma caveira de doces em neon, e rosas vermelho-rubi formavam uma coroa na cabeça. THE CLOUD COLLISION estava escrito bem abaixo da mandíbula. — Fiz essa para a banda do namorado de uma amiga. Também fiz uns trabalhos para o Zac e uns caras do seu time. — Não deixei de notar a forma como a cabeça dele se moveu de repente quando mencionei isso. — A maior parte refazendo logotipos e criando banners e coisas assim — contei, com um pouco de timidez, constrangida com o meu trabalho.

— Quem? — perguntou, perplexo e mais do que um pouco surpreso.

— Ah. Bem, Richard Caine, Danny West, Cash Bajek, e aquele jogador da defesa que foi vendido para o Chicago quando a temporada acabou.

— Nunca ouvi nada sobre isso.

Dei de ombros, tentando sorrir para dar a entender que não era grande coisa.

Ele fez aquele som baixinho e pensativo que era típico dele, mas não disse mais nada. O silêncio que nos envolveu não foi nem um pouco estranho. Só foi o que foi. Após mais alguns alongamentos, Aiden tocou o meu ombro antes de desaparecer dentro de casa. Ao que parecia, tinha acabado.

Quando entrei e coloquei os óculos de novo, encontrei Zac em frente ao fogão. Aiden estava sentado na ilha com um copo de água. Pegando um copo no armário, também me servi de água.

— O que você vai fazer para o jantar? — perguntei a Zac, ao espiar por cima do seu ombro. Ele deu uma mexida no que cheirava a alho e cebola.

— Espaguete, querida.

— Eu amo espaguete. — Pisquei quando ele olhou para mim, o que me garantiu um sorriso. Eu me sentei a um banco de Aiden.

O texano alto deixou escapar uma risadinha.

— Há mais do que o suficiente. Aiden, você está por conta própria. Coloquei carne no molho.

Ele ergueu um daqueles ombros arredondados com desdém.

Eu me levantei e peguei outro copo d'água quando Zac perguntou lá do fogão, mexendo o quilo de carne moída que tinha adicionado aos legumes:

— Vanny, você vai querer que eu te ajude de novo com sua lista do *draft* esse ano?

Draft, o recrutamento de jogadores de futebol americano. Gemi.

— Eu esqueci. Meu irmão acabou de mandar mensagem. Não posso deixar que ele ganhe esse ano de novo, Zac. Não aguento a provocação dele.

Ele ergueu a mão em um gesto de desdém.

— Deixa comigo. Não esquenta.

— Obrigada... o quê?

Aiden estava com o copo a meio caminho da boca, franzindo o cenho.

— Você joga *Football Fantasy*? — perguntou ele, referindo-se ao joguinho on-line do qual milhares de pessoas participavam. Os jogadores formavam times imaginários durante um *draft* simulado. Os times eram compostos por jogadores de toda a liga. Fui obrigada a jogar contra o meu irmão e alguns dos nossos amigos em comum há cerca de três anos e continuo desde então. Na época, eu não fazia ideia do que era um *cornerback*, o jogador da linha secundária que protege o *wide receiver*, o receptor. Muito menos o que era a *bye week*, mas aprendi muito desde então.

Assenti devagar para ele, com a sensação de que eu tinha feito algo errado. A testa do grandalhão franziu.

— Quem estava no seu time ano passado?

Citei os jogadores que consegui lembrar, me perguntando para onde aquilo estava indo e não com uma sensação muito boa.

— Qual era o seu time de defesa?

E lá fomos nós. Passei as mãos por baixo do balcão e desviei o olhar para o homem ao fogão, xingando-o em silêncio.

— Então, veja bem...

O som que Zac tentou abafar foi a risadinha mais óbvia do mundo. Idiota.

— Eu não estava no seu time?

Engoli em seco.

— Então, veja bem...

— O Dallas não era o seu time? — ele insistiu, soando... bem, eu não sabia se magoado ou ultrajado, mas com certeza era alguma coisa.

— Ahh... — Dei uma olhadela para o traidor que estava, àquela altura, tentando abafar uma gargalhada. — Zac me ajudou.

Foi a pancada surda que me disse que os joelhos de Zac atingiram o chão.

— Olha, não é que eu não tenha *te* escolhido especificamente. Eu escolheria, se pudesse, mas o Zac disse que o Minnesota...

— Minne-sota.

Jesus, ele dividiu a palavra em duas.

O grandalhão, justiça seja feita, só balançou a cabeça. Os olhos foram de mim para o Zac... É, era ultraje. Aiden ergueu a mão, balançando aqueles dedos incrivelmente longos.

— Me deixa ver.

— Ver o quê?

— Sua escalação do ano passado.

Suspirei e tirei o telefone da pochete que ainda estava em volta da minha cintura, destravei a tela e abri o aplicativo. Entreguei o aparelho e observei o seu rosto enquanto ele olhava a minha escalação, me sentindo culpada à beça. Tinha planejado escolher o Dallas só porque Aiden estava no time, mas permiti que Zac me guiasse para outra direção.

Ao que parece, só porque se tinha o melhor ponta defensivo do país no time, não queria dizer que o resto cumpria sua parte. Além do mais, ele perdeu quase que toda a temporada. O cara não podia levar para o lado pessoal.

Só levou um segundo para ele ver quem eu tinha lá, então Aiden chicoteou as íris escuras para mim.

— Zac te ajudou?

— Foi — murmurei, me sentindo muito, muito mal.

— Por que você não colocou o Christian Delgado no seu time?

Só ouvir o nome dele fez o meu lábio superior começar a se contorcer. Mas, antes que eu pudesse dizer qualquer coisa, Zac se intrometeu:

— Tenho certeza de que eu te disse para adicionar o Christian.

Ele disse. Eu só não o coloquei porque o cara é um babaca. Levantei-me e fui até a geladeira, voltei a encher o copo e murmurei:

— Eu não quis.

O mestre do "Por quê?" não me decepcionou.

Acontece que eu era uma péssima mentirosa, e não seria nenhuma surpresa se tanto Aiden quanto Zac percebessem que eu estava inventando coisas caso eu tentasse.

— Não gosto dele — respondi na lata, esperando e sabendo que aquela não seria uma resposta boa o bastante para nenhum daqueles dois enxeridos.

— Por quê?

— Só não gosto. Ele é um nojento.

— Eu também não gosto muito dele, querida — declarou Zac.

Mantendo o olhar no copo por mais tempo do que o necessário, fui erguendo a cabeça aos poucos e logo notei as íris escuras de Aiden em mim. Ele estava pensando, e eu tinha quase certeza de que ele também estava descrente, aquela expressão inteligente me deixando apreensiva. Ele sabia que eu estava me esquivando de responder?

Se sim, deixou para lá por enquanto e voltou a prestar atenção no meu celular. Aquela linhazinha entre suas sobrancelhas me deixou em guarda. A linha se aprofundou enquanto ele perguntava para o Zac:

— Por que você disse para ela escolher o Michaels? — Zac respondeu algo que fez Aiden balançar aquele cabeção. — Não dê ouvidos a ele. Eu te ajudaria, se você pedisse.

Estávamos tendo mais um momento como o de mais cedo quando ele perguntou sobre o meu trabalho. Pensei em não abordar o assunto, mas depois pensei melhor.

— Eu pedi uma vez. Há dois anos. Eu te perguntei sobre os *wide receivers* e você me falou para procurar na internet.

Ele estremeceu. Aiden estremeceu de verdade. E só senti a mais ínfima das culpas por ter lembrado a ele de algo que não tinha sido importante o suficiente para ele recordar.

Querendo ser legal por ele ter ido correr comigo, estendi a mão por cima do balcão e dei um tapinha na dele.

— Ei, você pode me ajudar nos cinco anos que temos pela frente.

Era incrível a facilidade com que conseguimos nos acostumar às grandes mudanças da nossa vida.

Ou talvez eu só tenha me surpreendido com a facilidade com que foi para mim morar com Aiden e Zac e continuar levando a vida da mesma forma que vinha vivendo naquele mês depois que pedi demissão. Sério, não que a vida em si tenha mudado muito; eu só estava em um novo ambiente, mas ainda fazia a mesma coisa que fazia no meu apartamento.

Umas poucas semanas se passaram num piscar de olhos, e antes que percebesse, já fazia um mês que eu estava na minha casa nova. Eu tinha *assinado a papelada* há duas semanas. A temporada tinha começado para os caras na semana passada. Basicamente, a vida continuava e seguia a mesma velha trajetória.

Só que eu não me sentia completamente em casa. O que me fez lembrar de quando era criança e ia dormir na casa de Diana, e não podia circular só de roupa íntima ou ficar sem sutiã porque não estava em casa. Mas, bem, eu passava a maior parte do tempo no quarto trabalhando e ninguém nunca estava em casa, então eu podia vestir o que quisesse, ou não vestir o que quisesse, e apenas subiria as escadas correndo feito uma louca quando a porta da garagem abrisse. E também havia o pequeno inconveniente de ter que diminuir o volume dos alto-falantes quando um dos caras estivesse em casa, e eu, trabalhando.

Ainda não tinha me convencido a ficar lá na sala assistindo televisão nem quando os meninos não estavam em casa. Felizmente, a claustrofobia ainda não tinha me pegado, considerando que a maior parte do meu tempo era passada no mesmo lugar, e isso porque eu me certificava de ir à academia umas duas vezes por semana, ver Diana uma vez por semana ou semana sim, semana não, e aproveitava o tempo para ir ao mercado. Quando ficava entediada, assistia Netflix na minha televisão. E desenhava no meu bloco de desenho quando estava a fim.

Às vezes, eu ficava de bobeira com o Zac, mas não com frequência, porque ele vinha passando muito tempo fora de casa por causa dos treinos e dos encontros, saindo com a garota da temporada.

Quando eu acordava, os dois já tinham saído. Eles eram as melhores pessoas para dividir uma casa. E o melhor de tudo: Aiden era o tipo de pessoa para quem você não precisava pagar aluguel.

Abordei o assunto, é claro. No dia em que me mudei, perguntei quais contas poderia ajudá-lo a pagar, e tudo o que ele fez foi me olhar com aquela cara de tédio à qual o meu gênio ainda não tinha ficado imune. Então voltei a perguntar, e ele simplesmente me ignorou.

O grandalhão havia dito que se esforçaria para ser meu amigo, mas eu não podia esperar que ocorresse um milagre da noite para o dia, né?

Se a minha presença para algum dos dois ali na casa era estranha, eles não disseram nada nem me fizeram sentir como uma intrusa, ainda mais porque os dois já tinham muito com o que se preocupar. Zac me contou por alto o quanto estava tenso por causa do outro *quarterback* que o time contratou, e Aiden vivia e respirava o esporte, nunca se dando uma folga. Não que nada disso fosse novidade. Ele meneava a cabeça para mim sempre que estávamos juntos no mesmo cômodo e me oferecia o excedente da sua comida, se sobrasse alguma coisa, o que não acontecia com frequência, já que o pobrezinho parecia estar sobrevivendo à base de vitamina, fruta, batata doce, feijão enlatado, frutas secas, arroz integral e ao menos uma refeição congelada por dia.

Só que não era problema meu, era?

Mas, todo dia, eu encontrava a lixeira de recicláveis com ainda mais caixinhas do que no dia anterior. O que me fazia me sentir mal, culpada.

Também me fez imaginar por que Trevor não tinha contratado alguém que fizesse as mesmas coisas pelas quais eu era responsável. Eu sabia que ele tinha contratado alguém para responder aos e-mails de Aiden, porque eu havia acessado a conta só para ver o tamanho do estrago, e vi que a cada poucos dias eles eram respondidos, mas ninguém nunca apareceu na casa, e às vezes eu encontrava correspondência da caixa postal dele lá na cozinha depois que ele chegava em casa. Onde estava a sua Vanessa 2.0?

O problema de ser amigo de alguém é que, a menos que você queira ser um amigo de merda, ou pelo menos um amigo de mentira, porque os de verdade não deveriam ser de merda, não dava para fingir quando havia algo errado com ele.

O maior problema com a minha amizade recente com Aiden era o quanto ela era complicada. O que fizemos foi tecnicamente uma transação comercial. Mas a gente meio que se conhecia, e eu sabia que, mesmo que ele não fosse perfeito e não fosse um amigo-amigo que me doaria um rim se eu precisasse, ainda me importava com ele. Eu era idiota a esse ponto. Achei que, na melhor das hipóteses, ele gostava de mim o suficiente para fazer uma vaquinha para me ajudar com o que fosse necessário. Tipo, ele foi correr comigo para que eu não fosse sozinha porque já estava tarde.

E, para coroar, nós morávamos juntos. Estávamos tecnicamente casados.

Complicada era a melhor palavra para descrever a situação.

Então, quando encontrei Aiden à mesa com a perna em cima de uma das cadeiras e uma bolsa de gelo sobre o pé dias após sairmos para correr, apenas uma semana depois de a temporada regular ter começado, não pude fingir que não tinha visto nada. Amigos não faziam isso. Nem pessoas que se conheciam há dois anos. Não quando eu conhecia Aiden bem o bastante para estar ciente de que ele tratava o corpo como se fosse um templo. Para ele estar com uma bolsa de gelo no tornozelo?

A culpa inundou o meu peito. Os Three Hundreds tinham um dos melhores treinadores e fisioterapeutas do país, com toda a sorte de tecnologia avançada para manter os jogadores em forma. O pessoal não teria deixado Aiden sair das instalações até eles terem feito tudo o que podiam pelo que quer que o estivesse incomodando.

A expressão dele só confirmou que algo estava errado. A mandíbula estava projetada para frente e os tendões que delineavam o pescoço grosso estavam mais pronunciados do que o normal. Ele estava com dor, ou ao menos muitíssimo desconfortável.

Esse homem que, dois anos atrás, eu tinha visto sair do campo como se as costelas não tivessem sido fraturadas, muito menos sem gritar "aaai", estava clara e visivelmente com dor.

E eu não podia ignorar. Porque amigos não faziam isso, faziam?

Não me apressei para dar a volta na ilha da cozinha, observando-o, sem me importar que tudo o que ele fez para me cumprimentar foi erguer o dedo indicador. Ele comia um sanduíche e lia um livro que... tinha a palavra "iniciantes" na frente. Abri a geladeira para pegar ingredientes para fazer uma sopa, e me virei o mais discretamente possível para observar o homem enorme à mesa pequena.

— Vou fazer sopa, você vai querer? — ofereci.

— De quê? — Ele teve a coragem de perguntar sem sequer afastar o olhar do livro de capa dura.

Segurei o sorrisinho.

— Da que você gosta.

— Tudo bem. — Houve uma pausa. — Obrigado.

Piquei alguns legumes e, de vez em quando, erguia o olhar. Ao percorrer diferentes cenários na minha cabeça sobre como abordá-lo para descobrir se ele estava ou não com dor, percebi que eu estava sendo idiota.

— Aiden?

— Hum?

— O que houve com o seu pé? — eu simplesmente deixei escapar.

— Torci. — Foi fácil, não custou nada, Aiden não me veio com asneiras.

Infelizmente, o comentário não ajudou nem me tranquilizou. Eu não ficaria surpresa se alguém o tivesse atropelado e o tendão nem sequer estivesse mais ligado à perna, e ele estivesse insistindo que foi só um entorse.

Mas eu ia falar isso? Não.

— Ligamentos anteriores ou inferiores? — perguntei com cuidado, da forma mais despreocupada que pude.

— Anteriores — respondeu ele, tão desinteressado quanto.

Entre as lesões dele e de Zac, fiquei familiarizada com todos os diferentes tipos possíveis. Os ligamentos anteriores levavam menos tempo para curar, normalmente uma ou duas semanas. A recuperação dos inferiores levava de um a dois meses. Então, era ruim, mas poderia ter sido muito pior.

— O que os treinadores disseram?

Isso fez a mandíbula dele ficar tensa.

— Minha presença no próximo jogo é questionável.

Não provável, *questionável*. Minha nossa. Status de questionável deixavam Aiden muito mal-humorado.

Olhei para a tábua de corte e o aipo que estava lá em cima.

— Pode ser interessante ir ver aquele acupunturista a que você foi ano passado quando seu ombro estava incomodando. — Quanto mais eu listava as lesões que ele já teve, mais me encolhia. Zac uma vez me disse que cada jogador de futebol americano que ele conhecia vivia constantemente com dor; era inevitável.

— Pode ser uma boa ideia — murmurou ele, e virou a página do livro.

— Você quer um Advil? — sugeri, olhando para cima, sabendo muito bem que ele nunca tomava analgésicos. Por outro lado, ele quase nunca usava o saco de gelo.

Quando ele disse "dois estão de bom tamanho", tive que reprimir o arquejo.

No iniciozinho da tarde seguinte, o som da porta da garagem abrindo e fechando me disse o bastante do que estava se passando. Quando a televisão ligou alguns minutos depois, fiquei lá em cima com os meus lápis de cor e a encomenda da tatuagem de um cliente.

Três ou quatro horas depois, assim que finalizei o projeto, comecei outro e tomei banho para me preparar para dormir, me arrastei lá para baixo, ouvindo o zumbido da televisão ligada ao fundo. A sala ficava à esquerda da escada, e a cozinha, à direita.

Dei uma espiada lá dentro e vi Aiden esticado no sofá, o pé da perna lesionada apoiado no encosto. Um braço estava dobrado atrás da cabeça, fazendo a vez de um travesseiro. O outro estava esticado junto ao corpo, a palma da mão descansando na barriga. Os olhos estavam fechados. Eu sabia que ele não tinha caído no sono ali no sofá. Eu sabia com cada fibra do meu ser. Ele fez de propósito.

A preocupação que nadou pelo meu estômago não me surpreendeu. Ali estava aquele homem aparentemente indestrutível, que, eu acreditava com cada célula do meu corpo, tinha ficado no sofá para evitar subir as escadas e ir para o próprio quarto.

Droga.

Fui até o segundo andar e peguei o edredom imaculadamente branco na cama dele e também o seu travesseiro preferido. Assim que cheguei lá embaixo, voltei para a sala e abri o edredom sobre a parte de baixo do seu corpo, ajeitando-o para que não arrastasse no chão. Dei um passo para trás, mastigando o lábio, e foi quando eu vi.

Seus olhos estavam abertos, e ele me observava.

Sorri para ele e ofereci o travesseiro.

Um sorrisinho irrompeu em seus lábios quando ele o pegou de mim e o colocou debaixo da cabeça.

— Obrigado.

Dando um passo para trás, assenti, sentindo como se tivesse sido pega em flagrante.

— De nada. Boa noite.

— Boa noite.

Já fazia um tempo que ele estava sentado na garagem.

O fato de ele não ter saído de casa para ir treinar foi a segunda coisa que fez os alarmes dispararem na minha cabeça. Aiden não tinha inclinações suicidas, mas...

Deixando a tigela na pia, abri a porta e coloquei a cabeça para fora para ver o que estava se passando. Como era de se esperar, ele estava no assento do motorista da Range Rover com a cabeça apoiada em uma das mãos grandes, olhando para baixo. Fui até lá e bati na janela. A cabeça se ergueu, e ele fez careta antes de abaixar a janela.

— Quer que eu te leve? — ofereci, pensando no projeto que eu queria terminar naquela manhã e relegando o pensamento para o fundo da minha mente.

As narinas de Aiden dilataram, mas ele assentiu. Para lhe dar crédito, ele mancou levemente ao rodear o carro, mas foi o bastante para me preocupar. Estive pensando nele desde a noite anterior, quando o encontrei no sofá, mas eu sabia bem que não deveria tratá-lo como criança. Em vez disso, entrei correndo em casa, peguei a bolsa e armei o alarme, antes de voltar para a garagem e me posicionar atrás do volante.

Não era a primeira vez que eu dirigia o carro dele, só que da última vez que estive atrás do volante foi para levar o veículo para lavar e trocar o óleo.

— Aonde vamos?

— Para o acupunturista.

— Você pôs o endereço no GPS? — perguntei ao dar ré na garagem, tomando mais cuidado do que o normal, incrivelmente consciente das minhas habilidades ao volante.

— Pus.

Assenti e segui a suave voz feminina até chegar ao consultório, apesar de, depois de um tempo, eu ter me lembrado exatamente de para onde íamos. Assim como das outras vezes que levei Aiden, parecia que todas as funcionárias da clínica davam um jeito de ir até a recepção enquanto ele dava entrada. Eu me sentei e, com um sorriso, observei mulher após mulher se aproximar do balcão e pedir um autógrafo ou uma foto para o grandalhão. Aiden falou com a voz baixa e tranquila, os movimentos medidos e todo o corpo tenso do jeito que sempre ficava quando ele estava perto de pessoas que não conhecia.

Ele sequer conseguiu se sentar antes de a porta que levava à parte principal da clínica se abrir e outro funcionário chamar o seu nome. Aiden olhou para mim e inclinou a cabeça para a porta antes de desaparecer. A multidão de mulheres também debandou. Eu não estava pensando bem quando saímos às pressas, então me esqueci de trazer algo para me distrair. Peguei uma das revistas na mesa e comecei a folheá-la, tentando dizer a mim mesma que Aiden estava bem.

Uma hora depois, a porta pela qual ele passou voltou a se abrir e o corpo volumoso se arrastou devagar, um passo obviamente dolorido por vez. Um homem usando um jaleco branco e curto atrás dele balançou a cabeça.

— Providencie muletas ou uma bengala.

Aiden ergueu uma mão antes de se aproximar da janela onde havia apenas dois funcionários àquela altura. Larguei a revista sobre a mesa e me levantei. A Muralha de Winnipeg se curvou sobre o balcão, assinando alguma coisa.

— É um imenso prazer te ver de novo — sussurrou a recepcionista assim que parei bem atrás de Aiden. Ela estava jogando charme?

Se estivesse, ele não notou. O foco estava no que parecia ser uma fatura diante dele.

— Eu sou muito fã sua — adicionou a moça.

Fã daquela raba, mais provavelmente, concluí.

Ela prosseguiu:

— Esperamos que você se recupere logo.

É, ela com certeza estava jogando charme. Hum.

Isso fez Aiden responder com um dos seus sons indecifráveis enquanto se endireitava e deslizava a papelada para ela.

— Sr. Graves, posso marcar seu retorno com a sua assistente, caso queira se sentar — ofereceu a recepcionista, com a voz doce e açucaradíssima, os olhos verdes se virando brevemente na minha direção.

Aiden se contentou com um dar de ombros ao virar o corpo para mim. Nada na sua expressão ou na linguagem corporal me deu um aviso.

— Ela é minha esposa.

O tempo parou.

O que foi que ele tinha acabado de dizer?

— Cuida de tudo para mim, Bolinho? — perguntou Aiden, descontraído, enfiando a mão no bolso de trás e me entregando a carteira como se não tivesse acabado de dizer a palavra com "E" na frente de estranhos.

E, pera lá, ele tinha acabado de me chamar de *Bolinho*? Bolinho?

Minha boca ficou seca e meu rosto pegou fogo, mas, de alguma forma, consegui sorrir quando o foco curioso e levemente chocado da mulher se voltou para mim, mais do que extremamente ciente do peso do olhar dele na minha pessoa.

Esposa dele.

Eu era a droga da esposa dele, e ele acabou de dizer em voz alta?

Mas que porra?

Havia palavras para tudo, e eu entendia que, na maioria das vezes, elas não significavam nada. Nesse caso, reconheci que, sim, "esposa" não significava merda nenhuma, mas, ainda assim, foi estranho. Muito, *muito* estranho reconhecer o título por centenas de razões diferentes.

Foi mais estranho ainda ouvir a palavra sair da boca de Aiden, principalmente por ser de mim que ele estava falando.

A coisa do Bolinho era um caso à parte, algo com o que, com certeza, eu não estava preparada para lidar naquele momento.

Pegando a carteira da mão dele, virei o que esperava ser o meu rosto não-tão-chocado para a recepcionista e entreguei o cartão de débito. Com um sorriso falso e contrito que mais parecia uma careta, ela o pegou e o passou. Depois que a mulher me entregou a segunda via, encontrei Aiden me esperando perto da porta e caminhei ao lado dele. Resisti ao impulso de perguntar se ele queria me usar como muleta, para conseguir se apoiar. Assim que entramos no carro e antes que eu fizesse qualquer coisa, me virei para ele, agindo como se nada fora do comum tivesse acontecido.

— Aiden... é... — Cocei a testa, tentando manter a expressão impassível. Comecemos pelo início. — Você acabou de me chamar de Bolinho?

Ele olhou para mim. O cara demorou tanto a piscar que comecei a pensar que tinha imaginado a cena.

— Achei que fosse cedo demais para te chamar de Pãozinho.

Eu o encarei, e enquanto o fazia, minha boca pode ter se aberto ao mesmo tempo. Devagar, enfim, assenti para ele feito uma idiota, tentando absorver o que eu percebi ter sido uma piada que ele acabou de fazer. Uma piada direcionada a mim.

— Você estava certo. Teria sido cedo demais — murmurei.

Ele fez uma cara que dizia de forma irritante "eu disse".

Quem diabos era aquele ser humano? Ele se parecia com Aiden. Cheirava como Aiden. Soava como Aiden, mas não era o mesmo Aiden que eu conhecia. Esse era o Aiden que me procurou em Las Vegas e me disse para calar a boca quando eu o provoquei. Certo. Engoli em seco e assenti, aceitando que era aquilo o que eu queria dele. E eu tinha entendido, enfim.

Eu gostava mais dessa versão, mesmo ele parecendo uma pessoa completamente diferente. Brincando com a perna dos óculos, bufei e me atrapalhei indo atrás da outra coisa que quicava pela minha cabeça.

— Por que você me chamou de esposa lá? — Minha voz soou estranha.

Aquele olhar espertinho de pálpebras pesadas foi tão frio quanto um maldito pepino.

— Por que eu não chamaria?

— Pensei que fôssemos manter em segredo pelo máximo de tempo possível. — E ele poderia ao menos ter me avisado que faria aquilo, assim eu teria me preparado psicologicamente.

A Muralha de Winnipeg não pareceu nem um pouco arrependida.

— Você é minha esposa, e eu não tenho paciência com essas paqueras — disse ele, naquela voz calma e indiferente que me fez querer dar um soco nele. — Você não é minha assistente. Queria que eu negasse?

— Eu só... — Minhas narinas se dilataram por vontade própria. Eu queria? Não tinha certeza. Mas não era como se ele tivesse dito que eu era a puta dele nem nada do tipo. — Tudo bem você ter dito. É que me pegou desprevenida, só isso.

Esticando o longo corpo no assento, Aiden não disse mais nada. Fiquei ali por um momento, pensando no que ele tinha feito e no casamento falso e pouco convencional que era o nosso e nessa nova e estranha amizade que estava florescendo. E foi pensando nessas coisas que me lembrei do que ele tinha me dito em Las Vegas. Que fizemos promessas um para o outro e que ele iria, do seu jeito estranho, manter as dele.

Com as mãos em volta do volante, olhei para ele e perguntei sem rodeios com a respiração agitada:

— E qual vai ser? Muletas ou bengala?

Ele não disse nada.

— Muletas ou bengala, grandalhão? — repeti.

Aiden se remexeu no banco.

— Me deixe em paz.

Me deixe em paz. Contei até cinco. Dei a partida e me lembrei de que ele me chamou do que eu era: sua amiga e, por mais estranho que fosse, sua esposa. Ele me conhecia. Ele tinha sentido falta da Vanessa que eu tinha sido quando as coisas estavam bem entre nós.

— Vou te arranjar um andador, se você não decidir até chegarmos à via expressa — ameacei, mantendo o foco à frente. — Quanto mais rápido você sarar, melhor. Não seja mais pé no saco do que o necessário.

Ele suspirou.

— Muletas.

Foi fácil demais, e eu não era idiota o bastante para falar daquilo mais do que o necessário para que ele não mudasse de ideia. Não disse mais nada ao ir até a farmácia e estacionar. Aiden também ficou em silêncio quando saí do SUV. Não demorou muito, e encontrei as muletas e comprei mais um frasco dos anti-inflamatórios sem prescrição médica.

A volta para casa foi bem silenciosa. Fiz questão de não observar enquanto ele mancava devagar ao entrar e ir até o sofá, onde o edredom que levei lá para baixo na noite anterior estava muito bem dobrado e enfiado debaixo do travesseiro. Deixando as muletas que comprei encostadas no sofá, hesitei por um segundo perto das escadas e o observei se acomodar.

— Estarei lá em cima — falei.

Ele deu um aceno rígido com a cabeça, segurando o controle remoto, com a cabeça virada para mim.

— Obrigado por me levar.

— Ah. — Troquei o peso de um pé para o outro. — Para que servem os amigos? — provoquei-o baixinho, sem saber como ele reagiria.

— Para isso, Van.

O homem que eu vi meio que, mais ou menos, talvez sorrir umas duas vezes tinha um sorriso hesitante se espalhando pela boca. A expressão no rosto dele me pegou com a guarda totalmente baixa. Para alguém que nunca, jamais, reagia fisicamente nem mesmo quando ganhava um jogo, o sorriso...

Que os céus me acudam.

Era lindo. Não havia outra forma de descrevê-lo. Era tipo um arco-íris duplo. Melhor do que um arco-íris duplo.

Fiquei atordoada. Enraizada ali pela eternidade.

Os traços dele não chegaram a suavizar, mas pela forma que todo o rosto pareceu iluminar-se... toquei a boca para me certificar de que ela estava fechada, e não completamente aberta.

Não respondi. Só consegui ficar parada lá, balançando a cabeça com algo que lembrava muito um sorriso desvairado fazendo uma aparição no meu rosto.

— Grite se precisar de mim. Eu, é, tenho trabalho a fazer. — Isso mesmo, enfiei o meu rabinho imaginário entre as pernas e subi as escadas correndo.

Bom Deus. Meu coração bateu forte quando me sentei à mesa e apoiei as mãos sobre ela. Que diabos foi aquilo? Aquele sorriso era como uma bomba nuclear que ele tinha ao seu alcance. Tipo, eu sabia que Aiden era atraente, isso era óbvio, mas, quando ele sorria, não havia nada que te preparasse para aquela arma de destruição em massa.

Ora, eu tinha olhos. Mesmo se tivesse me tornado praticamente insensível àqueles músculos sobre músculos cuidadosamente esculpidos, sabia que eles estavam lá. Sabia que o rosto dele era bonito, apesar de costumar estar obstinado.

Respirei fundo e exalei, tentando clarear a cabeça. Mas não foi tão fácil quanto deveria ter sido. Quando eu estava procurando fotos de modelos masculinos para a capa de um e-book, pensei em Aiden uma ou duas vezes mais do que o necessário.

Bom Deus, ele precisava manter aquela coisa sob controle.

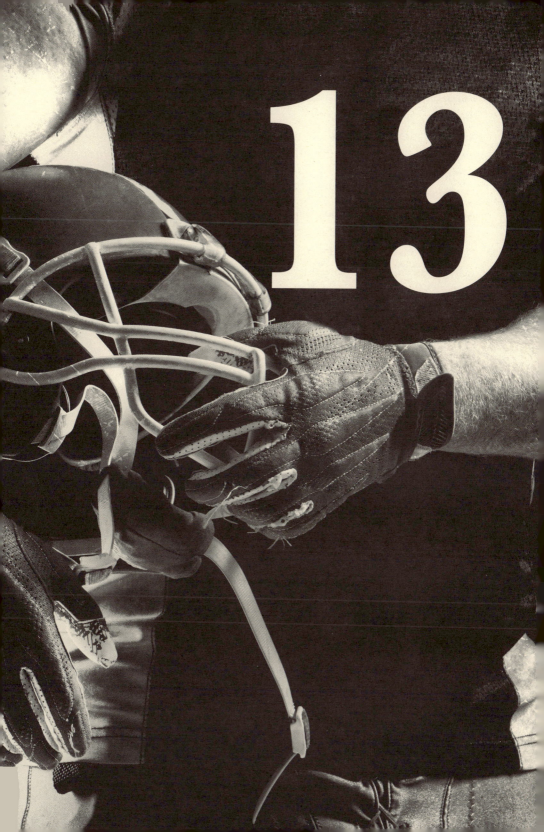

Umas semanas depois, quando Aiden se recuperou totalmente da lesão, eu estava no meu quarto trabalhando na capa da brochura de um dos meus clientes favoritos quando ouvi a porta da garagem abrir e fechar, o som seguido pelo bipe do alarme e arrematado pela batida alta de uma porta sendo fechada. Abaixando o volume dos alto-falantes do meu computador, fiquei sentada lá por um minuto.

Eu não precisava olhar para o culpado para confirmar quem era. Aiden não era o tipo de pessoa que batia portas quando estava com raiva. Ele se limitava a desabafar a raiva com as palavras ou no campo ou na academia ou, o que acontecia com mais frequência, ele ia para o quarto e ficava lá fazendo sabe lá o quê. Nunca consegui descobrir o que ele fazia lá por horas.

Foi o que me alarmou. Tinha que ser o Zac, e o Zac geralmente era relaxado demais para reagir a qualquer coisa dessa forma... a menos que ele tivesse motivos para estar puto de verdade.

Fiquei no quarto e escutei de longe os sons enfurecidos que vinham lá de baixo: os armários sendo fechados com força, o barulho alto de pratos sobre o balcão e um *"puta merda!"* que foi gritado duas vezes. Tudo flutuou escada acima e rodeou o meu quarto. Mas fiquei onde estava.

Se Zac estava com raiva, ele precisava de espaço para se acalmar. Ao menos essa era a melhor forma de lidar com as minhas irmãs quando elas estavam com raiva.

Então, eu o deixei em paz, apesar de querer saber o que tinha acontecido.

Um tempo depois, passos ecoaram subindo as escadas e percorreram o corredor.

E foi quando eu soube que algo estava errado de verdade. Zac *sempre* me dava oi. Em seguida, a porta do quarto dele se fechou com um estrondo no final do corredor que dava no meu quarto.

Por um breve segundo, pensei em mandar mensagem para Aiden, perguntando se ele sabia o que aconteceu, mas ele não ia me responder, e eu só ficaria brava. Em vez disso, eu esperei.

Zac não saiu do quarto pelo resto do dia.

Também não o ouvi no quarto, e foi quando comecei a me preocupar.

Na tarde seguinte, desci as escadas, já que ele ainda não havia saído. Encontrei Aiden na cozinha, mexendo no fogão ao segurar uma panela. Ele olhou brevemente por cima do ombro antes de murmurar um "oi" que pareceu quase natural.

— Oi — devolvi o cumprimento, não querendo me demorar muito na palavra com "O" antes de tentar decidir a melhor forma de perguntar a ele sobre a minha principal preocupação: o Big Texas.

Devo ter deixado transparecer que queria alguma coisa, porque não levou muito tempo, e Aiden falou.

— O que há de errado?

— Acho que há algo errado com o Zac.

Ele falou um "ah" de forma tão casual que não previ o que sairia da sua boca em seguida:

— O time o dispensou ontem — explicou, como se a notícia não fosse a coisa mais devastadora a acontecer com Zac. Inferno, era a pior coisa que quase todo atleta profissional de qualquer time poderia ouvir. Até mesmo eu me vi prendendo o fôlego.

— Por quê?

Ele voltou a olhar para o fogão, aqueles ombros montanhosos e os enormes músculos laterais me cumprimentando através da camiseta branca e grossa que ele usava.

— Ele estava sendo muito inconsistente. E não estava ouvindo. — Aiden ergueu os ombros. — Eu disse a ele que isso aconteceria.

Pisquei.

— Você *sabia*?

— Ele não estava levando o treino muito a sério, e estava nítido. O outro *quarterback* estava jogando melhor. — Ele foi até a geladeira fazendo 'hum'. — Ele está puto, mas é culpa dele mesmo e ele sabe.

Estremeci, sentindo-me mal pela situação de Zac, mas entendendo o que Aiden tentou fazer, apesar do quanto a verdade fosse brutal. Até eu havia mencionado o tanto de tempo que ele ficou fora quando deveria estar malhando durante as férias. Mas a dor que senti por ele se agarrou às bordas da minha alma. Há poucos meses, foi ele que me disse o quanto estava feliz por eu estar me juntando ao time de pessoas que "fazem o que amam". Agora?

— Você falou com ele? — perguntei.

— Não.

É claro que não. Uma pessoa normal tentaria se solidarizar com um amigo depois de uma merda dessas acontecer, mas Aiden não. Suspirei e cocei a testa. Droga, eu não podia acreditar.

Eu me questionei o que Zac faria agora, mas era cedo demais para perguntar. Chegando à conclusão de que ele precisaria de mais um tempinho para digerir o acontecido, me obriguei a deixar para lá. Talvez ele tivesse ficado um pouco preguiçoso, mas isso não era indicação de que ele queria que os sonhos fossem arrancados dele.

Queria falar com ele, mas não pude deixar de pensar no quanto algumas pessoas não encaravam bem as decepções da vida. Cresci com três delas. Não faria mal esperar.

Percorrendo o chão com meus pés calçados com meias, olhei para Aiden e o vi no balcão passando humus em duas tortilhas.

— Você está bem?

— Estou — ele respondeu logo.

— Isso é bom. — Olhei para as costas largas e mordi o interior da bochecha, aquela mesma incerteza ao falar com ele preenchendo o meu âmago. Ele queria que eu o deixasse em paz? Eu deveria tentar conversar com ele?

— Como está indo a corrida? — ele perguntou, de repente.

Jogar conversa fora. Que Deus nos ajude, ele estava tentando jogar conversa fora.

— Tudo bem. Estou ficando mais rápida. — Enchi as bochechas de ar e olhei de soslaio para a geladeira. — Por quê? Quer ir comigo de novo?

O risinho dele foi baixinho, e me fez rir. Roma não foi construída em um dia.

— Não? Tudo bem. Vou voltar para o meu quarto. Mas me avisa se você falar com o Zac, pode ser?

Dois dias se passaram e não vi Zac nenhuma vez. Não sabia quando ele comia, porque nunca o via, e se não fosse pelo carro na garagem e uma descarga ou outra no banheiro ao lado do quarto dele, eu não saberia que ele estava em casa.

Bati na porta uma vez, mas ele não respondeu.

Mas, depois do terceiro dia, cheguei à conclusão de que ele teve tempo suficiente para cozinhar em sua sopa de autopiedade. Ao terminar os dois projetos que reservei para aquele dia, atravessei o corredor, fui até o quarto dele e dei duas batidas na porta.

Nada.

Então bati um pouco mais forte.

Ainda nada.

— Zac Attack?

E nada.

— Eu sei que você está aí dentro. Abra. — Pressionei a orelha na porta e prestei atenção. — Zac, qual é? Abra a porta ou eu vou arrombar a fechadura.

Nada, nada.

— Eu sei como. Não me tente. — Esperei um segundo e continuei. — Eu costumava arrombar o armário do meu namorado no colégio. — Não foi necessariamente o meu momento de maior maturidade, mas vinha a calhar algumas vezes.

Ele não estava mordendo a isca.

— Zac, cara. Qual é? Não precisamos falar disso se você não quiser, mas vamos sair para comer comida mexicana.

O colchão rangeu alto o bastante para que eu pudesse ouvir, e sorri.

— Se você for bonzinho, eu te levo para dançar música country naquele bar que você gosta. O que acha? — tentei chantageá-lo.

Não havia dúvida de que ele fez uns barulhos ao se movimentar. Pareceu ter se passado alguns minutos até que ele finalmente falou como eu esperava que ele falaria. Ele nunca se negava a ir em uma boate de música country. O que eu acho que funcionava a seu favor porque, se ele tivesse o tipo de status que Aiden tinha, não seria capaz de fazer esse tipo de coisa sem ser perseguido, e agora não era hora para isso. Naquele tipo de boate, ele não se destacaria.

Então, ele, enfim, respondeu.

— Você vai dirigir?

— Vou.

— Me dá uma hora para eu me arrumar.

Não pude segurar o bufo.

— Nem eu levo esse tempo todo para passar maquiagem.

Houve uma pausa e o que soou como as molas da cama rangendo confirmou que ele estava se movendo.

— Tenho que passar chapinha no cabelo também, docinho. Me dá um tempo.

Sorri para a porta.

— Essa é a minha garota.

— Odeio ser eu a ter que te dizer isso, mas você precisa entrar numa dieta.

Zac conseguiu dar um passo para frente antes de balançar tanto que a maior parte do seu peso acabou vindo para cima de mim. De novo.

Ele não era nenhum Aiden, mas com certeza não estava nem perto de pesar pouco. Bom Deus. Comecei a arfar ao darmos mais dois passos em direção à casa, e considerei seriamente a sugestão do grandalhão de começar a malhar. Eu vinha caminhando, fazendo *cooper* e correndo quase cinco dias por semana durante os últimos dois meses para que eu pudesse começar a treinar para a maratona, mas aquilo não me preparou para rebocar o Big Texas. Eu planejava começar um treino funcional em breve, mas ainda não tinha pensado sério no assunto.

Para piorar, feito uma idiota, estacionei na rua como costumava fazer, mas a diferença é que eu não tinha o costume de carregar um bêbado de noventa quilos segurando o meu braço como se sua vida dependesse disso.

Em vez de afogar as mágoas com margaritas como sugeri de início, Zac foi direto para a cerveja. Muitas, muitas cervejas. Tantas que perdi a conta, apesar de não ter acontecido o mesmo com a minha carteira.

Mas eu não ia dizer nada porque, no momento em que ele chegou à porta do meu quarto, vestido, eu vi a "devastação" em pele e osso.

Zac, que normalmente era uma visão de amizade, vitalidade e simpatia, estava com uma aparência horrorosa.

Não comentei, tive que me contentar com um sorriso e em dar um tapa na bunda dele quando seguimos para a escada e em direção ao meu carro. É claro que ele não tinha falado sobre deixar o time, em vez disso, pregou um sorriso animado no rosto depois de uns minutos e se esforçou muito para se divertir.

Até que encheu a cara.

— Ei, apoie-se na parede rapidinho enquanto eu destranco a porta — pedi, cutucando-o nas costelas ao mesmo tempo em que tentava ajeitá-lo para que ele conseguisse se segurar firme.

— Claro, Vanny — murmurou, me dando um sorriso sonhador, com os lábios cerrados com força e os olhos fechados.

Eu ri, me certificando de que ele estava com uma mão bem apoiada na parede, e então escorreguei por debaixo do seu braço. Não levou muito tempo para destrancar a porta e desligar o alarme. Com o braço de Zac novamente ao redor do meu ombro, eu o empurrei um metro para dentro de casa antes de ele começar a tombar para o lado, um pé desajeitado diante do outro até que ele caiu na mesa de canto perto do sofá. O abajur balançou quando Zac tentou se erguer, mas perdeu a batalha contra a gravidade e acabou caindo no chão, a cúpula voou e a lâmpada se quebrou em milhares de pedaços.

Droga.

Suspirei. *Um, dois, três.*

— Certo. Já deu para você hoje, meu amigo. — Agarrei Zac pelo braço e o levei até o sofá como se ele fosse uma criancinha. Abrindo os braços bem quando a bunda atingiu o assento, os olhos dele estavam vidrados, arregalados e tão inocentes que não consegui nem mesmo ficar irritada com ele por mais de um segundo. — Sente. — Ele obedeceu. — Vou pegar um pouco de água para você. Não saia daqui, tudo bem?

Ele se forçou a piscar para mim, totalmente atordoado, e eu tinha certeza de que ele não podia me ver, embora estivesse tentando. Ele estalou os lábios.

— Sim, senhora.

Senhora? Precisei juntar toda a minha força para não cair na gargalhada.

— Já volto — resmunguei ao apertar o nariz, desviando dos cacos de vidro antes de seguir para a cozinha. Acendi as luzes, enchi um copo de plástico com água, porque eu não ia confiar nele com vidro, e peguei a vassoura e a pá na despensa.

Zac estava sentado no sofá do jeito que o deixei. As botas tinham sido chutadas para o meio da sala e a bunda deslizou um pouco para a borda. Seus olhos estavam fechados.

Mas foi o sorrisão no rosto dele que me matou.

A onda de afeto preencheu o meu coração quando me abaixei para cutucá-lo no ombro. No segundo em que ele abriu aqueles olhos azuis cheios de preguiça, ofereci o copo a ele.

— Beba, camarada.

Ele pegou o copo sem discutir, e fui cuidar da bagunça no chão. Varri o que pude, coloquei os cacos numa caixa de papelão que encontrei na lixeira de recicláveis e joguei tudo no lixo. Peguei o aspirador na despensa e o arrastei para a sala, aspirando o chão só para garantir.

Eu tinha acabado de desligar o aparelho da tomada e me virar para guardar tudo quando respirei fundo e deixei sair o grito mais patético e feminino do universo. Não foi nenhum "ahh" nem "iihh". Pareceu um, bem, não tenho certeza do que pareceu, mas eu jamais assumiria a responsabilidade por aquilo.

Aiden estava parado lá, nem mesmo a meio metro de distância, literalmente envolto nas sombras do corredor como um maldito *serial killer*.

— Você me assustou pra cacete! — Meu coração... eu ia ter um infarto. Tive que dar um tapa no peito como se aquilo fosse ajudar a mantê-lo no lugar. — Ai, meu Deus.

— O que você está fazendo? — A voz estava baixa e rouca.

Com a mão ainda no peito, eu arfei.

— Alguém quebrou uma lâmpada. — Apontei para o texano bêbado no sofá, que, àquela altura, estava alheio a tudo e a todos ao seu redor.

Olhei para Aiden, o rosto sonolento, a camisa branca amarrotada que ele vestia, a calça de moletom que eu sabia que ele tinha vestido para descer, porque, nos dois anos que fui responsável pela roupa dele, eu só a lavei um punhado de vezes, e me senti culpada na mesma hora. O grandalhão normalmente ia para a cama o mais cedo possível para que pudesse se assegurar de que dormiria por, pelo menos, oito horas, e aqui estava eu, passando o aspirador, acordando-o.

— Me desculpa, eu não pretendia te acordar — sussurrei, mesmo tendo certeza de que poderia ter andado pela sala batendo panela e Zac não teria acordado.

Ele ergueu um daqueles ombros enormes, os olhos indo de mim para o seu agora ex-colega de equipe. Eu não precisava olhar para Zac para saber que ele estava mais do que desmaiado no sofá àquela altura, ainda mais quando o olhar perdido de Aiden permaneceu às minhas costas.

— Quanto ele teve que beber? — perguntou, bocejando.

Uma pontada de culpa atingiu a minha barriga.

— Muito. — Como se para explicar, adicionei: — Eu só queria tirá-lo um pouco do quarto. Pensei que seria bom para ele. — Talvez bom até demais, mas já não dava para voltar no tempo quando percebi que encher a cara não seria o melhor para ele fazer.

Sendo sincera, tinha sido muito divertido.

Um ronco alto e rouco rasgou o ar e o estrondo agudo e repentino de Zac me fez olhar para trás.

— Preciso pegar uma coisa. Me desculpa por ter te acordado.

Antes que ele pudesse dizer mais alguma coisa, ou não dizer mais alguma coisa, corri lá para cima e entrei no quarto do Zac, encolhendo-me por dentro ao ver a bagunça que ele fez lá desde que se trancou, e o cheiro... estava bem ruim. Ruim de verdade.

Peguei a beirada do edredom amarrotado e o travesseiro na cama, corri lá para baixo e encontrei Aiden de pé perto do sofá falando baixinho com Zac e...

Ele estava dando tapinhas no braço do sofá?

— Aqui. — Entreguei o travesseiro.

Aiden o pegou, o foco ainda em Zac, e o colocou no braço do sofá que eu tinha certeza de que ele estava dando tapinhas um segundo atrás.

— Deite — ele deu a ordem para o bêbado com uma voz baixa e que não toleraria qualquer merda e que, sem dúvida, não deixaria espaço para discussão nem mesmo para alguém que estava fora de si.

É claro que Zac se deitou sem nem abrir os olhos. Os braços cruzados sobre o peito, um ombro aconchegado nas almofadas do sofá. Joguei o edredom sobre o corpo alto e sorri para Aiden, que ainda estava de pé perto do sofá, olhando extrema e ridiculamente sério para o que era, em essência, nós dois colocando um homem crescido na cama.

Zac soltou meio que um ronronar engraçado que fez seus lábios tremerem, e eu bufei.

— Ele parece uma criancinha, não é? — sussurrei.

— Ele age como uma criancinha — resmungou Aiden, balançando a cabeça em total desaprovação.

— O que ele vai fazer agora? — Eu me vi deixando a pergunta escapar.

O grandalhão murmurou:

— O que ele deveria fazer é parar de agir como se o mundo tivesse acabado e voltar a treinar para que outro time o contrate mais para a frente — declarou ele. — O que ele vai fazer, eu não sei. Se ele esperar demais, prejudicará as chances de ter outra oportunidade no futuro. A cada dia que passa, ficamos mais velhos e nosso corpo não pode... — Aiden inclinou o queixo para o lado e me deu uma boa olhada. — Vou falar com ele amanhã.

— É uma boa. Acho que ele vai te ouvir.

— Capaz de ele dar mais atenção para o que você disser.

Isso me fez franzir a testa para ele ao mesmo tempo em que eu empurrava os óculos um pouco mais para cima do nariz.

— Você acha?

O foco dele não se afastou do sofá ao responder:

— Eu sei.

Não cheguei a acreditar que era verdade, mas tudo bem.

— Vou tentar, eu acho. O pior que ele pode fazer é não me ouvir, e essa não seria a primeira vez.

Isso o fez virar a cabeça.

— Você está falando de mim.

Cerrei os lábios.

— Eu não estava falando de você, mas...

— Mas?

Continuei com o olhar fixo na parede atrás de Aiden.

— Você não me ouviu antes, se quiser ser mais técnico.

Aiden não respondeu.

— Muitas vezes — adicionei baixinho.

Nada. Tudo bem.

Inclinei a cabeça para a cozinha.

— Vou fazer um sanduíche antes de ir para a cama. Quer um?

— De quê? — perguntou, como se eu fosse fazer um de peito de peru para ele.

— Então, como está sendo viver em pecado?

Soltei uma risada esquisita, ao mesmo tempo em que sacudia a frigideira wok. Risadas desconfortáveis era o que você dava quando sentia culpa. Eu ainda não tinha contado a Diana que Aiden e eu fomos para Las Vegas.

Era um milagre do caramba. O normal era ela saber que a minha menstruação veio minutos depois de a coisa chegar. Gostávamos de comemorar o fato de passarmos outro mês sem termos ficado grávidas.

Só consigo pensar em mais duas coisas sobre as quais menti para ela. Ao que parecia, eu gostava de viver perigosamente, pois sabia que estava prestes a fazer um acerto de contas sem precedentes quando ela descobrisse a verdade. A essa altura, eu já estava até o pescoço e de jeito nenhum confessaria o que tinha feito.

O único problema de mentir para o amigo mais próximo é descobrir o caminho certo a percorrer. Verdade o suficiente para ser verossímil, mas não mentira o suficiente para que notem que a gente estava falando merda, e era isso o que eu precisava encontrar, então, decidi desviar a atenção dela e optei pelo meio-termo.

— Tudo bem.

— Bem? Só isso?

— É. Bem. — O que mais eu poderia dizer? Embora as coisas entre Aiden e mim estivessem melhores do que nunca, nada incrível tinha acontecido. Ele levava a vida dele e eu, a minha. Ele era um cara ocupado; eu sempre soube disso e nada tinha mudado.

— A coisa mais emocionante que descobri é que Aiden pede para as compras serem entregues *uma vez por semana*, e ele contratou uma moça que mora em Washington para responder aos e-mails dele. Doido, né?

Ela fez um "humm", parou e perguntou:

— Como é quando você mente para mim?

Ela já tinha percebido. Mas que merda? E por que eu estava surpresa?

— Por que você é doida? — ofereci, fazendo careta para o telefone, em pânico.

— Duvido muito.

— É mais a constatação de um fato, mas, aliás, não há nada a contar. Não nos vemos muito. O máximo que ele faz é acenar para mim. — Às vezes, ele falava comigo, mas não precisávamos ser precisas, né?

— C-h-a-t-i-c-e.

Suspirei.

— D-e-s-c-u-l-p-a.

— Sério? Não tem nada interessante para me contar?

— Não. — Já trabalhei para ele por dois anos, se houvesse algo ruim para dizer a ela, eu não poderia ter dito de qualquer forma. Assinei um acordo de confidencialidade.

O som desgostoso que escapou dos seus lábios me fez rir.

— Tudo bem. Você já decidiu se vai para El Paso esse fim de semana? — perguntou ela, já seguindo adiante, sabendo que, se eu não tinha dito nada, era porque era provável que eu não fosse dizer.

— Já — confirmei, com só um pouquinho de aflição percorrendo a minha barriga. Eu ia a El Paso para o aniversário da minha mãe.

Sabia que era mais que provável que eu fosse me arrepender da viagem horas depois de ter chegado lá? Sabia. Em noventa por cento das vezes, foi o caso.

Mas era o aniversário de cinquenta anos da minha mãe, e seu marido estava planejando a festa. Ela ia amar que eu fosse, foi o que ele disse. Convencer na base da culpa, por que não? Eu falava com ela uma vez por mês. Achei que não fosse assim tão ruim, se levássemos tudo em consideração.

Pela forma como ele me fez sentir, uma ligação a cada quatro semanas não era o suficiente. Ao menos foi o bastante para me fazer sentir a obrigação de ir, mesmo que o meu instinto me dissesse que era uma péssima ideia.

— Onde você vai ficar?

— Em um hotel. — Poderia ficar com a minha mãe se eu quisesse, mas era melhor não. Da última vez que fiquei lá, as coisas tinham terminado muito mal. Também havia as minhas duas irmãs mais velhas, mas eu preferia dormir debaixo da ponte a ficar com elas. E também havia os meus pais adotivos, que eu pretendia visitar enquanto estivesse na cidade, mas não queria impor minha presença a eles.

— O Oscar vai? — Ela perguntou sobre o meu irmão mais novo.

— Não. As aulas da faculdade já começaram.

— Você vai sozinha?

— É claro que eu vou sozinha — respondi, antes de pensar no que tinha acabado de dizer.

Aquela não era a *bye week* dos Three Hundreds? A semana de folga que o time tinha para que os jogadores descansassem. Eu deveria ir sozinha? Seria uma boa ideia levar Aiden para conhecer a minha mãe? Minhas irmãs? A ideia me fez me encolher.

Mas eu poderia tê-lo por perto quando desse a notícia. Essa parecia ser a única ideia que poderia ter me convencido. Não havia a mínima possibilidade de a minha família contar a Diana ou à família dela, então não me preocuparia com as repercussões.

— Na verdade, talvez eu não vá.

A bisbilhoteira respirou bem fundo.

— Sério?

— Talvez eu convide Aiden para ir junto, então vê se fica quieta.

— Vou ficar. — Ela era tão mentirosa. Não acreditei nem um pouco nela. Eu não acreditava que ela não tinha contado pelo menos ao irmão que eu estava morando com o Aiden, mas já que ninguém ainda me acusou de ser uma prostituta, tinha começado a acreditar que ela estava mesmo mantendo a boca fechada pela primeira vez na vida quanto à *razão* para eu ter ido morar com ele. Ela sabia que era ilegal, e sempre brincávamos que, se uma de nós fosse presa, as duas seriam, então poderíamos fingir ser a amante uma da outra.

O abrir e fechar da porta da garagem me alertou de que alguém tinha chegado.

— Vou contar a todo mundo sobre seus marca-páginas pornográficos se você não cumprir a sua palavra — eu a ameacei com um risinho de desdém.

— Eu nunca vou conseguir deixar isso para trás, né?

A gente nunca esquecia ter encontrado sem querer uma pasta cheia de marca-páginas pornô, predominantemente de homem com homem, não importa o quanto tentasse.

— Não.

— Como se você nunca tivesse assistido a pornô gay — ela retrucou, amargurada. — Você acha que a Susie vai estar na casa da sua mãe?

E, simples assim, meu dia, que estava belo e feliz, levou um chute na canela. Mordi o interior da bochecha e levei a mão aos óculos para empurrá-los mais para cima no nariz.

— Não sei. Falei com a minha mãe há uns dias, mas ela não comentou nada.

Não que ela fosse comentar.

Se eu me encontrasse com a Susie, eram grandes as chances de não terminar bem. Nunca terminou. Mesmo pessoas que eu não conhecia e que sabiam da nossa situação estavam cientes do fato. Éramos como ímãs constantemente se repelindo.

Droga. Eu sabia que Diana só estava tentando ajudar, mas só de pensar em Susie já sentia dor de cabeça.

— Só para constar, não acho que você deva ir sozinha ou com o Aiden.

Não foi nenhuma surpresa. Eu só queria que ela não tivesse falado sobre a Susie.

— Eu sei.

— E você ainda vai?

Eu já tinha dito que iria. Como poderia voltar atrás?

— Vou.

Ela não aprovou, e ficou evidente, mesmo ao telefone.

— Quero terminar de comer para poder voltar ao trabalho. Te mando mensagem depois. Dá um abraço nos pestinhas por mim da próxima vez que os vir, e diga ao Drigo que não me esqueci de que ele ainda está com os DVDs que o deixei pegar emprestado mês passado — falei, ao esfregar as minhas têmporas latejantes.

— Direi. Vou cuidar deles amanhã. Vou te avisar quando vai ser a minha folga na semana que vem para fazer o seu cabelo de novo, tá?

Desligamos bem quando a porta que ligava a garagem à cozinha se abriu e Aiden entrou com a bolsa na mão.

— Oi — cumprimentei ao desligar o fogão.

— Oi, Vanessa. — Aiden largou a bolsa no chão perto da porta e foi até onde eu estava, as narinas dilatadas por causa do cheiro combinado de lentilhas, legumes picados e tomate seco. — Está cheirando bem.

Eu o olhei de rabo de olho, só permitindo o que pareceu ser uma blusa extragrande no corpo extra-extragrande me distrair por um segundo.

— Há o bastante para nós dois, se você comer a porção de um humano normal, não uma do Hulk.

Ele fungou, e acho que foi mais por causa do meu comentário do que pelo cheiro da comida.

— Obrigado — ele disse, indo até a pia para lavar as mãos. Ele pareceu hesitar na ilha por um minuto antes de pegar dois pratos no armário e colocá-los sobre o balcão ao lado do meu quadril.

Quando deu o tempo de tirar o macarrão, o escorri, dividindo metade nos dois pratos e deixando a outra metade na panela. Peguei o refogado e o coloquei sobre o macarrão enquanto Aiden colocava duas maçãs vermelhas lado a lado no lugar que ele costumava comer.

Nós nos sentamos. Cada um só ficou lá, nada de celular, computador nem nada. Só... ficamos lá.

— O Zac desceu? — ele perguntou de repente.

— Uma vez. Ele saiu do quarto por volta do meio-dia, mas foi só isso. — Fazia quase uma semana desde que o time o tinha dispensado, e exceto pelo dia que saímos, ele não saiu do quarto para mais do que o necessário, o que se resumia às refeições. Ele não queria falar com ninguém nem fazer nada, e eu não sabia o que fazer, nem se eu devia fazer alguma coisa.

Aiden fez um "humm".

— Não sei o que dizer para ele, ou se eu deveria fazer alguma coisa — confessei. Eu não era boa consolando pessoas. Não era mesmo. Algumas pessoas sabiam o que dizer em todo tipo de situação, sabiam quais palavras eram necessárias, e as usavam com perfeição. Eu? Eu costumava me limitar a um "sinto muito". Eu não era boa com palavras, apesar de querer fazer algo por Zac. Só não sabia o quê.

O grandalhão ergueu um ombro.

— Dê tempo a ele — sugeriu.

O Mister Simpatia ali estava tentando me dar conselho sobre o que fazer? Será que aquilo queria dizer que eu deveria fazer o contrário?

— É, acho que vou — falei, antes que a conversa com Diana voltasse à minha mente. — É, eu vou passar uns dias em El Paso esse fim de semana. Lembra que eu te falei? — Espetei uns pedaços de macarrão espalhados pelo prato. — É aniversário da minha mãe.

Ele se mexeu no banco, a lateral do joelho tocando em mim.

— Certo.

Não havia razão para eu me sentir estranha. Nenhuma. Se ele dissesse que iria, ótimo. Se dissesse que não, não seria grande coisa.

— Eu estava pensando... talvez você pudesse ir comigo. Ainda não disse a ela que nos casamos, e eu preferia dizer pessoalmente em vez de deixar que ela descubra de outro jeito. — Me remexi no assento e o olhei de soslaio.

Aiden se limitou a levar um pouco de comida à boca, mastigando devagar.

Cocei a orelha.

— Se você quiser. — Então adicionei: — É só pelo fim de semana.

Burra. Burra. Burra, burra, burra.

Por que me dei ao trabalho de dizer qualquer coisa?

Aiden coçou a mandíbula com o cabo do garfo. Ele virou a parte inferior do corpo no assento, e o joelho voltou a bater na lateral da minha perna antes de ele dizer:

— Preciso estar de volta no domingo à noite.

Eu quase tive que pedir para ele repetir.

— Sério?

Ele encolheu os ombros para a comida, super nem aí, ou ao menos tão nem aí como alguém do tamanho dele podia ficar. Para ser sincera, eu ficava surpresa pela bunda dele caber numa banqueta só. Ficava ainda mais surpresa pelas pernas da banqueta não cederem sob o peso dele.

— É. — Foi a resposta.

— Ah... tudo bem. Eu estava pensando em ir na sexta. É uma viagem de oito horas.

Isso fez o rosto dele virar para mim, a expressão indo de indiferente para perturbada em um mero segundo.

— Você quer ir dirigindo?

Fiz que sim.

Ele me encarou por um segundo a mais antes de levar a mão ao bolso, pegar a carteira de couro preto e segurar um cartão de crédito prateado na minha direção.

— Compre duas passagens e alugue um carro. Não faço longas viagens de carro.

Eu sabia que ele não fazia viagens longas de carro, a não ser que fosse absolutamente necessário? Sabia, mas eu quis revirar os olhos mesmo assim. Se eu não precisasse dirigir por oito horas, não dirigiria, ainda mais se eu não estivesse pagando pelo luxo.

Ele não poderia ser considerado meu *sugar daddy* se éramos legalmente casados, né? Deixando o pensamento de lado, peguei o cartão com hesitação.

— Tem certeza?

Ele não se absteve de revirar os olhos.

— Reserve um voo à tarde, eles costumam nos liberar por volta das três. — Ele me examinou de rabo de olho. — Não alugue um daqueles carros econômicos minúsculos só para economizar dinheiro.

É, o autoritarismo não estava despertando a melhor das memórias. Concordei mesmo assim e segurei o cartão entre os meus dedos, hesitando.

— Isso é tipo um teste? — perguntei, insegura.

Voltando a se ocupar com a comida, levou um segundo para que ele respondesse antes de virar para mim com uma ruga entre as sobrancelhas grossas.

— Do que você está falando?

— É um teste? — Balancei o cartão dele. — Para ver se vou gastar o seu dinheiro ou me oferecer para pagar a minha passagem?

Aquele lábio inferior carnudo se curvou só um pouco, e as pálpebras abaixaram. Então, ele balançou a cabeça devagar, tão devagar que eu sabia que ele estava exasperado... ou pensando que eu era uma completa idiota. Um ou outro, talvez ambos.

— Não seja idiota. Não me ofereceria para pagar pelas passagens se não quisesse. Você me conhece melhor do que isso.

Ele me pegou. Dei de ombros.

— Tudo bem. certo. — Aff. — Só quis me certificar, porque se você quer pagar, eu não vou dizer não.

— Só compre as passagens e alugue o carro. — Ele se levantou com o prato na mão e foi até a pia antes de adicionar: — Onde vamos ficar?

— Eu estava pensando em ficar em um hotel.

— Que bom. O que você vai dizer à sua família?

Cocei a nuca antes de pegar a minha comida.

— Só à minha mãe. Eu não... minhas irmãs não precisam saber. De qualquer forma, ninguém vai descobrir a verdade. Eles não sabem que estou morando com você. Eu acho... — Droga. O quê? Estava esperando que a minha mãe não se lembrasse de para quem eu trabalhava? É claro que ela se lembrava. *Agora*. Dez anos atrás, metade do tempo ela não se lembrava de que tinha me dado à luz e eu dependia dela. Aquela era uma verdade mais fácil de aceitar do que a ideia de que ela amava mais a bebida do que os filhos.

Eu precisava parar. Precisava ter parado há cinco segundos. Tudo na minha vida acabou sendo para o melhor. Eu não tinha motivos para reclamar. Minha vida era melhor do que boa. Muito melhor.

Com esse lembrete, pigarreei e colei um tom brincalhão nas minhas palavras.

— Se ela perguntar, só vou dizer que pedi demissão e você foi me procurar. E percebeu que estava loucamente apaixonado por mim...

Juro por Deus, ele bufou.

Coloquei a mão sobre a mesa e estendi o dedo do meio para ele, apesar de estar sorrindo.

— E que não podia viver sem mim, então, fugimos para casar. Acho melhor ficar mais ou menos perto da verdade, assim as coisas não se complicam muito. Você tem algum problema com a versão?

Aiden fez que não, os cantos da boca se esticando em um sorrisinho que acalmou um pouco mais a minha alma. *Tudo na minha vida deu certo.*

— Não.

Idiota. Não pude deixar de debochar.

— Você vai se sacrificar pelo bem da equipe, então. E essa pode ser a história que contaremos a quem descobrir?

— Que equipe? — ele perguntou.

— Você e eu. Equipe Graves-Mazur. Assinamos um contrato juntos. Mais ou menos. — Sorri.

Aquele queixo barbado foi em direção ao pescoço, e pude ver a boca dele se contorcendo.

— Tudo bem, vou me sacrificar pelo bem da equipe.

Faltavam cinco minutos para termos que ir para o aeroporto, e Aiden ainda não tinha chegado em casa.

Ele não atendeu nas três vezes que liguei, e não havia como ele saber das outras dez vezes que peguei o telefone, mas me impedi de discar. Onde ele estava, caramba?

Eu me arrumei de manhã. Até fiz almoço para ele poder comer no caminho para o aeroporto, já que eu sabia que ele estaria com fome depois de assistir às gravações de jogo por algumas horas antes de os jogadores serem liberados.

Mas ele não estava em casa. *Ele não estava em casa.* E precisávamos ir.

Estava andando para lá e para cá. Minha bolsa já estava na porta, e se eu não saísse em cinco minutos, era mais do que provável que não conseguisse pegar o voo.

O toque abrupto do meu telefone vindo do bolso de trás me tirou do surto na mesma hora. É claro, **Miranda P.** apareceu na tela e um mau agouro fisgou o meu âmago.

— Alô?

— Vanessa. — Havia um barulho no fundo que soou como se alguém estivesse rindo. — Eu não vou conseguir chegar.

Decepção que não sentia há eras — e se eu parasse para pensar, perceberia que a última vez foi quando ele deixou Trevor falar de mim — apertou a base do meu crânio. Queria perguntar por quê. Queria perguntar por que ele esperou tanto para ligar ou por que ele não tinha pelo menos mandado mensagem, já que sabia que não conseguiria chegar, mas não pude me obrigar a fazer isso. Com o peito apertado e a cabeça começando a doer, perguntei:

— Você está bem? — indaguei, mesmo que a raiva estivesse me fazendo cerrar os punhos.

— Estou. — Foi a resposta seca e distraída.

— Certo. — Engoli em seco e fechei os olhos com força. *Um, dois, três, quatro, cinco, seios, sete, oito, nove, dez.* É, não ajudou tanto quanto deveria. — Então, eu já vou, volto no domingo.

— Leslie está vindo para a cidade.

Tudo bem nadou pela minha língua, mas me segurei. Não estava tudo bem. Eu estava furiosa com ele por desperdiçar o meu tempo e por fazer planos para que ele fosse comigo. Estava brava comigo mesma por esperar, por ficar um pouquinho de nada animada por ele ir comigo. Eu nunca tinha levado ninguém para El Paso.

O que só me deixou ainda mais furiosa.

— Entendi. Preciso levar as minhas coisas para o carro. Te vejo daqui a alguns dias.

Ele pode ter dito tchau, mas pode não ter dito. Eu não sabia, porque desliguei na cara dele.

Um, dois, três, quatro, cinco, seios, sete, oito, nove, dez, onze, doze.

Que merda eu estava pensando? Eu sabia que a única pessoa que poderia culpar era a mim mesma. Por que sequer me dei ao trabalho de convidá-lo? Deveria ter ficado de boca fechada e não ter dito nada. Fiz comida para ele e desperdicei horas da minha vida me estressando sobre ter que explicar a situação para a minha família.

Deus, eu era tão, tão idiota.

O que tinha me feito pensar que ele interromperia a *bye week* para ir a algum lugar comigo quando ele passou as duas últimas *bye weeks* em casa treinando?

Eu era uma idiota.

Subi as escadas correndo, entrei no meu quarto e peguei o talão de cheques da gaveta da minha mesa. Preenchi um cheque com o valor da minha passagem e o valor inteiro do SUV que aluguei com ele em mente. Minha alma chorou um pouquinho, porque era uma quantia digna de dez trabalhos, mas assinei a droga de cheque e olhei a Hello Kitty impressa no fundo com um resmungo. Em menos de um minuto, eu já tinha descido e ido até a cozinha, bati aquele cheque idiota no balcão, dando o dedo do meio para ele ao imaginar o rosto de Aiden, e saí.

Joguei a bolsa no assento traseiro do meu Explorer com um pouco mais de força do que o necessário e arranquei, esperando conseguir pegar o voo.

— Pensei que você fosse trazer alguém — notou minha mãe quase que no momento em que passei pela porta.

Soltei o fôlego e girei os ombros, colando um sorriso tenso no rosto. Reparei na mulher alta, magra e quase loura que eu costumava pensar que era tão linda quando eu era pequena e nos curtos e espaçados ínterins em que era maravilhosa. Ainda mais antes. Eu a amava pra cacete antes de ficar mais ciente das coisas, e esse pensamento fez meu coração doer pela Vanessa criancinha que não tinha percebido nada por muito tempo.

Era fácil de esquecer que alguém com uma aparência tão perfeita uma vez tinha sido alcoólatra funcional. Por outro lado, essa era a razão para ter passado tanto tempo sem que ninguém notasse que ela tinha um problema. Por sorte, minha mãe estava bem agora, e por isso eu tinha viajado de tão longe para o aniversário dela.

No voo, me preparei para essa situação e a melhor forma de lidar com ela. Já tínhamos uma idiota na família, graças à Susie. Não precisávamos de outra. Então, ia me fazer de idiota e minimizar o acontecido.

— Ele teve um compromisso de última hora — expliquei, de forma vaga, olhando ao redor da casa em que só estive um punhado de vezes. Era bacana. Bem bacana. Era casada há cinco anos com um advogado especializado em divórcios que conheceu no AA. Ele parecia um cara decente o bastante, e meu irmão falava muito bem dele.

— Que pena — disse a minha mãe. Eu podia sentir a mulher olhando para mim. — Quer trazer a sua bolsa para dentro?

Eu me certifiquei de olhá-la nos olhos antes de responder. Eu não queria sentir vergonha por não querer ficar com ela, e não me permitiria sentir. Se ela fizesse um esforço, se lembraria de como tudo ia ladeira abaixo quando eu ficava ali. Eu falava com o meu pai adotivo com muita frequência — no meu caso, a cada poucas semanas era frequente —, e disse a eles que tinha me casado com Aiden. O homem me olhou do outro lado da mesa em que jantei todos os dias durante quatro anos da minha vida e me perguntou com a voz bem séria:

— Você não poderia ter se casado com alguém que joga no Houston?

Eu tinha esquecido o quanto ele odiava os Three Hundreds.

Hoje de manhã, tomei café com a minha mãe adotiva. Mas não contei nada disso à minha mãe biológica. Toda vez que eu falava dos meus pais adotivos, ela ficava com um olhar vidrado do qual eu não gostava muito.

— Ah. — Foi o suspiro profundo, antes do sorriso, que me disse que ela tinha entendido o suficiente. — Nesse caso, fico feliz por você ter chegado cedo.

Sorri para ela, um sorriso amarelo, bem meia-boca.

— Precisa de ajuda com a festa?

— Já arrumamos quase tudo... — A voz foi diminuindo o volume, a expressão desnecessariamente animada. Forçada.

Um sentimento súbito de pavor me colocou em alerta.

— Quem ajudou?

Ela citou o marido. Passando o braço pelo meu ombro, ela me puxou para o lado, me dando um beijo na testa, e lutei contra o impulso de me afastar dela, então eu soube. *Eu soube que merda ela estava prestes a dizer.*

— E Susie e Ricky.

Todo o meu corpo ficou rígido. Juro, até meu joelho começou a doer em reconhecimento. Meu coração acelerou ainda mais.

— Vanessa. — Minha mãe disse o meu nome como se eu fosse feita de cascas de ovo. — Eles estão ficando conosco. Não quis te contar porque fiquei com medo de que você não fosse vir.

Eu não teria vindo. Ela estava certa.

— Ela é sua irmã — minha mãe disse, me dando uma sacudida que não me distraiu do fato de que eu teria que contar até cem para que não perdesse a cabeça. — Ela é sua irmã — repetiu.

Susie era muitas coisas, e uma filha da puta estava no topo da lista. Aflição e uma quantidade nada insignificante de raiva inundou as minhas veias. Como ela pôde fazer isso?

— Vanessa, *por favor.*

Por que ela tentaria me emboscar desse jeito? Primeiro, foi Aiden. Agora, era a minha própria mãe me emboscando com Susie e o babaca.

— Seja boazinha. Por mim — insistiu ela.

Eu ia acabar na loja de bebidas antes que o dia chegasse ao fim. Já podia sentir.

O impulso de ser malvada apertou a minha língua. Quis perguntar sobre as centenas de vezes que ela não fez nada por mim. Quis mesmo. Nos meus melhores dias, me convencia de que a perdoei pelas vezes que ela não voltava para casa. Por me fazer recorrer a roubar dinheiro da sua bolsa para poder comprar mantimentos, porque ela tinha esquecido *de novo* que não havia nada em casa para comer. Por me deixar sozinha e me forçar a lidar com três irmãs mais velhas furiosas e más que não davam a mínima para o meu irmão e para mim.

Mas não pude me obrigar a seguir por esse caminho. Apesar dos muitos anos que ela estava sóbria, sabia que a minha mãe estava por um fio. Ela tinha um problema e estava lidando com ele, mesmo que já estivesse atrasada vinte anos para corrigir os erros.

Tudo o que pude fazer foi grunhir; eu não poderia prometer nada. Não poderia mesmo, não importa o quanto eu quisesse dizer a ela que aquela era a primeira vez, desde que éramos crianças, que Susie e eu não terminaríamos querendo matar uma à outra depois de poucos minutos estando frente a frente. Bom Deus, era triste. Parecia que nunca tínhamos convivido, e assim, eu estava falando da minha irmã um pouco mais velha, só um ano e meio. E ela tinha me isolado e me odiado até as entranhas desde quando eu podia me lembrar.

Aguentei muita merda da parte dela nos primeiros anos. Ela me maltratava à beça. Tinha começado com ela me beliscando quando a nossa mãe não estava por perto, o que era sempre, então progrediu para os xingamentos, evoluindo para roubar as poucas coisas que eu tinha e então terminou com os embates físicos. Ela é uma idiota desde *sempre*.

Então, um dia, eu devia ter uns catorze anos, e decidi que estava farta da merda dela. Infelizmente, ela acabou comigo e eu terminei na emergência com um braço quebrado depois que ela me empurrou da escada. Foi aquele braço quebrado que levou o Serviço de Proteção à Criança à nossa casa porque a minha mãe não tinha aparecido no hospital quando o pessoal tentou contatá-la. Nós cinco fomos separados depois daquela noite, e foi só mais para a frente, quatro anos depois, que voltei a morar com a minha mãe e as minhas irmãs. O que não terminou nada bem.

Era uma história dolorosa e miserável da qual desisti há muito tempo.

Tinha aceitado que havia algo errado com todas as minhas irmãs, mas principalmente com a Susie. Enquanto eu ficava mais velha, percebi que eram altas as chances de a minha mãe ter estado bêbada enquanto estava grávida delas. Todas eram pequenas, ao contrário de mim e do meu irmão, e tinham tido problemas de comportamento. Mesmo que agora eu aceitasse que não podiam evitar a maior parte do que havia de errado com elas, não ajudava a aliviar o meu ressentimento.

Pelo bem do meu relacionamento com a minha mãe, evitávamos falar de Susie e, uma vez por ano, ela mencionava por alto as minhas outras duas irmãs.

Até merdas como essa.

Sério, eu não podia acreditar que Susie e Ricky estavam ficando ali, e que ninguém tinha me avisado. Diana ia enlouquecer quando eu contasse.

— Vanessa, por favor. Estou tão feliz por você estar aqui. Senti saudade. Você quase nunca vem me ver. — Minha mãe pegou pesado para me fazer sentir culpa.

Um, dois, três, quatro, cinco, seis, sete, oito, nove, dez.

Não havia nada que eu pudesse fazer, lembrei a mim mesma. Tudo na minha vida tinha dado certo. Eu tinha mais do que já cheguei a imaginar. O passado não importava mais.

Respirando fundo, forcei um "tá", rilhando os dentes o tempo todo.

— Sim? — ela perguntou, sorrindo com esperança.

Fiz que sim, pedindo aos meus músculos para pararem de travar. Sabia que o que eu ia dizer era babaquice. Percebi que estava sendo imatura, mas não pude encontrar forças na minha alma para me importar.

— É. Vou ser boazinha, contanto que ela também seja.

O suspiro que ela soltou?

É, ela sabia. Ela sabia que Susie não sabia ser boazinha.

— Não posso acreditar.

— Pois acredite — falei, cínica, ao tentar afastar a raiva pela milionésima vez no último dia.

Diana zombou ao se mover ao meu redor, uma tigela de plástico manchada na mão, uma escova na outra. Os olhos castanhos mudaram da seção da minha cabeça na qual ela já tinha aplicado a tinta para encontrar o meu olhar antes de bufar.

— Você sabe que eu não quero falar da sua família, mas, quando penso que não podem piorar mais, eles vão lá e pioram. — Mentirosa. Ela não se importa de repassar os melhores defeitos de quatro sextos da minha família. Quantas vezes não nos sentamos no quarto dela e encenamos as centenas de coisas que faríamos e diríamos às minhas irmãs em retaliação pelo que quer que elas me tivessem feito passar? Umas cem? Não que tenhamos ido em frente com qualquer uma das hipóteses. Elas eram mais velhas do que nós, e não dava para cutucar a loucura.

— A pior parte foi que, depois que Ricky me agarrou pelo braço, ninguém disse nada. Todos queriam agir como se nada tivesse acontecido.

— Jesus, V — murmurou a minha melhor amiga. — Eu te disse para não ir.

Ela tinha dito, eu que fui teimosa e não dei ouvidos.

— Eu sei.

A mão dela tocou o meu ombro.

— Sinto muito.

Não tanto quanto eu.

Consegui ficar três horas na minha mãe antes de ir tudo para o inferno. Três horas para eu sair feito um furacão da casa dela, puta da vida. Para ser sincera, fiquei surpresa por ter conseguido passar a noite no hotel antes de ir para o aeroporto assim que amanheceu e pegar um voo de última hora para Dallas. A raiva não tinha diminuído tanto quanto eu esperava depois de uma boa noite de sono, e o voo de volta também não tinha ajudado muito.

Assim que pousei, mandei mensagem para a única pessoa no mundo que era leal a mim, e então fui para a Diana para que eu pudesse contar tudo e tirar aquilo do meu peito. Ajudou? Não muito, mas já era alguma coisa. Então, contei a ela o que se passou enquanto ela pintava o meu cabelo com alguma cor surpresa que a deixei escolher. Era um dos benefícios de ser seu próprio chefe.

— Espera, você não me contou o que aconteceu com o Aiden — ela enfim notou.

Bom Deus. Lá vai eu ficar puta de novo. Ao menos esse foi um dos problemas que consegui deixar de lado por um tempo desde o dia anterior, mas, de repente, foi outra ferida fresca a ser adicionada à já existente.

— Ele ligou e cancelou de última hora.

Diana estremeceu. O "aah" que ela soltou mal foi audível.

— Pois é — murmurei, quando o seio dela passou a um centímetro do meu rosto. — O antigo treinador dele estava vindo para a cidade ou algo assim, e ele estava ocupado com o time assistindo a gravações de jogo ou algo do tipo quando ele ligou, mas não importa. Foi idiotice minha convidá-lo, de qualquer forma.

— Tenho certeza de que ele tinha uma boa razão para cancelar — Di tentou me tranquilizar.

Havia somente uma razão, e era a mais importante para ele. Eu não precisava de detalhes para saber qual exatamente seria o nome disso.

— É, tenho certeza de que ele tinha. — Soltei um suspiro trêmulo. — Só estou com um humor péssimo. Desculpa.

— *Não*, eu não posso acreditar. — A espertinha arfou.

Ergui a mão e tentei beliscá-la através do avental, mas ela dançou para longe com um sorrisão.

— Me deixa em paz.

Ela deu língua.

— Baixe esse seu cabeção rapidinho, sim?

Zombei ao fazer o que ela pedia. Diana deu um passo na minha direção, a barriga a centímetros de distância. Ela deve ter erguido a mão, porque a camisa levantou um centímetro, expondo uma faixinha de pele.

Franzi a testa.

Tirando a mão de debaixo da capa que ela vestiu em mim, puxei sua camisa ainda mais para cima, expondo uma fileira de machucadinhos que pareciam uma versão menor dos que eu tinha no antebraço.

— O que você está fazendo? — Ela deu um passo para trás.

Olhei para ela, para o rosto dela, o pescoço, os braços e não vi nada que não deveria estar lá.

— O quê? — O tom foi muito menos brusco da segunda vez, mas eu sabia, eu sabia, pela forma que ela coçava a perna da calça, que havia algo errado. Era o tique dela.

Um, dois, três, quatro, cinco, seis, sete, oito, nove, dez.

Tive que contar até dez de novo antes de me controlar.

— O que aconteceu? — perguntei da forma mais tranquila e calma possível, mesmo que eu já estivesse prestes a ficar ainda mais furiosa do que estava quando apareci ali.

Diana tentou fazer pouco daquilo rápido demais.

— Nada. Por quê? — Ela teve a coragem de olhar para baixo e puxar a camisa da mesma forma que eu tinha puxado. Ela até mesmo franziu a testa ao tocar nos hematomas. Eu apostaria o meu primeiro filho que ela sabia muito bem a razão.

— De onde eles vieram?

Ela não olhou para cima ao responder.

— Eu me lembro de ter batido o quadril.

— Você bateu o quadril? — Ela mentiu. Ela estava mentindo descaradamente.

— No balcão.

— No balcão? — perguntei devagar. Aquilo parecia um pesadelo.

Minha melhor amiga, minha melhor amiga de toda uma vida, mentiu de novo.

— Foi — insistiu.

— Di... — Eu não ia perder as estribeiras. Eu não ia me descontrolar na frente dela.

— Me deixa terminar de aplicar isso no seu cabelo — ela me interrompeu.

— Diana...

— Incline a cabeça para baixo de novo, Vanny.

— *Di.* — Agarrei a mão que ela tinha estendido na minha direção. Os olhos castanhos dispararam para os meus, a expressão assustada. — Foi o Jeremy?

— Não!

Um nó se formou na minha garganta, ficando maior e maior a cada segundo.

— Diana Fernanda Casillas. — É, eu recorri ao nome completo. Minha mão tremia. — Foi o Jeremy?

Essa mentirosa do caralho nivelou o olhar com o meu, e se não fosse pela mão voltando a bater na perna da calça, eu teria acreditado que ela estava dizendo a verdade, que essa pessoa que eu amava, pela qual eu faria qualquer coisa, e que eu sentia que faria qualquer coisa por mim, não mentiria para mim.

Nem sequer me lembrei de que tinha mantido as coisas para mim no passado. Que não contei a ela sobre o Aiden. Que ela não sabia dos meus empréstimos estudantis. Nada disso passou pela minha cabeça naquele instante.

— Não, Van. Ele me ama. Eu bati o quadril.

O nó na minha garganta inchou e eu podia sentir os meus olhos marejando quando o olhar dela encontrou o meu sem nem piscar. Aquele era o problema. Diana era igual a mim. Quando estava muito enterrada, não estava prestes a cavar para sair do buraco em que se encontrava. Ela não estava prestes a voltar atrás e contar a verdade.

— Eu estou bem, Van. Juro.

Ela jurou. A coceira no meu nariz piorou.

— Di — eu meio que grasnei. O sorriso que tomou toda a sua boca me feriu.

— Eu bati o quadril, bobona. Juro.

Não creio que Diana, algum dia, saberia o quanto estava me magoando. Eu gostava de pensar que as mentiras que contei a ela foram para protegê-la, então ela não se preocuparia por eu estar com uma dívida desastrosa, e eu não tinha contado que eu e Aiden casamos escondido porque ela era linguaruda e contaria para todo mundo. Eu sabia que ela entenderia, a contragosto, depois que deixasse a raiva de lado por não ter sido a primeira a quem eu contei. Ela não sabia guardar segredo; todos sabíamos disso.

Mas isso...

Eu não tinha nada que me motivasse a ficar calada, mesmo sabendo que nem a pau ela voltaria atrás e confessaria a verdade. Segurando-a com mais força, tentei ignorar a batida forte no meu peito e me certifiquei de que seus olhos encontrassem os meus.

— Di...

Ela estava mentindo. Ela estava sendo uma grandessíssima mentirosa.

— É só um roxo, Van.

Mas não era.

Não era.

Foi o sedan discreto estacionado na entrada da garagem quando cheguei em casa que me disse que tínhamos visita. Leslie.

Ah, Leslie.

A única pessoa no mundo de quem eu gostava de verdade, mas, de vez em quando, especialmente nesse fim de semana e a cada quinze de junho, me fazia sentir só um tiquinho de ciúme. Leslie era a única pessoa no mundo de quem eu poderia dizer com sinceridade que Aiden gostava, e acho que eu era só uma idiota gananciosa e egoísta. Eu não podia nem ganhar um "feliz aniversário" no meu dia, já Aiden não só se lembrava do aniversário de Leslie, como também se importava o bastante para me mandar enviar um presente para o homem.

Estava mesmo reclamando por Aiden gostar de alguém que não era eu?

Eu estava de mau humor, um humor pior do que estava quando cheguei a Dallas cinco horas atrás. Inferno, estava de mau humor desde que saí de El Paso. Tudo o que queria fazer era chegar em casa, amargar a minha raiva e talvez assistir a um filme que me faria esquecer tudo o que estava me aborrecendo. Minha mãe, Susie, seu marido Ricky, Diana, o namorado dela e Aiden. Eu queria ficar sozinha.

Estacionando na rua, peguei a minha bolsa no banco de trás, ignorei a dor irradiando pelo meu pulso e me arrastei pela calçada, depois pela trilha.

Contei até dez de novo e de novo ao destrancar a porta e entrei o mais silenciosamente possível.

— Vanessa?

Eu estava a meio caminho nas escadas com a mala na mão quando a voz de Aiden me alcançou vinda lá dos pés delas. Devagar, apoiei a bolsa no degrau em que estava, rilhei os molares e olhei para trás, para o homem que tinha me dado o cano, parado lá entre a sala e a entrada, usando calça de moletom e uma camiseta tão solta que eu podia ver as laterais saradas de alguns dos músculos mais sexy do universo.

Eu amava músculos laterais sexy? É claro. Eu tinha ovários.

Mas eu também tinha um cérebro, um coração, um pouco de orgulho e um imenso machucado no braço por causa de alguém que me deixou na mão, e que não me deixaria esquecer nadica de nada.

As coisas poderiam ter sido piores se ele estivesse lá, tentei lembrar a mim mesma ao puxar a manga do casaco que coloquei antes de sair da casa da Diana, arrastando-a ainda mais para baixo. Mas a outra metade do meu cérebro queria acreditar que talvez o fim de semana tivesse sido diferente se Aiden estivesse lá.

Mas, bem, talvez eu só quisesse culpar outra pessoa além de mim mesma por não ouvir os meus instintos quando eles me disseram para fazer uma coisa, e eu fiz outra.

— Sim? — perguntei, sentindo as bochechas repuxarem.

O grandalhão me observava, algo na forma como ele franzia os lábios me dizendo que ele estava hesitando.

— Leslie está aqui.

As palavras mal saíram da sua boca quando uma cabeça branca espiou lá da sala. Quase tão alto quanto Aiden, e muito mais em forma do que qualquer homem que era considerado idoso poderia estar, Leslie Prescott cintilou aquelas facetas perfeitamente brancas para mim.

— Oi, Vanessa.

Uma dor aguda pulsou entre as minhas sobrancelhas de forma inesperada. Coloquei a bagagem no lugar e sorri para o homem que eu tinha conhecido no passado. Passamos meses juntos no Colorado em duas ocasiões diferentes, e ele visitou Aiden nas outras vezes. Eu gostava dele — gostava dele de verdade —, mas estava num péssimo humor, e não seria justo descontar nele.

— Oi, Leslie — basicamente murmurei ao descer os degraus e estender a mão.

Ele a apertou, me lançando um sorriso aberto e sincero.

— Parabéns — disse ele, sacudindo a minha mão. — Fiquei sabendo da novidade. — A outra mão de Leslie veio agarrar a minha entre as suas, o sorriso ficando maior a cada segundo. Se ele pensou ser estranho eu não ter dado um beijo ou um abraço em Aiden quando cheguei, não ficou evidente em seu rosto. — Estou um pouco magoado por não ter sido convidado, mas compreendo.

— Ah, obrigada. — Dei a ele um sorriso cansado, ignorando solenemente o corpo grande de pé na minha visão periférica, observando.

— Eu não poderia estar mais feliz por vocês dois. Fiquei decepcionado por você estar fora esse fim de semana, mas tenho certeza de que teremos mais tempo para nos ver no futuro.

Eu me forcei a manter o sorriso no rosto. Aiden e eu ainda tínhamos mais quase cinco anos juntos — com certeza eu voltaria a ver Leslie em algum momento.

— Tenho certeza de que sim.

Leslie sorriu.

— Nós terminamos de assistir a algumas gravações, então vou sair do seu pé e deixar vocês dois passarem um tempo a sós essa noite, *eh*[1]?

O olhar carinhoso e divertido que tomou o rosto de Aiden me irritou mais do que um pouco.

— *Eh*. — Sim.

E o fato de o sotaque canadense ter se esgueirado nele, o que só acontecia quando estava muito confortável, fez a minha imaturidade de menininha piorar ainda mais.

— Vou deixar vocês dois com isso. Tenho trabalho para pôr em dia. — Foquei em Leslie ao falar.

O homem mais velho assentiu.

— Claro, claro. Entendo. Se me derem licença, preciso fazer uma parada antes de ir. — Ele voltou a sorrir, aliviando só um pouco a tensão que eu sentia.

Ele não tinha feito nada errado, e eu estava agindo feito uma idiota.

— Você estará aqui amanhã?

— *Eh*. Meu voo parte depois de amanhã. Preciso voltar para casa.

— Te vejo amanhã, então. Dirija com cuidado.

---

1   Expressão usada no Canadá com significados diversos, como confirmação de entendimento/atenção, concordância. (N. E.)

Leslie assentiu e foi em direção ao lavabo mais abaixo no corredor. Aquela foi a minha deixa para dar o fora dali. Pegando a bolsa com a mão boa, consegui chegar à metade da escada antes de ouvir:

— Você está bem?

Não me dei ao trabalho de parar. Segui em frente.

— Estou.

— Vanessa. — A voz dele estava baixa, cautelosa. — Olhe para mim.

Cento e oitenta por cento pronta para estar no meu quarto, parei e me virei, erguendo as sobrancelhas para o sujeito parado aos pés da escada com uma mão apoiada no corrimão.

Ele estava com aquele olhar escuro estreitado para mim.

— Quando você diz que está bem, eu sei que você não está.

— Hum. — Foi a única coisa que consegui pôr para fora sem dizer alguma megerice genuína. Tentei dizer a mim mesma que não foi grande coisa ele não ter ido comigo; disse aquilo para mim mesma ao menos uma dúzia de vezes no fim de semana. Também disse a mim mesma que entendia que ele estava ficando para poder ver alguém de quem gostava, mas não ajudou, e não adiantou.

Meu maldito orgulho não aguentou ser confrontado e decepcionado não apenas por ele, mas por todo mundo neste fim de semana.

— Foi o que pensei — Aiden declarou ao erguer o queixo de forma quase desafiadora.

Apertei os dedos no corrimão, imaginando que era o pescoço dele que eu estava torcendo.

— É, acho que sim — admiti com um bufo. — Não quero falar disso. Estou indo dormir.

Mal consegui me virar quando a voz baixa e rouca de Aiden se ergueu.

— Eu não ligo se você não quer falar disso. Eu quero — ele disse com aquela voz autoritária e exigente que me dava nos nervos. Não era uma voz alta de forma alguma, mas não precisava ser.

Revirando os olhos, balancei a cabeça enquanto ele continuava com a explicação de merda.

— Leslie ligou, disse que estava em San Antonio e perguntou se poderia vir aqui por alguns dias. O treinador queria repassar algumas filmagens antes de sairmos, e perdi a noção do tempo. — Prosseguiu: —

Pensei que você, de todas as pessoas, entenderia. Não sei qual é o problema.

Por um momento, pensei em pegar a minha bolsa e jogá-la nele. Imaturo, claro. Desnecessário, óbvio. Mas teria me feito me sentir muito melhor. Em vez disso, contei até sete, e enquanto olhava as escadas, disse a ele:

— Eu entendo, Aiden. De verdade. Seu trabalho é a coisa mais importante da sua vida e tenho total consciência do quanto Leslie significa para você. Eu sei, sempre soube.

— E está brava mesmo assim.

Não havia razão para mentir, havia? Colocando a bolsa no degrau à minha frente, me virei para encarar aquela cabeça de cabelos escuros e o rosto bronzeado que tinha visto mais quando trabalhava para ele do que agora que morava com ele.

— Não estou brava, Aiden. Eu só... olha, estou com um humor horroroso. Talvez agora não seja a hora de conversar, tudo bem?

— Não. — Ele empertigou a coluna e tirou a mão do corrimão. — Fiquei para assistir às gravações com o pessoal e para ver o Les — declarou, com uma ruga entre as sobrancelhas.

— Entendo a sua razão para ficar. Não estou dizendo que não. Só estou frustrada por causa da porra desse fim de semana inútil e não quero descontar em você. — Era mentira. Eu meio que queria. — Por favor, podemos parar de falar disso?

Eu sabia qual ia ser a resposta dele antes de ela sair da sua boca: *não*. Ele não me decepcionou.

— Eu não fiz nada para você ficar brava.

Que os céus me ajudem. Que a porra do céu me ajude. Meus dedos foram pressionar o alto das minhas sobrancelhas, como se o gesto fosse manter a dor de cabeça longe.

— Aiden, é só deixar para lá.

O cara que nunca deixava nada para lá? Por que agora seria diferente?

— Não. Eu quero falar disso. Eu não fui com você para a casa da sua mãe. Eu vou da próxima vez.

O problema com algumas pessoas era que elas não entendiam o princípio das coisas. O que também acontecia com as pessoas era que alguns caras não entendiam quando era a hora de deixar essas merdas para lá, então eles continuavam insistindo e insistindo e insistindo até a gente dizer "foda-se". Foi exatamente o que Aiden fez comigo. A dor na minha cabeça piorou.

— Eu te convidei para que você conhecesse a minha mãe e os meus pais adotivos. E burra que sou, fiquei decepcionada quando você deu para trás na porra da última hora.

Em retrospecto, isso soou muito mais melodramático do que o necessário.

O fato de a minha mãe ter mentido para mim na cara dura já me fez sentir mal. Susie entrando no modo psicótico sem dúvida nenhuma piorou tudo. As mentiras de Diana só amplificaram cada emoção cruel e magoada dentro de mim, mas não disse nada disso a ele. Cada tanto de raiva em mim brotou das sementes que a ausência de Aiden deixou.

— Eu precisei — ele afirmou naquele tom indiferente e cortante que dizia que não entendia a razão de eu estar tão chateada.

Suspirando, afastei a mão do meu rosto e a sacudi.

— Esqueça, Aiden.

— Eu não entendo por que você está tão chateada — ele disparou.

— Porque sim! Pensei que seríamos amigos, e você não pôde nem se dar ao trabalho de se lembrar de me dizer até o último minuto que você não iria comigo. Você tem ideia do quanto isso me fez sentir pouco importante? — rebati.

Uma emoção estranha cintilou nos olhos escuros, e a longa extensão do seu rosto relaxou por um segundo antes de a expressão desinteressada de sempre assumir.

— Fiquei por uma boa razão.

— Eu entendi. Já sei quais são as suas prioridades. Sei em que ponto estamos. Sei o que é e o que não é. Vou tentar ajustar as minhas expectativas de agora em diante — eu o interrompi, farta daquela conversa ridícula.

A boca rosa-escura de Aiden tinha estado aberta, mas, com o meu comentário, ele a fechou. A testa franziu, e aquela boca linda que pertencia a uma mulher que tinha feito alguma melhoria cosmética se apertou nos cantos. Ele piscou os longos cílios castanhos enquanto franzia a testa.

Ele não tinha palavras.

Palavras que seguiriam a linha de "nós somos amigos" ou "me desculpa". Em vez disso, não tive qualquer retorno. Nenhuma desculpa, nenhuma promessa, *nada*.

Frustrada — frustrada pra caralho —, segurei o revirar de olhos que me tentava a cada segundo e colei um sorriso completamente falso e contrito no rosto.

— Estou muito cansada. — E meu braço doía. — Boa noite.

Dois degraus depois, ouvi.

— Não foi grande coisa.

Por quê? Por que eu? Por que ele não podia deixar esse assunto para lá antes de eu decidir cortar sua garganta enquanto ele dormia?

— Esqueça até mesmo que eu disse alguma coisa — falei por cima do ombro, pelo bem dele e pelo meu. Deus, eu estava sendo uma megera, mas não pude achar em mim razão para me importar.

Aiden disse mais alto:

— Eu não sei por que você acha que é tão importante. Não estou te pedindo para me reembolsar a passagem ou o aluguel do carro. Tenho certeza de que posso conhecer sua família em outra oportunidade. Não é como se não tivéssemos tempo. Temos cinco anos, Vanessa. Não quero passar esse tempo com você ficando brava comigo o tempo todo. Você sabia no que estava se metendo.

— Confie em mim, não me esqueci nem por um segundo de quanto tempo estaremos nessa. — Puxei a minha mala ao subir mais um degrau, puta da vida.

Quando eu não disse nada, ele assumiu a responsabilidade de prosseguir.

— Qual é o seu problema, caramba?

Eu me virei completamente para olhar para ele, minhas mãos indo instintivamente para os quadris.

— Eu já te disse qual é o meu problema. Estou mal-humorada e você me deixou na mão, e isso me chateia mais do que deveria, eu sei. Mas sei que eu deveria ter imaginado.

Ele bufou. Ele bufou com tanta força que as narinas dilataram e ele balançou a cabeça, os olhos indo para toda parte, menos para mim.

— O que diabos isso quer dizer?

Senti o sangue fugir do meu rosto, mas maldita fosse eu se corresse para o meu quarto agora. Às vezes, as expressões faciais diziam muito mais do que as palavras, e eu esperava que aquele sorriso insuportável que estava dando para ele dissesse exatamente o que eu queria. *Vá se foder.*

Um som cortante que poderia ser confundido com uma risada amarga explodiu da boca de Aiden.

— Não estou pagando os seus empréstimos e te comprando uma casa para ter que lidar com isso, Van. Se eu quisesse alguém para me perturbar, teria arranjado uma esposa de verdade.

Ah... porra... não.

Cada gota de sangue da parte superior do meu corpo foi para baixo. Palavras feias e dolorosas beliscaram a minha garganta e eu não podia falar. Não podia pensar. Eu não podia respirar.

Não precisava aguentar essa merda.

Parada lá no degrau, meneei a cabeça, minhas mãos tremendo.

— Quer saber? Você está certo. Você está totalmente certo. Sinto muito por ter aberto a porra da boca. Sinto muito por dar a mínima e por começar a contar que você estaria nessa comigo. — E eu sentia muito por estar culpando-o pelo início de uma cadeia de eventos que foi só ladeira abaixo.

Eu estava sendo mesmo um pouquinho idiota, mas consegui reunir a mínima vontade naquele momento para deixar a situação para lá.

Cerrando as mãos, subi os degraus correndo com a bolsa na mão ruim e bati a porta assim que entrei no quarto. Não sabia quanto tempo fiquei lá, olhando ao redor do que, de repente, pareceu uma pena de cinco anos. Se já não estivéssemos "casados", eu teria juntado as minhas coisas e ido embora.

Mas eu tinha assinado os papéis e feito uma promessa a ele. Cinco anos. *Não vou a lugar nenhum até você conseguir sua residência, prometo.*

Mas aquela era a diferença entre Aiden e mim. Eu mantinha a minha palavra.

Largando a bolsa no chão, esfreguei as bochechas, tentando me acalmar. Meus olhos pareciam estranhamente secos. Esse buraco do tamanho do Lago Crater firmou residência onde costumavam ficar as partes mais importantes da minha alma. Eu não ia chorar. Eu não ia chorar, caralho.

Me abaixei para abrir a bolsa e tirar as roupas para lavar mais tarde quando A Muralha de Idiotice não estivesse por perto. Aquele nó na garganta que engoli lá na Diana pareceu voltar ao tamanho normal. Eu não ia chorar. Eu não ia chorar mesmo que o impulso estivesse maior do que nunca.

Estava empurrando a mala para baixo da cama com um pouco mais de força do que o necessário quando uma batida soou à minha porta, duas batidas baixas demais para ser o Aiden.

Controlando a raiva e aquelas coisas que não eram lágrimas se arrastando pelo meu globo ocular, gritei:

— Sim?

— Van. — Era o Zac.

— Sim?

— Posso entrar?

Tirando os óculos, esfreguei a sobrancelha por um segundo com a palma da mão e soltei um suspiro trêmulo.

— Claro. Entra.

E, óbvio, Zac abriu a porta e deslizou para o meu quarto, e havia um sorriso esquisito e cauteloso em seu rosto quando ele a fechou.

— Oi, querida — ele disse com a voz quase delicada.

Lancei um sorriso igualmente cauteloso, tentando reprimir a irritação com o cara lá embaixo, com a minha família em El Paso e com a idiota conhecida como minha melhor amiga em Forth Worth. Brinquei com a manga do casaco para me certificar de que ela cobria o meu pulso.

— Oi.

— Gostei do cabelo.

— Obrigada. — Talvez eu teria gostado mais do azul-petróleo em qualquer outra circunstância, mas estava tão irritada e desanimada que não pude achar em mim vontade de me importar que o meu cabelo agora parecia algo saído do Mundo Mágico dos Doces.

— Você está bem? — ele perguntou, fazendo menção de se sentar na beirada da cama a apenas meio metro de onde eu estava ajoelhada.

Relutante, chutei a mala e o resto das coisas para debaixo do móvel e me levantei.

— Estou.

— Tem certeza?

Merda.

— Você ouviu tudo, não foi?

— Ouvi — ele confirmou com um piscar daqueles belos olhos azuis. É claro que sim. Eu estava basicamente gritando perto do final.

— Tem dias que é muito fácil para ele me dar nos nervos, não entendo. — Eu me sentei ao lado dele e suspirei.

— Eu sei.

— Ele não liga para muita coisa além de si mesmo.

— Eu sei.

— Aí ele fica bravo quando alguém se decepciona com ele — resmunguei para o chão.

— Eu sei — Zac concordou de novo.

— Eu não implorei para que ele fosse comigo. Só mencionei. Eu teria ficado bem se ele dissesse que estava muito ocupado.

— Eu sei.

— Por que ele é tão pé no saco?

Na minha visão periférica, vi Zac erguendo as mãos.

— O mundo jamais saberá, querida.

Bufei e, enfim, desviei o olhar para ele.

— Não, provavelmente não. — Eu o cutuquei com o cotovelo. — Você não teria me deixado na mão, teria?

— De jeito nenhum. — Ele me cutucou com a coxa, chamando a minha atenção para o pijama de rena que ele estava vestindo. — Viagem ruim para casa?

Não tinha contado muito a ele sobre a situação da minha família na época que nos conhecemos. Além de uma menção ou outra de que eu não era próxima da minha mãe, o quanto as minhas irmãs eram sofríveis e talvez falado de passagem, uma ou duas vezes, dos meus pais adotivos, nunca entrei em maiores detalhes com Zac. Mas ele sabia o bastante.

Arrastando o olhar para cima, parei na barba que ele tinha deixado crescer esses dias; normalmente, meu amigo barbeava aquela carinha de bebê todos os dias. Olheiras azul-claras estavam abrigadas sob seus olhos e as bochechas estavam mais encovadas do que estavam há duas semanas, me fazendo sentir como uma babaca egocêntrica. Algumas pessoas tinham problemas de verdade com os quais lidar, e aqui estava eu perdendo a cabeça por causa de pessoas que não se importavam comigo.

— É. — Isso era dizer pouco. Balancei a cabeça, engolindo a briga com Susie e o marido por enquanto. — Foi uma merda. Gigante.

Zac me alimentou com um sorriso de piedade, o qual eu consumi.

— Por que você acha que eu não voltei para casa?

Ahh, inferno.

— Eu ouvi você. — Inclinando a cabeça para olhar para ele, eu o observei. — Estive preocupada com você, sabe?

Ele fez um som de desdém.

— Vou ficar bem.

Quantas vezes eu não tinha dito aquelas mesmas palavras para mim mesma quando sentia que o mundo estava caindo na minha cabeça? Estendi a mão e a coloquei sobre sua coxa.

— É claro que vai, mas isso não quer dizer que eu não vá me preocupar ou imaginar o que você vai fazer.

Aquela cabeça cor de areia caiu para trás e o suspiro dele preencheu o meu quarto.

— Porra, não sei, Vanny — confessou com a voz cansada. — Não tenho ideia do que vou fazer.

Talvez eu não pudesse consertar a situação com Aiden, com a minha irmã, com Diana, mas eu podia tentar ajudar o Zac o máximo que eu pudesse agora que ele finalmente queria falar do assunto.

— Você ainda quer jogar?

Ele bufou.

— É claro.

Foi bem fácil.

— Então você sabe o que tem que fazer. Vai voltar a treinar e pedir para o seu agente te arranjar outro time. Talvez não nessa temporada, mas pelo menos na próxima. Nada de se... e... nem mas... Não se dê outra opção — disse a ele. — O que você acha?

Os dedos cobertos pelas meias bateram no chão e o som da respiração constante me disse que ele estava ali. A mão foi descansar sobre a minha e eu estiquei os dedos para cima para uni-los aos dele.

— Talvez as coisas não deem certo, mas talvez deem. Você jamais saberá a menos que tente, e se não tentar, é capaz de acabar se tornando um velhote que vai ficar imaginando o que teria acontecido se não tivesse desistido — eu avisei antes de soltar a sua mão e avançar para lhe dar um abraço de um braço só.

Isso o fez rir entre dentes.

— Você está bem de dinheiro? — Eu não era rica sob nenhum parâmetro, mas tinha as minhas economias, e estava orgulhosa do quanto consegui juntar por conta própria.

— Estou sim — ele me assegurou.

Pensei que fosse o caso. Ele não era extravagante.

— Se você decidir ficar, vou até te deixar correr a maratona comigo em fevereiro, se você for um bom menino — adicionei, puxando-o para o meu lado para lhe dar mais um abraço.

Ele enrijeceu as costas.

— Você vai correr uma maratona?

— Por que você acha que estou correndo?

— Porque está entediada?

Pesquisei mais sobre o processo de treinamento sugerido para pessoas correndo a primeira maratona, e não via ninguém fazendo isso só por estar entediado.

— Não. Eu só quero conseguir. Eu não tinha tempo para treinar para uma antes, e gosto do desafio. — Além do mais, queria provar algo a mim mesma. Fazer algo pelo meu pobre joelho. Queria lembrar a essa parte do meu corpo que ela podia fazer o que quisesse. Que não era a cadelinha de ninguém.

Queria saber que nada era impossível e mandar um belíssimo foda-se para a minha irmã pelo que ela fez comigo.

Eu me apoiei nele e soltei um suspiro trêmulo, de repente sentindo a sobrecarga de todo aquele fim de semana.

— Você está dentro ou o quê?

O texano alto deixou escapar um suspiro.

— O quê? Vai ser patético e dar para trás?

Ele virou o rosto para mim, o canto da boca se erguendo.

— O que eu ganho com isso?

— O mesmo que eu: satisfação pessoal por fazer algo que não podia fazer antes.

O sorriso que preencheu o rosto de Zac apagou o resto do ressentimento que eu senti por causa do comportamento de Aiden, pelo menos. Aqueles olhos azuis cintilaram e ele irradiou algo incrível.

— Você é um raio de sol, não é, querida? *Fazer algo que não podia fazer antes*. Bem, foda-se. Conte comigo para esta prova pavorosa.

É, eu posso ter soltado um gritinho, surpresa por ele ter mesmo aceitado a minha oferta.

— *Sério?*

— Sério. — E, bem assim, o sorriso dele diminuiu um pouco. — Quantos quilômetros mesmo tem uma maratona?

Estremeci, não querendo terminar o nosso acordo antes mesmo de ele começar.

— Você não quer saber, Zac. — Deslizando o braço, dei um tapinha forte bem no meio das suas costas. — Você não quer saber.

— Me fodi, né?

— Basicamente.

Ele sorriu e eu sorri para ele também.

— Você vai ficar bem?

Fiz que sim.

— Eu sempre vou ficar bem.

Uma ou duas horas depois, eu estava deitada na cama assistindo a um dos meus filmes preferidos com o volume superbaixo, as legendas ligadas, quando três batidas suaves soaram à porta.

Três. Era o Aiden.

Depois de um momento, mais três batidas bem, bem, bem baixas atingiram a porta.

Mantive a boca fechada e voltei a assistir a *Independence Day*.

Ele podia pegar a esposa de verdade e enfiar no rabo.

— Você acordou cedo — reparei, seca, enquanto Zac arrastava os pés ao entrar na cozinha.

O texano alto ergueu duas sobrancelhas sonolentas na minha direção. Se eu não soubesse, aquela expressão me faria acreditar que ele estava bêbado, mas o homem só estava muito cansado.

— Hum... Uhum.

Certo. Alguém não estava a fim de falar, e tudo bem por mim. Não era como se eu tivesse acordado com um humor fantástico. Não ajudou muito que a primeira coisa que fiz depois de acordar foi ligar para o irmão de Diana para dizer a ele o que vi no dia anterior, o que só serviu para ele me dizer que um dos seus filhos já tinha lhe contato há alguns dias.

— Tentei conversar com ela, mas ela disse que bateu o quadril — explicara ele.

Então, ela estava mantendo a mesma história; eu ainda não acreditava naquilo.

— Eu não acredito nela.

Seu irmão fez um som de hesitação que deixou um gosto ruim na minha boca.

— Não sei, Van. Não gosto daquele babaca tanto quanto você, mas não acho que a D mentiria sobre isso.

Esse era o problema em crescer com uma família que normalmente era honesta e aberta com os outros: você não sabia até onde uma pessoa ia para esconder algo vergonhoso. E eu soube naquele minuto que, a menos que Diana contasse para o irmão, sem fazer rodeios, que Jeremy a estava agredindo, ou a menos que terminasse com um olho roxo, ele não pensaria o pior.

A conversa tinha sido inútil, e só aumentou a irritação que fervilhava sob as minhas veias há dias. Fiquei perfeitamente bem ao admitir isso para mim mesma quando eu estava virando e revirando na noite passada, completamente acordada, pensando em todas as coisas que não deveria pensar. Todas as coisas que eu bem sabia que não deveria deixar que me aborrecessem, mas era impossível de ignorá-las quando vinham com força total. Uma depois da outra, beliscando, beliscando, beliscando a minha decisão.

Aiden. Minha mãe. Susie. Diana.

Meu marido, tecnicamente. Minha mãe. Minha irmã, embora eu ainda quisesse um teste de DNA para confirmar esse parentesco. Minha melhor amiga de toda a vida.

Havia alguém nesse mundo em quem eu poderia confiar? Em quem eu poderia me apoiar? Só em mim mesma, era o que parecia, às vezes. É de se pensar que, a essa altura, eu já soubesse.

O som dos pesos batendo lá na academia no final do corredor me fez fazer careta. Alguém já estava ocupado malhando quando desci as escadas.

Enquanto a maioria dos atletas reservava a *bye week* para tirar férias ou passar tempo com a família, o grandalhão, não. Nunca.

Eu deveria saber.

Quando enfim consegui me convencer a deixar aqueles pensamentos para lá, Zac tinha feito mingau de aveia no micro-ondas e estava jogando um monte de coisas em cima, sentando-se de frente para mim. Uma parte do quebra-cabeças que Aiden estava montando decorava o meio da mesa. Aconteceu de Zac e eu olharmos um para o outro ao mesmo tempo, e abrirmos um sorriso — o dele era cansado e o meu, irritado-mas-estou-tentando-não-estar.

Meu tablet estava ao lado da tigela de cereal; distraída, estava abrindo janela em cima de janela de um site que vendia designs de camiseta de artistas autônomos. Eu já tinha vendido o meu trabalho lá, e estava vendo se os designs me davam ideias de com o que trabalhar hoje, a menos que chegasse um pedido de última hora.

A campainha tocou uma vez, não longa o bastante para perturbar, mas não curta o suficiente para ser ignorada, e isso me fez levantar.

— Eu atendo.

O rosto do outro lado do olho mágico me fez sorrir um pouco. Leslie não merecia a minha cara de bunda, já que eu só o via poucas vezes por ano.

— Bom dia — cumprimentei ao abrir a porta.

— Uma manhã maravilhosa para você, Vanessa. — Leslie correspondeu o sorriso. — Depois de você.

Um cavalheiro. Isso me fez abrir um sorriso genuíno e eu dei um passo para trás para deixá-lo entrar e observei enquanto ele fechava a porta.

— Como você está?

Meu peito deu uma batida surda em resposta.

— Mais ou menos — respondi da forma mais sincera possível. — E você?

A expressão no rosto dele me pegou totalmente de guarda baixa. Era como se ele estivesse surpreso por eu ter dito a verdade, ou talvez não estivesse nada surpreso por eu não estar bem, e só estivesse reconhecendo que eu tinha sido sincera com ele.

— Estou vivo, não posso pedir por mais nada.

Isso me fez bufar quase que de indignação. Eu podia ficar para baixo de vez em quando se quisesse. Isso soou patético até mesmo na minha cabeça. Deixando sair um suspiro lento e controlado, acenei para ele com a cabeça.

— Bom ponto. — Apontei para a academia. — Aiden está malhando. Aceita alguma coisa para beber?

— Você tem café?

Eu era a única pessoa que bebia café naquela casa.

— Vou fazer um pouco agora mesmo.

Com as mãos atrás das costas, ele inclinou o queixo em agradecimento.

— Eu agradeço. Vou dar uma olhada no Aiden.

Leslie espiou a cozinha e ergueu a mão, lançando um sorriso sem mostrar os dentes para Zac.

— Bom dia, Zac.

Segui para a cozinha enquanto Leslie ia para a academia, coloquei os grãos pré-moídos na cafeteira e apertei o botão para começar a passar a bebida. Quando voltei para o meu lugar, Zac estava raspando a lateral da tigela, parecendo muito mais acordado do que há meia hora.

— Você está melhor? — ele perguntou.

— Não muito. — Estava óbvio assim? Ergui um ombro. — O que você vai fazer hoje?

— Vou malhar.

Ergui o punho para um cumprimento, e ele só balançou a cabeça de leve ao conectar o punho com o meu.

— Quer ir correr hoje?

Para dar crédito a ele, Zac tentou controlar a expressão para que não parecesse que estivesse fazendo careta.

— *Claro.*

— Não fique tão animado. — Eu ri.

Zac deu um sorriso irônico na mesma hora.

— Estou de brincadeira com você, Vanny. Que horas você quer ir?

— Quatro horas está legal?

Ele fez que sim.

— Já vou ter voltado até lá.

Ergui a mão de novo e ele bateu nela com o punho.

— Vou me vestir para poder sair — avisou ele, já empurrando a cadeira para trás.

Concordamos em nos vermos mais tarde, e depois de passar água na louça e colocar na lava-louças, ele sumiu lá para cima. Com a intenção de terminar com o resto dos posts atuais do site que ainda tinham abertos no tablet, consegui olhar mais uma página antes de Leslie aparecer.

— Obrigado pelo café — ele disse assim que chegou à cafeteira, e pegou uma xícara no armário certo sem precisar de instruções.

— Ah, não foi nada. — Travei a tela do tablet, imaginando que não teria muito tempo antes de Aiden aparecer. Não estava no humor para lidar com as gracinhas dele agora. Só pensar no nome dele já fazia o meu sangue ferver.

Esposa de verdade.

Babaca do caralho.

— Desculpa por aparecer sem avisar — Leslie falou lá do balcão, servindo o café.

Isso me fez parar de xingar Aiden na minha mente.

— Não esquenta a cabeça. Está tudo bem.

— Não está. Eu me senti terrível depois de o Aiden ter dito que você estava indo para casa.

Casa. Que palavra para se referir a El Paso.

— Não queria me intrometer no tempo que vocês têm juntos. Eu me lembro de como é ser recém-casado — disse o homem que tinha posto o futuro de Aiden em movimento.

Recém-casados. Eu quis vomitar.

— Está tudo bem mesmo. Sei o quanto você significa para ele. — Ou, ao menos, eu tinha uma boa ideia do quanto o homem significava para ele.

Aiden tinha dois amigos com quem mantinha contato com semirregularidade. Ele os via pessoalmente talvez uma vez por ano. Além deles, havia só o Leslie. Leslie, que tinha sido o treinador dele na escola. Leslie, que Aiden dizia repetidamente que o preparara e o empurrara para o sucesso. Nos doze anos desde que ele concluiu o ensino médio, eles se viam com bastante frequência. Leslie continuava treinando Aiden no Colorado quando a temporada acabava. E havia as vezes que o ex-treinador vinha de visita.

Se aquela não fosse em si uma forma de amor e respeito, ao menos no caso de Aiden, eu não tinha ideia do que era.

Meu comentário, no entanto, o fez rir.

— Só porque ele sabe o quanto significa para mim.

Por mais amarga que eu estivesse, não pude deixar de amolecer um pouco quando Leslie rodeou a ilha com a xícara na mão. Os olhos se desviaram para a mesa e um sorriso preencheu o seu rosto.

— Ele ainda os monta? — Ele apontou para o quebra-cabeça.

— O tempo todo. Principalmente quanto está estressado.

O sorriso de Leslie se alargou, ficando melancólico.

— Ele costumava montá-los com os avós. Não consigo me lembrar de uma época em que não havia um quebra-cabeça na casa deles. — Ele riu baixinho. — Sabe, depois que a avó morreu, ele não falou por quase um ano.

Oi? Como? A avó?

— Não posso te dizer quantas vezes tentei falar com ele, quantas mensagens deixei. Até mesmo fui a vários dos seus jogos em Wisconsin para vê-lo, mas ele se esforçava para me evitar. Aquilo quase partiu o meu coração. — Ele se sentou no lugar que Zac tinha acabado de vagar. As sobrancelhas brancas se ergueram ao olhar para mim sobre a borda da xícara. — Fica entre você e mim, *eh*? Ele ainda fica sensível por causa daquela época.

Aiden? Sensível?

— Quando o avô morreu, ele ficou devastado, mas, quando Constance, a avó, faleceu... nunca na vida vi alguém tão perturbado. Ele amava aquela mulher de uma forma que você não pode nem imaginar. Ele era louco por ela. Ela me disse que ele ligava para ela todos os dias depois que foi para a faculdade — ele prosseguiu como se aquele não fosse o maior segredo que eu já tinha ouvido.

Não havia como eu fingir não dar importância para o que ele estava dizendo. E, além de tudo, tinha a sensação de que, quando ele desse uma boa olhada na minha expressão, saberia que eu não tinha ideia sobre nada relacionado aos avós de Aiden.

E por estar cansada de tanto mentir ao longo desses últimos dias, decidi ser sincera com esse homem que jamais foi qualquer coisa senão gentil comigo.

— Eu não... ele nunca falou dos avós para mim. Ele não gosta de falar das coisas — confessei, brincando com a perna dos óculos.

Leslie colocou a xícara sobre a mesa e balançou a cabeça de leve.

— Isso não me surpreende. — É claro que não. — Cá entre nós... — Ele inclinou a testa para a frente. — Ele é o homem mais extraordinário que já conheci, Vanessa. Já disse a ele um centena de vezes, mas ele não me ouve. Ele não acredita, e não tenho certeza se ele se importa. Quando o conheci, não consegui arrancar uma única frase dele. Uma frase, você pode acreditar?

Assenti, porque, sim, eu podia.

— Se eu tivesse pedido para ele tentar o time de futebol americano em qualquer outro dia que não no que eu perguntei, ele jamais teria concordado. O avô estava vivo na época, sabe? Ele já estava morando com eles. Aiden tinha se encrencado com o treinador de lacrosse de novo no dia anterior por ter brigado com os colegas de time e o avô disse *alguma coisa* a ele. Aiden nunca me contou o que foi que o fez concordar em fazer o teste. Levou quatro meses para que eu o convencesse a falar comigo, e fui persistente. Até mesmo na época, a única razão para ele ter concordado foi porque o avô teve um infarto e eu tinha a sensação de que ele precisava de alguém com quem conversar. — Leslie soltou um suspiro para qualquer que fosse a memória que passava por sua cabeça. — Não dá para passar a vida guardando tudo para si. A gente precisa de pessoas, mesmo que só uma ou duas, para acreditar na gente, e não importa o quanto o garoto fosse inteligente, ele não conseguia entender isso.

Em algum momento, coloquei os cotovelos sobre a mesa e descansei o queixo nas mãos, captando cada detalhe do que ele estava me contando.

— Você conhecia bem os avós dele?

— O avô dele era o meu melhor amigo. Conheço Aiden desde quando ele usava fraldas. — A boca de Leslie se contorceu. — Ele era o bebê mais gordinho que já vi. Eu me lembro de olhar e saber que ele era esperto. Sempre tão sério, tão calado. Mas quem poderia culpá-lo com aqueles pais que ele tem?

Tinha cerca de um milhão de perguntas que eu queria fazer, mas não sabia como.

— Ele é um bom homem, Vanessa. Um homem maravilhoso. Ele se abrirá com você com o tempo. Tenho certeza — adicionou Leslie. — Ele costumava dizer que jamais se casaria, mas eu sabia que ele só teria que encontrar a garota certa para mudar de ideia. Até as montanhas podem ser movidas às vezes.

E isso me fez sentir uma imbecil. Uma imbecil gigantesca e falsa. E isso mexeu com a minha cabeça.

Eu não era a esposa dele de verdade. Ele não me amava. Aquilo era uma farsa.

O nó da noite passada voltou a inchar na minha garganta, me deixando incapaz de falar por um momento enquanto tentava organizar os pensamentos.

— Sei que ele é um bom homem — finalmente consegui dizer com um sorriso trêmulo que pareceu transparente demais. — E, com sorte, ainda teremos muito tempo pela frente — adicionei com a voz ainda mais fraca.

A forma como a expressão de Leslie se animou fez o meu estômago embrulhar.

Eu era um blefe. Uma vigarista. Fictícia.

Eu era o que me fiz ser.

— Ele já está acabando? — me forcei a perguntar ao trazer as mãos para baixo da mesa e apertá-las.

— Quase. Deve estar... ah, aqui está ele. Estava nos ouvindo escondido? — brincou Leslie.

Empurrei a cadeira para trás, tentando controlar emoções, rosto e corpo e conseguir passar os próximos minutos até poder sumir para o meu quarto. Antes de eu conseguir chegar à ilha, o grandalhão já estava na cozinha, indo em direção à pia.

— Não. — Aquelas íris castanhas e cor de caramelo estavam em mim.

Passando água na tigela, eu a coloquei na pia quando ouvi de longe Leslie e Aiden falarem sobre os exercícios dele. Ignorei a forma como sua camisa se agarrava ao peito suado, ignorei a forma que ele continuava olhando para mim. Independente do que Leslie tenha dito, eu não estava no humor para lidar com Aiden, mesmo ele tendo amado os avós pra caralho.

De alguma forma, consegui colar algo parecido com um sorriso no rosto enquanto passava por Aiden, deixando o meu ombro resvalar em seu braço, pois eu tinha certeza de que Leslie estava observando.

— Tenho trabalho a fazer. Vou estar lá em cima se precisarem de mim — eu disse mais para o homem velho do que para o homem com quem estava casada.

Só Leslie respondeu.

O que estava bem. Estava tudo bem, garanti a mim mesma ao subir as escadas. Aiden podia estar puto comigo o quanto quisesse. Eu estava brava com ele.

Eu tinha acabado de chegar lá em cima quando o meu celular começou a tocar. Fechando a porta, porque qualquer um que estivesse me ligando naquela hora não estaria na lista de pessoas com as quais eu queria falar, peguei o aparelho que tinha deixado sobre a cômoda. **MÃE** piscava na tela lisa.

Dando crédito a mim mesma, não desliguei o telefone, nem xinguei nem pensei em não atender. Eu ia atender à maldita chamada porque eu não era mesquinha. Porque não tinha nada pelo que me sentir mal.

Só não queria falar com ela. Nem agora nem tão cedo. Só isso.

— Alô.

— Oi, filha.

Certo. Isso me fez revirar os olhos.

— Oi.

— Estive tão preocupada com você — ela começou.

Foi por isso que ela demorou quase dois dias para ligar? Porque estava muito preocupada? Droga, eu estava de megerice.

— Estou bem — informei com indiferença.

— Você não precisava ter ido embora daquele jeito.

Havia um limite de coisas com as quais podíamos lidar, e eu estava chegando nele. E eu estava lá, e era culpa minha mesmo. Se não tivesse ignorado os meus instintos e ido para El Paso, tudo poderia ter sido evitado. Eu tinha sido uma idiota. E acabei dando a todo mundo a capacidade de me irritar.

— Você...

— Eu amo vocês duas.

— Eu sei que sim. — Era uma vez, quando eu era muito mais nova e muito mais imatura, o fato de ela nos amar igualmente me matava. Eu não era uma quase psicopata igual a Susie. Não conseguia entender como ela não ficava do meu lado a cada vez que havia um problema. Mas agora que estava mais velha, percebi que não havia como eu ter esperado isso dela. Era só uma dessas coisas. Em um dia ruim, eu pensava que coisas quebradas não podiam evitar amar outras coisas quebradas.

Eu podia não ser perfeita, e podia ter fraturas por estresse em toda parte, mas jurei há muito, muito tempo que não seria igual a nenhuma delas.

Era um pensamento terrível, lamentável. Ainda mais porque eu tinha a minha mãe e Susie como os principais exemplos de quem e o que eu jamais quis ser.

Mas havia um limite para o que eu podia suportar.

— Não estou pedindo para você não ter um relacionamento com ela, mas *eu* não quero um. Nada vai mudar entre a gente. Posso me dar mais ou menos com a Erika e a Rose *às vezes*, mas é isso.

— Vanessa...

— *Mãe*. Você ouviu o que ela disse? Ela disse que queria ter me atingido com mais força com o carro. Ela tentou cuspir em mim. Depois, o Ricky me agarrou pelo braço. Estou com hematomas. *Meu joelho dói todos os dias por causa do que ela fez.* — Droga, a minha voz falhou ao mesmo tempo que o meu coração pareceu seguir o mesmo rumo. Por que ela não podia entender? Por quê? — Não estou tentando discutir, mas não havia como eu ficar depois disso.

— Você poderia ter saído de perto — disse a mulher que saiu de perto uma centena de vezes no passado. Aquela era a pessoa que não podia lidar com os próprios problemas se não tivesse uma garrafa por perto.

Droga. Eu estava com tanta raiva dela naquele momento que não podia encontrar uma única palavra que não fosse brutal, que não fosse ferir seus sentimentos. Ela disse algumas coisas que não ouvi por estar concentrada demais em mim mesma. Puxei as mangas para cima dos antebraços, frustrada. Apertando o punho livre, não me dei nem ao trabalho de contar até dez. Queria quebrar alguma coisa, mas não quebraria. Eu não quebraria, porra. Eu era melhor do que isso.

— Quer saber? Você está certa. Preciso desligar. Tenho muito trabalho para pôr em dia. Ligo depois.

E aquele era o caso da minha mãe: ela não sabia brigar. Talvez fosse um traço que herdei do meu pai, quem quer que fosse o cara.

— Tudo bem. Eu amo você.

Aprendi o que era o amor com o meu irmão, Diana e a família dela, e até mesmo com os meus pais adotivos. Não era essa coisa terrível e distorcida que fazia o que era melhor por si mesma. Era sensível, considerado e fazia o que era melhor para um bem maior. Não ia me dar ao trabalho de analisar mais uma vez o que a minha mãe via como sendo amor — já fiz isso vezes o bastante. Nesse caso, era só uma palavra que eu ia usar com alguém que precisava ouvi-la.

— Uhum. Amo você também.

Não percebi que estava chorando até as lágrimas escorrerem pelo meu queixo e caírem na minha blusa. Meu nariz queimava. As Vanessas de cinco-seis-sete-oito-nove-dez-onze-doze-treze-e-catorze anos voltaram para mim com a mesma sensação que tinha sido tão forte naqueles anos: mágoa. A Vanessa de quinze anos e mais tinha sentido uma emoção diferente por muito tempo: raiva. Raiva do egoísmo da minha mãe. Raiva por ela não ter sido capaz de ficar sóbria até anos depois de termos sido tirados dela.

Raiva por ter sido decepcionada por tanto tempo e por tantas vezes.

Eu tinha precisado dela em centenas de ocasiões, e em noventa e nove por cento delas, a mulher não tinha estado por perto ou, se estivesse, estaria bêbada demais para ter qualquer utilidade. A mãe de Diana tinha sido mais uma figura materna para mim do que ela. Minha mãe adotiva tinha sido mais maternal do que a mulher que me deu à luz. Eu tinha praticamente criado a mim mesma e ao Oscar.

Mas se não fosse por tudo o que eu tinha passado, eu não seria quem era. Não seria a pessoa que eu era. Me tornei eu não por causa da minha mãe e das minhas irmãs, mas apesar delas. E, na maioria dos dias, eu gostava de mim de verdade. Podia sentir orgulho de mim mesma. Isso tinha que valer de alguma coisa.

Mal tinha conseguido secar o rosto choroso e largar o celular quando um toc-toc-toc familiar soou à porta. Se eu fosse capaz de rosnar, tenho certeza de que a cara que fiz teria sido chamada exatamente disso.

— Oi? — falei com sarcasmo, resistindo ao impulso de me jogar na cama feito uma criancinha. Não que eu já tivesse feito isso, até mesmo naquela época.

Parando para pensar, "oi?" não era exatamente um convite para entrar, só fiquei levemente surpresa quando a porta se abriu e o homem que eu não queria muito ver num futuro próximo enfiou a cabeça lá dentro.

— Oi? — repeti, mordendo a bochecha para me impedir de chamá-lo de algo ruim. Eu tinha certeza de que as minhas emoções estavam estampadas no rosto, que meus olhos ainda tinham o rastro das lágrimas que acabaram de estar ali, mas eu não iria escondê-las.

Aiden abriu a porta por completo e entrou, os olhos percorrendo o quarto brevemente antes de se assentarem em mim ali na beirada da cama. As sobrancelhas dele se juntaram ao testemunhar o que eu tentava esconder. A boca se afundou em uma careta. Uma das mãos foi para trás da cabeça e tentei ignorar o agrupamento de bíceps que pareceu triplicar de tamanho por causa do movimento. O pomo de Adão se mexeu quando o olhar varreu o meu rosto mais uma vez.

— Precisamos conversar.

Era uma vez, tudo o que eu queria era que ele conversasse comigo. Agora não era o caso.

— Você deveria estar passando tempo com o Leslie enquanto ele está aqui.

Aqueles bíceps enormes se flexionaram.

— Ele concordou que eu deveria vir aqui falar com você.

Estreitei os olhos, ignorando a tensão neles.

— Você disse a ele que nós brigamos?

— Não. Ele pôde perceber que algo estava estranho sem eu ter que dizer nada. — Aquelas mãos enormes caíram para a lateral do corpo. — Eu queria ter falado com você ontem à noite.

Mas ignorei quando ele bateu à porta. Soltei um som vago. Por que mentir quando tinha certeza absoluta de que ele sabia que eu estava acordada na hora?

Os punhos de Aiden se fecharam por um momento antes de ele erguê-los para cruzar os braços sobre o peito.

— Me desculpa pelo que eu disse ontem.

Eu não estava nem um pouco impressionada por ele ter ido direto ao ponto e tinha certeza de que o meu rosto dizia isso.

Em um jeito que era típico de Aiden, ele não deixou que a minha expressão o impedisse de dizer o que veio dizer.

— Eu não gosto das coisas pairando na minha cabeça, e se você e eu formos ter um problema, nós vamos falar sobre ele. Fui sincero ao dizer o que disse no seu apartamento. Gosto de você tanto quanto de qualquer outra pessoa. Eu não teria ido te procurar para fazer isso se não fosse o caso. Você sempre me tratou como se eu fosse mais do que a pessoa que pagava o seu salário e agora percebo isso. Já faz tempo que percebi, Van. Eu não sou muito bom nessas merdas. — Ele parecia desconfortável ou eu estava imaginando coisas? — Sou egoísta e egocêntrico. Eu sei. Você sabe. Deixo as pessoas na mão o tempo todo. — Ele tinha razão. Ele fazia isso mesmo. Eu vi em primeira mão. — Entendo, você não é esse tipo de pessoa. Você não volta atrás na sua palavra. Eu... não achei que você se importaria se eu não fosse — ele falou com cuidado.

Abri a boca para dizer a ele que ninguém gostava de ser deixado na mão, mas ele prosseguiu antes que eu pudesse.

— Mas eu entendo, Van. Só porque as pessoas não reclamam na minha cara quando faço isso, não quer dizer que isso não as deixe bravas, não é? Eu não tinha a intenção de agir feito um babaca lá embaixo. Só queria me certificar de que você tinha chegado bem e que não ia me matar enquanto eu dormia por eu ter dado para trás. Então, fiquei irritado.

Eu *tinha* pensado em matá-lo, mas fiquei um pouco surpresa por ele ter presumido que eu tinha pensado na possibilidade.

Antes que pudesse me demorar demais naquela linha de pensamento, Aiden ergueu os olhos escuros para mim.

— Se você tivesse feito o mesmo comigo... — Ele parecia um pouco desconfortável com o que estava pensando e deixou escapar um suspiro trêmulo. — Eu não teria lidado tão bem com a situação quanto você.

Isso era fato, não havia dúvida.

— Eu não estava te perturbando — declarei. Então pensei no assunto e, na minha cabeça, alterei a declaração e adicionei um "de tudo".

Ele inclinou a cabeça para o lado como se quisesse argumentar o contrário.

— Você estava, mas estava no seu direito. Tem muita coisa acontecendo comigo agora.

Meu primeiro pensamento foi: O fim chegou. Ele estava se abrindo comigo.

Meu segundo pensamento foi: Está tão óbvio que ele está estressado pra cacete.

Já tinha percebido por causa da sua linguagem corporal, da rigidez que ele carregava tanto nos ombros quanto na voz quando falava, mas, agora, olhando de perto, estava óbvio. Ele já tinha passado por muita coisa só no primeiro mês da temporada regular. Ele tinha torcido o tornozelo. Zac foi dispensado do time. E, para coroar, ele estava preocupado com o visto e o futuro não só com os Three Hundreds, mas também com a liga. A lesão seria um fator na sua carreira pelo resto da vida. Cada vez que ele cometesse um erro, as pessoas se perguntariam se ele não tinha voltado tão forte quanto era antes, mesmo se não tivesse nada a ver com o tendão de Aquiles.

O cara parecia pronto para estalar, e mal estávamos no final de setembro. Eu queria perguntar se o advogado de imigração deu notícias, ou se a nossa certidão de casamento tinha aparecido ou se o Trevor tinha parado de ser um pé no saco e começado a procurar outro time, um acordo melhor ou o que quer que fosse que ele queria para o próximo estágio da sua carreira, mas...

Não perguntei. Hoje seria um dia ruim para eu perguntar e ele não responder. Eu estava muito à flor da pele, cansada e desiludida.

E foi naquele momento, com aquele pensamento, que o mais ínfimo remorso cintilou no meu cérebro, pois percebi que talvez eu estivesse louca para caçar briga.

Talvez. E talvez aquela tenha sido mesmo a pior época para encher tanto o saco do homem quando ele já estava com tanta coisa na cabeça.

Além do mais, eu também não estava no meu melhor estado de espírito.

Mas pedir desculpas não era o meu forte e fazer isso também não era fácil, mas uma boa pessoa reconhecia quando estava errada e aceitava as próprias falhas.

— Desculpa por ter estourado com você. Eu estava com raiva por você não deixar para lá, mas sei por que você deu para trás. Só não gosto quando as pessoas dizem que vão fazer alguma coisa e não fazem, mas sou assim há muito tempo. Não tem nada a ver com você. — Tirei as palavras direto do Banco do Aiden. Acima de tudo, havia todo o resto que tinha se desenrolado ao longo do fim de semana que não era culpa dele. Não que eu fosse abordar o assunto.

A resposta dele foi um aceno de aceitação, de reconhecimento de que nós dois lidamos mal com a situação.

— Então, sinto muito também. Sei o quanto a sua carreira é importante para você. — Com um suspiro, estendi a mão para ele. — Amigos?

Aiden olhou da minha mão estendida para o meu rosto antes de pegá-la na dele.

— Amigos. — Foi no meio do aperto de mão que ele olhou para baixo, para a mão gigantesca engolindo a minha, e a expressão mais desgostosa apareceu no rosto perfeitamente estoico. — *Que merda aconteceu com o seu pulso?*

É, não me dei ao trabalho de puxar a manga para baixo e bancar a idiota. Tinha esquecido que a puxara para cima como uma imbecil. Escorreguei a mão do seu aperto e deixei o já conhecido fluxo de raiva se arrastar pela minha nuca mais uma vez ao lembrar do babaca do marido da minha irmã.

Para ser mais específica, dele me agarrando pelo braço e me puxando depois de eu gritar com a Susie porque ela praticamente disse que queria ter me matado. Eu disse à minha irmã que ela estava louca. Mas não tinha perguntado pela milionésima vez por que ela me odiava tanto. O que eu poderia ter feito antes de sequer chegar aos quatro anos para fazer dela a minha arqui-inimiga? Estava com raiva de mim mesma por não ter evitado toda essa situação, na maior parte. Por outro lado, o marido dela tinha soltado o aperto de aço no minuto em que ergui o joelho para tentar lhe dar uma joelhada no saco, mas acabei acertando a parte interna da coxa.

— Não foi nada.

Aqueles olhos castanho-escuros queimaram nos meus, e jurei pela minha vida que a fúria naquelas íris era o bastante para me fazer parar de respirar.

— Vanessa — Aiden rosnou, ele rosnou mesmo, ao puxar com cuidado a manga para mais acima no meu antebraço e mostrar o hematoma de mais de dez centímetros logo acima do meu pulso.

Observei enquanto ele olhava para a estúpida, estúpida marca.

— Briguei com a minha irmã. — Havia razão para não dizer a ele com quem foi? Eu só tive que olhar para a linha dura da sua boca para saber que ele não ia deixar passar. — O marido dela estava lá e ficou com a mão boba, então tentei dar uma joelhada no saco dele.

As narinas dele dilataram e um músculo se contraiu visivelmente em sua bochecha.

— O marido da sua irmã?

— Isso.

Sua bochecha teve mais um espasmo.

— Por quê?

— Foi idiotice. Não importa.

Aquilo preso na garganta dele era um rosnado?

— É claro que importa. — A voz dele estava enganosamente suave. — Por que ele fez isso?

Eu conhecia aquele olhar; era o teimoso. O que dizia que discutir com ele seria inútil. Embora eu não estivesse louca para espalhar as coisas de Susie por aí, muito menos compartilhar o quanto o relacionamento com a minha terceira irmã mais velha era difícil, Susie e eu poderíamos estar no Casos de Família. Ela fez as escolhas dela há anos, e não era culpa de ninguém, a não ser dela mesma, o que ela colheu como resultado. Crescemos sob as mesmas circunstâncias, nenhuma de nós teve algo que a outra não teve. Eu não conseguia sentir compaixão por ela.

Esfregando as mãos na perna da calça, suspirei.

— Ela não gostou da forma como eu a estava olhando e nós começamos a brigar — expliquei, deixando alguns detalhes e outras palavras coloridas de fora, mesmo aquilo não sendo bem uma explicação. — O marido ouviu a gente discutindo. — Ela me chamando de puta e eu dizendo que ela era uma pirralha imatura. — E me agarrou.

Sua puta esnobe. O que te dá o direito de pensar que é melhor do que eu? Ela teve a coragem de gritar na minha cara.

Respondi da única maneira que toda a raiva reprimida em mim foi capaz. *Porque eu não sou a porra de uma idiota que ama ferir tudo em sua vida. É por isso que acho que sou melhor do que você.*

Os dedos calejados de Aiden de repente roçaram o hematoma de leve, erguendo o meu pulso, embalando-o entre aquelas mãos que eram um instrumento daquele corpo multimilionário. O tique em sua bochecha tinha piorado quando inclinei a cabeça ainda mais para trás para olhar a linha rígida que se formou quando ele rilhou os dentes. A respiração ficou mais rápida, e o polegar e o indicador de uma das mãos envolveram o meu antebraço enquanto ele dizia:

— Ele se desculpou?

— Não. — Me obriguei a soltar um pigarro, incomodada, incomodada, incomodada.

Eu o vi engolir em seco. O ar foi preenchido com uma tensão desconhecida. O engolir soou alto nos meus ouvidos.

— Ele bateu em você?

E bem assim, eu percebi... me lembrei da razão para ele estar tão chateado com a situação. Tive um flashback de algo que havia empurrado para o fundo da memória por estar preocupada com a possibilidade de ser demitida. Como eu poderia ter esquecido daquilo?

Logo depois de eu começar a trabalhar para o homem conhecido como A Muralha de Winnipeg, fui arrastada para Montreal para um evento de caridade para o qual ele fez uma doação. Depois da ocasião, Leslie, que já havia se mudado de Winnipeg, convidou Aiden e a mim para irmos jantar com sua família. Aiden tinha parecido distraído naquele dia, mas pensei que talvez estivesse imaginando coisas. Não o conhecia bem na época, não tinha aprendido as pequenas nuances nos seus traços ou na sua voz que davam uma ideia de como ele estava se sentindo ou o que estava pensando.

Estávamos jantando com Leslie, a esposa dele, dois dos seus filhos e um dos netos, que por acaso era o garotinho mais fofo da vida. O menino de quatro anos estava subindo de colo em colo durante a nossa visita e, em algum momento, para o meu choque, ele acabou no colo do grandalhão. O menino estendeu a mão e começou a tocar no rosto de Aiden, com ternura e desinteresse. A mão desviou para aquela cicatriz grossa e profunda que se esticava pelo seu couro cabeludo.

— O que aconteceu? — o menino perguntou daquele jeitinho fofo e sem noção das crianças.

A única razão para eu ter ouvido a resposta foi por estar sentada ao lado dele. De outra forma, tenho certeza de que eu teria perdido a resposta sussurrada e indiferente.

— Eu deixei o meu pai muito bravo.

O silêncio depois da resposta foi abafado, sufocante e incontrolável ao mesmo tempo. O garotinho tinha piscado para ele como se não pudesse compreender a resposta que lhe foi dada. Por que entenderia? Estava óbvio o quanto ele era amado. Os olhos de Aiden deslizaram na minha direção e eu soube que ele havia percebido que eu tinha ouvido, pois não pude afastar o olhar rápido o bastante e me fazer de idiota.

Aiden não disse uma palavra depois daquilo, nem me fez lembrar do acordo de confidencialidade que fui forçada a assinar no primeiro dia de trabalho, ou ameaçou a minha vida e o meu futuro se eu contasse a alguém. Então, com certeza, não toquei no assunto. Nunca mais.

Piscando para afastar a memória e a simpatia que preencheu o meu peito por Aiden ficar tão comovido com um incidente desses, olhei para a barba dele. Não queria que ele me visse, porque tinha certeza de que ele saberia que eu estava pensando sobre algo que ele não queria que eu pensasse.

— Não, ele não bateu em mim. Ele ainda está vivo. — Abri um sorrisinho.

Ele não o retribuiu.

— Você contou a alguém?

Suspirei e tentei puxar o braço. Ele não o soltou.

— Não foi necessário. Todo mundo ouviu.

— E não fizeram nada? — A bochecha dele estava se contraindo?

Dei de ombros.

— Não tenho esse tipo de relacionamento com a minha família. — Isso soou tão fodido quanto era.

A traição que tinha me perfurado naquele momento me apunhalou de novo, fresca e dolorosa. Lágrimas encheram os meus olhos quando revivi o incidente de quando eu tinha dezoito anos e que arruinou o que restava do fraturado laço que eu compartilhava com elas. Até mesmo o meu joelho doeu um pouco com a lembrança.

Aqueles dedos enormes afrouxaram o aperto na minha mão só um pouco, e em uma voz mais baixa do que a normal, ele perguntou:

— Ela é sua irmã de verdade?

Irmã de verdade. Eu tinha mencionado meus pais adotivos, não tinha?

— Sim. — Mexi nos meus óculos. — Nunca nos demos bem. Ela é tão distante do que uma irmã deveria ser quanto você pode imaginar.

— Quantas você tem?

— Três.

— Você é a mais nova?

— Das meninas.

— Elas estavam lá?

— Estavam.

— E nenhuma delas fez nada? Não disseram nada?

Por que senti tanta vergonha? Meus olhos começaram arder, e isso me forçou a olhar para cima. Eu não ia me sentir mal. Não ia me esconder.

— Não.

Seu olhar se desviou de um dos meus olhos para o outro.

— Elas moram em El Paso?

— Acho que sim.

As narinas dele dilataram e, com todo o cuidado, ele soltou a minha mão, e minha pele logo sentiu falta do toque quente dos seus dedos.

— Certo. — Ele deu um passo para trás e virou a cabeça. — Zac!

Mas que diabos?

— O que você está fazendo?

Ele não olhou para mim até gritar o nome de Zac novamente.

— Preciso pegar o carro dele emprestado. Se eu for de avião, haverá provas de que estive lá.

Puta merda.

— Você...? — Eu me engasguei. — Você...? — Tossi dessa vez, me debatendo. — Que merda você está pensando em fazer?

— Você dar uma joelhada nele não é o bastante para mim. — Aiden nem sequer me agraciou com um olhar ao seguir até a porta. — *Zac*!

É, aquelas lágrimas se acumulando nos meus olhos foram um definitivo *dane-se*. Elas foram com tudo. Um, dois, três.

— Você enlouqueceu, grandalhão.

— Não. Aquele babaca enlouqueceu. Sua família enlouqueceu. Eu sei o que estou fazendo.

Esse doido ia tentar dar uma surra em alguém, não ia? Puta merda.

— Você faria isso por mim?

Droga, as minhas expectativas eram baixas se isso estava me fazendo lacrimejar.

O grandalhão parou em frente à minha porta e se virou com muito mais graciosidade do que um homem daquele tamanho deveria ser capaz. Ele piscou, me traspassando com o olhar.

— Nós somos parceiros. Somos um time. Você mesma disse.

Balancei a cabeça sem entender nada, o que me rendeu um olhar de "você é uma idiota" da parte dele. As sobrancelhas de Aiden se ergueram só um pouco, e a cabeça inclinou levemente para a frente, indicando o confronto.

— Se alguém mexe com você, terá que se ver comigo, Van. Não quero magoar os seus sentimentos. Posso não ser bom nessa bobagem de ser amigo, mas não vou deixar alguém se safar depois de ter te machucado. Nunca. Você me entendeu?

Meu coração. O meu pobre, fraco e patético coração.

Engoli em seco, tentando assentir para dissipar o amontoado de emoções obstruindo cada parte do meu corpo. Não importa o quanto eu fosse amar que Aiden desse uma surra no marido da Susie...

— A polícia descobriria que você estava dirigindo o carro dele, e tem uma câmera no portão.

Aiden inclinou a cabeça e me prendeu com outro olhar que pode ter sido de surpresa.

— Você pensou um pouco no assunto — ele falou devagar.

— É claro que pensei. — Ele não precisava saber que eu estava planejando a sua morte na ocasião. — É por isso que sei que nós temos que esperar.

— Nós?

— É. Não vou deixar você ir sozinho dar uma surra nele. Eu ia querer dar uns chutes também. — Ergui as sobrancelhas e deu um sorriso fraco, deixando a tensão deslizar dos meus ombros. — Estou brincando. — Mais ou menos. — Não importa. É capaz de eu nunca mais voltar a ver o cara, e mesmo se isso acontecer, a vida deles é uma merda. A minha, não. É vingança o bastante para mim. Pode confiar.

Bem, pelo menos na maior parte do tempo era o bastante.

— Vanessa... — A voz dele esvaneceu com uma careta.

As próximas três frases que trocamos seriam a última coisa em que eu pensaria quando fosse para a cama naquela noite.

— Você está comigo há dois anos, mas concluí que mal estou começando a entender — o grandalhão afirmou, com a expressão solene.

— Entender o quê?

— Que eu deveria ter medo de você.

Quando o meu celular apitou com uma mensagem de texto, eu estava vesga por passar tanto tempo olhando bancos de imagens. Empurrando os óculos sobre a testa até prendê-los sobre o cabelo, bocejei e peguei o smartphone.

Mensagem de texto
Miranda P.

Curiosa — mais do que curiosa porque aquela era a primeira vez que recebia uma mensagem dele —, abri a mensagem e a li. E a li de novo. E de novo. E, então, só encarei o monitor do computador sem ver nada.

Descobriram.

Antes de entrar em pânico, me obriguei a esticar os dedos e respirar fundo para me acalmar. *Você já sabia que isso estava prestes a acontecer.* Ao menos foi o que disse a mim mesma.

Quanto mais pensava no assunto, mais deveria ter ficado agradecida pelas pessoas na capela em Las Vegas não terem reconhecido o Aiden. Ou pelas pessoas na rua não terem reparado e nem nos visto entrar e sair de lá. Ou pela recepcionista da acupuntura não ter tirado uma foto e postado na internet.

Porque eu podia não entender todas as pessoas, muito menos a maioria delas, mas eu entendia o povo intrometido. E o povo intrometido faria algo assim sem pensar duas vezes. Ainda assim, me lembrei de que não havia nada do que me envergonhar.

Eu ficaria bem. E daí que um site de fofoca postou sobre termos nos casado? Aff. Devia haver mais uma centena de sites iguaizinhos àquele.

Pensei rapidamente em Diana descobrindo a notícia, mas lidaria com isso depois. Não adiantava ficar assustada agora. A reação dela era a única que me importava. A opinião da minha mãe e das minhas irmãs não estava no topo da minha lista agora... nem nunca. Eu me obriguei a deixá-las em segundo plano. Estava cansada de ficar brava e chateada — afetava o meu trabalho. Além do mais, elas me deixaram triste e brava vezes o suficiente na minha vida. Não permitiria que arruinassem mais um dia.

Voltei a pegar o celular e enviei uma mensagem rápida para Aiden, engolindo a náusea ao mesmo tempo.

Eu: Quem te contou?

Nem dois minutos se passaram antes de o meu telefone apitar com a resposta.

Miranda: Trevor explodindo o meu telefone.

Eca. Trevor.

Eu: Nós sabíamos que ia acontecer em algum momento, não é? Boa sorte com o Trev. Estou feliz por ele não ter o meu número.

E estava ainda mais feliz por não ter uma linha fixa na casa; de outra forma, tinha certeza de que ele estaria perturbando por lá também.

Consegui voltar a olhar as imagens na tela por mais uns minutos, um pouco mais distraída do que o normal, quando o telefone apitou novamente.

Era Aiden/Miranda. Eu deveria mesmo trocar o nome de contato dele.

Miranda: Boa sorte? Eu não estou atendendo às ligações.

O quê?

Eu: Aquele psicótico vai fazer uma visita se você não atender.

Aquilo era eu sendo egoísta? Sim. Eu me importava? Não.

Aiden: Eu sei.

Aff.

Eu: Você está sempre treinando...
Aiden: Divirta-se.

Que babaca! Eu quase ri, mas, antes que pudesse, ele enviou outra mensagem.

Aiden: Vou retornar as ligações daqui a uns dias. Não se preocupe.

Bufando, respondi a mensagem.

Eu: Não estou preocupada. Se ele passar aqui, vou plantar o cara lá no seu quarto. :)
Aiden: Você me assusta de verdade.
Eu: Você não sabe quantas vezes você mal conseguiu chegar vivo ao fim do dia, só para constar.

Ele não respondeu depois disso.

Eu estava no meio do almoço no dia seguinte quando o meu celular apitou. Até aquele momento, não tinha recebido nenhuma ligação nem mensagens ameaçadoras de Diana, mas ainda senti um pouco de medo de olhar para a tela. Na verdade, não tive notícias desde o dia que saí da casa dela. Isso era incomum, mas ainda me deixava um pouco ansiosa e um pouquinho brava.

Por sorte, foi o nome de Aiden que apareceu na tela. Eu finalmente tinha trocado as informações de contato dele.

Aiden: Você vai estar livre domingo?

Eu nunca estava livre em dia nenhum, tecnicamente, mas a pergunta me fez parar para pensar.

Eu: Depende. Por quê?
Aiden: Para vir ao meu jogo.

Ah. Eu estava imaginando aquilo? Ele estava mesmo me convidando para ir a um dos jogos dele pela primeira vez na história do universo?

Eu: Eu fui a alguns dos seus jogos.
Aiden: Você foi me encontrar depois de um jogo cinco vezes.

Ele se lembrava?

Eu: Eu te encontrei depois dos jogos cinco vezes, mas eu fui a mais do que isso.
Aiden: Quando?
Eu: Na temporada passada, eu fui a cinco. Na anterior, a três. Mas não fui a nenhum esse ano.

Obviamente.

Aiden: Por quê?
Eu: Porque o cara que costumava me dar os ingressos não joga mais no seu time...
Aiden: Zac te dava ingressos?
Eu: Quem mais daria?
Aiden: Eu.

A mesma pessoa que não podia me desejar "bom dia"? Ceeeerto.
Meu telefone apitou de novo.

Aiden: Eu posso conseguir ingressos para você agora. Você só precisa me dizer.

Havia algo no fato de ele ter dito "me dizer" e não "pedir" que me fez sorrir.

Eu: Eu não sabia. Você costuma só arranjar ingressos para o Leslie e pronto. Zac simplesmente os dava para mim.
Aiden: Venha este domingo.
Eu: Eu meio que tenho planos.

Menti. Meus planos eram trabalhar um pouco de manhã e assistir a alguns jogos de futebol para me certificar de que o meu *quarterback* do Football Fantasy e o meu *wide receiver* favoritos fizeram um bom trabalho.

Aiden: Você quer que o Trevor ou o Rob façam uma visita?
Eu: É uma ameaça?
Aiden: É um fato. Falei com os dois. Eles comentaram o fato de você nunca ter ido aos jogos.

Decidi, bem naquele momento, que eu não queria saber do que eles tinham falado. E nem precisava. Se Aiden estava me ameaçando com visitas de um ou de ambos, e eles estavam cientes de que eu tinha assinado a papelada... era o bastante para mim. Eu podia me sacrificar pelo bem da Equipe Graves, se necessário, ainda mais quando envolvia aqueles dois babacas.

Eu: Tudo bem. Me arranje dois ingressos, por favor.
Aiden: No camarote da família?

Nem fodendo.

Eu: Nas arquibancadas, se puder, grandalhão. :)

— Não acredito que deixei você me convencer a fazer isso — sussurrou Zac ao sairmos da fila da lanchonete que ficava no nível da tribuna.

Para ser sincera, eu também não acreditava. Quando pensei em quem podia convidar para ir comigo, soube que minhas opções eram limitadas. Havia Diana, com quem eu não tinha falado, com quem eu ainda estava frustrada e para quem eu não queria mentir de novo, já que o meu casamento com Aiden foi a público. Havia uma pessoa ou outra que conheci por intermédio dela com quem eu saía de vez em quando. E tinha o Zac. Não tive muito tempo para fazer amigos desde que mudei para Dallas. Então, me arrisquei e perguntei se ele queria ir.

O que não me surpreendeu foi sua relutância.

Mas, normalmente, eu conseguia o que queria, desde que quisesse muito, e isso não foi diferente.

Não queria dizer que eu tinha que ficar convencida. Dei um tapinha no braço dele e o conduzi na direção da seção dos nossos assentos. Ele nunca tinha ido a um estádio como qualquer coisa que não um jogador, e estava observando tudo como se fosse novidade. Também pode ter havido um sorriso de escárnio em seu rosto, mas eu ia fingir que o ignorava.

— Você tem certeza de que está bem de estar aqui?

— *Tenho* — insistiu ele.

Eu não sabia se acreditava totalmente, mas ele me respondeu a mesma coisa nas oito vezes que perguntei. Ainda assim, me senti um pouco culpada por fazê-lo vir a um jogo sendo que ele foi dispensado há pouco mais de um mês. Ele rebateu com:

— Acho que vou assistir a um jogo em casa de qualquer jeito.

Quanto mais eu pensava no assunto, mais culpa sentia. Ele poderia ter dito que não viria, mas não disse.

— Podemos ir comer comida mexicana depois, que tal? — Eu o cutuquei.

A única resposta dele foi um resmungo e algo parecido com um aceno de cabeça.

Nossos lugares eram excelentes. Tão excelentes que eu não sabia quem Aiden teve que subornar para consegui-los poucos dias antes do jogo. Estávamos bem na linha de cinquenta jardas, na terceira fileira. Ao redor dos assentos havia um rio de camisas do time e os equipamentos da marca dos Three Hundreds, e eu podia ver a tensão de Zac quando nos sentamos.

Acomodando nossas bebidas, o texano se inclinou para mim.

— Vai me dizer por que está sentada aqui e não no camarote?

Eu o olhei de soslaio.

— Não gosto das pessoas de lá.

Isso fez o enxerido se interessar.

— Quem? — Ele até mesmo sussurrou a pergunta, os olhos se iluminando de interesse. — Me conta.

Bom Deus. Eu não podia fazer nada para aliviar o quanto estava prestes a soar como uma babaca.

— Todos eles?

Zac caiu na gargalhada.

— Por quê?

Tive que tomar um gole da cerveja que comprei antes de reunir a força de espírito necessária para me lembrar daquele dia.

— Lembra daquela vez que você me arranjou ingressos? Da primeira vez que me convidou? — Ele não se lembrava, mas não faria diferença. — Bem, eu fui... foi tipo *Meninas Malvadas* com mulheres que já tinham saído da escola há muito tempo. Elas falavam uma da outra sem parar: quem tinha engordado, quem estava usando uma bolsa da coleção passada e quem estava traindo quem... aquilo me deu dor de cabeça. Agora, eu sou uma delas.

— Você é uma de você, Van.

Isso me fez me sentir bem. Posso ter me empertigado quando tomei mais um gole de cerveja e toquei o ombro no dele.

— Eu gosto de você, você sabe, não sabe?

Ele bufou, pegou sua cerveja e deu um gole. Ficamos lá e assistimos aos jogadores indo para o campo, os fãs no estádio, todos os oitenta mil, ficando de pé e gritando a plenos pulmões. Os Three Hundreds estavam jogando com um dos seus maiores rivais, o Houston Fire, e lá estava *abarrotado*. Planejei mandar uma foto para o meu pai adotivo mais tarde.

Abrindo o meu casaco para que pudesse ficar com os braços e as mãos livres mais para a frente no jogo, tirei-os das mangas e ajustei a bainha da camisa que tinha vestido.

A cerveja saiu feito uma bala da boca de Zac, indo direto para o seu colo.

— Van. Van. Por que você fez isso? — ele gritou, me olhando como se eu tivesse enlouquecido, mesmo quando suas mãos secaram o rosto.

Eu me recostei e sorri.

— Porque você é meu amigo, e se alguém estiver olhando, não quero que te esqueçam.

Horas mais tarde, Zac e eu tínhamos ido comer comida mexicana, e uma margarita cada um, depois do jogo, e já estávamos em casa quando Aiden, enfim, apareceu. Aquelas pernas enormes se arrastaram pelo chão enquanto ele largava a bolsa, parecendo tão cansado e pensativo quanto costumava parecer depois de uma vitória. Eu não sabia por que ele ficava tão pensativo depois de uma vitória, em vez de cheio de júbilo, mas eu meio que gostava. Quando o time não ganhava um jogo, ele normalmente ficava agitado e muito chateado, naquele jeito quieto e taciturno dele. Como um reloginho, ele comia alguma coisa e sumia para o quarto.

Mexendo a panela fervente com o macarrão de quinoa, lancei um sorriso para ele ao olhar para trás.

— Bom jogo, grandalhão. — Ele tinha derrubado o *quarterback* três vezes, três *sacks*, o que não era um dia nada ruim.

— Obrigado. — Ele parou onde estava. — Que merda você está usando?

Com a colher ainda na panela, dei de ombros.

— Roupas.

— Você sabe o que eu quis dizer.

— Uma camisa? — Dei de ombros.

Pelo canto do olho, o vi se movendo ao redor. Eu o senti me inspecionando. A voz estava baixa e cuidadosa quando disse:

— Você está usando a camisa do Zac.

— Sim.

— Você... foi ao jogo usando a camisa do Zac? — Ainda sério, ainda pisando em ovos.

— Uhum. — Olhei para ele, que enfim estava de pé bem atrás de mim, de costas para a ilha da cozinha, os braços cruzados sobre o peito largo. — Não quero ninguém esquecendo que ele é um *quarterback* — expliquei, antes de voltar a me virar.

Ele se afastou. Não disse nada por algum tempo, pensei que talvez ele fosse sair da cozinha, mas o vi sentado à mesa com os cotovelos sobre as coxas. Percebi que a bochecha dele estava se contraindo, mas ele não parecia bravo. Só parecia... contemplativo de novo.

— Você está bem?

Só os olhos dele se moveram pelo cômodo antes de pousarem em mim, e ele inclinar o queixo para baixo.

— Tudo bem.

— Certo. — O timer do macarrão disparou, e me virei para o fogão. Escorri a massa e a coloquei em uma tigela grande, joguei um tempero de nozes e os vegetais que tinha preparado mais cedo por cima, e mexi. Colocando a panela e a tábua na pia com uma mão, carreguei a tigela até onde Aiden estava sentado e a coloquei diante dele. — Pensei que você fosse estar com fome. Só lave os pratos ou os ponha na lava-louças, ok?

Aqueles olhos escuros se ergueram para encontrar os meus, a surpresa estampada nas feições sérias.

Não sei de onde veio aquilo, mas dei uma piscadinha para ele.

— Obrigada pelos ingressos, a propósito. Eram ótimos.

— Obrigado pela comida — ele falou ao se levantar, a meio metro de mim, sem brincadeira.

A última vez que estivemos tão perto assim um do outro foi em Las Vegas e eu dei o selinho nele na capela, mas estava tão distraída na hora com tudo o que se passava, que não fui capaz de apreciar o quanto ele era enorme assim de perto. Porque grande ele era. Alto e largo nos ombros e no peito, a cintura sarada só fazendo todo o resto ser mais imponente. Ele irradiava uma quantidade insana de calor e o leve aroma do óleo de coco que aplicava no rosto sempre que tomava banho.

Bom Deus, o homem era atraente.

Engoli a saliva que se acumulava na boca e sorri para ele como se sua presença não fosse grande coisa. Como se aquela ausência de distância entre nós acontecesse todo dia.

— Tudo bem, certo, aproveite a comida. Vou lá para cima ver televisão.

Ele me agradeceu de novo ao ir até o armário pegar um copo.

O que diabos tinha acontecido?, eu me perguntei assim que cheguei ao quarto e me sentei na beirada da cama.

O que diabos estava acontecendo comigo?

Estava no meu quarto quando a campainha começou a tocar loucamente. Em todo o tempo em que passei na minha casa nova, ninguém apareceu. Caramba, mesmo quando eu não morava aqui, ninguém aparecia sem avisar. O portão do bairro mantinha os curiosos do lado de fora, e esse bairro não era muito amigável. Se alguém queria uma xícara de açúcar, a própria pessoa ia ao mercado comprar. Eu não sabia quem esperar, mas, quando olhei pelo olho mágico, fui pega totalmente desprevenida.

Total e completamente, duzentos por cento desprevenida. *Puta merda.*

Era o Trevor. O empresário dos meninos. O rei dos babacas.

— Quem é? — Zac gritou de algum lugar lá em cima, mais do que provável do seu quarto. Fazia uma hora que ele tinha chegado em casa, e estávamos planejando sair para correr em breve.

— É o Trevor! — sussurrei entre dentes, sabendo muito bem que ele poderia me ouvir. A porta era grossa, mas não à prova de som.

Houve um barulho. Um xingamento. Depois Zac disse:

— Eu não estou aqui!

Puta merda em dobro.

— Tudo bem! Você fica me devendo uma.

— Claro! — o traidor gritou antes de a porta do quarto dele bater.

Rilhando os dentes, rezei baixinho e abri a porta.

— Oi... Trevor. — Meio que bufei ao fazer careta, nem sequer me obrigando a sorrir e agir como se estivesse feliz por vê-lo. A realidade era: eu não estava. A mais maravilhosa realidade era: eu não precisava fingir estar.

O imperador dos imbecis nem sequer desperdiçou o esforço de fingir ser educado. A expressão foi de exasperada a indiferente, depois para chocada e, enfim, virou uma careta, tudo em um piscar de olhos, e a careta continuou puxando os lábios para baixo a cada segundo que passava.

— Onde está o Zac? — ele praticamente cuspiu.

O que aconteceria se eu batesse a porta na cara dele?

Sabia que Trevor tinha descoberto que nós nos casamos, e estava ciente de que eles tinham "falado do assunto", o que quer que isso quisesse dizer. Mas eu não tinha ideia do que foi dito. Nem ideia do que Trevor sabia ou não sabia. E, de repente, quis me xingar por ter aberto a porta antes de descobrir o que deveria dizer.

Mas se havia alguém que podia farejar fraqueza, era esse babaca. Eu não podia nem titubear. Não poderia ceder. Então pisquei para ele, fria e distante.

— Ah, oi. Estou ótima e você?

As linhas em torno da sua boca se aprofundaram, fazendo o couro cabeludo escuro repuxar para a frente. Não imaginei quando sua pálpebra se contraiu.

— Não me faça começar. Onde está o Zac?

— Por favor, não me assuste. — Naquela hora, não pude deixar de dar um sorrisinho para ele, sentindo prazer demais com a expressão de desdém em seu rosto. — Zac não está.

Trevor me encarou com aqueles olhos complacentes dele, a contração na pálpebra ficando pior.

— Sei que ele está aqui.

— Ele não está.

— Você acabou de gritar com ele! — Os ombros do homem se curvaram e tudo mais. — Eu ouvi.

Lancei um olhar firme para ele e o seu terno completo naquele clima.

— Primeiro, não grite na minha cara. Segundo, você está imaginando coisas porque estou sozinha em casa.

Ele não precisou dizer. Eu poderia dizer palavra por palavra o que ele estava pensando e seguia na linha de "eu odeio você".

Eu também não gostava dele. E não podia dizer que o culpava. Eu estaria pensando a mesma coisa também, porque sei que ele me ouviu.

— Você vai mesmo me dizer que ele não está aqui? — perguntou, inclinando a cabeça um centímetro e olhando para mim com os olhos estreitados.

Fiz que sim, usando minhas melhores habilidades de atuação para dar um sorriso animado para ele, mesmo sabendo que não havia nada do que me gabar.

Ele só me encarou.

E alarguei ainda mais o sorriso.

— Preciso mesmo voltar ao trabalho. Você deveria ligar. Não sei quando o Zac volta.

Isso deve ter tirado o homem de qualquer que fosse o transe que estava, porque ele balançou a cabeça.

— É por isso que estou aqui. Ele não está me atendendo. Não está atendendo às ligações de ninguém nem respondendo a porra dos e-mails. Ele está se transformando no Aiden...

Isso deixou as minhas orelhas quentes na mesma hora.

— Ei.

— É completamente inaceitável.

Respirei fundo e trinquei os dentes, erguendo a mão para impedi-lo.

— Pare. — É, eu mandei ver. O que ele ia fazer? Me demitir? — Calma aí. Relaxe. Não grite comigo, senão eu bato essa porta na sua cara. Não sei por que nenhum deles atende às suas ligações nem responde seus e-mails, então talvez você devesse pensar no assunto, hein? Eles vão te ligar quando quiserem te ligar, mas eu também não te ligaria se fosse para levar esporro. E não fale merda dos seus clientes na minha frente. Eu não gosto e é pouco profissional.

O rosto dele foi ficando mais vermelho a cada palavra que saía da minha boca. Uma veia grossa no pescoço dele começou a se destacar em algum momento.

— Você entende como isso funciona? — ele perguntou com cuidado, seco.

Se ele achava que eu ia recuar, estava muito enganado. Meses atrás, eu teria mantido a boca fechada e lidado com o fato de que ele era, tecnicamente, meu superior. Mas ele não era mais.

— Você trabalha para eles, não é? — indaguei em um tom de espertalhona.

— Você não sabe de nada — disse ele, entre dentes. Qual era a razão para eu desperdiçar o meu fôlego?

O homem estava tremendo?

— Não sei o que você fez para conseguir que o Aiden se casasse com você, mas devemos discutir o assunto agora — Trevor continuou.

— Você acha que fiz algo para ele se casar comigo? — Bufei, levemente em pânico. Trevor tinha nos visto juntos quanto eu trabalhava para o Aiden; ele tinha testemunhado a falta de química entre nós.

O babaca moveu a cabeça daquele jeito que diz o quanto ele era o idiota genuíno que eu pensava que era.

— Você está grávida?

O "não" estava tão afiado e pronto na minha língua que quase não consegui detê-lo. A palavra estava prestes a escapar dos meus lábios por causa do tanto que fiquei puta com aquela suposição ridícula. O que ele pensava que eu era?

Uma vagabunda. Ele achava que eu era uma vagabunda interesseira.

É claro que ele pensava isso. Por que não pensaria? Eu não podia imaginar quantas vezes o Aiden deve ter deixado claro o quão pouco ele se importava com a minha existência no tempo que trabalhamos juntos.

Mas eu ainda me sentia insultada. E eu não devia merda nenhuma a ele, mesmo se eu não estivesse grávida.

Trincando os meus molares com força, lancei um sorriso perigoso para o empresário dos meninos.

— Importa?

— Sim, importa! — ele latiu, apontando para mim enquanto suas orelhas ficavam vermelhas. Juro pela minha vida que deveria haver fumaça saindo delas para deixar o momento ainda mais perfeito. — Ele me disse que vocês não assinaram um pré-nupcial. — O cara chegou a arfar de ultraje. — Essa foi a segunda coisa que disse que ele precisava ter quando assinei com ele. Use camisinha e faça um acordo pré-nupcial...

Naquele momento, ergui uma sobrancelha, só deixando-o desabafar.

— ... e de todas as mulheres no mundo... *de todas as mulheres no mundo*... ele se casa com você. Em Las Vegas. Em segredo, e não me conta. Estou tentando fazer o que é melhor para ele.

Há um limite que você pode aguentar de alguém falando tão rápido, cuja voz vira um estrilar que te faz lembrar de um quadro negro.

— Então faça o que é melhor para ele. Não vou a lugar nenhum, e você não precisa entender o que há entre nós. Você não é o único que quer que ele se dê bem. Então, que tal se preocupar com coisas que importam de verdade, tipo onde ele vai jogar no ano que vem, se você quiser mesmo se estressar com alguma coisa que o seu cérebro de amendoim não consegue entender?

Trevor me encarou por um segundo, a garganta expandindo, as narinas dilatando.

— *Cérebro de amendoim*?

— Cansei de falar com você. Vou me certificar de avisar aos dois que você passou por aqui. Tchau. — E, bem assim, eu tive a calma de fechar a porta no meio do discurso dele. Nem sequer a bati. Como me saí sendo muito foda?

Me levou um segundo para perceber o quanto aquela conversa tinha me cansado. Jesus. Sério, me senti meio enjoada enquanto subia até o meu quarto.

Eu nunca tinha feito nada para ele. Nem uma única coisa além de dar uma de espertinha quando ele merecia. Bom Deus.

Assim que entrei no quarto, a porta do Zac abriu e o rosto dele me espiou pela fresta, todo olhos, nariz e boca grandes.

— Desculpa.

Fiz um gesto de desdém.

— Você me deve uma. Vá se vestir para irmos correr.

Ele franziu o nariz.

— Você não prefere sair para comer?

— Não. — Dei um sorriso largo para ele. — Vá se vestir para irmos. Você precisa sair de casa, querido.

— Van — ele quase choramingou quando desapareci para dentro do quarto e fechei a porta.

Antes de fazer qualquer coisa, peguei o telefone e enviei uma mensagem para Aiden.

Eu: O Anjo da Merda fez uma visita. Só para avisar.

Eu tinha tirado as roupas quando o celular apitou com uma mensagem.

Aiden: Trevor?
Eu: Foi :(Se ele aparecer de novo, talvez você tenha que pagar a minha fiança.

Essa foi a última mensagem que trocamos antes de eu sair.

Na tarde seguinte, ouvi passos nos degraus antes de Zac invadir o meu quarto, as meias derrapando pelo chão.

— Trevor está aqui — ele disse, entre dentes, com as sobrancelhas erguidas e expectantes.

— Você o deixou entrar?

Ele me lançou um olhar.

— *Não*, não quero ver o cara. Ouvi alguém estacionar e fui olhar pela janela. Disse ao Aiden que ele estava aqui antes de eu subir.

— Hum. — Graças a Deus pelos pequenos milagres. Era terça-feira, o que queria dizer que Aiden estava de folga, pois ele tinha acabado de jogar em São Francisco. Estreitei os olhos para Zac, e ele me imitou antes de eu erguer os ombros e inclinar a cabeça para o lado. — Então, vamos ouvir escondido ou o quê?

— Dãã. — O homem que não sorriu o bastante nos últimas dias enfim me agraciou com um sorriso. Durante os onze quilômetros que corremos ontem, ele fez careta e beicinho o percurso todo, provavelmente me xingando em pensamento. Então, eu estava feliz por estarmos nos falando.

O som da porta da frente se abrindo e fechando me fez me aproximar um centímetro na direção da porta do meu quarto. Fiquei acordada na noite anterior me preocupando se Trevor teria a coragem de subir as escadas para descobrir que, mesmo que eu estivesse casada com Aiden no papel, nós não estávamos exatamente casados-casados. É claro que aquela era uma imensa falha na nossa farsa. Foi só a consciência de que o Leslie era um cavalheiro e não subiria para xeretar ou vagar lá em cima que funcionou a nosso favor. De outra forma, aquela seria uma explicação estranha.

Aí, percebi que idiotice foi me preocupar com Trevor ir lá em cima. É claro que ele não iria. Aiden não o deixaria nem se aproximar da escada, para início de conversa. Mas isso não queria dizer que eu não estava curiosa pra cacete para saber do que eles estavam falando.

E essa foi a desculpa à qual me agarrei quando eu e Zac nos arrastamos para fora do meu quarto e rastejamos até o alto das escadas, sentando no chão, com a orelha virada lá para baixo. Apostaria a minha poupança que Aiden não convidaria Trevor para entrar em seu santuário: a cozinha e o canto em que ficava a mesa. Não fiquei nada decepcionada quando a voz deles parou na sala, de onde eu podia ouvir a conversa com bastante clareza. Não me incomodei em reviver a última vez que ouvi escondido desse exato lugar.

— Mas que porra, Aid? Tentei te ligar uma dúzia de vezes — começou o tom levemente agudo de Trevor.

O que o espertinho da nossa casa respondeu?

— Eu sei. Tenho identificador de chamadas.

Ah, caramba. Quase caía na gargalhada quando ele falava daquele jeito com as pessoas. Não, sério, era só eu me divertindo por ele estar falando com Trevor daquela forma. Eu não gostava mesmo do cara.

Silêncio. Então a voz baixa de Aiden perguntou:

— O que você está fazendo aqui?

— Vim ver você e o Zac, já que nenhum dos dois me retorna.

— Nós nos falamos faz uma semana. O que há mais para falar?

— Me dizer "sim, nós nos casamos" e "vou me certificar de que ela vá aos jogos", depois desligar na minha cara, não é considerado conversa, Aiden. Jesus Cristo. Como você pode não ter me dito de antemão?

— Não é da sua conta.

— Tudo o que te envolve é da minha conta. Você se casou com a porra da sua assistente, cara. Descobri quando o relações públicas do time me ligou perguntando sobre sua certidão de casamento. — Trevor estava gritando.

— Eu me casei com alguém que eu conhecia há dois anos e que não trabalhava mais para mim. Ela é maior de idade, eu também sou. Não fui pego com drogas. Não fui preso em um clube de strip-tease. Não entrei em brigas. Não me trate como criança, Trevor. *Eu não gosto.*

Zac e eu trocamos um olhar impressionado.

— Então, não aja como uma. Eu te falei. *Eu te falei desde o início, porra.* Você precisa pensar com a cabeça, não com o pau. E você se casa com a Vanessa durante a temporada *sem um maldito acordo pré-nupcial.* No que você estava pensando? Ela está grávida?

— Você acha mesmo que eu estava pensando com o pau? — A voz de Aiden foi curta e seca, remota e solitária.

Horripilante. Horripilante pra caralho.

— Com a cabeça é que não estava. — Foi a coisa mais idiota que já saiu da boca de Trevor, e me deu vontade de dar língua para ele.

— Não suponha que você sabe de alguma coisa, porque não sabe. Você não sabe nada sobre mim, ou sobre a Vanessa. E se ela estiver grávida, não faça essa porra dessa cara, a não ser que esteja disposto a encarar as consequências.

Oh... ele disse a palavra com "P", não disse? Eu não tinha imaginado, tinha?

— Ela é minha esposa, e tudo o que ela já fez foi cuidar de mim. Não vá por esse lado, Trevor. Você não quer ir, me entendeu?

Eu ia fazer jantar para ele. Talvez também o almoço.

— Não foi isso que eu quis dizer — titubeou o empresário.

Aiden pode ter bufado com desdém, mas o som foi baixo demais para eu ter certeza.

O empresário soltou um som que poderia ser um engasgo ou uma tosse.

— Não quis dizer nada com isso, cara. Calma. Você solta essa bomba em cima de mim de repente, e não é fácil tentar resolver isso. Rob e eu conversamos, e seria legal se pudéssemos ter construído uma história em torno do acontecimento...

— Você acha mesmo que eu ia querer televisionar o meu casamento?

— Teria sido uma boa ideia. Você deveria ter...

— *Eu* não deveria fazer nada. Você precisa manter a boca fechada da próxima vez que falar dela ou da gente, e se concentrar em fazer o seu trabalho. Para que você pensa que eu estou te pagando?

— Ninguém falaria comigo do jeito que você está falando. — Foi a brilhante resposta de Trevor, soando tão indignado como eu tinha certeza de que ele estava se sentindo.

— Ninguém te faz ganhar tanto dinheiro quanto eu. Se esqueceu disso? Não é da conta de ninguém o que faço quando não estou em campo desde que não seja algo negativo. Lide com isso.

— Tudo bem — Trevor aceitou com resignação e talvez com um pouco de raiva manchando a sua voz. — Onde está o Zac?

Olhei para Zac e dei língua para ele quando seu rosto ficou alarmado por causa da pergunta de Trevor.

— Ele foi visitar a família — Aiden mentiu sem fazer esforço, o que me surpreendeu, porque eu não achava que já o tinha visto mentir. Ele costumava preferir magoar as pessoas ao falar a verdade em vez de recorrer à mentira.

— Qual é a de vocês dois? Argh. Tudo bem. Esquece. Avisa a ele que deixei umas dez mensagens na caixa postal. Ele precisa me retornar.

O grandalhão não formulou uma resposta verbal de aceitação.

Depois disso, cutuquei Zac nas costelas e virei o polegar para apontar para o meu quarto. Eu me arrastei de volta, então, fiquei de pé. Sentei-me à mesa do computador, voltando a terminar o último projeto em que trabalharia naquele dia. Não levou muito tempo para que o som da porta se abrindo e fechando chegasse ao meu quarto.

Mas eu não podia afastar a ideia rodando pela minha cabeça. Eu não estava bem esperando que Aiden falasse mal de mim...

Mas fiquei mais do que um pouco aliviada quando ele enfrentou o Trevor em minha honra. Finalmente. Talvez mais do que um "pouco" aliviada, se eu me permitisse pensar de verdade no assunto.

Quando desci uma hora depois, encontrei Aiden sentado na sala, curvado sobre o enorme pufe diante do sofá. Zac me avisou que iria ao mercado, então eu sabia que estávamos sozinhos. Fiz salada de quinoa o suficiente para quatro refeições tamanho-Aiden e guardei três porções para depois. Eu me servi de uma boa quantidade, e fui até a sala com a minha tigela.

Ele estava no mesmo lugar que tinha estado quando comecei a cozinhar: os dois pés enormes plantados no chão, as calças pendendo baixas em seus quadris, e nas mãos ele segurava três pecinhas de quebra-cabeça. Espalhado diante dele estava o que parecia ser um quebra-cabeças de mil peças montado pela metade, formando... uma casa voadora? Eu mal tinha atravessado a sala quando ele olhou para cima e me lançou um olhar curioso.

— Eu fiz comida. Há sobras na geladeira se você quiser — ofereci, como se ele fosse dizer não para comida.

Juro pela minha vida que ele se iluminava cada vez que eu dizia que havia sobrado comida para ele. Era fofo e triste ao mesmo tempo, e pensar naquilo só me fez me remexer ainda mais sobre meus pés calçados com meias.

— Obrigada por dizer ao Trevor... o que você disse — deixei escapar, e quis me dar um tapa na cara na mesma hora. Que merda foi essa?

O rosto dele estava calmo e aberto, nem um pouco envergonhado por eu ter acabado de admitir que ouvi a conversa.

— Não me agradeça. Eu só disse a verdade.

Ergui um ombro e sorri para ele.

— Agradeço, de qualquer forma.

Ele piscou os sonolentos olhos castanhos, as narinas se dilatando o bastante para que eu notasse.

— Você não faz ideia do quanto me faz sentir horrível às vezes.

Espera. O quê?

— Por quê?

Ele se inclinou para frente, deixando as peças de quebra-cabeça de lado.

— Você está me agradecendo por te defender, Van. Você não deveria me agradecer por fazer algo assim.

Eu não precisava dizer a ele que, antigamente, ele não tinha e não teria me defendido. Se eu não tivesse aceitado me casar com ele, ele não estaria em dívida comigo. A essa altura, eu não tinha casa. Ele ainda não tinha pagado o meu empréstimo estudantil. A balança entre nós não estava muito equilibrada. Ainda assim, me recusava a acreditar que ele tinha agido assim por esse motivo.

Uma parte de mim reconheceu que Aiden se importava mesmo comigo... agora... do seu próprio jeito. Eu só não ia analisar muito a razão disso. Não que eu tivesse levado a sério demais, só a sério o suficiente para agradecer. Para saber que significava alguma coisa... não tudo.

— Bem, só quero que você saiba que eu não esperava que era o mínimo. É só isso.

Ele soltou um "uhum", o rosto desinteressado e inexpressivo, só um pouco sério e pensativo.

— Você pode assistir televisão aqui embaixo, se quiser — ele adicionou de repente.

Oi?

— Tem certeza? Você não se importa se eu te fizer companhia? — perguntei, um pouco mais tímida do que teria pensado.

Isso o fez revirar os olhos, suspirar e balançar a cabeça.

— Pare de falar e sente. — Ele moveu a cabeça, ficou de pé e foi até a cozinha sem dizer mais nada.

Repentinamente desconfortável, pigarreei e me sentei do outro lado do sofá, cruzando os tornozelos e colocando a tigela no colo. Pegando o controle remoto, liguei a televisão e comecei a passar os canais antes de parar em um dos meus filmes favoritos. Se, ao voltar, Aiden achou estranho eu estar assistindo *Wall-E*, ele não falou nada.

Ele também não se levantou e foi se sentar na cozinha.

No dia seguinte, meu telefone tocou no final da tarde.

Aiden piscou na tela. Ele tinha me ligado duas vezes antes, e isso tinha sido quando ele estava de pé do lado de fora da minha porta, eu morava no meu apartamento e ele me deu o bolo.

Apertei em "atender".

— Alô?

— Vanessa. — Ele não perguntou se era eu; só meio que disse o meu nome, como se exigindo que fosse.

— Sim?

— Meu carro não quer pegar — ele disse com uma voz que soou acusatória, mas não podia ter sido. O que ele pensava? Que fui lá e ferrei com a ignição? Se não fiz isso quando ele me irritava, por que faria agora que ele não tinha feito isso ultimamente?

— A sua bateria morreu? — perguntei, confusa. Ele o tinha comprado novinho há menos de um ano; não era possível o veículo estar precisando de uma bateria nova assim tão cedo.

Ele murmurou algo baixinho, a voz abrupta.

— Já cuidei disso. Um guincho está a caminho.

Ah.

— Tudo bem. Do que você precisa, então?

— Você pode vir me pegar? — ele perguntou na lata.

Pisquei, surpresa por ele estar ligando para mim e não para um táxi.

— Ah, claro. Onde você está?

— No prédio principal. Onde o time treina — respondeu ele, ciente de que eu sabia qual era o lugar a que ele se referia. Já estive lá algumas vezes. — Preciso ir pegar uns documentos no escritório do advogado de imigração também.

Olhando por uma das janelas do meu quarto, vi a tempestade que caía lá fora e suspirei. Odiava dirigir quando chovia, mas ele quase nunca pedia favores... a menos que fossem bem grandes, de mudar a vida. Caramba.

— Claro. Chego assim que puder.

Ele resmungou um "obrigado", que foi tão forçado quanto pareceu, e desligou.

Algumas coisas nunca mudam, não é? Sorri, salvei o meu trabalho, peguei a bolsa e fui lá para baixo pegar a chave. Não demorou muito, e cheguei às instalações às quais não tinha certeza de que voltaria algum dia e mostrei o velho passe que Aiden tinha me dado para passar pela segurança.

O toque do meu celular me assustou pra caramba enquanto eu dirigia em direção ao prédio e ao estacionamento corretos. Meio esperando que fosse Aiden, fiquei surpresa quando vi o nome de Diana piscar na tela.

— Sua...

— *Como você pôde não me dizer?* — gritou a voz familiar do outro lado da linha.

Merda.

— Oi para você também.

— Não me venha com "oi para você também", *cabrona*.

Tudo bem. Ela veio com *cabrona*. Diana estava puta a esse ponto. Justo.

— Quer saber como descobri? — Eu não queria, mas ela não esperou que eu confirmasse uma resposta da qual ela já sabia. — O Rodrigo me contou!

Estremeci.

Como se eu não tivesse ouvido da primeira vez, ela voltou a gritar.

— O Rodrigo!

Eu não ia pedir desculpa. Sabia que só pioraria as coisas. Estava ciente de como eram as coisas com ela. A essa altura, a única coisa a fazer, além de não irritá-la ainda mais, era aceitar o que eu tinha feito e deixar que ela acabasse comigo.

— Você se casou e não me contou!

Fiquei quieta e mantive um olho no prédio para me certificar de que Aiden não estava vindo.

— É porque você acha que eu contaria para todo mundo, não é?

Essa com certeza era a resposta errada. Então, mantive a boca fechada.

— Você não me ama mais? É isso? Eu perdi a graça?

Continuei de boca fechada.

— Eu não posso acreditar! — Ela soltou um grito que pareceu ecoar. Conhecendo a Diana, era mais do que provável que ela estivesse no carro. — Eu vou socar essa sua periquita.

E, assim, o meu silêncio chegou ao fim.

— Eu gostaria de te ver tentar. — Ela não tinha crescido com as minhas irmãs. Eu sabia como brigar com uma menina.

Ao menos, melhor do que ela.

— Não! Não fale comigo agora — insistiu ela. — Você não me disse que se casou. Você está em condicional, e tenho que voltar ao trabalho. Estou no horário de almoço. Se quiser voltar a cair nas minhas boas graças esse ano ainda, vou gostar de receber aqueles morangos cobertos com chocolate.

Isso me fez bufar. Ela só podia estar doida.

— *Você me deve.* — Com isso, ela desligou enquanto eu estacionava no lugar que estava procurando. Deixei a testa cair no volante. Aquilo tinha sido melhor e pior do que imaginei, mas fiquei um pouco aliviada por ter sido exposto, enfim.

Tamborilei os dedos no volante ao olhar ao redor do estacionamento vazio. Hesitei em sair quando um raio gigante pintou uma linha irregular no chuvoso céu cinza-lavanda. Minutos se passaram e ele ainda não tinha saído do prédio dos Three Hundreds.

Droga. Antes que eu pudesse me impedir, saí do carro, me xingando, pela bilionésima vez, por não carregar uma sombrinha e por não ter sapatos impermeáveis, e corri pelo estacionamento, indo direto para as portas duplas. Assim que pisei no tapete, olhei ao redor procurando pelo grandalhão. Uma mulher atrás da recepção ergueu as sobrancelhas para mim com curiosidade.

— Posso te ajudar com alguma coisa? — ela perguntou.

— Você viu o Aiden?

— Aiden?

Havia tantos Aidens assim?

— Graves.

— Posso perguntar o que você quer com ele?

Mordi o interior da bochecha e sorri para a mulher que não me conhecia e, por isso, não tinha ideia de que eu conhecia o Aiden.

— Eu vim buscá-lo.

Ficou óbvio que ela não sabia o que fazer comigo. Eu não tinha a aparência de uma namorada de um jogador profissional de futebol americano naquele momento, muito menos de qualquer outra coisa. Tinha optado por não aplicar maquiagem, já que não pretendia sair de casa. Nem calça de verdade. Ou até mesmo uma camisa que estivesse com as mangas intactas. Eu usava short rasgado e uma camiseta larga com as mangas nas quais eu tinha passado a tesoura. E, além do mais, a chuva lá fora não fez justiça ao meu cabelo. Parecia uma nuvem azul-petróleo.

E também tinha aquela coisa do nós-não-somos-nada-parecidos se passando, então não havia como nos passarmos como irmãos. Assim que abri a boca, as portas que ligavam a parte da frente ao resto da área de treinamento se abriram. O homem por quem eu procurava saiu com a bolsa pendurada no ombro, imponente, enorme e suado. E ranzinza também, o que queria dizer que ele só estava com a aparência de sempre.

Não pude deixar de abrir um sorrisinho para o mau humor dele.

— Pronto?

Ele deu o seu aceno de cabeça e um inclinar de queixo.

Eu podia sentir os olhos da recepcionista na gente quando ele se aproximou, mas eu estava ocupada demais medindo o sr. Ranzinza para me dar ao trabalho de olhar para outra pessoa. Aqueles olhos castanhos se voltaram para mim por um segundo e, naquela hora, não consegui controlar o sorriso.

Ele me olhou feio.

— Do que você está rindo?

Dei de ombros e balancei a cabeça, tentando olhar para ele com inocência.

— Ah, nada, raiozinho de sol.

Ele murmurou "raiozinho" ao olhar para o teto.

Saímos correndo do prédio, lado a lado, em direção ao meu carro. Abrindo as portas, eu basicamente saltei lá dentro e tremi, ligando o carro e o aquecedor. Aiden entrou com muito mais graciosidade do que eu, molhado, mas não tão encharcado.

Ele me olhou ao prender o cinto, e eu o olhei de soslaio.

— O quê?

Com um balançar de cabeça, ele abriu a bolsa, que estava em seu colo, e tirou o infame moletom preto que sempre usava. Então, o ofereceu.

Por um segundo, tudo o que pude fazer foi encarar. Seu amado moletom quase preto extra-extragrande. Ele o ofereceu a mim.

Quando comecei a trabalhar para Aiden, me lembrei de ele me dar instruções específicas sobre como queria que eu lavasse e secasse a peça. No modo de roupa delicada e pendurar para secar. Ele amava aquela coisa. Ele poderia ter uma centena iguais àquele, mas não tinha. Ele tinha um único moletom preto que usava o tempo todo e um azul que usava de vez em quando.

— Para mim? — perguntei feito uma idiota.

Ele o balançou, revirando os olhos.

— Sim, para você. Vista antes que fique doente. Prefiro não ter que cuidar de você, caso acabe com uma pneumonia.

É, eu ia ignorar o tom de reprovação e focar no "prefiro não" enquanto pegava o moletom e o vestia sem dizer uma palavra. Era como segurar uma medalha de ouro. Como ganhar algo querido, uma relíquia de família. O precioso do Aiden.

Não pude deixar de olhar para ele de rabo de olho de tempos em tempos enquanto eu dirigia. O rádio não estava ligado e era uma coisa nós comermos juntos no balcão em silêncio, mas algo totalmente diferente estarmos em um carro sem dizer uma palavra.

— Eles te disseram o que houve com o carro? — me obriguei a perguntar.

— O cara achou que fosse alguma coisa com o computador de bordo.

Fazia sentido. Agarrei o volante com mais força quando um raio cruzou o horizonte.

— Tudo bem no treino?

— Tudo.

— Por favor, fale mais — disse com um riso sarcástico. — Pelo menos vocês ganharam todos os jogos até agora.

— Por pouco — ele rebateu, com uma voz fina que parecia imprensada entre a frustração e a raiva.

Eu tinha visto uma chamada curta ontem mesmo sobre esse superastro contra quem os Three Hundreds jogaram há uns dias, e fiquei impressionada.

— Aquele cara do Green Bay era imenso.

Eu pude *sentir* a expressão insultada que ele me lançou mesmo eu estando olhando para frente.

— Ele não é tão grande assim — ele me corrigiu com um bufo.

Mas ele era. Eu vi fotos do cara contra quem os Three Hundreds estavam jogando, e o vi na televisão. O cara tinha 1,95m e pouquíssimo menos de cento e quarenta quilos; ele era bem mais encorpado do que Aiden, e eu podia dizer que aqueles quilos extras não eram puro músculo, mas grande era grande. Mantive a boca fechada, no entanto, e não insisti que ele estava errado. Eu podia fingir que o adversário dele não era do tamanho de Delaware. Claro.

— Bem, o seu time ganhou.

Aiden se mexeu no assento.

— Eu poderia ter jogado melhor.

Como eu poderia responder? Já estive presente em muitas entrevistas nas quais as pessoas o bajulavam para saber que Aiden absorvia cada uma das suas imperfeições e cada erro que já cometeu. Era idiotice e maravilhoso o quanto ele esperava de si mesmo. Nada jamais era bom o suficiente. Ele tinha muito a melhorar, de acordo com ele mesmo.

— Ah, Aiden.

— O quê?

— Você é o melhor do país, e não estou dizendo só para ser legal, e isso não significa nada para você.

Ele fez um som de desdém, e os dedos longos descansando em seus joelhos meio que se levantaram para fazer um gesto de desprezo.

— Eu quero ser lembrado daqui a anos. Tenho que ganhar um campeonato para isso.

Algo na voz dele cutucou o meu cérebro, naquela parte minha que ficou atenta por anos para que eu largasse o meu emprego um dia.

— Aí você vai ficar feliz? — perguntei, com tato.

— Talvez.

Eu não sei o que aquele "talvez" tinha que acabou me mastigando por dentro.

— Você ganhou o Jogador de Defesa do Ano em três dos oito anos, grandalhão. Não acho que alguém vá te esquecer. Só estou dizendo. Você deveria se orgulhar de si mesmo. Deu duro para isso.

Ele não concordou nem discordou, mas, quando me virei para olhar o retrovisor do lado do passageiro, ele encarava a janela com o que parecia ser a expressão mais pensativa que já vi.

Talvez.

Por outro lado, eu poderia estar imaginando coisas.

Meu telefone começou a tocar alto lá no porta-copos. Eu o olhei, mas a tela estava para baixo, e eu não poderia olhar sem pegá-lo, o que com certeza eu não faria, ainda mais quando a chuva começou a bater no para-brisa com tanta força. Tão rápido quanto começou a tocar, parou.

E começou de novo.

— Você vai atender? — perguntou Aiden.

— Não gosto de falar ao telefone quanto estou dirigindo — expliquei, assim que o telefone parou de tocar.

Ele murmurou.

E o aparelho começou a tocar de novo.

Com um suspiro, ele pegou o celular e olhou para a tela.

— É a sua mãe.

Ah, merda.

— Não...

— Alô? — atendeu o grandalhão, levando o aparelho à orelha. — Ela está ocupada. — Virei a cabeça para ver seu lábio inferior levemente projetado. — Vou me certificar de que ela saiba. — Pelo tanto de raiva em sua declaração, aquela era a última coisa que ele pretendia fazer.

Ora, ora. Antes que eu pudesse agradecer a ele por suas habilidades de atender ligações, ele tocou na tela do meu telefone e o colocou de volta no porta-copos. A cautela rodeou o meu estômago, e pigarreei.

— Minha melhor amiga finalmente descobriu que nos casamos.

— Pensei que você tinha dito a ela.

— Ela sabia que nós íamos nos casar, mas não contei que nos casamos mesmo. Ela disse que foi o irmão quem contou, então, estou me perguntando como ele descobriu.

— Ela não te contou?

Pensando mais uma vez em como tinha sido a conversa, sorri para mim mesma.

— Não. Ela estava ocupada demais gritando.

Aiden fez um som pensativo, mas ausente.

— Deve ser por isso que a minha mãe ligou. Sou eu quem normalmente liga. — Menos quando ela ligou logo depois da minha malsucedida viagem a El Paso. Só de pensar, eu voltava a ficar com raiva. Talvez eu espere para ligar... até o mês que vem. Afastei o pensamento amargurado. — Onde fica o escritório do seu advogado?

Trinta minutos depois, estacionei o Explorer em um estacionamento coberto com vários andares e que era adjacente ao alto edifício de escritórios.

— Vou esperar aqui — falei, ao desligar o motor.

Aiden balançou a cabeça ao abrir a porta do carro.

— Venha comigo.

Olhei para as minhas pernas e depois balancei a cabeça.

— Não estou vestida...

O grandalhão nem olhou para nada além do meu rosto.

— Você sempre está bem. Venha.

Ela não esperou que eu discutisse, só fechou a porta na minha cara.

Resmunguei baixinho e saí, puxando o short molhado para baixo e percebendo que o moletom de Aiden era tão cumprido que o cobria. Ótimo.

Com um suspiro resignado, vi Aiden esperando por mim bem ali. Ao menos ele teve a decência de não zoar a minha aparência desmantelada. Raios e trovões sacudiram a passarela que tivemos que atravessar para chegar ao prédio, e posso ter andado um pouco mais rápido do que o habitual. Aiden mal tinha aberto as portas para mim quando as luzes do prédio se acenderam e apagaram por um segundo.

As luzes do corredor piscaram mais duas vezes enquanto íamos até os elevadores. Então, piscaram de novo bem quando o grandalhão apertou o botão para subir.

Parei, observando o corredor deserto.

— Não é melhor irmos pelas escadas?

Ele me lançou um olhar de canto de olho que dizia o que ele estava pensando: *Você é uma idiota, Vanessa*. Em vez disso, ele preferiu falar em voz alta:

— Estou cansado demais.

Ah. Hum.

— Tudo bem.

Antes que eu pudesse pensar muito mais nas consequências de entrar em um elevador durante uma tempestade, as portas se abriram. Um casal já estava lá dentro, e eles foram para o canto para nos dar espaço. Não deixei passar a forma como os olhos do homem se arregalaram quando Aiden se apoiou no canto oposto ao deles, de frente para as portas. Eu me encostei na parede perto dele.

— Qual andar, grandalhão?

— Sexto.

Apertei o botão e as luzes piscaram de novo quando a porta fechou. A cautela fez o meu estômago revirar enquanto o elevador subia. As luzes piscaram mais uma vez antes de o elevador dar um tranco, parar e nos mergulhar na total escuridão.

Um, dois, três, quatro...

Puta merda.

Puta merda do caramba.

Tentei piscar quando a outra mulher no elevador gritou, e o companheiro dela reagiu:

— Mas que merda?

Não havia nem uma luz de emergência. Estava escuro feito breu.

Não deveria haver uma luz reserva?

O pânico se apoderou da minha garganta na mesma hora. Tudo bem, ele tomou posse do meu corpo inteiro, esticando cada músculo com tanta força que doía. No tempo que levou para eu respirar, meu corpo começou a tremer. Eu me obriguei a fechar os olhos com força, ignorando os sussurros do casal no canto.

Tudo bem. Tudo bem.

Tudo está bem.

Tudo vai ficar bem, disse a mim mesma.

Eu estava bem.

Foi só uma curta interrupção por causa da tempestade; prédios grandes como esse tinham um gerador reserva que começaria a funcionar logo, logo.

Não tinham?

Comecei a tocar a parede ao meu lado procurando os botões do painel, tateando até sentir um pequeno vão no metal, sentindo ao redor do perímetro. Era uma forma retangular, onde imaginei que estaria o telefone de emergência. Os elevadores tinham linhas de emergência... eu achava. A trava abriu com facilidade, e peguei o pequeno telefone lá dentro. Eu não podia ver nada e, ao tatear, não havia nada para fazer a ligação. Não havia nem tom de chamada. O elevador não se mexia. As luzes não voltavam.

Segurei o telefone na orelha, mas não havia qualquer barulho do outro lado. A energia tinha acabado completamente. A energia tinha que ter acabado.

Meu estômago despencou até os joelhos.

Estava tão escuro que eu não podia ver os meus dedos quando os levei para perto do rosto. Eu podia ouvir a minha respiração ficando mais alta a cada segundo, e sentir o meu peito começar a soprar respirações rápidas e agitadas que eu não tinha há muito tempo.

Mas o zumbido que eu esperava, o que sinalizava que a energia tinha voltado, não fez aparição depois de mais um minuto. E não voltou depois de três ou quatro, e o medo que eu tentava ignorar me agarrou em seu aperto brutal e ávido cada vez com mais força.

— Vanessa?

Ah, merda, merda, merda.

Eu não podia respirar. Eu não podia respirar, eu não podia respirar.

Eu não podia pensar.

— Vanessa — a voz de Aiden soou de novo, sussurrada, severa e tensa no espaço apertado. — O que diabos você está fazendo?

Fechei os olhos com força, lutando, lutando, lutando.

— Nada — acho que consegui ofegar.

Pare, pare, pare, pare, pare. Relaxe. Está tudo bem. Está tudo bem. Você só está em um elevador. Você está bem.

Eu não estava bem. Eu não estava nem perto de bem.

Eu tinha asma. Desde quando eu tinha asma?

Uma mão tocou o meu ombro assim que coloquei o telefone no lugar, às cegas, e movi as mãos pela barriga e coxas até me agachar, me agarrando aos joelhos com toda a força.

Pense, Vanessa. Pense.

— Você é o Aiden Graves, não é? — A voz de homem falando soou como um zumbido ao fundo.

— Sou — Aiden confirmou em seu resmungou baixo e familiar, o tom não convidando para outro comentário. A mão no meu ombro apertou enquanto eu lutava para respirar. — Vanessa — ele repetiu o meu nome.

Respire, respire, respire.

Mas eu não podia. Eu estava em pânico. Apertei os joelhos com mais força com a palma das mãos e, de alguma forma, consegui puxar um pouco de ar.

Pense.

Eu estava bem. O elevador não era tão pequeno. As luzes iam voltar em algum momento. Dei um arquejo forte pela boca.

— Sente-se — disse Aiden, a única mão no meu ombro me puxando com bastante pressão, e não me dei ao trabalho de caçar briga enquanto ficava de joelhos.

Minhas chaves! Bati as mãos pelo bolso do casaco de Aiden, e enfim encontrei o caroço duro que eu procurava no bolso direito. Puxei as chaves e agarrei o tubo metálico e liso que eu tinha no meu chaveiro desde sempre. O botãozinho clicou... e nada.

Não estava funcionando.

Meu celular! Comecei a tatear os bolsos quando me lembrei de ter visto Aiden colocá-lo no porta-copos do meu carro. O pavor frio me sugou.

— Calma — exigiu Aiden no escuro.

Você está bem. Você está bem. Você está bem. Você está em um elevador. Você está bem, lembrei a mim mesma.

— Vanessa. — Senti o calor irradiando do seu corpo nos meus joelhos. — Você está bem — ele declarou acima do meu fôlego descontrolado.

Eu estava muito nervosa para ficar com vergonha de não conseguir respirar. Com certeza eu também não podia abrir a boca para falar, muito menos ficar indignada por ele estar mandando em mim.

Outra mão se juntou à primeira e se curvou e cobriu os meus ombros.

— Você está bem — a voz baixa e grave de Aiden murmurou no elevador escuro.

— O que houve com ela? — perguntou a voz desconhecida de um homem do outro lado do elevador. — Ela está bem?

— Respire fundo. — Polegares massageavam os meus ombros, ignorando a pergunta do estranho. — Respire.

Respire? Eu tentei, mas entrou e saiu como se me asfixiasse.

— Pelo nariz... vamos lá. Inspire. Expire pela boca. Fique calma. — Aqueles polegares grandes fizeram círculos pequenos e tensos em mim.

— Respire devagar. Devagar. Inspire pelo nariz, expire pela boca.

Se essa tivesse sido qualquer outra situação, eu teria ficado surpresa pela calma e tranquilidade da voz dele. Lenta e gentil. Muito diferente da pessoa que tinha sido ríspida quando percebeu que havia algo errado.

— Você está bem — continuou Aiden, com um aperto das luvas que ele chamava de mãos. — Calma. Você consegue — ele me instruiu pela respiração irregular seguinte. — Eu estou bem aqui. — O fôlego dele lavou a minha bochecha e as mãos seguraram os meus braços. — Não vou a lugar nenhum sem você. — Ele apertou, as palavras ecoando nos meus ouvidos. — Você não está sozinha.

Eu estava bem. Eu estava bem.

Levou mais umas inspirações descontroladas para eu conseguir dar uma boa respirada que não dava a impressão de que eu estava lutando para não me afogar. Assim que pude, saí de cima dos meus joelhos doloridos e sentei, puxando as pernas para o peito.

— Respire, respire, respire — ordenou Aiden.

Eu não podia me obrigar a abrir os olhos, mas estava tudo bem. Eu ainda tremia, mas podia conviver com aquilo desde que o oxigênio entrasse nos meus pulmões. *Inspire pelo nariz, expire pela boca,* como o grandalhão tinha dito. O fôlego estava mais forte do que deveria, mas estava lá.

— Conseguiu? — Aiden começou a se mover, o joelho batendo no meu pé quando eu o senti sentado ao meu lado.

— Sim. — Bufei, colocando a testa nos joelhos.

Eu estava bem. Eu estava bem.

Uma inspiração, uma expiração. Fechei os olhos com força. Eu não estava sozinha. Como se para ter certeza, minha mão se arrastou pelo meu colo, seguindo pela minha coxa até roçar a lateral do quadril de Aiden. Meus dedos tocaram a bainha da camisa dele, e eu agarrei o tecido fino entre os dedos.

Eu não estava sozinha. Estava bem. Estremeci ao respirar quando os meus bíceps tiveram espasmos.

— Melhor?

— Um pouquinho — murmurei, esfregando a ponta dos dedos na bainha da camiseta dele. *Pare de ser um bebezão. Você não está morrendo. Você está bem.* Eu me obriguei a abrir os olhos e ergui a cabeça até deixá-la cair na parede às minhas costas. Eu não podia ver nada, mas estava bem.

Estava tudo bem.

Uma expiração profunda, e eu estava respirando pela boca, calma, calma, mais calma. Àquela altura, o outro casal no elevador tinha começado a sussurrar tão baixo que nem me dei ao trabalho de entender o que estava sendo dito. Aiden, por outro lado, estava em silêncio como sempre, sua respiração profunda e uniforme me dizendo que ele não foi nada afetado por qualquer que fosse o inferno que se passava com o clima e o elevador.

Mas, bem, se eu não tivesse tanto pavor de lugares pequenos e escuros, nada dessa merda teria sido grande coisa também. Não era como se fossemos ficar ali para sempre, e não era como se o elevador fosse despencar do nada e todos nós morreríamos.

Eu esperava.

O elevador deu um solavanco e a mulher gritou quando as luzes do teto brilharam por um precioso segundo antes de se apagarem novamente.

Foda-se.

Com habilidades que nem sabia possuir, me levantei, e escorreguei pelo joelho de Aiden e para o colo dele tão rápido que eu não fazia ideia de que sequer tinha feito aquilo, porque, se pensasse no assunto, não havia como eu ter feito isso. *Nem fodendo*. Mas o fato era que eu tinha.

Eu estava no colo do Aiden. Ele estava com as pernas cruzadas de cada lado meu, cada uma das suas coxas musculosas abrigando os meus quadris, o queixo logo abaixo da minha orelha. Estremeci.

Atrás de mim, Aiden enrijeceu; sob a minha bunda, suas coxas se contraíram e esticaram.

Foi, então, que me senti envergonhada.

— Sinto muito — eu me desculpei, já me levantando para sair de cima dele.

— Fique quieta — ele disse, quando as mãos pousaram nos meus joelhos nus, me puxando para cima dele. Minhas costas bateram na parede alta do seu peito e foi nesse momento que percebi que a camiseta dele estava encharcada por causa da chuva. Não me importei. Sob mim, as pernas dele relaxaram, meu traseiro se acomodando no alto dos seus pés.

Era como me sentar em um pufe. Um pufe grande, firme e levemente molhado que respirava... e que tinha duas mãos segurando meus joelhos nus. Imediata e pateticamente, soltei um longo e profundo suspiro e relaxei no casulo de Aiden. Um dos seus polegares esfregou a pele sensível da parte de dentro do meu joelho, apenas uma roçada rápida e circular que me fez soltar outro suspiro.

O grandalhão murmurou no meu ouvido, o fôlego quente e reconfortante demais.

— Você quer me contar o que foi isso? — ele perguntou aos sussurros.

— Na verdade, não — murmurei, fechando as mãos no meu colo.

Ele soltou um pequeno bufo, mas não disse nada por um momento, até que...

— Você está sentada em mim. Acho que me deve isso.

Tentei me levantar de novo, mesmo não querendo muito, mas aquelas mãos enormes me seguraram com mais força, dessa vez com os dedos abertos, cobrindo os meus joelhos e parte das coxas.

— Pare. Estou brincando com você — comentou ele.

Brincando comigo? Aiden? Deixando a cabeça cair para frente, mantive os olhos fechados e soltei um suspiro agitado.

— Eu tenho medo do escuro. — Como se isso não estivesse completamente óbvio.

Ele nem sequer soltou um único suspiro.

— É, percebi. Eu teria te dado o meu celular para usar como lanterna, mas a bateria acabou depois que falei com você.

— Ah, obrigada mesmo assim. — Eu me obriguei a soltar outro suspiro profundo. — Tenho muito medo do escuro, como o escuro que está aqui, em que não posso ver nada. É assim desde que eu era criança — expliquei, tensa.

— Por quê? — ele me interrompeu.

— Por que o quê?

Ela soltou aquele barulho exasperado dele.

— Por que você tem medo do escuro?

Eu queria perguntar se ele queria saber mesmo, mas é claro que ele queria. Eu não queria necessariamente lhe dizer, nem nunca tinha contado a ninguém, mas ele tinha razão. Eu era uma mulher de vinte e seis anos sentada no colo dele depois de estar à beira de um ataque de pânico porque a luz havia acabado. Acho que eu meio que devia uma explicação.

— É idiotice. Eu sei que é idiotice. Ok? Quando eu tinha cinco anos, as minhas irmãs... — Embora eu tenha quase certeza de que agora eu culparia Susie por ser a mente por trás daquele incidente. — Me trancaram no armário.

— É por isso que você estava com medo? — Ele teve a coragem de desdenhar antes de eu prosseguir.

— Com as luzes apagadas por dois dias — terminei.

A voz de Aiden não só reagiu, pareceu que todo o corpo dele reagiu também. Centímetro a centímetro, o que pareceu ter sido dos pés à cabeça, ficou duro feito pedra.

— Sem água e comida?

O fato de ele ter pensado nesse pormenor não passou despercebido. Aquela era a merda. Ao menos agora, eu pensava que era a parte merda da história.

— Elas me deixaram água e doces. E batata chips. — Aquelas filhas da mãe, mesmo com sete, oito e nove anos já eram malignas na época. Planejaram tudo. Planejaram me trancar porque não queriam cuidar de mim enquanto a minha mãe não estava. *Elas não queriam brincar comigo*, pelo amor de Deus. Elas haviam zombado através da porta antes de me deixarem lá.

Estremeci, mesmo preferindo não ter feito isso.

— Onde estava a sua mãe? — perguntou, naquele tom calmo e assustador.

Eu não tinha certeza do que havia em todas aquelas memórias que deixei de lado por tanto tempo e que estavam voltando de repente e me faziam sentir à flor da pele. Eu não consegui controlar o longo suspiro que soltei.

— Acho que ela estava saindo com alguém na época. Devia ser o pai do meu irmão mais novo. Não me lembro bem. Ele entrou e saiu da nossa vida por alguns anos. Tudo o que sei com certeza é que ela não estava em casa. — Às vezes, ela desaparecia por dias, mas aquele era o meu fardo para carregar.

— Quem te deixou sair?

— Elas. — Elas destrancaram a porta e fizeram piada por eu ser um bebezão e por ter me mijado. Levei uma hora para me arrastar para fora de lá.

— O que aconteceu depois disso? — Ele ainda estava falando com aquela voz paciente e passiva que gritava "errado" a plenos pulmões.

Raiva e vergonha me fizeram tremer.

— Nada.

— Nada?

— Nada.

— Você contou para a sua mãe?

— É claro que contei. Foi no closet dela que elas me trancaram. Eu fiz xixi lá. Ela teve que trocar o carpete porque o cheiro ficou muito ruim. — Fedia tanto. Minhas mãos tinham estado tão machucadas por ficar socando a porta, e minha voz, rouca por causa dos gritos pedindo para elas me deixarem sair... ou ao menos acender a luz do closet... ou se elas não pudessem acender a luz do closet, para acender a do quarto... tudo em vão. Eu nunca soube com certeza o que elas fizeram nos dois dias que fiquei lá e, sendo sincera, não me importava.

Não me importava. Porque crianças novas daquele jeito não deveriam ser deixadas sozinhas, para início de conversa.

O peito dele começou a ofegar nas minhas costas, como se fosse difícil respirar.

— Ela não fez nada com as suas irmãs?

Eu quis rastejar para dentro de mim. O tom que ele estava usando me deu nos nervos, puxando totalmente para inspeção a lateral da ferida a facadas que foi a minha infância. Aquilo me fez sentir insignificante.

— Não. Ela gritou com elas, mas foi isso. Tipo, ela ficou em casa por um ou dois meses depois do acontecido... — Foi uma das vezes que eu me lembrava de ela estar mais sóbria. — E eu dormia com ela todas as noites. Depois disso, mudei as minhas coisas de lugar e comecei a dividir o quarto com o meu irmão mais novo. — Também comecei a trancar a porta do quarto depois daquilo.

As pontas dos dedos nos meus joelhos massagearam por um segundo, mas eu aposto a minha vida que foi um gesto inconsciente, principalmente porque os arquejos não tinham ido a lugar nenhum.

— Eu tenho que dormir com as luzes acesas — confessei, sentindo o peito dele estufar às minhas costas. Burra, burra, burra. — Eu não sei por que te contei isso. Não tire sarro de mim.

Houve uma pausa. Uma hesitação.

— Não vou — prometeu, sem qualquer esforço. — Eu me perguntei por que você tinha tantas no seu apartamento e no seu quarto.

Eu *sabia* que ele tinha notado.

— Por favor, não conte ao Zac. Não duvido nada de que ele se esconderia debaixo da minha cama quando eu estivesse dormindo só para tentar me assustar.

— Não vou. — As palmas dele moldaram os meus joelhos. A parte interna dos seus braços parecia emoldurar os meus e os meus ombros. O fôlego era baixo e não tão estável contra o meu ouvido. — Não é idiotice estar com medo. Você não deveria ter vergonha. São as outras pessoas que deveriam ter vergonha de si mesmas.

A única forma que consegui responder foi com um aceno que eu não tinha certeza se ele viu ou não. Outra respiração ruidosa saiu do meu peito como uma rajada, e toquei um pedaço da pele em algum lugar ao redor do seu joelho e mantive os olhos fechados.

— Obrigada por me ajudar a me acalmar, grandalhão. Eu não perdia o controle desse jeito há eras.

— Não esquenta. — Foi tudo o que ele murmurou em resposta.

Mantive a mão na perna dele, os dedos sobre os pelos ásperos e escuros que cobriam as suas pernas. Minha respiração estava ruidosa demais, meu coração ainda batendo meio estranho, enquanto a de Aiden era suave e praticamente inaudível. Eu me concentrei no sair e entrar de ar nos meus pulmões.

A outra mulher no elevador murmurou:

— Que merda.

Era. Era mesmo.

O silêncio consumiu os minutos, e eu relaxei as costas, a parte alta delas tocando o peitoral de Aiden. A parte interna dos seus braços me embalava. A respiração era tão regular que me deixou sonolenta.

O elevador deu um solavanco que me fez abrir os olhos quando a luz piscou duas vezes e se firmou. A mulher do outro lado deu um gritinho, mas eu não conseguia nem estar remotamente com medo. Eu só me importava com a luz.

E foi naquele instante, sem estar mergulhada no escuro, que enfim testemunhei com os meus próprios olhos a visão de mim sentada em

Aiden. Duas pernas longas e musculosas me rodeavam, tão longas que os joelhos se projetavam para cima e passavam de onde os meus terminavam. Dois tríceps muito musculosos apareciam de cada lado dos meus braços, bancando os meus guarda-costas. Mas foram as mãos grandes sobre mim, os punhos apoiados tão naturalmente nas minhas coxas, que fizeram algo em mim reagir.

Ele estava me abraçando. Para todos os efeitos, Aiden estava me abraçando. Me cercando.

Inclinando a cabeça para trás, engoli aquela coisa que abria caminho do meu estômago até a minha garganta, e preparei um sorriso nervoso e levemente tímido para lançar sobre o ombro. Só que, quando o meu olhar pousou no rosto de Aiden, ele estava tão sério... tão, tão sério, que varreu a expressão da minha boca.

O elevador deu outro solavanco e quase que imediatamente o telefone na parede começou a tocar.

Com uma leve batida no meu joelho, Aiden me pegou e me colocou de lado, como se o meu peso fosse nada para ele, e com certeza não era. Ele ficou de pé e estendeu a mão para a parede, pegando o telefone no gancho. Seu olhar me percorreu no processo, aqueles traços ultrassérios me fazendo sentir que eu tinha feito algo errado de repente.

— Sim... já era hora. Sim. — E, simples assim, ele desligou, provavelmente no meio da conversa. — Vai levar uns quinze minutos.

Puxando as pernas para o peito, envolvi os braços ao redor delas e assenti para o comentário. Ele não voltou a se sentar; em vez disso, se recostou na parede e cruzou os braços. Um tornozelo cobriu o outro.

Nem dez minutos depois, um barulho alto perfurou o elevador, e a próxima coisa que eu soube é que ele começou a subir de novo. Quando as portas enfim se abriram, dois funcionários do prédio estavam parados, perguntando se estávamos bem, mas Aiden passou reto, como se eles não estivessem lá.

— Você está bem? — indagou um dos funcionários.

Eu estava bem? Não tinha estado, mas eu não ia dizer. Em maior parte, porque eu estava um pouco envergonhada por ter pirado e incerta do que diabos era a expressão de Aiden quando a luz voltou.

— Você vem? — perguntou o grandalhão de onde esperava. Lá estava o homem que eu conhecia.

— Segure a onda, raiozinho de sol. Estou indo.

Seus lábios se moveram de uma forma que me disse que ele não gostava muito de "raiozinho de sol", mas o mais importante: ele sabia que eu não me importava por ele odiar.

— Vamos. Ele cobra por hora e já estamos atrasados.

Não demorou muito para encontrarmos o que procurávamos. Uma porta de vidro desenhado com moldura de madeira e uma placa na parede bem ao lado indicava que aquele era o escritório do advogado.

Móveis bonitos e elegantes de madeira em tons quentes de marrom e verde nos receberam. Me ocorreu de novo que eu parecia uma menina de quinze anos usando um moletom grande demais que fazia parecer que eu não usava nada por baixo. Aiden não parecia muito melhor: a camisa estava colada ao corpo, e ele usava uma longa bermuda preta que passava dos joelhos e tênis de corrida. A diferença era que ele não dava a mínima para a própria aparência.

Bem em frente à porta, uma mulher mais velha atrás da mesa sorriu para nós.

— Posso ajudá-los? — ela perguntou.

— Pode. Temos um horário marcado com o Jackson. Fui eu quem ligou para dizer que me atrasaria — explicou Aiden.

Aquilo mudou tudo.

— Ah, sr. Graves. Certo. Um segundo, por favor. O problema com a luz atrasou a reunião dele.

O problema com a luz. Aiden e eu nos entreolhamos.

Eu não podia impedir, ainda mais agora que estávamos fora do elevador do terror, e dei uma risadinha e deixei um sorriso desconfortável assumir posição.

Aqueles cantos subutilizados da boca dele se elevaram só um pouco, só um pouquinho mesmo, mas eu pude ver. Ele sorriu. Ele sorriu para mim, porra. De novo. E foi tão magnífico quanto tinha sido da primeira vez.

Quando nos sentamos para esperar, ele virou o corpo grande para o lado e me prendeu no lugar.

— O que é essa sua expressão?

Ergui as mãos e toquei a lateral da minha boca e das bochechas, percebendo que, sim, eu estava sonhando acordada. Não sorrindo. Sonhando acordada.

Ele sorriu para mim. Havia outra forma possível para reagir àquilo?

— Nada.

Suas pálpebras se abaixaram.

— Parece que você está sob efeito de drogas.

Isso varreu o meu não-sorriso do rosto.

— Eu gosto do seu sorriso. Só isso.

O grandalhão me lançou um olhar azedo.

— Você me faz sentir como se eu fosse o Grinch.

— Não foi a minha intenção. É um sorriso legal. Deveria tentar mais vezes.

A expressão rabugenta não me assegurou de nada. Em algum momento, quando me sentei ereta, ele passou o braço pelas costas da minha cadeira. Esperando até que a mulher da mesa estivesse ao telefone, sussurrei:

— O que exatamente estamos fazendo aqui?

— Ele quer pegar informações comigo — explicou ele.

O advogado não podia ter só enviando um e-mail para nós?, me perguntei, mas guardei a questão para mim mesma.

— Então, eu posso esperar aqui?

— Não.

Eu me inquietei e falei ainda mais baixo:

— O advogado acha que é de verdade, não acha?

— Caso contrário, seria fraude.

Droga. Eu me larguei no assento, o calor nu do seu antebraço roçando a parte de cima do meu pescoço. A maldita palavra fez o medo percorrer a minha coluna. Eu não queria ir para a prisão.

Como se lesse a minha mente, Aiden sussurrou:

— Não vai acontecer nada. Ninguém vai acreditar que não é de verdade.

Não sabia de onde aquela confiança dele vinha, mas precisava encontrar um pouco.

Por sorte, não demorou muito para que a porta que levava da sala de espera ao escritório se abrisse. Um casal saiu, ocupado demais falando numa língua que parecia alemão para prestar atenção na gente.

Ao que parecia, era hora do show.

No segundo em que nos levantamos, a recepcionista acenou para que entrássemos. Escorreguei a mão na de Aiden e dei um leve aperto.

Ele apertou a minha de volta.

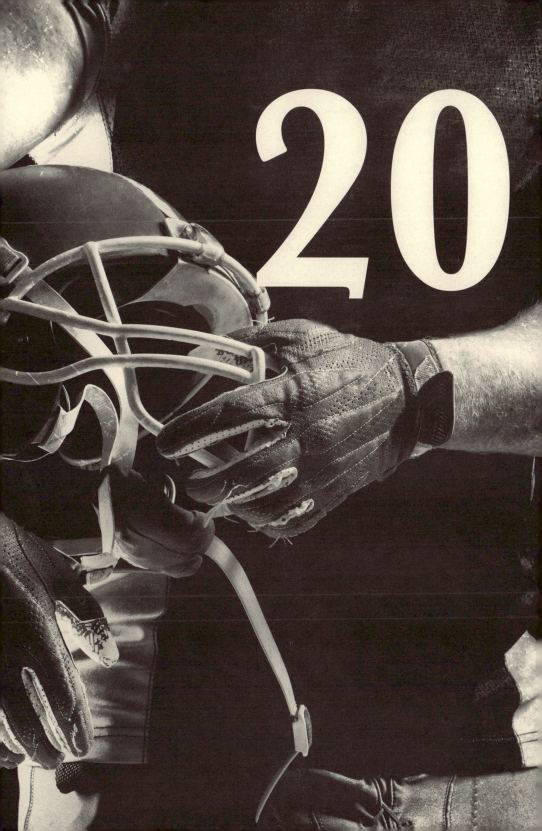

— Zac! Você já está pronto? — gritei pelo corredor, ao enfiar o calcanhar no tênis de corrida.

— Estou calçando os tênis, sra. Gaves!

Idiota.

— Vou te esperar lá embaixo — falei, ao calçar o outro tênis.

— Tá — ele gritou, assim que pus os pés na escada. Lá embaixo na cozinha, encontrei Aiden sentado à mesa com um copo enorme de algo marrom e de aparência desagradável diante dele. Eu apostaria um rim que havia algum tipo de grão ou vegetal ali.

Indo para a geladeira tomar um gole d'água antes de sair para correr, perguntei por cima do ombro:

— Grandalhão, quer alguma coisa da geladeira enquanto estou de pé?

— Não, obrigado.

Era tarde de segunda-feira, depois de os Three Hundreds jogarem fora de casa no dia anterior. O pobrezinho chegou de Maryland às quatro da manhã e teve que se arrastar da cama às nove para se encontrar com os treinadores, então foi para uma reunião atrás da outra. Sua linguagem corporal expressava o quanto estava cansado. Como poderia não estar?

Enchi meio copo com água e tomei de um vez. Do outro lado do cômodo, Aiden finalmente afastou a atenção do quebra-cabeças que estava montando e perguntou:

— Onde vocês dois vão?

— Correr.

— Por que ele vai com você? — Aiden perguntou sem rodeios, uma ruga se formando entre as suas sobrancelhas. Os dedos longos pareciam engolir a pecinha em sua mão.

— Eu o convenci a correr uma maratona comigo. — Aquela era mesmo a primeira vez que ele nos via saindo?

Algo que eu disse deve ter deixado o grandalhão intrigado, porque ele levantou a cabeça de supetão e o que parecia ser o princípio de uma risada tomou os seus lábios.

— *Ele* vai correr uma maratona?

Bem, isso pareceu um insulto até aos meus ouvidos. O fato de Zac estar entrando na cozinha no momento em que Aiden fazia a pergunta não ajudou em nada. Ele franziu o nariz ao lançar um longo olhar para o ex-colega de time.

— *Vou*.

— Você tem o pior cardio que eu já vi — declarou o sr. Nenhum Trejeito Social, nada envergonhado por ter sido ouvido.

Eu não podia discordar nesse caso. Levando em conta que Zac era um atleta de elite, as primeiras vezes que fomos correr juntos foram como ir com um clone meu durante aqueles dois meses iniciais depois que decidi começar a treinar. Eu nem sequer era capaz de cobrir três quilômetros sem acabar ofegando e com o joelho doendo muito, e eu pensava que estava muito bom.

Zac, por outro lado, fez parecer que eu o conduzia através do Deserto Mojave descalço e sem água.

— Não tenho, não — argumentou ele. — Por que você está fazendo que sim, Van?

Parei o que estava fazendo.

— Você... ai! Não precisava me beliscar. — Olhei feio para quem eu pensava ser meu amigo, que parou, do nada, bem ao meu lado. — Você tem mesmo uma péssima resistência. Seu fôlego tem estado pior do que o meu.

— Posso correr uma maratona se eu quiser. — As bochechas de Zac ficaram levemente rosadas, enquanto eu tentava recuar para evitar ser beliscada de novo.

— Claro que pode. Seu fôlego só está soprando agora. — Eu dei um tapa nas costas dele, me esquivando do seu alcance um segundo depois. — Vamos adiante com isso — falei, certificando-me o tempo todo de que eu estava a pelo menos um metro e meio dele. — Só me deixa ir fazer xixi primeiro, *Forrest Gump*.

Zac riu, meio que tentando me atacar de novo.

Saltei para trás. Sem querer, notei, pela minha visão periférica, Aiden olhando para mim. Especificamente, para as minhas pernas. Minhas meias estavam sujas, e eu havia cavado, na minha gaveta, um short que não usava há anos. A peça era justa demais e curta demais, e tive que colocar uma camisa soltinha para que o elástico que cavava a minha barriga e os meus quadris não ficasse aparente. Perdi quase sete quilos desde que comecei a correr, mas ainda não estava nem perto de uma barriga tanquinho.

Então fiquei um pouco surpresa quando aquelas sobrancelhas grossas se juntaram, o olhar focado.

— O que aconteceu com a sua perna, Van?

Usei saias e vestidos perto dele algumas vezes quando trabalhava ali. Sempre pensei que ele só não se importava com descobrir como acabei com aquela cicatriz que ia da parte de cima até a parte de baixo do meu joelho. Caramba, eu estava usando short quando ficamos presos no elevador e me sentei no colo dele. A mão do cara tinha estado no meu joelho. Como ele não notou?

Agora percebi que ele não tinha nem olhado para lá.

Eu não me importava por não ser bonito, e nunca tentei esconder. Era uma medalha de honra. Um lembrete diário de toda a dor física que já senti, de toda a raiva que precisei controlar e o que fiz com ela. Terminei a faculdade. Me reergui. Cumpri meu objetivo de fazer o meu negócio crescer e me aventurar sozinha. Ninguém mais tinha feito isso por mim a não ser eu mesma. Economizei. Trabalhei. Perseverei. Eu. Ninguém mais.

E se eu podia fazer tudo isso, quando estava fraca e quando estava forte, podia me lembrar e deixar que isso me guiasse. Meu joelho dolorido nunca me deixou esquecer do que passei nos últimos oito anos.

Saí da cozinha porque a verdade não era grande coisa.

— Fui atropelada por um carro.

Eu só não costumava dizer para as pessoas que era a minha irmã que estava ao volante.

Quando Zac e eu saímos de casa, o sol tinha começado a se pôr no horizonte. Corremos por dez quilômetros antes de darmos a volta para retornar. Nos últimos dois quilômetros, costumávamos pegar leve. Depois de termos recuperado o fôlego, Big Texas bufou de repente e perguntou:

— Como é possível o Aiden não ter notado o seu joelho até hoje?

Soltei um risinho silencioso.

— Eu estava imaginando a mesma coisa.

— Jesus, Vanny, acho que notei na primeira semana que você começou a trabalhar aqui. — Ele balançou a cabeça. — Aiden não nota as coisas que não têm a ver com futebol a menos que elas lhe deem um tapa na cara.

Era verdade.

Então ele disse:

— Como você.

E foi como se alguma coisa me atingisse nos ombros. Não necessariamente algo ruim, mas a verdade foi como um boa. Podia ser uma jiboia imensa que se enrolava no seu pescoço e te matava, ou um boá de penas, um acessório legal e divertido para a sua vida. Nesse caso, eu ia me obrigar a aceitar a verdade na versão do de penas. Eu já tinha encarado a realidade, e essa realidade era a que Aiden tinha admitido para mim: ele não tinha me dado valor até que eu fui embora.

Era o que era. Não dava para forçar alguém a gostar de você ou a te amar. Eu sabia disso muito bem.

Mas Aiden era um homem que só amava uma coisa, e se você não fosse essa única coisa, azar o seu. Era tudo o que ele havia conhecido por muito tempo; ele não tinha olhado as cercanias de tudo o mais que o rodeava. Eu podia aceitar que nada mais chegava perto de ser tão importante quanto o futebol americano. O que eu não era capaz de fazer era entender o que Leslie tinha dito sobre os avós de Aiden e o luto que ele sofreu quando os perdeu. O grandalhão nunca nem os mencionava perto de mim. Mas achei que fosse só o jeito dele.

Agora, no entanto, e do seu próprio jeito, eu sabia que ele se importava comigo. Isso significava alguma coisa, não é? Eu não achava que estava tentando arranjar uma explicação ou fazer aquilo ser maior do que o necessário. Só estava aceitando o que podia sem fazer isso virar algo que não era.

Eu podia conviver com isso.

Então, dei de ombros para Zac.

— É, bem por aí mesmo. Ele é tão focado que não se importa com nada mais. Eu entendo. — E entendia mesmo.

Com um longo suspiro, Zac bufou.

— Está dando certo para ele. Ele é o único All-Pro do time. — O melhor da posição. O formato da boca dele ao terminar de falar levou uma sensação agridoce ao meu coração. Não pude deixar de pensar: pobre Zac.

Então, dei um tapa em seu braço.

— Pare de fazer bico. Você só tem vinte e oito anos. Teve um *quarterback* que jogou até quase os quarenta, não foi?

— Bem... foi. Ele jogou.

— Viu? — Era o bastante por ora, não era? Decidi mudar de assunto. — Vai fazer alguma coisa no Halloween?

— Aonde você vai?

Parei à porta e ergui o balde em forma de abóbora que comprei ontem, para que ele pudesse ver os três sacos de doces que eu tinha aberto e jogado lá dentro.

— Lugar nenhum. Eu ia me sentar lá fora.

Sentado no que eu tinha começado a pensar em chamar de trono dele — a mesa da cozinha —, o grandalhão tinha um quebra-cabeças espalhado na sua frente. Não sei por que eu pensava que era fofo, mas pensava. Era muito, muito fofo. Aqueles ombros enormes sempre ficavam curvados quando ele os montava, e eu não precisava pegá-lo distraído para saber que, às vezes, ele colocava a língua para fora, no canto da boca, quando estava muito envolvido na montagem. Agora, no entanto, no dia do Halloween, todo o corpo dele estava virado para o lado quando ele me pegou saindo.

Os olhos de Aiden percorreram o meu corpo no que eu achava que devia ser a terceira vez desde que nos conhecemos, e ele inclinou uma sobrancelha grossa, o rosto uma máscara pétrea e inexpressiva.

— Você está toda arrumada.

— É uma fantasia — eu disse meio constrangida. — Para o Halloween. — Só para constar, eu amava o Halloween. Além do Natal, era o meu feriado preferido. As fantasias, as decorações, as criancinhas e os doces... tinha sido amor desde o primeiro 31 de outubro do qual eu podia me lembrar.

Aiden inclinou a cabeça levemente para o lado.

— O que você deveria ser?

Ele estava falando sério? Olhei para a minha fantasia, achando que fiz um excelente trabalho ao elaborá-la três anos atrás, quando a usei na festa de um amigo. O macacão, a camiseta amarela, os óculos de um olho só na testa. Estava óbvio.

— Um minion.

A Muralha de Winnipeg piscou.

— O que diabos é um minion?

— Um minion. *Meu malvado favorito.* — Pisquei quando ele ficou calado. — Não lembra?

— Nunca assisti.

Blasfêmia. Eu ia perguntar se ele estava falando sério, mas sabia que estava, e o encarei.

— É um dos filmes mais fofos do universo — expliquei devagar, esperando que ele estivesse de sacanagem.

Ele balançou a cabeça, voltando a olhar para baixo.

— Nunca ouvi falar.

— Nem sei o que te dizer e, ao mesmo tempo, não sei por que estou surpresa por você nunca ter ouvido falar dele — apontei. — Você não faz ideia do que vem perdendo, grandalhão. Deve ser o desenho mais fofo desde *Procurando Nemo*.

— Duvido muito. — Mas ele não disse que não tinha ouvido falar de *Procurando Nemo*. Já era alguma coisa.

— Eu tenho o DVD no meu quarto. Pegue emprestado.

Antes que ele pudesse responder, uma batida soou à porta e uma onda de animação disparou pelo meu peito quando peguei o balde de doces e me preparei para os gostosuras ou travessuras.

Duas criancinhas que não podiam ter mais de seis anos estavam à porta com uns sacos muito elaborados estendidos.

— Gostosuras ou travessuras! — elas basicamente gritaram.

— Feliz Halloween — falei, olhando para os minúsculos Power Ranger e Capitão América, e coloquei alguns doces no saquinho de cada um.

— Obrigado! — gritaram ao mesmo tempo, antes de saírem correndo até o adulto de pé no final da calçada esperando por eles. O adulto acenou para mim, e eu acenei de volta antes de enfiar a cabeça dentro de casa.

— Vou estar aqui fora — gritei para Aiden, e peguei a cadeira dobrável que deixei perto da porta mais cedo para a ocasião.

Eu mal tinha me sentado no pequeno pátio quando a porta se abriu e as pernas de uma cadeira igual à minha apareceram, o homem alto de 1,96m, com quem eu era legalmente casada, aparecendo logo depois dela.

— O que você está fazendo? — perguntei, quando ele largou a cadeira ao lado da minha, mais longe da porta.

— Nada. — Ele me olhou enquanto praticamente caía no assento. Para ser sincera, uma partezinha de mim temeu que a coisa fosse se partir nas emendas quando ele se largou lá, mas, por algum milagre, isso não aconteceu. Recostando-se, ele cruzou os braços e encarou o outro lado da rua.

E eu o encarei.

Ele nunca se sentava lá fora. Nunca. Quando ele teria tempo? E por que ele se sentaria?

— Tudo bem — murmurei para mim mesma, voltando a atenção para a rua e vendo umas crianças três casas abaixo. Ainda era cedo, só seis horas, então não pensei muito na falta de pequenos lotando as ruas. No bairro em que cresci, às cinco, as ruas já estariam cheias com as crianças menores primeiros e, lá pelas oito, os mais velhos estariam ocupados fazendo a própria ronda. A maioria das casas do bairro era decorada com o melhor das habilidades dos vizinhos... nunca a nossa, no entanto, mas era *incrível*. Todo mundo participava.

Minha mãe nunca se dava ao trabalho de comprar fantasia para nós, mas isso não impedia a mim e ao meu irmão de nos fantasiarmos. Fiquei muito boa em criar algo do nada. Todo ano, fizesse chuva, fizesse sol, nós nos fantasiávamos e saíamos com a Diana, acompanhados pelos pais dela.

Até mesmo no condomínio onde eu morava, muitas crianças passaram nos dois anos que morei lá. Isso aqui, por outro lado, foi meio decepcionante, mas talvez fosse cedo demais?

— Você gosta de todas essas coisas? — a voz rouca fez uma aparição.

Eu me recostei da cadeira e peguei um Kit Kat pequeno na abóbora no meu colo.

— Gosto. — Enfiei metade dentro da boca, deixando-o pender como se fosse um cigarro. — Gosto das fantasias e da imaginação. Dos doces. Mas eu amo mais as fantasias.

Ele me olhou por um momento.

— Eu não imaginava.

Fiz uma careta vesga e me virei levemente para o grandalhão.

— O quê? Não é como se eu estivesse vestida de coelhinha sexy ou enfermeira da mansão da Playboy, nem nada do tipo.

Ele fixou o olhar adiante.

— Não é o que a maioria das garotas veste?

— Algumas... *se ela não tiver imaginação*. Pfff. Ano passado, eu me vesti de Goku. — Diana e eu tínhamos ido para a festa de Halloween de um dos amigos dela. Eu a fiz se vestir de Trunks.

Isso fez Aiden olhar para mim.

— O que é um Goku?

É, eu tive que agarrar as laterais da cadeira ao olhar para aquele rosto barbado.

— Ele é só o segundo maior lutador da história dos anime. Ele era um personagem em um desenho chamado *Dragonball*. — Percebi que estava sussurrando e tagarelando ao mesmo tempo, e tossi. — Era um desenho japonês que eu amava. Você nunca ouviu falar?

Aquelas sobrancelhas grossas franziram e um pé grande cruzou diante do outro enquanto ele se esticava sobre a coitada da cadeira.

— É um desenho... com lutadores?

— Lutadores intergalácticos. — Tentei atraí-lo ao erguer uma sobrancelha. — Tipo *Street Fighter*, mas com enredo. É épico.

Adicionar a parte do intergaláctico tinha sido demais porque ele só balançou aquele cabeção.

— Que merda é um lutador intergaláctico?

— Um lutador... — Eu o encarei e peguei dois doces, entregando a ele uma azedinha que eu sabia que era vegana. — Aqui. Isso pode levar um tempo.

— Ele tinha uma cauda o tempo todo? — Aiden segurou junto ao lábio o mesmo pirulito que ele tinha pegado no balde de abóbora depois de acabar com a azedinha. Eu posso ou não ter me forçado a não olhar para a boca dele mais do que um segundo ou dois por vez. — Parece idiotice. Alguém poderia agarrar a coisa e usar contra ele.

O fato de ele estar pensando em estratégia num anime do qual eu gostava me animou pra caramba; eu só tinha que tomar cuidado para não deixar transparecer.

— Não, ele perdeu a cauda depois que cresceu — expliquei.

Estávamos falando de *Dragonball* há mais de uma hora. Àquela altura, exatamente quatro crianças tinham aparecido para pedir doce, mas eu estava ocupada demais explicando um dos meus desenhos favoritos para o sr. Eu-não-tive-infância para me concentrar muito no fato.

Ele piscou como se pensasse na minha explicação.

— Ele perdeu a cauda quando chegou na puberdade?

— Foi.

— Por quê?

— Por que importa? É genético. Caras crescem pelos em certas partes quando chegam à puberdade; ele pode perder a cauda se quiser perder a cauda. Você tem que assistir para entender.

Ele não pareceu muito convencido.

— Depois desse, teve o *Dragonball Z* e o *GT*, e esses eram ainda melhores, na minha opinião.

— O que é?

— A série de quando eles ficam mais velhos. Eles tiveram filhos e aí os filhos cresceram e ficaram melhor do que eles.

Ele franziu a sobrancelha, e eu tinha quase certeza de que contorceu a boca também.

— Você também tem esses em DVD?

Sorri.

— Talvez.

Ele me olhou de rabo de olho, erguendo a mão para coçar a bochecha com os três últimos dedos.

— Talvez eu tenha que assistir a esse desenho.

— Quando quiser, grandalhão. Minha coleção de filmes é sua coleção de filmes.

Juro que ele meneou a cabeça como se tivesse mesmo aceitado a minha oferta.

Com um sorriso vitorioso, voltei a olhar para a rua e vi que estava completamente vazia. Nem uma única alma vagava pelo nosso quarteirão ou por qualquer outro até onde a vista alcançava. Algo fez cócegas no fundo da minha mente, me fazendo refletir sobre a noite, sobre Aiden vindo se sentar aqui fora comigo.

Mordi os lábios e perguntei devagar:

— Acho que as crianças encerraram por hoje, né?

Ele ergueu um ombro, tirando o pirulito da boca.

— Parece que sim.

Eu me levantei com o balde quase cheio de doces e me certifiquei de manter a cabeça baixa ao juntar as pernas da cadeira. Algo ficou preso na minha garganta.

— As crianças não saem para pedir doces aqui no bairro, né?

Aiden murmurou a não-resposta mais desagradável do mundo.

E eu tive a minha resposta.

Não acredito que me levou tanto tempo para chegar a essa conclusão.

Ele sabia que as crianças não saíam para pedir doces naquele bairro, o maldito bairro murado em que ele morava. Então ele saiu para me fazer companhia. Que tal, hein. *Que tal?*

— Aiden?

— Oi?

— Por que você não me disse que não havia crianças aqui?

Ele não se deu ao trabalho de olhar para mim ao entrar em casa com a cadeira debaixo do braço.

— Você parecia tão animada. Não quis estragar as coisas — ele confessou sem qualquer traço de timidez na voz.

Aff... palhaçada.

Se havia algo que eu poderia ter dito depois dessa e que seria apropriado, eu não tinha ideia do que poderia ter sido. Pensei na minúscula bondade que ele fez para mim quando peguei a cadeira com ele e guardei as duas de novo na garagem, enquanto ele ia ao banheiro.

Meu estômago roncou, e fui lavar umas ervilhas e as sequei enquanto minha mente vagava para Aiden. Ele apareceu na cozinha e se sentou à mesa, os ombros largos se curvando sobre o móvel enquanto montava seu quebra-cabeças em paz. Fiz o jantar, quadruplicando o que teria feito só para mim, e disse a mim mesma que eu só estava fazendo aquilo porque ele tinha sido legal comigo.

Eu nem me daria ao trabalho de perguntar se ele estava com fome. Ele sempre estava com fome.

Quando a comida ficou pronta trinta minutos depois, servi duas tigelas e entreguei a que tinha três vezes mais comida para ele. O olhar de Aiden capturou o meu ao pegá-la.

— Obrigado.

Eu só assenti para ele.

— De nada. Vou assistir televisão enquanto como. — Fui até onde a sala se ligava ao corredor que ia direto até o meio da casa.

— Você quer assistir àquele desenho do *Dragonballs*?

Parei de supetão quando ele perguntou.

— Estou curioso para saber como é uma criancinha que tem cauda de macaco e que supostamente pode "sentar o cacete".

Olhando para trás para me certificar de que ele não estava puxando a minha cauda, vi Aiden sentado na beirada do assento, pronto para se levantar se eu dissesse alguma coisa. Fiquei pasma por um segundo antes de reagir. Tive que me forçar para não sorrir feito uma lunática.

— É *Dragonball*, grandalhão, e não precisa me pedir duas vezes.

Eu estava sentada ao computador quando o primeiro raio caiu. A casa balançou. As janelas sacudiram. O vento uivava, batendo na lateral da casa. O auge da tempestade que eu tinha visto na previsão do tempo finalmente chegou.

Entrei em pânico, e salvei o que estava fazendo o mais rápido possível para poder desligar o computador.

Quando o próximo raio caiu, o clarão muito brilhante bem ao lado da minha janela pareceu irreal, mais para uma explosão nuclear do que um ato da natureza. A luz não teve esperança. Assim como uma vela se apagando, ela estava lá num segundo e, no próximo, não havia nada.

— Porra! — murmurei comigo mesma, já mergulhando da escrivaninha para a cama, cega, tateando ao redor, tentando encontrar a mesa de cabeceira. Meu joelho a encontrou primeiro, e eu xinguei, segurando com uma mão o lugar que eu tinha certeza de que já estava ficando roxo, e com a outra eu buscava a gaveta de cima. Não demorou muito para encontrar a pequena lanterna de LED lá dentro. Eu me certificava de sempre deixá-la no canto esquerdo e, com certeza, ela estava exatamente lá.

Acendendo-a, respirei fundo antes de saltar de novo para a cama e entrar debaixo das cobertas. A lanterna era a melhor que o dinheiro podia comprar; quinhentos lúmens para um negocinho de sete centímetros. Movi o feixe brilhante pelo teto e em direção à porta aberta, ouvindo enquanto os gritos do vento lá fora ficavam mais altos. Estremeci.

Não foi como se eu não tivesse recebido um aviso de que uma tempestade estava a caminho. Já fazia um tempo que estava chovendo sem parar, mas, em vez de a chuva se espalhar, tinha ficado cada vez mais e mais forte. Excelente.

A situação era tão idiota. Eu odiava ter tanto medo do escuro. De verdade. A atitude me fazia sentir como se eu fosse uma criancinha boba. Mas não importava o quanto eu tentasse dizer a mim mesma que estava tudo bem, que eu estava bem...

Não adiantava nada.

Eu ainda tremia. Meu fôlego ainda preso na garganta. Ainda queria que as luzes voltassem.

— Vanessa? Cadê você? — A voz rouca de Aiden veio do corredor. Eu mal podia ouvir os passos dele, já que se misturaram com o barulho lá de fora.

— No meu quarto — gritei, mais fraco do que teria querido. — O que você está fazendo acordado? — O Soneca tinha ido para a cama no horário de sempre: às nove. Três horas atrás.

— O trovão me acordou. — Outro raio iluminou o corpo que preencheu a porta um instante depois, e eu apontei a lanterna para as pernas dele.

As pernas nuas.

Ele estava só de cueca boxer. Não havia uma camisa sobre o peito. Aiden estava de pé à minha porta só de cueca, com a medalhinha ao redor do pescoço e os músculos.

Tantos, tantos músculos.

Pare. Preciso parar agora mesmo.

— Jesus. Quantos watts tem essa coisa? Aponte para o chão, ok? — ele disse com uma voz que confirmava que estivera profundamente adormecido há poucos minutos. Apontei a lanterna para o teto. — Você está bem?

— Estou — respondi, mesmo quando um tremor desnecessário percorreu a minha coluna. — Só mijando nas calças, nada de mais. — A risada que saiu da sua boca soou falsa e estranha. Eu soava como uma doida.

O suspiro que Aiden soltou fez parecer que ele estava se esforçando para ajudar quando seguiu adiante e rodeou a lateral da cama antes de parar, elevando-se sobre mim.

— Chega para lá.

Chega para lá?

Eu não ia perguntar. Eu deveria, mas não perguntei, já que o meu coração parecia ter subido até a garganta e ficado lá.

Cheguei para lá. Nenhum de nós disse uma palavra enquanto ele deitava na minha cama e entrava debaixo das cobertas como se não fosse grande coisa, como se aquela não fosse a primeira vez que ele fazia isso. Não me deixei ficar toda tímida, pudica, nem nada parecido. Tempos desesperados pediam medidas desesperadas, e eu não ia dizer não para a outra metade da minha papelada deitar na minha cama quando eu preferia não estar sozinha.

Uma vez mais, um raio cintilou muito brilhante através das duas janelas do meu quarto, antes de mergulhar a casa naquela escuridão bizarra que me assustava pra cacete, apesar do feixe de luz apontado para o teto.

Sem um pingo de vergonha no corpo, eu me remexi até reduzir os trinta centímetros entre nós e tocar o cotovelo dele com o meu.

— Você está tremendo? — ele perguntou, com um tom estranho.

— Só um pouquinho. — Eu me aproximei mais um centímetro, absorvendo o calor que o corpo dele liberava.

Aiden suspirou como se eu o estivesse torturando, sendo que tudo o que eu tinha feito era cuidar da minha própria vida ali na cama.

— Você está bem.

Movi a luz em forma de círculo pelo teto.

— Eu sei.

Outro longo suspiro que só poderia vir de um homem do tamanho dele saiu da sua garganta.

— Venha cá. — A voz pareceu retumbar pelos lençóis.

— Onde? — Eu já estava perto dele. Virei de lado.

— Mais perto, Van — ele deu a ordem, exasperado.

Eu não estava nada preocupada com o quanto era estranho estar na cama com alguém que nem sequer tinha me dado um abraço de verdade em todo o tempo em que nos conhecíamos. E com certeza não estava pensando no fato de que ele estava praticamente nu e em como eu só estava de calcinha e camiseta.

Então, me aproximei, indo bem para cima dele, até perceber que ele não estava mais de costas, mas de lado. Eu estava praticamente pressionada nele, o rosto no peitoral, os braços entre o meu peito e o meio do dele.

O homem era quente, e tinha um cheiro maravilhoso, igual ao do sabonete caro de óleo de coco e ervas que ele usava. O mesmo que eu costumava pedir pela internet para ele na época em que as coisas entre nós eram muito diferentes. Eu não podia começar a imaginar que Aiden, aquele mesmo homem que há cinco meses passava pelo menos cinco dias por semana me mantendo à distância, estava na minha cama naquela hora porque sabia da minha fobia.

Mais tarde, quando eu fosse capaz, pensaria no fato de ele ter acordado e vindo para o meu quarto, mas agora não era hora.

Ele se mexeu um pouco, só um pouco. A barba cobrindo o queixo roçou na minha testa por um breve segundo. Ele emitiu um som, um som baixinho, relaxado, e o pelo facial me tocou de novo, permanecendo só mais um momento sobre a minha pele.

— Como você sobreviveu nos últimos vinte anos tendo pavor do escuro? — A pergunta foi tão delicada, tão plausível, que abri a boca para responder, mas pensei melhor.

— Sempre tenho uma lanterna — expliquei. — E exceto nesses últimos dois anos, sempre morei com alguém. Além do mais, é raro eu estar completamente no escuro. A gente aprende a evitar a situação.

— Você morava com um namorado? — ele indagou, indiferente, o fôlego aquecendo o meu cabelo. Se o tom foi um pouco indiferente demais, eu não percebi.

— Ah, não. Eu nunca "morei" com ninguém. Só tive três namorados e nunca chegamos a esse ponto. — Fixei o olhar na brilhante medalhinha de ouro pendurada em seu peitoral esquerdo. — Você já morou com uma namorada?

O bufo que Aiden soltou foi tão inesperado que me fez pular.

— *Não*. — O tom pareceu enojado ou descrente de que *ele* faria algo tão idiota assim. — Eu nunca estive em um relacionamento.

— Nunca?

— Nunca.

— Jamais?

— Jamais — respondeu o espertinho.

— Nem mesmo na escola?

— Com certeza não na escola.

— Por quê?

— Porque cada relacionamento terminaria de um dos dois jeitos: ou você acabaria terminando com a pessoa, ou acabaria se casando com a pessoa. E eu não queria desperdiçar o meu tempo.

Isso me fez inclinar a cabeça para trás para olhá-lo nos olhos. A expressão dizia que ele pensava que eu tinha perdido a cabeça, mas a minha cabeça estava ocupada demais para se perder. Ele tinha razão sobre o resultado dos relacionamento, mas o resto... A falta de encontros. A medalhinha religiosa em seu pescoço. De repente, tudo fez sentido.

— Você é... — Eu não podia dizer aquilo. — Você está se guardando para o casamento?

Ele não jogou a cabeça para trás e riu. O cara não me deu um peteleco na testa e me chamou de idiota. Aiden Graves só me encarou naquele quarto escuro, o rosto a centímetros do meu. Quando enjoou de me encarar, ele piscou. Então piscou mais.

— Eu não sou virgem, Vanessa. Fiz sexo algumas vezes no ensino médio.

Meus olhos se arregalaram. Ensino médio? Ele não ficava com ninguém desde o bendito ensino médio?

— No ensino médio? — Meu tom foi tão incrédulo quanto deveria.

Ele percebeu o que eu estava tentando sugerir.

— É. Sexo é complicado. As pessoas mentem. Não tenho tempo para nada disso.

Puta. Merda. Observei o rosto dele. Ele não estava mentindo. Nem mesmo um pouquinho. Aquilo de repente explicou que merda ele fazia sozinho no quarto por horas. Ele se masturbava. Ele se masturbava o tempo todo. Senti o rosto ficar quente quando perguntei:

— Você ficou virgem de novo?

— Não. — Aqueles cílios voltaram a cobrir as íris. — O que te faz pensar isso?

— Você nunca teve namorada. Jamais tem encontros. — Você bate punheta o tempo todo. Cruzes, eu precisava parar de pensar nele e na mão e na quantidade de tempo que ele passava no quarto.

Aiden, sem sombra de dúvida, estava me lançando aquela expressão de "você é uma idiota".

— Eu não tenho tempo para me dar ao trabalho de tentar ter um relacionamento, e não gosto da maioria das pessoas. Isso inclui mulheres.

Torci as mãos, que ainda estavam entre os nossos corpos.

— Você gosta de mim um pouquinho.

— Um pouquinho — ele repetiu, com apenas um curvar das laterais da boca.

Deixei o comentário passar e estendi o indicador para apontar para a medalhinha de São Lucas em seu pescoço.

— Esse não é um santo católico? Talvez você seja religioso.

Na mesma hora, a mão grande se ergueu para tocar o objeto do tamanho de uma moedinha que ele usava sempre.

— Eu não sou religioso.

Ergui as sobrancelhas, e ele me olhou com exasperação.

— Pode perguntar o que quiser.

— Mas você vai responder?

Ele bufou ao acomodar o corpo imenso, e praticamente nu, diante de mim.

— Faça a droga da pergunta — ele gracejou bruscamente.

Ergui a ponta do indicador bem acima da medalhinha antes de puxar a mão de volta para o meu peito, sentindo-me absurdamente tímida. Eu queria perguntar aquilo há anos, mas nunca tive confiança o bastante para ir adiante. Que melhor momento do que quando ele exigia que eu perguntasse?

— Por que você sempre a usa?

Sem um pingo de reserva, Aiden respondeu:

— Era do meu avô.

Isso fazendo algazarra era o meu coração?

— Ele me deu quando eu tinha quinze anos — ele prosseguiu, explicando.

— De aniversário?

— Não. Depois que fui morar com ele.

A voz dele era suave e reconfortante. Tudo nela me fez fechar os olhos, absorver as palavras e me dar uma sensação de sinceridade.

— Por que você foi morar com ele?

— Eles. Eu morava com os meus avós. — Os pelos da barba voltaram a tocar a minha testa. — Meus pais não queriam mais lidar comigo.

Isso com certeza era o meu coração fazendo toda sorte de barulhos terríveis. Tudo parecia familiar demais, doloroso demais até para mim.

Talvez doloroso demais até para o Aiden.

O que o grandalhão estava dizendo não combinava com o homem diante de mim. O que quase nunca erguia a voz quando estava com raiva, mal xingava, raramente brigava com qualquer um dos adversários, muito menos com os colegas de equipe. Aiden não dava trabalho. Era determinado, focado, disciplinado.

Eu sabia bem demais como era ser desimportante.

Eu não ia chorar.

Mantive os olhos fechados, e Aiden manteve os segredos guardados no coração.

Seu fôlego tocou a minha testa.

— Você já fez terapia? — ele perguntou. — Depois do que as suas irmãs fizeram?

Talvez essa não fosse uma conversa que eu quisesse ter, afinal de contas.

— Não. Bem, eu fui a um psicólogo quando saí da casa da minha mãe. É... quando o Serviço de Proteção à Criança assumiu a nossa custódia. Eles só faziam perguntas de como eram as coisas no que envolvia a minha mãe. Não sobre... qualquer outra coisa, na verdade. — Em retrospecto, acho que eles queriam ter certeza de que eu não estava sofrendo abuso por parte dela ou de qualquer outra pessoa que ela tinha trazido para a vida dos filhos. O psicólogo deve ter visto algo nas minhas irmãs mais velhas de que não gostou, porque nós fomos enviados para casas diferentes. Para ser sincera, nunca fui mais feliz como fui depois daquilo.

Não era um horror? Eu não me dava nem ao trabalho de me sentir culpada por isso, ainda mais por termos ido para uma boa família com adultos rígidos, mas carinhosos. Bem diferente do que o que eu tinha antes.

— Não gosto de ficar com medo. Queria não ficar, e tentei não ficar — tagarelei sem pensar, sentindo que fiquei na defensiva de repente.

Ele recuou, e eu podia dizer que estava me olhando com uma expressão de incerteza.

— Foi só uma pergunta. E todo mundo tem medo de alguma coisa.

— Até você? — Eu me obriguei a olhá-lo nos olhos, facilmente rebatendo a defensiva em que entrei há um instante e me agarrando à mudança de assunto.

— Todo mundo, menos eu — veio a resposta baixinha e espontânea.

Isso me fez suspirar de irritação. O feixe de luz brilhante entre nós lançava sombras em partes do rosto dele.

— Não, você disse: todo mundo tem medo de alguma coisa. E quando você era criança?

O silêncio foi pensativo assim que um trovão fez as janelas sacudirem. De forma inconsciente, eu o toquei bem no meio do peitoral.

— Palhaços.

Palhaços?

— Sério? — Tentei imaginar um Aiden pequenininho chorando por causa de homens e mulheres com o rosto pintado demais e com narizes vermelhos, mas não consegui.

O grandalhão ainda me encarava, a expressão franca e composta enquanto ele baixava o queixo.

— *Eh*.

Que Deus me ajude, ele ficou todo canadense comigo. Tive que controlar a minha expressão para não reagir ao fato de que ele tinha usado a palavra que costumava usar só quando estava super relaxado perto das pessoas.

— Eu achava que eles fossem me comer.

Bem, imaginar *isso* me fez abrir um sorrisinho. Deslizei a palma da mão sob a bochecha.

— E quantos anos você tinha? Dezenove?

Aqueles enormes olhos cor de chocolate piscaram, lento, lento, lento. Os lábios rosa-escuro se entreabriram só um pouquinho.

— Você está me zoando? — ele falou arrastado.

— Estou. — Meu sorriso se alargou ainda mais.

— Porque eu tinha medo de palhaço? — Era como se ele não pudesse entender por que aquilo era engraçado.

Mas era.

— Eu só não posso imaginar você com medo de qualquer coisa, muito menos de palhaço. Qual é? Nem mesmo eu tive medo de palhaço.

— Eu tinha quatro anos.

Não pude deixar de debochar.

— Quatro... quatorze, mesma coisa.

Com base na expressão teimosa em seu rosto, ele não achou graça.

— Essa é a última vez que eu venho te salvar do bicho-papão.

Chocada por uma fração de segundo, tentei fingir que não estava, mas... eu estava. Ele estava brincando comigo. Aiden estava na cama fazendo piada. Comigo.

— Desculpa. Desculpa, eu só estava de implicância. — Eu me arrastei mais um milímetro para perto dele, puxando meus joelhos para cima para que batessem na coxa dele. — Por favor, não vá ainda.

— Não vou — ele falou, acomodando-se no travesseiro com a mão debaixo da bochecha, os olhos já começando a fechar.

Eu não precisava perguntar se ele prometia que não ia embora; eu sabia que ele não ia se tinha dito que não ia. Esse era o tipo de homem que ele era.

— Aiden? — sussurrei.

— Humm? — ele murmurou.

— Obrigada por ter vindo ficar comigo.

— Uhum. — Aquele corpo enorme se ajustou só um pouquinho antes de soltar um suspiro longo e profundo.

Sem me virar, coloquei a lanterna atrás de mim e mirei o feixe para a parede. Ele não perguntou se eu ia deixar a lanterna ligada a noite toda, ou pelo menos enquanto durasse a bateria, em vez disso, só sorri para ele ao tirar os óculos e colocá-los na mesinha vazia atrás de mim. Então, enfiei as mãos debaixo da bochecha e o observei.

— Boa noite. Obrigada de novo por ficar comigo.

Abrindo um olho, só um pouquinho, ele murmurou:

— Shh.

Aquele "shh" era o mais perto de "de nada" que eu ia conseguir. Fechei os olhos com um leve sorriso no rosto.

Talvez uns cinco segundos depois, Aiden falou:

— Vanessa?

— Humm?

— Por que você me salvou no seu celular como Miranda P.?

Isso fez meus olhos se abrirem num estalo. Eu não tinha apagado a lista de contatos quando pedi demissão, tinha?

— É uma história longa e chata, e você deveria ir dormir. Tudo bem?

O "uhum" que ele soltou foi tão descrente quanto deveria ter sido. O grandalhão sabia que eu estava de onda, mas, de alguma forma, saber que ele sabia não foi o suficiente para me impedir de cair no sono.

E quando acordei, ainda estava escuro lá fora, a chuva batia nas janelas, e me levou um momento para perceber onde estava: na minha cama, e eu estava dando o meu melhor para imitar um cobertor.

O cobertor humano de Aiden.

Uma das minhas pernas estava jogada sobre a coxa dele, um antebraço, sobre seu umbigo e o alto da minha cabeça, literalmente aninhado em seu bíceps. Minha maldita boca estava a um centímetro do seu mamilo.

O que diabos eu estava fazendo?

Movendo a cabeça devagar, vi Aiden de costas com a palma da mão fazendo vez de travesseiro. Eu não fazia ideia de onde o dele estava, e o outro braço, o que eu estava fazendo de travesseiro, estava envolvido ao redor do meu pescoço.

Puxando a minha perna e o meu braço para longe, para não agir feito um polvo enorme, eu me virei devagar, mantendo a cabeça onde estava. Tentei imaginar o que Aiden teria pensado se acordasse e me encontrasse naquela posição, e eu não queria saber.

O que os olhos não veem, o coração não sente.

— Acordei no meio da noite para ir beber água — Zac disse por cima da tigela de mingau de aveia com banana.

Tirei os óculos e bocejei. Sem querer, Aiden tinha me acordado às seis da manhã quando saiu da cama. Da minha cama. Na qual ele dormiu comigo a noite toda. Bem, por seis horas. Tentei voltar a dormir, mas não consegui. Em vez disso, fiquei deitada e assisti televisão até chegar à conclusão de que estava acordada o suficiente para trabalhar um pouco antes de ir tomar café.

— E a sua porta estava completamente aberta — prosseguiu ele.

Eu fechei a boca na hora.

— Notei que você não estava sozinha, querida. — O idiota nem se deu ao trabalho de esconder o sorriso de orelha e orelha. Ele estava gostando muito daquilo.

Bem, eu poderia ter lidado com a situação de formas diferentes: eu poderia ter bancado a desentendida. Poderia ter pirado. Ou poderia ter feito parecer como se não fosse grande coisa. Quando a gente lidava com o homem mais enxerido do mundo, a opção três era a única alternativa. Batendo os dentes do garfo no prato, lancei um olhar indiferente para o rapaz de cabelo louro-escuro diante de mim.

— Acabou a luz durante a tempestade.

— Uhum.

Ele estava se divertindo com aquilo.

— Ele sabe que eu tenho medo do escuro — prossegui.

— Medo do escuro. — Aqueles cílios castanhos tremularam. — Uhum.

— Foi só isso. Para de olhar para mim assim.

Zac riu antes de levar uma colher de mingau de aveia à boca.

— Como quiser, sra. Graves.

Isso me fez soltar um suspiro exasperado.

— Nem ao menos foi assim.

— Não estou discutindo com você, querida. — Ele *disse* aquilo, mas eu não estava longe de estar convencida de que ele ia deixar essa história para lá.

— Não foi assim mesmo — adicionei, de toda forma. — Ele só... tentou ser meu amigo.

Um amigo que dormia com você?, eu me perguntei. Talvez da próxima vez ele só me trouxesse uma lanterna para emergências.

Era fácil acreditar que ele tinha acordado por causa dos raios, do trovão doido e do vento mais doido ainda. Mas o que o fez pensar em vir ao meu quarto assim que acabou a luz? Porque ele tinha visto como eu ficava, né? Porque ele se importava pelo menos um pouquinho, e era isso que amigos faziam. Ou talvez fosse porque, se eu sofresse um infarto na cama, todo mundo veria que essa coisa entre nós não era de verdade, e ele queria proteger a própria reputação.

Eu não tinha energia nem vontade de ficar pensando demais nisso.

Zac ergueu uma sobrancelha antes de voltar a atacar a comida.

— Você é mais do que provável a primeira pessoa de quem ele já tentou ser amigo, Van.

Olhei para ele, de repente me sentindo um pouco desconfortável. Só dei de ombros e voltei a comer. Afinal de contas, o que eu poderia dizer?

— Você é amigo dele.

— Não tanto, docinho.

Eu não podia discordar totalmente; tudo o que eu pensava que constituía uma amizade faltava entre Aiden e Zac. Eles não faziam nada juntos. Até onde eu via, eles nunca chegavam a falar de verdade um com o outro, ainda mais desde que Zac foi dispensado do time. O laço entre eles havia ficado ainda mais tênue. Os dois eram só... colegas de casa.

Mas, bem, era o Aiden. Nós esperávamos que ele desse abraços e escrevesse cartões de amor?

— Sabe aquele dia que a gente saiu e você encheu a cara? Ele veio lá de cima e ajudou a te colocar no sofá. Ele estava preocupado com você. Isso diz alguma coisa, eu acho.

Ficou óbvio que ele não deu ouvidos, e não insisti. Eu não entendia de amizade entre homens e talvez jamais fosse entender.

— Você vai passar o Dia de Ação de Graças com a Diana? — ele perguntou.

Balancei a cabeça.

— Não. — Eu tinha enviado mensagem para ela uns dias atrás e a resposta que recebi foi: **CEDO DEMAIS, TRAIDORA.** Eu ia dar mais uma semana para ela se acalmar, a não ser que ela me procurasse antes. Não era grande coisa. Afinal de contas, era só o Dia de Ação de Graças. Quantos anos eu não comemorei a data comendo macarrão com queijo? — Meu irmão mais novo tem um jogo na sexta-feira. Vou ficar aqui. E você?

Zac franziu o nariz.

— Tenho que ir para casa. Não acho que minha mãe não seria capaz de vir me pegar e me arrastar pela orelha se eu não for. — Ele bufou. — Não seria a primeira vez.

Eu ri, pensando na sra. James e concordando com ele. A mulher era intimidante e extravagante, uma dama sulista até a ponta das bem-cuidadas francesinhas do pé. Eu a encontrarei em várias ocasiões quando ela vinha a Dallas para os jogos.

— Eu a vejo fazendo isso.

— Ela faria. Acho que ela está me dando uma folga porque fui dispensado. "*Meu bebê precisa vir para casa e deixar a mamãe ajudar a resolver as coisas*" foi a última mensagem de voz que ela deixou. — Ele me deu uma olhada. — Quer ir comigo?

Por um momento, considerei aceitar, mas balancei a cabeça.

— É melhor eu ficar, mas obrigada.

Ele deu de ombros, só parecendo um pouco decepcionado.

— Se mudar de ideia, sabe que é bem-vinda.

— Eu sei. Obrigada, Zac. Eu te diria para ficar, mas, para ser sincera, tenho medinho da sua mãe. Bem capaz de eu mesma te levar, se for necessário.

— Covarde.

Sorri.

— É você quem não quer ir para casa. Só se certifique de continuar correndo. Não te quero relaxando. Seu pulmão de fumante já é ruim o bastante, e nosso cronograma está apertado.

Ele gemeu, mas concordou de má vontade.

— Eu vou — ele me assegurou, com um sorriso que se foi tão rápido quanto apareceu. — Antes que eu me esqueça, que merda é essa entre você e o Christian?

O sorriso que eu tinha no rosto desapareceu.

— Nada.

— Não venha com *nada* para cima de mim. Você disse aquilo de não gostar dele por uma razão, e eu fiquei esquecendo de perguntar o motivo. O que aconteceu?

Quando foi que eu arranjei um irmão mais velho?, eu me perguntei antes de o louro alto, que não se parecia nada comigo, acenar os dedos em um gesto de "qual é?", que me fez fazer careta.

— Não é grande coisa.

Ele só moveu os dedos de novo, e eu percebi, naquele momento, que ele não ia deixar para lá. Ao que parecia, ele tinha calçado os sapatos do Aiden. Cheguei à conclusão de que o suspiro que soltei foi bem-merecido. Joguei a cabeça para trás e a ergui devagar, então olhei para ele com um olho só.

— Ele é um babaca. Como você bem sabe. — Segui assim, e abri o outro olho. — E ele tentou me cantar uma vez.

Zac piscou aqueles olhos azul-bebê.

— Quando?

— Talvez há um ano e meio. — Com certeza foi há um ano e meio, mas quem precisava ser específico? — Eu estava em um bar com a Diana, e ele estava lá. O cara estava bêbado, e me reconheceu... e aí começou a ser desagradável, tentando me beijar e passar a mão na minha bunda. Só coisa de babaca.

Erguendo a mão, meu amigo puxou a orelha e me lançou o sorriso mais falso de que alguém tão genuíno como Zac era capaz. Isso não me tranquilizou. Nada, nada.

— Não brinca, docinho.

Fiz um gesto de desdém.

— Não é grande coisa. Eu só tento ficar longe dele agora. Eu não deveria nem ter tocado no assunto.

Os olhos dele estavam meio que vidrados e ele parecia distraído, olhando para alguma coisa acima do meu ombro.

— Ooooi. Zac?

Os olhos dele voltaram para mim, focados, e um sorriso de verdade finalmente reapareceu em seus lábios.

— Desculpa.

Esse cara não tinha um grama de grosseria no corpo; o fato de ele ter se distraído não me caiu bem. Estreitei os olhos para ele.

— Em que você estava pensando?

Ele usou minhas palavras contra mim.

— Nada, sra. Graves.

— Pare com isso.

A semana seguinte passou muito rápido. Eu tinha um monte de trabalho, e quando me ligaram e pediram de última hora para eu cuidar dos filhos do irmão da Diana, Rodrigo, porque ela não poderia desmarcar com os clientes, eu não neguei. Eu não podia dizer não. Gostava muito dos meninos, e mesmo Rodrigo sendo um idiota que se recusava a acreditar que a irmã podia mentir para ele, ainda era um cara maravilhoso. Só aconteceu de eu gostar de um brinquedo dos filhos dele que tinha me feito rir, e paguei a eles cinco dólares pelo objeto.

Minha mãe tinha ligado uma vez e perguntado se eu pretendia ir para o jantar de Ação de Graças, e dei a ela a mesma resposta que dava em todos os Dias de Ação de Graças desde os meus dezoito anos. "Não." Parei de me preocupar em arranjar desculpas para não ir. Meu irmão não estaria lá, e ele implorar seria a única razão que me faria ir, mas ele nunca tinha feito isso comigo. Ela não disse uma palavra sobre Susie ou os outros dois demônios com quem eu compartilhava a genética.

Antes que eu percebesse, já era quarta-feira e a casa estava vazia. Com um jogo de Dia de Ação de Graças contra o maior rival dos Three

Hundreds, o meu único colega de casa que ainda estava na cidade estava fora o tempo todo.

Então, fiquei surpresa quando, na quarta-feira de tarde, meu celular apitou ao meu lado sobre a mesa.

Era o Aiden.

Aiden: Jogo amanhã?
Eu: Pode contar comigo, mas só um ingresso dessa vez. Por favor :)
Aiden: Só um?
Eu: É...

Zac não estava e Diana me avisou via mensagem que ia para San Antonio passar o Ação de Graças com os pais e, se eu quisesse ir junto, ela não iria bater o carro de propósito no caminho para lá. Respondi dizendo que agradecia a generosa oferta, mas ia ficar em Dallas porque planejava ver o meu irmão, que jogaria perto da cidade na sexta-feira. Imaginei que, no Dia de Ação de Graças, eu ia conseguir fazer uns designs de camiseta para os quais eu estava inspirada.

Aiden: Não tem ninguém para ir com você?
Eu: <-- Sempre sozinha -->
Aiden: < Sempre irritante >
Eu: Você vai sentir saudade se eu for embora, raiozinho de sol.

Eu mal tinha apertado "enviar" quando xinguei, depois mandei outra mensagem.

Eu: Obrigada pelo ingresso.

Ele não respondeu, mas, quando saí do banho naquela noite e encontrei algo com as cores do time embalado em plástico transparente sobre a minha cama, eu encarei a coisa. E quando abri e sacudi o pacote e vi uma camisa novinha dos Three Hundreds com GRAVES escrito nas costas, sorri tanto que minhas bochechas doeram.

Dando uma espiada no relógio perto da cama, vi que ainda não eram nem nove horas e fui até o quarto de Aiden, a suíte master no final do corredor. A porta estava fechada quando cheguei lá, mas bati, tentando ouvi-lo lá do outro lado.

É claro.

— Vanessa?

— É Bolinho.

Ele fez um barulho que não consegui dizer o que era.

— Entre.

Virei a maçaneta e entrei, deixando a porta aberta. Sentado na beirada da cama king Califórnia, Aiden estava ocupado esfregando a toalha na cabeça. A primeira coisa que notei foi o quanto a mandíbula dele estava lisa. Sem a barba, ele parecia mais novo... mais agradável. Eu só o vi recém-barbeado um punhado de vezes, já que ele costumava fazer a barba à noite e ela voltava a crescer quando ele dormia.

— A luz do seu quarto acabou? — O piadista passou a tolha pela nuca ao perguntar.

— Você é tão engraçado. — Revirei os olhos para que ele soubesse o quanto eu o achava irritante. — Bobo.

O canto da sua boca se ergueu um pouco quando ele jogou a toalha no cesto perto da parede.

E foi naquele momento que percebi que ele usava só aquela pecinha de ouro bem perto da clavícula e cueca boxer. Cinza, bem ajustada, feita com algum tipo de lycra.

Minha boca ficou seca e desviei o olhar para outra parte, qualquer outra parte, em vez... em vez de para aquelas coxas enormes que eu costumava ver o tempo todo em bermudas de compressão quando tirava fotos dele. Ou em vez de para aquela protuberância marcada e sombreada virada para a esquerda sobre a sua perna. Fixei o olhar na cômoda.

— Eu, é, vi o presente que você deixou na minha cama — lutei para encontrar palavras.

— Uhum — ele murmurou quando, pela minha visão periférica, eu o vi se levantar e ir até a mesma cômoda na qual eu tentava me concentrar.

O que ele estava fazendo? Engoli em seco e dei uma olhadinha de um segundo na bunda mais maravilhosa que já vi antes de afastar o olhar de novo.

— Eu só queria agradecer.

Os dois músculos enormes que delineavam cada lado do seu pescoço subiram e desceram. Você não viu trapézios musculosos até ver os de Aiden.

— Consegui de graça, e você precisava de uma nova.

Olhei para a bunda dele mais uma vez, por mais um segundo. Eu era fraca. Então, voltei a olhar. *Fraca pra cacete.*

— Eles te deram a camisa? — Minha voz soou tensa, e por que não soaria? Eu não podia parar de olhar para a bunda mais redonda e o par de coxas mais incrível do universo. Queria mordê-las. Eu queria muito mordê-las.

— Foi a única que eu já pedi. Eles tinham que me dar uma — explicou por sobre o ombro.

O comentário me animou muito mais do que deveria, e me fez focar na corrente dourada ao redor do seu pescoço. Eu queria perguntar a ele sobre os pais e por que eles não faziam parte da sua vida. Eu queria saber se ele foi uma criança chatinha. Mas, mais do que tudo, eu queria descobrir o que ele mais gostava nos avós. Só que não perguntei. Em vez disso, falei com as costas dele.

— Posso te perguntar uma coisa?

— Eu já disse que pode.

Podíamos estar nos dando melhor, mas eu ainda queria esmurrá-lo de vez em quando. Algo me dizia que isso nunca mudaria.

— Eu sempre me perguntei... por que você não jogou hockey em vez de futebol americano?

Ele virou aquele corpo imenso e molhado para mim ao vestir a calça de pijama cinza-escuro. Aqueles pés enormes tamanho 46 espiaram por baixo da barra da calça. E aquele torso...

Não enjoava, e eu não tinha ficado insensível àquele peitoral rígido salpicado de pelo escuro. Ou as placas duras de músculos abdominais. Os ombros largos, a cintura estreita e os bíceps protuberantes só o faziam parecer muito mais espetacular. Ele se recusou a fotografar para uma capa de revista no ano passado, e eu não tinha entendido a razão. Mesmo quando estava no ápice do seu peso, ele ainda era incrível. Se o cara vendesse um calendário só com fotos dele, faria uma fortuna.

Isso seria algo para pensar mais tarde, quando Aiden não estivesse ocupado me dizendo que eu estava estereotipando o resto dos seus compatriotas.

— Nem todo canadense é bom no hockey — explicou ele, amarrando a cordinha da calça do pijama.

Olhei para o rosto calmo e ergui as sobrancelhas.

— Você está dizendo que você é uma droga?

Ao colocar as mãos na cintura, ele me lançou aquele olhar presunçoso que normalmente eu odiava.

— Eu não disse que eu era uma droga. Sou bom na maioria dos esportes. Só não gosto de jogar todos.

Arrogante? Imagina...

— Você esteve em todas aquelas entrevistas comigo. Você sabe de tudo — adicionou ele, de um jeito que puxou uma corda em mim, como se ele estivesse tentando me dizer algo que eu não conseguia encaixar.

— Você sempre falou que gostava de jogar lacrosse, mas só isso. — Por alguma razão, ninguém jamais tinha perguntado de forma direta por que ele não jogava o esporte canadense mais popular em vez do que é predominantemente americano, pelo menos até onde eu me lembrava.

O grandalhão apoiou o traseiro na cômoda.

— Meu avô me matriculou no hockey por algumas temporadas quando eu era mais novo, mas não gostei muito. Você não sabia disso? — Balancei a cabeça. — O treinador de hockey da escola tentou me recrutar quando eu estava na oitava série. Eu já tinha um 1,80m e pesava noventa quilos, mas eu disse que não estava interessado.

Mesmo reconhecendo que as diferenças entre o futebol americano e o hockey eram vastas, eu ainda não conseguia entender o que ele estava querendo insinuar.

— Do que você não gostava?

— Eu só não gostava. Simples assim. — A língua cutucou o interior da bochecha, e o grandalhão não fez drama quanto ao que disse. — Meu pai costumava me dar uma surra, só porque podia, pelo menos uma vez por semana, até que eu cheguei à puberdade. Já me meti em brigas suficientes na vida, vou brigar com alguém se houver uma boa razão, mas não por causa de um jogo.

Eu nunca tentei me lançar em muita autopiedade por causa do que enfrentei enquanto crescia. Por não ter sido amada o suficiente pela minha mãe. Por não ser importante para quem quer que fosse o meu pai para ele ficar por perto ou ao menos tentasse me conhecer. Mesmo não sendo tão descontrolada quanto as minhas irmãs, eu tinha o gênio forte. Eu me irritava com facilidade. Mas me obriguei a aprender a controlar esse traço. Desde cedo, decidi que não ia deixar aquela emoção me definir.

Eu queria ser melhor. Queria ser uma boa pessoa. Queria ser alguém, não necessariamente alguém incrível ou importante, mas *alguém* com quem eu pudesse conviver.

Meu irmão não bebia, e eu sabia que isso era por causa do alcoolismo da minha mãe. Mesmo ele sendo quatro anos mais novo do que eu e tendo passado menos tempo naquela casa, ele se lembrava o bastante. Como poderia não lembrar? Mas eu não queria evitar o álcool por medo do que ele poderia fazer comigo. Eu não queria demonizar a bebida. Queria provar a mim mesma que ela não era um monstro que destruía vidas, a menos que você permitisse.

A vida era cheia de escolhas. Você escolhia o que fazer com o que tinha. E eu não permitiria que ela fizesse o que quisesse comigo. Eu podia ser uma adulta madura que conhecia os próprios limites. Podia ser uma boa pessoa. Talvez não o tempo todo, mas o suficiente.

Então, a explicação de Aiden, e o fato de que o filho da puta babaca do pai dele costumava infernizar a sua vida, alfinetou aqueles pedacinhos suaves e macios do lugar que era mais profundo do que o meu coração. Eu sabia como era não querer cair em um buraco que tinha sido cavado para a gente antes mesmo de termos a oportunidade de tapá-lo. Isso fez os meus olhos arderem.

Eu me obriguei a olhar para baixo para que ele não pudesse ver o que devia ser oitenta emoções indesejadas estampadas no meu rosto.

E talvez Aiden se sentisse tão fora de prumo quanto eu, porque ele devolveu o assunto ao lugar, e seguiu uma linha mais segura.

— Eu estava jogando lacrosse antes disso, de qualquer forma.

O resto da história eu conhecia, e contei com o olhar ainda fixo no suave tapete bege.

— Aí o Leslie te convenceu a experimentar o futebol americano — retransmiti a informação que ele deu aos outros uma centena de vezes antes. De acordo com o relato, ele nunca tinha jogado antes e se interessou. O resto era história. Só que agora, eu sabia um pedacinho da história que eu não sabia antes: ele conhecia o Leslie há muito tempo, e ele tinha sido o melhor amigo do seu avô. Leslie acreditava ter pedido a ele na hora certa. Deve ter sido uma decisão de um átimo de segundo que mudou toda a vida da Muralha de Winnipeg.

Naquele verão entre a oitava série e o primeiro ano, ele ganhou quase dez quilos de músculo e treinava com Leslie várias vezes por semana. Lá pela metade do seu último ano na escola, várias faculdades do Canadá e dos Estados Unidos já tinham começado a tentar cair nas boas graças de Aiden Graves. Ele era um fenômeno. Nato. O talento e o trabalho duro estavam tão arraigados nele que era impossível ignorar o diamante não lapidado.

— Leslie me pediu para jogar para ele um dia depois de o meu avô ter me pegado com uma menina no banco de trás do carro dele, e me disse que eu precisava fazer algo produtivo com o meu tempo, ou ele acharia.

Ora, ora. Ele não era virgem mesmo. Hum. Minha boca se contorceu e eu ergui o olhar para encontrar o dele.

— Bem, acho admirável de verdade que você só entre em brigas com pessoas que mereçam levar uma surra. Se alguém jamais te falou isso, é digno de verdade. Muito coisa de super-herói.

Meu comentário fez o grandalhão revirar os olhos, desconfortável com o meu elogio. Bem, ele ficava desconfortável com qualquer elogio que faziam. Não sei por que eu achava isso tão atraente, e eu não queria, na verdade, mas era impossível me sentir de outro jeito. Como alguém podia ser tão arrogante e tão humilde ao mesmo tempo?

— Falta muito para eu ser qualquer tipo de herói — argumentou ele.

Um estouro de afeto preencheu o meu peito.

— Você foi me salvar semana passada quando precisei de você. Pode ser um cavaleiro em uma encardida armadura brilhante — disse a ele antes de poder pensar duas vezes.

O queixo dele pareceu recuar, e as íris focaram em mim. A mandíbula ficou tensa.

Eu já tinha falado o suficiente, e não queria forçar demais. Ao ritmo que eu estava indo, acabaria elogiando a bunda dele da próxima vez.

— Tudo bem, sei que já está perto da hora de você dormir, eu só queria agradecer o presente. Eu o usarei com orgulho, mas não diga ao Zac que eu deixei a dele em casa.

O grandalhão assentiu, endireitando-se, e sacudiu as mãos na lateral do corpo.

— Boa noite, Van.

Dei um passo para trás e agarrei a maçaneta, sorrindo ao fechar a porta ao sair.

— Boa noite.

ME ENCONTRE NA SALA DA FAMÍLIA, dizia o bilhete, escrito com uma letra caprichosa atrás de uma nota do mercado; eu só esperava o meu ingresso, não a credencial para me fazer passar pela segurança junto com ele.

Durante todo o jogo, a credencial queimava como um lembrete constante no meu bolso. Um jogo que eles perderam. Eu continuava tocando a coisa para me certificar de que não tinha caído, tentando entender por que ele me pediria para encontrá-lo. Tipo, eu me encontrei com ele algumas vezes depois do jogo, mas sempre foi porque ele precisava que eu fizesse alguma coisa quando trabalhava para ele.

Tive que perguntar para alguns funcionários do estádio para onde eu devia ir, porque, quando me encontrava com Aiden no passado, costumava ir direto de carro para lá e passar pela entrada disponível para a família.

Não estava ansiosa para ir à sala da família, ainda mais porque seria a primeira vez que eu veria qualquer um desde a última temporada. Eu não chamaria nenhuma das esposas com quem fui amigável de "amiga", mas não acho que elas tenham se esquecido de mim em questão de um ano. Na época, eu era a única mulher na vida do Aiden, e por um breve período, fui a "menina nova", já que a maioria delas não estava convencida de que eu era só a assistente e que o nosso relacionamento era estritamente profissional.

E agora...

Bem, agora eu parecia uma mentirosa, mesmo não tendo havido nada entre Aiden e mim no passado. Mas não que alguém fosse acreditar nisso agora, mesmo eu não as tendo visto desde a lesão dele em outubro do ano passado.

Se quisesse ser sincera comigo mesma, eu estava com um pouco de medo.

Tudo bem, mais do que um pouco.

Tive mesmo que ir até o fundo do meu ser e firmar um pouco mais a coluna, lembrando-me de que eu sabia que não tinha mentido para ninguém. Desde que eu soubesse disso, era tudo o que importava. Estava ali pelo Aiden, por ninguém mais. Na minha cabeça, continuei repetindo essas palavras enquanto marchava por um posto de segurança atrás do outro com a minha credencial e a identidade no bolso de trás, prontas para serem usadas.

A "sala da família" era só uma área glamourizada no caminho para o estacionamento dos atletas, com uns sofás e mesas redondas, longe da imprensa. Demorei para chegar, mas o trajeto foi rápido mesmo assim. Com uma última verificação da segurança, ergui o queixo bem alto e entrei na sala como se não fosse grande coisa, como se eu não tivesse nada sobre o que me sentir mal.

O lugar estava abarrotado. Cheio de crianças, mulheres e homens de todas as idades. Lotada com o vestuário dos Three Hundreds. O primeiro "Oi, querida, parabéns!" me atingiu bem entre as omoplatas, e embora eu não fosse nenhuma atriz, não gostava de ser grosseira quando era eu quem estava enganando.

Então, me virei e tentei lançar à mulher que falava uma expressão animada.

O que se seguiu deve ter sido um dos trinta minutos mais sofridos pelos quais já passei na vida, e isso queria dizer muito, levando em conta a minha última viagem para El Paso, que foi uma merda total.

— *Estou tão feliz por vocês!*
— *Vocês dois estavam destinados a ficar juntos!*
— *Você está grávida?*
— *Você tem que se certificar de sempre apoiar o seu homem.*
— *Certifique-se de encomendar o bebê para a pós-temporada!*

Destinados a ficar juntos? Meu homem? A porra de um *bebê*?

Eu não tinha ideia de como consegui não vomitar. Sério. Então vieram todos os comentários sutis sobre como uma esposa de um jogador de alta performance, especialmente a de um dos Three Hundreds, deveria agir.

Os jogadores deveriam ser o centro do universo delas. Era preferível que a família não fosse vista nem ouvida. "Nós" éramos a parte invisível do sistema de apoio.

Eu não sabia muito sobre as mulheres, mas sabia o suficiente sobre os caras por causa de uma coisa ou outra que o Zac às vezes me contava, e só uns poucos deles eram impressionantes. E se um cara era um merda, o que a namorada ou a companheira seria?

E foi bem quando eu estava no meio de pensar em coisas como aquela, que me lembrei de que estava casada com a pessoa que era considerada por muitos o maior babaca do time. Ao menos de acordo com o que Zac tinha me dito no passado. Ele não era amigável, muito menos aberto, e punha zero esforço em fazer amizade com alguém, muito menos com as esposas e a família das pessoas com quem jogava. Ele disse repetidas vezes que não tinha tempo para amizades ou relacionamentos.

O que isso dizia sobre mim? Eu era uma idiota mentirosa e uma puta, dependendo de como se analisava os fatos.

Eu estava tentando mentir para uma das esposas dos veteranos dizendo que já tinha feito uma refeição de Ação de Graças quando os jogadores começaram a entrar na sala. Ao que parecia, o marido dela foi um deles, porque ela deu um tapinha no meu braço quase que no mesmo instante em que olhou por cima do meu ombro.

— Vou ter que pegar o seu número no próximo jogo. A gente precisa se entrosar, meu bem.

Além de idiota e puta, eu também era uma impostora. Aqui estavam essas mulheres que tentavam ser legais comigo e me incluir, embora uma parte delas fosse formada por aquelas que me impediam de ficar no camarote da família, e aqui estava eu. Uma esposa de mentirinha. Eu era a pessoa que estaria fora da vida delas daqui a alguns anos, se não antes, a depender do que Aiden tenha decidido para o futuro próximo.

Talvez essa coisa de passar tempo na sala da família não tenha sido uma boa ideia. O bom era que a temporada regular já estava para lá da metade.

Com um abraço frouxo de um braço só, ela me deixou de pé sozinha pela primeira vez desde que entrei na sala. Observei os jogadores, com uma variedade de humor, aproximarem-se da família. Alguns deles sorriam com aceitação, outros com relutância, e outros exibiam um sorriso triste. Uns poucos pareciam irritados e não se importaram em esconder; ficou óbvio que eles preferiam estar em qualquer outro lugar, menos onde estavam.

Onde estava o Aiden?

Ele tinha me esquecido ou...

O cabeção familiar de repente apareceu em um grupo de homens um pouco menores que ele. Os olhos castanhos fixados naquela estrutura óssea larga esquadrinharam a sala rapidamente antes de pousarem em mim.

Acenei.

Suas feições não estavam moldadas em qualquer tipo de emoção quando ele inclinou o queixo para baixo. Aqueles belos lábios carnudos se moveram.

— Pronta?

Sorri e fiz que sim. Abrindo caminho na sala lotada, mantive o olhar no rosto de Aiden a maior parte do tempo. Passei por dois caras para quem fiz uns trabalhos e parei brevemente quando um deles apertou a minha mão; o outro jogador, o que era super sexy e por quem cada fã do sexo feminino dos Three Hundreds era apaixonada, me deu um abraço.

Eu teria que contar a Diana. Ela enlouqueceu quando eu disse que estava fazendo uns trabalhos para ele.

Ao que parecia, eu devia estar com uma cara que dizia exatamente o quanto achava o colega de time atraente, porque Aiden estava fazendo careta quando cheguei onde ele estava. Eu podia sentir a esquisitice de vários olhos em mim, em nós, olhando e julgando, e soube o que precisava fazer. Arregalarei meus olhos e lancei um sorriso falso e cheio de dentes que com certeza ele perceberia que era um sinal para ele se preparar mentalmente.

Em retrospecto, eu deveria ter dado um beijo nele.

Em vez disso, eu o abracei, meus braços envolvendo a sua cintura pela primeira vez na vida.

O fato de termos, literalmente, dormido juntos, mas não termos nos abraçado oficialmente, estava além de mim. Levou dois anos e meio para isso acontecer.

Se eu tivesse separado um tempo para imaginar como seria abraçar o Aiden, a realidade da coisa não teria sido nada decepcionante. Apesar dos ombros largos se estreitarem até a cintura fina, ela não era tão fina assim. Era uma ilusão baseada no quanto a parte superior do seu corpo era imensa e musculosa.

Minhas mãos se encontraram ao rodearem a lombar dele. Meu peito foi de encontro à sua barriga, e os músculos ali eram tão rígidos e firmes quanto pareciam. Pressionei a lateral do rosto bem entre o seu peitoral, a bochecha entrando em contato primeiro. O corpo estava quente por causa do banho, e ele tinha o cheiro limpo e suave do sabonete que costumava usar.

Bem quando eu estava inspirando o aroma que emanava dele, Aiden passou os braços ao meu redor. Suave, suave, suave. Um braço rodeou os meus ombros e o outro foi para logo abaixo. Ele apertou o abraço e me puxou um centímetro mais perto do casulo do seu corpo imenso.

Tentei não congelar. Ele estava me abraçando. *Ele estava me abraçando.*

Algo se acomodou no alto da minha cabeça e eu soube, eu simplesmente soube, que era o queixo dele.

Aquele devia ser o segundo melhor abraço que já ganhei na vida; só sendo superado pelo que o meu pai adotivo me deu quando me visitou no hospital logo depois que a Susie me atropelou. Ele tinha sido o primeiro a aparecer, o primeiro a entrar no meu quarto depois que acordei, e perdi o controle. Então, ele me deu um abraço e me deixou lamentar a morte do relacionamento difícil que eu tive com ela.

Mas aquele era um abraço completamente diferente.

Mesmo Zac não sendo um homem pequeno sob qualquer ângulo, e o meu irmão tivesse 1,92m, eu nunca fui abraçada por alguém tão grande quanto Aiden. Gostei. Gostei muito. Os bíceps, pressionando a minha orelha, pareciam abafar o som das pessoas conversando ao fundo. Era como ser engolida por um tornado. Um tornado grande, quente e musculoso com um corpo incrível que cuidaria de você pelos próximos anos da sua vida, mesmo quando vocês não estivessem em seu melhor.

Um tornado grande, quente e musculoso com um corpo incrível que finalmente era meu amigo.

O pensamento me fez sorrir sobre o amado moletom que ele usava.

— Isso é bom — admiti em um sussurro.

O peito sob o meu rosto se contraiu tanto quanto aqueles músculos definidos conseguiam.

O abraço deve ter durado só uns cinco segundos antes de eu me afastar, mas eu sorria feito uma idiota, e podia também ter corado um pouco porque o momento foi épico demais, e eu sentia como se tivesse ganhado uma medalha de ouro. Então me lembrei de que o time tinha perdido o jogo e enfiei a mão no bolso da frente para pegar o chocolate com menta levemente derretido que coloquei lá quando entrei no estádio. Eu tinha planos de comê-lo, mas, quando encontrei a credencial junto com o meu ingresso, comi um e guardei o outro para o grandalhão.

Oferecendo o pacotinho de plástico, ergui as sobrancelhas.

Ele ergueu as dele na mesma hora e pegou o chocolate na palma da minha mão, abriu-o e o enfiou na boca, e logo a embalagem desapareceu no bolso do casaco.

Eu o observei mastigar devagar e perguntei:

— Você tem que fazer mais alguma coisa?

A Muralha de Winnipeg balançou a cabeça, toda a atenção focada em mim em vez de nas pessoas ao nosso redor.

Meu rosto aqueceu um pouquinho, incerto de como me sentia com ele e por ser o centro daquele olhar intenso.

— Quer ir para casa?

— Quero.

— Você me leva até o meu carro? Está no estacionamento das pessoas normais...

— Eu te dou uma carona.

— Não sei se eles vão te deixar entrar no estacionamento... — Fui parando de falar quando ele me lançou aquele olhar de "você é uma idiota, Van". Quis muito enfiar o dedo no nariz dele. — Tudo bem. É claro que eles vão te deixar entrar. Me dá uma carona, então.

Aiden concordou em silêncio, guiando-me com um aceno de cabeça em direção à saída.

Devíamos ter dado dois passos quando vi um rosto conhecido parado na entrada da sala da família. Girei os ombros para trás quando nos aproximamos do *wide receiver* dos Three Hundreds. Eu vi o instante em que ele localizou o Aiden e então aconteceu de olhar e me ver ao lado dele. O sorriso que surgiu no rosto do cara foi totalmente inquietante, e me irritou muito.

— Bom jogo, cara — Christian Delgado falou para Aiden, mesmo quando o seu olhar estava fixo em mim. — Oi, Vanessa.

— Oi, Christian — eu o cumprimentei, minha voz inexpressiva, sem qualquer entusiasmo.

— Como você está?

— Muito bem, obrigada, e você? — falei igualzinho ao Tropeço da *Família Adams*.

O apalpador filho da puta deu uma piscadinha. Ele deu uma piscadinha para mim mesmo com Aiden bancando a minha sombra supergigante.

— Ótimo, docinho.

Docinho? Sério?

Um peso surgiu no meu ombro. Pela minha visão periférica, vi um pulso envolto lá, com dedos longos pendurados. Eu me mantive inexpressiva ao passarmos por ele e irmos para o túnel.

Olhei para Aiden assim que nos afastamos o bastante da sala da família e de Christian.

— Desculpa por ter dado aquele abraço em você, mas eu sabia que as pessoas estavam observando e teria sido estranho se não fizéssemos nada.

Ele manteve o foco adiante e deu um aceno de desdém com a cabeça.

— Como foi lá?

— Cinco mulheres com quem nunca falei na vida me perguntaram de quantos meses eu estava. Então outras três me disseram que era melhor planejar ter o bebê durante a pós-temporada, a menos que eu quisesse que os poderosos ficassem bravos comigo. — Ergui as sobrancelhas ao voltar a pensar naquelas conversas. Eu não gostava das pessoas me dizendo o que fazer, ainda mais pessoas que eu não conhecia e que estavam se intrometendo em algo que não era da conta delas.

— Ignore-as.

— Eu deveria. — Suspirei, ainda dividida entre me sentir mal por mentir e aborrecida com as outras por serem tão enxeridas.

Ele fez careta para mim.

— O que é?

— Nada.

Aiden apertou o meu ombro.

— O que é?

Lancei a ele um olhar que era a imitação mais próxima possível do dele.

— Eu me sinto mal por ser super amigável com elas quando isso aqui não é o que elas pensam que seja. — Tive um vislumbre das sobrancelhas dele enquanto a ruga que havia ali se aprofundava. — E quem sabe o que acontecerá daqui a alguns meses, né? — Baixei a voz, sabendo o quanto aquela informação era confidencial.

O aceno de cabeça dele foi lento, não necessariamente cauteloso, mas algo diferente, algo que não pude identificar.

— Você não poderia viver em um estado diferente do meu — ele disse em voz alta, como se aquilo fosse algo sobre o que ele não ficaria calado.

Olhei ao redor da passarela que descíamos, só para ter certeza de que ninguém tinha aparecido do nada com um gravador em mãos.

— Você quer falar disso agora?

— Por que não? — o homem que mentia uma vez na vida e outra na morte perguntou com um encolher de ombros.

Não vendo ninguém ao redor, dei de ombros sob o pulso dele.

— Porque talvez você não queira que todo mundo saiba?

— Eu não ligo, Van. Eu sempre vou fazer o que for melhor para mim. Se alguém ficar surpreso por causa disso, é culpa da pessoa mesmo.

O fato de eu ter mantido o meu plano de pedir demissão em segredo por dois meses não me fez sentir culpada. Nem um pouco. Sempre soube que Aiden, dentre todas as pessoas, entenderia o que eu tinha feito se ele parasse para pensar.

— Tudo bem para você se mudar? — indagou ele.

— Eu sabia no que estava me metendo com você, grandalhão. Não vou virar as costas para você de repente. Você me disse que não estava totalmente feliz aqui. Esse é o seu sonho. — Eu sabia que o contrato dele estava quase acabando. Sabia que, mesmo depois de ele assinar com um time, havia a chance de ele ser vendido. Estava preparada para essa realidade; eu me certifiquei disso. Claro, havia a Diana, mas continentes poderiam me separar da minha melhor amiga, e nós ainda encontraríamos um jeito de nos falarmos todos os dias. A distância não acabaria com a nossa amizade. Sobrevivi a não ser mais vizinha dela quando tinha catorze anos. Além do mais, eu nunca mais voltaria a morar em El Paso. Nunca mais.

Por outro lado, meu irmão tinha a própria vida. Nós nos víamos sempre que possível, mas com a faculdade e o basquete, não eram vezes suficientes. Depois do jogo dele em Denton, provavelmente levaria mais um ou dois meses até que o visse de novo.

Eu estava bem com isso porque sabia que ele estava bem. Ele estava fazendo o que amava. Foi com esse pensamento, ao lado do homem que se agarrava ao próprio sonho com unhas e dentes, que parei de andar. E ele também.

A expressão de Aiden estava cautelosamente calada, mas queria me certificar de que ele tinha entendido.

— Posso trabalhar de qualquer lugar e, de qualquer forma, estou aqui por você, não pelo time. Faça o que for necessário.

A expressão dele ficou um pouco engraçada.

— Nós vamos resolver isso, mas não se preocupe comigo. — Tentei o meu melhor para tranquilizá-lo. Não sei por que ele pensou que eu mudaria de ideia, daria para trás ou faria o que fosse que ele pensou que eu faria. Pensei muito bem antes de aceitar me casar com ele. Uma carreira de atleta não era algo garantido, mesmo quando ele estava em sua melhor forma.

Algo tão bom podia ir pelos ares em um piscar de olhos.

Sorri para ele e perguntei:

— Você está com fome? — Pisquei. — Que pergunta idiota. Você está sempre com fome. Vou fazer alguma coisa quando chegarmos em casa.

— Você não comeu?

— Comi antes de vir para o jogo, mas isso foi há horas.

— Você precisa se certificar de que está comendo o suficiente com toda essa corrida — ele disse, me fazendo quase tropeçar. — O que você fez hoje?

— Nada. Fiquei em casa.

— E essa sua amiga com quem você está sempre falando? Ela mora aqui, não é?

— A Diana? Ela foi para a casa dos pais ontem.

— Em El Paso?

— Não. Eles se mudaram para San Antonio há alguns anos.

— Você não quis ir com ela?

— Não tenho o hábito de criar alarde por causa do Dia de Ação de Graças. Preferi trabalhar um pouco e ganhar dinheiro.

Aquilo na boca de Aiden era um meio sorriso? Tenho certeza de que sim.

— Eu gosto do Natal e do Halloween. Só isso — expliquei um pouco mais em detalhes. Ver aquela fração de sorriso me fez fazer a pergunta em que estive pensando nos últimos dias desde que um mercado perto de casa começou a vender árvores de Natal. — É... você se importaria se eu montasse uma árvore? — E colocasse decorações, mas guardei essa parte para mim.

Eu me prepararei para ele dizer não.

Mas ele não disse não ao me guiar pelo estacionamento em direção ao seu Range Rover, estacionado na vaga mais próxima porque ele era uma das primeiras pessoas a chegar ao estádio.

— Se te fizer feliz, não vai me incomodar.

Virei a cabeça em um estalo para olhá-lo.

— Sério?

— É. — Ele me deu uma olhadela. — Pare de agir como se estivesse surpresa. Você achou mesmo que eu teria dito não?

E, de repente, eu me senti uma idiota.

— Talvez.

Aqueles olhos castanhos reviraram.

— Eu não ligo para o Natal, mas, se você quiser fazer alguma coisa, vá em frente. Não precisa perguntar. A casa é sua também.

Olhando para cima, eu não sabia de onde o nó na minha garganta tinha vindo, mas levou um tempo considerável para ele ir embora.

Eu não sabia a quem ele estava tentando enganar, porque não estava enganando ninguém.

A touca preta que ele puxou até quase as sobrancelhas não escondia nada. Nem os óculos escuros que continuou usando depois de sairmos do carro. Claro que o capuz escondia o quanto os músculos embaixo eram desenvolvidos, mas um homem de quase cento e cinquenta quilos não era exatamente imperceptível.

Era tipo camuflar um elefante.

Nesse caso, era um superastro dos esportes indo a um jogo de basquete de faculdade tentando ficar tão imperceptível quanto possível com o mínimo de esforço. Esse era o problema do Aiden: ele nunca se esforçava para ficar incógnito. Ele só preferia ser um ermitão à vontade para evitar ser visto. Por isso fui contratada. Eu entendia. De verdade. Ele valorizava a privacidade e, no meu coração, eu sabia que ele seria do mesmíssimo jeito se não fosse famoso.

Ainda assim, aqui estava ele, entrando em um estádio de basquete comigo em Denton, Texas, onde haveria pelo menos umas centenas de pessoas, todas assistindo ao meu irmão jogar.

Quando acordei cedo naquela manhã, no dia seguinte ao Dia de Ação de Graças, a última coisa que esperava era encontrar Aiden já na mesa da cozinha. Normalmente, no dia seguinte ao jogo, ele dormia como um morto e até enlouquecia para dormir umas duas ou três horas a mais. Com a derrota dos Three Hundreds na quinta-feira de Ação de Graças, o time deu o fim de semana de folga para a equipe e os jogadores.

Mas lá estava ele, às nove da manhã, na cozinha, de pijama, comendo uma maçã e parecendo tão surpreso por me ver acordada quanto eu estava por vê-lo. Depois de jantarmos ontem à noite, assistimos a dois episódios de *Dragonball Z*, então Aiden massacrou as escadas, indo dormir.

— Aonde você vai? — ele perguntou na cara dura naquela manhã.

— Meu irmão mais novo vai jogar — respondi, ao ir em direção à geladeira para fazer o meu café da manhã.

Ao erguer a maçã diante do rosto, a expressão dele ficou pensativa.

— Que tipo de jogo?

Foi então que percebi que nunca havia contado a ele.

— Ele joga basquete na faculdade pela Louisiana.

A Muralha de Winnipeg piscou.

— Qual posição?

— Armador. — Não sei por que, mas, de repente, perguntei: — Quer ir? Fica a uma hora daqui.

— Eu planejava descansar hoje... — Ele meio que foi parando de falar e deu de ombros. — Que horas você quer sair?

É, eu fiquei abismada por um segundo.

Só me levou todo o percurso para decidir que talvez eu deveria ter deixado Aiden em casa. Não que eu me importasse que os fãs o abordassem nem nada do tipo, ele era o que era, mas não levei em consideração que talvez ele não fosse gostar de receber olhares impressionados por horas caso alguém o reconhecesse.

E por que não o reconheceriam? Ele era o rosto de uma equipe profissional do Texas. Até pessoas que não acompanhavam o futebol americano sabiam quem ele era por causa dos patrocínios importantes que ele tinha.

Então, me lembrei de que Aiden estava bem ciente dos prós e contras das decisões que tinha tomado. Sempre. Ele era grandinho e fazia as próprias escolhas, então, foda-se. Se ele quis vir junto, quem era eu para dizer não? Mantive a boca fechada e o meu conselho para mim mesma.

E, então, horas após o convite, estávamos no estádio onde a universidade jogava. Enfim tendo a oportunidade de assistir ao meu irmão jogar pela primeira vez na temporada, estava bem animada para ver o armador titular do time e por ter A Muralha de Winnipeg junto comigo, sendo que ele normalmente se contentava em ficar em casa.

Depois de pegar os ingressos que comprei no caminho para retirar no local — eu tinha comprado só um antes —, passamos pela segurança sem qualquer problema. Não demorou muito, e encontramos nossa seção, e Aiden fez sinal para eu ir na frente dele ao descermos as escadas.

O estádio não estava nem perto de estar lotado. Levando em conta que era o dia depois do Ação de Graças, a maioria dos estudantes do norte do Texas devia estar com a família, fazendo coisas que não era ir a um jogo de basquete. Havia só um punhado de camisas da Louisiana nas arquibancadas. O que explicava por que conseguimos assentos tão bons de última hora.

Quando nos sentamos, o jogo ainda não tinha começado, mas já estava quase na hora de os jogadores entrarem na quadra. Sorri para

Aiden quando ele se sentou ao meu lado, a lateral do joelho coberto pelo jeans tocando o meu. Estendi a mão e dei um tapinha na coxa dele. Tipo, eu tinha sentado no colo dele. Ele tinha dormido na mesma cama que eu. Eu tinha dado um abraço no cara. O que era um tapinha em comparação?

— Obrigada por vir.

A expressão cuidadosa foi se derretendo devagar em uma desinteressada. As palavras foram claras:

— Pare.

Eu o encarei por dois segundos completos antes de sorrir e voltar a tocar na sua coxa ao bufar.

— O quê? Posso dizer obrigada para você tanto quando eu quiser.

— Não.

Ignorei o comentário.

— Estou feliz por você ter vindo. Fazer coisas com alguém é bem mais divertido do que sozinha, mesmo com você me dizendo para parar. Eu estou grata. Então, me processe.

Aiden fez um som exasperado.

— Vou procurar o banheiro. Já volto.

Dei joinha antes de ele se levantar, o que me rendeu um olhar irritado, e então ele desapareceu escada acima. Fiquei lá tamborilando os dedos nos joelhos esperando que os jogadores saíssem do vestiário. Alguém bateu no meu ombro pelas costas, e eu olhei para trás e vi três garotos de uns vinte anos inclinados para frente, a expressão afoita estampada no rosto.

— Oi — falei, meio incerta, imaginando o que se passava.

Um cara acotovelou o outro, e o terceiro pigarreou ao coçar atrás da orelha. Se havia uma coisa que eu conhecia, eram pessoas desconfortáveis, e aqueles caras estavam eram a imagem do desconforto.

— Aquele é o Graves? — perguntou o do meio que tinha levado a cotovelada.

Merda.

— Quem? — Dei um sorriso simpático, usando o meu melhor olhar de menina idiota junto.

— Aiden Graves — disse o amigo, como se fosse ajudar caso eu não tivesse ideia de quem ele era.

Eu deveria admitir que era ele? Ou continuar fingindo que nunca tinha ouvido falar de Aiden? Uma parte de mim queria seguir a última opção, mas se alguém lhe desse uma boa olhada e confirmasse que *era* ele...

Bem, Aiden não era o tipo de pessoa que fugia de qualquer coisa.

Então, deixei de bancar a idiota e assenti.

— É. Mas fica entre a gente.

Pela forma como recuaram, ou eles estavam chocados ou não acreditaram em mim. Todos os três piscaram por um segundo antes de voltarem ao normal de repente.

— É ele mesmo? — um deles sussurrou.

— Puta merda — o do meio murmurou, antes de ficar um pouco pálido.

— Ele é ainda maior pessoalmente — o que estava do lado direito falou baixinho ao se virar no assento e olhar ao redor, como se Aiden fosse reaparecer em um passe de mágica depois de ter saído há uns dois minutos.

Mas o cara estava certo. As fotos não faziam justiça. Caramba, eu estava acostumada a ver o Aiden de perto e pessoalmente o tempo todo, e ainda não tinha conseguido ficar indiferente a ele.

— *O que ele está fazendo aqui?* — o da esquerda perguntou.

Era uma pergunta justa. Aiden tinha estudado no Wisconsin.

— Meu irmão joga para a Louisiana — expliquei, decidindo-me pela verdade novamente. Tipo, eu também não podia sustentar uma mentira, de qualquer forma.

— Você é namorada dele?

O cara do meio bateu no amigo à direita com o antebraço.

— Não seja idiota, porra. É claro que ela é namorada dele, babaca.

— Vocês dois são idiotas — declarou o Esquerdinha. — Ele se casou. Eu vi na internet. — Um olhar hesitante apareceu em seu rosto quanto ele olhou para mim. — Não foi?

Merda. Bem, eu causei isso a mim mesma. Na alegria e na tristeza. Meu rosto ficou todo vermelho e quente mesmo eu tentando evitar a reação.

— Foi.

— Não estou surpreso. Adorei o seu cabelo. — Direitinha sorriu.

É, meu rosto ficou um pouco mais quente, e me remexi no assento, consciente de que já tinha passado duas semanas de quando eu deveria fazer alguma coisa com o azul-petróleo desbotado no meu cabelo ou só pintar por cima.

— Ah, obrigada.

— Cara, você não pode ficar de boca fechada? O Graves pode te comer, isso se ele não te matar — o amigo, o cara do meio, sussurrou com rispidez.

Peguei isso como a minha deixa e me virei para a frente. Eles continuaram discutindo às minhas costas aos sussurros. Eu deveria ter me feito de idiota?

Um tempo depois, bem enquanto uma garotinha cantava o hino nacional, o traseiro enorme de Aiden se largou no assento ao lado do meu. Encolhi os cotovelos para lhe dar mais espaço quando ele me entregou um copo personalizado com o que eu sentia que era refrigerante Dr. Pepper. Ele segurava uma garrafa de água na outra mão.

Eu me inclinei e dei um tapinha na mão dele.

— Obrigada, grandalhão.

Ele se certificou de me olhar nos olhos antes de se inclinar para mim, a língua cutucando o interior da bochecha.

— Não precisa agradecer o tempo todo.

— Pare. — Usei sua frase com ele, o que me rendeu um balançar de cabeça e um lampejo de um sorrisinho minúsculo de um homem cujo rosto estava a dez centímetros do meu. Bem quando começou a se afastar, o puxei pela manga do casaco para que ele se aproximasse mais.

Ele se aproximou. Aiden estava tão perto que a mandíbula áspera roçou a ponta do meu nariz. Eu não recuei, fiquei onde estava, deixando o maravilhoso cheiro que a pele dele emanava preencher as minhas narinas.

— Os caras sentados aqui atrás te reconheceram — sussurrei.

Aiden moveu o rosto só o suficiente para que a boca roçasse o lóbulo da minha orelha.

— Eles falaram alguma coisa para você? — Aquela voz áspera e profunda pareceu ir direto para o meio do meu peito.

Precisei juntar toda a minha força de vontade para não estremecer quando o fôlego dele atingiu um lugar sensível no meu pescoço.

— Perguntaram se era você e eu disse que era. — Tive que engolir em seco quando outra suave respiração atingiu o meu pescoço. — E eles sabiam que nós estávamos... sabe... *juntos*.

Ele não reagiu.

— Eu não sabia o que dizer. Desculpa — sussurrei.

Isso o fez se afastar o suficiente para me lançar um olhar irônico.

— Vanessa...

Mas eu fui mais rápida.

— Pare.

— Eu ia te dizer para parar de se desculpar, mas isso funciona também.

Ele acabou de sorrir para mim? Ele acabou de dar um sorriso *presunçoso* para mim? Eu não tinha certeza. Eu não tinha certeza, mas consideraria como um sim. Sim, ele tinha acabado de me dar um sorriso brincalhão.

E isso me fez piscar uma vez. Meu coração palpitou duas.

— Nesse caso...

— Pare — ele concluiu por mim.

Eu caí na gargalhada quando levei a mão à bolsa e tirei de lá a maçã, que eu tinha escondido debaixo do cachecol para conseguir passar com ela pela segurança, e a entreguei a ele.

— Que menino bonzinho. Se você se comportar, eu talvez tenha uma barrinha de proteína amassada no meu bolso para você.

Eu não sabia o que carregar lanchinhos para ele dizia sobre mim, mas dane-se. Ele era como o meu filhotinho, e eu tinha que ter certeza de que ele estava comendo o bastante. Sabe, um filhotinho imenso que deixava as minhas entranhas desconcertadas de vez em quando. É. *Desconcertadas*. Ruim a esse ponto.

Ele pegou a maçã e se reclinou no assento bem quando os pivôs se aproximavam do meio da quadra para a saída de bola. Como diabos eu perdi os jogadores entrando na quadra? Tirei o casaco, girei os ombros para trás e me preparei para torcer pelo meu irmão.

— Qual é ele?

Apontei para o idiota branquelo de 1,92m em quem eu costumava pôr vestidos só por diversão quando éramos mais novos.

— Número trinta.

— Ele é mais alto do que pensei — Aiden notou, distraído.

— Acho que o pai dele era alto.

Aiden me olhou rapidamente.

— Vocês não têm o mesmo pai?

— Não. Ao menos eu tenho quase certeza de que não. Nunca conheci o meu, até onde sei. — E com isso eu quis dizer que nunca nenhum homem apareceu para me pegar e dizer que eu era filha dele. O pai do meu irmão nunca me deu muita atenção quando esteve por perto. Quando vi Aiden pelo canto do olho, notei que o rosto dele estava contrito, a mandíbula ressaltada.

— O que foi?

Seu pomo de Adão se moveu.

— Você nunca conheceu o seu pai?

Meu pescoço ficou um pouco quente e, por alguma razão, fiquei envergonhada.

— Não.

— Você se parece com a sua mãe?

Ergui a mão para brincar com a perna dos meus óculos.

— Não. — Minha mãe era loura, mais para branca e tinha só 1,65m. Minha pele era mais amarelada, meu cabelo era castanho com um pouco de vermelho e eu era mais alta do que as outras mulheres da família.

— A mãe da minha amiga Diana costumava me dizer que achava que o meu pai devia ser hispânico ou talvez do mediterrâneo ou algo assim, mas não sei com certeza.

— Você sempre foi alta?

Se eu me esticasse muito e me empertigasse, eu tinha quase, *quase* 1,72m.

— Minhas irmãs me chamavam de Girafa Cega. — *Cadê a Girafa Cega?* Desgraçadas. — Eu era toda pernas e óculos... aah, olha. O jogo já vai começar.

No minuto em que saltei para torcer pelo meu irmão, pude dizer que Aiden não estava preparado para o tipo de fã que eu era. Ao menos, o tipo de fã que eu era do meu irmão. No início do segundo tempo, ele tinha começado a se inclinar para longe de mim, reclamando e sussurrando: "Você está me assustando", depois de eu ter ficado de pé e começado a gritar para o juiz por causa da falta que Oscar, o meu irmãozinho, sofreu.

Mas foi o jeito que ele arregalou os olhos durante o intervalo e fingiu se afastar ainda mais de mim que me fez cair na gargalhada.

— Quem é você? — ele brincou, o que me fez achar graça.

— O quê? Eu estava igual no seu jogo ontem.

Aqueles cílios escuros caíram sobre os olhos.

— Zac te viu?

Fiz que sim.

Aiden piscou.

— Acho que quero a minha camisa de volta.

Pisquei também.

— Que chato, raiozinho de sol. Ela é minha agora.

Os cantos da sua boca mal tinham começado a se erguer quando alguém gritou:

— Os Three Hundreds são uma merda! Você é uma merda, Toronto!

Mas que porra?

Bem quando comecei a olhar ao redor para ver quem era o idiota que estava gritando, o indicador de Aiden tocou o meu queixo. Eu parei.

— Não se incomode.

— Por quê? — Tentei virar a cabeça, mas, ao que parecia, o dedo tinha a força do Hulk, porque ela nem se mexeu.

— Porque eu não ligo para o que ele pensa — respondeu Aiden, em um tom tão sério que parei de tentar olhar para qualquer lugar e me concentrei no rosto solene e bonito.

— Mas é uma grosseria. — A mão dele foi do meu queixo para a minha nuca, a palma grande envolvendo o meu pescoço. O polegar e a ponta do dedo médio pareciam se estender por quase toda a minha garganta.

— Você acha que eu sou uma droga? — ele me perguntou, sério, em uma voz baixinha o bastante para só eu ouvir.

Bufei, prestes a abrir a boca e dizer alguma bobagem, mas o polegar cravou mais, a pressão me fazendo gemer um som áspero de *puta merda, faz de novo*. Mas, de alguma forma, consegui dizer "não".

— Então por que eu deveria me importar com o que alguma outra pessoa pensa? — ele murmurou, firme e confiante.

Não baixei o rosto ao dizer a verdade a ele.

— Não consigo evitar. Não gostava de ouvir as pessoas falando de você quando eu trabalhava para você, e gosto ainda menos agora.

Aqueles olhos castanho-escuros perfuraram os meus.

— Até mesmo quando você costumava me dar o dedo do meio?

— Só porque você me deixava brava, não significa que parei de me importar com você, bobinho — sussurrei, fazendo careta, totalmente consciente dos caras sentados atrás de nós. — Eu teria feito quase qualquer coisa por você na época, mesmo quando você me dava nos nervos. Talvez eu tivesse só esperado até o último minuto para te salvar de ser atropelado, mas eu teria te empurrado para longe do carro.

Inclinei a cabeça na direção de onde o idiota tinha gritado há um minuto.

— E, bem, com certeza eu vou me importar por você estar aqui cuidando das suas coisas, vivendo a vida e um idiota que você não conhece ficar gritando esse tipo de coisa. Aquele cara não te conhece. Quem é ele para falar merda com você?

Droga, só de pensar naquilo me estiquei o pescoço e me virei, mas a mão ali me manteve no lugar. Todo aquele foco intenso do Aiden atravessou queimando a minha pele, a minha carne, continuou através do cálcio dos meus ossos e foi direto para a raiz do meu ser. As narinas dele dilataram ao mesmo tempo que o polegar fez aquele circular massageante que fez a minha perna ficar dormente.

— As únicas pessoas no mundo que podem te machucar são aquelas a quem você dá essa habilidade, Van. Você mesma disse, o cara nem me conhece. Em toda a minha vida, só me importei com o que quatro pessoas pensavam de mim. Não estou esquentando com aquele ninguém lá atrás, entendeu? — A mão se moveu, um dedo escorregando para trás da minha orelha, esfregando ao redor da concha onde ela se une à cabeça. Seco e calejado, devia ser a coisa mais íntima que alguém já fez em mim.

Palavras... respirar... a vida pareceu ficar presa na minha garganta enquanto eu olhava aqueles cílios incrivelmente longos emoldurando olhos tão potentes. A linha dos seus ombros era imponente e infinita. O rosto, tão severo e pensativo, que atingiu o meu coração, mas, de algum jeito, de alguma forma, consegui me fazer assentir, o mundo preso na minha garganta.

— Entendo.

Eu entendi. Eu entendia.

Ele se importava com o que eu pensava? Ele se explicou, suas decisões e seus pensamentos. Mas o que isso queria dizer?

Ele disse que tinha quatro pessoas na vida, e agora eu concluí que tinham sido os avós e Leslie. Quem era a outra pessoa com cuja opinião ele se importava, eu me perguntei.

Mordi a bochecha e soltei um suspiro trêmulo.

— Sei que você não liga para o que aquele otário pensa, mas isso não quer dizer que não estou disposta a fingir que ele me deu um soco no braço. Você só teria que ser a minha "testemunha". — Dei um sorriso amarelo para a minha piada. — Equipe Graves, certo?

Aiden não correspondeu o sorriso.

Sua testa inclinou para frente, e antes que eu pudesse reagir, antes que ele dissesse outra palavra para mim, ele se inclinou para frente, para frente, para frente e pressionou a boca bem do lado da minha. Um selinho. Uma dose melhor do que tequila, feita de amizade, afeto e açúcar orgânico.

Quando ele se afastou, só uns poucos centímetros, só o suficiente para os nossos olhos se encontrarem, meu coração batia em um ritmo alucinado que talvez estivesse beirando a um infarto. Não consegui segurar o sorriso. Nervosa, confusa, perplexa e pega totalmente desprevenida, eu tive que engolir em seco.

— VOLTE PARA DALLAS! — gritou o homem sentado em algum lugar atrás de nós, e o aperto que Aiden ainda tinha na minha nuca aumentou de forma imperceptível.

— Não se incomode, Van — exigiu ele, inexpressivo.

— Eu não vou dizer nada — falei, mesmo enquanto estendia a mão o mais longe possível dele e a colocava atrás da minha cabeça, estendendo o dedo do meio na esperança de que aquele idiota gritando pudesse vê-lo.

Aqueles olhos castanhos piscaram.

— Você acabou de dar o dedo para ele, não foi?

É, meu queixo caiu.

— Como você sabe quando eu faço isso? — Meu tom estava tão abismado quando devia estar.

— Eu sei de tudo — ele disse como se acreditasse mesmo nisso.

Grunhi e dei uma boa olhada nele.

— Você quer mesmo seguir adiante com esse jogo?

— Eu jogo para me sustentar, Van.

Tinha vezes que eu não podia com ele. Revirei os olhos em aborrecimento.

— Quando é o meu aniversário?

Ele me encarou.

Viu?

— Três de março, Bolinho.

Mas que porra?

— Viu? — ele debochou de mim.

Quem era esse homem e onde estava o Aiden que eu conhecia?

— Quantos anos eu tenho? — continuei, hesitante.

— Vinte e seis.

— Como você sabe disso? — perguntei, devagar.

— Eu presto atenção — declarou A Muralha de Winnipeg.

Eu estava começando a acreditar que ele estava certo.

Então, como se para selar mesmo o acordo que eu não sabia que pendia entre nós, ele disse:

— Você gosta de waffles, refrigerante *root beer* e Dr. Pepper. Você só bebe cerveja de baixa caloria, e coloca canela no café. Come queijo demais. Seu joelho esquerdo está sempre doendo. Você tem três irmãs, que eu espero jamais conhecer, e um irmão. Você nasceu em El Paso. É obcecada com o trabalho. Começa a cutucar o canto do olho quando se sente desconfortável ou brinca com os óculos. Você não enxerga de perto e tem pavor do escuro. — Ele ergueu aquelas sobrancelhas grossas. — Mais alguma coisa?

É, eu só consegui dizer uma palavra.

— Não. — Como ele podia saber de todas essas coisas? Como? Sem saber o que eu sentia, tossi e comecei a erguer a mão para brincar com os óculos antes que eu percebesse o que estava fazendo e enfiei a mão debaixo da coxa, ignorando o olhar sabido no rosto idiota de Aiden. — Eu sei muita coisa sobre você também. Não pense que você é legal ou especial.

— Eu sei, Van. — O polegar dele voltou a me massagear por cerca de três segundos. — Você sabe mais sobre mim do que qualquer outra pessoa.

Uma lembrança repentina da noite na minha cama quando ele admitiu seu medo quando criança cutucou o meu cérebro, me relaxando, me fazendo sorrir.

— Sei mesmo, não sei?

Sua expressão dizia que ele estava dividido entre estar de acordo com a ideia e ser completamente contra.

Inclinando-me para perto dele de novo, dei uma piscadinha.

— Vou levar o seu amor por pornô com mulheres maduras para o túmulo, não se preocupe.

Ele me encarou, sem piscar, sem vacilar.

— Vou desligar a luz da casa quando você estiver no banho — ele disse, tão inexpressivo, tão seco, que me levou um segundo para perceber que ele estava me ameaçando...

E quando eu, enfim, percebi, caí na gargalhada, batendo na parte interna da coxa dele sem pensar duas vezes.

— *Quem faz uma coisa dessas?*

Aiden Graves, meu marido, respondeu:

— Eu.

Então as palavras deixaram a minha boca antes que eu pudesse controlá-las.

— E sabe o que farei? Vou me esgueirar na sua cama, então, rá!

Que merda eu acabei de dizer? *Tipo, que merda, pelo amor de Deus, eu tinha acabado de dizer?*

— Se você acha que eu devo ficar com medo... — Ele se inclinou para a frente, deixando o rosto a meros centímetros de distância do meu. A mão no meu pescoço e a ponta dos dedos contornando a parte da trás da minha orelha ficaram onde estavam. — Eu não estou.

Como se o selinho que me deu não tivesse causado estrago suficiente, a forma como ele disse isso fez o meu coração voltar a acelerar. Meu peito ficou quente. Tudo o que eu pensava saber parecia estar saindo do controle.

Ele estava de brincadeira comigo. Flertando comigo. Aiden Graves. O que era isso?

Não ajudou que, antes de eu conseguir fazer meu coração voltar aos trilhos ou colocar a cabeça no lugar, meu telefone começou a vibrar. Quando vi a mensagem de Diana com uma foto, não dei muita importância.

Mas, quando destravei a tela e vi a dita foto, aquilo só me fez cambalear de novo.

Ela tinha enviado uma foto da televisão. Na tela estavam Aiden e eu sentados na arquibancada minutos antes, o rosto dele tão perto do meu, o braço ao redor das minhas costas. Parecia... bem, eu não sabia bem o que aquilo parecia, mas Aiden e eu estávamos rindo. Eu podia ver o que aquilo não parecia.

Não parecia que essa coisa entre nós era falsa.

Mas, então, isso me fez pensar. Será que o Aiden só tinha sido super amigável e ficou flertando porque suspeitou que isso aconteceria?

— Olha, ele está ali. — Dei um tapa em Aiden com as costas da mão antes de apontar para o fedelho de cabelos castanhos parado do lado de fora, rodeado pelos colegas de time e outras pessoas não ligadas à universidade. — Oscar!

Meu irmão não virou.

— Oscar Meyer Weiner! — gritei de novo.

Isso o fez virar a cabeça com um sorrisão no rosto. Erguendo uma mão, acenei e puxei brevemente a de Aiden com a outra, encorajando-o a seguir em frente.

Depois dos jogos fora de casa, ele costumava não ter muito tempo para ficar por ali, então eu quis tirar vantagem dos poucos minutos que tínhamos juntos.

Ao nos aproximarmos, vi Oscar abrindo caminho em meio à multidão, só para parar abruptamente por um segundo e olhar de Aiden para mim, antes de continuar vindo até nós. Atrás dele, mais do que alguns membros da multidão estavam olhando para a gente também.

Meu irmão estava sorrindo, mas o olhar continuou indo para Aiden, confuso.

— Por que você não me disse que vinha? — ele perguntou, enquanto eu dava um passo à frente e deixava o meu irmão me dar um super abraço, tirando meus pés do chão. Ele era mais alto do que eu há quase dez anos, e nunca me deixava esquecer.

— Eu te mandei mensagem no caminho para cá, mas concluí que o seu telefone estava desligado quando você não respondeu — falei, enquanto ele me punha no chão. Sorri para ele, colocando as mãos de cada lado do seu rosto e apertando suas bochechas. Não éramos mais super próximos, mas eu o amava pra caramba. Ele era o único na minha família que jamais me decepcionou.

Ele colocou a língua para fora e tentou lamber a minha mão.

Dei um beliscão em sua bochecha antes de afastar as mãos e dar um passo para trás, até que o meu ombro roçou na lateral do braço de Aiden.

— Oscar, Aiden. Aiden, Oscar.

Foi Aiden quem estendeu a mão primeiro.

— É um prazer te conhecer — disse Oscar, o tom um pouco surpreso ao apertar a mão de Aiden.

— Digo o mesmo. — O grandalhão recuou. — Você jogou bem.

Eu o olhei de canto de olho. Ele tinha acabado de fazer um elogio?

O rosto do meu irmão ficou rosado ao assentir. O idiota era como uma versão mais nova minha, e as palavras não eram nosso ponto forte.

— Oh, ah, obrigado. Todo mundo estava falando sobre você ter vindo ao nosso jogo — ele gaguejou antes de olhar de volta para mim, seu rosto ainda mantendo um bom tom rosado. — Não achei que vocês estivessem aqui juntos.

Dei de ombros, sem saber como responder.

— Como foi o Ação de Graças?

Oscar me lançou um olhar que dizia que a data significava para ele o mesmo que para mim.

— Nós treinamos, e a maioria de nós foi jantar na casa do treinador. E você?

— Trabalhei, depois fui para o jogo dele. — Dei uma cotovelada no antebraço do Aiden.

— Ei... — Os olhos dele dispararam para trás de mim por um segundo, um olhar desconfortável se arrastando pelo seu rosto comprido. Oscar soltou um suspiro longo e trêmulo. — Droga, Vanny. Desculpa, tá? Você me pegou desprevenido e eu esqueci...

Eu não gostava de para onde aquilo estava indo. Nunca nos desculpávamos um com o outro. Quando muito, Oscar e eu sempre entendemos o que era necessário fazer para sobreviver. Ele me deu sua bênção para eu ir para a faculdade longe dele, e eu nunca falei merda por ele passar semanas sem entrar em contato comigo.

Mas eu tinha essa terrível sensação...

— A Susie está aqui. Ao menos, ela disse que ia estar aqui.

Puta que pariu. *Puta que pariu do caralho*. Meus dentes cerraram, uma fileira alinhada sobre a outra, e tive que controlar o meu rosto e obrigá-lo a não reagir. Levou quase tudo de mim para conseguir descartar a raiva que me preenchia. De todas as vezes para vir ver Oscar, a Susie tinha que vir nessa? Desde quando ela dava a mínima para ele? Embora elas sempre tenham sido mais legais com ele do que comigo, nenhuma das minhas irmãs jamais prestou muita atenção no garoto.

— Eu vim ver você. Está tudo bem — menti. Não estava tudo bem. Eu não queria ver a minha irmã, e também não queria que ele sentisse mal por isso. Como se não estivesse a três segundos de gritar, perguntei: — Você vai voltar para Shreveport agora?

Ele fez que sim, o desconforto brutal estampado em seu rosto. Acho que ele me conhecia bem o suficiente para não se deixar enganar.

— Vou. — Oscar parou de falar, os olhos ficando doloridos de uma forma que dizia "eu sinto muito", e ele ergueu a mão para acenar para alguém atrás de mim. — Vanny, desculpa. Desculpa de verdade. Se eu soubesse que você vinha, teria dito a ela...

Para não vir? Eu poderia ser uma pessoa melhor pelo Oscar.

— Não esquenta. Não vou te fazer escolher entre nós. — Isso o fez soltar um som coaxado que eu ignorei. — Não seja bobo. Me dá um abraço.

As linhas imaculadas e jovens do seu rosto se contorceram e enrijeceram, mas ele assentiu e logo envolveu os braços ao meu redor, e sussurrou no meu ouvido:

— Vamos jogar contra a San Antonio daqui a umas semanas. Por favor, venha. Vocês dois.

Eu me afastei e meneei a cabeça de um jeito um pouco mais rígido do que gostaria. Não queria mesmo fazer o meu irmão se sentir mal, mas só saber que Susie estava nas redondezas me fazia contar até dez. Ela estar por perto, sendo que eu tinha dirigido por uma hora para ver o Oscar, me deixava ainda mais puta.

— Eu vou. Não sei quanto ao Hulk aqui e ao horário dele, mas eu vou. — Sorri para o meu irmão. — Vejo você em breve, então. Te amo.

— Eu também te amo, Vanny. — Com os dentes trincados, ele olhou para Aiden e voltou a estender a mão. — Foi um prazer te conhecer. Boa sorte no resto da temporada.

O grandalhão assentiu e apertou a mão dele.

— Obrigado. Para você também.

Senti o mal quase que na mesma hora. Vi a minha irmã e o idiota do marido dela segundos depois de me virar. Era como se o meu corpo estivesse sintonizado com o lugar que ela estava; sempre foi assim. Era um instinto protetor, tinha que ser.

Ao que parecia, ela também me encontrou em meio à multidão imediatamente. Ela olhava com raiva, a boca se contorcendo quando o olhar pulou de mim para Aiden e para mim de novo. Quase dez centímetros menor do que eu e só dois anos mais velha, Susie parecia ser muito mais velha do que era, mas isso era consequência das drogas, de beber muito e de ser uma cretina infeliz. A infelicidade envelhecia prematuramente, minha mãe adotiva disse uma vez. Ela estava certa.

Mas eu ainda não podia reunir qualquer compaixão pela minha irmã mais velha. Eu acreditava em escolhas. Nós crescemos no mesmo ambiente, fomos para as mesmas escolas e tínhamos mais ou menos a mesma inteligência, eu acho. Ela sempre foi uma pessoa cruel, raivosa e desumana, mas, aos treze anos, ela começou a fazer coisas estúpidas que levaram a coisas ainda mais estúpidas, e mais estúpidas, e mais estúpidas até estar enterrada sob tanta estupidez que jamais encontrou uma forma de sair dela.

Não dava para esperar que alguém fosse tomar conta de você melhor do que você mesmo.

Convocando cada centímetro da adulta que havia em mim, disse a mim mesma para não ser mesquinha. Eu não seria mesquinha, não importa o quanto eu quisesse. Então forcei um:

— Oi, Susie. Oi, Ricky — tanto para ela quanto para o cracudo do marido dela, o mesmo que havia me dado um hematoma e chegado muito perto de ter tido as bolas chutadas por isso.

Tão de repente quanto o pensamento surgiu na minha cabeça, o corpo enorme ao meu lado congelou onde estava. Não precisei olhar para ele para saber que toda a sua estrutura ficou rígida; eu podia sentir.

— É ele? — perguntou, numa voz baixa que fez os cabelos na minha nuca eriçarem.

— Quem? — Fui idiota o bastante para perguntar.

— O cara que deixou um hematoma no seu braço.

Minha cara de "ah, merda" deve ter sido o suficiente para ele, porque no instante em que pensei na resposta: o "*sim*, é aquele filho da puta", um músculo se contraiu na bochecha de Aiden. E ele sumiu. As pernas longas devoraram os poucos metros de concreto que havia entre nós e Susie. Antes que eu pudesse dizer uma palavra, detê-lo, dizer que o cara não valia a energia que ele gastaria se irritando, A Muralha de Winnipeg foi direto para o marido da minha irmã, parando, com eficiência, o homem de 1,78m bem onde ele estava.

Considerando que ele nunca se aproximava o suficiente de seres humanos normais para realmente ilustrar o quanto era grande, naquele momento, com os dois a meros centímetros um do outro, a diferença era impressionante. Aiden o fez parecer um anão, de todas as formas.

Mas não foi a óbvia diferença de tamanho que me deixou chocada. Foi a forma como Aiden, um atleta profissional no auge da carreira, estava reagindo. Eu nunca o vi tão parado. Ele expirava pelo nariz igual a um maldito dragão. Os bíceps estavam tão avolumados e tensos, eu podia dizer mesmo por baixo do moletom. E ele estava com a expressão mais arrogante que eu já vi em seu rosto, e isso queria dizer algo, porque eu pensava ter visto a mais irritante de todas elas. Mas a de agora fazia as outras sentirem vergonha.

Aiden estava puto. *Puto*. O rei do controle parecia querer estraçalhar o namorado/marido/que merda ele fosse da minha irmã.

E foi o que ele disse em seguida que me partiu ao meio.

A Muralha de Winnipeg encarou o homem muito menor e, com uma voz que era o mais próximo de uma declaração indiferente e imparcial possível, disse:

— Toque na minha esposa de novo, e eu vou quebrar cada osso da porra do seu corpo.

Minha esposa. Não Vanessa. Ele disse minha esposa.

Ele tinha xingado. Por mim. Pela minha honra. Ele disse a palavra com "P" e aquela devia ser a coisa mais romântica que já ouvi na vida, porque Aiden não fazia isso.

Então, ele dirigiu o olhar ácido para a minha irmã, que, de repente, pareceu mais desconfortável do que alguém em todo o mundo já esteve. Ele não disse uma única palavra, mas eu podia sentir o nojo. Podia sentir as palavras saltando em sua cabeça, moldando a sua língua. Eu tinha certeza de que Susie também podia senti-las.

Foi bem ali, naquele instante, que percebi que talvez eu estivesse um pouco apaixonada pelo Aiden. Não de um jeito parecido com a quedinha boba que tive por ele, mas diferente. Muito, muito diferente.

Merda.

Merda, merda, *merda*.

Sério?, perguntei a mim mesma. Sério mesmo, Vanessa?

Foi a porta da garagem abrindo e fechando ao meio-dia da segunda-feira seguinte que me fez salvar o meu trabalho.

Nenhum dos caras deveria estar em casa cedo assim.

Zac tinha acabado de chegar do sul do Texas na noite anterior, e ele normalmente não voltava do treino até umas três, quatro da tarde. Às segundas, Aiden não chegava antes das três. Era o dia que ele saía mais cedo na semana, e depois de ter o fim de semana de folga após o jogo de Dia de Ação de Graças, não havia como ele chegar em casa mais cedo. Segundas-feiras normalmente consistiam em um encontro com os treinadores, malhar, almoço e umas reuniões diferentes que incluíam assistir às gravações do último jogo.

Então, quem diabos estava em casa, e por quê?

Eu me levantei e gritei:

— Quem chegou? — Quando não recebi uma resposta, desci correndo, seguindo para a cozinha, e parei quando vi Aiden bebendo um copo d'água. — *Que merda aconteceu com o seu rosto?* — eu praticamente gritei no segundo que tive um vislumbre do vermelho e do roxo ao longo da sua mandíbula.

Ele colocou o copo de água sobre o balcão e me lançou um olhar entediado.

— Eu estou bem.

A cara dele nem queimou. Rodeei a ilha, de qualquer forma.

— Eu não perguntei se você estava bem. Que merda aconteceu?

Ele não respondeu enquanto colocava as mãos sob o sensor da torneira e jogava água no rosto. *Que merda ele fez?* Aiden raramente se metia em briga. Inferno, ele tinha me dito por que elas eram tão parcas e espaçadas, e eu jamais ouvi uma razão melhor para evitar algo assim. Ele não era explosivo; ele só ficava meio lá meio cá, irritado o dia inteiro.

Enquanto ele secava o rosto, eu peguei um pacote de gelo no freezer, encolhendo-me ao colocar o papel-toalha ao lado, me dando uma boa visão dos hematomas que tomariam uma bela parte do rosto dele em algumas horas.

Eu tinha percebido que ele estava evitando falar sobre o que aconteceu? É claro. Eu só não ligava.

Entregando-lhe o pacote de gelo no instante em que ele jogou fora o papel-toalha, dei um passo para trás e voltei a olhar suas feições, incrédula.

— Você foi atacado?

— O quê? — O olhar se voltou para mim enquanto ele franzia um pouco a testa. Ele se sentiu insultado. Insultado de verdade. — Não — retrucou, não de forma maldosa.

— Tem certeza? — perguntei, hesitante. Claro que ele era enorme e, com certeza, em força bruta, sem dúvida derrotaria noventa e nove por cento dos homens, mas se houvesse vários caras maiores que a média tentando dar uma surra nele, poderia acontecer. Não é? Só de pensar na possibilidade, fiquei irritada na mesma hora.

Pressionando o saco de gelo na mandíbula, ele balançou a cabeça só um pouquinho de nada, os olhos tremulando de desdém.

— Eu não fui atacado.

Essa garantia não fez nada por mim, caramba, e eu estava ficando mais brava a cada segundo. Toquei o braço dele.

— Me diz o que aconteceu, Aiden.

— Nada.

Nada. O lado direito da minha boca ficou rígido.

— Você bateu em si mesmo, então?

Aquele som de descaso disse mais do que um "não".

— Então... — A minha voz foi ficando mais baixa, não desistindo.

— Não quero falar disso. — Eu já sabia disso desde o início. Mas, por mais teimoso que ele fosse, eu também era. E não ia deixar para lá porque essa situação, os sinais claros de que ele se meteu numa briga com alguém da equipe, era um sinal do apocalipse. Aiden não dava a mínima para os colegas de time para se importar com o que eles diziam dele ou para ele.

Ele tinha dito no jogo que só havia umas poucas pessoas que ele conhecia cuja opinião importava. E eu sabia que isso não era algo que ele disse só porque sim. Ele foi sincero.

Desde sexta-feira, eu vinha dando o meu melhor para não pensar no jogo de basquete ao qual fomos. Ou, ao menos, tentei não pensar no que ele disse para o marido da minha irmã ou como ele tinha olhado para Susie, como se quisesse matá-la. A lembrança dele me agarrando pela mão e indo comigo até o carro em silêncio enquanto a raiva maculava aquele rosto bonito tinha furado um buraco direto no meu peito. Então, quando nos acomodamos no carro, ele tinha dito:

— Desculpa não ter ido com você.

Tudo o que consegui fazer foi me sentar lá e franzir a testa.

— Para onde? El Paso? — A resposta dele foi um aceno de cabeça. — Está tudo bem, grandalhão. Já são águas passadas. — Não pude evitar de estender a mão e colocá-la sobre a dele. — A propósito, foi legal da sua parte sair em minha defesa.

Bem, eu achei que tinha sido mais do que legal, mas a compreensão do que pensei que sentia era algo a que jamais queria dar voz.

Então, Aiden pareceu ter se conformado ao olhar pelo para-brisa, dentes trincados, mandíbula cerrada.

— Eu te deixei na mão muitas vezes. Não farei isso de novo.

E, bem assim, esse sentimento de pavor preencheu o meu estômago, me deixando apreensiva. Ele passou o resto do fim de semana mais afastado do que o normal. Embora não tenha ficado extrovertido desde que começamos a nos dar bem melhor, Aiden tinha se retraído mais um pouco em si mesmo. Ele malhou e terminou e começou outro quebra-cabeças, que era o sinal de que estava tentando resolver algo ou tentando relaxar.

Aquilo tudo me deixou nervosa de repente, e um tiquinhozinho de nada preocupada. Puxando uma das banquetas que ficava na ilha, eu me sentei e só encarei o rosto descolorido e severo com inquietação.

— Eu só quero saber se preciso roubar um bastão ou dar um telefonema.

Sua boca estava aberta e a postos para discutir comigo... até ele ouvir a última coisa que eu disse.

— O quê?

— Eu preciso saber...

— Para que você precisa roubar um bastão?

— Bem, ninguém que eu conheço tem um, e eu não posso ir comprar um e ter a compra registrada em uma gravação.

— Gravação?

Ele não sabia de nada?

— Aiden, qual é, se você der uma surra em alguém com um bastão, os policiais vão sair à procura de suspeitos. Assim que tiverem os suspeitos, vão fazer uma busca nas coisas deles ou nas compras que fizeram. Veriam que comprei um há pouco tempo e saberiam que foi premeditado. Por que você está me olhando desse jeito?

As pálpebras levemente roxas ficaram pesadas sobre o branco brilhante de seus olhos, e sua expressão foi preenchida por uma vastidão de emoções, uma após a outra, após a outra. Eu não tinha certeza a qual delas eu deveria me agarrar. Ele moveu o saco de gelo para o outro lado da mandíbula machucada e balançou a cabeça.

— O tanto que você sabe sobre crimes é aterrorizante, Van. — Sua boca se retorceu sob o arco-íris do que quer que ele estivesse pensando. — Me assusta pra caramba, e eu não me assusto com facilidade.

Bufei, muito satisfeita comigo mesma.

— Calma. Passei por uma fase em que assisti muita série policial. Nunca roubei nem uma caneta na minha vida.

A expressão cautelosa de Aiden não mudou.

— Eu não vou tentar matar ninguém... a menos que precisemos. — Fiz a piada sem muita vontade.

As narinas dele dilataram tão pouquinho que eu quase não vi. Mas o que não perdi foi o canto dos lábios dele se curvando em um sorrisinho.

Sorri para ele com o máximo de inocência possível.

— Então, você vai me contar quem vai ter que encarar os punhos da fúria? — Esperei ter soado tão inofensiva quanto pretendia, mesmo sentindo o exato oposto a cada segundo que passava.

— Punhos da fúria?

— É. — Ergui as mãos só um pouco para que ele pudesse vê-las. Ele não tinha ideia do número de brigas em que já entrei com as minhas irmãs ao longo dos anos. Nem sempre eu ganhava, raramente ganhava, para ser sincera, mas nunca desistia.

O suspiro que ele soltou foi longo e arrastado, e meio que me preparei para a piadinha que sairia da sua boca.

— Não foi nada. — Pronto. — O Delgado...

Os freios na minha cabeça chegaram a cantar.

— Você brigou *com o Christian*?

Ele me olhou através daqueles cílios incrivelmente longos, movendo o pacote de gelo um pouco mais para baixo na mandíbula.

— Foi.

A sensação ruim no meu estômago ficou pior.

— Por quê? — perguntei, esperançosa, o mais calma possível, mas eu tinha certeza de que a voz saiu relativamente estrangulada.

Por favor, por favor, por favor. Não seja pelo que eu acho que é. Christian tinha sido um canalha no Ação de Graças, mas não foi como se ele tivesse tentado me agarrar.

O rosto de Aiden disse tudo. A boca se abriu levemente e a ponta da língua tocou o canto dela. O breve silêncio foi impassível.

— Você poderia ter me contado — acusou ele.

Engoli em seco.

— Contado o quê?

O olhar atravessou a fileira grossa de cílios, e eu vi a mão se flexionar sobre o saco de gelo.

— O que ele te disse. Como ele age perto de você.

Zac. Eu ia torcer o pescoço dele.

— Vou te dizer o que eu disse para o Zac: não é grande coisa.

O grandalhão ficou parado feito uma pedra. Um músculo saltou em sua mandíbula e uma veia começou a pulsar em seu pescoço.

— É grande coisa, Vanessa. Zac mencionou a história para mim um pouco antes de partir, mas pensei que, se fosse grande coisa, você teria dito ou feito alguma coisa. *Você não o fez.* — Ele nivelou aquele olhar escuro e zangado para mim, a mandíbula cerrada. — Eu vi a forma como ele te olhou depois do jogo. Eu ouvi a forma como ele falou com você quando eu estava bem ali. Ele sabe que somos casados, e mesmo assim fez aquela merda.

Ele tinha acabado de xingar pela segunda vez em uma semana?

— Eu não estou bem com isso — declarou ele, com uma voz incrivelmente profunda, a coluna reta e os ombros para trás. — Eu não estou bem com você sempre pensando que precisa lidar com as coisas sozinha.

Fiquei cheia de remorso, mas só por um segundo. Empertiguei as minhas costas e olhei feio para ele na mesma hora.

— Você não precisava ter entrado numa briga com ele por causa disso, Aiden. Eu não quero essa culpa na minha cabeça. A última coisa que quero é você ficando bravo consigo mesmo mais tarde.

Além do mais, o que eu poderia ter feito? Dito a Aiden que o companheiro de time dele tinha tentado me cantar? Ele não teria feito nada. Eu sabia que não seria o caso. O Aiden de poucos meses atrás também sabia.

— Eu tive que fazer, e faria de novo.

Pisquei. Então pisquei um pouco mais, tendo que olhar para o teto para escolher as palavras. Um toque na lateral do meu rosto me fez inclinar a cabeça para olhar dentro daqueles profundos olhos castanhos.

Tudo nele era seriedade e intento.

— Eu sei que você acha que eu não ia dar a mínima — ele disse, naquela voz sussurrada que sangrava solenidade —, mas eu daria. Eu dou. Estamos nessa juntos.

Minha boca ficou seca de repente, e fiz que sim.

— Sim.

— *Confie em mim*, Van. Me conte. Eu não vou te decepcionar.

É, a minha garganta e a minha língua pensaram que estavam no Sahara. Meus olhos, por outro lado, queriam ser a Amazônia. Eu nem sequer percebi que precisava fungar, até que funguei. Mesmo que continuasse dizendo a mim mesma nesses últimos dois dias que eu imaginava estar um pouquinho de nada apaixonada por ele, meu coração sabia a verdade. Eu estava. Eu odiava, mas estava. Reconheci o sentimento, senti aquela agitação no peito. Eu estava, se não mais do que um pouco, me apaixonando por Aiden. Meu marido de conveniência.

E era terrível. Eu não tinha o direito. Não tinha nada que fazer isso. Foi um acordo entre duas pessoas que mal se falavam. Como eu poderia continuar nisso pelos próximos cinco anos? O que diabos eu ia fazer com isso?

Eu não tinha ideia.

— Você acredita em mim, não é? — ele perguntou, me arrancando dos meus pensamentos.

Eu me obriguei a focar no rosto que era tão familiar para mim quanto o do resto dos meus entes queridos: a boca firme, as linhas duras das maçãs do rosto, os pelos grossos das sobrancelhas. Controle e disciplina em carne e osso.

Fiz que sim, me forçando a fazer o meu melhor para dar um sorriso tranquilo e totalmente mentiroso.

— Acredito. É claro que acredito. — Toquei-o no antebraço. — Obrigada de novo por me defender.

Ele resmungou.

— Pare.

Meu sorriso ficou um pouco mais genuíno.

— Tenho uma pomada para hematomas, vou pegar.

Aiden virou a cabeça como se eu estivesse prestes a enfiar um cachorro-quente na sua boca.

— Você sabe que não me importo com os hematomas.

— Que pena. Eu sim. Aquele cara pode ficar todo roxo amanhã, e eu espero muito que fique, mas prefiro que você não. — Estremeci com o cortezinho no lábio dele. — O que ele teve que fazer? Dar uma corrida de impulso para alcançar o seu rosto?

Aiden caiu na gargalhada, e nem fez careta quando o corte se abriu.

— Sério, Aiden. — Ergui a mão para tocar a mandíbula ferida, bem devagar, com a ponta dos dedos. — Ele te socou de surpresa?

O grandalhão balançou a cabeça.

— Ele conseguiu mesmo dar um golpe justo? — Eu não ia mentir. Estava um pouco decepcionada. Aiden levar um soco era quase como descobrir que o Papai Noel não existia. Ele tinha entrado em um punhado de brigas ao longo da carreira, eu vi gravações na internet quando compartilhei na página de fãs dele porque as pessoas eram perversas e amavam esse tipo de coisa, e mesmo ele não sendo um babaca esquentadinho que gostava de arranjar briga sem motivos, a cada vez que acontecia, ele dava uma surra em quem fosse que tentava iniciar uma com ele.

Era impressionante. O que mais eu poderia dizer?

Então, ele me deu aquele olhar idiota que me deixava louca, e eu fiz careta.

— Não. Eu me certifiquei de que ele me acertasse primeiro, e deixei ele me acertar duas vezes antes de revidar — explicou.

Esse filho da puta sorrateiro. Acho que nunca estive tão atraída por ele, e isso inclui todas as vezes que o vi de bermuda de compressão.

— Aí, ele levaria a culpa?

O canto da sua boca se repuxou em um sorrisinho presunçoso.

— Você vai ficar muito encrencado?

Ele ergueu um ombro gigante.

— Talvez apliquem uma multa no meu *game check*. Não vão me deixar no banco. Estamos muito à frente na temporada.

Isso me fez engasgar.

— O *game check*? — Um dezessete avos do salário anual. Isso seria milhares. Centenas de milhares. Uma quantia ridícula de dinheiro. O mundo inteiro poderia ver na internet o quanto ele ganhava por ano. Todo esse dinheiro era dividido em dezessete pagamentos que eram depositados ao longo da temporada regular. *Todo esse dinheiro*. Eu tive que me curvar e apoiar as mãos nos joelhos, já quase tendo ânsia. — Eu vou vomitar.

O suspiro que ele soltou entrou por um dos meus ouvidos e saiu pelo outro.

— Pare. Você não vai vomitar. Me deixa ir tomar banho e aí eu passo essa pomada — ele disse, me dando um leve tapinha nas costas.

Ele estava errado. Eu ia vomitar. Como assim ele tinha simplesmente jogado fora esse tanto de dinheiro? E pelo *quê*? Só porque o Christian era um idiota que pensava que as regras de convívio em sociedade não se aplicavam a ele?

Eu conhecia o Aiden. Sabia que ele tinha o autocontrole de um santo. Ele pensava muito nas decisões que tomava. O grandalhão nem sequer gostava de bater nas pessoas, nem nada do tipo. Ele pensou bastante no que faria para saber que queria que o Christian desse o primeiro soco. Eu não ia pensar que ele não tinha levado em consideração as repercussões por entrar em uma briga.

E ele tinha feito por mim.

Que idiota. Ele podia ter se limitado a me dar o dinheiro e teria sido o suficiente para me fazer esquecer daquela fuinha tentando enfiar a língua na minha garganta enquanto tentava agarrar a minha bunda mais de um ano atrás.

Mas, por mais que eu pensasse que era muita idiotice perder um *game check*, essa explosão de algo cálido e especial preencheu o meu coração antes de ser logo substituído pela culpa.

Subi correndo, peguei a pomada fedorenta para hematomas e que agia feito um milagre, e desci, sabendo o que precisava fazer para ajudar a aplacar um pouco da responsabilidade que sentia pelo que aconteceu.

Peguei umas coisas na geladeira e na despensa, e liguei o fogão para fazer uma refeição rápida para o meu quase cavaleiro em uma armadura brilhante.

Quando ele desceu pouco tempo depois, a quinoa tinha acabado de cozinhar e eu estava desligando o fogão.

— O cheiro está bom — comentou, dando a volta para pegar um copo no armário e enchê-lo com água. — O que você está fazendo?

— *Chana masala* — respondi, sabendo que ele estava bem ciente do que era.

Não fiquei surpresa quando ele soltou um barulho de fome ao apoiar o quadril no balcão e observar enquanto eu pegava uma das tigelas grandes de misturar em que eu sempre punha as refeições dele e adicionava o espinafre. Eu o espiei pelo canto do olho e reparei nas cores ao longo das linhas firmes do seu rosto.

Isso me deixou irada.

— Que cara é essa? — perguntou o homem que uma vez pensei que não sabia muito sobre mim, enquanto eu media duas xícaras do grão e jogava na tigela.

Encolhendo um ombro, adicionei três xícaras de grão de bico por cima de tudo.

— O seu rosto está me deixando louca.

Ele riu, e eu gemi, percebendo como aquilo soou.

— Eu não quis dizer isso. Você tem um rosto bacana. Muito bonito. — *Cala a boca, sua idiota. Só cala a porra da boca.* — São os hematomas. Eu me sinto mal. Eu deveria ter tomado uma atitude quando aconteceu em vez de fazer você lidar com o assunto.

Entregando a tigela gigante, ele a segurou entre nós, me olhando nos olhos. O rosto estava pensativo e tão aberto quanto possível, mas percebi que não havia mais um traço de raiva nele. Ele não estava mesmo aborrecido pelo que aconteceu, nem um pouco.

— Não esquenta. Fiz o que que queria fazer.

Ele sempre fazia o que queria fazer. Qual era a novidade?

— É, mas aconteceu há muito tempo.

— E isso me faz me sentir ainda mais responsável, Van.

Franzi a testa.

— Pelo quê?

— Por tudo. Por não notar. Por não me importar. Por não fazer você sentir que podia me contar as coisas. — A voz dele estava rouca, e só um pouquinho áspera.

Meu coração doeu.

Doeu mesmo naquele breve segundo que se seguiu à confissão.

Sendo realista, não era como se eu não soubesse que não éramos melhores amigos quando eu trabalhava para ele. Eu sabia, droga. *Eu sabia*. Mas ouvi-lo dizer...

Parecia uma queimadura super recente em um lugar delicadamente esfolado. Esse lugar sendo bem entre os meus seios. O lugar mais importante de todos.

Levou cada grama da maturidade emocional que havia em mim para eu não... bem, não tenho certeza de como eu poderia reagir. Mas percebi, quanto mais reprimia a mágoa, que eu não poderia, não deveria, usar a honestidade dele contra ele. Não era novidade. Ele não tinha se importado comigo, e tinha me dado como certo. Ao menos ele percebia isso agora, não é?

É, me dizer aquilo não estava ajudando muito. Meus olhos queriam ficar marejados, e eu não ia deixar. Não era culpa dele.

Eu me certifiquei de olhá-lo nos olhos.

— Está tudo bem. Você tomou uma atitude agora. — Dei um passo para trás. — Aproveite a comida. Comecei a montar a árvore hoje de manhã, mas parei para responder uns e-mails. Vou lá terminar.

Aqueles olhos cor de chocolate vagaram pelo meu rosto por um segundo e eu soube, mesmo ele não dizendo nada, que tinha sido pega.

Seja por ele não querer lidar comigo toda sentimental, seja por entender a minha necessidade de lamber as feridas em privado, ele manteve as palavras para si mesmo e me deixou sair da cozinha com o meu coração queimando nas beiradas.

Deixei uma bela bagunça na sala naquela manhã. Uma bomba de papel de seda parecia ter explodido, e caixas estavam espalhadas por toda parte. Eu tinha ido comprar decorações e enfeites natalinos ontem, e gastei muito dinheiro, mas não liguei porque esse seria o primeiro ano que eu ia mesmo ter uma árvore só para mim. Não tinha me dado ao trabalho de montar uma no meu apartamento porque eu ficava fora tanto tempo e também não havia muito espaço. Em vez disso, eu armava uma árvore de um metro que já vinha com luzes e colava os enfeites. Esse ano, no entanto, a arvorezinha estava no meu quarto.

Aqui, na casa do Aiden e do Zac, peguei um pinheiro Douglas de 2,10m que Zac me ajudou a carregar e armar ontem à noite. Em uma casa cheia de homens altos, não havia uma única escada por perto, então recorri a um banco, que foi arrastado até a sala e que me ajudou a alcançar lugares que eu não alcançaria sozinha. As luzes tinham sido postas de manhã, e eu tinha colocado uns enfeites também.

Normalmente, eu amava montar a árvore. Tivemos umas na casa da minha mãe algumas vezes, mas foi só quando fui morar com meus pais adotivos que armar e decorar uma árvore se tornou algo importante. Ao subir no banco, não pude ignorar o pensamento que circulava no fundo da minha mente.

Ele não tinha dado a mínima para mim.

Ou ao menos não tinha me dado valor.

O segundo pensamento foi tão amargo quanto o primeiro.

Trabalhei em silêncio por um tempo, envolvendo um belo laço vermelho ao redor dos galhos, então dei um passo para trás para ajustá-lo. Tinha acabado de começar a abrir mais caixas de enfeites quando senti outra presença no cômodo.

Aiden estava de pé entre o corredor e a sala, o olhar percorrendo o lugar, reparando no resto das decorações que eu tinha colocado. As velas de rena, uma árvore de Natal vermelha e brilhante feita de fios, a guirlanda na lareira e, por fim, as três meias penduradas, nas quais eu tinha costurado lantejoulas na noite passada, e que mostrava a primeira letra do nosso nome. Preta para o Aiden, verde para o Zac e dourada para mim.

Por fim, ele afastou o olhar das meias e perguntou:

— Precisa de ajuda?

Eu não vou levar para o lado pessoal, disse a mim mesma.

— Claro. — Segurei, na direção dele, a caixa que tinha acabado de abrir.

Aiden a pegou, olhou das decorações para a árvore e de novo para mim.

— Onde quer que coloque?

— Em qualquer lugar.

Dando um passo mais próximo do objeto dos nossos talentos decorativos, ele me lançou um olhar.

— Onde você quer os coloque, Van? Tenho certeza de que você já planejou.

Eu tinha, mas não ia encher o saco da pessoa que estava me ajudando.

— Qualquer lugar, desde que não fiquem próximos demais... Sério. Só não os quero muito próximos... e talvez mantê-las no alto, já que são pequenos. Os enfeites maiores ficam mais para a parte de baixo.

Os cantos da sua boca se contorceram, mas ele assentiu com seriedade e começou a trabalhar.

Ficamos lá diante da árvore por uma hora, lado a lado. O braço dele roçava o meu, o meu quadril roçava o dele, e mais que um punhado de vezes, ele me pegou tentando subir no banco antes de tirar qualquer que fosse o enfeite que estivesse na minha mão e pendurá-lo ele mesmo. Nenhum de nós falou muito.

Mas assim que acabamos, demos uns passos para trás e observamos todos os 2,10m em toda a sua glória.

Eu tinha que confessar, a árvore estava linda, mesmo parecendo muito menor com Aiden perto dela. Vermelho e dourado com toques de verde aqui e ali, enfeites de vidro pendendo dos galhos e contornada pela fita. Era com esse tipo de árvore que eu sonhava quando criança. Olhei para Aiden. O rosto dele estava límpido e pensativo, e imaginei em que ele estava pensando. Em vez de perguntar isso, fui com a opção mais segura:

— O que você acha?

Suas narinas dilataram só um pouco e um sorriso suave, suave, suave repuxou o canto da sua boca.

— Parece algo saído de um shopping.

Esfreguei o braço e sorri.

— Vou aceitar como um elogio.

O homem inflexível assentiu.

— Está legal.

Está legal? Vindo do Aiden? Eu interpretaria como um "está incrível" vindo de qualquer outra pessoa. Quanto mais eu olhava para ela, mais gostava, mais feliz ela me fazia e mais grata eu ficava por tudo pelo que tinha que ficar grata.

Graças ao Aiden, eu estava morando numa casa maravilhosa. Graças ao Aiden, eu tive dinheiro para comprar os enfeites, as decorações e a árvore. E, graças ao Aiden, eu tinha conseguido economizar o bastante para ir atrás dos meus sonhos.

Talvez não tivéssemos sido almas gêmeas, e talvez ele não tivesse mesmo se importado pelo que eu trazia para a vida dele até eu ter ido embora, mas eu tinha tanto por causa dele. E continuaria a ter por causa dele também. A percepção suavizou o suficiente da mágoa de uma hora atrás para que eu pigarreasse e dissesse:

— Aid...

Ele me interrompeu.

— Você vai pendurar luzes lá fora?

— Vocês passaram o dia fazendo isso?

— Sim. — Fizemos tudo em questão de horas.

Depois de termos ido a duas lojas para comprar pisca-pisca suficiente para decorar a casa, as viagens terminaram valendo a pena. Luzes de LED redondas e azuis contornavam o telhado e a garagem. Dois pacotes diferentes de pisca-pisca tiveram que ser usados para envolver o pilar da porta da frente. Outra caixa foi usada em volta da janela maior, e eu enrolei mais uns nos galhos da árvore do quintal da frente.

— Você e o Aiden fizeram isso? — Zac perguntou, então, com os braços cruzados sobre o peito. Eu estava lá fora colocando as últimas luzes quando ele estacionou a caminhonete na garagem.

— Uhum. Ele até subiu no telhado comigo, mesmo eu dizendo para ele entrar antes de cair ou que um dos vizinhos ligasse para o time e contasse o que ele estava fazendo. — Havia especificidades no contrato listando o que ele estava proibido de fazer: pilotar qualquer coisa com rodas, incluindo, mas não limitado a motocicletas, scooters, ciclomotores, patinete e skate elétricos e comuns. Ele não podia fazer nada que necessitasse de um termo de responsabilidade, tipo paraquedismo. E também havia uma nota específica no contrato que dizia que ele não podia chegar perto de fogos de artifício.

Li o contrato dele um dia quando o encontrei salvo em uma pasta no computador e eu estava entediada.

A exata resposta de Aiden à minha tentativa de expulsá-lo tinha sido:

— Não me diga o que fazer.

Às vezes, eu queria muito enforcá-lo por ser tão teimoso. Mas, bem, tinha sido ele quem falou de colocar pisca-pisca lá fora, sendo que eu não tinha me preparado para isso, só porque eu não queria pendurá-las sozinha.

Zac deu um riso debochado, as mãos no bolso.

— Não estou surpreso. Quanto tempo levou?

— Três horas.

Ele olhou para o relógio e franziu a testa.

— Que horas ele chegou em casa?

Eeee isso me lembrou do que ele tinha feito, do que ele tinha dito. Fiz careta e murmurei:

— Pouco depois de meio-dia. — Sabia que isso iria fisgá-lo.

Linha, anzol e chumbada.

— Como assim? Nas manhãs de segunda, as reuniões da defesa costumam ir até as duas.

Eu dei um soco no braço dele.

— Você me diz, bocão.

O sr. Intrometido se empertigou.

— O que eu fiz? — Ele mal tinha feito a pergunta quando seus olhos se arregalaram um pouco e o queixo caiu, as orelhas parecendo estar de pé.

— Você contou a ele sobre o Christian, caguete. Você sabe o que acontece com caguetes?

— Morrem pela boca?

Eu o soquei de novo.

— Isso mesmo! Ele se meteu numa briga com aquele lá hoje.

Zac ficou boquiaberto. Para ser sincera, eu amava o Zac. De verdade.

— Não!

Tudo bem, ele me deu nos nervos por contar ao Aiden o que aconteceu, mas ele ainda era tão engraçado que parecia mentira.

— Sim! Aiden brigou com ele! — A boca de Zac se abriu ainda mais, os olhos azuis indo de um lado para o outro como se ele não pudesse lidar com o que eu estava dizendo. — Ele brigou...

— O Aiden?

— Sim.

— O nosso Aiden?

Assenti, solene.

Zac ainda não acreditava em mim.

— Tem certeza?

— Ele me contou. E tem hematomas para provar.

— Não. Ele não faria isso. — Ele olhou para longe e de volta para mim.

— *O Aiden?*

— *Sim.*

Ele abriu a boca e a fechou em seguida.

— Eu não sei... — Os lábios dele se moveram, mas nada saiu. — Ele não...

— Eu sei. Eu *sei* que ele não.

— Por que ele levou tanto tempo? Contei já tem uma semana — apontou ele do nada, exasperado.

Bom Senhor. Ele estava fazendo careta porque o Aiden levou tempo demais. Aff.

— Porque, quando eu fui para o jogo do Dia de Ação de Graças, o Christian me chamou de docinho ou algo assim, e estava só sendo um idiota no geral. Espera... Não importa. O que você contou para ele? Eu te disse como amiga. Círculo de confiança.

Zac bufou e me deu uma olhada que lembrava um pouco demais a de Aiden.

— Por que eu não diria a ele?

— Porque não era importante.

É, ele estava mesmo fazendo uma das caras do Aiden para mim.

— Se fosse comigo com quem você estivesse casada, eu ia querer que ele me contasse.

— Traidor. — Fazia sentido, mas eu não ia admitir.

O louro bufou.

— Van, pense no assunto por um segundo. O Aiden não... ele não vai te dar um abraço, dizer que você é bonita e que você é a melhor amiga dele, mas eu conheço o cara e ele se importa com você.

Só agora.

— Se eu morrer, ele não vai conseguir acertar a situação dele com facilidade.

Os olhos azuis se estreitaram e ele apontou para a porta.

— Se você morrer, quem mais o Aiden teria para dar a mínima para ele?

O que isso queria dizer?

— Vamos entrar. Estou morrendo de fome — terminou ele.

Dei mais uma olhada naqueles olhos azul-claros e o segui. Mal tínhamos aberto a porta quando o persistente toque do celular de Aiden começou em algum lugar na cozinha. Ignorei, fui até a geladeira e tirei a comida que sobrou do dia anterior.

— O que você tem aí? — perguntou Zac, olhando por cima do meu ombro enquanto eu colocava a comida no prato.

— Macarrão. — Eu só entreguei. Não havia razão em perguntar se ele queria. É claro que ele queria.

— Delícia — disse ele, sem nem provar.

O celular do Aiden começou a tocar de novo assim que coloquei o prato no micro-ondas. Quando terminou de esquentar, o telefone parou de tocar e começou de novo. Eu me sentei para comer, e ele começou a apitar. *De novo.*

— Quem está ligando para ele? — Zac perguntou, de pé na frente do micro-ondas, observando a comida dele esquentar.

Inclinando-me para o lado, puxei o telefone e olhei a tela.

TREVOR MCMANN piscava lá. Aff.

— O Trevor — falei.

Zac soltou um som pouco elegante.

— Aposto que ele está ligando por causa de hoje.

Estremeci. Capaz de ele estar certo.

— Você já falou com ele?

— No Ação de Graças. Concluí que, se ele começasse a falar um monte de besteira, eu podia passar o telefone para a minha mãe — confessou, com uma risada.

O celular começou a tocar de novo. Santa paciência. Peguei o telefone e hesitei. Era culpa minha. Não era?

— Eu vou atender. Eu devo atender?

— Pelo bem da Equipe Graves.

Droga. Atendi.

— Alô?

— Aiden, mas que...

— É a Vanessa. — Fiz careta para o Zac ao articular com os lábios: "Por que eu fiz isso?".

— Ponha o Aiden na linha — ordenou ele, sem fazer rodeio.

— Ah, eu acho que não — respondi logo.

— O que você quer dizer com acho que não? Ponha o Aiden na maldita linha.

— Que tal você segurar a onda? Ele está dormindo. Eu não vou acordar o Aiden, meu amigo. Se quiser deixar recado, passo para ele. Se não, aviso que você ligou. — De qualquer forma, eu não diria merda nenhuma ao Aiden. O Trevor só não precisava saber.

— Droga, Vanessa. *Eu preciso falar com ele.*

— E ele precisa dormir.

Trevor fez um barulho que era mais um bufo e menos que o quê? Um grunhido. Eu podia dizer o quanto ele estava puto, o quanto achava que a conversa que queria ter com o Aiden parecia ser importante. Acontece que eu não ligava.

— Você e eu não tivemos a oportunidade de conversar ultimamente, mas não ache que me esqueci de você. Essa merda hoje é culpa sua. Eu sei que é.

— Não sei do que você está falando, e tenho certeza de que o Aiden te paga para dar apoio a ele, não para ligar e passar sermão. Sei que tenho certeza absoluta de que não quero te ouvir agora. Então, vou me certificar de que ele saiba que você ligou.

— Vanessa! — o filho de um babaca teve a coragem de gritar.

— Grite comigo de novo, e vou garantir que você se arrependa, me ouviu? Acho que você tem coisa demais para se preocupar sem me adicionar à lista — rosnei ao telefone, ficando mais irritada a cada segundo.
— E aproveita e sossega o facho de querer falar com o Aiden. Não gosto que você o trate feito criança.

— Você é um pé no...

Afastei o celular da orelha e com a outra mão mostrei o dedo do meio para o telefone. Voltando com o aparelho para o ouvido, falei:

— Seu saco, eu sei. Vou avisar que você ligou, mas vou só te aconselhar a se acalmar antes de falar com ele.

— Ele brigou com o Christian por causa de você, não foi?

— Se você o conhecesse o mínimo, saberia que ele não faz nada sem uma razão, então pense nisso.

Trevor fez um barulho através da linha, que eu tratei de ignorar.

— Vou avisar que você ligou. Tchau.

É, eu posso ter enfiado o dedo no celular de novo de forma muito mais agressiva do que era preciso, mas senti que era necessário, já que não tinha um telefone para bater no gancho.

— Ele é babaca pra caralho... — comecei a dizer ao olhar para cima, só para encontra Zac com uma mão cobrindo os olhos.

Foi quando eu senti.

Virando-me devagar no banco, encontrei Aiden parado na cozinha com as sobrancelhas erguidas.

— Eu odeio esse cara. — Ergui o aparelho para ele. — E talvez seja melhor você desligar o celular antes que ele volte a ligar.

Horas mais tarde, eu estava no meu quarto quando Zac entrou, os olhos brilhando, e sua expressão era aquela de garotinho que me deixava de bom humor.

— Advinha só.

Pausei o programa que estava assistindo e ergui as sobrancelhas, sentando-me mais ereta no colchão.

— Não sei. O quê?

— Eu encontrei — ele disse, ao deslizar, de pijama, pelo chão, segurando o celular.

Isso me fez me empertigar.

— O que você encontrou?

Zac se sentou na beirada da cama bem ao meu lado. As costas estavam para a cabeceira enquanto ele erguia a tela entre o pequeno espaço entre nós.

— Olha.

Foi o que eu fiz.

Maximizado na tela estava a imagens de dois homens usando o uniforme dos Three Hundreds sem as proteções. Eu não precisava olhar para o número na camisa do homem maior para saber que era o Aiden; eu conhecia o corpo dele. Eu conhecia aquele corpo como a palma da minha mão.

Além do mais, ele estava sem o capacete, que estava pendurado em sua mão direita. Eu tive, no entanto, que pensar por um momento no cara parado a poucos metros dele. Número oitenta e oito. Christian.

Eles eram as únicas pessoas na câmera. Com cerca de um metro e meio entre os dois, ambos encaravam o campo onde se podia presumir que estava o resto do time. Não havia som, infelizmente.

Na tela, Christian pareceu virar bem quando Aiden colocou as mãos nos quadris, a linguagem corporal enganosamente relaxada, não fosse pelos ombros.

Só levou alguns segundos para Christian jogar os braços para o lado e dar dois passos em direção ao homem com quem eu era casada. Ele assumiu a postura de confronto antes mesmo de tirar o capacete e jogá-lo longe, os pés cobrindo os dois passos que havia entre ele e Aiden.

O grandalhão se ergueu, as mãos se flexionando diligentes nos quadris. Talvez ninguém mais fosse notar o movimento, mas eu sim. O rosto de Christian estava visível na tela, as bochechas ficaram vermelhas, a boca se abrindo mais, no que se podia presumir que fosse um grito.

E foi então que aconteceu.

O punho de Christian voou e a cabeça de Aiden recuou bem de leve. O grandalhão deu um passo para trás e as mãos caíram para o lado.

Christian bateu de novo.

O homem conhecido como A Muralha de Winnipeg deixou o capacete cair no chão quase que de forma casual. As mãos grandes se flexionaram e esticaram pouco antes de ele avançar. O punho enorme se ergueu e golpeou; a cabeça de Christian foi para trás. Aiden bateu de novo com a mão esquerda dominante, o corpo enorme erguido e elevado acima do homem menor por aquele ângulo, de modo que a única coisa visível depois do segundo golpe foi Christian no chão assim que os jogadores corriam até eles.

Ao se afastar, Aiden permitiu que o puxassem, o foco fixo no *wide receiver* no chão enquanto eles eram rodeados pelos outros jogadores e pela equipe.

Zac bateu o polegar na tela, virando a cabeça para mim, os olhos arregalados.

Eu só pude encará-lo com a boca levemente aberta. Tudo o que conseguimos fazer foi piscar um para o outro.

E nós dois dissemos a mesma coisa ao mesmo tempo:

— Puta merda.

O rosto horrorizado de Diana me avisou do que ela estava prestes a dizer antes mesmo que dissesse em voz alta.

— Entre antes que alguém te veja — ela praticamente sibilou.

Eu me certifiquei de que ela me visse revirar os olhos ao passar e entrar no apartamento. É, eu sabia que tinha cerca de dois centímetros de raiz aparecendo, mas não ligava. A única razão para eu não ter pintado do tom natural de castanho avermelhado foi porque enviei uma mensagem pela primeira vez desde o Ação de Graças perguntando qual tinta de farmácia ela recomendava, e recebi um: **Você já me levou além do limite. Compra isso e eu te mato.**

Foi por isso que me vi dirigindo por uma hora para visitá-la em seu dia de folga umas semanas depois do Ação de Graças, suportando seu sorriso de escárnio enquanto ela olhava o meu cabelo. Juro que a garota deve ter estremecido um pouco.

A repulsa não foi o bastante para me impedir de dar um beijo em sua bochecha e um tapinha na bunda que dizia "oi". Fazia tempo demais que tínhamos nos visto. Ela já havia fingido estar com raiva por tempo bastante.

Ela revidou o tapinha enquanto os olhos vagavam por mim rapidamente.

— Exceto pelo cabelo, você está muito bem.

Eu me sentia muito bem.

— Estou correndo quatro vezes por semana e fazendo bicicleta ergométrica, uma vez.

Diana me observou novamente.

— Capaz de você ter que comprar roupas em breve.

— Talvez. — Dei de ombros ao olhá-la, não tão subconsciente ao procurar por marcas de dedo na pele exposta. Não encontrei nenhuma, mas notei que ela estava com olheiras. — Você parece cansada.

O fato de ela não ter me mostrado o dedo, sendo que essa teria sido sua reação normal, não me atingiu até muito depois.

— Estou mesmo. Obrigada por reparar. — Ela sabia bem que não deveria esperar as minhas desculpas. — Venho fazendo turnos duplos, e não estou dormindo o suficiente. Estou virando você.

— Uma mulher bem-sucedida e trabalhadora. Acho que vou até derramar uma lágrima.

— Ah, vai se foder. Vá para a cozinha e tire a camisa — ela não resistiu. Eu nem sequer tive a oportunidade de fazer uma piada sobre ela querer me despir antes de Diana me deter com um gesto de mão. — Isso não é *Striptease*. Não vou te dar um dólar nem te levar para jantar primeiro.

— Justo — murmurei, e fui em direção à cozinha, onde tirei a camisa.

— Então... como você anda? — ela perguntou devagar e de forma estranha.

Respondi com o mesmo tom monótono.

— Bem. E você?

— Bem — respondeu a voz robótica da minha melhor amiga.

Nossos olhos se encontraram e ambas sorrimos. Ela empurrou o meu ombro e eu tentei beliscá-la na barriga.

— Estamos bem agora? — indaguei, com uma risada.

— É, estamos bem. Agora me conte tudo o que perdi.

Passamos a hora seguinte conversando. Contei a ela sobre o Ação de Graças e o jogo de Aiden. Vinte daqueles minutos consistiram em nós repassando o jogo do meu irmão, Susie ter aparecido e o que Aiden disse para o marido dela, e então explicando o ódio na cara do grandalhão quando ele encarou a minha irmã. Contei sobre ele ter me ajudado com os pisca-piscas e a árvore de Natal. Como ele se meteu numa briga com Christian, de quem ela lembrava com muita clareza daquela noite do bar, pois ameaçou dar uma surra nele depois que contei o que tinha acontecido.

Quando terminamos, ela me colocou debaixo de um capacete que parecia algo saído de um programa espacial da NASA. Minha amiga estava impressionada.

— Jesus — ela disse, duas vezes.

— Pensei que eu já tivesse superado essa fase da minha vida.

— Não brinca. Parece algo saído daquelas novelas que a minha mãe assiste.

— As mesmas que costumávamos assistir com ela — apontei. Foi assim que aprendi espanhol.

Diana riu do seu lugar à minha frente, sentada de pernas cruzadas.

— A gente ia correndo para casa depois da escola para assistir, não era? — Ela fez um som saudoso. — Parece que foi há eras, né?

Parecia mesmo. Assenti. Aquelas eram uma das minhas lembranças mais queridas antes de me mudar para o outro lado da cidade e nunca mais ter a experiência. Embora viver com a minha mãe tenha me deixado com um punhado de boas memórias e uma dúzia de terríveis, ainda tinha sido tudo o que eu conhecia.

Di pareceu espantar qualquer memória distante em que pensava e perguntou:

— O que você vai fazer?

— Com o quê?

— Com o seu marido. Quem mais?

Ela poderia estar falando da minha irmã. Espertinha.

— Nada.

Diana me lançou uma cara que dizia "Com quem você acha que está falando?".

— Não me venha com "nada". Você ainda está caidinha por ele. Eu posso ver.

Abri a boca para dizer que não estava caidinha por ninguém, mas ela fez aquela coisa com a mão de novo, me detendo.

— Você vai mesmo tentar mentir para mim? Eu posso ver, Vanny. Se liga. Você não pode esconder nada perto da mestra. — Escondi o meu casamento dela, mas para que trazer o fato à tona? — A mim, parece que ele também gosta de você. Não acho que ele passaria tanto tempo com você se não fosse o caso.

Tudo o que pude fazer foi deixar escapar um grunhido contido.

— Vocês ficarão juntos pelos próximos cinco anos. Por que não tirar melhor proveito disso? — ela contribuiu.

Eu queria brincar com os meus óculos, mas mantive a mão abaixada.

— Fizemos um acordo, Di. Era para isso ser uma transação comercial. Não é culpa dele eu ser uma idiota.

— Por que você é uma idiota? Porque quer alguém que te ame?

— Porque ele não ama nada. Ele não quer. Imagina a esquisitice que seria se eu dissesse ou fizesse alguma coisa? Não vou dar para trás no nosso acordo agora. Ele gosta de mim, mas é só isso.

Se havia alguém no mundo que me conhecia quase tão bem quanto eu, esse alguém era ela. E o que ela disse a seguir confirmou:

— Vanny, eu te amo pra caramba. Você é minha irmã de pais

diferentes, sabe, mas você tem uma ideia muito bagunçada de pelo que está disposta a lutar ou a arriscar. Não sei se ele é ou não capaz de te amar, mas qual é o pior que pode acontecer? Vocês estão casados. Ele não vai se divorciar de você agora.

O que de pior pode acontecer? Eu perderia o meu amigo.

Diana estendeu a mão e puxou a bainha do meu jeans.

— Faça o que achar melhor. Só quero que seja feliz. Você merece.

Enruguei o nariz, não querendo falar mais de Aiden. Toda vez que falava, ainda mais quando o assunto envolvia a palavra com A, meu corpo todo doía.

Durante a vida, já amei pessoas o suficiente que não me corresponderam e não me dei ao trabalho de esconder o fato. Então, acho que Diana estava certa, havia um tanto de risco que eu estava disposta a correr.

Era deprimente.

Pigarreando, apontei para a árvore de Natal atrás dela, pronta para mudar de assunto. Eu não podia acreditar que faltava só uma semana para as festas de fim de ano. Quando eu trabalhava para o Aiden, o tempo já passava rápido, mas, desde que pedi demissão, estava passando mais rápido ainda.

— Quando você vai para a casa dos seus pais?

— Na véspera de Natal. Tenho que voltar ao trabalho no dia vinte e seis — explicou. — Você vai ficar aqui?

Para onde mais eu iria?

— Estou de partida — disse Zac lá da porta alguns dias depois.

Virando-me na cadeira, pisquei para ele antes de ficar de pé.

— Tudo bem. Vou te acompanhar até lá embaixo.

— Ownn, não precisa.

Revirei os olhos e o empurrei pelos ombros quando fiquei bem na sua frente.

— Quero te entregar o seu presente de Natal.

— Nesse caso, vá na frente, querida — ele disse, ao dar um passo para trás e me deixar tomar a dianteira.

O pisca-pisca da árvore estava desligado quando descemos, e empurrei os presentes lá embaixo procurando o de Zac. Pegando as duas caixas perfeitamente embrulhadas do canto onde as tinha enfiado, entreguei-as a ele.

— Feliz Natal.

— Posso abrir agora? — ele perguntou, igual a um garotinho.

— Manda ver.

Zac rasgou o papel de cada caixa e as abriu com um sorriso. Lá dentro estavam calças de pijama e pantufas. O que se dava para um homem que tinha tudo? Coisas de que ele gostava de verdade, mesmo ele já tendo uma dúzia daquilo.

— Vanny — ele borbulhou, estendendo os braços bem abertos com um presente em cada mão.

— De nada — falei, aproximando-me do seu abraço.

Ele me apertou e me balançou de um lado para o outro.

— Obrigado.

— Não foi nada.

Ele deu um passo para trás e colocou as coisas na bolsa antes de enfiar metade do braço lá e tirar o que parecia ser um cartão.

— Para você, minha garota.

Peguei o envelope com um sorrisão, tocada por ele ter me comprado um presente. Eu o rasguei e tirei o cartão, abrindo-o para encontrar um cartão-presente de uma das lojas boas de produtos esportivos. Mas foi o rabisco horroroso que me chamou a atenção.

> *Para a minha amiga mais próxima.*
> *Feliz Natal, Vanny. Não sei o que teria feito sem você nos últimos meses.*
> *Te amo.*
> *Z*

— Não sou bom com presentes, então compre um tênis novo para a maratona, ouviu? É melhor já estar com ele quando eu voltar para casa. Não vá comprar algo para outra pessoa — tagarelou ele.

— Obrigada — murmurei, dando outro abraço nele. — Prometo comprar algo para mim. Quando você volta?

— Vou ficar para passar o Ano-Novo. Meu avô não está muito bem, então vou passar um tempo com ele. — Ele deu uma piscadinha. — E uma namoradinha da época da escola me mandou mensagem há uns dias para ver se o Big Texas ia estar na cidade.

Eu dei um riso debochado. *Big Texas*. De jeito nenhum ele estava falando de si mesmo na terceira pessoa.

— O que aconteceu com aquela garota daqui com quem você estava conversando?

Zac fez um ruído.

— Ela era doida.

— Divirta-se em casa, então.

— Eu vou. — Ele se inclinou para me dar um beijo na bochecha. — Vá visitar a Diana caso se sinta sozinha, ouviu?

— Vou ficar bem. — Não é o primeiro Natal que passo sem muita gente. Sei que vou sobreviver. Dei um tapa em sua bunda quando ele virou para a porta. — Dirija com cuidado e diga à sua mãe que mandei um oi.

Zac me lançou um sorriso por cima do ombro e, simples assim, ele foi embora e eu fiquei sozinha.

Fechei a porta da garagem com um leve sorriso, o presente de Aiden na minha mão, me sentindo dividida entre me sentir muito travessa e levemente animada por causa do pequeno tesouro esperando por amanhã de manhã.

Sair para uma corrida de dezesseis quilômetros tinha me deixado exausta, mas não o bastante. Fiz biscoitos em forma de árvores, bengalas e estrelas e distraí a cabeça por algumas horas e, então, a campainha tocou e o carteiro me entregou quatro caixas diferentes endereçadas a mim. Eu as abri, como se fosse uma criancinha.

Meus pais adotivos, Diana, os pais dela e o meu irmão tinham me mandado presentes embalados de formas bem diferentes. Ganhei uma caixa de aquarelas, lápis de cor, várias roupas de baixo — vindas da única pessoa que me compraria isso —, um relógio muito bonito e um pijama.

Saudade, dizia o cartão no presente do meu irmão. Ele passaria as festas na Flórida, com a família de um amigo.

Mandei os presentes deles duas semanas atrás, e até mesmo enviei uma cesta para a minha mãe e o marido. Felizmente, eu não esperava um presente deles, ou teria acabado muito decepcionada. Os presentes serviram para me fazer sentir amada e sozinha, e eu não tinha certeza de como era possível sentir duas emoções tão conflitantes.

Aiden estava em casa desde o meio-dia, e eu podia dizer que ele estava esquisito. Estranhamente quieto, passou o tempo malhando e depois montando um quebra-cabeça na mesa da cozinha enquanto eu fazia os biscoitos. Pouco depois, subiu, dizendo que ia tirar um cochilo. Fiquei lá embaixo só o suficiente para me certificar de que Aiden estava dormindo, então saí para pegar o presente. Por sorte, ele ainda dormia quando cheguei em casa, e coloquei o presente dele na garagem, confiante de que o grandalhão não sairia e estragaria a surpresa. Lá dentro, liguei a televisão para mascarar quaisquer barulhos que pudessem vir da garagem, então me sentei no chão e usei as aquarelas que os meus pais adotivos tinham me dado.

Fiquei verificando a garagem de hora em hora desde então. Quase todas as luzes estavam apagadas quando atravessei a casa com o pacote na mão, as costas doendo por ter passado muito tempo curvada. Aos pés da escada, tentei ouvir Aiden, mas não havia um pio. Por que haveria? Apesar de ser véspera de Natal, ele tinha que acordar cedo para se apresentar na sede da equipe e fazer uma checagem com os treinadores, já que sua lombar vinha dando trabalho nas últimas semanas.

Na lavanderia, eu abaixei a caixa. Já tinha posto dois cobertores lá dentro, preenchi o bebedouro montado na porta e pus comida numa tigelinha que também tinha sido presa à porta. Deixei o carinha ir lá na frente e esperei até que ele fizesse xixi e cocô. O rosto bonitinho me espiou pela grade, e eu enfiei os dedos lá para afagar o focinho dele.

Embora a garagem fosse bem isolada e eu soubesse que não estaria fria, odiava a ideia de deixá-lo lá. Levá-lo para o meu quarto estava fora de cogitação, pois eu tinha a sensação de que ele ia latir. Deixei a luz acesa para ele e voltei para a cozinha, onde abri o pote de biscoitos que eu tinha feito e devorei dois deles.

Apaguei todas as luzes, exceto o conjunto sob os armários da cozinha, enchi um copo com água e fui lá para cima. No meu quarto, peguei as roupas para tomar um banho, sentindo-me totalmente desorientada. Fiquei debaixo da água quente mais tempo do que costumava e saí da banheira, dizendo a mim mesma para deixar de ser uma estraga-prazeres.

Eu tinha acabado de abrir a porta do banheiro quando ouvi:

— Van?

— Aiden? — Ok, aquela pergunta foi idiota. Quem mais seria? Com a roupa suja debaixo do braço, atravessei o corredor. A porta dele estava aberta. Normalmente, quando ia dormir, ele a fechava, e acho que não olhei quando subi.

O grandalhão estava sentado com as costas na cabeceira, um abajur iluminando a parede do quarto. Metade do corpo de Aiden estava debaixo das cobertas, a outra, infelizmente, estava coberta com uma camiseta de um dos seus patrocinadores. Ele me lançou um olhar curioso.

— Você está bem? — perguntei, apoiando o ombro na porta.

— Estou — ele respondeu de um jeito tão simples e sincero que eu não soube o que fazer comigo mesma.

Hum.

— O que você está fazendo? — A televisão não estava ligada e um livro estava sobre a mesa de cabeceira.

— Estava pensando no jogo de semana passada, e no que eu poderia ter feito diferente.

De todas as coisas no mundo, por que isso simplesmente atravessou as minhas costelas e atingiu o meu coração?

— É claro que estava.

Aiden ergueu um daqueles ombros enormes e musculosos, os olhos indo para o meu pijama super sexy de flanela, manga comprida e abotoado até o pescoço.

— Você vai dormir? — perguntou ele, enquanto os olhos vagavam de volta para o meu rosto.

— Eu não estou muito cansada. Devo assistir um pouco mais de televisão ou algo assim.

Mesmo na penumbra, eu podia dizer que a bochecha dele se contraiu.

— Assista comigo — ele sugeriu com facilidade.

Espera. O quê?

— Você não está cansado?

— Tirei um longo cochilo. Não há como eu ir dormir tão cedo — explicou ele.

Sorri e esfreguei o pé ao longo do lugar em que o chão de madeira do corredor encontrava com o carpete do quarto dele.

— Tem certeza de que não tem mais jogos nos quais pensar?

Aiden me lançou um olhar azedo.

Ele estava me convidando para assistir televisão com ele. Que outra resposta havia além de "tudo bem"?

Quando voltei para o quarto dele depois de deixar as roupas sujas no cesto no meu, o grandalhão tinha afastado para o lado e ligado a televisão de quarenta e não sei quantas polegadas que ficava sobre uma das cômodas. Com as mãos presas atrás da cabeça, ele me observou entrar, e me senti só um pouquinho estranha.

Lancei um sorriso minúsculo para ele e mantive contato visual ao puxar o edredom e deitar na cama, observando para ver se ele reclamaria. Não reclamou. Havia pelo menos meio metro entre nós naquela cama king. Puxei o travesseiro para a cabeceira e me acomodei com um suspiro.

— Van?

— Humm?

— O que foi?

Puxando os lençóis até o pescoço e pisquei para o teto.

— Nada.

— Não me faça perguntar de novo.

E isso só me fez me sentir mal. Era fácil esquecer o quanto ele sabia sobre mim.

— Eu estou bem. Só estou me sentindo meio para baixo hoje por alguma razão, talvez sejam os hormônios ou algo assim. Só isso. — Retorci as mãos. — É bobeira. Eu amo o Natal.

Houve uma pausa antes de ele perguntar:

— Você não vai ver a sua mãe?

— Não. — Percebi, depois que falei, o quanto a resposta soou desdenhosa. — Minhas irmãs passam o Natal com ela. Ela está casada agora e os enteados vão para lá. Ela não está sozinha. — E mesmo se estivesse, eu ainda não iria. Eu podia ser sincera comigo mesma.

— Onde está o seu irmão?
— Com um amigo.
— A sua amiga? Diana?

Por ele andar muito ocupado, não passamos muito tempo juntos a não ser dizendo "oi" e "tchau" e assistindo televisão ao mesmo tempo.

— Ela está com a família. — Depois de dizer isso, percebi como soou. — Eu juro, normalmente, eu fico ok com isso. Só estou me sentindo estranha, eu acho. E você? Você está bem?

— Passei a maioria dos Natais na última década sozinho. Não é grande coisa.

De todas as pessoas com quem passar as festas, tinha que ser com uma cuja história era um pouco parecida demais com a minha.

— Acho que o lado bom é que você não precisará mais passar a data sozinho se não quiser. — Não sei por que disse o que disse depois, mas foi o que aconteceu. — Ao menos enquanto estiver preso a mim.

Eu poderia parecer mais patética?

— Estou preso a você, não é? — ele disse numa voz enganosamente calma.

Ele estava tentando me fazer me sentir melhor, não estava?

— Pelos próximos quatro anos e oito meses. — Sorri para ele, mesmo quando essa incrível sensação de tristeza preencheu o meu peito como areia em uma ampulheta.

Ele jogou a cabeça para trás. A ação foi muito, muito, muito minúscula, mas aconteceu.

Ou eu tinha imaginado?

Antes que eu pudesse pensar demais se ele tinha reagido ou não, o grandalhão, que pareceu engolir a cama, perguntou sem rodeios:

— Você vai finalmente me dizer o que a sua irmã fez para te deixar chateada?

É claro que ele perguntaria. Por que não? Não que eu considerasse um segredo. Só não gostava de falar do acontecido. Por outro lado, se havia alguém em todo o mundo com quem eu poderia falar da Susie, essa pessoa era o Aiden. O que ele diria? Acontece que, mesmo se ele tivesse alguém para contar, se eu parasse para pensar, ele devia ser a pessoa mais confiável que eu conhecia.

Não tinha certeza de quando aconteceu, mas não ia ficar pensando demais nisso, especialmente na véspera do Natal, quando ele me convidou para a sua cama, e eu estava me sentindo mais sozinha do que em muito tempo.

Movendo-me um pouco no colchão, apoiei a cabeça na mão e fui em frente:

— Ela me atropelou com o carro quando eu tinha dezoito anos.

Aqueles cílios pretos e incrivelmente longos se abaixaram sobre os olhos. Suas orelhas estavam ficando vermelhas?

— O acidente de carro — ele disse com a voz rouca —, a pessoa que você me disse que tinha te atropelado... — O piscar dele foi tão lento que eu talvez tivesse pensado que havia algo errado com ele se eu não soubesse o contrário. — Foi a sua irmã?

— Foi.

Aiden olhou direto para mim, a confusão aparente nas linhas leves que surgiram no canto dos seus olhos.

— O que aconteceu? — ele fez a pergunta de forma mecânica.

— É uma longa história.

— Eu tenho tempo.

— É uma história longa de verdade — insisti.

— Tudo bem.

Esse cara. Eu tive que esticar o pescoço como se estivesse me preparando para a merda que estava prestes a acontecer.

— Todas as minhas irmãs são problemáticas, mas Susie sempre foi um pouco mais. Eu tenho problemas com a raiva, eu sei. Surpreendente, né? O único de nós que eu acho que não tem problemas é o meu irmão. Acho que a minha mãe bebeu quando estava grávida da gente ou talvez os nossos pais fossem só idiotas de proporções diferentes, eu não sei.

Por que eu estava contando isso a ele?

— De qualquer forma, as coisas sempre foram ruins entre nós. Não tenho uma única memória decente dela. Nenhuma, Aiden. Teve a coisa do armário, ela simplesmente chegando e me dando um tapa na cara por razão nenhuma, gritando comigo, puxando o meu cabelo, quebrando as minhas coisas sem qualquer razão... sério, todo tipo de merda. Eu não revidei por muito tempo, mas fiquei cansada daquelas merdas. Por volta da época que comecei a ficar maior do que ela, finalmente cheguei ao limite. Ela já estava bebendo e usando drogas. Sei que fazia tempo que a Susie estava naquela, mas não liguei. Estava cansada de ser saco de pancada.

"Bem, teve uma vez que ela me deu uma surra. A garota me empurrou das escadas e eu quebrei o braço. Minha mãe estava... eu não sei onde ela estava. Meu irmãozinho pirou e ligou para a emergência. A ambulância veio e me levou para o hospital. Os médicos, ou enfermeiras, ou outra pessoa ligou para a minha mãe, e ela não atendeu. Eu não sabia onde ela estava e nem as minhas irmãs sabiam. Por fim, o hospital ligou para o Conselho Tutelar, e eles me levaram, e então levaram os outros. Não sei quanto tempo levou para a minha mãe perceber que não estávamos mais lá, mas ela perdeu a nossa custódia.

"Depois disso, passei quase quatro anos com os meus pais adotivos e com o meu irmão. Eu via minha mãe às vezes, mas era isso. Logo depois que fui para a faculdade, ela começou a me ligar perguntando o que eu faria nas férias de verão, dizendo o quanto adoraria me ver. Não sei que merda eu estava pensando na época. Ela tinha arrumado um trabalho fixo, então eu fui... e foi só quando cheguei lá que percebi que ela não estava morando sozinha. Susie e a minha irmã mais velha moravam com ela. Eu não via nenhuma das duas há anos.

"Eu deveria ter sabido naquela hora que teria sido melhor eu ter ido para qualquer outro lugar. Os pais da Diana ainda moravam ali perto, mas ela estava fazendo alguma coisa no fim de semana, então não estava em casa, e eu não queria ficar lá sem ela; meus pais adotivos tinham dito que eu sempre teria um lar com eles e, tipo, meu irmão ainda morava com eles. Mas, por alguma razão idiota, eu quis dar uma chance à minha mãe. Nós, Susie e eu, começamos a brigar no momento em que cheguei, e eu deveria ter sabido. No instante em que a vi, percebi que ela estava tramando alguma coisa. Tentei falar com a minha mãe, mas ela disse que era coisa da minha cabeça e que Susie tinha mudado, blá, blá, blá.

"Sério, era a minha segunda noite lá, eu tinha passado pelo quarto da minha mãe e a vi remexendo nas gavetas. Começamos a discutir. Ela me chamou de tudo quanto é nome, jogou coisas em mim, e me acertou com um vaso. Eu mal vi a garota pegar a minha bolsa no balcão da cozinha quando ela saiu correndo de casa com seja lá o que tinha roubado antes de eu pegá-la no flagra. Eu estava tão puta, Aiden.

"É uma grande idiotice quando penso agora no que aconteceu, e o que é ainda mais idiota é que eu teria ido atrás dela mesmo sabendo o que teria acontecido. Ela entrou no carro, e eu comecei a gritar pela janela quando ela deu ré. Eu não queria que a Susie passasse por cima dos meus dedos, então fui para a frente do carro quando a garota, do nada, engatou a marcha e pisou no acelerador."

A ansiedade e o pesar meio que agarraram os meus pulmões enquanto eu continuava contando para ele o que aconteceu.

— Eu me lembro da expressão da minha irmã ao fazer aquilo. Eu me lembro de tudo. Eu não apaguei até que a ambulância apareceu, que foi depois de ela ter dado o fora e me deixado lá. Diana chegou em casa mais cedo e estava no quarto quando tudo aconteceu, e nos ouviu gritando. Ela saiu pouco antes de Susie me atropelar e ligou para a polícia, graças a Deus. O médico depois disse que eu tive sorte por estar com o corpo levemente virado, assim ela só atingiu um dos meus joelhos, e não os dois.

Quantas vezes eu disse a mim mesma que já tinha superado aquilo? Umas mil? Mas a traição ainda doía em um milhão de lugares sensíveis e diferentes.

— *Sorte*. Sorte que quando a minha irmã me atropelou, eu só machuquei um dos joelhos. Você consegue acreditar?

Algo borbulhou na minha garganta e então subiu até chegar ao fundo dos meus olhos. Algumas pessoas chamariam de lágrimas, mas eu não. Eu não ia chorar por causa do que aconteceu. E a minha voz com certeza não ficaria embargada por causa da emoção.

— Meu tendão rompeu. Perdi um semestre inteiro na faculdade enquanto me recuperava.

O grandalhão me encarou. As narinas se dilataram levemente.

— O que aconteceu depois que ela te atropelou?

— Ela sumiu por alguns meses. Nem todo mundo acreditou em mim quando contei que foi ela, mesmo eu tendo uma testemunha. Eu tenho certeza de que ela estava sóbria na hora, talvez fosse por isso que estava roubando, para comprar o que fosse que precisava. Minha mãe queria que eu perdoasse a Susie e seguisse em frente, mas... como ela podia me pedir para fazer isso? Ela sabia o que estava fazendo. Susie roubou o dinheiro dela também. Ela escolheu fazer aquilo, sabe? E mesmo se estivesse doidona, ainda teria sido escolha dela ficar doidona e roubar coisas das pessoas que ela deveria amar. A escolha dela a levou àquele momento. Eu não posso me sentir mal por isso.

Eu não podia. Podia? Perdão era uma virtude, ao menos foi o que alguém me disse, mas eu não estava me sentindo muito virtuosa.

— Fiquei com os meus pais adotivos depois disso. Não havia como eu ir ficar com a Diana bem lá do lado. Meu pai me colocou para fazer a contabilidade dele, ser sua secretária, todo tipo de coisa que eu podia para pelo menos bancar a minha alimentação e estadia porque eu não queria sobrecarregá-los. Aí eu voltei para a faculdade assim que melhorei.

— O que aconteceu com a sua irmã? — perguntou ele.

— Depois que ela me atropelou, passei anos sem vê-la. Sabe o que me mata? Ela nunca pediu desculpa. — Dei de ombros. — Talvez isso queira dizer que eu seja um pouco insensível, mas...

— Isso não faz de você insensível, Van — interrompeu A Muralha de Winnipeg com um tom cortante. — Alguém em quem você devia poder confiar te feriu. Ninguém pode te culpar por querer um abraço depois disso. Não fui capaz de perdoar pessoas por muito menos.

Isso me fez bufar de amargura.

— Você ficaria surpreso, Aiden. Ainda é um assunto sensível. Ninguém além do meu irmão entende por que estou brava. Por que eu simplesmente não supero. Entendo que elas nunca gostaram de mim por alguma razão, mas ainda me parece uma traição elas ficarem do lado da Susie e não do meu. Eu não entendo o porquê. Ou o que fiz para pensarem que eu sou o inimigo. O que eu deveria fazer?

Aiden fez careta.

— Você é uma boa pessoa e é talentosa, Vanessa. Olhe só para você. Não sei como as suas irmãs são, mas não consigo acreditar que sejam metade do que você é.

Ele listou os atributos de forma tão despreocupada que não pareceram elogios. Pareceram declarações, e eu não sabia o que fazer com aquilo, ainda mais porque, lá no fundo, eu sabia que Aiden não diria aquelas coisas só para que eu me sentisse melhor. Ele não fazia a linha consolador, mesmo se se sentisse obrigado, a menos que quisesse ser genuíno de verdade.

Mas antes que eu pudesse pensar em mais qualquer coisa, ele confessou algo do nada, para o qual eu não estava nem de longe preparada.

— Eu posso não ser a melhor pessoa para te dar conselhos familiares. Não falo com os meus pais há doze anos.

Pulei nesse vagão assim que pude, preferindo falar dele do que de mim.

— Pensei que você tinha ido morar com seus avós aos quinze anos.

— Eu fui, mas o meu avô morreu quando eu estava no último ano da escola. Eles foram ao funeral, descobriram que ele tinha deixado tudo para a minha avó, e a minha mãe me disse para me cuidar. Eu não os vejo desde então — relatou Aiden.

— O seu pai não disse nada?

Aiden se mexeu na cama, quase como se estivesse se abaixando para ficar esticado no colchão.

— Não. Eu era dez centímetros mais alto do que ele na época, trinta quilos mais pesado. A única vez que ele falava comigo quando eu morava com eles era quando queria gritar com alguém.

— Eu sinto muito por falar do seu pai, mas ele parece um babaca.

— Ele *era* um babaca. Tenho certeza de que ainda é.

Eu me perguntei...

— É por causa dele que você não xinga?

O Aiden sincerão respondeu:

— É.

Foi nesse momento que percebi o quanto eu e Aiden éramos parecidos. Essa intensa sensação de afeto — tudo bem, talvez fosse mais do que afeto, eu podia ser adulta e admitir — apertou o meu coração.

Ao olhar para ele, segurei a compaixão que sentia e só controlei a raiva que fervilhava quando olhei para a cicatriz dele.

— Como ele fez isso com você?

— Eu tinha catorze anos, pouco antes do meu estirão. — Ele pigarreou, o rosto virado para o teto, confirmando que ele sabia que eu sabia. — Ele tinha bebido demais e estava bravo por eu ter comido a última costeleta de cordeiro... então me atirou na lareira.

Eu ia matar o pai dele.

— Você foi para o hospital?

O escárnio de Aiden me pegou totalmente desprevenida.

— Não. Nós não... ele não teria me deixado ir. Foi por isso que ficou ruim desse jeito.

É, eu deslizei na cama, incapaz de olhar para ele. Era isso o que ele estava sentindo? Raiva e vergonha?

O que a gente devia dizer depois de algo assim? Havia alguma coisa? Fiquei lá, engasgada com palavras incertas pelo que pareceu uma eternidade, dizendo a mim mesma que eu não tinha razão para chorar, já que ele não estava chorando.

— O seu pai é tão grande quanto você?

— Não mais. — Ele soltou uma risada áspera de desdém. — Não. Ele deve ter uns setenta quilos, 1,78m, se muito. Ao menos era como ele estava da última vez que o vi.

— Hum.

Ele se mexeu na cama por um segundo antes de dizer abruptamente:

— Eu tenho quase certeza de que ele não é meu pai de verdade. Minha mãe é loura, ele também. Os dois são medianos. Meus avós eram louros. Minha mãe trabalhava com um cara que sempre foi muito legal comigo quando eu ia no trabalho dela. Meus pais brigavam muito, mas eu achava que era normal, já que o meu pai estava sempre brigando com alguém. Não importava quem. — A similaridade com o namorado de Diana não me escapou. — Minha avó foi quem admitiu que a minha mãe costumava trair o meu pai.

Eu me perguntei se eles ainda estavam juntos ou não.

— Parece uma experiência miserável para os dois.

Ele fez que sim, o fôlego ficando lento e contínuo, o olhar preso na televisão.

— É, mas agora vejo que eles eram tão infelizes um com o outro que nunca poderiam ter sido felizes comigo, não importa o que eu fizesse, e isso facilita muito para que eu siga com a vida. A melhor coisa que eles já fizeram foi abrir mão da minha guarda e me entregar para os meus avós. Eu não fiz nada com eles, e estou melhor com a forma como tudo se resolveu do que estaria se tivesse sido diferente. Tudo o que tenho é por causa da minha avó e do meu avô. — Ele virou a cabeça para se certificar de fazer contato visual comigo. — Eu não estava prestes a desperdiçar a minha vida, chateado, porque fui criado por pessoas que não podiam se comprometer com nada. Tudo o que eles fizeram foi me mostrar o tipo de pessoa que eu não queria ser.

Por que parecia que ele estava falando da minha mãe?

Nós dois ficamos lá por um tempo, e ninguém disse uma única palavra. Eu estava pensando na minha mãe e em todos os erros que assumi para mim durante esses anos.

— Às vezes, me pergunto por que ainda tento ter um relacionamento com a minha mãe. Se eu não ligar, ela me liga duas vezes por ano, a menos que haja algo que queira ou de que precise, ou por estar se sentindo mal por algo que se lembrou de fazer, ou não fazer. Eu sei que é uma merda pensar nisso, mas eu penso.

— Você contou a ela que nós nos casamos?

Isso me fez rir.

— Lembra daquele dia que fomos ao escritório do advogado e você atendeu à ligação dela? Ela estava ligando porque alguém contou; a pessoa reconheceu o meu nome. — A próxima risada desdenhosa que escapou de mim carregava ainda mais raiva. — Quando retornei a ligação, a primeira coisa que ela perguntou foi quando eu ia arranjar ingressos para um dos seus jogos. Eu disse para ela nunca mais me perguntar aquilo, e ela ficou na defensiva... juro por Deus, mesmo agora, penso que eu nunca, jamais quis ser igual a ela.

Minha mãos começaram a fechar e as forcei a relaxar. Eu me forcei a ficar calma, tentando libertar aquela raiva que parecia surgir de vez em quando.

— Como eu disse, não conheço a sua mãe, e não quero nem chegar a conhecer, mas você vem se saindo bem, Van. Melhor do que bem, na maior parte do tempo.

Bem. Na maior parte do tempo. A escolha de palavras me fez sorrir para o teto enquanto eu me acalmava um pouco mais.

— Obrigada, grandalhão.

— Uhum — ele respondeu antes de ir direto ao ponto. — Eu diria o tempo todo, mas sei o quanto você deve em empréstimos estudantis.

Eu me virei para o lado para olhar para ele. Finalmente.

— Eu estava imaginando se algum dia você tocaria no assunto — resmunguei.

O grandalhão se virou para ficar de frente para mim também, a expressão livre de qualquer raiva que restasse por causa daquelas memórias.

— Que merda você estava pensando?

Suspirei.

— Nem todo mundo consegue bolsa de estudos, gostosão.

— Tem faculdades mais baratas para as quais você poderia ter ido.

Aff.

— É, mas eu não queria ir para nenhuma delas — falei, e logo percebi o quanto soou idiota. — E sim, eu me arrependo um pouco agora, mas o que posso fazer? Está feito. Só fui burra e teimosa. E eu nunca conseguiria fazer o que queria fazer, eu acho, sabe? Eu só queria ir embora.

Aiden pareceu pensar por um momento antes de apoiar a cabeça no punho.

— Alguém sabe sobre eles?

— Você está de sacanagem? De jeito nenhum. Se alguém perguntar, eu digo que consegui uma bolsa — eu, enfim, admiti para alguém. — Você é a primeira pessoa para quem eu já admiti o acontecido.

— Não contou nem mesmo para o Zac?

Eu o olhei engraçado.

— Não. Eu não gosto de dizer para todo mundo que eu sou uma idiota.

— Só para mim?

Eu dei língua.

— Pare.

Não importa a idade que eu tivesse, a primeira coisa que me vinha à cabeça a cada manhã do dia vinte e cinco de dezembro era: *é Natal*. Nem sempre havia presentes debaixo da árvore, mas, depois que aprendi a não esperar nada, o ato não levou embora a magia da data.

O fato de eu ter acordado na manhã seguinte em um quarto que não era o meu não diminuiu minha animação. Os lençóis estavam puxados até o meu pescoço, e eu estava de lado. Na minha frente estava o Aiden. A única coisa visível além do topo da cabeça eram os sonolentos olhos castanhos. Sorri para ele.

— Feliz Natal — sussurrei, certificando-me de que meu bafo matinal não soprasse direto na sua cara.

Puxando o lençol e o edredom para baixo do nariz, ele abriu a boca em um bocejo profundo.

— Feliz Natal.

Eu ia perguntar quando ele acordou, mas estava óbvio que não tinha sido há muito tempo. Ele ergueu a mão para esfregar os olhos antes de soltar outro bocejo sem som. Depois, estendeu as duas em direção à cabeceira da cama, espreguiçando-se. Quilômetros de pele firme e bronzeada alcançaram e passaram a cabeceira, os bíceps alongando enquanto os dedos se esticavam, como um imenso gato preguiçoso.

E eu não pude me impedir de comer tudo aquilo com os olhos, ao menos até ele me pegar no flagra.

Então, nós nos encaramos, e eu soube que estávamos pensando na mesmíssima coisa: a noite de ontem. Não na longa conversa sobre a nossa família, e a honestidade crua que demos um ao outro, mas no que aconteceu depois.

O filme. O maldito filme.

Não sabia em que merda eu estava pensando, perfeitamente ciente de que já estava deprimida quando perguntei se ele queria assistir ao meu filme favorito de quando eu era criança. Eu o assisti centenas de vezes. *Centenas de vezes*. Ele me transmitia amor e esperança.

E eu era uma idiota.

E Aiden, sendo uma pessoa legal que parecia me deixar ter quase tudo o que eu quisesse, disse:

— Claro. Devo cair no sono no meio dele.

Ele não tinha dormido.

Se havia uma coisa que aprendi naquela noite era que ninguém era insensível ao Littlefoot perdendo a mãe. Ninguém. A Muralha de Winnipeg se limitara a revirar levemente os olhos quando o desenho começou, mas, quando o olhei, ele estava assistindo com muita atenção.

Quando aquela parte terrível, horrível, do tipo por-que-alguém-faria-isso-com-crianças-e-a-humanidade-em-geral chegou em *Em Busca do Vale Encantado*, meu coração ainda não tinha aprendido a lidar com a situação e eu estava me sentindo tão para baixo, e os soluços foram saindo piores do que o normal. Minha vista foi ficando nublada. Eu me engasguei. Lágrimas escorreram pelos meus olhos com o poder do rio Mississippi. O tempo e as dezenas de vezes que o assisti não tinham me endurecido em nada.

E enquanto eu secava o rosto e tentava lembrar a mim mesma que era só um filme e que um jovem dinossauro não tinha perdido sua amada mãe, ouvi uma fungada. Uma fungada que não era minha. Eu me virei não-muito-discretamente e o vi.

Vi os olhos brilhando e a forma como a garganta dele se moveu ao engolir. Então vi o olhar de soslaio que ele me lançou enquanto eu estava ali lidando com as minhas próprias emoções, e nós nos encaramos. Em silêncio.

O grandalhão não estava conseguindo lidar e, se alguma vez houve um momento na história do universo, ao assistir qualquer filme, essa seria a causa.

Tudo o que pude fazer foi menear a cabeça para ele, ficar de joelhos e me inclinar para que pudesse passar os braços ao redor do seu pescoço e dizer com a voz mais tranquila que pude, mesmo quando outra rodada de lágrimas que saiu dos meus olhos e talvez um pouco de ranho do nariz:

— Eu sei, grandalhão. Eu sei.

O milagre foi que ele deixou. Aiden ficou lá e me deixou abraçá-lo, deixou que eu pusesse a bochecha no alto da cabeça dele e o deixei saber que estava tudo bem. Talvez isso tenha acontecido porque tínhamos acabado de falar do nosso relacionamento imperfeito com a nossa família ou talvez fosse porque uma criança perder a mãe era a coisa mais triste do mundo, ainda mais quando ela era um animal inocente, eu não sei. Mas era triste pra caralho.

Ele fungou. Em qualquer pessoa menor do que ele, aquilo teria sido considerado uma fungada, e eu apertei os meus braços ao redor dele um pouco mais antes de voltar para o meu lado da cama, onde terminamos de assistir ao filme juntos. Então, ele se virou para me olhar com aqueles infinitos olhos castanhos.

— Fique aqui essa noite — ele murmurou, e foi isso.

Eu queria voltar para o meu quarto? Não quando eu estava deitada na cama mais confortável em que já dormi, aconchegada nos lençóis quentes. O que eu ia fazer? Jogo duro? Não era idiota a esse ponto. Então, fiquei, e Aiden acabou desligando as luzes, exceto a do banheiro, e nós, enfim, trocamos um breve "boa noite".

Se eu não o conhecesse, teria pensado que ele tinha ficado envergonhado por ter ficado tão triste por causa de um desenho, mas eu o conhecia. Ele não ficava tímido.

Mas ele não tinha dito uma palavra sobre precisar de um minuto nem me pedido para sair da cama dele.

Agora, nós nos olhávamos e ambos sabíamos o que o outro estava pensando. Nenhum de nós tocaria no assunto, no entanto.

Eu dei um sorriso para ele que foi aumentando a cada momento, tentando entrar no jogo.

— Obrigada por me deixar dormir aqui com você.

Ele fez algo que parecia um dar de ombros, mas já que os braços ainda estavam acima da cabeça, não tive certeza.

— Você não toma muito espaço. — Ele bocejou de novo. — Não ronca. Não me perturba.

Não sei o que o fato de me sentir lúcida e muito bem descansada dizia sobre mim. No geral, eu ficava inquieta feito uma criancinha.

— Você quer o seu presente agora? Ou mais tarde? — perguntei, sabendo muito bem que eu queria dar agora. Estava tão tonta, e a realidade de que eu talvez estivesse mais animada do que ele ficaria era um problema genuíno, mas...

E daí? Se ele não quisesse, eu ficaria com ele. Eu amaria pra caramba aquele filhotinho de oito semanas que estava lá embaixo se ele não o amasse. Era um golden retriever, porque eu sabia que ele teria que ser a coisinha mais fofa do universo para lidar com as merdas do Aiden.

— Pode ser mais tarde — ele disse como um verdadeiro adulto, em vez de como uma criancinha doida para abrir os presentes na manhã de Natal.

Por um milésimo de segundo, eu me senti totalmente decepcionada. Mas só por um milésimo de segundo antes de tomar uma decisão.

— Que pena. Não saia do quarto. Volto em um segundo.

Saltei de cama e praticamente corri até a lavanderia no andar de baixo. Pesquei o carinha amarelo da caixa e xinguei quando percebi que ele tinha feito cocô e deitado em cima. Na verdade, parecia que ele tinha rolado na merda.

— Droga.

Dei um beijinho na cabeça dele, de qualquer forma, e corri lá para cima para dar um banho no pequeno. Só parei rapidinho no meu quarto para pegar o laço que comprei para ele e que estava na gaveta da minha cômoda há uma semana, desde que dei o sinal para reservar o filhote. Eu não podia dar a Aiden um filhotinho todo cagado, né?

Assim que entrei no banheiro, gritei:

— Me dá quinze minutos, grandalhão!

Arregaçando as mangas, dei mais uns beijos na cabeça macia do carinha e esperei que a água esquentasse o suficiente. Assim que ficou no ponto, peguei um frasco de shampoo de cachorro de amêndoa com mel e comecei a ensaboá-lo. Levando em conta que eu nunca tinha dado banho em um cachorro, aquilo era muito mais difícil do que parecia. Ele tinha energia demais. Fez xixi na banheira. Ficou pulando na beirada, tentando sair, ou vir para mim, eu não podia ter certeza.

Voou sabão para todo lado; eu podia sentir no meu rosto. Minha blusa ficou encharcada, e aquele ainda era um dos momentos mais felizes da minha vida. Morri um pouquinho com aquele rostinho.

Por que eu não tinha arranjado um cachorro antes? Para mim?

— O que você está fazendo? — a voz perguntou de detrás de mim.

Congelei com as mãos na banheira; uma estava ocupada segurando o filhote que tinha colocado as patinhas na beirada e a cabeça espiava sobre a borda e a outra estava no registro enquanto eu desligava a água. Olhando para trás, fiz careta para ele, pegando a toalha que tinha deixado no vaso sanitário.

— Eu te disse para esperar no quarto — resmunguei, só um pouco decepcionada por ele ter arruinado a surpresa, de certa forma. Só precisei dar uma olhada naqueles enormes e expressivos olhos castanhos na carinha linda do filhote para superar.

Eu estava apaixonada.

E uma grande parte minha não queria dar o filhotinho, mas eu precisava.

— O que é isso? — A voz rouca de Aiden ficou só um pouquinho mais alta, curiosa, tão curiosa.

Envolvendo a toalha ao redor daquela bolinha de inocência molhada, de aparência quase desgrenhada, eu o puxei para mim enquanto ficava de pé e o abraçava uma última vez antes de olhar para o homem de pé à porta. Os olhos de Aiden se arregalaram como eu nunca vi, e talvez jamais voltasse a ver. Na lateral do seu corpo, os dedos se contraíam. Aqueles olhos escuros foram do embrulho no meu peito para o meu rosto e de volta para ele. Um rubor subiu até a ponta das suas orelhas e ele perguntou mais uma vez:

— O que é isso?

Empurrei o carinha para frente.

— Feliz Natal, grandalhão.

O homem conhecido como A Muralha de Winnipeg pegou o embrulho de toalha de mim e só olhou para ele.

Eu deveria ter comprado outra coisa para ele? Havia mais alguns presentes menores que eu tinha comprado para ele, mas esse era o mais importante. O que eu estava tremendo de animação para entregar.

— Se você odiar...

O cachorro soltou um latido brincalhão que cortou o ar. Consegui assistir quatro emoções cintilarem nas feições de Aiden. Confusão, reconhecimento, surpresa e euforia.

Ele levou o pequeno até a altura do rosto.

Aiden olhou para o golden por tanto tempo que comecei a pensar que tinha imaginado a euforia que cruzou o seu rosto um momento antes. Mas eu sabia que ele gostava de animais, e ele disse uma vez em uma entrevista o quanto queria um cachorro, mas teria que esperar até ter mais tempo para ser um bom dono.

Mas, quanto mais esperei, assistindo sem saber o que esperar, mais surpresa fiquei quando ele enfiou o carinha amarelo-claro debaixo do queixo e moveu o braço para embalá-lo no peito *como um bebê*.

Ah, cacete. Eu não estava preparada. Meu corpo não estava preparado para o Aiden segurando um filhote como se ele fosse um bebê.

Merda, merda, merda.

— Vanessa... — ele meio que se engasgou, deixando a situação ainda pior para mim.

— Feliz Natal — repeti com a voz rouca, dividida entre o sorriso e o choro.

Ele piscou e, então, piscou mais umas vezes enquanto a mão livre tocava o rosto inocente da criaturinha perfeita.

— Não sei o que dizer — ele meio que murmurou, os olhos colados no filhote. Ele abaixou o queixo, e juro que puxou o cachorrinho mais para perto. — Eu nunca... — Ele engoliu em seco e olhou para mim, nossos olhos se encontrando. — Obrigado. *Obrigado.*

Eu estava chorando? Eu estava chorando mesmo?

— De nada. — Posso ter meio que sorrido da imagem embaçada daqueles dois. — Sei que você disse que não tem tempo para relacionamentos, mas não tem como você não conseguir reservar um tempinho para ele. Olha só esse carinha. Eu me apaixonei no momento que o vi. Estava prestes a fingir que o comprei para mim quando você entrou.

Ele assentiu rápido, rápido demais para o meu coração lidar com o gesto de forma apropriada.

— É, você está certa. Posso arranjar tempo. — Aiden lambeu os lábios e me prendeu com um breve olhar que me fez congelar uma vez mais. Foi a expressão mais doce e reveladora que já foi dirigida a mim. — Estou começando a entender que a gente sempre consegue arranjar tempo para o que importa.

Horas depois, estávamos sentados no chão da sala com o novo amor da vida do Aiden, e vim a pensar que aquele tinha acabado sendo o melhor presente de Natal de todos os tempos. Passamos o dia com o filhote, o que me surpreendeu. Acho que uma parte de mim esperava que Aiden sumisse com ele para aproveitar o novo filho sozinho, mas não tinha sido o caso, nem de perto.

Assim que percebeu que o filhote ainda estava encharcado, ele olhou para mim e perguntou:

— E agora?

Pela hora seguinte, secamos o cãozinho sem nome e o levamos para fazer xixi enquanto Aiden limpava a casinha de cachorro e eu supervisionava. Então, ele arrumou as vasilhas que eu tinha comprado junto com a ração e a água. O que se seguiu àquilo foi o café da manhã na cozinha com ele correndo por ali, depois levando o pequeno mais uma vez lá para fora após ele ter feito xixi na cozinha. Aiden nem parou duas vezes para pensar e foi logo limpando a sujeira.

Desde então, tomei banho e fui lá para baixo assistir televisão, e foi onde Aiden me encontrou depois de ter tomado banho, ao que parecia... com o carinha nos braços.

Sério, aquilo estava acabando comigo. Esse cara gigante carregando um cachorrinho de quatro quilos naqueles braços imensos... Que Deus me ajude. Eu precisava arranjar uns filhotes e pagar uns modelos sarados para posar com eles. Eu poderia ganhar uma nota preta se os pusesse em calendários.

Ou talvez fosse só o Aiden que eu achava tão atraente segurando um filhotinho, por quem estava claro que ele havia se apaixonado.

Eu não ia pensar demais nisso, decidi bem rápido.

Com a lareira a gás acesa, o pisca-pisca ligado e tudo tão pacífico, a sensação daquele dia era certa. Depois de ter tomado banho, liguei para a minha família — meu irmão, Diana e os meus pais adotivos — para desejar Feliz Natal.

Estiquei as pernas na minha frente, de olho no lourinho curvado no chão entre os meus pés, quando Aiden, que estava ao meu lado, de repente se virou e disse:

— Eu ainda não entreguei os seus presentes.

Pisquei. Ele o quê? Eu não esperava ganhar nada, mas me senti uma idiota ao perguntar em voz alta:

— Ah. — Voltei a piscar. — Você comprou presente para mim?

Ele estreitou os olhos um pouquinho, como se pensasse a mesma coisa que eu tinha acabado de pensar.

— Comprei. — Ficando sobre aqueles pés imensos com menos esforço do que alguém daquele tamanho deveria fazer, ele inclinou a cabeça para as escadas. — Vem comigo.

E com ele eu fui, subindo as escadas, atravessando o corredor, em direção... ao escritório dele.

O escritório dele?

À minha frente, ele empurrou a porta e inclinou a cabeça para que eu entrasse.

Hesitei à porta, notando-o me observar. A mão de Aiden se estendeu diante de mim e acendeu a luz. Empilhados em cima da enorme mesa de madeira maciça estavam dois presentes muito bem embrulhados em papel listrado. Eu não tive que perguntar para saber que aquelas mãos grandes e cuidadosas tinham feito o embrulho, e não algum estranho.

Só isso já fez o meu nariz coçar.

— Abra o de cima — instruiu ele.

Lancei um olhar sobre o ombro antes de entrar no escritório e pegar o presente de cima. Devagar, desfiz o embrulho e desnudei uma caixa fina. Eu sabia o que era no momento em que vi o nome do fabricante. Era um tablet novinho, top de linha. Era um que faria muitos designers gráficos salivarem, mas nunca chegar a comprar porque acabariam se convencendo a gastar menos dinheiro em algo *quase* tão bom, com muita facilidade.

Segurando-o junto ao peito e boquiaberta, eu me virei para olhar para ele.

— Aiden...

Ele ergueu a mão e revirou os olhos.

— Agradeça depois de abrir o outro.

Prestes a ignorá-lo e dar um abraço nele naquela hora mesmo, decidi ser boazinha e abri o outro presente antes, já que ele tinha pedido tão bonitinho. O outro estava numa caixa maior, tipo a caixa de cachecol chique em que via minha colega de quarto da faculdade colocar as coisas. Assim como o outro presente, eu o abri devagar e puxei a caixa na forma perfeita de um cubo.

Abrindo a tampa, não pude deixar de rir do monte de luzes noturnas e lanternas lá dentro. Havia duas pequenas com chaveiros na base, três formatos diferentes: uma na forma de Júpiter, outra de estrela e a terceira era uma coluna simples que prometia ser a melhor do mercado. Além delas, havia quatro lanternas de várias cores e tamanhos: rosa, vermelha, azul-petróleo e preta. Peguei a de metal cor-de-rosa.

— Elas me lembraram das cores do seu cabelo.

Ah, caramba.

— Aiden...

— Sei que não é muito em comparação com o que você me deu, mas, de início, pensei que seria bom o bastante. Faz anos que não compro presente para alguém...

— É o suficiente, seu bobo — falei, olhando para ele por cima do ombro, segurando o que era o presente mais carinhoso que alguém já me deu.

O grandalhão pigarreou.

— Não. Não é. Estou em dívida com você.

Em dívida comigo?

— Você não me deve nada. Isso é... isso é perfeito. Mais do que perfeito. Obrigada. — Porras de luzes noturnas. Quem teria pensado?

Duas mãos grandes pousaram nos meus ombros.

— Eu estou em dívida com você, Van. Confie em mim. — Tão rápido quanto me tocaram, as mãos se retiraram e ele adicionou: — Não é bem um presente, mas estenda a mão.

Obedeci, colocando-a bem acima do meu ombro, curiosa quanto ao que ele ia me dar. Chiclete mascado?

Algo frio e pequeno caiu na palma da minha mão. Era bem pesado.

Quando a abaixei, toda a saliva da minha boca se espalhou para todo lugar do meu corpo.

— Não é um presente. O joalheiro me ligou ontem e disse que estava pronto. Eu ia te entregar, mas...

De início, pensei que fosse uma pedra, sério. Uma pedra grande e azul-clara. Mas eu devia estar tão confusa que não vi a argola de ouro branco que estava na minha mão. Foi quando eu percebi: era um anel. Segurando-o perto do rosto, anos de compras em bazares vintage voltaram para mim. Com corte de esmeralda, a pedra levemente esverdeada, água-marinha para ser precisa, a pedra do meu signo, estava presa sobre o anel fino. De cada lado dela, havia três brilhantes. Logo abaixo do ouro branco e liso estava um anel simples e cravejado de diamantes que cabia em torno do anel maior como um conjunto, muito sutil.

Parecia um daqueles anéis gigantes que as pessoas usavam nos anos 1950... só que eu podia dizer, *meu coração podia dizer*, que não era algo barato comprado em revista.

— Pensei que você precisava de um anel de noivado. Não achei que você fosse gostar de um diamante. Esse é mais a sua cara.

— Pare. — Boquiaberta, olhei para o anel uma segunda vez, meu fôlego ficando mais pesado.

— Não — ele rebateu. — Se você não gostar...

— Pare de falar, Aiden. É o anel mais incrível que já vi. — Ergui a mão mais para perto do rosto e balancei a cabeça, em transe, olhando-o nos olhos com o meu coração na garganta. — É para mim?

— Para quem mais seria? Minha outra esposa? — o mala perguntou.

Ele tinha comprado um anel para mim. E ele era...

Droga. Droga. Eu não podia amar o Aiden. Eu não podia. Eu não podia, não por ele ter me escolhido algo perfeito. Algo que era *eu*.

Tentei reprimir a emoção, só o suficiente.

— Você poderia ter me dado uma aliança. Não ligo para o que as outras pessoas pensam — eu meio que sussurrei ao colocar o conjunto de casamento no dedo da mão apropriada.

— Eu também não, mas comprei um para você, de qualquer forma.

— Eu estou apaixonado.

Ao observar Leo correr de um lado para o outro no piso, uma visão de tudo o que há de maravilhoso no mundo, não pude deixar de concordar com o Zac. Nós três amávamos aquela bolinha de pelo amarelo, e só duas semanas tinham se passado. Nesse meio-tempo, entre Aiden e mim, nós treinamos o franguinho para fazer suas necessidades e definimos um horário. Quando o grandalhão não estava, o pequeno ficava comigo e eu me certificava de levá-lo lá para fora a cada duas horas.

Leo era brilhante, e eu me arrependi muito de ter dado o filhote para o Aiden em vez de ter mantido o cachorrinho para mim. Não que fosse fazer muita diferença a quem ele pertencia, já que, tecnicamente, ele passava muito mais tempo comigo, já que o papai estava sempre fora. Com os Three Hundreds passando pela pós-temporada, indo mais adiante na chave da repescagem, a *wild card*, estavam se aproximando da rodada divisional. O jogo seria amanhã, e não é necessário dizer que o homem que insistia em carregar o peso do mundo nas costas estava sentindo cada grama do estresse.

Não preciso dizer que eu estava dando a ele muito espaço e tentando ser o mais cooperativa possível, o que queria dizer que estava fazendo comida o bastante para alimentar todos os habitantes da casa. O foco de Aiden era nível Jedi, e quando estava em casa, ele passava o tempo que podia com o novo filho, enquanto descansava o máximo que podia também.

— Eu amo esse pequeno — falei, quando o carinha veio correndo até onde estávamos sentados à mesa, largando o corpo sobre o meu pé calçado com meia. — Ele passa horas dormindo no meu colo quando estou trabalhando. É difícil não querer que ele fique em cima de mim o dia inteiro.

Zac se abaixou para afagá-lo com a ponta dos dedos, mas Leo estava apagado. Tínhamos ido dar uma corrida de vinte quilômetros na academia em que ele estava malhando, e logo que tiramos o Leo da caixa de transporte, que Aiden mantinha no próprio quarto, deixamos o pequeno correr pelo quintal. Sentando-se ereto, Zac deu um bom gole no Gatorade de limão que estava diante dele.

— Você vai ao jogo amanhã?

— Eu estava pensando nisso. Você quer ir?

Ele se afastou para olhar por debaixo da mesa.

— Tem outra pessoa para ir com você?

Desde aquele primeiro jogo, Zac não foi comigo a nenhum dos outros. Eu estava indo sozinha.

— Posso ir sozinha. Não é grande coisa.

— Eu sei que você pode ir sozinha, mas é um jogo divisional. Vai ser um hospício do caralho.

Revirei os olhos.

— Cresci com três loucas. Posso lidar com qualquer caralho desses.

Zac ergueu as sobrancelhas e percebi a merda que tinha falado. *Lidar com qualquer caralho.* Idiota. Resmunguei:

— Você sabe o que eu quis dizer.

Ele deu um sorrisão largo, e não muito inocente.

— Por você, não direi nada. — O paspalho deu uma piscadinha. — Olha, vou com você amanhã. Só garanta que o Aiden nos consiga bons lugares, já que você se considera boa demais para ficar no camarote.

— Boa demais para ficar no camarote? — grasnei. — Eu só não quero ficar amiguinha das esposas dos outros jogadores. Só isso.

Isso fez Zac se recostar, fazendo careta.

— Por quê?

— Eu já te falei. — Ou foi para o Aiden? Eu não podia lembrar. — Eu me sinto uma impostora.

— Você não é uma impostora.

Ergui um ombro.

— Eu me sinto como se fosse uma. E mais, a temporada está quase acabando. Quem sabe o que vai acontecer? Ele não me fala o que está se passando com o Trevor nem mencionou quando está pensando em ir para o Colorado esse ano. — Para ser sincera, não pensei muito nele indo viajar nas férias porque eu não queria. Na única vez que isso passou pela minha cabeça, fiquei triste ao pensar que não o veria por meses a fio. Eu preferia permanecer na ignorância a viver com o peso de sentir saudade de alguém que ainda não tinha me abandonado. Além do mais, ele me diria a data de partida... não é?

— Ele não me disse nada, Vanny, e da última vez que falei com o Trevor, foi só para discutir os meus objetivos para as férias da temporada — explicou Zac.

Isso me deu uma desculpa para me esquecer do Colorado por um momento e me lembrar de que o que Aiden faria com o resto da carreira não afetaria só a mim; afetaria ao Zac também. Se ele fosse para um time diferente, não seria como se o Zac fosse também. As coisas tinham estado tão tensas entre eles ultimamente que eu não tinha ideia de em que pé eles estavam.

— Já decidiu o que vai fazer?

— Meu antigo técnico do Texas me ligou umas semanas atrás. Disse que estava planejando se aposentar esse ano, e ele é de uma cidade que é bem perto da minha mãe. Acho que eu talvez volte para Austin para trabalhar com ele.

Austin? Engoli em seco, pensando só em mim.

— Sério?

— É. Não vai machucar ir para casa. Eu te contei a culpa que o meu avô me fez sentir no Natal — explicou ele. Zac disse que o avô lhe lembrou de que não estava ficando mais novo.

Então a fase seguinte do futuro me atingiu. Claro que só estávamos morando juntos há cinco meses, mas... talvez acabássemos em estados diferentes. Para sempre. Eu estaria, em essência, perdendo o Zac, um dos meus amigos mais próximos. Em que tipo de dimensão distorcida e egocêntrica eu estava vivendo para não pensar nas consequências?

Ele deve ter visto o desespero no meu rosto porque soltou uma risada de descrença.

— Por que você está ficando chateada, docinho?

— Porque não vou te ver mais — falei com cada grama do horror que sentia. — Você é, tipo, o meu segundo melhor amigo.

— Ahh, merda, Van. Você é, tipo, a minha melhor amiga também. — Aqueles olhos azuis se arregalaram por um instante. — Não sei o que teria feito sem você nesses últimos meses.

Tive que erguer a mão para secar os olhos nas costas dela. Eu vinha sendo um grandessíssimo bebê chorão desde o Natal, e não havia razão para isso.

— Por que estou ficando tão chateada? Ainda vamos trocar mensagens, né?

— É claro que vamos. *É claro que vamos*. Qual é? — Os olhos dele estavam ficando brilhantes? — Me dá um abraço. Você vai me fazer borrar o rímel.

Eu ri quando lancei os braços ao redor dele.

— Você é um idiota, mas eu te amo.

Com os dois braços ao redor dos meus ombros, o peito gorgolejou no meu no que pareceu ser uma risada bem aguada.

— Você não precisa correr a maratona se não quiser — avisei para a camisa dele.

— Você não me fez comer o pão que o diabo amassou para eu te dar as costas agora, querida. Nós vamos correr.

— Mas se você preferir ir para Austin o mais rápido possível...

— Nós vamos correr — insistiu ele. E se afastou, as mãos indo para os meus braços para que ele pudesse me olhar. — Você sabe que vai ficar bem, não sabe?

— Correndo a maratona ou se tiver que me mudar com o Aiden?

Aqueles olhos azul-claros se estreitaram para mim.

— Não estou preocupado com você correndo na maratona. Você já tem tudo isso sob controle. Eu me referi à mudança.

— Ah, sim. — Dei de ombros. — Não estou muito preocupada com isso. Não faço muita coisa aqui em Dallas mesmo, e o Aiden tem ficado mais comigo.

Parte de mim esperava que ele dissesse algo tipo "eu notei" porque ele vinha implicando comigo sem parar desde o momento em que chegou em casa depois do Ano Novo e viu o anel que o Aiden comprou para mim. O fato de eu só tirá-lo quando ia correr não ajudava muito. Em vez disso, no entanto, Zac assentiu, com o sorriso mais descontraído.

— Ele vai se certificar de que você ficará bem.

Isso me fez bufar. Queria contar a ele sobre o Aiden e de como me sentia, mas... eu não podia. Eu só não podia. A cada dia essa coisa com ele ficava mais forte. Pior. Como você se apaixona pelo homem de quem se espera que se divorcie daqui a alguns anos? Eu era uma idiota e, às vezes, não queria encarar as provas do quanto era estúpida.

Eu não estava muito convencida da ideia de que Aiden ia fazer um esforço para se certificar de que eu me adaptaria bem à nova cidade. Eu sabia qual era o principal foco dele na vida, e com certeza não era eu.

— Como estão as coisas entre vocês, a propósito? Melhoraram? — Eu não os tinha visto conversando muito nessas últimas semanas, não que alguma vez eles se falassem muito, para início de conversa.

— Tudo bem. — A resposta foi tão inocente quanto eu esperava. — Por quê?

— Não tenho visto vocês dois conversando. Só estava me perguntando se tinha acontecido alguma coisa.

Zac balançou a cabeça.

— Não. As coisas estão diferentes agora. Só isso. Ele não sabe o que falar comigo, e eu também não sei o que dizer a ele. Da última vez que tentei conversar, ele me passou um sermão sobre ter sido culpa minha eu ter sido cortado do time. Eu sei que foi culpa minha, mas não quero ouvir o Aiden dizendo isso. Olha, não se preocupe com a gente, não sou eu que uso o anel dele no meu dedo. Vocês vão ficar bem.

Espera aí...

— O que é que isso quer dizer?

— Você sabe. — Ele deu uma piscadinha.

— Não, eu não sei. — Não estava gostando de para onde aquilo estava indo, e com certeza gostava ainda menos da astúcia nos olhos dele.

Quando Zac colocou uma mão na minha cabeça e deu um tapinha, eu o fuzilei com os olhos.

— Não se faça de boba. Ele foi para a cama com você...

— Porque eu estava com medo!

— Ele arranjou briga por sua causa, Van. Se isso não diz muito, não sei o que poderia dizer.

— Porque...

Ao que parece, ele não se importava muito com o que eu tinha a dizer.

— Eu vi a forma como ele te olha. Eu sei como você sempre olhou para ele.

Não.

— Você jamais vai conhecer alguém mais leal do que ele, Van, e eu não conheço ninguém melhor com quem Aiden poderia ficar. Você deve ser a única pessoa no mundo que aguenta a babaquice dele. Só espero que os dois façam algo quanto a isso e não fiquem perdendo tempo.

Eu só pude olhar para ele, sem qualquer emoção.

Foi a porta da garagem abrindo que nos fez parar com a encarada. Quando nos separamos, com Zac pensando que sabia de algum segredinho sujo e eu sem saber que merda estava acontecendo, Aiden tinha aberto a porta da garagem. Leo disparou de debaixo da mesa, saltando na direção do papai.

Abaixando-se imediatamente, Aiden pegou a bolinha loura e a içou nos braços musculosos, que pareciam em desacordo com o filhotinho que agora tinha cinco quilos. Os olhos dele foram de Leo para Zac, depois para mim. Tenho certeza de que parecíamos muito suspeitos de pé ali como um bicho acuado, mas dane-se.

Sorri para o homem, esperando que ele não notasse que eu estava tão confusa quanto parecia.

— Oi, grandalhão.

— Oi. — Com o braço que não segurava o Leo, ele estendeu a mão e o afagou nas costas, os olhos indo do Zac para mim uma vez mais. Vindo em nossa direção, ele baixou o queixo para acariciar o filhote antes de parar diante de mim e dar um beijo seco e suave na minha bochecha, o que me fez ficar enraizada bem onde estava.

Que merda estava acontecendo?

Mas que merda estava acontecendo?

— Vou tomar banho — Zac avisou, me lançando um sorrisinho que dizia "viu?". Com um tapinha na minha lombar, ele saiu da cozinha, me deixando sozinha, confusa e me perguntando se aquilo era um sonho do qual eu não tinha despertado.

Controlando a vontade de me beliscar, engoli em seco e olhei para Aiden, enquanto as minhas entranhas enlouqueciam.

— Como foi o seu dia? — Não há dúvida de que falei num coaxo.

O grandalhão me lançou um olhar engraçado ao esfregar a outra bochecha no pelo do Leo.

— Bom. Treino e reuniões. — Aiden tinha erguido tanto o Leo que o corpo do filhote escondia tudo abaixo dos seus olhos. — Como foi a corrida?

— Cansativa. Corremos vinte quilômetros no simulador de subida na academia. — Ele beijou o focinho do Leo e algo dentro de mim morreu. — Seu filho já correu lá fora, e já fez xixi e cocô.

Quando mencionei "seu filho", um sorrisinho curvou os cantos da boca de Aiden. Aqueles olhos castanhos voltaram para mim e ele perguntou:

— Você ainda vai ao jogo amanhã?

— Ah, sim. É claro. Tudo bem? — Fui a cada um dos jogos em casa desde aquele primeiro com o Zac. Embora Aiden não tenha me convidado para nenhum dos jogos fora, eu também não me convidei. Não queria gastar dinheiro quando eu podia ir a um jogo perfeitamente bom a minutos da nossa casa.

Aiden fez um barulhinho enquanto ia até a geladeira.

— Não me pergunte idiotice, Vanessa.

— Bem, eu só não queria presumir, obrigada.

Ele bufou e disse por cima do ombro:

— Você sabe que eu teria dito se não te quisesse lá.

— Foi o que pensei, mas nunca se sabe.

Aiden olhava para frente quando respondeu uma coisa que me fez imaginar se ele estava morrendo. Ou delirando. Ou talvez todo esse momento seja um sonho.

— Você nunca precisa se preocupar quanto a eu te querer em algum lugar. Entendido?

E feito a idiota que eu era, a que não sabia como processar insinuações ou lidar com as coisas de um jeito fofo e espertalhão, disse a coisa mais idiota que poderia ter dito.

— Ah, certo.

Idiota. Idiota, idiota, idiota.

Isso me assombrou pelo resto do dia.

As vaias foram avassaladoras.

Mais do que avassaladoras. Foram tão ensurdecedoras que até a minha alma pôde senti-las.

Os fãs dos Three Hundreds nas arquibancadas rugiam em desaprovação e decepção. Dizer que estavam irados não seria nada adequado para descrever a situação. O jogo tinha sido horrível. No primeiro quarto, o inimigo do Zac, o *quarterback* do time, foi derrubado, ou sofreu um *tackle*, e acabou com o braço quebrado. No terceiro quarto,

Christian Delgado levou um *tackle* tão forte que o capacete voou e ele teve uma concussão. Eu não comemorei.

E aquela só tinha sido a ponta do iceberg de má sorte. Zac, que veio para o jogo como meu guarda-costas, ficou segurando o peito desde o iniciozinho, e isso já era dizer muito de um homem que não torcia pelos Three Hundreds desde que foi dispensado.

O ataque jogou muito mal, e o Denver tirou vantagem da agitação e da distração da defesa dos adversários. Bem, cada jogador da defesa que não era o Aiden. Toda vez que a câmera focava nele, e cada vez que eu conseguia ter um vislumbre do seu rosto, graças à proximidade do meu assento, ele estava com uma expressão dura feito pedra, como se só ele fosse o bastante para fazer o time passar por aquela.

Infelizmente, não foi o caso.

As vaias começaram antes mesmo de o jogo terminar, e quando os jogadores dos Three Hundreds saíram do campo e foram na direção da lateral, o terceiro maior jogador do time tinha parado antes de abrir caminho até o túnel que levava ao vestiário. Aiden ficou parado lá na linha de cinquenta jardas, quase atravessando a distância com as mãos nos quadris enquanto me encarava. Eu conhecia os tendões do pescoço dele muito bem, podia ver a rigidez em seus ombros, que ninguém mais seria capaz de reparar, até mesmo o ângulo que ele mantinha os punhos me contava uma história.

A decepção fluía profunda naquele corpo grande.

Ergui a mão para acenar para ele.

Ele não acenou de volta, e não foi nenhuma surpresa. Era difícil um homem se recuperar depois de ter o coração partido.

Então, fiz a única coisa que achava que ele entenderia, abaixei a mão que acenava, coloquei-a na frente da barriga e ergui o dedo do meio como fiz umas cem vezes antes, quando pensava que ele não estava olhando.

E ainda com o capacete na cabeça, A Muralha de Winnipeg balançou a cabeça, e eu soube que aquilo com certeza era uma risada.

— Ei, não se atreva a mostrar o dedo para o Aiden Graves! — uma raivosa voz masculina gritou para mim mais abaixo na minha fileira.

Olhei para lá, ignorando a proximidade do corpo de Zac, muito provavelmente se preparando para defender a minha honra, e lancei ao homem defendendo o Aiden um sorriso pacífico.

— Ele é meu marido.

Num piscar de olhos, o brusco homem mais velho que tinha gritado se acalmou completamente. Eu o vi dando uma espiada na minha mão, onde, sem sombra de dúvida, estava o meu anel novinho em folha. Eu me via olhando para ele pelo menos umas vinte vezes por dia e o tocava outras vinte. Ainda não podia acreditar que ele tinha me dado aquilo.

— Você está de sacanagem comigo? — ele reagiu.

— Não. — Eu estava com a camisa com o nome Graves.

— Ah. — E simples assim, ficou tudo bem. — Espera aí. — O homem fez uma pausa e pareceu pensar por um momento. — Você diria a ele que o Gary, de Denton, espera que ele não saia desse time de merda? Desculpa o linguajar, mas estaremos fodidos sem ele.

O que mais eu poderia dizer?

— Tudo bem. Eu digo. — Mas, quando voltei a olhei para o campo, o grandalhão já tinha sumido.

— Isso foi horrível — Zac falou, sem qualquer emoção.

O placar ainda estava aceso, zombando dos fãs e dos jogadores que, àquela altura, já tinham desaparecido.

31-14.

Misericórdia.

— Acho que a gente tem que dar o fora daqui — Zac disse de detrás de mim, quando duas pessoas cinco fileiras acima começaram a gritar uma com a outra.

É, melhor mesmo.

— Vamos lá — falei, apontando na direção em que precisávamos ir. Ele colocou a mão no meu ombro e me seguiu.

Abri caminho me contorcendo pela multidão, subindo as escadas na direção da saída. Os fãs faziam tanto barulho que meus ouvidos doíam. Totalmente consciente dos dois passes no meu bolso, fiz a volta na lanchonete quando encontrei um lugarzinho que ficava fora do tráfego humano tentando sair.

— Você vai para a sala da família? — ele gritou para que eu pudesse ouvi-lo.

O placar pairava na minha cabeça e dei de ombros.

— Não sei. Você quer ir?

Zac me lançou um olhar que me lembrou do favorito de Aiden.

— Não. — Aquela pergunta foi idiota, mas ele fez a bondade de não apontar o fato. — Mas você deveria.

Ficando na ponta dos pés, falei no ouvido dele:

— Não acho que ele queira me ver agora.

Ele recuou e articulou claramente com os lábios.

— Vá.

Dei um passo em direção a ele mais uma vez.

— Eu não gosto da ideia de só te largar e te deixar ir para casa sozinho — expliquei. — E mais, e se ele não quiser me levar para casa?

— Dá o fora daqui, Van. Você não está me largando, e nós dois sabemos como o Aiden está encarando isso agora. Vá. Eu devo ir tomar alguma coisa antes de ir para casa, mas liga, se precisar de mim.

É, eu não estava me sentindo muito otimista ou esperançosa. Eu conhecia o Aiden. Sabia como ele ficava quando perdia, ainda mais uma derrota nos *playoffs*, e uma derrota tão feia. Claro, talvez eu o tenha divertido um pouco quando mostrei o dedo, mas eu estava muito preocupada quanto a vê-lo.

Ah, merda. O que ele ia fazer? Gritar comigo?

Eu não me considerava uma covarde. Foda-se.

Com um abraço e uma promessa de que ele não ia dirigir bêbado, percorri o longo caminho em direção à sala da família. A segurança estava mais acirrada do que o normal, mas, enfim, cheguei ao meu destino e encontrei a sala da família lotada. Grupinhos reunidos, rostos desanimados, alguns forçadamente animados, mas, na maioria, era um monte de "ah, merda".

Eu não era a única meio temendo ver a pessoa por quem estava ali.

O que acontecia comigo era que, tipo, eu não tinha certeza se o Aiden me queria ali, apesar de ter me dado a credencial. Ele tinha insinuado que queria que eu fosse ao jogo, mas agora que eles perderam... senti o chocolate com menta que tinha posto no bolso só para garantir. O homem que ele costumava ser ia querer ficar sozinho, mas esse Aiden, o que eu conhecia agora... bem, eu não tinha certeza.

Por outro lado, se ele não quisesse falar comigo, se preferisse ficar sozinho, eu entenderia. Não jogaria na cara dele. Não deixaria que a atitude me magoasse ou me incomodasse.

Isso era um acordo de negócios. Nós éramos amigos.

Isso soou tão vazio na minha cabeça quanto no meu coração. A temporada tinha acabado. O que ele ia fazer agora?

Então, foi essa incerteza que me manteve no canto, perto do corredor, assim eu poderia ficar de olho e abordá-lo antes que ele saísse.

Não muito depois de eu ter me acomodado no meu cantinho do outro lado da sala, e após acenar para algumas das mulheres que tinham sido amigáveis comigo, uns jogadores começaram a sair do vestiário. Mais minutos se passaram e mais homens saíram. Mas nenhum deles era o Aiden.

Esfregando as mãos na calça, comecei a mexer no telefone, verificando nada, na verdade. Eu só odiava ficar parada ali sozinha. Mudando o peso de um pé para o outro, meu polegar roçou a lateral da aliança, a borda levemente áspera da pedra uma distração confortável enquanto mais caras saíam, alguns deles olhando para o meu canto, mas a maioria indo direto para os entes queridos. Enquanto os minutos se passavam, a sala esvaziou, e eu fiquei lá tentando decidir quando tempo esperar até chamar um táxi. Mais uns dez minutos, de repente? Zac já devia ter ido há muito tempo e, com certeza, eu não ia ligar para a Diana pedindo para ela me pegar. De acordo com a última mensagem que me mandou, duas horas atrás, ela estava com o namorado. Aff.

Esfregando as mãos no jeans de novo, engoli em seco e esperei. Então comecei a brincar com o fecho do casaco. Para cima e para baixo. Para cima e para baixo.

Dez minutos, e nada do Aiden. Três quartos da sala já deviam ter sido liberada àquela altura.

Peguei o telefone e procurei o número da empresa de táxi. Com um suspiro, olhei para cima bem quando estava prestes a clicar no ícone de ligar, e vi o homem grande e de cabelo escuro vindo pelo corredor. O rosto dele era uma máscara fria que dizia "sai da porra da minha frente e não fala comigo". A forma como ele erguia os ombros e o franzir severo da boca diziam a mesma coisa.

Ah, merda.

Por um segundo, pensei em ficar de boca fechada e apertar em ligar, mas... eu estava ali, não estava? E confiava nele para não me fazer passar vergonha.

Eu achava.

— Aiden? — chamei, de forma bem mais suave do que esperava, e queria.

Aqueles olhos escuros saltaram do chão para o nível do olhar antes de os passos firmes vacilarem e ele parar no corredor. O grandalhão tinha posto um terno para o jogo naquele dia e as peças cinza-chumbo caíram muito bem. Era só a bolsa pendendo do ombro que o fazia parecer com o Aiden Graves que eu conhecia, o que não ficava confortável vestindo outra coisa que não fosse o moletom favorito que devia ter uns dez anos, bermuda e tênis. Uma ruga se formou entre aquelas barras grossas conhecidas como suas sobrancelhas, mas só por um segundo. Antes que eu pudesse pensar duas vezes no que estava fazendo, acenei.

Mais aceno. Socorro.

O canto da boca dele se contorceu, e eu soube que tinha cometido um erro. Eu não deveria ter vindo, deveria ter ido embora com o Zac.

As narinas dele dilataram ao mesmo tempo em que ele dava outro passo à frente, e mais um, nenhuma palavra saindo da sua boca.

Eu era tão idiota. Tão, tão idiota. O que eu tinha feito ao pensar que todas aquelas coisinhas que ele dizia e fazia significavam mesmo alguma coisa? Só porque dizemos um ao outro coisas que eu tinha certeza de que não tínhamos dividido com mais ninguém, não significava que fôssemos mais do que amigos. Dava para confiar em uma pessoa sem ser amigo dela... não dava?

No último segundo, ele parou diante de mim. Trinta centímetros mais alto do que eu, muito mais largo, Aiden era... ele era imenso. Sua presença era tão avassaladora.

O corpo irradiava calor e aquele cheiro maravilhoso de pele limpa. Engoli em seco quando ele ficou lá na minha frente. O ato se transformou em um sorriso vacilante e incerto.

— Oi, grandalhão. Eu não tinha certeza se você queria que eu fosse embora ou não, mas...

— Pare. — Aiden baixou o rosto ao mesmo tempo que aquelas mãos imensas se ergueram. Uma foi para minha bochecha, a outra foi segurar o meu pescoço. Ele me beijou.

O Aiden me beijou.

O lábio inferior foi para o meu superior, a pegada reconfortante e inflexível enquanto ele arrastava a boca para me beijar por inteiro. E fiz o que qualquer pessoa sã teria feito. Eu deixei, e pressionei os lábios nos dele por instinto. Nossas bocas se encontraram em um selinho que foi seguido por um suspiro longo e gutural que ventilou o meu pescoço por um instante, a testa pressionando a minha.

Ok. *Certo.* Tudo bem.

Eu não sabia o que diabos tinha acabado de acontecer, mas não me deixaria pensar demais no assunto.

Com o coração batendo forte, ergui a boca para beijá-lo do mesmo jeito que ele me beijou, minha mão indo para a lateral do seu pescoço. Ficando de pé novamente, a testa dele seguiu a minha para baixo. Subi a mão para massagear os músculos fortes do seu trapézio, tirando uma casquinha do que podia ser ou não a primeira e última oportunidade que eu teria.

Queria perguntar se ele estava bem, mas sabia a resposta.

O suspiro profundo que deixou o seu peito me disse o necessário. Então, ergui a outra mão e comecei a massagear o outro lado do seu pescoço. Claro, ele tinha treinadores que faziam isso, e dinheiro suficiente para pagar um profissional, mas eu massagearia o trapézio dele, de qualquer forma. As pessoas ao nosso redor pareciam tão pequenas e insignificantes naquele momento, na vida em geral, que não me importei se elas estavam por perto.

— Isso é bom. — Aiden meio que suspirou.

Só afundei ainda mais os polegares, ganhando um sorrisinho do homem que os distribuía como se eles fossem os bilhetes dourados da *Fantástica Fábrica de Chocolate.* Eu jurava que ele estava rosnando de prazer como um urso.

— Melhor? — perguntei, assim que os meus dedos começaram a cansar, arrastando as palmas das mãos pelos seus ombros.

Ele fez que sim.

— Muito.

— Vou fazer o seu jantar quando chegarmos em casa. O que você acha?

— Eu acho que tudo bem.

— Pronto para ir?

Ele fez que sim uma vez mais, a pequena quantidade de prazer sendo aos poucos drenada do seu rosto.

Dando um passo para trás, hesitei. Eu tinha exagerado? Ele já estava se arrependendo de ter me beijado? O que era estupidez porque, se eu me desse a oportunidade de pensar no assunto, saberia que Aiden não fazia coisas das quais pudesse se arrepender... A menos que fosse o que ele fez comigo antes de pedir demissão. Mas não me deixei pensar nisso.

— Se importa de me dar uma carona, grandalhão? Zac já foi.

— Ele te trouxe? — perguntou ao elevar o queixo, o olhar encontrando o meu rosto. Eu assenti.

— Eu te levo.

Sorri distraída e o deixei me conduzir pelo corredor, ignorando solenemente seus colegas de time ao passarmos, e acenando com a cabeça só para os funcionários do local que o cumprimentavam ou lhe desejavam boa noite.

Chegando ao SUV, ele destravou as portas e abriu a do passageiro, fazendo sinal para eu entrar, fechando-a assim que me acomodei. Por algum milagre, consegui manter a cara de idiota no mínimo. Depois disso, ele jogou a bolsa lá atrás e entrou. Ao voltarmos para casa, o silêncio não foi necessariamente pesado. Eu sabia que ele devia ter uma centena de coisas diferentes na cabeça, e queria dar espaço a ele.

Recostando a cabeça na janela, bocejei e pensei em todas as coisas que precisava fazer quando chegasse em casa, assim não pensaria em coisas nas quais não devia nem cogitar pensar. Como aquele beijo na frente da família dos colegas de time e da equipe dos Three Hundreds.

— No que você está pensando? — perguntou Aiden, do nada.

— Eu só estava pensando em tudo o que preciso embalar para a minha viagem a Toronto. Lembra que te falei que ia a uma convenção? — expliquei. — E você? No que está pensando? — perguntei, antes de parar para pensar na razão de eu perguntar a ele algo que, na verdade, não esperava que ele respondesse.

Mas ele respondeu.

— No quanto estou preparado para seguir em frente com a minha vida.

— Você está falando sobre mudar de time? — Eu me agarrei àquilo com ambas as mãos. Eu podia imaginar muito bem o quanto era difícil para ele ser um jogador tão bom num time tão inconsistente. É de desencorajar qualquer um.

Ele fez um barulho que veio do fundo da garganta, o foco na estrada adiante.

— Você voltou a falar com o Trevor sobre o assunto?

— Não. Da última vez que nos falamos, ele disse que não havia razão para eu fazer planos até que a temporada acabasse. Ele sabe o que eu quero fazer. Não quero ficar me repetindo. Se ele quiser prestar atenção, ele pode; se não quiser, ele sabe que nosso contrato vai terminar bem antes de eu estar liberado para assinar com outro time.

Hum.

— Você... sabe para onde quer ir? — Percebi a razão por não termos tocado no assunto antes. Ele queria se concentrar na temporada, não nas possibilidades que poderiam acontecer depois dela. Mas, de repente, pareceu haver tanto foco e pressão nelas. A mudança. O futuro.

Bem, bem, bem despreocupado, ele ergueu um ombro.

— O que você acha de ir para o norte?

Para o norte?

— De quanto ao norte estamos falando?

Aqueles olhos cor de café me espiaram.

— Indiana... Wisconsin... — ele soltou.

— Ah. — Fiquei afoita para reunir as minhas palavras e colocá-las em uma ordem da qual não me arrependeria. — Posso viver praticamente em qualquer lugar. Só vou precisar comprar roupas de frio melhores.

— Você acha mesmo? — Por que a voz dele soou tão descontraída de repente?

Bufei.

— É. Umas botas, cachecol, umas luvas, e vou ficar bem. Eu acho.

— Compro uma dúzia de casacos e botas, se isso for tudo do que você precisa — ele respondeu, em um tom que estava ficando mais descontraído a cada segundo.

Isso me fez ficar um pouquinho animada.

— Não precisa fazer isso. Você já faz o bastante por mim, grandalhão.

Os dedos tamborilaram o volante, e ele pareceu balançar a cabeça.

— Van, se eu quiser, compro um casaco ou dez para você. Estamos juntos nessa.

Ovários. Para onde foram os meus ovários?

— Não estamos? — Aiden perguntou de repente, com a voz hesitante.

Afastei a cabeça da janela e me virei para olhar para ele. Havia algo tão devastador no seu perfil que era irritante. Havia algo no *próprio* Aiden que era tão bom que era irritante. Ele era tão besta às vezes, eu não dava conta.

— Sim. É claro. Somos a Equipe Graves.

Ele soltou um som divertido e me lembrei do que vinha me abstendo de perguntar.

— Então, você vai... quando você vai para o Colorado? — A temporada tinha acabado. Nos últimos dois anos, ele foi assim que possível, mas, esse ano, ainda não tinha dito uma única palavra para mim. Mas, bem, por que ele diria? Não era eu quem alugaria a casa ou faria os arranjos para o aluguel do carro nem nada disso.

E, simples assim, sua linguagem corporal mudou completamente. Ele ficou rígido. Os dedos se curvaram no volante. A língua cutucou a bochecha.

— Devo ir na segunda semana de fevereiro.

— Ah. — Dali a três semanas. — Você ainda vai ficar por dois meses?

Ele não respondeu em voz alta, só assentiu.

Mas a resposta atingiu o meu coração como uma marreta. Ele ficaria dois meses fora. Claro que não tivemos conversas profundas todos os dias, mas, ao menos no último mês e meio, eu não conseguia me lembrar de um dia em que não passei algum tempo com ele, mesmo que tudo o que fizéssemos fosse assistir televisão em silêncio ou ficar sentados no chão com Leo entre nós.

— Legal — eu meio que murmurei, mas não era nada legal.

Jogando a quinta blusa por cima do ombro, eu gemi. Foi só quando comecei a fazer a mala que passou pela minha cabeça que eu não tinha roupas suficientes. Era como se um ninja tivesse entrado escondido no meu armário, aberto as gavetas e roubado tudo o que me servia direito e ficasse bonito.

— O que você está fazendo? — perguntou a voz baixa e rouca de Aiden às minhas costas.

Eu me virei e o vi parado à porta, as mãos no bolso da calça de moletom cinza, um tornozelo cruzado diante do outro. Frustrada, soprei uma mecha de cabelo rosa para longe dos meus olhos.

— Estou tentando fazer a mala para a minha viagem de amanhã.

— Qual é o problema?

Droga. Suspirei. Ele me conhecia mesmo, e isso só me fez ficar mais acanhada.

— Não encontro nada que eu queira vestir. — Aquela era a maior parte da verdade. A outra parte era que eu estava muito mal-humorada desde o último jogo dele, quando o grandalhão admitiu que estava indo para o Colorado depois de me beijar como se não fosse grande coisa. Ele partiria em duas semanas. Por dois meses.

Aiden ergueu as sobrancelhas como se me dizendo para prosseguir, o que só me deu ainda mais nos nervos.

— Eu me sinto como se amanhã fosse o meu primeiro dia de aula. Estou tão nervosa — confessei a outra parte minúscula do problema.

Aiden fez careta ao descruzar as pernas e entrar no meu quarto.

— Com o quê? — perguntou ele, abaixando-se para pegar duas blusas que tinham caído no chão. Colocando-as na cama, ele se acomodou bem ao lado delas no colchão, olhando para mim.

— A convenção. — Era exatamente assim que eu ficava antes do primeiro dia de aula na escola. O nervosismo. A náusea. O temor. A preocupação quanto a com quem eu me sentaria. Se alguém viria à minha mesa. Que merda eu estava pensando ao me inscrever? Não era como se eu estivesse sedenta por negócios. Consegui um fluxo contínuo de novos clientes, além da minha clientela fiel e recorrente.

— É uma convenção de livros. Com o que você está preocupada? — Ele pegou a última blusa que eu joguei na cama e a ergueu, olhando para as mangas longas e o azul-royal. — Qual é o problema com essa aqui?

Os nervos comiam o meu peito e a minha alma, e ele não tinha nem como compreender pelo que eu estava passando. Não achava que Aiden soubesse o que era insegurança. Ignorei o comentário sobre a blusa.

— E se todo mundo me odiar e ninguém falar comigo? E se alguém jogar coisas em mim?

Aiden bufou, deixando a blusa de lado e pegando a próxima da pilha.

— O que eles vão jogar? Marcadores de livro?

Isso me fez gemer.

— Você não entende...

Aiden me espiou por cima da gola da blusa, e pelas rugas ao redor dos seus olhos, eu podia dizer que ele sorriu só um pouco antes de colocá-la do lado oposto ao que tinha deixado a azul.

— Ninguém vai jogar nada em você. Relaxa.

Engoli em seco e fui me sentar na cama ao lado dele, a coxa tocando a minha.

— Certo, talvez não, mas e se... ninguém for à minha mesa? Você pode imaginar o quanto seria estranho? Eu sentada lá completamente sozinha? — Fiquei aflita só de pensar nisso.

Mexendo-se no colchão, ele ergueu a mão e tocou a minha coxa com a ponta dos dedos. O sorriso no seu rosto derreteu por completo e ele me encarou com a expressão firme e séria.

— Se ninguém for à sua mesa, é porque eles são idiotas...

Não pude deixar de abrir um leve sorriso.

— ... e não têm bom gosto — adicionou, me dando um apertão. Meu sorriso pode ter crescido um pouco mais.

— Olhei o seu site. Vi o antes e depois do que você fez. Você é boa, Van.

— Eu sei que sou boa...

A risada dele me cortou.

— E as pessoas pensam que eu sou convencido.

Dei uma cotovelada no braço dele e ri.

— O quê? Eu sou. Não há muitas coisas em que sou boa, mas essa é uma das que ninguém pode tirar de mim. Trabalhei muito nela.

A expressão de Aiden era indicação do quanto ele achava aquilo engraçado enquanto erguia a blusa azul que tinha deixado de lado.

— Então você sabe que não tem nada a temer. Leve essa junto.

Peguei a blusa que ele segurava e bufei, depois assenti, dobrando-a em silêncio. Andei pelo quarto e peguei as outras coisas que queria levar. Eu só ia passar duas noites, não precisava de muita coisa, mas ainda estava levando mais do que o necessário só para garantir. Preferia ter blusas demais do que de menos.

Eu me ajoelhei para pegar a mala de mão debaixo da cama, lançando um olhar para ele dobrando as blusas que eu tinha deixado de lado e que não levaria.

Ele me pegou encarando e só ergueu as sobrancelhas de leve.

— Para de me olhar como se fosse vomitar, Van. Você vai ficar bem.

— Você fica dizendo isso, mas, bem, você não se intimida com nada, grandalhão. Você ganha a vida partindo para cima de caras do seu tamanho ou maiores do que você.

As sobrancelhas dele se ergueram ainda mais na testa.

— O medo está todo na sua cabeça.

— Odeio quando as pessoas dizem isso.

— É verdade. O que pode acontecer de pior? As pessoas não falarem com você? Não gostarem de você? As pessoas que te conhecem de verdade gostam.

— O Trevor, não.

Aiden me deu aquele olhar inexpressivo e exasperado dele.

— Desde quando você se importa com o que ele pensa? Trevor é um idiota no que diz respeito a tudo o que não gera dinheiro para ele. E daí se houver uma chance de algumas pessoas que você não conhece não gostarem de você? A opinião delas não devia importar. Quando tudo acabar, você ainda será você, a você que eu sei que me mostraria o dedo no meio de um estádio, e a opinião de ninguém mudaria isso.

Ah, cara.

Esse nó enorme preencheu a minha garganta, e eu não poderia fazer nada além de ficar ajoelhada ali numa posição estranha e olhar para ele. O cara tinha razão, até certo ponto. Eu não costumava me preocupar com o que outras pessoas pensariam. É claro, eu não gostava de passar vergonha, mas quem gostava? Mas Aiden "A Muralha de Winnipeg" Graves, a pessoa mais dedicada e esforçada que já conheci, pensar isso de mim? Bem, significava para mim muito mais do que deveria.

Muito mais mesmo.

Ele terminou de dobrar o resto das minhas roupas e deu um tapinha na pilha ao seu lado.

— Eu vou te levar ao aeroporto?

Eu deveria mesmo ter ficado em casa.

Dois dias depois, fiquei atrás da minha mesa na convenção por quase três horas. Minha mesa, que eu tinha reservado de último minuto, ficava no corredor mais afastado da entrada. Meus banners estavam montados; eu tinha alguns livros brochura de pé e marcadores, pins e canetas com a minha logo espalhados pela toalha rosa-choque que eu tinha tingindo de novo e de novo na garagem até chegar ao tom perfeito. Trouxe até um sinal luminoso que Zac, que, ao que parecia, era extremamente jeitoso, me ajudou a fazer na última semana depois do nosso treino para a corrida.

Enviei para ele, Aiden e Diana fotos da mesa quando a armei naquela manhã. Só o Zac e a Di tinham respondido, o que não era uma total surpresa, acho. Mas eu não ia me deixar preocupar demais.

Eu sabia que não estava delirando ao achar que a minha mesa estava muito organizada. Tudo arrumadinho e o tom de joias dos livros que eu tinha trazido e os brindes combinavam muito bem. Estava legal, mas legal não ajudava em nada quando todo mundo parecia sorrir para isso e passar reto para conseguir autógrafo nos livros.

Até mesmo a autora ao meu lado, que me disse que só havia lançado um livro, tinha pessoas que paravam para conversar com ela. Pensei que o fato de ela ter um homem mais ou menos atraente, que ao que parecia tinha sido o modelo da capa, com certeza ajudava a chamar a atenção das pessoas.

Por que não pensei em pedir para o Zac vir?

As mulheres o amavam antes mesmo de ele abrir a boca, mas, no segundo em que descobriam que ele era um jogador de futebol americano profissional — bem, nesse momento, temporariamente ex-jogador —, elas voavam nele como gafanhotos. Zac com certeza teria fingido ser um modelo de capa caso eu tivesse pedido.

Droga. Um grupo de três passou por mim e lançou um olhar

interessado na minha direção antes de seguirem em frente.

Eu iria embora se não me sentisse uma verdadeira covarde por causa da atitude. Paguei uma nota no voo, no hotel e em todas as coisas que comprei para a mesa, isso sem contar a tarifa de exibição. Jesus, só de pensar no quanto gastei, já ficava com a garganta seca. Mas a gente precisava investir dinheiro para ganhar mais dinheiro. Meu pai adotivo, que tinha uma empresa de dedetização de sucesso, costumava me dizer isso.

Eu estava prestes a levar a mão para baixo da mesa e pegar uma garrafa de água quando um movimento na multidão na parede oposta mais próxima chamou a minha atenção. Um autor, cuja mesa era perpendicular à minha, tinha uma fila com umas trinta pessoas preenchendo o corredor largo. Mas lá do outro lado da fila, mulheres de todos os tipos e idades começaram a se mexer. Todas elas foram, aos poucos, virando e torcendo a cabeça para alguma coisa.

Foi a cabeça acima e atrás da multidão que eu notei primeiro. Avançando, usando um moletom preto desbotado que eu tinha lavado e dobrado inúmeras vezes, estava um homem. Um homem que eu teria reconhecido mesmo se ele pintasse o cabelo de louro e usasse uma batina. Eu reconheceria o Aiden em qualquer lugar.

Era a forma como ele erguia os ombros, aquelas pernas longas que carregavam o passo confiante, e o jeito convencido com que ele erguia a cabeça, que dizia mais que o bastante. A forma como os braços descansavam na lateral do corpo e aquele pescoço grosso confirmaram que A Muralha de Winnipeg estava mesmo ali.

Aiden estava ali.

Eu não sabia por que, e para ser sincera, nem queria imaginar o porquê. Eu não poderia ter me importado.

Aiden tinha vindo.

Respirei fundo e fiquei de pé, o maior sorriso que já dei fazendo as minhas bochechas doerem na mesma hora.

Aquelas íris castanhas varreram o lugar. Uma parte de mim estava bem ciente de que todo mundo em um raio de seis metros estava focado nele. Claro, havia uma boa quantidade de modelos masculinos por ali, mas nenhum deles era o Aiden, nem chegavam remotamente aos pés dele. Eu não tinha me incomodado em dar aos modelos mais do que uma olhada rápida e curiosa, o que dizia tudo o que havia para saber quanto aos meus sentimentos pelo grandalhão. Homens com corpo sarado eram incríveis, sem dúvida. Caras amigáveis que sabiam o quanto eram atraentes e gostavam de se exibir e flertar com os fãs era mágico.

Mas o Aiden não era sorrisos e falsa modéstia. Ele não sabia nem ligava para o fato de ser inesquecível. Ele tinha uma confiança que ia bem mais fundo do que a dos homens que gostavam do que viam no espelho; Aiden valorizava as habilidades que tinha desenvolvido com o próprio esforço. Ele acreditava em cada centímetro de si mesmo, se importava com o que podia fazer e se esforçava até ser melhor do que era no dia anterior. Nada da merda exterior que muitas pessoas valorizavam tanto.

E toda aquela masculinidade, a arrogância autoconfiante e a mentalidade de que "bom" jamais seria suficiente tinha acabado de focar em mim parada com um sorriso que era mais do que provável que estava me fazendo parecer uma lunática.

Juro pela minha vida que o meu coração estava prestes a explodir de felicidade e surpresa. Eu devia estar tremendo um pouco também por causa da energia reprimida e do choque completo.

Aqui estava o homem que valorizava o próprio tempo, que não tinha tirado nada que se parecesse com férias ou se permitido distrair do seu objetivo final desde que o conheci.

Sim, ele estava ali.

— Santa mãe... — Eu mal ouvi a mulher na mesa ao lado da minha gaguejar em voz alta antes de ficar de quatro, rastejar por baixo da mesa e saltar de pé para chegar ao outro lado e encontrar aqueles pés enormes tamanho 46 vindo na minha direção.

Ele ergueu as sobrancelhas para mim, os cantos da boca se repuxando para cima quando finalmente ficamos a menos de meio metro um do outro.

— Oi.

Eu ia explodir. Eu ia explodir por dentro, sem sacanagem.

— Estou prestes a abraçar você — avisei no que pareceu um arquejo, segurando minhas mãos na lateral do corpo. — Eu estou prestes a te abraçar horrores, sinto muito, mas... não muito.

As sobrancelhas grossas pareceram subir um centímetro a mais em sua testa, a bochecha tremendo de um jeito estranho que o fazia parecer estar um pouco envergonhado.

— Por que você está dizendo isso como se eu devesse estar com medo?

O "medo" mal saiu da boca dele quando joguei os braços ao redor do seu pescoço. Dane-se um abraço amigável ao redor do corpo. Fui direto para aquele pescoço grosso no qual eu tinha a sensação de que poderia me pendurar sem fazer o homem puxar um único músculo dos milhares que ele tinha. Meu rosto foi direto para o espaço entre o peitoral, enterrando-se ali, embalando-o no que era o peitoral mais bonito e duro do universo.

A alegria me fez tremer.

— Você veio — murmurei no tecido macio do moletom. Cerca de dezoito emoções diferentes se prendiam à minha garganta. — Não sei por que você está aqui, e por que está congelando lá fora e você só está com essa blusa de frio em vez de um casaco pesado como um ser humano normal, mas estou tão feliz por te ver. Você não faz ideia.

Fiquei arrepiada — sério, arrepiada —, enquanto apertava os meus braços ao redor dele, enterrando o rosto um pouco mais fundo na depressão do seu peitoral.

— Pare de falar — Aiden murmurou quando os braços imensos engoliram as minhas costas. E, então, ele estava me abraçando. Os bíceps embalaram as minhas costelas enquanto ele me puxava para si, até eu ficar na ponta dos pés, a frente dos nossos corpos colada.

Lágrimas nublaram os meus olhos, mas os fechei e apertei Aiden mais uma vez antes de me abaixar devagar para os meus pés. Olhando para cima, para aquele rosto bonito e severo, tive que morder os lábios por dentro para me impedir de sorrir como uma idiota apaixonada, o que era exatamente o que eu era.

Naquele momento, eu não achava já ter amado nada a metade que eu amava o Aiden.

Deslizando as mãos do seu pescoço, passando pelos ombros e, enfim, por aqueles bíceps que eu sabia que foram esculpidos à perfeição de tanto que eu babava neles, eu o afaguei. Então o agarrei e tentei sacudi-lo.

E, depois, comecei a sorrir de novo. E daí que eu parecia uma cabeça-oca apaixonada por um homem com quem tinha me casado como parte de um acordo de negócios? Eu era, e nunca fui muito boa em ser qualquer coisa senão eu mesma.

De todas as pessoas que eu poderia ter ao meu lado me dando apoio moral, aqui estava a mais inesperada... e a maior. Meu amigo. O guardião dos meus segredos. Meu apoio moral. A minha papelada.

Além disso, com reflexos como os dele, se alguém tentasse jogar algo em mim, ele poderia desviar a coisa. Não que fosse acontecer, já que mal notavam a minha presença ali.

Pensar em ter o homem ao meu lado não ajudava muito. Só me fazia querer chorar, e agora não era a hora. Inferno, a próxima década não seria a hora certa. Eu tinha que me lembrar disso, mesmo o meu coração dando uma acelerada ao compreender que Aiden tinha aparecido.

Deslizei as mãos pelos bíceps até os cotovelos e, enfim, cheguei aos pulsos.

— Você vai ficar um tempinho? — perguntei, tentando não abrigar muitas esperanças. Talvez ele tivesse, é... algo pelo que veio além de mim.

Virando os pulsos, ele deslizou as mãos para baixo até estarmos com as palmas encostadas.

— Acabei de pegar um voo de quatro horas para chegar aqui. Por quem mais eu teria vindo?

Eu amava esse homem.

Isso foi o que pensei. O que eu disse, no entanto, foi algo completamente diferente.

— Tudo bem, espertinho. Me deixa ir pegar uma cadeira para você, então — falei, dando um passo para trás antes de dar uma piscadinha para ele. O cara estava mesmo parado no meio de uma convenção, usando um moletom e com uma mochila nas costas. Ele estava ali. *Ali.*

Com um gritinho que eu não soltava desde provavelmente os doze anos, joguei os braços ao redor dos de Aiden e o abracei mais uma vez por um milésimo de segundo.

— Certo, eu já volto — disse, soltando-o e dando um passo para trás só para encontrá-lo olhando para mim com a expressão mais estranha no rosto.

— Eu pego — ele murmurou, inclinando a cabeça para a minha. Um sorrisinho enrugou os cantos daquela boca super séria. Ele baixou o queixo. — Alguém jogou alguma coisa em você?

Estreitei os olhos.

— Ainda não.

Aiden soltou um suspiro e me lançou aquele olhar que me dava nos nervos.

— Eu te falei. — Ele estendeu a mão e tocou o meu cotovelo com a ponta dos dedos. — Já volto.

Não sabia onde ele pretendia arranjar uma cadeira, mas se alguém conseguia o que queria, esse alguém era o Aiden. Ele daria um jeito. Com isso em mente, me arrastei por debaixo da mesa e voltei a me sentar, de repente me sentindo muito mais otimista, e cerca de oitocentas vezes mais feliz do que estava minutos atrás.

Eu mal tinha me sentado e puxado a cadeira para frente quando percebi que ambas as autoras de cada lado meu estavam encarando. Encarando, sem sacanagem. Uma delas estava até boquiaberta.

— Por favor, me diz que ele não é seu irmão — a que estava com a boca fechada gaguejou, o olhar fixo na direção em que Aiden tinha desaparecido.

— Ele não é meu irmão — respondi, um pouco mais convencida do que o necessário, o polegar acariciando a parte de cima do meu anel.

— Ele é um modelo? — A que estava de boca aberta chegou quase a arfar. — Porque ele nunca me abraçou desse jeito. — Ela apontou com o polegar para o homem sentado ao seu lado e que estava fazendo careta enquanto também encarava o caminho que Aiden tinha seguido.

Mordi a bochecha e tentei segurar o sorriso, mesmo a minha alma rejubilando com *Aiden! Ele está aqui!*

— Não.

Ambas só me olharam com cara de pateta por tanto tempo que ergui a mão para brincar com a perna dos meus óculos, me sentindo um pouco desconfortável.

O modelo enfim se inclinou ao redor da autora com quem estava sentado.

— É o Aiden Graves, não é?

E, é claro, alguém o reconheceria imediatamente. Vi uma propaganda com ele no aeroporto na noite de ontem.

— Quem é esse? — a autora à minha esquerda perguntou.

— A Muralha de Winnipeg. O melhor jogador de defesa do *NFO* — o cara respondeu, o olhar pulando do lugar por onde Aiden tinha ido para mim, a expressão mais do que um pouco curiosa. — Você está escrevendo um livro sobre ele? — o rapaz perguntou, e eu juro que quase revirei os olhos. A placa atrás de mim com o meu nome dizia design gráfico com todas as letras. Além disso, estávamos em uma convenção de romances. Eu não sabia que escrevia biografias.

— Não — a voz profunda e familiar respondeu de forma inesperada, pouco antes de largar uma cadeira de metal ao meu lado. — Ela é minha.

E ele saiu com essa.

O meu coração também — sem chance de voltar atrás, caindo direto do penhasco.

Eu achava...

Bem, não importa o que eu achava. Ou por que ele tinha escolhido falar isso em vez de dar qualquer outra resposta, exceto a verdade levemente dolorosa. Dolorosa porque minhas entranhas se agarraram à palavra com "M", mesmo que não devessem. De alguma forma, com Aiden empunhando-a, a palavra parecia uma arma de destruição em massa que tinha o intuito de destruir o meu coração.

Eu deveria ter sido mais esperta. Eu sabia a estupidez que era sentir algo por ele que não fosse amizade. Eu sabia mesmo. Isso entre nós eram negócios, ele deixou esse pormenor bem claro antes de assinarmos a papelada. Ambos conseguimos algo com aquilo. Mas a amizade que tinha florescido entre nós — uma genuína que havia repuxado a minha cabeça e o meu coração de forma que aquilo tinha virado algo mais. Ao menos para mim.

Eu amava o Aiden, e ouvi-lo se referir a mim como sua contornou cada instinto no meu corpo que havia me levado a ter sucesso por contra própria. Não me fez sentir como se eu valesse mais, mas deu uma turbinada, não importa o quanto fosse estupidez minha tirar a declaração do contexto. Era inútil ter esperança. Era inútil amá-lo. Gostar dele, claro. Eu gostava dele há anos. Tive uma imensa quedinha por ele durante esse tempo também.

Mas isso...

Isso me fez querer ter esperança, e essa era a porra da última coisa de que eu precisava.

Agora, essas pessoas que eu podia ou não voltar a ver saberiam com certeza que estávamos juntos. Eu sabia como essas coisas funcionavam.

Uma pessoa diria a outra e a maior parte das pessoas da minha área, na profissão que eu quis seguir, incluindo clientes potenciais que estavam ali naquele ambiente, saberiam que Aiden Graves e eu nos casamos e, em cinco anos, elas saberiam o que eu perdi. Todos saberiam que nos divorciamos, isso se sequer se lembrassem.

O que talvez não lembrariam. Lembrariam?

Pelo preço de ter os meus empréstimos estudantis pagos, eu teria que conviver com isso. Eu precisava, e aquele pensamento fez o meu peito se apertar de um jeito muito pouco natural e fez todo o meu corpo doer. Como era possível sentir saudade de algo que eu ainda tinha?

Um cotovelo firme e enorme me cutucou.

— Qual é o problema? — Aiden perguntou naquela voz baixinha, tentando, em vão, manter o assunto entre nós dois. Eu não me deixaria enganar. Todo mundo ao nosso redor devia estar tentando ouvir.

Obriguei-me a afastar os pensamentos depressivos e desnecessários, e virei um pouquinho a cadeira para poder encará-lo, limpando a minha expressão. Ao menos foi o que esperei ter feito.

— Eu só... estou bem. Não posso acreditar que você está aqui.

— Uma surpresa feliz? — Ele me observou com aqueles olhos escuros antes de a lateral do seu joelho beijar a do meu.

Ele pareceu hesitante ou eu estava imaginando coisas? Pensei em deixar para lá, mas, bem, todos os sinais apontavam para o fato de que o grandalhão me conhecia de verdade. Ele saberia se eu estivesse mentindo.

— Dãã — sussurrei. — Só me fez pensar no quanto os próximos quatro anos mais ou menos passarão num piscar de olhos, e no quanto vou acabar sentindo saudade de você depois disso. — Fiz uma careta que estava tentando ser um sorriso. — É idiotice. Estou tão feliz por te ver, e já estou ficando chateada por pensar em quando não vou te ter por perto.

Por que eu estava dizendo essas coisas para ele? E por que os meus olhos ficaram marejados de repente? Pisquei para Aiden, enxugando-os inutilmente com as costas da mão e soltando aquela gargalhada horrível de quanto a gente chora, mas quer pensar que algo é engraçado.

— Estou muito feliz por você estar aqui e estou chorando. — Eu *chorri* com amargura, de repente ficando ciente de que todas essas pessoas que eu não conhecia e que estavam ocupadas olhando o Aiden talvez fossem ver que eu estava chateada.

Quando olhei para cima para me certificar de que Aiden pensou que eu estava sendo tão doida quanto imaginei, percebi que ele não estava sorrindo. Nem de perto. Aquele olhar inexpressivo não dizia que ele achava que eu estava sendo doida, e ele não ia me dizer que eu estava me estressando sem motivo. Em vez disso, o pomo de Adão se moveu e ele me encarou como se não soubesse o que dizer.

O que só me fez me sentir estranha. Voltando a secar os olhos, funguei e me obriguei a abrir um sorriso para ele, não ganhando nem mesmo uma fração de um. Eu não ia me preocupar com isso.

— Desculpa. Não sei por que fiquei tão emocionada. Meus hormônios devem estar fora de sintonia. — Engoli em seco e lambi os lábios, ainda ciente demais de que ele estava queimando o meu rosto com o olhar. — Estou tão feliz por você estar aqui. Sério. Essa foi a melhor surpresa da vida.

A bochecha barbada afundou, e eu soube que ele a mordia por dentro, as narinas dilatadas no processo. Um suspiro muito, muito, muito profundo foi expelido bem devagar pelos seus pulmões, e juro, foi quase como se o peito dele tivesse esvaziado. Toda a sua linguagem corporal mudou em detalhes tão pequenos que eu teria perdido se não o conhecesse tão bem. Mas a verdade era que eu conhecia o Aiden. Eu sabia quase tudo sobre ele, e vi os sinais.

Só não sabia o que fazer com eles. A única coisa de que estava ciente era que queria que ele tivesse uma ideia do quanto era importante para mim ele estar ali. Comigo.

Naquele momento, soube que o amor não-correspondido que eu sentia por Aiden ia terminar em desgosto. O problema verdadeiro era que a minha cabeça parecia não se importar com as consequências. Eu me inclinei para a frente, apoiando a mão na massa sólida do meio da sua coxa, e beijei a bochecha barbada, talvez não imaginando o barulho de fundo das mulheres ao meu redor reagindo ao meu toque e por eu ter chegado tão perto dele.

— Não posso mesmo acreditar que você está aqui.

— Você já disse isso — ele murmurou, os olhos se desviando dos meus para algo levemente mais abaixo.

— Que chato. Eu estou chocada. — Apertei a sua perna antes de me ajeitar na cadeira e sorrir para ele. — Oba — sussurrei.

As pálpebras dele cobriram aquelas órbitas límpidas e escuras.

— Você vai me dar diabetes.

Isso me fez cair na gargalhada, aliviando o estresse por um momento e me presenteando com aquele curvar minúsculo nos cantos da sua boca.

Ele ergueu a mão e tocou uma mecha rosa-clara, da cor que Diana pintou o meu cabelo semanas atrás.

— Vou pegar um chá verde. Quer aquele açúcar acompanhado do café porcaria de que você gosta? — ele perguntou, já se levantando sobre os pés imensos.

— Quero, mas não sei se eles vão te deixar entrar com bebida.

Ele me lançou um daqueles olhares.

— Eles vão. — Uma mão foi para o meu ombro, ele apertou e então pegou a minha mesa pela beirada, moveu-a para o lado e passou pelo espaço que havia aberto. Depois a colocou de volta sem derrubar nada do que estava em cima.

Com certeza não foi a minha imaginação dizendo que noventa por cento das mulheres por quem ele passava na fila, e por trás das mesas, observavam o homem e o seu traseiro durinho e redondo enquanto eles iam em direção à saída.

Eu estava tão ferrada.

Uma mão se moveu na minha visão periférica.

— Você é casada com ele? — a moça ao meu lado perguntou, mesmo o rosto dela estando colado naquela bunda maravilhosa.

Um nó imenso se formou no meu peito ao observar as costas largas de Aiden desaparecerem na multidão. Tive que reprimir o que tive certeza de que seria um suspiro.

— Sou.

— Tentei chegar mais cedo, mas não encontrei voo — ele explicou horas depois, quando nos deitamos na cama no quarto do hotel com oito caixas de comida para viagem espalhadas entre nós. Dois pratos tinham uma variedade de tofu, três caixas eram de arroz, duas de vegetais salteados e uma oitava tinha frango agridoce. As três maçãs, quatro bananas, dois copos de fruta e o chá verde enorme que ele comprou na convenção não satisfizeram o grandalhão nada, nada.

Afundando o frango no molho, olhei para Aiden, ainda deliciada por ele ter me feito uma puta surpresa ao aparecer. Era surreal. O fato de eu ter uma pessoa após a outra se aproximando da minha mesa, depois que ele voltou com as bebidas e os petiscos, não me escapou. Para dar crédito a ele, Aiden lidou com a atenção tão bem quanto era de se esperar. Ele chegou até mesmo ao ponto de dizer "obrigado" e "prazer te conhecer" para as pessoas que lhe pediam autógrafos depois de a notícia de ele estar ali ter se espalhado.

Claro, todo mundo que passou lá foi por causa dele ou me usou como desculpa para se aproximar da mesa, mas, ao final da convenção, todos os meus cartões de visita tinham sido distribuídos, assim como a maioria dos marcadores e dos pins. Fui marcada em pelo menos cinquenta páginas na internet, mais de uma incluindo uma foto do grandalhão comigo.

Não era idiota; aceitaria o que conseguisse, mesmo que por motivos escusos, e lucraria em cima disso. E daí se, no futuro, todo mundo descobrisse que o nosso relacionamento não tinha dado certo e se perguntasse o que tinha acontecido para que nos separássemos? E daí se a primeira coisa que pensassem era que ele tinha me traído? Isso era o que todo mundo costumava imaginar quando os casais se separavam.

Dizer a mim mesma que não me importava com o que as pessoas pensavam não fazia ser mais fácil de engolir.

Eu saberia que não nos "separamos" por esse motivo. E teria que ser o suficiente.

— Quando começou a procurar? — perguntei, afastando os pensamentos sobre traição e divórcio mais uma vez e me concentrando no fato de ele estar ali.

— Ontem — ele murmurou, a boca ainda cheia.

Ahh, caramba. Eu sabia que talvez tivesse exagerado quando ele me deixou no aeroporto. Talvez tenha sido eu dizendo "enfia o meu HD no micro-ondas se eu não voltar" que o fez vir.

— Não tinha voos ontem à noite, e eu tive que esperar para falar com o Zac para que ele cuidasse do Leo; de outra forma, teria chegado antes — adicionou ele.

— Eu não quis fazer você se sentir culpado a ponto de vir.

Ele deu de ombros.

— Você não me pediu para vir, e eu não teria vindo se não quisesse.

Mesmo sabendo que era verdade, ainda me sentia mal um pouquinhozinho de nada. Só um pouquinho.

— É, eu sei, mas mesmo assim. Eu não deveria ter chorado tanto por causa disso ou feito você pensar...

— ... que jogariam coisas em você. — Ele soltou uma risada baixa que foi toda brincalhona e totalmente inesperada. Aiden ergueu a mão e a colocou no meu joelho, tendo o cuidado de não me tocar com os dedos sujos de molho. — Fui dormir preocupado.

Ele estava preocupado comigo?

— Todo mundo pareceu ser legal — concluiu.

É claro, todo mundo tinha sido legal com ele. Tudo bem, foram legais comigo também, mas era diferente. Todo mundo foi dar uma olhada nele, antes e até mesmo depois de perceberem que as peguei no ato. Filhas da mãe.

Não ia mentir. Esse sentimento desconhecido e territorial assumiu toda vez que eu via uma mulher ficar com aquela expressão que fazia parecer que estava prestes a pular em cima dele, enquanto ele estava lá, completamente alheio ao mundo ao seu redor, com um livro naquelas mãos de um milhão de dólares. E eu pensei, então, que é claro que o comeriam com os olhos. Aqui estava esse homem enorme e incrivelmente atraente em uma convenção de livros de romance... lendo um maldito livro.

Mas aquela parte do meu cérebro não tinha gostado muito das secadas, mesmo que, pela lógica, eu não pudesse culpá-las. Não ficaria surpresa se fotos dele aparecessem na internet amanhã, se já não tiverem sido postadas, com memes ridículos ou legendas logo abaixo.

E só de pensar nisso eu era preenchida de presunção por ele ser legalmente meu marido, então todas essas invejosas poderiam ir à merda... Eu sabia o que meu peito estava me dizendo, como ele estava se sentindo. Possessividade. Horrorosa possessividade.

Eu não gostava. Não gostava nem um pouco. Esse era o Aiden. Meu amigo. O homem com quem me casei para que ele se tornasse residente. O cara que assistia televisão comigo. Claro, eu estava apaixonada por ele, mas sabia que não havia nada que pudesse fazer ou faria a respeito. Eu sabia o que significávamos um para o outro.

Possessividade não tinha lugar para viver na nossa complicação.

— Eles estavam sendo legais porque você estava lá — expliquei, olhando-o de lado para ver a sua reação. — Ninguém parou antes de você chegar.

Ele piscou, sem se preocupar nem um pouco por eu dizer que foi a aparência dele a razão para as pessoas terem parado na minha mesa.

— Se não pararam, é porque eram cegos e idiotas. Eu te disse, Van. O seu material era o que tinha a melhor aparência ali. Peguei os seus marcadores.

— Você pegou mesmo os meus marcadores?

Ele ergueu as sobrancelhas.

— Dois.

Esse homem estava acabando comigo. Aos pouquinhos.

— Seu sorrateiro. — Eu sorri ainda mais e afaguei a mão que ainda me tocava. — Não posso mesmo acreditar que você está aqui. Na sua terra natal.

— Eu sou de Winnipeg.

— Sei de que cidade você é, seu bobo. Só pensei que você jamais viria ao Canadá.

Aiden fez uma pausa.

— Eu não odeio o Canadá.

— Mas você nunca quis vir e não quer morar aqui. Não foi por isso que você... ficou comigo? Porque você não queria voltar?

— Eu não *quero* morar aqui.

— Por causa dos seus pais? — tive a coragem de perguntar.

A cabeça dele meio que inclinou, aquela boca carnuda formando uma linha pensativa.

— Eles jamais serão a razão para eu tomar qualquer decisão, nunca mais, Van. Não quero mais morar aqui. Não tenho ninguém aqui além do Leslie. — O garfo na mão dele estremeceu. — Tudo pelo que me importo está nos Estados Unidos.

Olhei para ele com cautela, como se eu entendesse, mas não entendia. Não de verdade. O grandalhão só me tocou de novo e, dessa vez, sorri.

— Eu te devo muito.

Isso o fez gemer antes de voltar a atacar o tofu que estava em seu colo.

— Você não me deve nada — ele disse, mexendo na caixinha.
— Devo. Você não faz ideia do quanto tudo isso significa para mim.

Aiden revirou os olhos, mesmo que estivesse olhando para baixo.

— Estou falando sério. Você não faz ideia. Nunca vou poder te agradecer o bastante.

— Não preciso dos seus agradecimentos.

— É, você precisa. Eu quero que você saiba o quanto isso significa para mim. Minha própria mãe não foi à minha formatura na faculdade, e você pegou um voo para se sentar comigo e ficar entediado até a alma por horas. Você não faz ideia do quanto fez pelo meu dia... pelo meu mês.

Aiden balançou a cabeça e olhou para cima, os cílios longos varrendo para baixo enquanto ele nivelava aquele anel de calidez castanha em mim.

— Você não me abandonou quando precisei de você. Por que eu não faria o mesmo por você?

— Meus amigos vêm me visitar depois que eu voltar do All Star Bowl.

Recostada no balcão dois dias depois de voltarmos de Toronto, bebi o resto da água que estava no copo e estreitei os olhos na direção de Aiden. Sentado à mesa, ele cumprimentou a mim e ao Zac quando arrastamos nossos pés para dentro depois da nossa corrida uns minutos atrás.

Eu estava exausta, para lá de exausta, e faltando só três semanas até a maratona estava começando a duvidar de verdade de que seria capaz de concluir a corrida. Há uma semana, eu estava lutando para concluir trinta quilômetros, então um pouco mais de quarenta? Trinta quilômetros era mais do que pensei de que seria capaz, então percebi que não estava valorizando os passos largos que dei nos últimos meses. Desnecessário dizer que estava ocupada me preocupando com como diabos eu ia conseguir cobrir mais oito quilômetros quando Aiden fez o comentário.

Pisquei para ele.

— O quê?

— Meus amigos estão vindo de visita... — Ele foi parando de falar como se para se certificar de que eu estava ouvindo. — Depois do All Star Bowl.

Eu estava ouvindo, mas não estava entendendo a razão para ele estar me dando esse olhar estranho e expectante. Ele soube que foi votado para o All Star Bowl quando chegamos de Toronto. A viagem dele estava marcada para amanhã.

— Ok...

— Eles estão vindo visitar a gente.

Recuando devagar em direção aos bancos da ilha, deslizei em um, forçando o meu cérebro lento e distraído a se concentrar. *A gente*. Ele disse a gente. Eles estavam vindo visitar...

Ah, merda.

— *A gente*.

Ele assentiu, solene, observando-me com atenção.

Tudo bem.

— E querem ficar aqui? — perguntei, mesmo sendo uma pergunta idiota para a qual eu já sabia a resposta. Toda vez que os amigos dele vieram, ficaram com ele.

Por que dessa vez seria diferente?

Ah, sim, porque eu morava com ele e ficava no quarto que sempre foi usado como quarto de hóspedes.

E porque éramos legal e tecnicamente casados e tínhamos concordado em manter a farsa para que nenhum de nós tivesse problemas com a lei.

Ah, caramba.

Sendo realista, não era o fim do mundo, e poderíamos dar um jeito. Poderíamos. Iríamos. Não era grande coisa. Estava fadado a acontecer uma hora ou outra.

— Certo. Você... Eu posso ficar com a minha amiga enquanto eles estão aqui, se você quiser. Você pode fingir que eu fui visitar alguém. — Ou talvez eu poderia encontrar um voo de última hora para um lugar quente. Não seria a primeira vez que eu faria Diana fingir estar doente para podermos viajar.

Ao que parecia, o meu comentário o irritou.

— Essa casa é sua também. Não estou pedindo para você sair porque eles estão vindo. Sabíamos que isso ia acontecer. Eles querem te ver também. Não é grande coisa.

Por que esse parecia ser o lema da vida dele quando era algo que no todo só afetava a mim? E por que eu não estava dizendo a ele que já conhecia os tais amigos e que não era necessário que nos víssemos de novo? Não importava *de verdade* eu estar ou não em casa, importava?

— Já disse a eles que você ia estar aqui — concluiu Aiden.

Lá se foi o meu argumento.

Ele coçou a mandíbula e meu olhar ficou preso na aliança de ouro branco que ele começou a usar depois de Toronto. Eu queria perguntar sobre aquilo, mas era covarde demais.

— Você vai ter que ficar no meu quarto — explicou ele.

Com ele, é óbvio. Onde mais eu dormiria? Um dos caras normalmente ficava na cama e o outro ficava no sofá ali embaixo.

O problema não era simplesmente *ficar no quarto dele*.

O problema era que eu teria que ficar no quarto dele com ele, na cama dele — era o que ele não estava me dizendo, mas sabia que estava deixando implícito. Não era como se desse para esconder um colchão inflável, e eu sabia que essa diva com certeza absoluta não dormiria no chão porque eu também não dormiria.

Não é grande coisa, disse a mim mesma. *Vai ser tipo uma festa do pijama*. Estive nelas centenas de vezes. Aiden e eu éramos adultos, dividir uma cama não significava nada. Já tínhamos feito isso na noite em que acabou a luz. Fizemos novamente em Toronto quando ele me fez a surpresa. Nós só estaríamos dormindo, literalmente, em lados opostos da cama king Califórnia. Repetir a dose não me faria perder o sono.

Só que havia o pequeno detalhe de que eu estava carregando esse amor que sentia por ele ao redor do meu pescoço desde a convenção de livros, e só ganhou peso a cada dia que passamos juntos.

— Certo — me vi concordando enquanto o meu coração me avisava que eu estava pedindo por isso. — Está tudo bem.

Ele fez que sim.

— É, eu sei, Van. Eles chegam um dia depois que eu voltar. Vai dar tudo certo — ele me assegurou.

Ouvi as duas vozes altas e masculinas antes de vê-los. Chris e Drew, os únicos amigos que Aiden tinha, além do Zac, que havia praticamente se tornado um conhecido, e eu, a esposa meio-que-de-mentirinha. Salvando o trabalho, fechei o notebook e peguei o tablet com a mão livre. Eu já tinha pegado tudo de que precisaria pelos próximos dias e colocado no quarto do grandalhão.

Embora Aiden não fosse obcecado por roupas, o guarda-roupa "chique" dele era formado por três ternos, quatro camisas e duas calças sociais e um cinto preto e marrom; o resto do closet estava cheio de caixas com troféus, sapatos e roupas dos patrocinadores, que não foram tiradas da embalagem. Na cômoda estava o resto das coisas que ele costumava usar: calças de moletom, bermudas de malhar, camisas suficientes para vestir um time de basquete inteiro e montes de cuecas e meias.

Acontece que não havia espaço para as minhas roupas, então não era exagero dizer que eu deixava as minhas roupas no outro quarto, caso os caras abrissem as gavetas e vissem minhas coisas lá dentro, o que eu duvidava.

O que me preocupava era essa fachada que teríamos de manter. Por que concordamos em não dizer a verdade para todo mundo? Não podíamos ter aberto exceções?

Não. Eu sabia que não. Se você dissesse uma coisa a alguém, a pessoa contaria para outra e, então, aquela pessoa contaria para outra e, por fim, todo mundo ficaria sabendo. Foi por isso que acordamos manter aquilo em segredo o máximo possível.

A gente podia fazer isso. Podíamos fingir, prometi a mim mesma enquanto punha o notebook e o tablet na mesa do escritório. Deixei o computador de mesa no meu quarto.

Eu me arrastei lá para baixo e ouvi... quatro vozes masculinas? Eu mal passei pelo patamar quando vi Aiden de pé na sala, rodeado por três homens, quase todos do mesmo tamanho que ele, com mais ou menos dez ou quinze quilos de diferença. Reconheci o cabelo curtinho do Chris e os longos dreadlocks pretos do Drew, mas foram as costas de uma cabeça loura que eu não conhecia que me chamaram a atenção.

— Vanessa — Aiden chamou o meu nome. — Venha cá.

Desviei a atenção para encontrá-lo de pé lá com a mão estendida na minha direção. Hesitei por meio segundo, não o suficiente para que os amigos se virassem e notassem, mas o suficiente para Aiden erguer a mão um centímetro da altura em que estava virada. O rosto dele estava tão... expectante, tão, tão expectante, como se não duvidasse de que eu poderia interpretar o meu papel, e foi quando percebi o quanto eu precisava fazer aquilo, o que a minha péssima parte mentirosa estava disposta a fazer para se certificar de que ele estivesse feliz.

Avancei e peguei a mão dele, preparando-me para a mentira imensa pesando na minha alma.

— Você conhece o Drew e o Chris — Aiden falou ao apontar para os dois homens na frente dele. Drew estava com Leo nos braços, deixando o carinha se divertir mordiscando um dos seus dreads.

Apertando a mão de Aiden, sorri para seus dois amigos que eu já conhecia e estendi a mão para apertar a deles quando o louro deu um passo à frente e eu o vi com o canto do olho.

— Vanessa?

Levei um segundo para reconhecer o louro bonito e de olhos verdes de pé ali na sala. O cabelo estava bem mais curto do que da última vez que o vi, há mais de seis anos. O fato de ele ter tomado corpo e envelhecido só o fez ficar muito mais diferente do que o seu eu de dezenove anos costumava ser.

— Cain? — Dei um passo adiante, sorrindo de orelha a orelha.

— Não é possível. — Ele piscou por um minuto, balançou a cabeça e abriu um sorriso tão largo que não reparei quando ele diminuiu a distância entre nós e me deu um abraço super apertado, praticamente me espremendo em seu peito por um momento antes de recuar e balançar a cabeça um pouco mais. — Não posso acreditar. — Ele me abraçou de novo. — Que mundo pequeno.

— Eu sei. — Sorri, tão surpresa por vê-lo que não pude pensar em nada para dizer.

— Vou supor que vocês se conhecem — apontou Drew.

Olhei para ele e fiz que sim, voltando a olhar para Cain, surpresa.

— Estudamos juntos. — Então as peças todas se encaixaram.

Mas Cain explicou de qualquer forma.

— Antes de eu ser transferido para Michigan, eu estava na cidade da Vandy. — Aqueles olhos verdes cintilaram na minha direção enquanto ele sorria. — Tínhamos o quê? Três aulas juntos?

Fiz que sim.

— É, e você tentou copiar as minhas respostas nas duas primeiras semanas até me pedir para te ajudar a estudar. — O que ele não tinha sabido era que eu não cedia o meu trabalho duro a troco de nada, mas ele aprendeu rapidinho depois de eu negar repetidas vezes.

— Não posso acreditar que você é a Vanessa do Aiden. — Cain olhou para o grandalhão, que estava parando levemente atrás de mim, um pouco para a direita.

Bem que eu queria.

— Sou eu — falei, dando um passo para trás, a lateral do meu quadril e da minha bunda batendo em Aiden. Quase que de forma instintiva, um pulso e um cotovelo subiram para o meu ombro e o peso do seu braço caiu sobre mim. Tive que inclinar a cabeça para trás para encontrar o olhar dele. Por que ele estava tão sério?

— Cadê o Zac? — Drew, o amigo de Aiden, perguntou.

O grandalhão pareceu se mover ao meu lado, a lateral do corpo me pressionando.

— Na academia, não é?

Ele estava, e eu estava tão feliz por ele estar levando a sério o bastante para continuar treinando, mesmo a temporada tendo terminado e a maioria dos jogadores estarem fazendo uma minipausa; vide quatro deles parados na sala. Bem, ao menos eu sabia que o Chris e o Drew eram jogadores profissionais; eu não tinha certeza do que Cain fazia agora.

— É. Ele costuma voltar lá pelas quatro. — Sempre íamos correr depois, mas eu não tinha certeza se iríamos, já que os amigos do Aiden estavam na cidade. Mas, bem, eles eram amigos do Aiden, só acontecia de Zac se dar bem com eles... o cara se dava bem com todo mundo.

— Bem, eu estou com fome, quem quer sair para comer? — perguntou Drew.

— Eu — os outros dois que não moravam comigo responderam.

O braço ao meu redor me apertou mais. Nas raras ocasiões que saíamos para comer, só havia uma meia dúzia de lugares de que ele gostava.

— Eu escolho o lugar.

Bufei.

— Preciso terminar duas capas até de noite, então vou ficar trabalhando. Quer que eu cuide do Leo?

Aiden balançou a cabeça.

— Não está muito frio. Eu vou levar o pequeno. Quero que ele se acostume a andar de carro.

— Bem, divirtam-se. Até depois.

Com um aceno para todos eles e um sorriso extra jogado na direção do Cain, subi correndo. As duas capas em que estava trabalhando seriam desenhadas à mão, então preparei o meu tablet novinho e me lancei ao trabalho. Já tinha feito um rascunho com as ideias que tive, então comecei a desenhar os ossos de uma delas para que pudesse enviar antes de ir mais longe.

Uma hora viraram duas e, em algum momento, ouvi a porta abrir e um punhado de vozes masculinas flutuaram pelas escadas. O murmúrio baixo da televisão chegou ao escritório, mas continuei trabalhando.

Foi só quando a porta da garagem voltou a abrir e as vozes ficaram mais altas que me sentei e ouvi. É claro, poucos minutos depois, alguém subiu as escadas e um "Van!" chegou em mim.

— No escritório — gritei, já salvando o trabalho.

A cabeça de Zac espiou da porta e ele sorriu.

— Nós vamos?

— Claro. Só vou me vestir.

Ele fez que sim, sumindo na direção do quarto. Esgueirando-me no meu banheiro, peguei as roupas de correr — legging, camisa térmica de manga comprida, top esportivo, meia e tênis — e disparei para o quarto de Aiden para me trocar. Eu tinha acabado de vestir a legging quando a porta do quarto se abriu e Aiden entrou, fechando-a às suas costas.

Sorri ao me sentar na beirada da cama, os calcanhares no colchão.

— Como foi o almoço?

Ele ergueu um ombro e olhou para mim, recostando-se na porta.

— Bom.

— A qual restaurante vocês foram? O chinês, o café que você gosta ou o tailandês? — perguntei, brincando, ao calçar a meia.

— Fomos comer comida chinesa.

— Cadê o Leo?

— Lá embaixo — foi a resposta curta antes de ele seguir com: — Você e o Cain saíam?

A meia caiu da minha mão.

— *Oi?*

Aiden endireitou as costas ao se afastar da porta em que estava apoiado, o rosto tão distante que eu não tinha ideia do que aquilo queria dizer.

— Você e o Cain tiveram alguma coisa? — ele repetiu.

Mantive o olhar nele ao me abaixar e pegar a meia.

— Ahh, não.

A bochecha dele se contraiu.

— Não. — Eu pisquei. — A única razão para ele ter começado a falar comigo na época foi porque queria copiar as minhas tarefas.

Por que ele estava fazendo aquela cara?

— Eu estou falando sério. Foi só por isso que ficamos amigos.

Ele ainda estava fazendo aquela maldita cara.

— O que foi? Tudo bem, talvez eu tenha pensado que ele era bonitinho, mas foi só isso. — Dei de ombros. — Um cara daqueles não gosta de meninas como eu, grandalhão. — Para ser sincera, mesmo sendo verdade, eu não tinha ideia de por que eu falei essa merda.

As narinas dele dilataram e os ombros se projetaram para trás.

— Caras de que tipo?

Droga. Isso me fez sentir estranha pra caramba.

— Sabe... — Eu me obriguei a olhar para baixo ao mastigar o interior da bochecha. — Daquele tipo.

— Tipo eu? — ele perguntou baixinho.

— Não você-você, necessariamente. Eu quis dizer... olha, não importa. Sei com o que posso contar. — Minha aparência era ok. De vez em quando, eu levava umas cantadas. Mas não era uma cretina, trabalhava duro, minha loucura costumava ficar sob controle e eu pensava que isso importava mais do que um rosto que acabaria ficando enrugado em algum momento. — Enquanto você pode sair com praticamente quem quiser, e a maioria de vocês podem, eu não estaria no topo da lista de ninguém...

— Pare, Vanessa — ele retrucou.

Eu bufei.

— Pare você.

— Van! — Zac exclamou, batendo na porta do quarto. — Ande logo!

Ficando de pé, calcei os tênis depressa e fiz careta para o Aiden.

— Olha, nós nunca fizemos nada mais do que jantar algumas vezes e estudar juntos para as provas. Eu jamais tive qualquer pretensão de ser namorada dele ou qualquer merda dessas, e ele nunca me deu a impressão de estar interessado. Não vou fazer nem dizer nada que ponha em perigo o que há entre a gente, tudo bem? Você é o cara com quem eu assinei a papelada.

Ele não se afastou da porta mesmo quando me aproximei. O que aconteceu era que ele parecia estar rilhando os dentes.

Toquei o meio do peito dele, e os gominhos enormes e perfeitamente desenvolvidos da barriga tanquinho enrijeceram sob os meus dedos.

— Eu prometo, grandalhão. Jamais quebraria a promessa que te fiz. Você sabe. — Quando ele não disse nada, usei o queixo para apontar para a porta. — Eu preciso ir. Quando eu voltar, vou fazer uns guisados ou algo assim para que vocês não tenham que sair para comer de novo. Tudo bem?

A contragosto, Aiden fez que sim e se afastou para me deixar abrir a porta. Zac estava lá no pé da escada.

— Vamos, querida. Nosso cronograma está apertado.

Cinco horas depois, as minhas pernas pareciam macarrão e eu estava enjoada. Ia além da exaustão e da desidratação — a gente tinha começado a carregar água em mochilinhas. Eu me sentia como se estivesse gripada. Estávamos pegando leve depois da longa corrida dois dias atrás, e nosso dia de folga tinha sido ontem. Mas insignificantes dez quilômetros de um *split* negativo quase tinham me matado. Meus joelhos. Meus tornozelos. Meus ombros. Cada parte de mim doía. Beber água não me fez sentir melhor, água de coco não tinha ajudado, sentar para descansar não fez diferença, e nem tomar um banho e vestir o pijama.

Eu tive que arrastar uma cadeira para a frente do fogão para fazer o jantar, pelo amor de Deus.

Até mesmo o Zac não estava muito melhor. Ele tinha ido direto lá para cima para tomar banho depois de voltarmos e levou a comida para comer no quarto. Foi por pura força de vontade que me sentei na sala com os caras para comer ao assistirmos a um jogo de basquete, já que não tínhamos uma mesa de jantar.

Que merda eu estava pensando ao resolver tentar correr uma maratona? Por que não me decidi por uma meia maratona para começar e trabalhar dali?

— Você precisa de ajuda? — uma voz levemente familiar perguntou de algum lugar às minhas costas.

Olhando para trás ao enxaguar os pratos para colocá-los na lava-louças, vi Cain de pé na cozinha com alguns copos na mão. Os caras tinham ido lá para fora uns minutos atrás, querendo acender a fogueira. Chris tinha se oferecido para lavar os pratos, mas Aiden nunca via os amigos, então eu disse para deixar comigo.

Mesmo se eu acabasse desmaiando no processo.

— Se você quiser — respondi.

— Chega para lá.

Me afastei e o deixei ficar no lugar mais perto da lava-louças. Enxaguei um prato e o passei para ele, dando um sorriso cansado.

— Obrigada pela ajuda.

— Não é nada. — O antebraço roçou no meu quando entreguei outro prato.

— Quando é a maratona que você vai correr? — ele perguntou,

demonstrando que estava prestando atenção quando o Chris me perguntou durante os comerciais na hora do jantar.

— Em cerca de duas semanas. — Só dizer o número em voz alta já me fazia querer vomitar. Eu mal sobrevivi correndo trinta quilômetros dias atrás. Como ia conseguir adicionar mais doze?

— Que legal.

Estava cansada demais para tentar fazer uma piada sobre o quanto não era legal quando eu estava prestes a morrer.

— O que você tem aprontado desde a faculdade?

Não nos víamos desde o final do primeiro semestre do nosso ano de calouros. Cain foi transferido no outono, e mesmo não lembrando se ele tinha me ligado ou mandado mensagem depois disso, ele talvez tivesse. Eu estava me recuperando do acidente e aqueles seis meses tinham passado em uma névoa, uma mistura de analgésico e raiva. Eu não era amiga de ninguém além de Diana, e isso era principalmente porque ela não permitiria que fosse de outra forma e, verdade seja dita, não pensei muito em Cain depois daquilo.

— Eu estou na Filadélfia agora. Fiquei em San Diego antes disso por alguns anos, mas está tudo ótimo — ele falou ao se abaixar para colocar o prato na parte mais baixa da lava-louça. — Há quanto tempo você e o Graves estão juntos?

Levando em conta que eu não tinha certeza do quanto o Chris e o Drew tinham contado ao Cain, muito menos do que Aiden tinha dito para eles, eu ia improvisar.

— Bem, eu trabalhei para ele por dois anos. Já faz cinco meses que moramos juntos. — Dessa forma, eu não teria que ser muito específica.

— Sério?

— Sério.

— Hum — ele meio que murmurou baixinho. — Isso é... surpreendente.

Um leve lembrete do que eu disse ao Aiden mais cedo no quarto passou pela minha cabeça, e tive que conter o riso.

O cotovelo dele tocou o meu quando pegou mais um prato comigo, e os olhos verdes buscaram os meus por um momento.

— Você está ótima pra caramba, a propósito.

Todo mundo me dizendo que eu estava muito bem ultimamente só me deixava ainda mais consciente do que eles deviam pensar de mim antes. Eu era feia?

— Ah, obrigada. — Meu peso sempre foi uma sanfona dependendo de quanto exercício eu fazia. Eu o ganhava com muita facilidade, e o perdia com muita facilidade também, mas não podia me lembrar de como estava no meu ano de caloura, mas era capaz de ter estado em uma das minhas épocas mais pesadas.

É, o silêncio depois daquilo ficou simplesmente estranho. Por sorte, não demorou muito para terminarmos de enxaguar tudo e colocar a lava-louças para funcionar. Cain saiu enquanto eu limpava os balcões. Eu estava muito cansada, mas ainda eram nove horas. Peguei um copo d'água e bebi a metade antes de ir lá para fora ficar mais um pouquinho com os caras.

Ao empurrar as portas francesas que levavam ao quintal com o resto da força que eu ainda tinha, o calor da fogueira de pedra atingiu o meu rosto na mesma hora. No segundo que levou para os meus olhos se ajustarem, encontrei os quatro sentados ao redor dela em vários níveis de pernas abertas e relaxadas, conversando.

— Você finalmente chegou! — Drew, o mais legal dos dois, exclamou. No colo dele estava a bola de pelos amarelos, completamente desmaiada. Ao que parecia, Leo tinha conquistado alguém bem rapidinho.

— É — eu disse com a voz bem fraca, morta em pé e percebendo que só havia quatro assentos e que estavam todos ocupados.

— Aqui, fique no meu lugar — Drew se apressou em dizer.

— Ah, está tudo bem.

— Senta comigo — sugeriu Aiden, ou talvez ordenou, sem nem hesitar.

Eu o encarei, apertando o copo frio de leve entre as mãos, debatendo se eu devia pedir licença ou me sentar porque não havia outra opção. O que eu ia fazer? Dizer que ficaria no chão, sendo que havia pernas perfeitamente boas para me sentar? Pernas que pertenciam ao homem cujos amigos acreditavam que tínhamos casado por amor.

Certo, vamos lá.

Por um momento, pensei em arrastar uma das cadeiras da cozinha, mas ia parecer estranho. E eu não queria mesmo andar mais do que o necessário.

Tipo, não era como se essa fosse a primeira vez que eu me sentaria no colo de alguém. Amigos faziam esse tipo de coisa. Pessoas casadas se aconchegavam, ao menos foi o que raciocinei comigo mesma. Não porque quisesse me sentar no colo dele nem nada disso. Não.

Eu me esquivei do único par de pernas longas no meu caminho e parei perto dos joelhos de Aiden, observando enquanto ele os afastava. Eu me permiti olhar o seu rosto sombreado pelo fogo e respirei fundo. Foi ideia dele, não foi? Virando o corpo para ficar de costas para ele, fui me abaixando devagar para o meio das coxas, muito consciente de que eu não tinha quarenta e cinco quilos. Minha bunda atingiu o meio daquelas pernas muito musculosas, e bem quando comecei a me acomodar para deixar as costas retas, ele moveu o pé. Com uma mão grande na lateral da minha cintura, Aiden me puxou, me fazendo deslizar por todo o caminho até onde o quadril e a coxa dele se encontravam, para o lado da sua virilha. Toda a lateral do meu corpo estava pressionada em seu peito.

Meu rosto não ficou quente nem nada, mas meu pulso disparou quando reparei na nossa posição. Gostei do braço que começou a se apoiar nas minhas costas, a palma da mão descansando no meu quadril, segurando-o por cima da flanela do meu pijama. A outra mão estava ocupada, o polegar envolvido ao redor da parte interna do meu joelho enquanto os outros quatro dedos envolviam a parte externa.

Todo o meu corpo se acendeu, ciente do aroma doce de Aiden. Do quanto os músculos debaixo da minha bunda eram grandes. Do quanto aqueles músculos cravados no meu braço e no meu peito eram desenvolvidos. E do quanto o rosto dele estava perto do meu.

Ele me olhava, uma sutil inspeção de soslaio que eu podia sentir na parte mais profunda do meu ventre. O canto da sua boca estava ligeiramente curvado para cima no que parecia um sorriso meio malicioso, meio satisfeito, todo Aiden.

Sorri para ele, nervosa, e talvez um pouco tímida quando, devagar, puxei o braço para cima do espaço entre o nosso corpo e o deslizei ao redor dos ombros largos que eu notava pelo menos cinco vezes por dia todos os dias.

— Confortável? — ele sussurrou, e o braço que aquecia a minha lombar se flexionou.

— Sim. Estou te esmagando? — sussurrei.

— Você e as suas perguntas. — Ele pareceu me olhar de perto. — Você não está se sentindo bem?

Estava tão na cara?

— Não — falei alto o suficiente só para ele ouvir. — Estou enjoada e tudo dói.

— Quantos quilômetros você correu?

— Só dez.

Ele murmurou algo baixinho, o corpo se mexendo sob o meu.

— Você deveria colocar as pernas para cima. O joelho está incomodando?

— Tudo está incomodando — choraminguei, e nem sequer me senti mal por isso.

Uma risadinha baixa soprou na minha orelha e uma mão grande se moveu sobre o meu joelho. Antes que eu pudesse reagir, Aiden me moveu, assim eu fiquei sentada de frente para ele. Uma de suas mãos estava na minha coxa e a outra foi para a minha canela.

Ele segurou minha panturrilha com uma mão grande e começou a massagear.

Sério, um arrepio subiu pela parte de trás da minha coxa e foi até a minha lombar. Não havia como prender o som de prazer e dor que saiu de mim.

— Ai, meu Deus — murmurei, soando mais como uma respiração ofegante.

Uma risadinha cutucou a lateral da minha bochecha enquanto ele massageava a minha canela, então foi subindo para os quadríceps. É claro, as mãos dele eram fortes; eu estava mesmo sentindo a minha perna ficar fraca com a sensação que era tão boa e ruim ao mesmo tempo.

— Eu deveria dizer que você não precisa fazer isso. — Eu tive que reprimir outro murmúrio quando ele atingiu um lugar sensível bem na minha panturrilha. — Mas não vou. Está incrível. Obrigada.

Um grunhido quase indecifrável escapou da garganta de Aiden, mas eu estava muito distante para prestar atenção. O braço ao redor das minhas costas se contraiu, puxando-me para perto. Os dedos trabalhavam devagar e com firmeza, indo dos músculos bem acima do tornozelo até mais em cima, tão em cima que, se eu estivesse um pouco menos cansada, teria percebido que era perto demais do elástico da minha calcinha.

O ritmo suave da conversa dos amigos de Aiden entrava por um ouvido e saía pelo outro, e eu só pegava umas poucas palavras aqui e ali. Aiden não falou muito enquanto estávamos ao redor da fogueira, e esfregou uma das minhas pernas e depois a outra o melhor que pôde, que era a mesma forma como ele fazia tudo. A melhor. Não pude deixar de me concentrar ainda no ritmo firme da sua respiração e na pressão das suas mãos do que no que os caras estavam falando.

Aquela era a parte estranha. Normalmente, eu não conseguia ficar sentada sem fazer nada e não acabar entediada, mas eu me vi fazendo exatamente isso, menos a parte do entediada. Com aquele corpo grande e quente ao meu redor, e um fogo ardendo a poucos metros, só me deixei relaxar.

E continuei relaxando até ouvir os amigos dele discutirem sobre algum jogador de futebol americano, eu achava. O estrondo ocasional de Aiden falando com sua voz baixa tão perto da minha orelha me fez companhia. Nem sequer notei quando a minha cabeça pousou no seu peito, ou quando a minha testa atingiu a lateral da sua garganta.

A mão dele deslizou para a parte mais carnuda da minha coxa, quatro dedos nos meus tendões, um na parte de cima. O outro antebraço envolveu os meus joelhos. Com certeza não notei quando pus a mão na sua barriga, muito menos quando a deslizei por baixo da camisa que ele usava e espalmei os músculos quadrados cobertos pela pele macia e salpicada de pelos abaixo do meu dedo.

Eu mal percebi Aiden mudando seu aperto, depois de sabe-se lá quanto tempo, para praticamente me embalar. Eu estava cochilando, mais dormindo do que acordada. Mais confortável do que deveria estar nos braços de um homem. Um homem por quem eu estava apaixonada, mas que não me correspondia, e era mais do que provável que jamais fosse. Seu coração já pertencia a outro lugar.

Eu estava só semiconsciente quando, em algum momento mais tarde, Aiden ficou de pé comigo nos braços e disse numa voz baixa o suficiente para não me acordar:

— Vou colocar a Vanessa na cama.

E Drew perguntou:

— Você vai voltar?

Aiden respondeu:

— Não, estou cansado. Quer me dar o carinha?

— Nem vem, vou ficar com ele hoje à noite. Prometo não esmagar o pequeno.

Eu estava bocejando, lutando contra o sono que puxava a mim e aos meus ossos, querendo — mas não querendo muito — abrir os olhos e ir para o quarto andando com os meus próprios pés. Quando ele me ajeitou mais para o alto ao seguirmos para dentro de casa, voltei a bocejar, afundando o nariz na lateral do seu pescoço com os meus dedos ao longo da sua clavícula, sentindo distraidamente o quanto a pele ali era lisa.

— Eu te levo — ele sussurrou com aquela voz baixa e resmungona.

Quem era eu para dizer não?

Caí no sono, sem perceber que ele me deitou na cama e tirou as minhas pantufas e as meias.

E eu com certeza senti falta da maneira brusca com a qual ele pressionou a boca na minha testa antes de apagar a luz, conectar uma luz noturna que eu não fazia ideia de que ele tinha comprado e ir se despir.

— Por que você está me encarando?

Eu poderia ter tentado me fazer de boba por estar deitada na cama com a cabeça apoiada na mão, encarando-o? De jeito nenhum. Para o que mais eu poderia estar olhando, caramba? Fiquei nessa por tanto tempo que, conhecendo Aiden, ele esperou ter certeza de que eu estava fazendo o que ele pensou que eu estava fazendo.

E eu estava.

Acordei uns dez minutos antes e fiquei deitada lá, apreciando o quanto eu estava confortável debaixo das cobertas e naquele colchão perfeito. Mas, quando enfim me forcei a abrir os olhos, a primeira coisa que vi foi o grandalhão. Aiden estava deitado de lado, com a mão fazendo as vezes de travesseiro. Aquele rosto normalmente severo estava... bem, ainda estava bastante severo. Não relaxado e sonhador; parecia, para dizer a verdade, que ele pensava em jogadas ruins enquanto dormia, a boca aberta de leve com a respiração mais suave e uniforme saindo de lá. Com as cobertas puxadas até o queixo, ele estava fofo demais.

Eu odiei a situação.

Por quê? Por que ele?

De todas as pessoas que eu poderia ter escolhido para significar tudo para mim, tinha que ser essa. A única que não queria um relacionamento de verdade por não querer se dedicar a ele. O cara que só amava uma única coisa na vida e tudo o mais vinha a reboque.

Mas, bem...

Ele vinha se esforçando muito para passar tempo comigo. Fez coisas por mim que eu ainda não tinha entendido direito. Aiden vinha sendo mais do que só amigável comigo.

E o que isso significava? Não eram essas as partes obrigatórias de um relacionamento de verdade? Não era o bastante estar um com o outro quando pudesse, ou eu só estava tentando me convencer de que havia algo ali? Ele me beijou. Isso não podia não significar nada, podia?

Era exatamente nisso que eu estava pensando, e olhando aqueles lábios maravilhosos, quando fui pega no flagra. Então tudo o que pude fazer foi dar um sorriso de boca fechada para ele.

— Por que eu não estaria?

Abrindo ambos os olhos, Aiden ficou de costas e esticou os braços para o alto, atrás da cabeça, girando os punhos enquanto bocejava.

— Obrigada por me colocar na cama ontem à noite — falei, observando a linha da garganta quando ele voltou a bocejar.

Ele resmungou um "uhum" ao girar os ombros antes de voltar a escorregar os braços para baixo das cobertas.

— E por me fazer a massagem. — Já tinha tentado mexer as pernas, e claro que elas estavam doloridas, mas eu sabia o quanto estariam piores. Fiz tudo o que deveria fazer para prevenir a rigidez, mas havia um limite que um corpo que, para início de conversa, não estava cem por cento, podia aguentar.

— Não havia muito para massagear.

Ah.

— O que você quis dizer com isso?

— Tenho mais músculos nos glúteos do que você tem nas coxas.

Qualquer um que já viu a bunda de Aiden sabia que era verdade, então eu não levaria para o lado pessoal. Talvez, por ainda estar sonolenta, ergui as sobrancelhas para ele e falei:

— Você já viu a sua bunda? Não é um insulto. Ela tem mais músculo do que a maioria das pessoas tem no corpo inteiro.

As sobrancelhas grossas dele se ergueram cerca de um milímetro, só um pouco, mas o suficiente para eu notar.

— Não sabia que você prestava tanta atenção nela.

— Por que você acha que tem tantas fãs?

Aiden soltou um resmungo baixo, mas não me disse para parar.

— Você poderia fazer uma pequena fortuna se fizesse um leilão para alguém ter a chance de tirar...

— Vanessa! — O sr. Certinho estendeu a mão para cobrir a minha boca, como se estivesse chocado.

Sério, aquela mãozona me cobriu de orelha a orelha, e eu caí na gargalhada, abafada mesmo.

— Você me faz me sentir barato — ele falou ao afastar a mão devagar, mas o brilho em seus olhos dizia que não ligou tanto assim.

Estiquei os braços ao bocejar.

— Estou te dizendo o que qualquer um diria.

— Não, ninguém mais me diria isso.

Bem, ele tinha razão.

— Olha, vou te dizer a verdade, então.

Ele fez um barulhinho que me fez virar o rosto para ele de novo.

— Você sempre disse.

Por que parecia que ele estava tentando me dizer alguma coisa?

— Eu sempre tentarei ser sincera com você — menti, hesitando. A menos que fosse algo que eu estivesse com medo de contar para ele, como os meus sentimentos, ou o meu pedido de demissão.

— Você pode me dizer qualquer coisa.

Como eu poderia viver a minha vida depois disso? Ainda mais quando estava deitada ali na cama dele com ele bem ao meu lado, dividindo as cobertas. Queria eu ter a coragem de dizer qualquer coisa a ele, mas, verdade seja dita, eu não tinha.

A distância que eu estava disposta a pular era limitada.

Senti o peso de uma encarada antes de olhar para cima. Bem diante de mim e da mesa estava o grandalhão. Tipo, bem em frente a mim mesmo. Eu estava tão curvada, tão focada no que fazia, que saí do ar.

— Jesus Cristo. Como você não faz barulho? — Ele era furtivo como um gato mutante e pesado demais, caramba.

— Habilidades. — Eu juro por Deus que quase me engasguei. Ele deu um passo à frente, plantando as mãos na beirada da mesa ao se inclinar para olhar o que eu estava fazendo. — O que é?

Larguei o lápis em cima da mesa e deslizei o papel na direção dele.

— É um desenho díptico para uma tatuagem. — Apontei para as imagens das duas partes separadas que eu ainda estava esboçando. — É para ser uma para cada perna, viu? Uma parte é o rosto da Medusa, a outra é o cabelo... as cobras.

Quando ele não disse nada, me afastei fazendo careta.

— Você não gostou? — Pensei que o desenho estava indo bem.

— Van, é... — Ele aproximou o rosto da imagens. — Está incrível. Alguém está te pagando para fazer os dois?

— Está. — Voltei a olhar para a Medusa e tive que concordar com ele. Estava muito incrível. — Conheço um cara em Austin que faz tatuagem. De vez em quando, alguém pede algum estilo no qual ele não é bom, e se ninguém mais com quem ele trabalha conseguir fazer, ele entra em contato comigo. Meu traço é muito bom. — Olhei para ele e sorri. — Minhas aquarelas também não são desleixadas. Sou uma mulher de muitos talentos.

A menos que alguém quisesse um retrato, aí eu fingia estar dormindo para não ter que confessar o quanto era ruim neles.

— Nunca dei muita ideia para tatuagens, mas talvez eu deva considerar te pedir para fazer uma para mim — ele respondeu com a voz distraída.

— Eu poderia te fazer um palhaço muito bonito. Só precisa pedir — brinquei, puxando o desenho para mim.

É, aquele enorme sorriso lindo se arrastou com força total por sua boca, rasgando a minha alma ao meio.

— Nós cinco estamos indo jantar fora. Tire uma folga e venha com a gente.

Eu não precisava olhar para o esboço para saber que trabalhei nele quase que o máximo de tempo que podia. Ao desenhar, aprendi da maneira mais difícil, era preciso prestar atenção ao meu limite; de outra forma, as coisas iam ladeira abaixo. E devo ter chegado a esse ponto há cerca de quinze minutos, quando comecei a ter cãibras no dedos.

— Tudo bem. — Estendi a mão pela mesa para pegar o estojo no qual costumava guardar a minha caixa de lápis. — Só me dá dez minutos para eu me vestir.

Aiden assentiu.

Plenamente consciente de que Aiden não estava muito arrumado e ele não iria a qualquer lugar que exigisse que ele pusesse algo mais arrumadinho do que um jeans, optei por um jeans colado ao corpo, que eu tive que colocar para secar na temperatura mais alta para que servisse em mim, uma blusa de gola V vermelha com as mangas até os cotovelos e sapatos de salto pretos que eu não usava desde a última vez que saí, meses e meses atrás.

Sem causar qualquer surpresa, todos os rapazes estavam lá embaixo, esperando. Sabia que eles pretendiam ir embora no dia seguinte. Precisei descer um degrau por vez, e me encolhi a cada passo, músculos que eu nem sequer sabia que tinha respondendo à dor da corrida de ontem.

Por um breve momento, pensei estar ficando doente, mas descartei a possibilidade.

Foi o Zac quem me viu primeiro, um sorriso grande e bobo cobrindo todo o seu rosto.

— Não diga nada — murmurei para ele antes de o cara sequer abrir a boca.

O que só o fez rir.

Eu deveria ter pensado em colocar um tênis.

— Eu te carregaria nas costas, mas eu mal posso andar — ele se desculpou quando gemi ao chegar aos pés da escadas.

Brincando, sorri para Aiden, que estava ao lado de Zac, e pisquei sedutoramente os cílios.

A Muralha de Winnipeg fez o que A Muralha de Winnipeg faria e só balançou a cabeça.

— Você não pode tratar a dor feito um bebê. Só vai servir para se sentir pior amanhã.

Esse filho da puta. Ri, depois bufei, observando suas feições ficarem incertas antes de eu rachar de rir, batendo a mão no ombro de Zac para ter algo em que me apoiar.

Eu sabia que ele estava dizendo a verdade? É claro que sim. Eu me alonguei mais cedo e chorei. Sem vergonha nenhuma.

Mas... ele não deveria ser o meu cavaleiro marfim? Meu cavaleiro em armadura brilhante que me carregaria por aí para evitar que eu sentisse dor?

É claro que não. Aiden me diria para fazer o que fosse melhor para mim, mesmo que doesse pra cacete.

E, sério, eu não podia amá-lo mais. Nem um pouco mais. E não podia dizer a ele.

— Por que você está rindo? — ele perguntou.

Tive que tirar os óculos para levar a mão a um olho por vez, secando as lágrimas, sem ligar para o fato de que a maquiagem que apliquei mais cedo devia estar saindo.

— Cara, é de se esperar que você cuide da sua esposa. — Foi Drew quem disse. — Ajude a dama.

Isso só me fez rir ainda mais.

— Ah, Aiden. — Olhei para o homem em questão e sorri. — Estou bem. Eu posso andar. Prometo. Você está certo.

— Eu sei que estou. — Ele estendeu a mão. — Venha.

Acordei com a mão dentro da calça de Aiden.

Na cueca boxer, para ser mais específica.

As costas da minha mão estavam pressionadas numa bunda quente. Eu estava com um joelho encostado nos músculos da parte de trás da coxa do grandalhão. Suas costas estavam a dez centímetros da minha boca. Minha outra mão estava dormente debaixo do rosto.

Mas foi a mão que estava dentro da roupa íntima dele que me deixou mais alarmada.

Os lençóis e o edredom jogados sobre nós não me deixavam ver muita coisa, mas o que se precisava ver quando você sabia exatamente o que estava tocando? Nada.

Devagar, tentei tirar a mão. Tirei quase todo o polegar e estava prestes a levar os outros dedos para a segurança quando Aiden inclinou a cabeça por cima do ombro e me lançou um olhar sonolento.

— Cansou de me apalpar? — ele perguntou, a voz arranhando feito lixa.

Com um som que não considerei muito um sibilar, tirei a mão do casulo quente de pele masculina e cueca e a segurei junto ao peito.

— Eu não estava te apalpando — sussurrei. — Eu só estava... me certificando de que nenhum dos caras tinha entrado e tentado te pegar.

O olhar sonolento se arregalou.

— Foi por isso que você me apalpou a noite toda?

— Não apalpei, não!

— Apalpou, sim — afirmou o homem que nunca mentia.

E foi o que me fez calar a boca.

— Sério?

Ele fez que sim, ficando de costas e esticando aqueles braços fortes sobre a cabeça, um chamado de sereia para os meus olhos.

— Nesse caso, desculpa. — Olhei para o tufo de pelos pretos debaixo do seu braço, que por alguma razão eu achava atraente demais. — Só que não.

Aiden abaixou os braços, e ficou óbvio que aquele belo rosto barbado estava achando graça.

Aquele velho e familiar nó doloroso preencheu a minha garganta enquanto eu reparava nas feições que eu gostava tanto de olhar — a cicatriz ao longo do couro cabeludo, que era o que o definia, e a correntinha de ouro espiando por baixo da camiseta e o que ela significava.

Eu o amava de verdade, e ele ficaria fora por dois meses. Não tinha certeza se foi tudo o que tinha acontecido com a minha família no passado, ou se, em segredo, eu era possessiva com a pessoa certa, ou nesse caso, a errada, mas eu não queria que ele viajasse. E não havia como eu pedir para ele ficar.

Estendendo a mão, toquei o ressalto sob sua camisa, onde a medalhinha estava, e disse tudo o que estava disposta a dizer.

— Vou sentir saudade — confessei.

Aquela mão grande avançou para afastar o cabelo do meu rosto, e com muita, muita, muita suavidade os dedos longos capturaram algumas mechas cor-de-rosa. Devagar, ele se moveu na cama, inclinando-se na minha direção, pressionando a testa na minha, e tudo o que pude fazer foi fechar os olhos, aproveitando o calor do seu corpo e a ternura do gesto.

Eu não podia respirar. Não podia me mover. Não podia fazer uma única coisa, senão ficar deitada ali, curtindo o momento.

— Vou sentir muita saudade — confessei, só para que ele soubesse que não seria algo normal, tipo sentir falta dele quando parei de trabalhar para ele.

A mão no meu cabelo se afundou mais, chegando ao couro cabeludo, segurando mais cabelos com aqueles dedos longos. Ele exalou, o fôlego envolvendo o meu queixo.

Ele não disse que sentiria saudade também. Em vez disso, os lábios foram para o meu queixo, depois até aquele lugarzinho entre ele e os meus lábios. O fôlego de Aiden estava quente, a boca, úmida, enquanto ele subia mais um centímetro. Fui eu quem diminuiu a distância entre nós. Eu quem mordiscou o lábio dele.

Mas foi o grandalhão quem seguiu em frente. Aiden virou a boca para o lado e selou os nossos lábios juntos, indo de casto a faminto em um mísero segundo. Ele foi para um lado, eu fui para o outro, nossas línguas digladiando por instinto. Duelando, afundando. Aiden comeu a minha boca, e eu deixei. Nós nos beijamos e nos beijamos. Minha língua roçou a dele de novo e de novo e uma vez mais, e não era o bastante.

Minhas mãos tinham ido para a sua cabeça, mantendo-o lá enquanto ele se erguia sobre mim, sem nunca perder o contato com os meus lábios. O cara foi tão rápido que nem percebi que ele tinha aberto as minhas pernas e acomodado os quadris e o corpo entre elas. Aiden me beijou como se nunca mais quisesse parar. A mão apertou um pouco mais o meu cabelo, como se planejasse ir para outro lugar, e o meu aperto era tão sôfrego e exigente quanto o dele.

E, então, ele colocou o sexo sobre o meu, a ereção rígida, dura e tão, tão longa abrigada entre as minhas pernas enquanto ele se apoiava nos antebraços. Aiden moveu os quadris, esfregando a fenda do meu corpo através do tecido fino das nossas roupas, e ergui o traseiro para ter mais dele.

Aquela era uma péssima ideia, e eu não ia parar o que estava acontecendo. Jamais direi a ele para parar. Não fazia o menor sentido, e não me importava o mínimo.

Afastando a boca da sua, respirei fundo quando ele fez um giro brusco, um bombear, um empurrar que dizia que ele queria entrar. E eu queria que ele entrasse.

— Van — Aiden murmurou.

Foi naquele exato momento que o alarme da casa começou a tocar loucamente. Disparando e disparando e disparando, tipo quando o código não era digitado a tempo. Então, Leo, que estava na sua caminha e não tinha emitido um pio a noite toda, começou a latir.

Com um xingamento que soou como "porra", Aiden parou o que estava fazendo. Ele arfava. A testa foi para a minha, e pude ouvi-lo engolir em seco.

— *Cacete* — ele disse entre dentes, afastando-se para se sentar sobre os calcanhares. Aqueles olhos castanhos me prenderam deitada lá diante dele com os pés plantados na cama, os joelhos na lateral do seu corpo enquanto eu tentava recuperar o fôlego. — Devem ser os caras, mas não tenho certeza. — Ele engoliu em seco novamente, e piscou, mesmo enquanto a mão, que tinha estado na cama, foi estendida para tocar a ereção gigantesca que armou uma tenda no seu pijama.

Eu não podia afastar o olhar. De jeito nenhum eu poderia tirar os olhos daquela ponta em forma de sino que repuxava o elástico da calça do pijama para longe da cintura. Cada instinto em mim dizia que eu deveria estender a mão e dar uma apertada naquele pau grosso. Queria implorar para ele voltar.

Mas o alarme idiota não parava.

— Os caras? — Estendi a mão às cegas e tateei os meus óculos e o celular na mesa de cabeceira quase que no mesmo instante. Coloquei os óculos e olhei o telefone, vi a hora e notei que havia três chamadas perdidas da Diana. Que estranho. — São nove horas — falei, distraída. Fazia anos que ela não me ligava bêbada.

— Eles não voltaram para casa ontem à noite — ele disse, jogando uma perna sobre a minha, a mão grande apertando a minha panturrilha antes de ele saltar da cama com uma elegância que não deixei passar, mesmo enquanto tentava entender o que tinha acabado de acontecer. Ao chegar à porta, Aiden ficou parado lá por um minuto antes de deslizar a mão para dentro da calça e se ajustar. — Volto já.

Fiz que sim.

Sua boca se abriu por um momento, mas ele a fechou.

— Desculpa, Van. — Aquele alarme estúpido ficou ainda mais alto e ele balançou a cabeça. — Eu vou dar uma olhada.

E, assim, ele se foi.

A gente estava dando uns amassos, prestes a fazer algo do qual não poderíamos voltar atrás, e ele estava fora do quarto.

Sério? De todas as vezes que eles podiam ter entrado, tinha que ser bem naquela hora? Não podiam ter esperado mais alguns minutos?

Eu não duvidava de que eram eles, mas que merda ficaram fazendo na rua até as nove da manhã? As boates não fechavam às três? Eu me sentei na cama e bocejei, pensando mais na razão de Zac não ter digitado o código, e depois voltando a pensar no que diabos eles tinham acabado de interromper.

Com um suspiro, retornei a ligação da Diana, prometendo a Leo, chorando na sua caminha, que o deixaria sair em um minuto, e levei o telefone ao ouvido ao cruzar as pernas, a umidade entre elas me deixando muito desconfortável agora. O telefone tocou três vezes antes de ela enfim atender.

— Oi — saudei.

Eu conhecia a Diana pelo que parecia ser a minha vida inteira. Eu estive lá com ela quando o primeiro namorado partiu o seu coração, e quando o cachorro dela morreu. Eu achava que tinha ouvido cada emoção possível na voz dela durante todo esse tempo. Então eu não estava preparada para o "Van" destruído e perturbado que escapou da sua boca.

— Di, o que houve? — Eu pirei na mesma hora.

Ela soluçava. Eu podia dizer que a minha amiga estava nessa há um bom tempo. Através das lágrimas e do tom perturbado em sua voz, ela me contou o que aconteceu. Quando desligamos, todo o meu corpo estava dormente. Eu me esqueci de Leo e me sentei lá por um momento, tentando me recompor.

Eu não podia achar forças nem para chorar.

Ficando de pé, tentei engolir a dor na minha garganta. Quase cega e agindo praticamente por instinto, me forcei a descer as escadas. Meus ouvidos zuniam.

Quando eles tinham começado a zunir?, eu me perguntei, distraída, tentando processar os pensamentos e me vendo totalmente incapaz de raciocinar sobre qualquer coisa.

Era incrível o quanto as coisas podiam mudar rápido; aquela possibilidade nunca deixava de me impressionar.

As lágrimas tinham só começado a cair quando encontrei todos os caras na sala. Foi só quando vi o Zac no sofá, com o que era um gesso muito visível no pé que estava sobre o pufe, que perdi o controle. A culpa e a raiva enfim envolveram os dedos espinhosos em torno do meu coração, arrancando as palavras de mim. Minha voz falhou quando perguntei:

— Aiden, você pode me levar ao hospital?

Encarei a tela do telefone até o **MÃE** piscando lá enfim parar de apitar, sendo substituído por **CHAMADA PERDIDA**.

Nem uma parte de mim sentia culpa por deixar a ligação dela ir para o correio de voz. Nem um pouquinho. Eu retornaria a ligação. Em algum momento. Estava cansada demais depois de correr.

— Querida, quer comer alguma coisa? — A voz de Zac saltou inesperadamente de onde ele estava do outro lado da cozinha.

Eu nem sequer percebi que tinha ficado fora do ar quando meu telefone começou a tocar. Ergui os olhos e encontrei o meu colega de casa com o quadril encostado no balcão, segurando uma espátula. Mas foi a muleta que ele tinha enfiada debaixo do braço que chamou a minha atenção. Eu não precisava olhar ao redor para saber que ele tinha deixado a outra apoiada perto da geladeira. Eu a encontrei lá pelo menos umas dez vezes ao longo das últimas duas semanas.

É, muletas. A primeira vez que as vi foi quando ele e os amigos do Aiden tinham aparecido em casa, depois de passarem horas na emergência graças a uma fratura por estresse no pé dele. Cada vez que eu as via, elas me faziam querer chorar. Não por ele ter quebrado alguns ossos, o que era terrível em si, mas por causa do que isso me fazia lembrar.

Elas me lembravam do rosto de Diana quando eu e Aiden a pegamos.

Aiden tinha me levado ao hospital no minuto em que me recompus o bastante para explicar o acontecido. Que Diana tinha saído com colegas de trabalho e ficou até tarde. Que o namorado dela tinha aparecido no apartamento no meio da noite, com raiva por ela ter ficado fora até tão tarde. *Ela o traíra? Quantos paus ela tinha chupado? Por que ela não o convidou?* Ela contou como ele havia batido nela e continuado batendo até sair feito um furacão, e foi tempo suficiente para ela bater à porta do vizinho e pedir para ele levá-la ao hospital. E que ela tinha prestado queixa contra ele.

Passei os dois dias seguintes no apartamento de Diana para que ela não ficasse sozinha, ouvindo-a contar como as coisas tinham dado errado. O quanto estava envergonhada. O quanto se sentia idiota.

Eu não podia me lembrar de muita coisa depois disso. Tive a sensação de que era um sonho. A culpa que eu sentia por não ter obrigado Diana a me dizer o que estava acontecendo era sufocante, debilitante. Por que não falei mais? Fiz mais? Ela era a minha melhor amiga. Eu sabia bem. Eu não tinha convivido, a metade da vida, com mentiras sobre o que acontecia em segredo em casa?

O olho roxo, o lábio cortado e os hematomas que vi em seus pulsos e pescoço, quando me sentei no banheiro com ela enquanto ela tomava banho, estavam cauterizados nas minhas pálpebras. Não fiquei nada surpresa quando, no segundo dia, ela contou que queria ficar com os pais em San Antonio por um tempo. Ela não sabia por quanto tempo, só sabia que queria ir ficar com eles. Eu a ajudei a fazer duas malas.

Eu sabia que os amigos de Aiden já tinham ido quando o táxi me deixou em casa; não havia carros além do meu na entrada ou na rua. Aiden estava à mesa da cozinha quando entrei. Ele foi até mim e me abraçou sem dizer uma palavra, deixando que eu me enterrasse no seu peito largo.

Estive indefesa muitas vezes na vida, vezes demais, na verdade, e, uma vez mais, já adulta, era quase demais para suportar. Porque não havia nada que você pudesse fazer quando algo assim acontecia com alguém de quem você gostava.

E a raiva e os arrependimentos te comiam vivo.

Nos dias que se seguiram, eu não podia afastar a culpa ou a decepção por mim mesma por não ter feito algo ou obrigado Rodrigo, o irmão de Diana, a confrontá-la. Quando fui para a cama do Aiden naquela noite, e cada noite depois, porque estar com ele me fazia me sentir melhor, ele me recebia sem dizer uma palavra ou expressar qualquer desgosto. Eu não estava a fim de falar, e fui atrás da única pessoa no mundo que entendia melhor do que qualquer um o que tinha acontecido a alguém que eu amava.

Então chegou o dia que ele devia ir para o Colorado. Ele tinha ficado de pé na minha frente em seu quarto, me dado um abraço, um beijo na bochecha, um beijo de leve na minha boca, deslizado algo pela minha cabeça e ido embora.

Meu amigo tinha ido embora. Meu cachorrinho foi com ele.

Eu não podia me lembrar de alguma vez ter me sentido tão sozinha.

Foi só quando ele já havia saído de casa que olhei para baixo e vi o que ele tinha me deixado. A medalhinha. A medalhinha de São Lucas que o avô lhe dera. Aquilo me fez chorar.

Zac, que eu não achava que soubesse lidar com o humor no qual eu estava envolvida, não fez muito mais do que assegurar que eu comesse, e ia ver como eu estava de tempos em tempos.

Mas nada mudava a grandessíssima verdade habitando a minha alma depois que Diana partiu: eu sentia uma saudade do cacete do grandalhão. *Sentia uma saudade do cacete dele.*

Coisas boas na vida eram valiosas, e eu era covarde demais para fazer qualquer coisa quanto ao presente que ele tinha me dado, e parecia que eu era lembrada disso todos os dias.

Desde o momento que ele pousou em Durango, Aiden tinha começado a me mandar mensagem. Primeiro com:

Cheguei. Depois ele anexou uma foto do Leo sentado no assoalho do carro que ele havia alugado para os próximos dois meses. Depois uma foto dele correndo pela neve na casa no Colorado.

Uma semana se passou num piscar de olhos. Ele me enviava pelo menos quatro mensagens por dia. Duas delas eram sempre de Leo, e as outras duas costumavam ser algo aleatório.

Trouxe toda a sua coleção de Dragonballs no caso de você estar imaginando onde ela está, ele me avisou. Eu não tinha notado que os DVDs não estavam lá.

Leo comeu a ponta do meu tênis enquanto eu tomava banho.
Como está o joelho?

Ele me enviava coisinhas todos os dias que mexiam comigo, só me fazendo sentir ainda mais saudade dele através da névoa de tristeza que rodeava os meus pensamentos e o meu coração.

Depois de alguns dias de sentir saudade de praticamente todo mundo que eu amava, sem querer encontrei o brinquedo que comprei dos filhos de Rodrigo meses atrás. O palhacinho de plástico estava escondido debaixo da pilha de papéis que eu havia posto na mesa de cabeceira. Eu o trouxe comigo com a intenção de brincar com Aiden ao colocá-lo no chuveiro dele, mas esqueci completamente.

O brinquedo me fez chorar — lágrimas profundas que vinham do âmago e que me fizeram ir para o chão com as costas para a cama. Chorei por Diana, que estava além de devastada por causa da traição do namorado. Chorei pela minha mãe, para quem eu não conseguia encontrar vontade para ligar de volta. E chorei porque eu amava alguém que talvez não me amasse, não importa o quanto eu quisesse.

Quando acabou, fiquei de pé, coloquei o palhaço no canto da mesa, e decidi continuar indo em frente. Porque fazer o contrário não era uma opção.

Eu me afundei no trabalho com sede de sangue e voltei a treinar, mesmo a minha motivação tendo disparado em uma corrida para outro continente. Eu me retirei mais em mim mesma com esse buraco deixado no meu coração, concentrando-me nas coisas que me distraíam, enquanto esperava que as pessoas que eu mais amava voltassem para mim.

Infelizmente, no processo, eu não vinha sendo uma boa amiga para o Zac. Sabia que ele estava preocupado comigo; teria acontecido o mesmo se fosse o contrário. Percebi que ele ainda *estava* preocupado comigo.

Ficar perdida em pensamentos ali na cozinha não ajudou em nada, e tive que me esforçar de verdade para conseguir sorrir para ele.

— Ainda não estou com fome, Zac, mas obrigada.

Ele assentiu um pouco relutante, mas não tocou mais no assunto ao voltar a encarar o fogão.

— Quanto você fez hoje? Doze quilômetros?

Colocando os cotovelos na mesa, encarei o gesso dele.

— Foi, e cinco foram no ritmo da maratona — eu me gabei. Ele correu o suficiente comigo e foi xingando ao meu lado quando começamos a adicionar ritmo de maratona às nossas corridas. Zac sabia que era infernal.

Por mais egoísta que fosse, a minha decepção atingiu um nível que eu não sabia mais o que fazer; a realidade era dura e amarga. Depois de tudo pelo que Zac e eu passamos juntos, todas as vezes que revezamos vomitando depois de termos começado a atingir a distância de vinte e oito quilômetros de corrida lenta, as vezes que um de nós precisou ajudar um pouco com o peso do outro quando corríamos sem forças graças ao treino de cinco dias por semana, todas as dores que compartilhamos... eu teria que partir sozinha nessa jornada, sem o meu companheiro mais próximo.

O cara que tinha perdido o que mais gostava no mundo e tinha deixado que eu o forçasse a treinar para uma maratona.

Se isso não fosse amizade, eu não sabia o que era. O que só me fez me sentir mais horrível quanto a abandoná-lo, mesmo tendo sido porque eu não queria arrastá-lo para o fosso em que eu tinha caído, quando agora ele tinha algo com o que lutar em sua estrada para a recuperação e o resto da sua carreira.

Pelo suspiro entrecortado que saiu dele, eu já sabia o que ele ia dizer antes mesmo de as palavras saírem da sua boca.

— Eu sinto muito, Vanny.

E igual da outra vez que ele tinha se desculpado por escorregar em uma calçada congelada, eu disse a mesma coisa:

— Está *tudo bem*. Juro. — Eu estava um pouco abatida? Mais que um pouco. Eu diria a ele? Não.

— Foi *idiotice*.

O impulso de esfregar o lugar entre os meus seios foi avassalador.

— Foi um acidente. Não estou chateada com você. — Minha voz falhou, e eu tive que engolir saliva. — É só tudo o que aconteceu. Estou bem, juro.

A expressão dele ao se virar dizia o que a boca não disse: *Você não está bem.*

Será que todo mundo sempre estava super bem?

Eu me vi baixando a cabeça para esfregar a nuca ainda suada.

— Você sabe que não tem que ficar comigo se preferir ir para casa, né?

O plano original tinha sido ele ir para casa logo depois da maratona, ficar um pouco com a família, e então começar a trabalhar com o seu antigo técnico da faculdade. Agora? Bem, eu não tinha certeza, mas sabia que era para ele estar se mudando, e ele ainda não estava.

Zac me deu uma olhada.

— O quê?

— Eu não vou até você correr essa maldita maratona, ok? — ele insistiu.

— Mas você não precisa ficar. Prometo que você não tem nada pelo que se lamentar. Se mudar de ideia e quiser ir...

— Eu não vou.

Desde quando tínhamos três mulas empacadas morando na casa?

— Mas se você quiser...

— Não vou. O vovô pode esperar uma semana. É bem capaz que ele viva mais tempo do que eu — argumentou Zac.

— Se quiser ficar, fique, mas não precisa, está tudo bem. Certo? — insisti também, dando o meu melhor para tranquilizá-lo com um sorriso.

Ele simplesmente balançou a cabeça.

Assim que Zac abriu a boca para dizer alguma coisa, a campainha tocou e franzimos a testa um para o outro.

— Você pediu pizza?

— Não.

Eu tinha encomendado um dos meus livros que tinha ido para a gráfica há alguns dias, mas escolhi a opção de frete grátis, então não havia como ser isso. Dei de ombros para ele e me levantei, andando devagar até a porta, tentando me fazer relaxar. Quando olhei pelo olho mágico, dei um passo para trás e encarei a porta, inexpressiva.

— Quem é? — Zac gritou.

— O Trevor.

— O que você acabou de dizer?

— É o Trevor — respondi, fria, sabendo que ele já estava ferrado por gritar. — Você vem ignorando as ligações dele?

— Talvez.

Isso era um *sim*.

— Eu vou me limitar a não abrir a porta, então — falei antes de ouvir uma batida forte na porta.

— Eu posso ouvir vocês! — Trevor berrou.

Eu não estava no clima para lidar com isso, nem agora nem daqui a uma década.

— O que você quer que eu faça? — Ignorei o homem do outro lado da porta, de repente não me importando mais se ele nos ouvisse ou não.

Zac xingou lá da cozinha e um momento depois, as muletas bateram no piso enquanto ele mancava até a porta. Com um suspiro resignado, ele disse:

— Eu posso atender à porta.

— Tem certeza? — perguntei, mesmo se por dentro eu estivesse beijando seus pés por não me fazer ter que lidar com o Trevor.

— Tenho.

Dei um passo para trás.

— Quer que eu fique aqui embaixo?

Ele hesitou por um momento antes de assentir.

— Vou levar o cara para a sala, assim você pode comer alguma coisa.

Concordando, fui bem rápido para a cozinha e me ocupei tirando coisas da geladeira para comer, apesar de ainda não estar com fome, enquanto Zac abria a porta. Eu tentei ignorá-los, de verdade, mas foi difícil. Trechos entrecortados de conversa flutuavam da sala até a cozinha, nítidos demais.

— Que merda você estava pensando?

— O que está acontecendo com você?

— O que eu devo fazer com você quando tem um monte de merda na internet dizendo que você caiu do lado de fora de uma boate e quebrou o pé?

— Você acha que alguém vai querer te contratar agora?

Olha, esse comentário me fez dar um passo para longe do fogão e ir em direção ao corredor que levava até a sala, pronta para dizer ao Trevor que ele precisava calar a porra da boca. Mas Zac não me deixou defendê-lo. Ele vinha evitando o Trevor há muito tempo, e mesmo se ele soubesse o que queria fazer, e eu sabia, ele precisava de alguém ao lado dele.

Eu só não queria que fosse, necessariamente, Trevor, o otário, mas era a carreira dele, não a minha.

Quase uma hora mais tarde, o som de alguém pigarreando me fez olhar para cima de onde eu estava sentada à mesa da cozinha com os pés sobre a cadeira, um filme passando no meu telefone e o prato que eu tinha acabado de raspar o resto do arroz.

— Estou surpreso por você não ter ido com o Aiden para o Colorado — comentou o empresário de onde estava encostado à porta entre o corredor e a cozinha.

Ergui o olhar cansado para ele e balancei a cabeça.

— Eu não podia. Há algo que preciso fazer aqui daqui a alguns dias — expliquei, intencionalmente deixando de fora o que tinha acontecido com a Diana e a minha corrida. Ele não precisava saber, e o que ele poderia fazer, de qualquer forma? Dar uma desculpa meia-boca na qual eu não acreditaria? — Não havia razão para eu ir e voltar — adicionou a minha voz seca e monótona. Além do mais, não era como se o Aiden tivesse me convidado para ir. Ele mal queria falar do assunto a cada vez que eu o abordava.

A risadinha que veio dele me fez empertigar as costas.

— Ele pode arcar com a despesa.

E lá estava. Pisquei para ele.

— Eu ganho o meu próprio dinheiro, e não vou desperdiçar nem o meu nem o dele.

— Tem certeza disso? — Ele teve a coragem de erguer uma sobrancelha.

Ele não podia dizer que essa era a última coisa que eu queria fazer?

— Sim, eu tenho. Quer verificar a minha conta?

Eu já tinha enviado cópias do meu extrato para o governo para poder provar que eu podia sustentar Aiden e eu, em um estilo de vida bem menos luxuoso, mas eu *poderia,* se chegasse a esse ponto, ao menos era o que o governo pensava.

Trevor fez um barulhinho no fundo da garganta que me fez olhar para ele.

Eu não queria falar com ele; agora o cara estava simplesmente me irritando.

— É essa a razão? Você acha que estou aqui para torrar todo o dinheiro do Aiden? Você achou que eu estava tentando passar a perna nele ou algo assim? — perguntei devagar, tendo o cuidado de enfim entender o que poderia haver na minha personalidade que o fez ser tão hostil desde o momento que comecei a trabalhar para ele.

Pela forma como Trevor puxou a orelha, um tique nervoso que ele tinha quando estava nervoso, e que eu captei anos atrás, eu tinha acertado em cheio.

— *Jura*? Você me entrevistou e me contratou. Eu nem sequer sabia quem ele era até você me contar. — É, eu estava ficando tão na defensiva quanto pensei que parecia. — Você poderia ter me demitido se tinha tanto problema com isso.

— Demitir você? — A mão foi para a parte de trás do cabelo grisalho muito bem aparado. — Eu tentei te demitir pelo menos umas quatro vezes.

Oi?

O lábio de Trevor se curvou.

— Você não sabia?

— Quando? — consegui perguntar.

— Importa?

Não deveria, mas...

— Importa para mim.

O homem raivoso e amargurado simplesmente me olhou como se eu fosse burra.

— Ele não deixava.

Você não sabe de nada, Vanessa Mazur.

Eu não entendia. Eu não entendia nada.

— Da última vez que sugeri que procurássemos outra pessoa, ele disse que a primeira pessoa que iria embora entre você e mim seria eu. *Eu*.

Algumas coisas simplesmente se encaixaram. A razão de Trevor sempre ter sido um babaca comigo — as primeiras bailarinas não gostavam de dançar sob o holofote de ninguém. Por que ele tinha lutado tanto para tentar me impedir de me demitir — para salvar a própria pele. Por que ele tinha estado tão nervosinho desde que nos casamos e não contamos a ele — porque parecia que estávamos nos unindo contra ele, o que era uma verdade parcial.

Mas a notícia me fez cambalear.

Parecia que o tapete havia sido puxado sob os meus pés.

Ele gostava de mim. Aiden gostava de mim, porra. Ele não tinha feito piada meses atrás.

A forma como Trevor pigarreou foi grosseira, enganosa, como se ele estivesse tentando se recompor depois de ter perdido a paciência.

— De qualquer forma, diga ao Aiden que ligarei para ele em breve. Vocês dois talvez tenham que arrumar as malas e se mudar para um clima mais frio — ele apontou. — A gente se vê.

Eu não disse outra palavra. Que merda haveria mais a dizer?

Com as mãos trêmulas, peguei o telefone e digitei uma mensagem para o grandalhão.

Eu: Eu não sabia que o Trevor queria me demitir.

Uma hora depois, recebi a resposta.

Aiden: Ele passou aí em casa?

Ele não estava nem tentando me enrolar.

Eu: Sim.
Aiden: É, ele tentou se livrar de você. Eu não deixei.

Ele estava doidão?

Eu: Você não disse nada quando fui embora. Eu só pensei... que você não dava a mínima.
Aiden: Eu não ia te forçar a ficar se você queria ir embora.
Eu: Mas você poderia ter dito alguma coisa. Eu teria ficado mais tempo se você tivesse pedido.

Eu tinha acabado de digitar quando percebi que discussão idiota aquela era. Se ele tivesse pedido. Aiden era como eu, ele não teria pedido. Jamais.

Aiden: Eu te consegui por mais tempo, não foi?

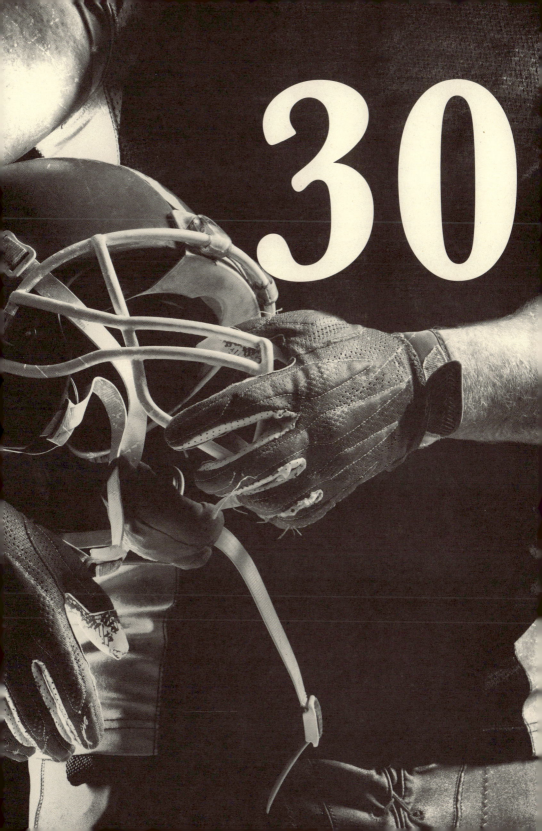

Por que eu ainda estava fazendo isso?

Por quê?

Por que eu não me limitei a dizer: "Van, quem dá a mínima se você pode ou não correr uma maratona? Você já fez mais do que imaginou que poderia fazer. A quem você quer impressionar?".

Tanto quanto eu não quisesse, a vida tinha cobrado seu preço na minha cabeça e na minha confiança. Desde tudo o que aconteceu, mal fui capaz de adicionar mais três quilômetros a minha distância, e isso já era forçar a barra. Eu caminhava e reclamava o percurso todo e depois eu ficava tão cansada e o meu joelho doía tanto, que eu me largava na cama após o banho e me recusava a me levantar.

Cada sinal dizia que correr a maratona seria uma ideia horrorosa.

Nada mudava o fato de que eu sentia falta da companhia de Zac, e da forma como ele me motivava a continuar, mesmo quando nós dois xingávamos a idiotice que era fazer isso.

Eu precisava ir. Treinei por meses. Não terminar não era uma opção. Eu conseguiria.

Eu não estava perdendo a porra da cabeça. O nervosismo não estava fazendo as minhas mãos tremerem. Eu não estava subconscientemente esfregando o meu dedo anelar a cada poucos minutos, buscando por aquele símbolo que Aiden me deu que eu deixei em casa porque estava com medo demais de perdê-lo. A correntinha estava enfiada para dentro da blusa para me dar sorte. Eu estava rodeada por tantas pessoas sorridentes e que pareciam animadas pra caralho de participar, que, sério, isso me desanimou um pouco.

Quarenta e dois quilômetros. Eu podia correr quarenta e dois quilômetros. Isso era algo do que se orgulhar, não era?

Eu mal tinha pensado nisso quando me dei um sacode mental. É claro que quarenta e dois quilômetros eram alguma coisa, e eu tinha feito o meu corpo passar pelo inferno esses últimos meses para quê? Para isso.

Se eu não fosse adiante, eu precisava levar uma surra. Mesmo se chegasse na porra do último lugar, eu tinha que concluir o percurso. Foda-se.

Sacudi as mãos. Eu ia conseguir.

— Você é Vanessa Mazur? — uma voz perguntou à minha direta.

Encontrando uma mulher vestindo uma camisa que dizia que ela era voluntária na maratona, me forcei a sorrir e assenti.

— Sim.

Ela estendeu o celular na minha direção.

— Você tem uma ligação.

Uma ligação? Pegando o aparelho simples com cuidado, observei quando ela recuou e o levei à orelha.

— Alô?

— Bolinho — respondeu uma voz profunda.

Afastei o telefone do rosto e olhei para a tela, reconhecendo o número.

— Como diabos você conseguiu esse número?

— Eu não consegui. Foi o Trevor. Tentei ligar para o seu celular, mas foi direto para a caixa postal — explicou Aiden.

— É, eu deixei junto com as minhas coisas — basicamente balbuciei, ainda tentando processar que ele tinha, de alguma forma, de algum jeito, conseguido entrar em contato comigo. Ele não me ligava desde que viajou. Só nos comunicávamos via mensagem de texto, e o som da sua voz foi direto para o meu coração.

No que se tornou o jeito típico de Aiden, ele perguntou:

— Você está bem?

— Não. — Olhei ao redor para me certificar de que a mulher que tinha me entregado o telefone não estivesse ouvindo. Havia muitas pessoas por ali, todas cuidando da própria vida, preocupando-se consigo mesmas. — Estou tentando me convencer a ir adiante mesmo que eu chegue em último — confessei.

— Você está prestes a correr uma maratona. Acha que importa se chegar em último desde que complete o percurso? — ele perguntou.

Pisquei, e permiti que lágrimas de ansiedade empoçassem meus olhos pela primeira vez.

— Mas e se eu não puder terminar?

A voz do outro lado soltou um suspiro.

— Você pode terminar a maratona. Os Graves não desistem.

Graves. Graves não desistiam. Eu não queria chorar. Eu não me deixaria perder o controle agora, de todas as horas possíveis. Ao menos não por completo.

— Mas eu não sou uma Graves de verdade, e eu nem sequer fui capaz de terminar os quarenta e dois quilômetros. Nem uma vez. Eu já estou morta nos trinta.

— Vanessa — ele murmurou o meu nome de um jeito que foi como uma carícia na minha espinha. — Você é uma Graves no que importa. Não conheço ninguém mais que possa fazer o que você fez. Parta com o que você tem. Você consegue. Você consegue fazer qualquer coisa, me entendeu? Mesmo se mancar pelos vinte e cinco quilômetros finais, você vai terminar simplesmente porque é quem você é.

Um soluço estranho subiu pela minha garganta, e quando vi, tirei a mão do rosto para me controlar. Não levou muito tempo, mas foi o controle mais difícil que eu já tentei exercer sobre mim mesma. Respirando fundo algumas vezes, levei o telefone de volta à orelha, a emoção pesando nas minhas narinas.

— No caso de eu morrer na corrida, quero te dizer uma coisa. — Queria dizer que o amava. Foda-se. Por que merda eu estava esperando?

Ele era um bom homem. O melhor tipo de homem, pelo menos para mim. Quanto mais eu pensava no que havia entre nós, mais pegava as migalhas que ele vinha me deixando já há algum tempo. Ele se importava comigo. Ele mais do que se importava comigo. Eu sabia no fundo da minha alma.

— Me diga depois. Você não vai morrer — respondeu ele, com uma confiança suave.

— Não, preciso que você saiba, só para garantir — insisti.

Aiden soltou um suspiro.

— Você não vai morrer. Me conte depois.

— Mas e se...

— Vanessa, você consegue. Não duvido de você nem por um segundo, e você também não deveria estar duvidando de si mesma — exigiu ele. — Sei que está doída agora, mas estou disposto a apostar que nenhuma das suas irmãs seria capaz de fazer o que você está prestes a fazer.

Ele partiu para o golpe de misericórdia. A única coisa no mundo que me ressuscitaria. Aiden me pegou e me pegou de jeito.

— Eu consigo — falei com a voz abafada. Eu tinha que conseguir. Não havia escolha, havia?

— Você consegue — ele repetiu com mais convicção. — Você consegue terminar.

É agora ou nunca, não é?

— Eu consigo.

Ele fez um barulho baixinho, carinhoso.

— Essa é a minha garota.

Sua garota?

— Sou? — perguntei de cara, esperando mais do que um pouco que ele não estivesse só... era estupidez, Aiden não ia dizer só da boca para fora.

— A única — ele falou, como se não houvesse outra escolha no mundo.

Como eu podia não destruir universos com aquele tipo de possessividade vinda do homem mais determinado que já conheci?

— Eu posso não ser capaz de andar depois de cruzar a linha de chegada, mas vou completar a prova. Posso te ligar depois que terminar, quando eu estiver deitada numa cama de hospital?

— É melhor fazer isso mesmo.

Eu já tinha passado por muita merda na vida. Sabia o que era sentir dor, lidava com ela indo e vindo há anos; em alguns mais *vindo* do que em outros anos. Eu entendia o básico de se esforçar e alcançar sucesso. E gostava de dar o meu melhor em tudo o que tentava. Sempre gostei, e não ia me preocupar ou imaginar por que era assim.

Mas uma maratona...

Eu me preparei o máximo que pude para corrê-la, considerando tudo. Conhecia os meus limites e o meu corpo.

Mas depois da marca de vinte e cinco quilômetros... tudo começou a desligar.

Eu queria morrer.

Cada passo começou a parecer o inferno encarnado. Minhas canelas derramavam lágrimas invisíveis. Todos os meus tendões e ligamentos importantes pensaram que estavam sendo punidos por algo que tinham feito em outra vida.

E me perguntei por que diabos cheguei a pensar que fazer isso seria a minha maior conquista depois da minha longa jornada. Eu não poderia só ter angariado dinheiro para a caridade ou algo assim? Eu era jovem demais para ser mãe adotiva?

Se eu conseguisse sobreviver a isso, poderia fazer qualquer coisa, convenci a mim mesma. Eu poderia participar do Iron Man, caramba.

Ok, talvez eu me preparasse para um triatlo se terminasse de cumprir essa pena. Se eu terminasse.

Se.

Se eu não morresse. Porque com certeza parecia que eu estava no limite.

Sentia sede, fome e cada passo enviava uma risca de dor direto para a minha coluna e para a minha cabeça, desde que eu comecei a perder o passo e a correr com mais desleixo. Posso ter tido uma enxaqueca também, mas os receptores de dor estavam focados demais em todo o resto para notar.

Mas eu pensei no Aiden, no meu irmão e na Diana. Eu pensei no Zac.

E fechei os olhos e insisti. Cada quilômetro era mais difícil; inferno, a cada passo ficava mais difícil de me mover. Eu estava diminuindo a velocidade porque estava atravessando o inferno.

Mas eu podia morrer depois de cruzar a linha de chegada, porque eu não tinha treinado e me esforçado pra caralho para não concluir a prova. Se muito, fiquei mais e mais determinada a me arrastar pela linha de chegada se chegasse a esse ponto. Quando, enfim, alcancei a marca dos últimos dois quilômetros, eu estava mais mancando e cambaleando do que até mesmo andando. Minhas panturrilhas estavam travadas. Minha canelite seria um verdadeiro pé no saco nas semanas por vir, e meus quadríceps estavam em frangalhos.

Verdade seja dita, eu me sentia como se estivesse com gripe, ebola e garganta inflamada, combinados.

Parando para pensar, não tinha certeza de como consegui atravessar a linha de chegada. Pura força de vontade e determinação, eu acho. Nunca estive tão orgulhosa de mim mesma ou mais puta da vida comigo mesma do que naquele momento.

Acho que comecei a chorar, principalmente porque cada osso e músculo do meu corpo estava chorando, e porque eu não podia acreditar que tinha mesmo conseguido.

Mas, quando localizei um homem gigante de cabelos castanhos abrindo uma linha reta entre as pessoas como um trem desgovernado, com certeza comecei a praticamente berrar. As pessoas me aplaudiam, mas eu não conseguia achar forças para agradecer porque só queria uma coisa e ela não estava perto o bastante.

Queria a miragem do cabeção vindo na minha direção, e eu a queria três horas atrás. Eu queria duas semanas atrás.

Mesmo com os dez metros que nos separavam, eu podia vê-lo através dos meus olhos borrados, franzindo a testa quando me encontrou em meio à multidão. Caí de joelhos, ignorando o pessoal que me rodeava, certificando-me de que eu estava bem. Sendo realista, eu sabia que não estava morrendo. Não de verdade.

Aquilo foi só... traumático. E tudo o que eu queria era um abraço, um banho, comida e um cochilo.

Mas, mais do que tudo, eu queria aquele rolo compressor humano passando através das pessoas que nos separavam com ainda mais urgência. Ele era como Moisés partindo o mar de pessoas. No segundo em que parou na minha frente, estendi os braços e o deixei me agarrar por debaixo das axilas, me içando de uma vez só antes de envolver os bíceps gigantes e me puxar para cima para ficar cara a cara com ele. Eu não apreciei a incrível proeza da sua força por causa do que ele fez depois disso...

Joguei os braços ao redor do seu pescoço e ele me abraçou. Na frente de todo mundo, ele me espremeu em um abraço forte como se não tivesse ido embora e me deixado sozinha quando tudo o que eu queria era ele. Envolvi as pernas bem acima dos seus quadris, como um macaquinho-aranha, não dando a mínima pelo meu short estar sendo puxado a ponto de quase parecer uma calcinha, muito menos por haver fotógrafos, que deveriam estar ocupados tirando foto dos maratonistas, circulando A Muralha de Winnipeg e eu no nosso momento.

É, chorei no pescoço dele, e ele pressionou o rosto no meu cabelo. Suas palavras eram baixas, tranquilizantes e sussurradas.

— Essa é a minha garota. Essa é a minha garota, porra.

— O que você está fazendo aqui? — praticamente pranteei nele.

— Senti saudade.

— Você o quê?

Os braços se apertaram ao meu redor.

— Eu senti muita saudade.

Ah, caramba.

— Eu tinha que vir te ver — ele prosseguiu.

— Você estava aqui e não me disse nada?

— Eu não queria te distrair — explicou naquela voz baixa, a mão me segurando pela nuca. — Eu sabia que você ia conseguir.

As palavras só me fizeram chorar ainda mais, mas não eram necessariamente lágrimas de alegria.

— Eu estou morrendo. Você vai ter que comprar um diciclo para mim. Eu nunca mais vou voltar a andar — me debulhei em lágrimas.

— Você não está morrendo, e eu não vou comprar essa coisa.

— Tudo dói.

Ele estava rindo?

— Eu tenho certeza.

Percebi que não me importava por ele estar rindo à minha custa.

— Você pode me carregar?

— Você está me insultando, Van. É claro que posso.

Achei que ele me beijou na bochecha, mas não podia ter certeza porque os meus olhos estavam fechando, e eu estava com medo de abri-los e descobrir que estava sonhando e imaginando que tudo isso tinha acontecido.

— Mas eu vou? — ele perguntou.

Eu só o abracei com mais força e apertei as coxas exaustas em volta dele o máximo que pude, o que não deve ter demorado nem três segundos no total. Era um milagre eu ter conseguido essa proeza, para ser sincera.

Estava bem certa de que a boca dele roçou a minha têmpora e eu funguei, pausando.

— Você está me beijando?

— Estou. Estou tão orgulhoso de você.

— Tudo bem — choraminguei com uma fungada. É, eu abracei aquele pescoção com mais força ainda. — Você vai me levar para casa, grandalhão?

Meu Aiden pragmático e antidesculpinhas disparou:

— Depois que você andar por dez minutos para esfriar o corpo.

— Você precisa repor os carboidratos — Aiden disse ao entrar no meu quarto com um prato na mão. Lá havia arroz integral, feijão fradinho e um abacate inteiro, o que parecia uma abóbora grelhada e fatiada, e pendurada na beirada estava uma maçã. Ele trazia um copo d'água na outra mão e uma garrafinha de água de coco enfiada debaixo do braço.

Eu me sentei na cama com um bocejo, jogando de lado a manta na qual dormi enrolada.

— Você é um anjo. — Eu ainda não podia acreditar que ele tinha voltado. Não parecia real.

Ele foi até o lado da minha cama, largou o quadril na beirada e me entregou a água primeiro.

— O cochilo foi bom?

Levando em conta que fui direto do carro para o banheiro, onde me sentei de pernas cruzadas na banheira e tomei banho, e depois me arrastei para o meu quarto e desmaiei, eu me sentia muito bem. Os músculos das minhas pernas estavam incrivelmente rígidos e até mesmo os meus ombros estavam tensos. Eu me sentia mal, mas imaginei que foi porque eu deveria ter comido mais do que as duas bananas que Aiden tinha enfiado na minha mão no carro ao voltarmos para casa e o saquinho de nozes que o Zac, que estava em um banco depois da maratona, dividiu comigo.

— É — respondi, engolindo metade da água antes de pegar o prato e começar a comer sem dizer mais uma palavra.

Flagrei Aiden me observando quando parei para olhá-lo, mas eu estava ocupada demais engolindo a comida, e não parei para prestar atenção. Depois de comer cerca de três quartos do que estava no prato, limpei o queixo com as costas da mão e sorri para ele com gratidão.

— Muito, muito obrigada por fazer isso por mim.

— Uhum. — Ele apontou para o canto da própria boca. — Você está com um arroz bem aqui.

Limpando o lugar que ele tinha apontado, perguntei:

— Por quanto tempo eu dormi?

— Umas três horas.

Três horas? Merda, não achei que fosse dormir tanto tempo.

— Van. — O rosto de Aiden nadou na minha visão grogue. — O que você ia me dizer antes da corrida?

Ah, merda. Merda, merda, merda. Eu tinha esquecido completamente? Não. Pensei no que havia dito a ele pelo menos umas mil vezes durante as quatro horas que me levou para completar a maratona. Eu queria me sacudir por dizer qualquer coisa pelo menos a metade do tempo. A outra metade, quando eu lembrava a mim mesma de que eu era incrível e que estava correndo uma maratona para que pudesse abalar o mundo e as competições de Iron Man, eu sentia que tinha feito a coisa certa.

Com o prato de comida que ele fez para mim no colo, uma garrafa de água de coco entre aquelas coxas imensas e um copo vazio na mesa de cabeceira, eu ia dizer a Aiden que o amava.

Eu o amava. Eu o amava tanto que faria praticamente qualquer coisa por ele. Eu o amava o bastante para arriscar passar os próximos quatro anos e meio da minha vida com um homem que era mais do que provável que se divorciaria de mim e seguiria com a carreira.

Porque, foda-se, o que era a vida se a gente não a vivia e tirava dela o melhor que podia? O que era a vida sem amar alguém que gostava de você muito mais do que de qualquer outra pessoa? Aquela era a minha verdade. Aiden tinha me abraçado e dito que estava orgulhoso de mim na frente de repórteres e de estranhos, quando ele se agarrava à própria privacidade com ambas as mãos.

E não tinha sido mentira.

Eu podia fazer isso.

Eu ia fazer.

Porque eu preferia dizer a ele a passar o resto da vida imaginando o que teria acontecido se eu dissesse que ele significava o mundo para mim. Que ele era a primeira pessoa nova na minha vida em quem eu confiava de olhos fechados. Que eu me conformaria em ser o número dois na sua vida até que ele tivesse mais tempo.

Então, eu disse, mesmo os meus dedos agarrando o prato com tanta força que eu estava com medo de ele quebrar. Eu me obriguei a olhá-lo nos olhos ao falar.

— Eu ia dizer... eu ia dizer que amo você. Eu sei que você disse que não queria um relacionamento, e eu sei que as coisas entre nós são supercomplicadas...

O prato foi tirado das minhas mãos.

— ... mas eu te amo. E sinto muito, muito mesmo. Eu não *queria*...

— Vanessa.

— Eu não queria ser a prioridade número dois ou três de alguém porque às vezes sou um pouco ambiciosa...

— Van.

— ... mas não posso controlar o que sinto. Tentei parar, juro. Mas não consegui.

Foi então que veio.

— Pare.

Fechei a boca e fiz careta para aquele rosto barbado olhando feio para mim.

— Você ouviu algo do que eu te disse quando acabou a corrida? Eu senti saudade. Eu senti tanta saudade que você não pode nem sequer começar a entender o quanto. Eu não queria te deixar aqui. Continuei tentando me convencer a não ir. Por que você acha que nunca abordei o assunto?

Agora que eu parava para pensar...

— Mas... você não disse nada quando foi embora. Você levou o Leo.

— Você não me pediu para ficar. — Ele apertou as minhas mãos. — Levei o Leo porque não podia levar você. Presumi que você ia querer ficar com a Diana e correr a sua maratona porque você não sentia o mesmo que eu. Eu ia te pedir para ir comigo.

— Ia?

Aquele rosto lindo e maravilhoso se inclinou para perto do meu.

— Como você não sabe que significa o mundo para mim? Não deixei claro o bastante?

— Eu não sei — gaguejei. — Você me ama?

O olhar dele estava tão concentrado que o mundo todo pareceu parar.

— Me diga você. Nunca parei de pensar em você. Eu me preocupava com você o tempo todo. Toda coisa bonita que via me lembrava de você. Não conseguia terminar os meus treinos no Colorado sem desejar que você estivesse lá — ele falou com o tom firme. — Você me diz o que sinto.

Com um rompante de força que eu não pensava que tinha, me obriguei a me ajoelhar e a me inclinar para pressionar a boca na dele.

E não fiquei surpresa quando Aiden, no mesmo instante, envolveu um braço ao redor da minha lombar e me puxou para si, a boca se inclinando para o lado e abrindo. Com um passar de língua no meu lábio inferior, abri a boca e permiti que ele a roçasse na minha, devagar e hesitante, exploratório.

Aiden me beijou como se... bom Deus, como se estivéssemos fazendo sexo lento e intenso. Ao menos o tipo de sexo lento e intenso que eu já tinha visto em filmes pornôs.

Nossos peitos foram selados um ao outro, os braços dele me rodearam e as minhas mãos foram para os seus cabelos, e nós só nos beijamos. Nós nos beijamos e nos beijamos e nos beijamos até cansar, como fizemos naquele dia no quarto dele antes de tudo.

Pode ter levado cinco minutos ou pode ter sido vinte, mas, quando ele enfim afastou a boca, deixei um gemido nela.

O suspiro de Aiden flutuou no meu queixo enquanto ele plantava aquela boca sexy e carnuda em um lado da minha mandíbula, depois no outro, a palma das mãos embalando as minhas costelas de forma possessiva.

— Sua porta está aberta e o Zac está em casa — ele falou na minha pele.

— Droga — sussurrei.

Ele riu.

— Mais tarde. Prometo.

— Promete?

Ele soltou um uhum e beijou a minha bochecha.

— Termine de comer.

Acordei deitada de lado horas depois. Tantas horas depois que me levou um segundo para me lembrar de onde estava. Por que eu estava onde estava, na cama do Aiden? Depois de ter feito outra refeição, fui para o quarto dele e me deitei, perguntando se o Leo estava bem com o Leslie, que tinha ficado cumprindo os deveres de babá do precioso príncipe amarelo do Colorado. Eu me lembro de ter ficado muito cansada e de começar a cochilar.

Ao que parecia, ele não tinha me expulsado da cama e teve que, em vez disso, me cobrir e, em algum ponto da noite — ou talvez tenha feito isso desde o início —, Aiden tinha vindo se posicionado atrás de mim e envolvido um braço ao redor da minha cintura.

Que foi exatamente onde e como eu me encontrava naquele momento.

Eu estava acordada, de lado, com Aiden bem atrás de mim, roçando a ereção na minha bunda enquanto as mãos estavam enfiadas entre as minhas pernas; aqueles dedos me tocavam lá em baixo. Bem baixo. Bem onde todo o meu corpo se centralizava. Bem onde eu podia dizer estar molhada e ansiosa depois de tanto tempo.

Há quanto tempo isso está acontecendo?, perguntei a mim mesma antes de aceitar que não importava.

Eu me contorcia, movendo os quadris com a sensação atrás de mim e na minha frente. A longa ereção sob as suas roupas pressionava quente na minha bunda, dedos fortes esfregando por cima do algodão fino da minha calcinha e da calça do pijama. O peito largo que eu admirava diariamente estava alinhado com as minhas costas, moldando-as.

Ele moveu a parte mais baixa do corpo e eu me movi contra ele. A sensação dele grande e duro atrás de mim era a coisa mais incrível do mundo, sem sacanagem. A boca se agarrou à minha nuca, beijando, depois mordendo onde o meu pescoço se encontrava com o ombro. Arfei. Aiden esfregou de leve o lugar em que eu o queria mais e me engasguei com a sensação. Estendi a mão até as minhas costas para, às cegas, enfiá-la entre os nossos corpos. Eu o peguei, ou o tanto dele que pude, e afaguei para cima e para baixo aquele membro duro que parecia seguir eternamente desde a base.

— Aiden, por favor — sussurrei quando os dedos dele circularam por cima do tecido molhado demais que cobria a abertura entre as minhas coxas.

Ele respondeu mordiscando a minha orelha antes de chupá-la para dentro dos lábios.

— *Aiden* — repeti, agarrando-o com força antes de ajustar a posição e deslizar entre o elástico da boxer e a pele quente do seu baixo ventre. Os pelos curtos e eriçados da base fizeram cócegas na palma da minha mão por um momento antes de eu envolvê-lo ao redor dos dedos. A palma deslizou da ponta da ereção até chegar aos testículos firmes logo abaixo da base. Apertei-os antes de repetir o movimento, toda aquela pele quente e sedosa roçando a minha mão, a ponta escorregadia e úmida pintando uma linha sobre os meus dedos, a palma e a parte interna do pulso.

Sem avisar, ele puxou minha calça até os joelhos, e enquanto eu ainda reagia ao gesto. Os dedos que ele usava para esfregar por cima da minha calcinha engancharam em um lado da parte que me cobria, e ele puxou o tecido.

— Sim? — ele perguntou ao roçar um dedo grande e grosso sobre o meu sexo exposto.

— Sim. — O que mais eu poderia dizer? Pelo que poderia implorar?

Os quadris se afastaram do meu traseiro antes de retornarem, e a ponta em forma de cogumelo que eu estava esfregando um segundo antes me cutucou por trás.

Puxando os joelhos para o peito o máximo que eu podia, sem fazer nada com as calças amarrando as minhas pernas, eu fiquei de lado. Ele cutucou a minha entrada um pouco mais, empurrando a cabeça não-muito-pequena abaixo da sua cintura antes de abrir a minha perna um pouco... e avançar. Dentro. Dentro de mim. Quente, longo e tão duro que eu posso ter engasgado um pouquinho.

Devagar, ele acariciou o caminho para dentro, abrindo espaço em mim. Devagar, eu empurrei para trás e respirei fundo quando ele foi fundo. O rápido inspirar de Aiden se tornou um grunhido.

Cada estocada ganhava ímpeto, tudo dentro, tudo fora. Carne se separando em torno de músculos rígidos, agarrando e apertando. A mão dele deslizou para baixo da minha blusa, acima do meu umbigo, subindo e subindo até os dedos beliscarem um mamilo. A outra mão foi para cima da minha cabeça para agarrar a minha, segurando-a diante de mim em cima da cama.

Ele bombeou e bombeou os quadris, o som fazendo um barulho de tapa contra a minha bunda. Ele atingiu um lugar dentro de mim que foi demais, me fazendo apertar ainda mais as pernas, só para deixar tudo ainda melhor.

Inclinei a cabeça para trás e seus lábios capturaram os meus, beijando-me. Impiedosa, a língua afundou na minha, consumindo tudo o que eu tinha. Aiden girou os quadris e arremeteu. Os beijos implacáveis. Os dedos indo de um seio para o outro, girando e apertando os pequenos nós que o queriam mais e mais a cada segundo.

— Eu quero gozar dentro de você — ele sussurrou no meu ouvido.

Foi tudo o que precisou. Eu gemi alto. Gozando. Gozando.

Então Aiden gemeu, lento e sensual, e as estocadas ficaram mais rápidas, mais implacáveis e fora de ritmo. Os quadris batiam nos meus, o barulho úmido, quase molhado. Com mais um bom empurrão, ele entrou por inteiro e fez um som rouco ao gozar, segurando-me tão perto e com ternura. O lugar em que nos encontramos estava molhado enquanto sua ereção se contraía e pulsava dentro de mim.

Eu o beijei, engolindo os seus gemidos, aproveitando a forma involuntária com que ele se movia dentro de mim. Com uma arfada, ele afastou a boca, a mão deixando a minha para agarrar o meu peito, puxando-me para o seu corpo, permitindo que eu amasse a sensação dele quente e um pouco suado ao meu redor. Ele arquejava, abraçando-me, o corpo grande envolvido ao meu redor, o pênis só um pouco amolecido.

Eu não podia encontrar uma única palavra para dizer que seria apropriada para o que estava sentindo naquele instante, muito menos falar uma sentença que fizesse justiça ao momento.

Acomodando a cabeça sob o seu queixo, deixei escapar um suspiro agitado de exaustão. A mão de Aiden segurou o meu seio, a boca se demorando no espaço abaixo da minha orelha. Eu estava mole, sem dor, em êxtase e aliviada. Quando ele apertou o meu seio, eu inclinei a cabeça para trás e procurei a sua boca. Aiden, daquele jeito dele que sempre sabia de tudo, achou os meus lábios. A língua foi de encontro à minha, provando, explorando, saboreando.

Enquanto os minutos se arrastavam, Aiden endureceu. Senti aquele músculo denso dentro de mim se alongar, e continuar a ficar mais longo, levando-me por instinto de volta para os seus quadris, conduzindo-o mais fundo. Cheia, tão cheia. Mas foi mais do que aquela necessidade primitiva por um orgasmo o que me excitou. Foi o corpo de Aiden, o calor, a boca, a forma como cada parte dele era grande e o controle perfeito que ele tinha sobre si mesmo.

Eu amava o Aiden. Eu mais do que o amava, e isso fazia toda a diferença.

Quando ele saiu de mim ao mesmo tempo em que afastava a boca, esse som que pareceu um choramingo escapou dos meus lábios só por um segundo, enquanto a sua mão deslizava pela frente da minha coxa.

— Venha cá — ele disse, com aquela voz áspera e perigosa que estava mais baixa e mais rouca que o normal. Ele passou a palma da mão pelo tendão da minha perna antes de agarrar a minha bunda. — Quero você em cima de mim — sussurrou. — Eu preciso de você — ele usou as mesmas palavras que usou comigo muitos meses atrás.

Ele não precisava pedir duas vezes. Ficando de joelhos, fui para o lado dele, um pouco nervosa, um pouco tímida, apesar do que tínhamos acabado de fazer. Aiden estava de costas, a boxer presa nas coxas imensas logo abaixo dos testículos rosados que eu estava afagando minutos atrás. Aninhado na base dos pelos castanhos, o membro inchado acenava brilhante e molhado com o gozo dele e o meu indo até a base, o pênis cor de malva encostado na trilha de pelos escuros que começava bem no umbigo.

— Você é o homem mais sexy que eu já vi — deixei escapar, balançando a cabeça enquanto voltava a reparar na parte inferior do seu corpo.

O sorrisinho que cruzou o rosto de Aiden enviou um arrepio pela minha espinha. Ele estendeu a mão e roçou o indicador e o dedo do meio ao longo dos meus lábios vaginais.

— Você não tem ideia do que faz comigo, Van. Nenhuma. Ideia. — Ele repetiu o movimento. — Quer saber quantas vezes eu gozei para você nessa cama? No chuveiro? Cada dia eu queria um pouco mais de você e um pouco mais, e não era o bastante.

Bom Deus.

A única coisa que eu sabia com certeza naquele momento era que eu queria que ele tirasse a camiseta. Ele deve ter pensado mais ou menos a mesma coisa porque seus dedos foram para a minha blusa. Antes que eu percebesse, ela foi jogada no chão, e minha calcinha foi puxada e voou na mesma direção. Enquanto Aiden tirava a camiseta, puxei a boxer para baixo naquelas pernas musculosas. Aproveitando a oportunidade para tocar os músculos impressionantes, meus polegares passaram pela parte interna das coxas enquanto subiam.

Sem dizer uma palavra, com os olhos queimando um caminho dos meus seios até o rosto, Aiden se sentou e me segurou pelos quadris. Os lábios capturaram um mamilo no processo. Eu estava montando nele um momento depois, arrastando a abertura entre as minhas pernas pela ereção tesa no meio daquele corpo infinito.

E, então, eu estava estendendo a mão, alinhando aquela ponta larga na minha entrada, muito ciente do quanto eu estava molhada por ele ter gozado dentro de mim e amando a ideia de que ele não se importava. Seu gemido se perdeu com o meu quando me afundei devagar, a boca pairando sobre o mamilo que ele estava chupando. As mãos de Aiden me guiaram para eu me mover sobre ele. Os lábios me incitaram, capturando um seio, depois o outro, movendo para o espaço entre eles e salpicando beijos.

Quando me movi para trás, me empalando completamente nele, Aiden se deitou de costas, o queixo indo para o alto, os tensões ao longo do pescoço se repuxando. Engoli a visão dele nu, os ombros largos em contraste com o pálido cinza das cobertas, o peitoral esculpido subindo e descendo com o fôlego entrecortado. Minhas duas coisas favoritas para apreciar eram os músculos da barriga tanquinho flexionando e relaxando, e as minhas coxas ao longo dos seus quadris e da lateral do corpo.

Não pude me impedir de me inclinar para a frente, plantar uma mão no colchão bem ao lado da sua cabeça, a outra no meio do seu peito. A pele estava quente, os músculos, tensos. Uma das suas mãos se ergueu para segurar a parte de trás da minha cabeça, trazendo o meu rosto para baixo para ele poder me pegar em um beijo de boca aberta. Estávamos naquela posição, ainda conectados com os nossos lábios, quando ele começou a mover os quadris para cima. Ainda estávamos nos agarrando quando gozei, meus músculos internos ondulando, perdida no orgasmo, quando o pênis se contraiu e ele soltou um gemido rouco, gozando de novo.

Eu praticamente desabei sobre ele àquela altura, ofegando mais do que depois que concluí a maratona, mais eufórica do que já estive na vida. Nossos corpos estarem alinhados foi avassalador. Seu coração batendo debaixo do meu queixo era mais do que eu poderia ter imaginado.

Os braços envolveram as minhas costas, mantendo os meus seios de encontro ao seu peito levemente suado. Aiden murmurou acima da minha cabeça:

— Eu te amo.

E eu murmurei de volta, toda a minha alma se inflamando.

— Eu sei. — Porque eu sabia. — Eu te amo também.

— Eu sei — ele rebateu, a proximidade dos nossos corpos mais aparente do que nunca naquele momento.

— Quer mesmo que eu vá para o Colorado com você?

— O que já falei sobre perguntas idiotas? Sim, eu quero.

Sorri.

— Aff. Eu só queria ter certeza. Eu quero ir. Quero estar onde você está. — Antes que eu pudesse pensar duas vezes, disse a ele o que mais tarde eu perceberia que tinha sido a verdade mais absoluta e significativa da minha vida. — Lar é onde você está. Eu iria para qualquer lugar por você, se você me quisesse lá.

Uma das mãos de Aiden desceu pela minha coluna, parando na minha lombar. Ele pareceu falar no meu cabelo.

— Não sei nada de relacionamentos, Van, mas sei que amo você. Sei que esperei toda a minha vida para te amar, e farei qualquer coisa que precisar para fazer dar certo.

Talvez fosse esse detalhe sobre o amor que nunca entendi antes de Aiden. Como futebol americano e arte, como qualquer coisa que qualquer um no mundo já quis, amar era um sonho.

E assim como num sonho, não havia garantias. Ele não crescia por si só. Não florescia sem ser alimentado.

Era o maior em sua sutileza.

Era o mais forte em sua abnegação.

E poderia ser eterno com alguém que jamais teve medo de desistir das possibilidades que ele oferece.

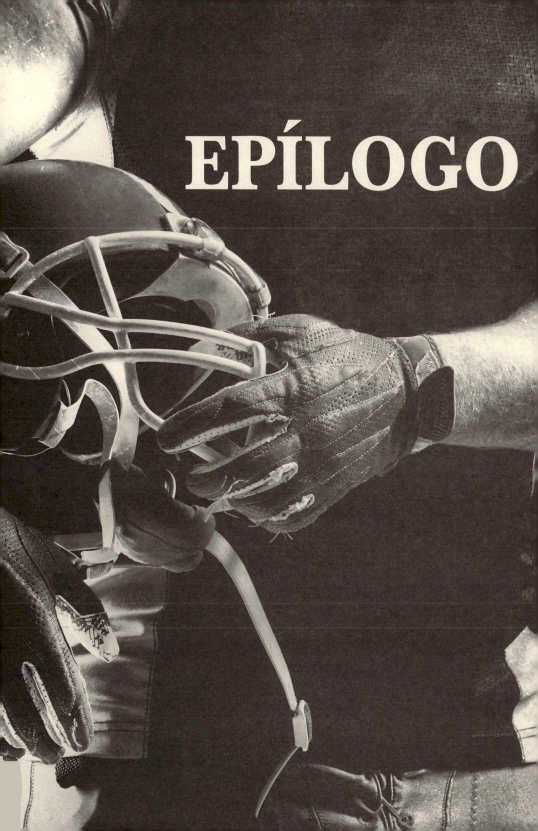

EPÍLOGO

— ACABOU. O SAN DIEGO GUARDS FEZ A VIRADA DE UMA VIDA. ELES ESTÃO INDO PARA O SUPER...

Sorri, e balancei as duas bundinhas nas minhas coxas enquanto os repórteres repassavam o jogo que havia acabado uma hora atrás. A maior parte da partida não tinha sido do jeito que qualquer um no camarote queria. Caramba, pensei que pelo menos setenta por cento da audiência não queria que as coisas tivessem sido do jeito que foram.

Porque os Guards estavam perdendo por quinze pontos até o último quarto. A decepção no camarote da família tinha sido tangível. Pesada e ponderada, pensei que estávamos todos meio entorpecidos desde o início do quarto quarto.

Todos queríamos que eles ganhassem, mas, quanto a mim, eu talvez quisesse um pouco mais do que qualquer outra pessoa ali, além das mães preocupadas.

Era a última temporada do Aiden, e eu sabia o quanto ele queria ganhar. O quanto ele queria ir para o maior jogo de todos. Pela primeira vez.

Ele era, indiscutivelmente, o melhor jogador de defesa da liga e tinha sido por toda a sua carreira. Ele ganhou o jogador do ano mais três vezes desde que nos casamos, esteve em todos os *All Star Bowl*, e conquistou prêmios em programas de televisão... mas ele ainda não tinha um anel. *O Anel*. Ele tinha conseguido chegar aos *playoffs*, mas os times em que jogou nunca conseguiram chegar ao campeonato antes do grande jogo, até agora.

E, na última temporada dele, o time estava indo tão bem que todo mundo presumiu que seria daquela vez. Então, tudo começou a dar muito errado, e o sonho começou a escapar. Um dos *linebackers* deslocou o ombro. Um *cornerback* havia mancado para fora do campo depois de uma jogada. A defesa estava em frangalhos. Mas, por algum tipo de milagre, a ofensiva dos Guards conseguiu a virada do século, a defesa se reagrupou, e eles ganharam.

Ver com os meus próprios olhos não tinha ajudado a fazer a situação mais crível.

Eles tinham ganhado. *Eles tinham ganhado, porra*. Sentia como se *eu* tivesse ganhado. Como se fosse eu quem estivesse indo para o jogo importante daqui a duas semanas.

— Quer que eu segure um deles? — a namorada de um dos *wide receiver* perguntou, do seu lugar no assento ao meu lado, enquanto estávamos na sala que havia sido designada para a família dos membros do time.

Dei um sorriso agradecido para ela e balancei a cabeça.

— Não precisa, obrigada. Tenho certeza de que eles chegarão em um minuto.

A mulher mais nova assentiu, revirando as mãos com um sorriso largo.

— É. Mal posso esperar. — Ela mordeu o lábio e olhou ao redor, os joelhos quicando sob a mesa. A energia que ela desprendia era contagiante.

— É incrível, não é? — perguntei.

— É, é sim. — Ela sorriu. Uma morena de vinte e poucos anos, eu sabia que ela não estava com o namorado há muito tempo. Na temporada passada, havia uma mulher diferente na sala da família para o número oitenta. — Eu quero gritar. Não posso acreditar que eles conseguiram. — A voz dela começou a subir em volume antes de os olhos se desviarem para os dois monstrinhos nos meus joelhos. — Matt disse que o Aiden está pensando em se aposentar depois dessa temporada.

E lá vamos nós.

— É. — Era agridoce. Para começar, eu estava aliviada. Ao longo dos últimos anos, li muitos artigos sobre os efeitos a longo prazo que o futebol americano causava no cérebro e no corpo dos jogadores, e eu sabia que o Aiden tinha sido mais do que relativamente sortudo na carreira. Ele nunca teve lesões sérias desde o incidente com o tendão de Aquiles anos atrás, o que era melhor do que a maioria das outras pessoas. Por outro lado, ninguém melhor do que eu sabia o quanto ele amava jogar. O futebol americano tinha sido tudo pelo que ele trabalhava, e ele estava pendurando as chuteiras e a camisa e se aposentando aos trinta e cinco anos.

Um capítulo imenso da sua vida estava sendo encerrado, e eu só estava um pouco preocupada com como seria a transição nos meses por vir. Ao longo dos anos, descobrimos um equilíbrio no nosso relacionamento que deu certo, e melhorava mais e mais a cada dia, apesar do cronograma dele e da minha dedicação incessante ao meu trabalho, mas... bem, ele estava largando o futebol americano — seu grande amor.

— Ah! Olha! Eles estão vindo — disse a garota, já afastando a cadeira e ficando de pé.

Todos os caras que começaram a entrar na sala da família tinham expressões de êxtase no rosto.

Do outro lado da sala, vi Trevor de pé com os braços cruzados, falando ao telefone. Ele deve ter me sentindo olhar feio para ele porque seus olhos se moveram pela multidão e pousaram em mim. Mostrei o dedo do meio para ele por trás das costas de Sammy, e ele simplesmente me encarou, balançando a cabeça em descrença, mas não fazendo nada mais.

Babaca.

Só porque ele era um filho da puta implacável que garantia que Aiden conseguia o que queria não queria dizer que eu tinha que gostar dele. Àquela altura, depois de tantos anos, pensava que o ódio que eu sentia por ele era mais divertido do que qualquer outra coisa, mas ele ainda era um tubarão sem coração.

Um tubarão que tinha conseguido um contrato muito bom para o Zac com um novo time em Oklahoma um ano depois que ele foi cortado dos Three Hundreds. Eles não foram muito longe esse ano, mas Zac estava jogando melhor do que nunca, um começo para o terceiro ano da sua carreira. Ele era o meu *quarterback* no *fantasy football* e vinha sendo desde que assinou o contrato. Ele ainda estava solteiro, ainda idiota. Ainda era um dos meus amigos mais próximos, e já chamava a si mesmo de tio Zac cada vez que vinha ver os meninos.

Em alguns dias, eu não conseguia entender o quanto eu amava as duas coisas mais incríveis nas quais tive parte em criar. Não havia uma única coisa que eu não faria por eles, e saber disso era só um pouco doloroso de vez em nunca, quando eu pensava na minha mãe e em suas falhas. Nada entre nós melhorou muito, e eu estava bem ciente de que era por culpa minha. Havia muita coisa que eu não estava disposta a deixar para lá, mas, a essa altura da vida, não podia me arrepender das decisões que tomei. Estava feliz, mais do que feliz, e não me sentiria mal por isso.

Eu me sentei na cadeira e esperei, observando os jogadores entrarem e irem direito para a família. As pessoas comemoravam e se abraçavam, extasiadas. Não levou muito tempo para Aiden abrir caminho, o rosto com aquela mesma expressão neutra e cuidadosa ao olhar ao redor da sala.

O grandalhão estava finalmente indo para o jogo importante e ele nem sequer estava sorrindo. Por que isso não me surpreendeu?

Então ele nos viu no canto dos fundos.

Sammy o viu ao mesmo tempo, as mãos se estendendo para frente.

— Mamãe! Olha! Papai!

E o sorriso que surgiu no rosto do amor da minha vida me fez suspirar feito uma idiota. A alegria honesta, franca e genuína na expressão de Aiden ainda atingia essa parte de mim que não existia antes dele.

Era o meu sorriso. Nosso sorriso. O que ele guardava para momentos em que só o nosso pequeno time estava junto. E que não abrigava um traço de nada relacionado ao futebol americano, enquanto olhava de mim para os dois pequenos ao meu lado, usando camisas iguais muito maiores do que alguém da idade deles deveria usar. Bundinhas gordinhas. Fiquei aliviada de verdade por ter que fazer cesariana para dar à luz a eles. Aquelas cabeçonas iguais à do pai teriam feito um estrago muito, muito sério.

Eu me lembrava de Diana segurando Sammy depois que ele nasceu, balançando a cabeça.

— Essa cabeça teria te rasgado ao meio, Vanny.

Quando comecei a ter contrações quando estava grávida do Gray, pouco mais de um ano depois, foi com essa imagem mental que fui para hospital. Era a última coisa com o que eu precisava me preocupar. Felizmente, tudo saiu muito bem.

O grandalhão olhando para nós ao atravessar a sala após uma tremenda vitória confirmou o fato. Aiden não hesitou ao cair de joelhos diante de nós, o olhar indo de Sammy para mim e depois para o Gray. Ele sempre fazia isso, como se não pudesse escolher em quem se concentrar. Alguns dias, ele me olhava por mais tempo, alguns dias era para o Sammy, outros dias para o carinha. Todos os dias era Leo, o último membro do nosso grupo que estava esperando pacientemente em casa.

Esse teria sido o quinto ano do nosso acordo, mas Aiden tinha conseguido o *green card* provisório, e, depois, a residência, anos atrás, e já havia passado pelo exame de cidadão. Arrasamos nas entrevistas em que tivemos que participar com um agente nos questionando para ter certeza de que éramos um casal de verdade, e eu gostava de pensar que passamos com honras. Eu me lembro de reclamar falando que não poderia deportá-lo mais, caso ele me desse nos nervos.

Aiden não disse nada ao envolver os braços enormes ao redor de nós três, baixando a cabeça para beijar uma cabeça de cabelo escuro após a outra. Então ele sorriu para mim e se inclinou para me beijar. Para me beijar de verdade, como se não estivéssemos rodeados por pessoas comemorando e gritando por causa da segunda maior vitória possível no campeonato.

Eu soube naquele momento. Eu *soube* que ele estava bem, que tudo estaria mais do que bem independente de ele ganhar o campeonato ou não. Nós daríamos um jeito no futuro. Esse cara que deu a tudo — à carreira, a mim e agora aos meninos — o melhor de si não fazia nada pela metade. E jamais faria; ele não era assim.

— Você está feliz? — perguntei.

Com os braços ainda ao redor de nós três, ele olhou para cima através daqueles cílios incrivelmente longos, e assentiu quase distraído.

— Estou. — As mãos enormes foram para as costinhas dos seus pequenos clones antes de desviarem e tocarem de leve as bochechas rechonchudas, o sorriso ficando ainda mais largo quando seu olhar pousou no meu uma vez mais. — Mas não posso mais me lembrar como é não ser feliz.

FIM

AGRADECIMENTOS

Primeiro e mais importante, aos melhores leitores do universo. Não posso agradecer o bastante a vocês pelo amor e apoio desses últimos anos. Cada e-mail, mensagem, post e avaliação significam muito para mim. Vocês nunca deixam de me surpreender com sua perspicácia e bondade. Não sei o que fiz em outra vida para merecer vocês, mas serei eternamente grata.

Um grandessíssimo obrigada às minhas amigas canadenses que responderam a todas as minhas perguntas chatas: Hope, Romancia, Julie, Stacey, Sandra e Kathleen. Ashley e Naomi, meu título não seria o que é se não fosse o vasto conhecimento de vocês sobre preposições :) Obrigada! Letitia Hasser, da RBA Designs, você sabe que é a(o) cara. Jeff, da Indie Formatting Services, obrigada pela excelente diagramação. Lauren Abramo, da Dystel & Goderich, por colocar meu livro em um formato que eu jamais imaginei.

Para as duas pessoas que me ajudaram tanto com o Winnie: Dell Wilson e Eva Marina. Sou tão grata pela paciência, apoio e amizade de vocês que minhas palavras jamais seriam capazes de fazer justiça à minha gratidão. Winnie não seria Winnie sem vocês.

Um grandessíssimo obrigada às pessoas que significam tudo para mim: mamãe e papai, Ale, Eddie, Raul, ISAAC!, Kaitlyn, minha família Letchford, e o resto da minha família Zapata/Navarro. E por último, mas não menos importante, meus três caras: Chris, Dor e Kai, que me aturam quando eu entro no modo ansiedade/*workaholic*. Eu amo vocês.

Entre em nosso site e viaje no nosso mundo literário.
Lá você vai encontrar todos os nossos
títulos, autores, lançamentos e novidades.
Acesse www.editoracharme.com.br

Você pode adquirir os nossos livros na loja virtual:
loja.editoracharme.com.br

Além do site, você pode nos encontrar em nossas redes sociais.

https://www.facebook.com/editoracharme

https://twitter.com/editoracharme

http://instagram.com/editoracharme

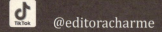

@editoracharme